FOLIO POLICIER

Tonino Benacquista

Quatre romans noirs

La maldonne des sleepings
Les morsures de l'aube
Trois carrés rouges sur fond noir
La commedia des ratés

Gallimard

Après avoir exercé différents métiers qui ont servi de cadre à ses premiers romans, Tonino Benacquista construit une œuvre dont la notoriété croît sans cesse. Après les intrigues policières de *La maldonne des sleepings et* de *La commedia des ratés*, il écrit *Saga* qui reçoit le Grand prix des lectrices de *Elle* en 1998, et *Quelqu'un d'autre*, Grand Prix RTL-*Lire* en 2002. Nos gloires secrètes, recueil paru en 2013, a reçu le prix de la Nouvelle de l'Académie française 2014.

Scénariste pour la bande dessinée (*L'outremangeur*, *La boîte noire*, illustrés par Jacques Ferrandez), il écrit aussi pour le cinéma : il est coscénariste avec Jacques Audiard de *Sur mes lèvres* et de *De battre mon c*œur s'est arrêté, qui leur valent un César en 2002 et 2006. *Malavita* (2004) a été adapté au cinéma en 2013 par Luc Besson avec Robert De Niro, Michelle Pfeiffer et Tomy Lee Jones dans les rôles principaux.

AVERTISSEMENT

Ce volume est composé de quatre romans qui retracent les aventures d'un même héros : *La maldonne des sleepings, Trois carrés rouges sur fond noir, La commedia des ratés,* parus aux Éditions Gallimard respectivement en 1989, 1990 et 1991, et *Les morsures de l'aube,* paru aux Éditions Rivages en 1992.

NOTE DE L'ÉDITEUR

Parfois, à la relecture, des évidences s'imposent. Dans les quatre premiers romans noirs de Tonino Benacquista, nous retrouvons le même personnage, Antoine ou Antonio selon qu'il se trouve en France ou en Italie, un jeune homme précipité bien malgré lui dans des aventures qui nous donnent envie de croire à l'extravagance. On le rencontre à vingt ans, accompagnateur de wagons-lits sur le Paris-Venise dans *La maldonne des sleepings*, on le retrouve parasite mondain de la nuit parisienne dans *Les morsures de l'aube*, puis accrocheur de tableaux dans une galerie d'art contemporain dans *Trois carrés rouges sur fond noir*. À l'approche de la trentaine, il sera confronté, dans *La commedia des ratés*, à ses origines italiennes, l'occasion pour lui de boucler son parcours initiatique.

Au fil de ces intrigues se dessine le portrait d'une jeunesse qui se cherche, celle de l'auteur, mais aussi celle de ces enfants venus d'ailleurs qui se débattent entre fidélité aux origines et vie quotidienne. Le portrait d'un jeune homme bien vivant, pétri d'humanité, souvent irascible pour mieux cacher sa sensibilité, et qui laisse entrevoir dans l'action et les turbulences son passage à l'âge d'homme.

Ces quatre titres restent disponibles séparément, mais il nous a semblé pertinent de les réunir pour la première fois en un seul volume. Si, avec ces quatre romans noirs, Tonino Benacquista ne pensait pas écrire un quatuor, la cohérence intime de son travail en a décidé autrement et pour notre plus grand plaisir.

LA MALDONNE DES SLEEPINGS

À Jean-Bernard

Si par chance vous vous en tirez indemne ou presque, gardez votre sang-froid, et apportez votre aide aux premiers secours. Même si vous n'êtes pas secouriste, même si vous avez peur du sang et des cris. Il suffit parfois de peu de chose, une main secourable, une présence, pour conserver une étincelle de vie qui risque de s'éteindre.

C'est votre devoir moral d'homme d'agir ainsi.

(Manuel du couchettiste)

Qu'il est triste le Venise de 19 h 32, l'hiver.

À 19 h 28, les derniers voyageurs courent sur le quai, je les attends au pied de ma voiture, la 96. L'un d'eux me tend sa réservation couchette.

— Lei parla italiano ?

Ah vérole... l'accent milanais ! Il va me demander de le réveiller à Milano Centrale, un coup de quatre heures du mat'. Mes trente-huit autres clients descendaient presque tous au terminus, un coup de bol, et ça me faisait une bonne nuit de huit heures.

Tant pis.

« ... et desservira les gares de Brescia, Vérone, Vicenza, Padoue, Venise Mestre et Venise Santa Lucia. La S.N.C.F. vous souhaite un agréable voyage. »

Nous sommes tous un peu amoureux de la femme du haut-parleur mais chacun s'en fait une image différente. Pour moi elle a dans les trente ans, très brune aux cheveux courts, avec un rouge à lèvres très cru mais impeccablement appliqué. Tous ceux qui partent ce soir ont rencard avec elle après-demain matin, vendredi, à 8 h 30 pile. À croire qu'elle dort à côté de son micro. Elle nous annoncera une « Bienvenue en Gare de Lyon » et ça voudra dire : « C'est fini pour vous, les gars, allez vous coucher, on est chez nous. » Et on l'aimera d'autant plus.

Une parenthèse de trente-six heures nous sépare de ce doux moment, et il est temps de l'entamer. Une légère brise nous invite au départ.

— Je t'échange ton Venise contre un Florence.

— Plutôt crever ! je dis.

Plutôt crever qu'être à Florence demain. Florence j'en viens et j'y retourne la semaine prochaine, à croire que les types du planning m'en veulent. L'autre jour je me suis amusé à faire le compte de mes voyages à Florence depuis que je travaille aux Wagons-lits et j'ai passé le cap des soixante, sans fierté aucune. Le reste se partage entre Venise et Rome. Soixante allers-retours dans cette ville à la con, dont une bonne quarantaine passés à dormir. Soixante cafés serrés chez la vieille Anna dès la descente du train, soixante escalopes aux herbes dans un petit restau de la rue Guelfe, trente sorbets au melon pour les mois d'été. J'ai mon petit parcours obligé, c'est une ville qui n'inspire pas la dérive. Les rails continuent après le voyage.

— Mais j'en ai besoin de ce Venise ! Tu sais bien que j'ai ma fiancée là-bas ! Sois pas salaud, ça fait presque un mois que je l'ai pas vue... Entre collègues on a toujours su s'arranger, hein ?

— Tu m'aurais proposé un Rome à la limite, ça m'aurait pas dérangé, mais Florence j'en ai ras la mèche. Demande à Richard, il aime bien la Renaissance et toutes ces conneries en plâtre.

Ça m'ennuie de refuser un service à un collègue. On a une déontologie en béton, c'est comme ça qu'on tient le coup. On échange nos voyages selon les envies et les besoins. Mais trois Florence de suite, c'est au-dessus de mes forces.

— J'insiste pas, enfoiré, mais ne me demande plus rien, et surtout pas d'échanger mes Rome pour aller voir ta gonzesse !

Basse vengeance. Il sait bien que ma petite Rosanna vit à Rome. Et justement, elle me dit que deux fois par mois ça fait peu et que je pourrais m'arranger pour faire des Rome plus souvent. Elle a sûrement raison. Mais pour l'instant je n'ai pas envie d'augmenter la fréquence.

Il est triste le Venise de 19 h 32, l'hiver, parce que le quai est froid et noir. Je tire sur la portière. C'est bouclé. Un voyageur agite la main par la fenêtre, sans aucun vis-à-vis. Un poète... Les passagers me regardent du couloir. Ils s'en remettent déjà à moi. Au loin on entend le coup de sifflet, le tam-tam du train cherche lentement son rythme et les cuivres entament l'adagio.

Je ne ferai pas ce boulot toute ma vie. J'aurais tellement voulu rester à quai.

*

— Vous servez le petit déjeuner à quelle heure ?

Une petite dame avec un chapeau à voilette et un caniche sous le bras. Encore une qui s'est gourée de standing. Au lieu de répondre, je pointe un doigt sur le carton « 2e Classe », juste dans son dos. Je crois qu'elle a compris.

Quand parfois, au sol, il m'arrive de dire que je travaille aux Wagons-lits, j'ai droit à des petits éclats de voix enthousiastes suivis d'un tas de considérations sur ce qu'on croit être mon boulot. Bien souvent cela donne : « Aaaaah oui ! L'Orient-Express ! Le Transsibérien ! C'est passionnant... La classe ! C'est mon rêve, un très long voyage en train avec des escales partout, Londres, Istanbul, Sofia... »

Et cetera, et cetera. Il suffit de prononcer le mot magique de « Wagons-lits » et ça démarre tout seul, on a lu un Agatha Christie, toujours le même, on a vu un ou deux films de la Belle Époque, on évoque le vague souvenir d'un oncle « qui a bien connu... ». Mais là je suis obligé de calmer les enchantements divers, quitte à décevoir. Je ne suis qu'un simple couchettiste, j'entends velours rouge et je réponds moleskine, on me parle de piano-bar et je dis Grill-Express, on cite Budapest et je remplace par Laroche-Migennes, à super-luxe je tarife 72 francs la couchette. Les « Single » et les « T2 » (deux voyageurs maximum, très prisés pour les lunes de miel) ne concernent que les premières classes. Moi je m'occupe des pauvres, les familles de six avec des gosses qui chialent la nuit, les immigrés qui font un tour au pays, les jeunes billet-Bige et sac à dos. Et je n'échangerais ça pour rien au monde.

Rien ne vaut le Galileo pour aller à Venise, ou à la limite le Zagreb de 22 heures, si on n'est pas trop pressé. Le Galileo — numéro 223 à l'aller et 222 au retour — est composé de deux rames, Florence et Venise, qui se séparent à Milan pour se retrouver le lendemain au même endroit et rentrer à Paris. Je suis pourtant obligé de reconnaître deux inconvénients à ce train : le détour par la Suisse, et le second, assez fastidieux, qui m'oblige à faire une annonce par téléphone à toute ma voiture.

Je sors mon papier froissé au fond d'une poche intérieure et décroche le combiné. Malgré l'habitude je me sens toujours obligé de lire le libellé, comme si, ces trois lignes, je ne les connaissais pas déjà par cœur.

J'entends ma propre voix dans le haut-parleur.

« Nous tenons à vous signaler la présence possible de pickpockets entre Domodossola et Milan. Il est conseillé de ne pas suspendre vos sacs, portefeuilles ou tout objet précieux. »

Ils ne sont que deux ou trois et pourtant ils parviennent à ratisser entièrement le Galileo pendant la plus profonde zone de sommeil, entre trois et quatre heures. Le règlement conseille aux pauvres accompagnateurs couchettes que nous sommes de prévenir les voyageurs au départ, puis de s'enfermer pendant la nuit sans intervenir, et subir les hurlements indignés des victimes le lendemain matin. C'est tout. Une fois Richard a essayé de s'interposer en voyant trois types fouiller chaque compartiment de sa voiture, et l'un d'eux lui a demandé, du haut de son cran d'arrêt, d'aller leur chercher trois cafés. Depuis, aucun de nous n'essaie de jouer aux héros. Les contrôleurs italiens non plus. Alors...

On toque à ma porte.

Ma cabine de service est un habitacle tout à fait correct. Relativement spacieux, équipé d'un siège transformable en banquette et d'un énorme bac à linge qui nous sert de bureau, le couvercle fermé. C'est ma maison, mon antre, personne n'a le droit d'y entrer, et même les douaniers frappent toujours avant. Tout le monde sauf Richard, évidemment. Entre couchettistes, c'est toléré.

— Hé Antoine, t'as vu qui t'as dans ta voiture ?

— Mick Jagger ou mieux ?

— Non, mieux : la plus belle rousse du monde.

— Ouais... la dernière fois que t'as dit ça, c'était un travelo de la via Amedeo. Si tu t'occupais de tes billets au lieu de venir mater les nanas dans ma voiture. On va au ragoût dans moins d'une heure.

— Peux pas m'en empêcher. Tu me laisses regarder ta télé ?

Nous y voilà. Il est venu pour ça. Nos cabines jouxtent exactement les toilettes, et certaines sont équipées d'une « télé », un trou discret, percé depuis des lustres par un collègue pervers, situé juste en dessous de la boîte à papier, invisible, et qui offre une vue plongeante sur la cuvette. Je ne suis pas spécialement puritain mais la seule fois où j'ai essayé, j'ai vu la fille sortir et venir me demander un renseignement en me faisant le sourire le plus franc et le plus innocent du monde. La honte m'a empourpré les joues. Depuis cette fois-là, l'envie ne m'est plus jamais revenue.

Richard est un garçon jovial, sympathique, vicelard et incroyablement feignant. Je l'aime bien. Nous avons le même âge mais je le considère comme un gosse qu'il faut tantôt encourager tantôt gronder. Comme camarade de route il en vaut beaucoup d'autres, mis à part son obsessionnelle recherche du plaisir. Toutes sortes de plaisirs. Je crois qu'il a choisi les trains de nuit pour ça.

— C'est pas le moment, passe plus tard, et puis tu sais bien que ça ne m'amuse pas...

— Personne t'oblige à mater. Mais t'as raison, c'est pas la bonne heure, on verra vers Dole, j'ai une chance de coincer la rousse. Bon, tu passes me prendre vers Dijon et on ira chercher Éric.

— ... Éric ? Il a réussi à échanger son Florence ?

— Ouais... avec le nouveau, je sais pas son nom. Ah... le Éric... tomber amoureux d'une Vénitienne ! C'est le début des emmerdes !

— Pas plus qu'une Romaine.

— Au fait, quand est-ce que tu me présentes ta Rosanna ?

— Jamais. À tout à l'heure.

— Je ne sais pas comment vous faites, Éric et toi. Une fiancée à Paris et une autre en Italie. Ça va vous retomber sur la gueule, un jour.

— En attendant, dégage ! Je passe te prendre à Dijon. Et puis, je voulais te dire, ce soir je suis un peu crevé, j'irai me coucher tôt. Ça t'ennuie pas de prendre les payants ?

— Encore ? Envoie-les, mais c'est toi qui les prends au retour.

Ce sont les voyageurs qui n'ont pas réservé et à qui l'on vend les couchettes libres. Des papiers à remplir, des conversions de fric à faire d'après le taux de change, de la literie à préparer. J'ai pas envie.

À peine veut-il sortir que la douairière de tout à l'heure vient bloquer le passage. C'est le vaudeville qui commence.

— Vous êtes le contrôleur ?

— Soyez polie. Je ne suis que le couchettiste.

— ... J'ai un problème avec mon chien ; voyez-vous, il ne s'entend pas du tout avec un petit garçon, assez mal élevé du reste, et voyez-vous nous sommes six dans le compartiment. Pourriez-vous intervenir ?

— Bien sûr. Vous avez un panier et sa carte de vaccination ? Vous avez payé son supplément couchette ? Et son billet ? Je suppose qu'il a une assurance « Trains internationaux ».

— C'est-à-dire... Je crois que je vais me débrouiller avec le petit.

Elle repart, dépitée, vers son clebs. Richard est toujours là et ricane d'un drôle d'air.

— Pas mal. Fidèle à lui-même, l'Antoine. À tout à l'heure.

Ma réputation d'aboyeur. C'est vrai que j'ai du mal à leur parler autrement. Moi qui n'ai aucune sympathie pour les flics, moi qui déteste tout ce qui porte une casquette, je me retrouve dans la peau de celui qu'on regarde avec inquiétude, je remarque souvent un soupçon de crainte dans les questions qu'on me pose. Et le plus naturellement du monde je réponds avec toute la fermeté dont je suis capable. Les collègues me le reprochent. « T'as vu comment tu leur parles ? » « C'est toi qu'as fait chialer la fille du 8 ? » « Qu'est-ce qu'ils t'ont fait encore ? ! » Ils essaient tous de me calmer, c'est donc qu'ils ont raison mais je ne m'aperçois de rien, ça m'échappe, je ne suis pas comme ça, au sol. Bon, d'accord, certains soirs je me suis emporté, j'ai laissé ma mauvaise humeur gouverner la voiture entière. J'ai abandonné sur le quai des gens frigorifiés, en pleine nuit, alors que j'avais de la place. J'ai insulté des pauvres hères qui me réveillaient pour une aspirine, j'ai fait angoisser des inquiets, j'ai envoyé au diable des voyageurs en veine de confidences. Oui, je suis irascible, voire injuste.

Et pourtant.

On ne peut pas s'arrêter là. Parfois j'ai fait des trucs qui sortaient parfaitement de mes attributions, j'ai veillé une femme enceinte toute une nuit, forcée de retourner au pays à cause du gros ventre, j'ai gardé dans ma cabine un gosse terrorisé, j'ai écouté des heures durant une femme à peine sortie d'un cauchemar, j'ai trouvé des endroits tranquilles à des couples amoureux jusqu'aux tripes, j'ai raccompagné des vieillards jusque chez eux, à Rome et à Florence, j'ai négocié avec des douaniers pour éviter à des Arabes et des Indiens de se faire sortir du train à la frontière, j'ai imploré la clémence des contrôleurs pour des jeunes cons espérant voyager sans billet. Mais ça personne ne le sait. Parfois je me demande comment je suis capable du pire et du meilleur. Je ne sais plus, sans doute quelque chose de fugace, quelque chose qui se jouerait dans l'instant, en une fraction de seconde, une sorte d'instinct qui me ferait aller vers l'urgence plutôt que le futile, le dérisoire.

Lequel est le plus arbitraire ? Donner l'occasion à des mômes de s'envoyer en l'air ou donner asile à un type largué à trois heures du matin en gare de Lausanne ? Ça paraît simple, mais il fallait savoir que les deux ados ne se reverraient peut-être jamais parce que la fille allait faire soigner sa leucémie dans un hosto de Grenoble. Il fallait aussi entendre cet imbécile de Lausanne me dire : « Je veux une couchette dans un compartiment vide, j'ai horreur des odeurs de pieds, et je ne peux dormir que dans le sens de la marche, et réveillez-moi dix minutes avant Dijon, un de vos collègues m'a déjà fait le coup, ce train je le connais, ma valise est sur le quai, conduisez-moi à mon compartiment. » Par miracle j'ai réussi à ne pas lui mettre mon poing sur la gueule. J'entends encore ses insultes au moment où le train a démarré. C'était l'automne.

Nous venons de croiser un train qui roule à la même vitesse, plein pot, et je n'arrive toujours pas à m'habituer à cette baffe de souffle et de décibels. Je vois apparaître une fille en minijupe et blouson en jean avec un badge où l'on peut lire : ITALIANS DO IT BETTER. Pas vraiment jolie mais j'essaie de ne pas le faire lire sur mon visage.

— Les Français vous êtes plou jeunes qué les autres couchettistes. Comment tou t'appelles ?

Je la sens venir. Encore une qui veut voyager gratos et qui s'y prend mal. En tout cas avec moi.

— Antoine.

— Antonio ? C'est joli. Ton train aussi il est joli.

Un accent à couper au couteau. Elle me parle avec un sourire sinistre, complètement acculée à la fenêtre du couloir. Malheureusement pour elle on m'a déjà servi la formule « il est joli ton train », à croire que c'est le protocole officiel. Naguère j'aurais répondu « ça se discute... » mais maintenant je trouve ça plutôt crado.

— Vous trouvez ? Allez voir les autres couchettistes, moi je suis très méchant. Allez voir les Italiens, ils font ça mieux, non ?

Aussi sec elle remet son sac en bandoulière et part tenter le coup chez Richard. Elle ne semble absolument pas froissée, tout juste un peu irritée d'avoir gaspillé des paroles, un peu comme un représentant en aspirateurs. En général ce type de nanas sévit plutôt l'été, la minijupe s'explique mieux qu'en plein mois de janvier. Elles sont assez rares, entre juin et août on en croise une ou deux par mois, mais la période commence apparemment à s'étendre.

Et maintenant routine (chez nous, celui qui dira train-train est bon pour un gage). Ramasser les passeports et les billets, faire remplir les feuilles de douane, distribuer le couchage, oreillers et draps-sacs. Une bonne heure de turbin. Attendre le contrôleur avant d'aller au ragoût, le wagon-restaurant. Ensuite installer les couchettes en position de nuit un peu avant Dijon, vers dix heures. Et dormir en attendant la première douane. En principe je suis payé justement pour ne pas dormir car c'est chez moi que les contrôleurs viennent poinçonner les billets et les douaniers vérifier les passeports, ceci afin de ne pas réveiller nos chers usagers. En théorie nous sommes des veilleurs, mais personne ne se doute qu'avec l'habitude nous dormons deux fois plus et mieux que n'importe quel type qui part en vacances une fois l'an. Au matin, réveiller tout ce beau monde, lui rendre ses documents, et ciao.

Mais je n'ai jamais compris pourquoi, ça ne se passe jamais aussi simplement. Jamais.

Une serveuse du Grill passe avec sa clochette pour racoler les clients. Un voyageur vient me demander une adresse d'hôtel à Venise, il a envie de discuter, il pense que je connais bien la ville. Il repart, après quelques blancs dans la conversation, et je retourne vers mon ouvrage. Mes clients accueillent les couvertures comme s'ils bâillaient déjà.

Combien de têtes ai-je vues défiler depuis deux ans ? Il me serait possible de le savoir. Ils sont entre trente et soixante contre moi, tout seul. Dociles pour la plupart, le plus souvent ingrats et rarement attachants. Ils viennent de lâcher quelque chose ou quelqu'un en grimpant dans ma voiture, je les sens dans l'attente de quelque chose ou de quelqu'un dès qu'ils en descendront. Oui, je sais bien, ce ne sont pas tous des désespérés en transit, ce départ à Venise n'est pas vraiment une déchirure, un divorce, ils n'ont pas tous le sentiment d'un no man's land qui va durer la nuit entière. Ils dormiront peut-être comme des bienheureux sur une couchette qui tremblote. Mais moi, je sais que de quai à quai ils vont gamberger, réfléchir jusque tard dans la nuit à une foule de petites choses auxquelles ils n'avaient prêté aucune attention. Ils ne liront pas le gros pavé qu'ils s'étaient promis de terminer, ils préféreront feuilleter une *Stampa* oubliée sur la banquette, même sans comprendre un mot d'italien, ou bien un *Stern*, même s'ils n'aiment pas *Paris-Match*, un *Times* ou un *Herald*, une fois dans sa vie, histoire de se confronter à ses relents d'anglais.

Au début je les aimais bien, je leur consacrais du temps. Chez moi j'ai un tiroir rempli de papiers griffonnés, des noms et des adresses, en Europe, au Japon, en Yougoslavie, et même une à Nassau, aux Bahamas. Souvent on m'a invité à passer des vacances. On se quitte avec effusion, à destination, on se fait des promesses, et personne ne donne jamais suite. Qu'est-ce que j'irais faire à Nassau, chez des gens qui ne me reconnaîtraient même pas ?

21 h 45. Bientôt la bouffe. La partie technique du boulot est terminée, la plus simple. C'est le facteur humain qui pose le plus de problèmes.

— Salut, t'en as combien ?

Pour un contrôleur S.N.C.F. c'est l'entrée en matière la plus classique. Combien j'en ai ? Trente-neuf. Il va me dire : « Donc... il te reste vingt et une places libres. » À raison de dix compartiments de six couchettes, cela nous fait deux opérations de calcul mental. Je lui laisse le temps.

— ... vingt et une places, c'est ça ?

— Oui. Et toi t'as trois étoiles sur ta casquette, ça veut dire que t'en auras cinq dans vingt ans si tu donnes satisfaction, ça fait combien d'années à se faire chier par étoile ?

— ... ?

J'y suis peut-être allé un peu fort. Trois étoiles, c'est plus un débutant. Un cinq-étoiles et je me faisais virer aussi sec. De toute façon pour un cinq-étoiles c'est trop tard.

Mon jeunot poinçonne consciencieusement et pour m'emmerder il compte chaque billet et chaque réservation couchette.

— S'il en manque un seul, je t'aligne.

En clair il me collera un rapport au cul qui arrivera dès mon retour à la Compagnie des Wagons-lits. Vas-y coco, moi je sais compter.

— T'as le compte, dit-il, mais y a un via Chambéry-Modane-Pise. Faut faire un redressement.

Billet foireux, ça arrive souvent, le 222 passe par Dole et Lausanne. Les contrôleurs suisses vont le « redresser » aussi, les Italiens peut-être. J'envoie le jeunot dans le compartiment du fautif, les histoires de parcours ne me regardent pas, ça ne fait que retarder le dîner d'un quart d'heure.

Le trois-étoiles revient vers moi, sans le billet.

— Il a gueulé, il veut faire un scandale en rentrant à Paris. Il a gardé son billet pour s'expliquer lui-même avec les Suisses.

— Tant mieux, ça fait toujours un de moins à garder. Sinon, c'est bon ? Je peux aller bouffer ?

Il ne répond pas et entre dans les soufflets sans se retourner. Je cadenasse ma cabine et pars vers le ragoût qui se trouve en tête. Je jette au passage un coup d'œil sur mes compartiments.

— Il manque une couverture pour la couchette du haut !

— Vous n'êtes que quatre dans celui-ci, non ?

— Ah bon... on ne sera que quatre pendant tout le voyage ?

— Mais oui.

Ça sentira moins la transpiration, tu pourras même piquer les draps-sacs en trop, si c'est ça.

Le train ralentit, nous arrivons à Dijon. Richard n'a pas tout à fait terminé, je l'attends assis dans son fauteuil, le regard perdu dans l'obscur panorama d'une ville toujours morte. Dijon. L'arrêt le moins exotique du parcours. Je n'ai jamais mis les pieds sur le quai sauf pour me rendre au ragoût, ça nous fait gagner quatre à cinq minutes mais faut faire vite, on arrive à 21 h 59 pour repartir à 22 h 2. Du quai on ne voit rien de la ville, hormis les néons clignotants d'un cabaret de strip-tease, le Club 21. J'ai toujours trouvé ça étrange. Le train repart et j'essaie d'imaginer que chaque soir, à Dijon, des femmes se déshabillent.

— Au graillon ! s'écrie mon camarade.

On passe dans la voiture d'Éric, Richard lui demande s'il veut manger, il refuse. Tant mieux. Et maintenant : quinze voitures à traverser. *Le tunnel, La grande évasion, La charge de la brigade légère* et *Les aventuriers de l'arche perdue*, tout ça en quinze voitures. Cette traversée me fait l'effet d'un sillon au coupe-coupe dans une jungle humaine. C'est l'heure où les lions vont boire et où les gazelles regagnent leur couche. On passe par mille fragrances allant du parfum chic au remugle de Tupperware. Cent cinquante compartiments première et seconde, un demi-millier de visages. On va très vite, presque au pas de course pour garder une moyenne de dix secondes par voiture. On déboule, on regarde partout, le blazer bleu, la cravate et l'insigne nous donnent une certaine impunité, tout le monde s'écarte sur notre passage, ça fait plaisir. J'aime bien cette enfilade de situations, de conjonctures. On dit un petit bonjour rapide au responsable de chaque voiture, « on s'retrouve tout d'suite ». Dans les premières on parle un peu moins fort. Les « conducteurs » (nos équivalents première classe) portent une livrée marron avec képi obligatoire. L'été, ils souffrent pendant que les couchettistes se baladent en bras de chemise. Vingt ans de carrière, une femme, des gosses de notre âge, la moitié de leur vie sur les rails et dix mille histoires à raconter à qui veut bien les entendre, et je suis toujours volontaire.

Le ragoût est bondé mais notre place est réservée. Toute la troupe des Wagons-lits se retrouve, les couchettistes et conducteurs de Venise et Florence, ainsi que les trois agents de restauration. Moment sympathique si l'on aime la cantine d'entreprise, ticket-plateau-self, comme partout où ça bosse, avec en sus le plaisir du paysage. Le menu ne change pas d'un haricot depuis des années : crudités, entrecôte maître d'hôtel (steack frites), yaourt et pinard étoilé. Ça c'est pour les couchettistes, les conducteurs se débrouillent pour agrémenter l'ordinaire, privilège de l'ancienneté. Le règlement nous accorde une demi-heure, mais vu qu'il n'est pas là à chronométrer, on prend notre temps jusqu'au décrochage du ragoût, à Dole. Autre privilège de la cantine roulante. Mais il ne se passe pas un repas sans qu'un voyageur courageux ne vienne nous relancer jusqu'à notre table pour un problème d'une exceptionnelle importance, du type : « il y a une sangle qui bloque la couchette du haut » ou « ma veilleuse ne marche pas ». Le camarade concerné affiche la mine revêche de celui qui vient d'avaler de travers. En général, je réponds pour lui.

— Vous faites quoi comme boulot ?

— Heu... je suis dans la plomberie.

— Ah oui ? Le bleu c'est froid et le rouge c'est chaud, c'est ça ?

— Mais pourquoi vous me dites ça ?

— Pour rien. On viendra réparer après manger.

À Dole on fait une bise aux serveuses et on rentre par le quai. Promenade digestive pendant la manœuvre de décrochage. Les filles du ragoût, rêveuses, nous disent qu'on a de la chance d'aller à Venise. Les pauvres petites ont effectivement le parcours le plus ingrat du métier, Paris-Dole, elles passent la nuit dans des hamacs sans sortir de la voiture, au matin on les raccroche à cinq heures au train du retour pour servir les petits déjeuners jusqu'à Paris. Elles n'ont jamais vu Venise mais y partent chaque soir.

Retour au bercail. À cette heure-ci c'est plutôt le bureau des pleurs, et ça va pas et ça va pas, et patata. Petit stress rituel du voyageur avant qu'il n'aborde la véritable raison de sa présence ici : se coucher. La plupart d'entre eux sont déjà au pieu, les autres m'attendent pour confirmer leur heure de réveil ou réparer un appuie-tête qui a dégringolé. Certains ont décidé de ne pas dormir et tiendront parole, debout dans le couloir, pendant au moins une bonne heure.

En bâillant j'essaie d'imaginer la journée de demain, à Venise. Il faudrait que je pense à acheter une petite bricole à ma compagne. Ma vraie compagne, celle de Paris. Ma petite Katia... qui dort déjà à l'heure qu'il est, dans notre studio de la rue de Turenne. À moins qu'elle ne soit dans un bar branché des Halles avec des zigotos trop prévenants. « Mon mec ? En ce moment il doit être vers la Suisse, remettez-moi un demi les gars ! » Je n'en saurai jamais rien. D'ailleurs j'ai intérêt à la boucler ; hier, par mégarde, je l'ai appelée Rosanna. Et plus on se justifie plus on s'enfonce. Notre accord tacite dure depuis quelques mois mais je sens le clash pour bientôt.

— S'il vous plaît, monsieur, vous êtes bien le steward de cette voiture ?

J'ai dit oui et failli ajouter « merci », merci pour cette demi-seconde où des ailes me sont poussées. Faut avouer que « steward » c'est autre chose que « couchettiste ». D'un geste lent il pose la main sur mon bras, et malgré tout, j'ai horreur qu'on me touche.

— Pensez-vous que... Vaut-il mieux s'enfoncer dans le drap-sac et mettre la couverture par-dessus, comme une couverture normale, ou en dessous pour obtenir un peu plus de moelleux ? Je me pose la question.

Il est assez petit, très brun, les bajoues tombantes, et manifestement il fournit un certain effort pour maintenir ses paupières levées. Ses phrases sont lentes, entrecoupées de soupirs et d'hésitations.

— Je vais peut-être me servir d'un de ces accoudoirs pour mettre sous mon oreiller, c'est un peu mou, c'est de la mousse, non ? Pour l'instant j'ai une couchette médiane, est-ce que vous me conseillez de changer pour celle du bas, celle qui fait en même temps banquette ?

Je suis terrassé, sans réaction. En temps normal j'aurais déjà mordu. Ce type a l'air sérieux, et terriblement fatigué.

— Vous avez si peur que ça de mal dormir ?

— Assez, oui. Vous êtes la personne la mieux indiquée pour avoir de bons conseils. Je m'en remets à vous...

Que faire ? Mordre ou sourire ? Jamais je n'ai vu un spécimen aussi inquiet depuis que je bosse. Le pire c'est que je sens une sincérité.

— C'est si important, le sommeil ?

— ... Rien n'est plus important que ça. Rien.

Dans son compartiment, ils sont trois. Il y a un type assez rabougri qui ne semble pas apprécier notre petit bavardage, le genre qui veut profiter à fond de ses 72 balles de couchette. C'est lui qui avait un billet foireux, tout à l'heure. L'autre est un Américain pur jus, baraqué, élevé au grain, avec des baskets montantes non lacées et un sweat-shirt imprimé Y.A.L.E. Visiblement, personne ne se connaît.

— Une éternité nous sépare de demain matin, ajoute-t-il. Autant oublier le poids du corps en attendant...

J'aurais pu lui faire remarquer que Paris-Venise par Air France ne le fatiguerait pas plus d'une heure.

— Allez, demain matin vous serez place Saint-Marc, à la terrasse du Florian, en pleine forme, dis-je.

— À Venise... ? Vous savez, avant, je pensais que le sommeil servait à réparer une journée de travail. Je me sentais crevé mais tout de même serein à l'idée que le lendemain je me lèverais du bon pied pour repartir à la tâche.

Je l'attire dans le couloir afin de ne pas déranger les autres et fais coulisser la porte. Quand je croise un cynique je me le garde, c'est trop rare.

— Vous faites quoi ?

— Je ne travaille plus mais j'étais comptable dans une petite entreprise, ça n'a l'air de rien mais ça use, à la longue. En fait, j'ai découvert le vrai sens du sommeil depuis la fin de mon boulot.

Paradoxe qui demande explication, mais pas tout de suite.

— Et vous, vous arrivez à dormir ?

On me pose la question trois fois par soir. D'habitude je réponds une connerie mais avec un type un peu sibyllin, comme lui, on franchit le cap du discursif et du bon ton.

— La plupart du temps, oui, mais ça s'apprend. Au début il faut faire face à trop de trucs, on veille tout le parcours, on essaie de se rattraper à destination et le soir même on repart pour une nuit blanche.

— Mais c'est terrible...

— Non, question d'habitude. Certains ont recours au « steak

de levure », trois canettes de bière, ça apaise. Il faut surtout s'organiser avec la billetterie, je sais à peu près à quelle heure les contrôleurs vont passer. Les Suisses, par exemple, essaient de ne pas trop vous déranger pendant le sommeil et les Italiens pendant la bouffe. J'ai des techniques pour ne pas interrompre ma nuit à propos de n'importe quelle bêtise. C'est ça, en fait, la vraie fatigue : être réveillé violemment pour un faux problème.

J'angoissais à chaque épisode de la nuit, je vérifiais trois fois chaque billet et chaque passeport, toutes les deux heures je comptais mes voyageurs dans les compartiments par peur des permutations sauvages et des clandos discrets. La hantise de perdre un document m'obligeait à trouver des planques incroyables, bac à linge, haut de l'armoire ou sous ma banquette, jusqu'à mon sac personnel. J'avais une telle trouille de ne pas réveiller un voyageur à sa station que je faisais sonner mon réveil toutes les demi-heures, tout en m'interdisant de m'étendre. Le règlement disait : « Gardez vos chaussures ! » et je gardais mes chaussures, quoi qu'il advienne. Arrivé à Rome je sentais une telle libération que je me précipitais dans le premier café pour boire un verre de blanc, rien que pour fêter ça. Là-bas, impossible de dormir, ni même d'en avoir envie, je marchais pendant des heures, seul, pas trop loin de la gare. Aller à Saint-Pierre-aux-Liens pour voir le Moïse de Michel-Ange, faire des courses pour Katia, manger une glace Piazza del Popolo. Puis je rentrais à l'hôtel pour une douche-coup de fouet et un rasage obligatoire. À 17 heures, retour à ma voiture et c'était reparti pour une nuit de qui-vive. Le train arrive à 10 h 10, j'étais chez moi à 11, Katia dormait encore, la tradition voulait que je ramène des croissants. Elle me souriait et reculait le moment de me demander comment ça s'était passé. Et moi je n'attendais que ça pour tout déballer en bloc, à rebours. Je le lui racontais comme un roman, comme un film à suspense, je voulais capter son attention, l'émouvoir. J'essayais surtout de lui communiquer quelque chose de flou. C'était un rite obligé, la seule manière d'évacuer ces trente-six heures d'un ailleurs pourtant indescriptible. Je voulais qu'elle comprenne.

— ... Oui, je comprends ça.

Non, personne ne peut comprendre. Ces paquets de voyageurs

qui sourient et font la gueule. Je me sentais exposé, responsable de leurs cauchemars, bouc émissaire de leur mauvaise humeur. Je n'avais que vingt-deux ans. Un minot. Katia m'écoutait d'une oreille éteinte, elle était trop loin de tout ça, trop fixe. Elle se demandait comment une accumulation de petits riens pouvait me mettre dans un tel état. Une sorte de dérèglement, on ne sait plus si c'est la terre ferme ou si ça gigote encore, dans la tête on sent comme une tempête qui aurait fait voler tous les fichiers de la mémoire. Et la fatigue, une fatigue du trop-plein, une sorte d'extase de l'usure, les paupières qui tombent sur des yeux écarquillés, les os sont chauffés de crampes bizarres, pas douloureuses, les muscles abandonnent mais les bras ont envie de casser quelque chose. La crasse enrobe le tout, une crasse presque présentable, encravatée, une transpiration dix fois séchée par la ventilation. Sans oublier le pire, l'haleine, toujours la même, indéfinissable, un goût de miasmes métalliques dans la bouche. Tous les couchettistes ont le même, on s'échange des recettes, le zan, les oranges, le café glacé, le bourbon, mais rien à faire, on le garde en suspension dans le palais pendant bien deux jours. C'est un goût dont on connaît le bruit, il nous vient de la chaufferie, une clime qui nous siffle un air usé et réutilisé, un oxygène fétide qui grésille dans les oreilles. On peut toujours ouvrir la fenêtre, on s'endort giflé, pressurisé, et on se réveille en grelottant. Alors on s'en remet à l'air conditionné qui nous brasse la poussière de couvertures, comme si on avait sucé le drap d'un client. Oui, c'est exactement ça, mais comment le dire à quelqu'un ? Comment lui soumettre une image aussi répugnante ?

Par bonheur la cigarette existe et vient ponctuer l'ambiance, le tabac n'est plus ami ou ennemi, chaque bouffée est mécanique et chaude, la fumée se marie diaboliquement bien avec cette haleine, ils sont faits l'un pour l'autre. Le plus souvent la clope se consume toute seule, planquée dans un cendrier encastré dans le bras du siège et ça n'est plus important, pourvu qu'elle soit allumée. Réduite au rôle d'encens. À Paris je ne tire jamais sur le moindre mégot.

Katia regarde, à demi réveillée, cette silhouette fripée qui n'a même pas l'idée d'enlever sa cravate pour s'étendre, une ombre hagarde qui s'agite dans son incohérence. Je ne sais plus comment allumer le gaz sous la cafetière, j'oublie que j'ai le droit d'ôter mes chaussures, j'essaie de lui demander ce qu'elle a fait, à Paris, mais elle sent bien que je m'en fous. Qu'est-ce qu'elle a bien pu vivre ? Du dérisoire, encore plus creux que le mien. Mon dérisoire à moi est hors norme, hors sujet, hors contexte. Je deviens presque méchant, je raille son équilibre, je la soupçonne d'être passée à côté d'un moment, je lui en veux de n'avoir pas connu la moindre petite cassure. Qu'est-ce que j'en sais, après tout ? Je suis injuste et elle m'en donne le droit. Je me mets à parler vite, je lui raconte avec passion comment cette nuit-là, dans un train presque désert, un homme en pleurs m'a décrit la mort de sa femme, la veille. Le besoin qu'il avait de parler de cette petite bulle d'eau qui a fait imploser un poumon, la manière dont elle s'est doucement cabrée dans une sourde expiration. Et dans le lit de Katia je m'endors au milieu d'une phrase. Elle sort en fermant délicatement la porte. Comme elle le fait à chacun de mes retours.

— Et alors ? Il vous faut combien de temps pour vous remettre de tout ce bordel ?... Je veux dire... de toutes ces bêtises.

— Hein ?

— Eh bien oui... Je suppose que votre boulot demande un peu de récupération... je dirais même un peu d'oubli.

Je reste accoudé à la barre du couloir sans parvenir à émerger complètement. Le souvenir m'a pris en traître, le film de mes douloureux débuts. Les quelques milliers de voyageurs que j'ai rencontrés depuis ne m'ont parlé que de vacances et d'architecture. Et qui a prononcé le mot d'oubli ?

— Oui, l'oubli... Avant il me fallait quinze heures de sommeil dans mon propre lit avant d'y voir clair et de reprendre un rythme normal. Maintenant c'est à la seconde précise où je pose le bout du pied sur le quai de la Gare de Lyon. Dès que le train s'arrête je sors tous les voyageurs, je passe dans la voiture pour voir si personne n'a rien oublié, je descends. Et là...

— J'imagine...

— C'est un bonheur divin, un cadeau céleste. Mais ça ne dure que quelques secondes, le temps d'arriver au bout de quai. On a l'impression d'une expédition qui a duré des siècles. On se sent sale et heureux.

Il rit et me tape à nouveau sur l'épaule. Cette fois c'est plutôt un geste paternel.

— Je vous rends hommage pour au moins une chose, c'est votre maturité en ce qui concerne votre appréciation du temps. Je veux dire le temps qui passe, et en général les jeunes gens n'y attachent aucune importance.

— Comprends pas.

— C'est simple, un gars de vingt piges n'a pas de sablier dans la tête, pour lui il est toujours midi ou minuit, il est capable de tout casser pour avoir satisfaction dans la minute même, mais il est tout aussi capable de perdre des heures et des jours pour un détail ou une impression. C'est un peu normal, il sent qu'il a du temps devant lui. Moi aussi j'étais comme ça. Vous, non. Vous avez une notion du long terme qui n'est pas de votre âge. En gros, vous semblez avoir compris ceci de fondamental ; il y a deux choses auxquelles il faut accorder de l'importance : l'instant et la patience. Il faut savoir vivre les deux.

Jamais entendu ça. Je n'ai pas trop bien compris mais je vais tout noter sur un bout de papier pour y cogiter un peu, cette nuit. Il est temps de rentrer.

— Faut voir, je dis, en faisant mine d'avoir pigé. En tout cas je m'en souviendrai. Sur ce, si vous avez un problème, venez me voir.

— Je n'en aurai pas. Tout ce que je veux c'est dormir. Dormir...

Je vérifie si tout est prêt pour la douane. Les Français passent en premier et ne regardent que les feuilles de déclaration, des fois qu'un voyageur soit suffisamment stupide pour y notifier : « les cinquante briques que le fisc n'aura pas ». De temps en temps ils appellent le central au talkie-walkie pour une identité, un R.A.S. crépite, et ils passent à la voiture suivante. Les Suisses sont moins routiniers mais tout aussi prévisibles dans leur paranoïa de l'immigration clandestine. Tout exotique individu doit se munir d'un visa de transit, et ce, uniquement pour traverser leur cher petit paradis, à une vitesse de 160 pendant deux heures, sans y poser le pied. Ça pourrait être drôle si ça ne coûtait pas 120 FF. Personne ne le sait et peu d'entre eux l'ont, les autres sont débarqués à la frontière, même avec un passeport en règle. Un jour j'ai demandé à un douanier quels pays avaient besoin d'un visa. Réponse : l'Asie, l'Afrique, le Proche et Moyen-Orient, l'U.R.S.S., et une variété choisie d'Amérique du Sud. Un autre soir j'en ai vu un me demander aussi sec : « T'as du nègre ? » Celui-là, au moins, avait l'avantage de la concision. Le genre qui annonce la couleur. Et justement il en avait trouvé un, sénégalais, avec lequel je discutais le coup un peu avant Vallorbe. Étudiant en droit à Dakar, le pauvre gars s'était entendu dire :

— Toi besoin visa, toi descendre.

— Mais je ne savais pas… je vous assure…

— Toi descendre, j'ai dit.

Il s'est contenu, leur a offert un sourire bwana et m'a serré la main en descendant. Avant de changer de voiture le Suisse m'a tout de même demandé depuis combien de temps on se connaissait, le nègre et moi. À cela il n'y a aucune parade, on peut tout juste travailler sa faculté d'abstraction et peut-être imiter le cri déchirant du coucou.

— Venez immédiatement dans mon compartiment !

Il m'a fait sursauter. Quand on entre chez moi sans frapper je suis capable de tuer. C'est le 23, celui du billet foireux.

— Calmez-vous et parlez-moi autrement. C'est encore à cause de votre billet ?

— On m'a volé mon portefeuille ! Voilà, et j'avais tout là-d'dans ! Mon fric, mon billet, mon permis, tout.

Il a voulu le garder, son titre de transport à la con. C'est bien fait, il aurait dû me faire confiance.

— Vous êtes chargé de surveiller, non ? Vous avez parlé de voleurs, tout à l'heure.

C'est vrai mais pas sur le parcours français. Ces trucs-là n'arrivent qu'en Italie.

— Je ne suis responsable que des billets et des passeports en ma possession.

— C'est toujours comme ça, y a plus personne ! je veux retrouver mes cinq mille balles et ma carte bleue. Si je tiens le salopard… !

Je le précède dans le couloir et débouche dans le compartiment 2. Le dormeur sibyllin de tout à l'heure fouille les couchettes, et l'Amerlo est à quatre pattes par terre, la tête enfouie sous la banquette. Apparemment, rien que de la bonne volonté.

— Mais ça fait un quart d'heure qu'on cherche ! On me l'a piqué je vous dis !

— Vous avez quitté le compartiment depuis le départ ?

— Dix minutes, pour acheter un sandwich, monsieur et monsieur étaient dans le couloir, dit-il en montrant du doigt ses colocataires.

— Et vous laissez votre portefeuille, comme ça ?

— Je sais plus. J'ai enlevé ma veste un moment… je sais plus.

L'Amerlo se relève.

— Rien en dessous.

Et se rassied, tranquille, vers la fenêtre, jugeant sans doute en avoir suffisamment fait. Le dormeur l'imite en secouant les bras, gêné.

— Mais puisque je vous dis qu'on l'a volé, VO-LÉ, je peux pas l'avoir perdu, quand même !

— Hé... ho, quand on est capable de se le faire voler on est capable de le perdre. Alors maintenant tout le monde sort d'ici, je désosse la cabine et on voit.

En quelques coups de clé carrée je réduis tout le compartiment en pièces détachées. Rien.

— Et alors ? ! C'est pas ici qu'il faut fouiller, c'est tous les autres compartiments, tout le train s'il le faut ! Ça ne va pas se passer comme ça !

Un fou mégalomaniaque. Harpagon qui chiale après sa cassette, fier de son bon droit de victime. Bizarrement, ses jérémiades me donnent envie de dormir mais ce n'est pas le moment de bâiller. Il va bouffer sur mon temps de sommeil. Le pire c'est que nous avons les douaniers dans vingt petites minutes, et j'en connais qui sont tout à fait capables de mettre les pieds dans le plat.

— Vous devez bien savoir ce qu'on fait dans ces cas-là ! ! !

— Ouais... on appelle le chef de train pour faire un constat... Je sais, c'est pas lourd.

— Un quoi ? Mais je m'en fous de ce papier... je veux mon argent et ma carte bleue, nom de Dieu !

De retour dans ma cabine je saisis le téléphone. À part les annonces contre le vol je n'utilise ce machin qu'à des fins jubilatoires. Ou vengeresses, comme la fois où un contrôleur éméché s'est vaguement foutu de ma gueule. Un quart d'heure plus tard j'ai saisi l'appareil pour dire : « Mesdames et Messieurs les voyageurs, nous vous informons que le train est plein, et que le contrôleur aussi. » Il a compris que c'était moi mais n'a jamais pu vérifier. Ce soir, je vais rester sobre.

« On demande le chef de train dans la voiture 96. »

Voilà qui va être mal accueilli. À 23 h 30 le chef digère son graillon bien arrosé dans une cabine vide et s'apprête à descendre pour rejoindre une paillasse du foyer S.N.C.F. de Vallorbe en attendant un omnibus qui le ramènera chez lui. Si c'est un Grenoblois ça ira, mais si c'est un Parisien il attendra le Galileo du retour qui passe à 2 h 59. Des p'tits trous, toujours des p'tits trous.

Retour vers le drame, compartiment 2. À 23 h 30 un voyageur pour Venise perd son portefeuille et déraille. Cet idiot a déjà investi les compartiments 1 et 3. Des gens dans le couloir regardent, amusés, avec une main rassurante dans la poche intérieure.

— Qu'est-ce qu'il fout votre chef de train ?

— Il arrive, mais de toute façon il descend dans un quart d'heure, son parcours est terminé. Il passe le relais aux contrôleurs suisses.

Mais je sais déjà ce que va dire le Suisse avec son insupportable accent : « Le vol a été commis en France ? Eh ben nous on peut rien fèèèèère. » Logique kafkaïenne et frontalière. Ce soir, je n'ai pas fini d'en entendre.

On vient de ralentir imperceptiblement. Je reconnais au loin, dans le noir, ce bizarre édifice bariolé, une sorte de château d'eau camouflé par un fauviste. Kilomètre moins vingt-cinq. Le trois-étoiles fait une sale tronche.

— C'est toi qu'as appelé ?

Il a encore en mémoire notre échange de tout à l'heure et pense que je le fais exprès. J'expose les faits en trente secondes. J'imagine ce qu'il a dans la tête : « Fallait que ça tombe sur moi. » Je me sens solidaire. Il renifle, inspecte, tâtonne et délibère.

— Je descends dans dix minutes, j'ai juste le temps de faire un constat de vol et perte.

Il sort un bordereau et l'aboyeur explose. Mais trois-étoiles n'a pas envie de discuter.

— Écoutez, je ne peux rien de plus. On arrive à la douane, eux ce sont des gendarmes, attendez voir ce qu'ils diront.

— Je vais leur parler, vous allez voir, ils vont tout fouiller !

Il ne lâche pas le morceau mais au moins, je ne suis plus concerné. Qu'ils se démerdent. En revanche, le Ricain se redresse pour dévisager tous les occupants du compartiment. Le dormeur détourne les yeux.

— On peut... chercher encore un peu, dans le restaurant peut-être..., fait le Ricain.

Personne ne réagit. Sur ce je rentre chez moi et claque la porte radicalement pour m'isoler de tout ce bordel. Je fais coulisser le fauteuil qui devient lit et prépare mon couchage façon pro. Plier une couverture dans le sens de la largeur et l'introduire dans un drap-sac de façon à obtenir une couette. Répéter l'opération avec une seconde couverture et se glisser entre les deux, la tête posée sur deux oreillers. C'est moelleux, chaud, et ça évite d'attraper des saloperies. La seule fois où j'ai vu des types nettoyer les couvertures, ils portaient un masque et vaporisaient une pluie étrange avec des sulfateuses. Il faut être cinglé comme un voyageur pour dormir torse nu à même la chose, et j'en vois souvent. Et puis il est impossible de dormir engoncé dans le sac à viande si on se lève vingt fois dans la nuit. Je suis en retard sur mon emploi du temps, en général je prépare mon pieu à Dole. C'est souvent là que je réalise combien Paris est déjà un souvenir. Plus je dormirai et plus vite je serai chez moi et là je ne me coucherai plus, le voyage suivant est trop vite arrivé.

Les soirs comme celui-là je maudis tout le système ferroviaire. Le train, l'imaginaire du train, les films, les romans, toute cette aura autour d'un lombric en tôle qui fait kataklan kataklan, et ensuite tata tatoum tata tatoum quand il a pris un peu de vitesse. Tout ça m'agace. En fait je suis profondément sédentaire, j'aime ouvrir ma fenêtre sur l'immuable boulangerie d'en face. Quand je roule, c'est la loterie, le rideau peut se lever sur le jour ou la nuit, la ville, la campagne, la gare. Je peux me retrouver nez à nez avec un banlieusard de Vérone, l'œil collé contre ma vitre, curieux de surprendre un Parisien endormi. Au début je trouvais ça drôle, je me goinfrais d'imprévisible, et désormais je le fuis comme la peste. Dans ce boulot, je ne trouve plus aucune poésie, aucune excitation, depuis quelques mois je commence à aimer la régularité, la constance, c'est la seule dynamique viable au quotidien. Quitte à passer pour un petit vieux auprès de mes copains de Paris.

En deux ans j'ai vieilli de dix.

La lumière est éteinte. Dans trois secondes je pourrai percevoir les points fluo du réveil. J'aurais peut-être dû accepter ce Florence, j'en aurais profité pour me reposer de cette journée de dingue, à

Paris. Courir d'urgence dans les bibliothèques, Beaubourg, Chaillot, le C.N.C., compiler une masse de renseignements sur des metteurs en scène, libeller des fiches pour le Larousse du Cinéma. Coup de fil paniqué, ce matin, il leur manquait la biographie de Luc Moullet, et c'est pas le plus facile à pister. Si vraiment j'obtiens le poste qu'ils me font miroiter depuis trois mois je laisse tomber les Wagons-lits avec perte et fracas, et sans préavis.

On toque à la porte. J'étais presque sur le point de faire totalement abstraction du train.

Le Ricain ? Il est à peine reconnaissable, son visage a changé, ses yeux aussi. Ses yeux surtout. Il veut entrer presque de force dans ma cabine et, pris de court, je le laisse me déborder.

— Écoutez-moi. C'est spécial, très spécial...

Il chuinte le ch, ça devient « spéchiol ». Il veut sûrement dire « grave » ou « urgent ». Je réfrène un « calmez-vous ». C'est une phrase que je prononce trop souvent.

— Le type chez moi est fou pour sa carte bleue... cinq mille francs... S'il parle avec la police qu'est-ce qui se passe ?

Un léger pincement, vers mon ventre.

— Ben heu... ils vont vérifier... je ne sais pas... c'est la première fois que ça m'arrive... Un soir, pour un viol, ils sont passés dans tout le train avec la fille pour qu'elle reconnaisse ses agresseurs. Ce soir je ne sais pas...

— Ils vont vérifier les passeports ?

— C'est possible. Vous étiez dans la cabine, vous êtes un peu... un peu suspect...

Prononcé du bout des lèvres mais il a parfaitement saisi. Sa langue propulse quelques positions d'injures.

— Il ne faut pas.

Silence.

La voilà, l'embrouille. La vraie.

— Il ne faut pas quoi ? Qu'on regarde votre passeport ?

— Il faut être à Lausanne à 2 h 50.

— Mais vous y serez, on ne va pas retarder le train pour un portefeuille !

Il regarde ma cabine et cogite à toute vitesse.

— On peut payer ce type, non ? Dix mille s'il ferme sa gueule.

« Fermer sa gueule. » Son français est relativement malhabile mais ça, il l'a parfaitement dit. Dix mille... Il se croit à New York. Là-bas ça marche peut-être.

— Je ne vous le conseille pas.

Il frappe du poing sur son torse et vitupère une phrase dans sa langue, un crachat des bas-fonds, un bruit de haine, de piège. L'impasse, le cul-de-sac. Dead end. J'ouvre et le pousse dehors, il refuse de sortir, une seconde, et me fixe droit dans les pupilles.

— Il ne faut pas. Je ferai tout pour ça, vous comprenez ?

Mon cœur s'accélère, j'ai juste le temps de saisir ce qui me reste de souffle.

— Sortez d'ici. Get out ! You know, I'm working on these fucking trains for four thousand five hundred fucking francs each month, vous comprenez ? So get out of here right now. O.K. ?

Il sort, regarde vers le couloir. Son visage se transforme à nouveau, mais dans le sens inverse, comme un regain de calme. Du coup je respire un peu aussi.

— Au point où vous en êtes il vaut mieux me dire ce que vous risquez. Vous préférez qu'on parle anglais ?

Il sourit. Un sourire sale avec des dents bien blanches. Cette fois il n'est plus du tout inquiet, sa voix ne chevrote plus. Une décision a été prise et je crois que rien ni personne ne s'y opposera.

— Il est possible de cacher quelqu'un ici..., dit-il en montrant ma cabine.

Ce n'est pas une question, c'est juste une affirmation simple et claire.

— Pardon ? Vous plaisantez ? You're joking... ?

— Vingt mille pour toi si quelqu'un passe la Suisse ici. Correct ? Ça fait quatre mois de travail, no ? Juste deux heures et le type descend à Lausanne...

Je ne réalise pas très bien. Dans ma misérable carrière ça ne m'est arrivé que deux fois. La première avec un Argentin sans visa qui me proposait cinq mille, et j'ai refusé. Ce soir je vais refuser pour le quadruple. Quatre mois de boulot, c'est vrai. Je ne visualise même pas la somme, je ne peux que convertir en salaire. Je vais refuser, et même pas par éthique : par peur de la taule.

— Ne me dites surtout pas pourquoi vous voulez passer. Sortez de cette cabine. Je ne suis pas fonctionnaire, je ne suis pas flic. Je veux juste être tranquille. Pas d'emmerdements... vous comprenez « emmerdements » ? No trouble.

— Trente mille. Ce n'est pas affaire de gangsters ou dope ou rien de mal...

— Alors vous avez peur de quoi ?

— Moi ? Rien. Je peux aller en Suisse. Mais pas mon ami.

— Hein ? Vous vous foutez de moi, quel ami ? Votre histoire pue... It stinks.

Je pousse son épaule avec la porte. Il est plus fort que moi. Désormais il me toise en ennemi. Un autre soir, dans une ruelle sombre, un tel regard aurait signifié ma mort.

— You don't want trouble but looking for it. O.K. ?

Il relâche sa poussée, sans insister, comme pour me dire que c'est trop tard et qu'il se débrouillera sans moi. Quelques gouttes de sueur perlent dans mon col, nous commençons à ralentir, j'ouvre un peu la fenêtre. Il fait plus frais mais le bruit décuple, il faut choisir. Je me souviens du regard de l'Argentin après mon refus, j'ai lu dans sa pensée. J'avais la drôle d'impression de l'avoir contraint à l'exil.

Dans cinq minutes, les flics.

J'aurais sûrement dû accepter le Florence. Après tout, ça ne m'éloignait pas beaucoup plus de Paris. 8 h 30 vendredi matin. Comme tout le monde.

*

Le coup a bloqué mes genoux contre la paroi et mon bras droit s'est planté au sol. Debout, ma tête aurait heurté une étagère. Le train s'est figé dans la nuit après quinze mètres de freinage et ça ne laisse pas beaucoup de temps pour se retourner, à peine huit secondes pour passer de 120 à 0. L'alarme est brûlante, je ne la connais pas bien. En deux ans, quatre fois. Je me relève et sors dans le couloir le plus vite possible, sans même remettre mes chaussures. Le choc, la surprise, la sirène, la gueule des gens, les pyjamas mal fagotés, les contrôleurs qui vérifient les poignées une par une pour arrêter le système. Je croise le trois-étoiles qui ne me dit rien, il a oublié que j'étais le couchettiste. On a pu la tirer n'importe où dans le train, à dix voitures de la mienne. Les voyageurs, eux, ne m'oublient pas et les questions fusent. Un gosse pleure et sa mère lui frotte le front. Branle-bas dans le couloir. Un petit coup d'autorité devient nécessaire.

— Rentrez dans vos cabines pour faciliter le travail des contrôleurs !

Tu parles... Autant pisser sur une motrice, ils ont décidé de ne pas m'entendre. Je dois me les faire un par un à grand renfort de s'il vous plaît. Ce n'est pas la panique, non, ça ressemble plutôt à du voyeurisme ordinaire, comme l'attente du bang après un crissement de pneus. Un courant d'air froid passe sur mon visage près du compartiment 1, à l'opposé de ma cabine. Les fenêtres sont pourtant fermées. Sur la plate-forme arrière je vois le trois-étoiles retirer sa casquette, il entre dans les toilettes et la sonnerie cesse aussitôt. La portière du fond est ouverte. Le mouvement est simple, l'alarme a été tirée des chiottes et le type s'est évaporé dans la nature trois secondes plus tard. Je passe le nez dehors, trois-étoiles est au bas du marchepied, on ne discerne rien, un feu rouge, peut-être, au loin, en tête de train.

— Tu vois quelque chose, toi ?

Pas de silhouette désordonnée, aucun mouvement hormis une brise qui passe dans les buissons. Le trou noir.

Il remonte, une grappe de voyageurs curieux nous pousse presque dehors, des questions sans intérêt, la fraîcheur de la nuit a séché ma transpiration. Il claque la portière en criant quelque chose aux badauds, et ça marche.

— Et toi, sors-moi ton schéma, les billets et les réservations, je vais chercher le collègue et on te retrouve chez toi.

La totale. Une liste complète des voyageurs, avec les montées et les descentes. Pour répondre à une seule question : qui ? Je retourne chez moi, une petite dame en chemise de nuit a passé la tête dans ma cabine. Même pas eu le temps de fermer, tout à l'heure, et j'ai horreur qu'on mette le nez dans mes affaires.

— Qu'est-ce qu'elle a madame 46 ? Elle veut quelque chose madame 46 ?

Elle file direct vers sa couchette 46, sans demander son reste.

A priori personne n'a touché aux papiers, j'ai l'habitude de les planquer dans un recoin invisible si l'on ne connaît pas le local. Tout y est. Je m'allonge en attendant les assermentés. Le brouhaha diminue dans le couloir.

J'aimerais bien connaître le bilan, gosses tombés de leur couchette, petits vieux encastrés dans la vitre des chiottes et toute la liste des joyeux traumatismes et commotions.

Qui ? Ils veulent vraiment savoir ? C'est l'Américain, et pour l'instant moi seul le sais.

J'ai son billet et son passeport. On frappe.

— Je vous l'avais bien dit, hein ? Je suis tout seul dans mon compartiment, ils se sont barrés tous les deux avec mon portefeuille. Ils étaient de mèche, c'est comme je disais, et personne ne les a fouillés pendant qu'ils étaient encore là.

Tout seul… ? Le dormeur est parti aussi ? C'était lui, l'ami… Son ami qui ne pouvait pas passer la frontière. Celui qui ne pensait qu'à dormir. Ils ne se sont jamais parlé. Je devrais dire quelque chose pour faire bonne figure devant l'aboyeur, mais quoi ? Il a tort et raison, je ne sais plus ce que je dois dire aux flics. Pour en arriver à fuir en laissant son passeport il faut avoir de sérieuses casseroles au cul, un truc international, Interpol et tout le bordel. J'en sais rien…

J'attends les contrôleurs, la douane, je fais tout ce qu'on me demande et basta, bonne nuit. Galileo, tu m'emmerdes.

*

Ils ont pris mon nom avant de partir, vers minuit et demi, soit vingt minutes de retard sur l'horaire. J'ai parlé de la tentative de bakchich du Ricain, histoire d'être couvert, au cas où. Les flics jouaient du talkie-walkie avec le central mais je n'ai pas réussi à comprendre si les deux autres étaient recherchés. Comment se fier à la gueule d'un douanier ? Impossible de déceler un mouvement de surprise, une émotion. Un jour j'en ai vu un débusquer un mouchoir bourré de diamants au fond d'un sac de bouffe. Le passeur avait en outre une petite toile ex-voto volée trois mois plus tôt dans une abbaye, et le douanier semblait penser à autre chose, sa femme, son lardon qui sèche les cours.

L'aboyeur s'est un peu calmé devant ces nouvelles casquettes, c'est bien la preuve qu'un contrôleur S.N.C.F. ressemble plus à Gnafron qu'au gendarme. Pas un quidam dans le couloir, plus de curieux ni de badauds, comme s'ils avaient tous un kilo de coke dans la besace. On regarde par terre en attendant que ça passe. Je bâille à n'en plus finir et manifeste un ennui profond.

Le calme est revenu. Demain je m'offrirai un jus au Florian, et après-demain, auprès de ma brune, à Paris. Mais avant tout cela, dormir, dormir la nuit et le jour, rêver, partout, tout le temps, tout de suite.

Éventuellement ils pourraient me contacter à Paris pour une déposition. Tout ce qu'ils veulent pourvu qu'ils se cassent. Les douaniers suisses passent rapidement et s'éloignent sans rien demander. Richard me surprend en plein étirement.

— Le boxon, c'est chez toi ?

— Demain. Je te raconte ça demain.

— Et cette connerie d'alarme ?

— Désolé. Tu t'es écrasé le pif en perçant ta télé ?

— Marre-toi, on a perdu du temps pendant l'alarme et vingt minutes à Vallorbe, les Suisses vont essayer d'en rattraper quinze et les Ritals se feront un plaisir de rallonger la note de deux heures.

Il y a des chances. Un conducteur de loco français ou suisse gagne une prime s'il rattrape un retard, à l'inverse de l'Italien qui est payé en heures supplémentaires. Voilà le secret des retards dans les trains ritals. Un jour où j'attendais une correspondance en gare de Prato, je vois arriver le train avec quatre heures de retard. Je rigole doucement en passant devant un contrôleur des lymphatiques « Ferrovie dello Stato ».

— Alors, les F.S., toujours à l'heure, hein ? Quatre heures, vous déconnez un peu quand même, non ?

Et là il affiche un sourire défiant toute ironie.

— Et encore ! Celui sur lequel tu viens de monter, c'est celui d'hier...

Vingt-huit heures de retard. J'ai fermé mon clapet.

Richard soupire.

— Ça va te servir à quoi d'arriver à l'heure à Venise ?

— Y servent plus après dix heures chez Peppe, et en plus j'ai une partie de scopa prévue à neuf.

— C'est terrible... je sais bien ! C'est le salariat. Bon, va te pieuter. J'attends les contrôleurs suisses et je m'écroule, O.K. ?

Il retourne chez lui, dépité, en deuil de sa partie de cartes. Éric n'est pas venu me voir. Je peux me compter un ennemi de plus à la Compagnie internationale des Wagons-lits et du Tourisme. On verra ça plus tard. Il y a toujours moyen de recoller les morceaux.

Il est de rares moments de quiétude dans ces putains de trains, comme la dernière clope, allongé dans le moelleux des couettes, déchaussé, l'œil traînant dans la pénombre du relief helvétique. La der des ders avant le repos est un moment de quiétude de type paternel : les petits sont couchés, je les réveillerai demain, très tôt, et ce sera pénible pour eux comme pour moi, mais ce soir la cendre rougeoie au bout de ma cigarette, le train ronronne et la lune va diffuser une lueur bleutée dans le noir de ma cabine.

Bonne nuit.

Je ne les ai même pas entendus entrer. Ils m'ont agressé les yeux avec la lampe du plafonnier. Une lumière crue et jaune qui m'a poignardé d'en haut, à peine assoupi. Comment peut-on être suisse et contrôleur ? Ça fait beaucoup.

— Tu dormais ? T'en as combien ?

Et leur accent qui ondule, un relief crétin, comme leurs paysages.

— Je ne dormais pas, je préparais une banderole de bienvenue. J'ai trente-sept personnes.

— Avec ou sans les...

— Les fuyards ? Sans. Les douaniers ont gardé leurs billets, les autres sont là.

Il se tait malgré une sérieuse envie d'en savoir plus sur l'affaire, mais il a bien vu que je n'encourageais pas le dialogue. Je veux qu'il éteigne la lumière et qu'il s'en aille. Les gens des Chemins de Fer Fédéraux sont relativement placides, bornés et avares de paroles inutiles. Je ne peux pas leur enlever ce côté Sioux, un Italien m'aurait déjà fait cracher les détails sous la torture. Autre avantage, un Suisse est capable de cribler une pile de billets en vingt secondes. Et Ciao.

— Y a problèèème.

— Hein… ?

— Il manque un billèèèt.

— C'est une plaisanterie ? Je suis sûr d'avoir trente-sept voyageurs !

— Je sais, j'ai vérifié avant d'entrer. Mais t'as que trente-six billèèèts…

Gros problème. Il va me chercher l'embrouille. S'il dit trente-six c'est sûrement le nombre exact, ils sont capables de tomber pile rien qu'avec un coup d'œil sur le tas.

— Alors ? Le billèèèt ?

Trouver rapidement une explication.

— Oui ! Ça y est ! C'est le type qu'on a volé, il avait gardé son billet sur lui, ce serait trop long à expliquer, bref on lui a tout piqué et son billet avec. Youpi !

— Il voyage sans billèèèt, alors ?

— …

— Alors ?

Il est là le problème. Un Helvète est incapable de reconnaître la notion d'exception. Le cas d'espèce. Pour eux, même un cadavre est censé avoir son titre de transport. Je me vois en train de réveiller l'aboyeur pour lui faire payer un P.-V. Merde et merde. Je suis crevé et ce Suisse me pompe l'énergie qui me restait afin de tenir debout.

Il n'y a pas que ça. Quelque chose déconne dans cette cabine. Je sens quelque chose de volatil, d'impalpable. Ça flotte dans l'air. Ce n'est pas comme d'habitude.

— Alors ?

Le rail me résonne dans la tête, le Suisse attend une réponse, j'ai l'image de Katia endormie. J'ai besoin d'une cigarette.

— Fais-lui un P.-V. sans taxe, sois sympa, on va pas l'emmerder, il a perdu tout son fric.

C'est la première fois que je demande à un Suisse de faire un geste. En essayant d'y mettre le ton.

Et puis… Je sens quelque chose… cette cabine je la connais, j'ai vécu ce moment cent fois, mais ce soir quelque chose ne colle pas. Une clope oubliée quelque part... ou peut-être un bruit bizarre dans la ventilo...

— Un P.-V. sans taxe ? Je demande d'abord au collèèègue, on va voir.

Dès qu'il sort je suis pris d'une envie de fouiller partout, à commencer par mes propres bagages. Je défais le lit et regarde sous la banquette. Un bruit ? J'ai entendu un crissement, un son de bois qui peine. Ça vient peut-être de la cabine attenante, la 10, une couchette mal enclenchée. Ou le bac à linge, une pile de draps qui dégringole. Je soulève la trappe, à tout hasard.

Un œil. Grand ouvert. Qui me regarde. La trappe retombe comme un couperet et je pousse un cri.

— Hé doucement... c'est moi. Mon collèèègue est d'accord pour le sans-taxe. Encore un qu'a d'la chance...

Du pied, le Suisse a poussé la porte entrebâillée au moment où j'allais tomber par terre. Ne rien dire. Rien. Je ne veux rien. Si, de l'oubli, rien de plus. Et celui-là qui s'installe sur ma banquette pour rédiger son P.-V. de merde. Il ne faut pas qu'il entende le bruit, le bruit du bois. Il va voir l'œil. Et là c'est foutu, je serai coupable, on va m'écarter du rail pour m'immobiliser quelque part. Je sais trop bien ce qui arrive si on débusque un clandestin. Et planqué dans ma propre cabine.

— J'ai un compartiment libre... tu seras mieux, je dis, à mi-voix.

Pas de réponse.

Je ne demandais rien, j'ai toujours évité les emmerdements, je n'ai jamais arnaqué personne, j'ai toujours refusé les clandos et ce soir j'ai un œil qui me fixe du fin fond d'une pile de draps, un Suisse galonné refuse de sortir de chez moi, un dingue de Ricain m'a menacé et l'alarme a sonné. Je vais faire dégager tout le monde d'ici... Laissez-moi faire mon boulot peinard... Il est déjà assez pénible comme ça...

Nous avons un mouvement de tête simultané. Un ralentissement. Lausanne approche.

— Je termine le P.-V. après Lausanne. T'as du monde qui monte ?

— Personne.

Il sort pour au moins trois minutes. Pendant les arrêts, ils peuvent aussi bien descendre que donner un petit coup de lanterne du haut d'un marchepied. Je soulève la tablette et reconnais l'ami du Ricain, le dormeur, prostré, avec un genou ramené vers le corps et l'autre enseveli sous une marée de draps. Il me supplie des yeux, dans cette position on ne peut faire que ça, implorer du regard.

— Ne bougez pas, le contrôleur est juste derrière.

Il essaie de dire quelque chose et déglutit, sa jambe doit lui faire mal, il tente de la ramener vers lui.

— ... Merci... Je dois... descendre... à Lausanne...

Je rabats la tablette qui claque à ras de son nez. Merci ? ! Pauvre pomme, je fais ça pour moi, toi tu peux bien crever tout de suite et n'importe où, sauf dans ma cabine. Le train s'engage sur un quai, à 1 h 30, comme prévu. L'Américain avait parlé d'une échéance à Lausanne. Il faut que je me débarrasse de ce poids mort dès maintenant, à l'arrêt, ça m'évitera de le jeter par la fenêtre sur le parcours, du haut d'un petit col enneigé. Personne n'y verrait rien et je pourrais enfin dormir en paix.

Mais ce Suisse de malheur a décidé de ne pas descendre, il lance un mot à son collègue, agite sa lampe, et tout ça du couloir. Il faut que je l'écarte de là pour virer mon clandestin.

Son acolyte lui hurle quelque chose en allemand, un incompréhensible R.A.S. Des Zurichois ? Voilà pourquoi je les trouvais coriaces, ce soir. Il cesse d'agiter son lampion, le pose à terre, referme la fenêtre et se retourne vers moi en posant les poings sur ses hanches.

Ce soir je ne me reconnais plus. Je suis obligé de la boucler devant un Suisse, et j'ai mal. D'habitude tous les sarcasmes imaginables y passent, je sers tous les jeux de mots nuls sur l'emmental, je fais l'éloge du chocolat belge et une étude comparative des coucous, et je demande des renseignements précis sur la position idéale de la langue pendant le yodle. Beaucoup s'y prêtent, certains m'opposent un mépris souverain et je jubile, toujours, à l'idée de déconcerter un démocrate mou, inculte, et économiquement fort. Je ne connais rien de plus savoureux que d'être pris pour un con par un Suisse. Mais ce soir Antoine va baisser d'un ton.

Le bruit lourd des ressorts de la portière se met en branle et un souffle glacé vient troubler notre face-à-face. Nous restons figés, hébétés sans qu'il y ait de quoi, en attendant que ça grimpe. Mais celui qui vient d'ouvrir n'est pas pressé. Une main s'accroche lentement à la poignée pour hisser le reste du corps à bord. Une silhouette bleue surgit, un grand manteau bleu marine surmonté d'une tête très blonde aux cheveux raides, des yeux angéliques, une peau blanche et un regard qui rend impossible toute considération sur l'individu avant qu'il n'ouvre la bouche. Il m'a tout de suite fait penser à un guitariste des Stones, mort dans une piscine. Dès qu'il s'est mis à parler une volute d'air chaud s'est échappée de ses lèvres.

— Pardon messieurs, je suis bien dans la voiture 96 ?

Je lance un « oui » franc et clair, à peine masqué par le « ouaaais » du C.F.F.

— J'attendais deux voyageurs arrivant de Paris et je suis étonné de ne pas les voir.

La porte est restée ouverte mais c'est plutôt une bouffée de chaleur qui me sort des pores. J'ai même l'impression que ce type parvient à discerner le halo d'émanations autour de moi. Je sais bien de qui il veut parler.

— Des voyageurs de CETTE voiture ? Ils ressemblaient à quoi ? je demande.

— Il y avait un homme assez fort, brun, avec un accent anglo-saxon. L'autre était français.

Il n'en sait visiblement rien. Il recule d'un pas et regarde dehors, fait des gestes avec les mains mais je ne peux pas voir à qui il s'adresse. Le Suisse pointe l'index vers moi.

— Demandez à ce monsieur.

Je ne sais pas quoi répondre.

— J'en sais rien... allez dans la 95 ou la 94, il y a souvent des changements de dernière minute dans les réservations.

Un coup de sifflet sur la voie, le contrôleur s'engouffre dans ma cabine. Je ne dois pas le laisser seul.

Second coup de sifflet.

— Trop tard, désolé, on démarre, vous restez jusqu'en Italie ou vous descendez ?

Il n'avait sans doute pas prévu de se retrouver là, coincé dans cette alternative, mais un battement de cils lui a suffi pour choisir. Il veut le dormeur, et j'aimerais tellement le lui donner.

En descendant il me regarde de trois quarts et dit, sans souci de se faire entendre :

— C'était un rendez-vous très important, vous savez.

Il claque la portière lui-même. La buée et l'obscurité m'aveuglent mais je parviens à discerner un geste de sa main vers une silhouette noire qui se met à courir vers la tête du train. On démarre avec une incroyable lenteur, je supplie le lombric 222 de s'envoler à l'aplomb vers la Voie lactée en crevant une nappe de nuages.

— Fèèèrme la porte, on gèle.

Avant d'obéir je m'accroche à la fenêtre pour saisir la petite seconde où elle passera dans l'axe du beau blond. Ma carcasse immobile passe au-dessus de sa tête, immobile aussi, mais ses bras s'agitent comme des tentacules dans les poches de son manteau. Pour un peu il m'en sortirait un renard fou, une guitare, une poignée de braise ou quoi que ce soit expliquant des gestes aussi désordonnés. Mais l'instant est court, nous nous toisons déjà de biais. Et maintenant de loin, trop pour apercevoir le lapin blanc. La machine glisse devant lui et le plante là, seul, comme un magicien en deuil de poursuite. Absolument seul.

Et maintenant, occuper le contrôleur.

Parler, dire des phrases, faire déferler des vagues de mots et reprendre mon souffle au ressac, faire chanter à mon gosier une litanie monocorde, vomir avec propreté un bla-bla vide de sens, avec juste assez de ton pour donner l'illusion d'une structure. Je cherche le K.-O. verbal, le travail aux tympans, gauche, gauche et pan, il vacille. Et je souffre de m'imposer un tel exercice, moi qui hurle au silence depuis mon arrivée dans cette voiture. Mais ça, c'est la vie, hein ? On fait parfois le contraire de ce qu'on veut, obéir à l'ordre fascisant du réveil-matin, la boucler devant un chefaillon retors ou même se servir d'un contrôleur suisse comme d'un dévidoir à palabres.

Je les oublie au fur et à mesure, à peine éructées, ça a commencé avec Guillaume Tell, je crois, et très vite j'ai dérivé sur les autoroutes gratuites en Suisse, et pourquoi le signe de la Croix-Rouge ? Je ne lui ai pas laissé le temps de répondre, ensuite se sont mêlés les films de Spielberg et le Vatican, en passant par Castel Gandolfo.

J'ai bien vu qu'il branchait son oreille sur la position stand-by, il n'a rien écouté ni même entendu, il a fait comme si j'étais un moustique invisible et chiant, trop gros pour être écrasé, trop fébrile pour espérer une plage de répit. Debout, lourd de fatigue, flanqué d'un masque sans âme sous lequel son visage dormait déjà, il a jeté l'éponge. J'ai gagné petitement, aux points, par manque de combativité.

Ça m'a surtout servi à couvrir un éventuel bruit de collision hydrophile, voire un ronflement d'abandon de la part du clando. Il s'est passé la main dans les cheveux avant d'y reposer sa casquette et a entrouvert les lèvres.

— ... Tire pas trop sur la corde... Tire pas trop sur la corde...

J'ai serré les dents afin de réprimer une bêtise et éviter un uppercut. Un vrai. Hormis les gouffres qui nous séparent il y a une grosse différence de statut entre lui et moi : il est assermenté et moi pas. Ça ne donne pas le même impact aux uppercuts.

La poignée se referme sans faire crisser l'acier et je lui donne un bon petit coup de clé carrée avant de soulever la tablette. Je ne sais pas comment le bébé va se présenter, la tête ébouriffée ou le cul en l'air ? Mon bac à linge ressemble à un congélo ou, pire encore, à une boîte de Pandore version farces et attrapes.

Ses yeux gonflés refusent la lumière. Il suffoque. Bêtement, je demande :

— Ça va ?

— J'ai envie de faire pipi...

— On ne pisse pas dans les draps propres, c'est dans le règlement.

— Et comment je fais... ?

— Je ne suis pas préparé à ce cas de figure. Pour l'instant on se retient.

— C'est ce que je fais depuis la douane ! !

— Eh ben, fallait suivre le copain ricain dans la nature, y avait de quoi pisser dans le lac de Genève, seulement faut pas se faire prendre parce que dans ce beau pays ça coûte les assises, maintenant si vous mettez le bout du nez hors de ce caisson, c'est moi qui vous pisse dans l'oreille. Essayez voir.

Silence. Poncepilatique chez moi, crispé chez lui. Mais comment interdire à un type mort de trouille de pisser ? Je ne peux pas me permettre de le faire sortir même une petite seconde de sa planque, et après tout, il s'y est mis tout seul. D'un autre côté ça peut virer à l'aquarium d'un instant à l'autre et mes draps du retour sont foutus, sans parler de l'odeur. J'imagine la gueule des prochains douaniers.

— Prenez un drap, déchirez le plastique et débrouillez-vous pour que ça ressemble à un bocal à poissons rouges.

Il a besoin de lumière et sans doute de recueillement pour une opération aussi pénible. Je le laisse seul, une minute, juste le temps de me passer de l'eau sur la figure dans le cabinet de toilettes. En fait j'ai surtout envie d'être enfermé quelque part, là où personne ne me verra faire des grimaces. En sortant j'aperçois une petite blonde égarée entre deux soufflets, assise sur son sac à dos, la tête contre un renfort de caoutchouc. Tenter de s'endormir DANS les soufflets ça tient du Livre des Records Crétins, juste après la plus longue vaisselle en apnée. Je déchire les battants de toute mon envergure et crie pour couvrir le bruit dix fois plus fort que dans les voitures.

— Z'ÊTES PAS UN PEU CINGLÉE ?!

Le sol se résume à deux plaques de métal qui frottent l'une contre l'autre à l'horizontale, et dans les virages on peut entrevoir le film flou des rails. Il y fait aussi dix fois plus froid. Elle ouvre à peine les yeux, je la prends par le bras et répète la même phrase mais rien qu'avec des gestes. Elle ne dormait évidemment pas et me suit sur la plate-forme sans se rebeller.

— Et dans les avions c'est les soutes à bagages ?

— Héé... ?

Une Nordique... C'est un bruit de Nordique.

— Couchette ! You understand « couchette » ?

Signe de la tête que oui et geste de la main pour expliciter un manque.

— No money ? je demande.

— How much ?

À ta place, ma p'tite fille, je sortirais illico les 72 balles. Si tu te fais ramasser dans les soufflets par un Suisse c'est le P.-V. et le coup de pied au cul à Domodossola, et là le seul moyen de remonter c'est jouer de ta blondeur auprès d'un contrôleur rital, à tes risques et périls. 72 balles, à Venise, c'est à peine le prix d'une pizza aux wurstels.

Comme j'aimerais lui dire tout ça en suédois...

— Seventy two, but you must go to the next car, ninety-five, cause I've no place here.

Le clando doit se morfondre avec son sachet poisseux dans les mains.

— ... O.K., sourit-elle.

Gentille. Elle part vers la 95. Richard va bien lui trouver une couchette libre. Je suis assez content d'envoyer à mon pote un doux rêve blond, en pleine nuit. En général ce sont plutôt des cauchemars moustachus et suintant la bière.

— Je sais, j'ai été long, passez-moi le machin.

Je ne sais pas comment il a fait mais son urinoir improvisé a l'air étanche. Du bout des doigts je le jette par la fenêtre d'un coup brusque en veillant à ce qu'il ne s'écrase pas deux fenêtres plus loin. À 160 à l'heure, ça vaut mieux.

Et maintenant ? On fait quoi ? On discute ? Moi dans mes couettes et lui dans son catafalque, avec l'exaltation sereine de qui file vers le palais des Doges ? Tôt ou tard il va bien falloir se colleter avec l'absurde, l'affronter face à face, arrêter les conneries, débrayer, freiner et faire claquer la portière.

Le virer.

— On vous attendait à Lausanne, hein ?

La tablette se soulève de quelques millimètres et des sons s'en échappent.

— Parlez plus fort, on est dans une seconde classe, je dis.

— C'est difficile... et j'ai mal aux reins... je ne peux plus respirer.

— Répondez à ma question.

— ... Peux pas.

— ... ! ?

Le virer.

— Écoutez, j'essaie de savoir ce que je vais faire de vous, et votre situation est relativement plus précaire que la mienne.

Ce qui reste à prouver, si je le mets dehors maintenant je peux dire adieu à beaucoup de choses, même les plus élémentaires, celles auxquelles on ne fait plus gaffe parce qu'elles ont toujours été là. Avec la chance qui me caractérise ce soir, il va tomber nez à nez avec le contrôleur qui me hait, ou encore un douanier. Pas question de le laisser sortir avant le prochain arrêt. Sauf que, le prochain arrêt, c'est Domodossola. La frontière italo-suisse. Avec tout ce que ça comprend de douaniers.

En revanche je peux peut-être laisser la tablette ouverte pendant une bonne minute et ouvrir la fenêtre à fond. Pour éviter qu'il s'étouffe. Pour qu'il soit au mieux de sa forme au moment où je le foutrai dehors.

Il se dresse un peu sur ses genoux pour mieux recevoir la gifle du froid. Je lui tends mon litre d'eau minérale qu'il embouche avec rage. Une rigole lui parcourt le torse. J'ai un peu honte. Si je le laisse mariner dans son caisson, il va crever de chaleur sans voir l'Italie.

— La récré est finie, je dis.

Il ressemble vraiment à un gosse, un minot qui serre la bouteille contre lui de peur que je la confisque, prisonnier dans son parc. Et ce type-là a le double de mon âge.

— Maintenant vous allez me dire qui vous attendait à la gare. Un blond, assez grand. Un ami à vous ou à votre pote ricain ?

— Aucun des deux n'est mon ami.

— Ah ouais ? Alors vous savez inspirer des sentiments protecteurs, comme chez moi. Je me foutrais pas mal de votre misérable histoire si personne n'avait cherché refuge ici. Sur la terre ferme, on appelle ça une violation de domicile ou, pire encore, d'un poste de travail.

— Sans effraction, murmure-t-il.

— Ta gueule ! Je ferme toujours à clé cette putain de cabine, et la seule fois... Et pourquoi tu t'es pas cassé avec ton pote le Ricain, hein ?

— Ce serait trop long à...

Je ne le laisse pas terminer une phrase qui commence mal.

— Oui, je sais, c'est compliqué. Et bilan, nous sommes les deux derniers idiots à rester éveillés sur ce train de merde. Logique ?

— Chez moi le sommeil prend une dimension que je ne vous souhaite surtout pas, vous parlez sans savoir.

Là c'en est trop, d'un coup de poing haineux je scelle le caisson, ajouré de trois centimètres, sur son crâne. Un râle sourd s'étouffe à l'intérieur. Un voyageur ne devrait jamais oublier qu'il n'est qu'un voyageur, c'est-à-dire pas grand-chose, et un clando encore moins. Je crois que je vais m'offrir cinq minutes de silence, allongé, lumière éteinte. Il est 2 h 10 et j'ai envie de ralentir mes battements de cœur.

Pas le temps. Au contraire, j'accuse une accélération, on cogne à ma porte. J'entrebâille en laissant mon coude droit bien appuyé sur la tablette. Derrière, des larmes, des rougeurs sur de la peau blanche et des mains qui tremblent. La jeune fille des soufflets... Elle tente de m'expliquer entre deux sanglots ce que je sais déjà, une plainte mi-anglaise mi-suédoise, deux types qui s'assoient à côté d'elle dans un compartiment vide. Elle a payé ses 72 balles pour avoir juste le droit de se faire emmerder par deux connards. Bravo, Antoine, pour ta morale de billetterie. Et ce con de Richard aurait pu choisir un autre compartiment pour installer une fille seule.

Mais c'est moi qu'elle est venue voir, c'est moi qui l'ai envoyée là-bas, c'est à moi de réparer. Comme si j'avais le temps. Par la main je l'accompagne dans mon seul compartiment libre et lui explique comment fermer de l'intérieur.

— I'll bring back your bag in a while. Try to sleep.

De retour au congélo, je mets en garde son occupant.

— Une affaire à régler, vous allez pouvoir sortir un peu et vous allonger sur ma banquette parce que je vais fermer au cadenas de l'extérieur. Ne paniquez pas si on frappe, personne d'autre n'a la clé. En revenant je taperai quatre coups espacés, mais si vous entendez le cadenas cogner plusieurs fois contre la porte vous réintégrez immédiatement le caisson, ça voudra dire que je suis accompagné d'un fâcheux. D'accord ?

— D'accord...

Trop heureux de s'étirer et retrouver l'air libre. Un double tour au cadenas, pas un rat dans le couloir, ils dorment tous comme des bienheureux. 72 francs. Ce soir je décuplerais bien la somme pour en faire autant.

J'ouvre au carré la porte de Richard.

— Qu'est-ce que t'as foutu avec la blonde ?

Il est totalement dans les bras de Morphée, c'en est presque obscène. Je suis jaloux d'un tel abandon. Il se réveille en sursaut.

— ... Hein ? !... Tu peux pas frapper ?

— La blonde ? Qu'est-ce que t'en as fait ?

— ... Je voulais pas m'en occuper... suis crevé. J'l'ai envoyée chez Éric.

— O.K., rendors-toi.

J'éteins le plafonnier et ferme sa porte au carré. Je me disais bien qu'il ne l'aurait pas flanquée n'importe où.

Éric...

Mon premier ennemi du voyage. Si je le réveille maintenant, il me tue. Et j'ai un sac à récupérer. Cette fois-ci je tape poliment trois petits coups discrets.

Et ça provoque un certain ramdam dans la cabine. Il n'ouvre pas complètement sa porte. Avec des yeux aussi exorbités il ne dormait pas. Manifestement je le dérange.

— ... Toi ? Qu'est-ce que tu veux ? Magne-toi.

— La fille blonde qui cherchait une place, tu l'as laissée seule avec deux mecs ?

Des bruits de banquette. Il tourne une seconde la tête et fait un geste que je ne vois pas. Mais que je suppose.

— C'était ça ou rien, et de quoi tu t'occupes d'abord ?

— C'est où ? Je dois reprendre son sac, et donne-moi aussi son billet et son passeport.

Derrière lui, un léger soupir d'impatience. Une petite moue vocale. Vraisemblablement italienne. Je n'en jurerais pas mais il y a fort à parier que le soupir porte une minijupe et un badge. Éric sait que j'ai entendu. Nous échangeons un regard lourd de sens et de plein d'autres choses.

— Dans le 6.

La porte se clôt au bon moment. C'est pas bien de haïr un

collègue avec lequel on a vécu des joies et des peines dans ces foutus trains, des crises de rire, des interventions d'urgence, de l'entraide à toute heure, des bouffes hystériques et des verres de barolo à n'en plus finir la nuit. S'il savait à quel point je regrette l'échange qu'il me proposait.

C'est pas le tout, j'ai un clando pris au piège et le sac d'une belle innocente à récupérer.

Alors comme ça, ils sont deux ?

Le 6 est allumé mais un écran de fumée m'empêche de bien voir. Ça pue le cigare, une odeur infecte mais il n'y a rien d'autre à respirer. Face à face, un gros brun et un barbu se marrent, la ceinture desserrée, les pieds étalés sur la banquette. Un Suisse dresserait déjà deux P.-V. Pour compléter un tableau bien chargé, des canettes de Heineken vides roulent au pied de l'échelle. On dirait des représentants en textile, on en voit toujours une paire sur la ligne, ils vont jusqu'à Milan. Tous deux portent une cravate obligatoire, raide, qui part en oblique vers le flanc. Je saisis le sac laissé en évidence et accessible du couloir.

— Hé attendez, ça appartient à une fille, me dit le gros avec un reste de sourire adressé à son pote.

— Je sais, elle pleure. Il paraît que des types l'ont un peu molestée. Vous ne les avez pas vus, par hasard, parce que si vous les croisez il ne faut surtout rien leur dire.

— Mais... pourquoi ?

— Parce qu'il vaut mieux les coincer par surprise. Alors je compte sur vous. Et s'il y a besoin d'un coup de main aussi, non ?

— Mais... (ils se regardent, hésitent, bafouillent)... peut-être mais... pour quoi faire ?

— J'en ai parlé aux collègues, on va faire comme d'habitude, les couchettistes italiens ont rappliqué et ils aiment pas ça du tout, des voyageurs australiens ont tout entendu, eux aussi la bouclent pour l'instant mais ils n'attendent que ça, paraît que c'est déjà arrivé à une copine à eux, dans un train. Les contrôleurs suisses attendent Domodossola pour en parler aux douaniers, ils font tout dans les règles, les Suisses, vous savez ce que c'est. Sur le conseil des couchettistes italiens, on va attendre le passage des flics et on leur éclate la gueule juste après. Alors, je peux compter sur vous ? Pour l'instant on est sept mais on sait jamais...

La tronche qu'ils m'offrent désormais est déjà un très chouette cadeau. Je les contemple. Livides, exsangues et agités d'une sorte de petit grelottement.

— ... Après la douane ?... déglutit le gros.

— Ouais, je vous ferai signe. À tout à l'heure ! Merci les gars !

Personne dans la 94, ni dans la 95, ni même chez moi. D'habitude il y a toujours un ou deux insomniaques qui font connaissance et se racontent des histoires d'insomniaques.

Elle est tellement contente de retrouver son sac qu'elle me fait une bise sur la joue. Ça remplace pas une nuit de sommeil mais ça donne quand même un petit coup de pouce. Elle chiale encore un peu, les larmes se raréfient. Le trauma est évité. Les fois précédentes ça ne s'est pas aussi bien conclu. Je préfère ne pas me souvenir.

— Your name ?

— Antoine.

— Bettina.

Mon sourire tombe. Je lui demande si c'est un prénom courant, là-haut, vers chez elle. « Non, ce n'est pas », elle dit. Eh bien si, j'en ai connu une autre, il y a presque un an maintenant. Je ne le lui dis pas, ça la vexerait peut-être. Et puis c'est une histoire que je préfère garder au chaud. Comment je fais pour ne rencontrer que des filles avec des prénoms qui se terminent par un A ?

La Bettina de ce soir est mignonne comme un cœur. Un petit nez insolent, des yeux en amande et des dents blanches. Je l'imagine nue, dans un sauna, à mes côtés, dans une île au large de Farö. Dans ce sauna on dormirait, je boirais du bourbon et elle de l'aquavit, on se parlerait par gestes après avoir épuisé tout notre anglais.

Pour l'instant je ne ressens que transpiration moite et bouffées de chaleur dans une clime qui déconne. Mes pèlerins doivent crever de chaleur mais personne ne se plaint. Je fais un petit signe de la main à Bettina et me précipite vers la chaufferie.

Ma marge d'action est restreinte, uniquement deux boutons :

« CHAUFFAGE » et « AIR CONDITIONNÉ », mais quand l'un ou l'autre s'emballe on est bien obligés de bricoler le bastringue comme nous l'ont appris les collègues ritals. À mon second ou troisième voyage je me souviens d'avoir demandé un électricien pour cause de verglas sur les couvertures. C'était à Chambéry, et le technicien en question est monté, comme une fleur, à Civitavecchia, une demi-heure avant Roma Termini, et il s'est exclamé : « Cette chaufferie, on va se la faire ! » Depuis je me débrouille tout seul avec un trombone habilement tordu et judicieusement placé dans les circuits. Et ça marche.

Dans quel état vais-je le retrouver ?

Il dort, affalé dans mes couettes, la bouche ouverte. Ce serait tellement simple de le balancer par la fenêtre dans l'état où il est. La fenêtre *pericoloso sporgersi.* Une telle pensée me traverse l'esprit et je ne me sens même pas coupable, je trouve ça normal. La présence de ce corps étranger dans ma cabine est une sorte de verrue. Pire encore, un panaris qui risque de s'infecter si on ne fait rien.

— Héo... ! C'est comme ça que vous réveillez les gens ? !

Oui, à coups de genou dans le gras du bide, c'est comme ça qu'on réveille les sacs de fiente dans ton genre. J'ai failli le dire à haute voix.

— Vous êtes cinglé ! gémit-il, je commençais tout juste à me reposer, j'ai fait qu'une petite sieste depuis au moins deux heures...

— Retournez tout de suite dans la boîte.

— Déjà !

— Oh pas pour longtemps, on passe Domo dans une demi-heure, au pire on ira jusqu'à Milan, deux heures plus tard. Pour l'instant je ne veux plus vous voir ni vous entendre respirer. Vous vous êtes glissé là-dedans tout seul et vous allez y rester. Vous savez ce que je risque dans cette histoire ?

Il ne m'écoute même pas. J'ai l'impression qu'il a la trouille de retourner dans le bac.

— Mais... Vous ne pouvez pas fermer de l'intérieur avec le cadenas ? Je reste à l'air libre, dans un coin, je ne ferai pas de bruit.

— C'est pas le problème, ici je ne peux fermer qu'avec le

carré, et ça coûte dix-sept francs dans n'importe quelle gare, tout le monde peut s'en procurer un. Écoutez, nous avons exactement envie de la même chose vous et moi : dormir, quitter l'autre le plus vite possible et se rendormir. Et si on ne veut pas brûler les étapes, vous devez réintégrer la planque. Débrouillez-vous pour y rester au moins trois heures. Je ne suis pas venu vous chercher.

Il obéit en ruminant des borborygmes à peine audibles.

— ... M'en fous... Milan... pas d'argent... mes papiers... m'en fous.

— Et jouez pas au môme capricieux, dis-je en refermant la tablette... Rappelez-vous vos grandes phrases pompeuses, tout à l'heure, la patience... l'instant... Mettez votre perception du temps à profit, vous n'êtes plus trop jeune, donc vous savez attendre. C'est bien ça ou j'ai rien compris à vos compliments ?

Je réalise tout à coup que mon mépris pour ce type a réduit à néant toute ma curiosité. Question de priorité.

— Vous êtes recherché pour quoi ? Pour dope ?

— Pour... ? J'ai pas compris.

Donc, pas de dope. On toque à la porte. Ce coup-ci j'ouvre avec un peu plus d'assurance mais toujours avec le coude droit qui appuie de toute sa force sur le caisson. Un gars avec des lunettes rondes et une valise est sur le point d'ouvrir la bouche mais je ne lui en laisse pas le temps.

— NON !!! Ma voiture est pleine. Mais vous trouverez peut-être une place dans la 94.

Et je le salue de la tête en pensant déjà à la tronche d'Éric.

— Alors... vous disiez que vous n'étiez pas un gangster, c'est ça ?

— Je ne suis pas un truand. Tout à l'heure je vous ai dit la vérité, toute ma vie j'ai été comptable.

— Ce sont les pires, juste après les garagistes. Et pourquoi vous ne travaillez plus ? Ça chôme jamais, dans les chiffres.

— Je vais descendre dès que possible, je ne veux pas vous faire prendre de risque, en tout cas pas longtemps. Acceptez mes excuses. Vous avez besoin de dormir et moi aussi. Mais avant de rentrer dans la boîte je vous demanderai une dernière chose, un peu d'eau, je dois prendre une pilule.

— De toute façon vous êtes là pendant encore deux heures. Et vous avez bu toute l'eau.

— J'ai la gorge tellement sèche que ça ne passera jamais, et je dois la prendre toutes les deux heures précises. Ce n'est pas un caprice.

Lassitude... Cette lutte me fatigue encore plus que le manque de sommeil. Une pilule... Ce type a le don de me désarçonner, avec ses besoins à la con. Et sans m'expliquer pourquoi, je n'arrive pas à lui refuser. Il m'a mis dans la merde et j'ai toujours l'impression qu'il est sincère.

— Je vais en chercher, à cette heure-ci ça va pas être simple, il me faudra peut-être un quart d'heure, ça ira ?

Il regarde sa montre et me fait signe que oui. On recommence le manège du cadenas, il s'étale de tout son long sur ma banquette et je sors.

Sur la plate-forme il fait bien cinq degrés de moins, je ne devrais pas oublier que nous sommes en plein janvier. D'habitude j'ai ma petite laine bleu-réglementaire qui se marie bien avec ma chemise blanc-réglementaire et mon pantalon gris-réglementaire. Mais je l'ai oubliée chez moi et Katia doit sûrement dormir avec. Le blanc de la chemise n'est déjà plus vraiment réglo, mais ça on me le reproche assez à la boîte, et malgré tous les conseils de Richard je n'arrive pas à soigner ma mine. C'est le bon mot de l'inspecteur-chef, dit « La Pliure », chaque fois qu'il nous voit radiner au bureau. « Monsieur Antoine, expliquez-moi pourquoi, quand vous partez, on a l'impression que vous revenez, et que votre camarade donne l'impression de partir alors qu'il revient ? » Au début je répondais une connerie mûrement préparée mais à la longue j'ai fait la sourde oreille. Je n'ai pas encore trouvé la réplique cinglante qui l'empêchera à tout jamais de me la resservir.

Où vais-je pouvoir trouver cette flotte sans m'exposer à un coup de hache dans l'occiput ? Bettina ? Elle dort, assise, la tête sur son sac, et elle n'a rien qui ressemble à une bouteille. Richard ? Éric ? Faut pas abuser. Je connais les limites du corporatisme. Non, je dois mettre la main sur un nouveau, un des rares que je n'ai pas encore fait chier de la soirée.

Direction : tête de train, avec un peu de chance je peux tomber sur un couchettiste italien en plein contrôle suisse.

Toute la seconde classe ronfle égoïstement. En première ? Pourquoi pas, je suis assez pote avec un conducteur, un vieux. Mésange, il s'appelle. En général il ne dort jamais avant Domo. C'est notre épicerie. J'ai pas vraiment le choix. L'avantage c'est que les conducteurs n'ont pas de cabine de service, faut faire de la place aux rupins, et ils dorment sur un bat-flanc à même le couloir. On peut repérer d'un coup d'œil s'ils dorment ou pas. Nous, jeunes smicards de vulgaire seconde classe, ça nous fait bien marrer, peinards, dans notre petit studio de service.

— Ne me dis pas que tu dormais, je t'ai vu mettre de la glace dans un seau, je dis.

— Ah n'en rajoute pas ! Un betteravier qui veut du champagne avec deux coupes ! Et il est tout seul. La dernière fois qu'on m'a demandé ça y avait deux billets de cinquante sacs sur la couverture.

— Celui qui t'a dit que tu lui rappelais un homme qu'il avait beaucoup aimé ?

— Ah je t'ai déjà raconté... Pourquoi t'es debout, d'abord ?

— Il te reste un peu d'eau ?

— De l'eau ? Tu veux pas plutôt un scotch, avec la gueule que t'as.

— Ça se voit tant que ça ?

Avant de repartir en sens inverse avec ma mine de déterré, il m'accroche la manche.

— Ce soir il n'y a que des betteraviers, t'occupe pas. Fais pas comme moi, reste pas toute la vie dans les trains, ça fait glisser la colonne.

Mésange se plaît à utiliser le terme de « betteravier » au lieu de dire, tout simplement, « crétin ».

— Pourquoi tu restes, alors ? je demande.

— Parce que ma colonne est déjà foutue, et je suis trop près de la retraite. Tu crois que si j'avais du fric je passerais encore des nuits sur le rail ?

— Oui.

Il me lâche la manche et éclate de rire. D'autorité il me fourre le quart de J & B dans la poche. Je le salue de loin en brandissant mon litre d'eau et lui son champagne. À demain, vieux.

J'ai dépassé le quart d'heure et on arrive à la douane dans dix minutes, pas le temps de traîner. Je dois tenir le coup jusqu'à Milan. Juste deux heures. Deux heures pour ne pas perdre un boulot que j'ai envie de lâcher parce qu'il ne m'amuse plus. Sans parler du pétrin dans lequel je me fourre si on s'aperçoit que je cache un type recherché pour on ne sait trop quoi. Je dévale en chemise un train fantôme aux vitres glacées, en m'accrochant aux barres métalliques pour aller plus vite et en sautant par-dessus les soufflets qui sentent le caoutchouc humide. Alors que ma place est chaude dans le lit de Katia. Quand je roule, les soirs où tout déconne, je ne pense qu'à elle. Jamais à Rosanna. Elle c'est quand tout va bien, c'est le petit nuage romain. Je ne vaux pas mieux que tous les goujats à qui je donne des leçons de morale.

— Buvez et retournez dans la boîte, on arrive à Domo.

Il se réveille en douceur et sort de sa poche un flacon de pastilles blanches ; impossible de voir l'étiquette. On peut lire le calvaire gravé sur son visage.

— Vous allez tourner de l'œil ?

Avec la main il répond non et continue à boire, ses joues dégoulinent de sueur. Jusqu'à présent je n'étais pas vraiment inquiet quand il parlait de sommeil, mais avec ce masque de cadavre je ne sais plus quoi penser. De lui-même il rejoint la planque.

— L'Américain devait juste vous conduire à Lausanne, hein ?

Son oui ressemble plus à un dernier soupir, un soupir de cinéma. Très vite je saisis un drap et pars aux toilettes pour le passer sous l'eau.

— Prenez ça.

Il le presse contre son visage comme s'il embrassait une femme. Une autre idée me traverse l'esprit, je cours dans le compartiment de Bettina et lui dérobe les six oreillers dont elle ne veut toujours pas se servir. Elle dort à poings fermés.

— Prenez ça aussi. Pour la douane je ne vous demande que dix minutes. Dix minutes si tout se passe comme d'habitude.

Oui des yeux.

J'ai un profond mépris pour les gens courageux, et j'en connais. Ils sont le miroir de ma poltronnerie. J'ai peur que mes mains trahissent ma peur, je ne sais pas quelle tête je fais dans ces cas-là, on n'a pas le réflexe d'aller se regarder dans la glace. Pendant la première douane je ne savais pas qu'un crétin bouffi de chaleur était accroupi dans mon bac. Et tout s'est déroulé comme d'habitude.

Le train s'est arrêté et je les vois sur le quai, prêts à monter. Les Suisses passent en premier, ils sont plutôt souriants, ils me disent même bonsoir.

— Rien de spécial ?

— Non.

Ils sont nettement plus aimables quand on quitte leur territoire, car maintenant c'est l'affaire des Italiens, pensent-ils, libre à eux de faire entrer des métèques si ça leur chante. Je sens bien qu'ils pensent ça, c'est toujours la même chose, à Domo. Et chaque fois j'ai envie de leur dire ce truc piqué à un film, *Le troisième homme*, où un type dit qu'en Italie, des siècles de décadence et de fascisme avaient fait naître des choses comme Michel-Ange et Raphaël, et qu'en Suisse, la seule création notoire après deux cents ans de démocratie, c'est une machine qui fait coucou. Je l'ai sur le bout de la langue chaque fois qu'on passe Domo, mais je n'ai encore jamais osé. Et ce soir ce n'est pas vraiment le moment choisi. Mais le plus drôle c'est que, quand un Suisse ouvre la bouche on ne sait jamais s'il va parler français, allemand ou italien.

Ils sortent sans rien vérifier et reprennent leur joyeuse conversation. Exactement ce dont j'avais besoin ce soir.

Second round, j'entends dans le couloir les bottes italiennes, des bottes de militaires. Leur casquette est plus impressionnante que les autres, plus montante, avec un rond blanc cousu au-dessus de la visière. Ça ne cadre pas beaucoup avec l'idée qu'on se fait de l'hospitalité transalpine. Italie, pays des vacances et de la dolce vita... Tes douaniers coupent la chique aux touristes allemands, c'est dire. Ils sont deux, un en gris, l'autre en marron. En général ils vérifient surtout les cartes d'identité et passeports italiens, allez savoir pourquoi, je n'ai jamais demandé. Ce soir le gris a manifestement décidé de se faire tous ses compatriotes un par un, pire qu'un Suisse, à croire qu'un Rital qui rentre au pays a toujours quelque chose à cacher. Le talkie-walkie n'a toujours pas été inventé ici, l'ère Gutenberg marche encore très fort, ils ont toujours un énorme registre, un bottin de la canaille, et ils passent des plombes à le feuilleter, sans se presser. J'ai raconté ça à un flic français qui se marre encore.

Mauvais. Il brandit une carte sous mon nez, il veut réveiller quelqu'un du 10. À moi de parler.

— Compartimento dieci.

Le gris sort, le marron reste. Le dormeur se tient tranquille. Parler, encore, et inventer de nouvelles conneries pour masquer un silence précaire.

— E la partita ?

Il y a toujours un match de foot à commenter, celui d'hier, celui de demain, je risque rien. D'ailleurs, il pouffe.

— Ammazza... voi Francesi siete veramente... (geste cornu des doigts).

Il me signifie que les Français ont de la veine. La gaffe. Changer de sujet, vite.

Mais ni Berlusconi ni la Cicciolina ne le font réagir, hormis une certaine méfiance à mon égard. Je dois la boucler.

Et c'est là que, tout à coup, rien qu'avec une simple œillade sur le quai, j'ai senti une vague de bonheur m'envahir. Des Laurel et Hardy, piteux, la cravate en bataille, flanqués d'une valise chacun, s'invectivaient mutuellement pour accélérer le pas. Comme j'aimerais que Bettina les voie...

Je pensais arborer la triste mine du coupable et je ne peux réfréner un gloussement de joie. Un ace de troisième set. Le marron pense que je me fous de sa gueule.

— Apposto. Andiamo, va..., dit le gris en me faisant un au revoir de la main.

À peine sont-ils sortis que je pousse un soupir qui me dégonfle comme un ballon. Un silence frontalier s'installe dans ma cabine. J'ai beau dire pis que pendre des douaniers, ils ne sont jamais vraiment insupportables.

Je m'offre une grande rasade de J & B qui passe comme une déferlante dans mon œsophage. Un bon coup de bourbon aurait ravi mes papilles, mais tant pis. Comme disent les Italiens : « A cavallo donato non si guard' in bocca. » À cheval donné on ne regarde pas la bouche. Sagesse populaire.

— Vous tenez le coup ? je demande au dormeur.

— J'ai chaud.

Il me tend le drap mouillé et brûlant.

— Vous me foutez les jetons, c'est de la fièvre ?

— Non non, n'ayez pas peur, mais je ne suis plus habitué à veiller.

— Ça ne sera plus long, dans un peu plus de deux heures vous serez peinard dans un bon lit de l'hôtel de la gare de Milan et vous pourrez dormir pendant dix jours.

— Même pas dix minutes, je n'ai pas de quoi louer un bout de caniveau.

Là, je reste un instant sans réaction.

— Quoi ? ! Pardon ? Vous faites du trafic international avec des Américains et des Suisses et vous voulez me faire croire que vous êtes sans un ?

J'ai failli avoir un peu de commisération pour son état et il veut jouer les nécessiteux... On s'enfonce. On crève le seuil de l'absurde.

— Un litre d'eau, passe encore, mais cinquante mille lires pour une chambre d'hôtel, je crois que vous abusez.

— Je n'ai rien demandé. Mais si vous aviez la gentillesse de me laisser un de ces coussins avec un drap ou une couverture, je trouverais bien une place dans la salle d'attente. Il me faudrait juste de quoi passer un coup de fil en Suisse. En P.C.V., mais il me faut quand même une petite pièce.

— Sérieux ?

— Ben... oui.

Je reste pantelant. Un vertige au bord du précipice du n'importe quoi. Je peux y discerner, tout en bas, l'ombre accablée de moi-même.

— Vous, je veux pas dire, mais vous me semblez sérieusement dans la merde. Remarquez, ça me réconforte un peu, moi, à côté de vous, j'ai l'air d'un petit veinard.

— Et vous ne croyez pas si bien dire. J'ai deux gosses de onze et quatorze ans, une femme qui n'a jamais travaillé. Quand j'ai arrêté de bosser j'ai fait des dettes, j'ai emprunté, gros, sans pouvoir rembourser un centime, je n'ai plus payé mes impôts, les loyers. Alors...

— Alors vous avez fait une connerie.

— Non. Oui et non. En fait non. Vous voulez parler de quel genre de conneries ? Le vol ? J'en suis incapable. Et de toute façon vous ne pourriez pas comprendre, vous n'avez sûrement ni femme ni enfant.

— Non, mais j'ai un boulot, et je le garde tant que je n'en trouve pas un autre. Je suis un fils de prolo, et je bosse, alors épargnez-moi le couplet des « dures réalités qui échappent aux jeunes cons de mon espèce ».

— Je ne dis pas ça...

Pour la première fois je vois ses dents. Il voudrait rire mais n'en a pas la force. J'espère pouvoir percer le mystère de cet homme avant Milan.

— Tout ce bordel à la douane, c'est parce que vous êtes fiché ?

— Oui. Liste noire. Interdiction totale de quitter le territoire français.

— Et pourquoi vous avez arrêté de travailler ?

Là il se replonge dans le bac et la tablette se referme sur sa tête. Des profondeurs caverneuses du coffre en bois s'échappe une phrase à peine audible.

— Ça je ne le dirai jamais... Et c'est dans votre intérêt.

Quatre kilomètres de trou noir. Un tunnel. Je ne me sens jamais mieux que quand on longe cet étui de muraille, le bruit rend toute parole inutile, la lumière du plafonnier est cent fois plus dense. Faut attendre, figé. Et l'on en sort. Et rien n'a changé. Le dormeur est toujours là, moulé dans son lit de coussins, il vient à peine de s'assoupir, le visage ruisselant. Il a réussi à me voler mon précieux sommeil et je reste là comme un con à le regarder suinter de tout son mystère dans un catafalque bourré de linge blanc et propre. Je ne suis pas médecin mais j'ai bien peur de ne plus le voir marcher droit, le visage sec et haut, l'œil grand ouvert. Je ne sais plus si j'ai peur de la taule ou simplement de ne pas connaître la fin de son histoire. Si je m'endors, un contrôleur peut entrer avec son carré, et si je referme le bac, le dormeur s'étouffe. Je n'ai plus de compartiment libre. J'ai bien pensé à cadenasser ma cabine et aller dormir chez Bettina mais il est toujours assez mal vu de se faire surprendre seul, en espace clos, avec une voyageuse.

Dans le couloir, rien. J'aimerais que quelque chose me vienne en aide, n'importe quoi, un phénomène qui m'aiderait à faire diversion dans cette insoutenable inertie ambiante. Un voyageur italien qui hurlerait de bonheur en pénétrant dans son territoire, un ado qui me prêterait son Walkman bourré de hard-rock, un petit propriétaire de salle de cinéma qui m'offrirait une place de projectionniste à vie. J'ai besoin de tenir jusqu'à Milan, et là je jure de couper les branches pourries et de verrouiller jusqu'à demain matin, et qu'un abruti de contrôleur ou de voyageur ne s'avise pas de me réveiller...

Pour l'instant j'aimerais bien qu'on m'occupe l'esprit, qu'on me fasse rire, qu'on m'offre un café dans une Thermos encore chaude. Le couloir est inhospitalier au possible, du lino, du métal glacé, des vitres embuées. Je m'arrête un instant devant le compartiment de Bettina. Elle dort lovée contre son sac, emmitouflée dans une couverture qui laisse une jambe découverte. Sa cheville est incroyablement fine, presque cassante, moulée dans une chaussette blanche.

Un sauna. Elle et moi. À Farö.

La porte battante du fond du couloir s'ouvre sans faire de bruit. Deux types qui allaient entrer hésitent en me voyant. Mon premier réflexe est d'ouvrir le compartiment de Bettina, baisser les trois stores côté couloir et refermer au carré de l'extérieur. Un des types fait mine de s'accouder à une vitre mais me surveille du coin de l'œil. J'ai compris. Ça change tout, et pas dans le sens que je voulais. Les pirates du rail qui arrivent à l'heure habituelle avec la ferme intention de ratisser chaque voiture en attendant Milan. Manquait plus que les pickpockets...

Repartir doucement vers ma cabine, sans y rentrer tout de suite. Surtout pas. Ils vont croire que j'ai la trouille.

Et j'ai la trouille. Pas vraiment d'eux, malgré les crans d'arrêt, mais plutôt du bordel qu'ils sont capables de faire dans la voiture d'un couchettiste qui n'en a pas vraiment besoin ce soir. Si un des voyageurs se réveille avec une main étrangère dans sa veste, il a de quoi gueuler, provoquer une bagarre, arrêter le train, rameuter les flics et plus question de virer mon clando. Je me souviens de la fois où ça s'est fini sur le quai d'une petite gare où aucun train ne s'arrête jamais, deux voleurs se battaient avec trois types devenus complètement dingues, les flics sont arrivés un quart d'heure après que la première arcade eut éclaté, et ça a pris deux heures avant que le train reparte.

Et s'ils fouillent chez l'aboyeur, même s'il y a plus rien à piquer ? Il va croire au complot, il va les exterminer. Et Bettina ? Elle va piquer une autre crise de nerfs, et je ne me regarderai plus jamais dans une glace. Qu'est-ce qu'on fait dans un cas pareil ?

Non, ce soir on ne rentre pas dans sa cabine en attendant que ça se passe. D'ailleurs il commence à perdre patience, son regard me fusille, si je ne me décide pas à rentrer il va me demander de lui faire un café, la lame sur la gorge. Je sais que j'ai très peu de chances de me faire planter, sûrement aucune, ce ne sont pas des tueurs, ils savent ce que ça coûte, ils veulent juste faire leur petit job peinard. Ils ne se serviront jamais du cran d'arrêt, jamais, c'est une certitude. Mais ils l'ont dans la poche, prêts à le montrer, et c'est de ça que j'ai peur, le voir s'ouvrir, en une seconde, sous mon nez. C'est tout. Ils échangent quelques mots en grimaçant, « qu'est-ce que c'est que cet emmerdeur qui ne nous laisse pas bosser tranquilles ». Ils perdent du temps, pour eux c'est le moment rêvé, pas le moindre rat crevé dans le couloir, à part moi.

Tant pis, j'y vais. Je me force à avancer en les regardant dans les yeux.

Le bruit des soufflets, au fond, de leur côté.

Une hallucination... Un mirage...

Les contrôleurs italiens.

C'est Dieu. Il a tout vu de là-haut... Il veut se racheter de la nuit qu'Il me fait passer...

Ils font une drôle de gueule en voyant les voleurs, on ne sait pas qui sont les plus gênés, hochements de tête de part et d'autre, échange de civilités, prego, grazie, et ils passent leur chemin pour arriver jusqu'à moi. On dirait une bonne vieille comédie à l'italienne, plus vraie que nature, « Gendarmes et voleurs ». Pour couronner le tout ils vont pousser le vice jusqu'à contrôler mes billets, histoire de reprendre un peu d'autorité, celle qu'ils oublient devant la racaille. Leur salut est un peu mou, l'un d'eux me demande pourquoi je ne dors pas. Je ne peux pas les faire rentrer chez moi, je suis contraint de leur chuchoter à l'oreille mon peu d'italien épouvanté.

— Je surveille les voleurs, ils refusent de sortir de ma voiture, qu'est-ce qu'on fait ?

— Quels voleurs ?

— ... ?

— Où t'as vu des voleurs ?

Non, c'est pas Dieu qui m'a envoyé ces mecs-là, c'est pas possible. À moins qu'Il ne veuille me foutre dedans.

— Ceux-là, là ! Au fond. C'est des agents secrets, ou quoi ? Mais pourquoi vous les laissez faire, bordel ? !

Ils me font un petit geste de la main qui veut dire « laisse tomber, à quoi bon... ». Plutôt que prendre le risque de formuler un truc pas clair on préfère le suggérer avec une petite mimique, je l'ai pas vraiment dit mais t'as quand même compris, hein ?

Les voleurs n'ont pas bougé d'un pouce, mais ils sourient, eux. Une fraction de seconde j'ai pensé qu'ils m'avaient eux-mêmes envoyé deux émissaires en casquette pour m'inciter à rentrer gentiment chez moi.

On me dit que tout va bien, on me demande si tous les billets ont bien été vus par les Suisses, on me souhaite une bonne nuit. Et on passe dans la voiture suivante.

Comme ça.

Un truc pareil n'est possible que de ce côté-ci des Alpes. Si je raconte ça à Paris on ne me croira jamais.

Résultat : non seulement je suis toujours dans la panade, mais en plus, les deux marlous ont la bénédiction des autorités.

Et maintenant, ce sont eux qui avancent vers moi.

Tranquilles.

Reculer, reculer jusqu'à l'armoire électrique, ils ne comprennent pas, ils avancent. Le bouton vert, le bouton rouge, et le petit, en haut, qu'il ne faut jamais toucher, l'interrupteur général. La clé carrée me glisse des mains, je repère le bouton, j'appuie, ça claque...

Le noir absolu. Ils se sont arrêtés net.

— Mortacci tuoi... ! !

J'ai juste le temps de rentrer à tâtons chez moi et je colle mon oreille contre la porte. Des chocs, ils se cognent dans les portes, quelques coups de poing dans la mienne m'assourdissent. Ils sont obligés de changer de voiture, ils ont beau être discrets ils ne pourront pas bosser à l'aveuglette. « On se revoit bientôt » j'entends, « on se revoit bientôt ». Encore un autre « Mortacci tuoi » (putain de tes morts) et le soufflet se referme derrière eux. À moins qu'ils ne m'attendent, tapis dans l'obscurité. Ils sont peut-être rusés, ces cons.

Ils vont sûrement revenir mais j'ai le temps de m'organiser.

— Allumez ou je crois que je vais tomber, me dit une voix chancelante.

Je me retourne, dans le noir, et aperçois la silhouette du dormeur, debout, à dix centimètres de moi.

— Vous avez failli me faire peur. Impossible d'allumer pour l'instant, tout le jus de la voiture est coupé... Recouchez-vous sur ma banquette.

Trois points lumineux à proximité indiquent qu'il est bientôt 3 h 30. Son souffle s'épaissit brusquement puis se suspend, un instant, dans un silence glacé.

— Hé... ho, déconnez pas, dites quelque chose !

Au lieu de ça je vois la silhouette s'effondrer à terre dans un bruit sourd, sa tête vient cogner contre mon genou.

Je ne bouge plus.

Je me colle les mains contre les paupières, juste un moment, pour m'isoler.

Mes pupilles se sont habituées à l'obscurité. En faisant un pas vers mon sac je lui ai marché sur la cheville et il n'a pas crié. J'ai retrouvé la lampe de poche après avoir jeté toutes mes affaires alentour et l'ai braquée dans ses yeux. Il est évanoui. Son corps reste écrasé à terre comme un fruit pourri tombé de la branche. Je devrais être angoissé, je crois. Mais, je ne sais pas, j'en ai un peu marre.

*

J'ai fait revenir la lumière et ça ne m'a pas plus éclairé. Dans le couloir, enfin, un humain s'étire. Un vieil homme que l'obscurité a dû réveiller. Ça vit encore un peu.

Je ne sais pas ce qu'on fait pour essayer de réanimer quelqu'un, on lui tapote les joues, on lui passe de l'eau sur le visage ? Je cherche son prénom. Jean-Jacques ?

— Jean-Jacques... ça va ? Vous avez chaud ? Vous voulez quelque chose à boire... ?

Mes questions connes lui ouvrent péniblement les yeux, je lui verse un peu d'eau sur le visage et place le goulot sur ses lèvres.

— C'est rien... ça m'arrive même chez moi... un peu de chaleur... le manque de sommeil...

— Vous pouvez vous relever ?

Il ferme les yeux pour acquiescer et prend appui sur mon bras pour se dresser sur ses jambes.

— À combien sommes-nous de Milan ?

— On y est dans une heure, les Italiens ont l'air de vouloir rattraper le retard.

— Ne vous inquiétez pas pour ce qui vient de m'arriver... c'est courant... je descendrai comme prévu, je n'ai pas besoin de médecin.

— Oh, vous savez, à l'heure qu'il est je ne m'inquiète plus, je bouge.

Il regarde mes affaires étalées par terre et se met à les ramasser.

— Laissez ça, on s'en fout, je vais les ranger, laissez-moi le temps de souffler, j'en ai rien à foutre que ça traîne, que ça se salisse !

— Vieille habitude. Si jamais je m'en sors je ne vous oublierai pas. C'est pas des paroles en l'air, je vais avoir beaucoup d'argent, vraiment beaucoup, et je me souviendrai de ce que vous avez fait.

Sans savoir pourquoi, j'éclate de rire. Ce soir rien ne m'a été épargné, mais là... Ce type, je l'ai insulté, j'ai souhaité sa mort dix fois, j'ai même cherché à l'humilier. Et maintenant... ?

— Écoutez, je ne sais pas comment vous dire ça, mais vous ne trouvez pas qu'on vit une situation ridicule ? Jean-Jacques... Vous vous êtes fourré chez moi pour éviter une douane, je me bats avec des contrôleurs et des brigands, vous tournez de l'œil à la première occasion, vous voulez me donner du fric et vous n'avez pas de quoi passer un coup de fil. Je sais plus et j'essaie plus de comprendre.

— Je m'appelle Jean-Charles.

J'ai réfléchi un instant et à nouveau j'ai éclaté de rire. Pas un rire sincère. Un rire ailleurs. Pendant cette seconde-là, plus rien ne m'a fait peur, les contrôleurs, la taule, les truands, les voleurs. C'est une seconde que j'ai volée à la logique universelle.

— Je n'ai pas d'argent sur moi, en ce moment, mais bientôt

j'aurai de quoi assurer l'avenir de mes gosses, ma femme. Mais je vous dois quelque chose.

— Je veux pas employer de grands mots, mais si vous me devez quelque chose c'est une nuit de sommeil et un semblant de vérité.

Je ne poserai plus la moindre question à cet individu, il faut que ça vienne de lui. Il replie ma chemise froissée et me la tend.

— C'est votre chemise du retour ?

— Oui. De toute façon elle se serait salie autrement, je suis incapable de garder une tenue correcte, j'ai une réputation de clodo, aux Wagons-lits.

Le kataklan se radoucit un peu, le retard est rattrapé. Jean-Charles s'assoit un moment et s'éponge le front. Il n'a pas l'air d'aller beaucoup mieux.

— Vous avez compris que je suis malade, dit-il, comme si c'était une chose entendue depuis le début.

— C'est ça votre semblant de vérité ? Cette cabine entière est visqueuse de votre humidité, vous vous videz, vous dégorgez, et je passe mon temps à sécher tout ça.

Je ne contrôle plus ce que je dis, ça y est, je viens d'atteindre cet état d'incohérence physique et mentale dont Katia hérite à chaque retour. À ceci près que nous n'en sommes même pas à la moitié de l'aller.

— Vous êtes excédé, n'est-ce pas ? Vous me détestez.

— Non. J'aurais plutôt envie de vous gifler. Mais je ne peux pas frapper un malade...

Il baisse les yeux. Je dois faire oublier ce que je viens de dire.

— Vous êtes malade de quoi ? Et n'ayez pas peur d'appeler les choses par leur nom.

— Je ne sais pas trop, je sais que c'est grave.

— C'est con de tomber malade quand on est sur le point de récolter un paquet de fric, dis-je.

— Pfff... À ce jeu-là vous allez sûrement gagner, je ne sais pas me défendre contre un cynique. Vous êtes cynique comme on peut l'être quand on est sain.

« Sain. » Moi ?

— Je ne suis pas cynique, c'est vous qui êtes contagieux.

Tout ce que je dis m'échappe, ça sort comme ça. Antoine est

méchant par nature, tout le monde le dit, Antoine n'a plus le choix de ses gestes. Mais Antoine n'a plus la force de galoper après son naturel.

— Si vous saviez à quel point ce que vous venez de dire est horrible... Il y a un an de cela je vous aurais tué. Maintenant j'ai compris que ça n'en valait pas la peine.

Je vois bien qu'il essaie d'articuler et de parler normalement, mais c'est de la frime. Ses yeux clignent de plus en plus, il n'arrive plus à tenir droit, les tremblements du train suffisent à le faire glisser de la banquette. Et moi, assis par terre, je le regarde s'effondrer.

— Je suis un individu recherché, mais pas seulement comme vous l'entendez. On me veut, tout le monde me veut, on se l'arrache, le M. Latour !

Il se met à rire comme un poivrot.

— Je représente un paquet de fric, et ça me fait bien rire de les voir tous s'agiter autour de moi, tous ces crétins en blouse blanche, et tous les autres, aussi.

Un poivrot, c'est bien ça, en pleine crise de delirium, en train de me servir l'amer couplet du ratage. J'ai l'impression d'être dans un rade pourri d'un quartier pourri, face à un soûlographe aigri dont le phrasé gondole de plus en plus. Si j'attends un peu il va tout balancer.

— Ça vous épate, hein ? Vous vous demandez comment un pauvre malade comme moi, pauvre ET malade, peut faire courir autant de monde ? Eh bien je vais vous le dire, au point où j'en suis...

Vas-y, dis-le.

— Je vaux de l'or. Et les Suisses en ont beaucoup, c'est connu... Ils paient plus que les Français, j'y peux rien. Vous auriez fait le même choix, hein ? Mon propre pays s'en fout si mes gosses sont à la rue quand je ne serai plus là. Je sais, les Suisses aussi, mais eux ils me donnent de quoi les faire vivre pendant des années, des décennies !

Sa tête plonge en avant et j'ai à peine le temps de me dresser sur mes talons pour le rattraper avant qu'il ne pique du nez au sol. Tout son corps a chaviré sur moi.

— Je dois... m'allonger... je dois me reposer...

Pendant une seconde je l'ai senti mort. Je ne joue plus.

— J'arrête tout. On appelle le chef de train, on va trouver une ambulance. C'est trop risqué. Tant pis.

— Pas question... Je ne suis pas encore crevé... c'est uniquement le manque de sommeil, si on s'arrête maintenant c'est foutu, pour moi, pour mes gosses, pour vous aussi... Trouvez-moi un endroit pour dormir...

Je m'incline. Il n'y a plus que ça à faire.

J'ouvre la porte et passe le nez dehors.

— Jean-Charles, écoutez, je vais vous demander un dernier effort et je vous installe dans un vrai lit, enfin... sur une couchette. Seulement il faut tenir bon jusque-là, et si on continue sur notre lancée il ne vaut mieux pas qu'on vous repère, hein ? Alors vous allez marcher tout seul dans le couloir, hein, et juste derrière moi. Vous vous sentez capable de ça ?

Oui de la tête. Avant qu'il ne change d'avis je roule en boule mes couvertures, draps et coussins, empoigne le tout du mieux que je peux et sors en forçant dans l'encadrement de la porte.

— On y va.

La boule bute un peu partout, je ne vois rien. C'est à crier de ridicule, je ne sais plus ce que je dois penser. Tout ça pour nous préserver du regard d'un petit vieux sans doute à moitié endormi, debout contre sa barre. J'essaie de penser à tout, je deviens encore plus paranoïaque, je deviens dingue.

Bettina se réveille en sursaut et voit le paquet de linge atterrir en face d'elle. J'essaie de la rassurer comme je peux en lui présentant un voyageur très fiévreux qui cherche un coin tranquille jusqu'à Milan. Tout en parlant j'installe la literie sur la couchette du haut, place l'échelle et aide Jean-Charles à grimper. Bettina me regarde avec ses petits yeux gorgés de sommeil, autour d'elle une douce odeur de peau endormie s'évapore. Elle voit bien que Jean-Charles n'a rien d'un spectre menaçant, au contraire, elle me demande timidement s'il n'a pas besoin d'un peu d'aide. Je ne sais pas quoi lui dire, à part de refermer le compartiment au loquet, sortir le moins souvent possible et venir me prévenir si quelque chose ne va pas.

— À tout à l'heure, me dit-elle en français.

— Quelle heure est-il ? demande Jean-Charles.

— 3 h 50.

— Je dois prendre ma prochaine pilule dans trois quarts d'heure.

— J'y penserai. Je vais essayer.

C'est la dernière chose qu'il fera sur ce train, juste après avoir dégluti, il sera à Milan. Je referme le compartiment.

Moi, j'ai envie de whisky car je sais ce qui m'attend pendant ces trois quarts d'heure : faire le pied de grue dans le couloir. Impossible de rentrer dans ma cabine et me couper du reste de la voiture. N'importe quoi peut se passer, je commence à être habitué, et je m'en voudrais d'échouer si près de Milan après tout ce que j'ai subi. Au cas où les voleurs reviendraient je me barricade chez moi, et on verra bien.

Je vide la bouteille, presque d'un trait, et pars me rincer la figure. Le petit vieux est retourné sur sa couchette. Je prends place devant une vitre et commence ma veillée.

Après tout, je suis payé pour ça.

Antoine...

Tu te retrouves là, planté comme un piquet cassé en deux. Tu ne sais plus très bien ce qui se passe, tu ne cherches plus vraiment à savoir si ce que tu fais en vaut la peine. Chacun de tes membres pèse des tonnes, surtout les jambes, et tu fermes les yeux, pour un peu ça marcherait, dormir debout... Et pourtant tu n'arrives pas à te sortir de l'esprit que c'est quelqu'un d'autre qui devrait être là, à ta place. Toi, tu devrais dormir en ce moment même sur une rame Florence, tranquillement, et demain tu aurais sans doute dormi toute la journée, c'est toujours ce que tu fais, là-bas. Pourquoi as-tu refusé ? Tu t'en veux ? Ça t'obsède ? C'est trop con, hein ? Mais tu te dis que ce voyage a sûrement une fin, comme les autres, que tout va se terminer Gare de Lyon, comme d'habitude. Et peut-être que tu ne reprendras pas la route de sitôt. C'est fini, les trains de nuit. Tu vas rentrer chez Katia, tu lui demanderas de ne plus te laisser repartir et elle le fera, parce qu'elle t'aime. Tes histoires, il n'y a qu'elle pour avoir la patience de les écouter, sur qui d'autre compter, hein ? Les trains de nuit, c'est fini. Tu ne remettras plus jamais les pieds en Italie, tu n'auras plus à côtoyer tous ces inconnus, et un beau jour tu oublieras tout et on t'oubliera. C'est pour ça que tu dois tenir bon, ce soir, c'est bientôt fini. L'espace te sépare de Gare de Lyon mais le temps t'en rapproche. Remets l'oubli pour plus tard, tu as toute une vie pour ça.

J'ai besoin d'une petite pause dans le cabinet de toilette, il n'y a guère que là où je me sente un peu moi-même. Le whisky m'a embrumé la conscience et râpé le palais. Décidément, je ne pourrai jamais envisager cette carrière d'alcoolique que je m'étais promise si tout foutait le camp. On pense trop de trucs qu'on regrette après.

*

Ça s'est passé très vite, ou bien j'ai perdu mon sens de l'instant. Je suis sorti des W.-C. sans regarder, presque les yeux fermés, et j'ai bousculé l'homme qui entrait dans ma voiture. Même pas le temps de voir sa gueule ou de m'excuser, il a foncé droit dans le couloir pour s'arrêter sans hésitation devant le compartiment 2. C'est à cette seconde que j'ai senti que la nuit serait encore longue. Il l'a inspecté sans faire de bruit et sans rien trouver. Il est revenu vers moi et j'ai pu voir enfin la tête qu'il avait. Des zones chauves sur le crâne, les cheveux ont dû tomber par touffes, ceux qui restent sont très longs. Un visage étrange et fermé. Il porte une grande veste en cuir noir, peut-être même trop grande.

— Il y avait deux personnes aux places 25 et 26, un Américain et un Français, où sont-ils ?

Il parle vite, sa question claque comme un ordre. Avec ce genre de mec il vaut mieux en dire le moins possible.

— Ils sont descendus, je ne sais plus où... en Suisse, je crois... vers Lausanne.

J'ai vu sa grimace, sa bouche tordue, et tout de suite après, sa baffe m'a cogné la tête contre la vitre. J'ai porté une main à ma joue brûlante. Je n'ai pas su comment réagir et j'ai baissé les yeux.

— Toi, tu vas comprendre très vite, c'est pas toi qui m'intéresses, mais si tu commences à raconter des craques c'est que t'en as déjà dit un paquet, à Lausanne. Ils étaient pas à Lausanne, ducon, on les attendait, et t'as dit que tu les avais pas vus.

Le blond avec le manteau bleu... J'ai bien vu qu'il s'adressait à quelqu'un qui s'est mis à courir sur le quai... Comment j'aurais pu penser que la silhouette me giflerait, un peu plus tard ?

— Moi j'suis rien... j'suis que le couchettiste de la voiture, je les ai vus monter à Paris, avant d'arriver en Suisse ils ont tiré la sonnette d'alarme et ils ont disparu, c'est pour ça qu'on est arrivés en retard à Lausanne...

Ma tête cogne de nouveau la vitre mais cette fois mon oreille a heurté la barre de fer. Un cri de douleur s'est bloqué dans ma gorge.

— Tu vas pas m'amuser longtemps, petit con. Tu sais, sur un train, je peux tout me permettre, moi aussi je pourrais tirer le signal d'alarme après t'avoir dépecé dans les chiottes, non ? J'irai jusqu'au bout pour savoir où ils se sont fourrés.

— Mais je vous dis la vérité, c'est vrai, ils sont descendus...

Là, il explose, m'empoigne par le revers et me traîne dans les toilettes. J'atterris sur la cuvette, il ferme la porte au verrou.

Il plonge sa main à l'intérieur de sa veste...

Un revolver... ? Il le pointe comme un arc, bras tendu. Sur mon front. Il faut que je parle, mais ce sont des jets de vomissures qui vont sortir.

— Écoutez... J'ai vraiment vu l'Américain tirer le signal, mais avant je l'ai vu discuter avec des Italiens qui sont montés à Vallorbe... ensuite il est descendu... Il m'a donné un peu de fric pour être sûr que j'aie rien vu...

— Et le Français ?

— Lui, il est resté, il était accompagné des deux Italiens quand il est venu me demander son passeport, et ils sont repartis tous les trois vers les premières classes...

Il a levé l'arme en l'air en criant, j'ai fait un geste pour me protéger la tête. Mais son poing s'est abattu sur le lavabo.

— Comment ils étaient, ces Ritals ?

— Heu... Y en avait un tout en jeans et l'autre portait une veste en laine marron...

— C'est où les premières classes, ducon ?

— En tête de train, je les ai vus faire des allées et venues dans les couloirs, mais sans le Français, ils ont dû l'installer ailleurs…

Sans savoir pourquoi une dernière phrase m'a échappé. Un truc stupide dont j'aurais pu me passer.

— J'en ai vu un avec un cran d'arrêt.

Et là-dessus, contre toute attente, il rit.

Le flingue rangé dans la veste il sort comme une furie, sans rien me demander et sans me menacer.

Je reste seul, assis sur la cuvette, sans bouger. J'ai l'impression qu'on vient de violer le dernier espace où je me sentais encore bien. Maintenant je ne pourrai plus m'enfermer dans ces chiottes sans avoir le goût du vomi dans la gorge. Je n'ai pas eu le temps de me rendre compte de grand-chose, ce n'était plus de la trouille, c'était de la terreur, on ne peut plus rien faire, on se sent comme dans un avion, on est spectateur.

Je ne sais pas ce qui m'a pris de raconter ça. J'avais quelque chose à protéger ? Jean-Charles, Bettina ? Sûrement pas, le flingue m'aurait fait oublier mon propre frère. Quoi d'autre ? Certainement un trop-plein qui est remonté à la surface. Passé une certaine heure toutes les haines se confondent.

L'eau froide vient rafraîchir ma joue et mon oreille. Les doigts ont marqué leur empreinte, ma gueule est striée de rouge. Le salaud…

Il va revenir.

Le visage encore ruisselant je me précipite vers le 7. Bettina est debout sur sa banquette et regarde bouche bée le dormeur écroulé dans un sommeil apparemment paisible.

— He's O.K., murmure-t-elle avec un sourire, qui tombe quand elle voit la tête que j'ai. What about you ?

Elle pose les doigts sur ma joue rouge.

— It's nothing, dis-je en détournant la tête.

Elle ne comprend plus rien, un malade dort en haut, en bas un couchettiste en uniforme s'escrime sur la porte en vérifiant quatre fois qu'elle est bien fermée, baisse les stores à fond et se poste devant, clé carrée en bataille. Et bien sûr, elle me demande des explications que je suis incapable de fournir en anglais. En français déjà, j'aurais du mal. De toute façon, si je lui disais le quart de ce qui se trame sur cette putain de bagnole elle aurait de quoi faire dérailler tout le Galileo rien qu'avec ses jérémiades. Depuis quelques heures je viens de piger un truc qui ne m'était encore jamais apparu : il ne peut y avoir qu'un seul maître à bord. En l'occurrence je ne maîtrise pas grand-chose, mais je commence à comprendre ce qui se passe ici, à saisir le mouvement. Un certain stade d'absurdité franchi, le bordel se met à prendre sens. Jean-Charles est un gros coup, il ne délire pas quand il parle de tout le fric qui frémit autour de lui. Il s'est vendu aux plus offrants, les Suisses, et manifestement ils y tiennent. Il ne pouvait passer qu'en fraude, les Français ne l'auraient pas lâché aussi facilement, pour ses dettes ou autre chose. Le meilleur moyen d'aller en Suisse ? L'avion, impossible. La voiture, trop risqué. L'idéal c'était le train de nuit, on ne vérifie jamais les passeports français ou américains. Seulement voilà, l'incident de parcours, le trois fois rien qui remet tout en question, un misérable portefeuille, cinq mille francs qui viennent mettre en péril des sommes faramineuses, un comble... Le seul truc que je ne comprends pas c'est l'intérêt que suscite un misérable comptable malade qui passe son temps à roupiller. Il tenait peut-être les comptes d'une bande de truands, il a peut-être des registres douteux en sa possession...

D'ailleurs je me demande si je vais le réveiller. Je voulais juste lui dire que si l'homme à la veste noire réapparaissait, je le foutrais dehors, lui, le malade. Après tout ils n'en ont pas après moi, c'est le dormeur qu'ils veulent, comme ça je serai débarrassé des deux, et je resterai seul avec la Suédoise, au risque de me faire piquer par je ne sais qui, au point où j'en suis ils peuvent même me lourder de la compagnie, je ne ferai plus jamais le con dans un train de nuit.

C'est drôle, voir un flingue braqué sur moi m'a presque totalement éclairci les idées. La fatigue s'est dissoute, comme si elle avait senti qu'il valait mieux filer en douce, faute d'avoir le dernier mot.

Mademoiselle Bis. Quand on a la tête que j'ai, ma nervosité, mes gestes bizarres, mes tics hagards, on ne peut pas se permettre de dire : calmez-vous, tout va bien, continuez de dormir. Bientôt elle va regretter le compartiment des deux V.R.P. Il ne faudrait pas que je perde de vue que cette Bettina n'est qu'une bis. D'ailleurs « bis » est un nom qui lui va beaucoup mieux. La vraie Bettina avait elle aussi cette tête de belette effarouchée la première fois où je l'ai vue, dans un Galileo Florence, en juin l'année dernière. C'est une rencontre que je n'ai jamais racontée à personne, pas même à Richard.

La Bis me demande quel genre de maladie a Jean-Charles et je ne sais toujours pas quoi répondre. Puis, le regard terriblement grave, elle me demande si je ne suis pas en train de faire des « bad things ». Des mauvaises choses... ? C'est fou ce qu'un langage basique peut être cinglant. On est obligé de retrouver des principes élémentaires, le bien et le mal, le bon et le pas bon, le gentil et le méchant. Alors qu'il y a déjà tout un monde entre le gentil et le pas méchant. Toutes les armes me manquent, la nuance, l'euphémisme, l'ironie, ne restent que le ton et le regard, et pour ça je ne suis pas très fort. J'aimerais lui dire que tout ce qui m'arrive est fâcheux, mais en même temps logique, qu'il y a de la recherche dans la fuite, de la ressource dans la fatigue et de la distance chez le trouillard. Mais, en même temps, j'aimerais lui dire que j'ai envie de lui empoigner les seins et les hanches, là tout de suite, et que pourtant je ne suis pas un salaud, parce que je suis plutôt du genre à demander la permission d'abord. Mais c'est peut-être un peu trop basique.

Au moment où j'allais encore dire un mensonge à peine rassurant ça a gueulé dehors. « Cuccettista Francese ! Cuccettista Francese ! » Où est ce maudit couchettiste français ?...

Voilà, je suis maudit, enfin un qui a le courage de le dire. Dans le rai de lumière sous le store je vois une jambe de pantalon bleu. Je n'adore pas les F.S. mais autant que ce soit eux qui me maudissent.

— Qu'est-ce qui se passe ?

— C'est toi qui demandes ça ? crie-t-il.

Il est seul, décomposé, hargneux. Il a envie de me poinçonner le nez avec son appareil et je lui fais signe de le ranger car ce soir, j'ai vu mieux.

— Pourquoi t'as fait ça ? Tu vas nous faire avoir des histoires !

— Mais quoi ?

— Qu'est-ce qui t'a pris, Madone de Madone de merde ! Qu'est-ce qu'ils t'ont fait ? C'est après toi qu'ils en avaient ?

Je persiste à ne pas comprendre et le lui montre. Il perd patience et, entre deux insultes à la Sainte Vierge, me tire par la manche. Nous parcourons quatre voitures dans cette position ridicule. Au seuil de la 92, son collègue nous attend, il pointe l'index à terre.

Deux corps inanimés, deux visages où tout a éclaté, le nez, les lèvres, les arcades. Les pickpockets gisent au sol entre deux traînées de sang, les membres n'importe où, désarticulés. Celui qui a la veste marron a le nez qui fuit goutte à goutte. L'autre a le crâne coincé sous la poubelle murale. Un cran d'arrêt est tombé deux mètres plus loin, fermé.

— C'est toi, hein ? Tout à l'heure tu voulais leur barrer la route...

C'est le fou à la veste noire qui a fait le boulot. Quelle force faut-il avoir pour laisser deux hommes dans cet état-là ? Comment faut-il frapper et à combien de reprises ? À quel moment décide-t-on d'arrêter et pourquoi ? En même temps qu'un haut-le-cœur je ne peux réprimer une autre réaction. Une impression bizarre et paradoxale. Une sorte de contentement.

— Ce n'est pas moi qui ai fait ça, j'en suis incapable.

« Et je le regrette », dis-je entre les dents, et en français. Ils me dévisagent, incrédules, ça ne peut être que moi, tout à l'heure j'ai manifesté quelques velléités de justice, devant eux.

— Alors qui ?

Bonne question. Au point où nous en sommes, pas de demi-mesure, je balance tout ou rien. Tout, ça veut dire beaucoup d'emmerdements. Rien, c'est pareil.

— Faut croire qu'un voyageur s'est réveillé, ça devait bien arriver un jour. Allez le retrouver, maintenant...

En chœur ils lancent une tirade de jurons, la casquette tordue dans le poing. L'un d'eux sort une boîte de premiers soins, l'autre se baisse vers un voleur et lui tapote le torse en faisant : Héo... Héo.

— Vous avez encore besoin de moi ?

On ne me répond pas. Parfait. Ciao. Démerdez-vous, bichonnez-les, faites-leur des excuses et découpez du sparadrap.

Quand ils se réveilleront, ils lèveront le soupçon sur moi, les F.S. ne vont rien piger à cette version de l'exterminateur en veste noire. De toute manière, je n'imagine pas vraiment les pickpockets porter plainte chez les carabiniers.

Avant de les laisser je demande si le retard est rattrapé. L'un me répond oui et l'autre : qu'est-ce que ça peut bien te foutre ?

Donc, Milan à 4 h 28. Il doit être 4 h 10. Richard dort, Éric couche avec une Italienne. L'homme à la veste en cuir me cherche, et il vient de prouver sa détermination, d'autant plus qu'il a désormais la preuve que j'ai menti. Ne reste qu'une solution : reprendre le dormeur avec moi, tant pis, il ne reste qu'un quart d'heure avant Milan, il les passera sur ma banquette, je bloquerai la porte avec une chaîne, et puis... je ne sais pas, on verra.

De quoi je me mêle, après tout ? Je n'ai même pas demandé l'avis du dormeur. Il a peut-être envie de retrouver ses commanditaires et se faire prendre en charge dans les bras rassurants d'un tueur. Après tout ils avaient rendez-vous, hein ? Qu'est-ce que ça peut me faire si un gros feignant malade veut dormir dans un de ces fameux édredons helvètes, rembourré de pognon, pour sa femme et ses gosses, tout le monde a une femme et des gosses, je ne vais pas me ronger les sangs chaque fois que je rencontre un père.

M'enfermer avec lui dans une cabine ? Faudrait être cinglé. Je dois aller de moi-même vers la veste noire. Oh, à coup sûr je prendrai une baffe, mais ça sera vite passé, et je le conduirai vers le dormeur, au besoin je braillerai pour rameuter deux trois voyageurs dans le couloir pour que tout se passe dans le calme, il n'ira pas jusqu'à se servir du flingue. Il l'a dit, personne n'en a après moi. Dans douze minutes ils seront sur le quai de Milano Centrale, et moi, pas loin de Mademoiselle Bis, peut-être pas dans ses bras, mais pas loin. Pour l'instant, je constate qu'elle a bien écouté mes consignes : fermer au loquet son compartiment. Je donne un petit coup de clé carrée.

L'obscurité s'est pointillée de blanc quand j'ai chaviré à terre et le noir m'a aveuglé à nouveau quand la semelle s'est écrasée sur mes yeux. Sans bruit. Un fondu de noir au noir, ma tête résonne. Le coup du lapin quand il m'a happé à l'intérieur par le col, la couchette médiane dans la tempe gauche et le déséquilibre au sol, un autre coup dans la nuque, son pied qui m'écrase le front.

Mal.

— Allumez la veilleuse, Latour.

Mon œil droit reçoit un petit jet orangé, l'autre reste mâché dans son orbite, brouillé de blanc.

Tu es sur le dos, la bouche ouverte, si tu vomis tout restera bloqué dans ta gorge et tu seras obligé de ravaler. Respire, plutôt. Souvent tu as évité de vomir en contrôlant ton souffle. Respire par le nez, bloque tes lèvres. Tourne un peu la tête de côté, la pression sera moins forte sur ton front. Le mal va disparaître dès que la tête va sortir de l'étau. Ne demande rien, reste immobile, ne parle pas.

L'ondulation du rail me revient doucement dans l'oreille, mêlée aux pulsations.

— Laissez-le se relever, il m'a beaucoup aidé pendant tout le parcours, sans lui vous ne m'auriez jamais retrouvé. J'en parlerai à Brandeburg. Laissez-le se relever.

— Ce petit con a failli tout faire foutre en l'air, j'ai perdu du temps avec ces deux Ritals de merde. Les menteurs, je préfère les voir la gueule par terre.

— C'était pour me protéger, il n'en savait rien. D'ailleurs je vais avoir besoin de lui pour ma pilule. C'est vous qui allez me trouver de l'eau avec votre revolver ?

Il a levé le pied et mille fourmis ont grouillé dans tout le pan droit de mon visage. J'ai pu bouger la tête, lentement, passer ma main sur mes yeux. Je me suis relevé du tapis comme un jeune poids coq, pas fier, groggy.

La lueur orangée caresse les contours immobiles des occupants. Jean-Charles est toujours allongé et pose sa main sur mon épaule.

— Ça va, Antoine... ?

Le fou en cuir étreint Bettina dans son bras gauche, la main crispée sur sa bouche. Dans l'autre il maintient le revolver piqué dans sa tempe.

— Pourquoi elle ? Pourquoi pas lui, là-haut ? dis-je en montrant Jean-Charles.

Pour toute réponse, serein, il arme le percuteur. Bettina frémit : un petit cri de gorge.

— Personne ne va vous empêcher de sortir. Elle est fragile, vous pouvez lui faire beaucoup de mal.

— Surtout si je tire, ducon.

— Et vous, là-haut, dites quelque chose, il a l'air de vous écouter. Si quelqu'un doit être maintenu en joue ici, c'est vous, non ?

Le tueur ricane, pas trop fort. Jean-Charles aussi. Il semble faussement à l'aise, il joue un jeu bizarre.

— Aucun risque ! Aucun risque ! Je ne le connais pas, ce monsieur, dit-il en montrant du doigt le fou. C'est la première fois que je le vois, mais c'est pas grave, le moindre de mes cheveux lui est plus cher que l'une de ses deux mains, hein ? C'est pas vrai ce que je dis ?

L'homme ne répond pas et continue de me fixer.

— Mais si, Antoine, vous n'avez pas l'air de me croire... Je pourrais lui envoyer une gifle, il ne broncherait pas, tenez, regardez...

Et paf, une belle mandale qui lui a fait dévier la tête. Mon cœur a fait une pirouette, j'ai cru entendre le coup de feu partir et la boîte crânienne de Bettina exploser. La tête du tueur reprend son axe, son corps n'a pas remué d'un poil. Pas un mot, pas une lueur de surprise dans le regard. Elle est belle ta démonstration, Jean-Charles. Alors, interviens. Dis-lui de baisser son truc, personne ne lui mettra de bâton dans les roues.

— Seulement, l'ennui, c'est qu'il a une mission : me conduire sain et sauf chez son patron en écartant tous les obstacles sur son passage. Si vous voulez en être un, libre à vous.

— Merci, on a déjà fait connaissance, et heureusement que j'étais assis sur une cuvette de chiottes. J'ai vu de quoi il était capable avec les deux types qu'il a laissés sur le carreau.

Le K.-O. a réveillé le zombi en moi, la fatigue est venue me réhabiter, j'ai l'impression de peser des tonnes. L'écroulement est proche, que je le veuille ou non.

— Imaginez, Antoine, la rencontre d'une nourrice et d'un exécuteur. Deux êtres dévoués par définition, deux rôles attentifs.

Des expectatifs. Des vigilants. Réunissez-les dans un même corps et vous avez ça, dit-il avec un vague mouvement de la main qui aurait pu désigner une merde de chien. Jimmy, l'Américain, était comme ça aussi. Vous m'imaginez, moi, un simple comptable, habitué à répondre aux sifflements des patrons pendant vingt ans, et pouvant désormais humilier ce genre de créature ?

Le train baisse de rythme, légèrement.

— C'est plaisant ? je demande.

— Pas tellement, mais j'ai envie de voir jusqu'où on peut aller.

Air connu.

— Bon, j'en ai marre d'entendre vos conneries, fait la veste noire. Trouve-nous de l'eau pour qu'il puisse prendre sa pilule. Et fais gaffe, la moindre bonne idée qui te traverse la tête montrera le chemin à une bastos. Je garde la copine.

Des larmes coulent des yeux de Bettina. La terreur muette.

— They don't want to kill you, they're leaving in a few minutes.

Le tueur ne bouge pas.

— Oh, ne vous inquiétez pas, me dit Jean-Charles, il comprend l'anglais, sinon il aurait déjà tiré. Il ne la lâchera pas, surtout si vous sortez pour me chercher de l'eau. Et il m'en faut, vite.

— Vous avez repris du poil de la bête, vous. La bonne santé ne vous vaut rien. Bon, je sors ?

L'homme me regarde bien dans les yeux, fait pivoter de quelques millimètres le menton de Bettina et enfonce le canon dans son oreille.

— Oui. T'as moins d'une minute.

Message reçu. J'entrebâille la porte juste de quoi me glisser dehors. La pleine lumière me fait cligner des paupières.

Maintenant j'aimerais bien comprendre cette histoire de flotte. Il y en avait dans le compartiment, j'ai vu la bouteille quand j'étais à terre. Jean-Charles le sait-il, ou pas ? Il me semble même que c'est un peu tôt pour sa pilule. Je suis trop crevé pour comprendre les signes, et s'il y en avait un, je me demande ce qui est en mon pouvoir. Antoine Ducon est fatigué, il a juste assez de jus pour aller jusqu'à Milan, et plus on s'en approche, moins j'attache de l'importance à cette espèce de tragédie lointaine dont il semblerait que je sois l'un des acteurs. Un revolver dans une oreille... un type allongé, tantôt malade, tantôt arrogant...

C'est le rideau, bientôt. Le rideau. Tu ne fonctionnes plus très bien, tu ne sens plus les détails, tout t'échappe. Essaie de marcher droit jusqu'à ta cabine. Tu te souviens où tu as laissé l'eau ? Prends la bouteille et retournes-y.

Ils n'ont pas beaucoup bougé, tous les trois, raides comme des antennes qui émettent et reçoivent des ondes, des ordres radio, réceptifs à la foudre et aux éclairs. Le dormeur, toujours perché, me lance un regard mauvais quand je lui tends la bouteille. Comme quoi l'agressivité me parle encore. Ne pleure plus, Bettina. Tu penses à quoi, là, tout de suite ? Aux sourires blonds de ton enfance, à ta petite maison en lambris qui croule sous la neige, à tes congénères qui savent écouter le silence. Je te jure que les gens du Sud ne sont pas tous comme ça. Celui qui t'enserre dans son bras est un pauvre type préoccupé par de pauvres choses.

T'es pas d'accord, toi, dans la veste en cuir craquelé piquée à ton vieux père ? T'as quoi, dans la tête ? L'espoir d'un rêve, au bout d'un long cauchemar de cruauté ?

— On ralentit ?

— ... ?

— Héo, ducon ! On ralentit ou quoi ?

— Oh ben... oui, j'crois. Peux m'asseoir... ?

— C'est pas le moment, ducon, on va se préparer à sortir. Latour et ducon, vous nous précédez dans le couloir et on attendra tous près de la porte.

Latour m'emboîte le pas en me lançant des œillades à la dérobée. Mais qu'est-ce qu'il veut, bordel ? Une manœuvre ? Une diversion ? Parce que maintenant ce crétin n'a plus envie de descendre ? C'est moi qui vais le foutre dehors, à coups de genou dans les reins. Fini, les questions, l'héroïsme, les choix, tout ça va dégager de mon train.

— Antoine ? Je peux vous demander une dernière chose avant que nous nous quittions ?

— Non.

— Ne me refusez pas ça... À votre retour à Paris allez voir ma femme, parlez-lui de moi, dites-lui... Je vais lui téléphoner pour la rassurer mais ce sera différent...

— Vous voulez vraiment que moi, en personne, je lui dise ce que je pense de vous ?

— Mais non... Dites-lui... Dites-lui ce qu'elle pourra comprendre... Faites-moi passer pour quelqu'un de pas trop moche. C'est bien de se l'entendre dire par un étranger.

Il griffonne quelques trucs sur une carte.

— Vous serez quand à Paris ?

— Vendredi matin, et pour toujours.

Les freins décompressent, le train s'arrête, la dernière secousse nous déporte légèrement. L'homme commence à s'agiter vers la portière.

— Voilà son numéro. C'est lisible ? Allez-y quand vous pouvez.

Je ne réponds pas et glisse le papier dans une poche pour éviter de discuter.

— Mais qu'est-ce qu'on fout là... y a pas de quai !

J'ai fermé les yeux un instant, je ne sais pas qui a parlé.

— Mais réveille-toi, ducon ! On s'est arrêtés dans la nature !

— Non, on est bien dans la gare mais le train est trop long et on est en queue. Les machinos vont décrocher la rame Venise pour raccrocher à une autre loco pour nous conduire au quai d'en face.

— Et ça prend longtemps ?

— Dix minutes, au moins.

Il tape du plat de la main contre la vitre et redevient le fou furieux de la première confrontation. Il a envie de frapper.

— Hé ducon, on va pas rester là dix minutes !

— Alors allez-y à pied, qu'est-ce que vous voulez que je vous dise ?

Latour n'a pas l'air d'apprécier la suggestion. Quelques voyageurs endormis sortent dans le couloir, ils doivent penser que c'est la douane. Au moindre arrêt, c'est toujours la douane.

— Écoutez, faites ce que vous voulez, vous êtes dans Milan. Sortez ou restez, mais décidez-vous vite parce que les gens se réveillent, la relève des contrôleurs va arriver et tout le monde va se demander ce qu'on fout là.

Silence approbateur. Pour une fois. Je ressens presque un peu de réconfort à voir une grave question posée sur la table sans avoir à la trancher moi-même.

— Bon... C'est bon, c'est bon. Latour, on descend. Même si j'ai à vous porter on ira à pied.

— Non mais... vous plaisantez ? Marcher dans la caillasse, dans le noir, je n'aurai jamais la force.

— Je l'aurai pour vous. Vous disiez, tout à l'heure ? Éviter tous les obstacles pour vous ramener ? C'est vrai, même si vous-même vous en devenez un. Vous savez bien que je tirerai pas, mais c'est pas la peine d'en jouer, je suis beaucoup plus fort que vous. Alors ? Vous me suivez, tranquille, ou je vous traîne ?

Bettina ne me regarde pas dans les yeux et fuit tous les autres. Elle s'accoude aux montants de la fenêtre, le front collé contre la vitre en attendant que ça passe. Ne plus voir nos gueules. Le dur ouvre la portière et invite Jean-Charles à passer devant. Il s'exécute en maugréant. Je ressens quelque chose de très fort, l'imminence d'une délivrance.

— Hé ducon, avant de t'endormir, n'oublie jamais que tu bossais sur la voiture 96 du train 223 du mercredi 21 janvier, parce que nous, on n'oubliera pas.

Le dormeur a cherché mon regard mais il n'a eu qu'une parodie de sourire. Bettina se laisse déborder par une plainte trop longtemps retenue et éclate en sanglots. J'essaie de la garder près de moi mais elle me reprend son bras avec hargne et rentre dans le 7 en m'insultant dans sa langue.

Me voilà seul. Je tire un grand coup sur la portière, tâtonne pour trouver la clé de mon cadenas. Le skaï de ma banquette est froid.

*

— C'est pas possible vous mé réveillé pas da un démi-heure ! Mon passaport et lé billet, vite !

— ... Hein... Quoi ?

— Vite ! Porco cazzo !

Le Milanais... J'ai complètement oublié de le réveiller...

— Où sommes-nous ? On a quitté Milan ?

Je soulève mon store, nous sommes à quai, éclairés par les réverbères. Il gueule, hystérique, et ses cris me ramènent à la conscience. Combien de temps ai-je dormi ? Pas plus de dix minutes en tout cas. Sans aucun mal je retrouve ses papiers et les lui tends. Il descend en maillot de corps, la chemise sur l'épaule, les chaussures délacées. Au-dehors, loin devant, le feu est rouge. Encore deux ou trois minutes avant le départ. Je dois remettre un peu d'ordre chez moi, regarder dans le bac, des fois que le dormeur ait fait des dégâts sans les avouer. Apparemment non, tout est sec, froissé mais sec. Un paquet de chewing-gums... Pêche-abricot. Les plus infâmes, ça ne m'étonne pas vraiment. C'est vraiment un parfum pour comptable.

Curieux personnage.

Je n'aurai pas percé son mystère avant Milan. Je n'irai pas voir sa femme.

Ne reste qu'à assainir l'air avec un bon paquet de fraîcheur milanaise, fameuse entre toutes. Je baisse la vitre à fond.

Sur le quai, à contre-voie, deux silhouettes. Mais bordel ! Combien de temps a duré la manœuvre ? Cinq, dix minutes ? Et ils sont toujours dans la gare ? Jean-Charles a dû traîner la patte, s'arrêter sur un banc, ou je ne sais pas... Quand il y met de la mauvaise volonté, ça peut durer des plombes. Dès qu'ils arrivent à ma hauteur je remonte la vitre et baisse fissa le store. Il ne m'a pas vu.

Toc toc.

« Antoine ! »

Je m'affiche à la fenêtre, presque calme. Le dormeur est juste en dessous, sur les rails. L'autre est resté sur le quai.

— Antoine, on se reverra, à Paris ?

— Restez pas sur les rails, allez-vous-en.

La marche lui a rougi les joues, il est presque essoufflé.

— On se reverra, à Paris ?

— Est-ce que vous reverrez Paris ?

— Latour, nom de Dieu ! Demandez-lui vos pilules et on se casse.

On sonne le départ, je tourne la tête, le feu est vert.

— Éloignez-vous des rails, bordel !

— Mais... mes pilules sont à l'intérieur... courez les chercher... attendez... je... je viens les chercher, je sais où elles sont...

En un rien de temps il grimpe sur le marchepied, le con. Première secousse avant le démarrage. Il tire sur la portière qui ne peut que s'entrebâiller.

— Faites pas le con, Jean-Charles !

L'homme s'élance vers lui.

Je me précipite dehors, il s'est déjà à moitié engouffré. Le train s'est élancé de quelques mètres et la portière se referme toute seule. Ils hurlent, en même temps, je ne sais pas quoi faire. Une étincelle de déjà-vécu s'allume dans ma mémoire, ils se tiennent par la main...

Je me lance vers ces deux mains crispées l'une dans l'autre, je tords les doigts pour les séparer et y parviens, le tueur a rentré sa tête à l'intérieur, il s'agrippe. De toute la force de ma jambe je lui fracasse mon pied en pleine gueule et il est expulsé sur les rails. Je fonce dans ma cabine pour le voir de ma fenêtre. Je me penche le plus possible, jusqu'aux hanches, mais le train qui vient juste de changer de voie me le cache à cause de la courbe de l'aiguillage. Roulé en boule sur ma banquette, les poings crispés contre ma poitrine, je bloque ma respiration une bonne minute pour laisser passer une bouffée de violence.

*

Sur la plate-forme, deux ou trois personnes. Des voyageurs mal réveillés qui ont entendu les cris. Deux hommes, une femme, tous les trois hébétés et fixant leur regard dans la même direction.

Jean-Charles. Assis par terre, le visage levé, la main droite brandie vers nous. Les doigts saignent, il a dû s'écorcher au loquet ou sur un angle. Il sourit, les larmes aux yeux. Sa main, il veut nous la montrer, presque triomphant. Des gouttes de sang dégoulinent dans sa manche. Il va parler.

— Tout l'Océan du grand Neptune arrivera-t-il à laver ce sang de ma main ? Non, c'est plutôt ma main qui rendra les multitudes marines incarnat, faisant de tout le vert un rouge.

Maintenant c'est lui qui la regarde, encore plus stupéfait que nous, et la pose sur sa bouche à l'endroit de la plaie. Il lèche les gouttes.

La femme se retourne en grimaçant. Un homme, peut-être son mari, l'entraîne dans le couloir. Le troisième, encore plus inquiet, me demande d'intervenir. Après tout je suis le responsable de cette voiture, hein ? Avec ma bouteille d'alcool à 90° et du sparadrap je m'assois à côté du malade.

— Je vais le faire moi-même, il vaut mieux que vous n'y touchiez pas, dit-il.

Je n'insiste pas. Le train est complètement lancé, maintenant. Au fond de ma poche je cherche les chewing-gums. Jean-Charles en accepte un, tout en appliquant le pansement.

On mâche.

Un bout de papier est plié à terre, celui qu'il m'a donné tout à l'heure et qui est tombé de ma poche au milieu des chewing-gums. Je l'ouvre, sans curiosité.

NE ME LAISSEZ PAS PARTIR

Nous nous regardons, Jean-Charles et moi, mais personne ne parle. J'en fais une petite boulette et vise la corbeille. À côté, raté. J'allume une cigarette. Le goût de l'abricot s'estompe, je fais une nouvelle boulette avec la gomme incolore et la lance vers la corbeille. À côté, raté. Je ne vise plus aussi bien qu'avant. Pour la première fois depuis longtemps je retrouve le véritable arôme du tabac.

— Tout à l'heure, cette histoire d'« incarnat », c'était bien du Shakespeare, non ?

— Oui.

— *Macbeth*, quelque part vers le début...

— Oui, c'est dans un dialogue avec Lady.

— Je ne me souviens pas très bien de l'histoire, ça remonte au lycée, mais le truc de la main qui saigne m'avait marqué.

— C'est vrai, hein ? On s'en souvient. C'est surtout le mot incarnat. « Incarnadine. » Avoir de l'incarnat sur les mains.

Dans un coin de fenêtre je peux apercevoir un bout de lune. J'ai l'impression qu'il fait un peu moins froid de ce côté-ci des Alpes. Un jour il faudra que je visite la Lombardie autrement que dans cette foutue carlingue.

— Vous m'offrez une cigarette ? Ça fait des années que je ne fume plus.

— C'est des blondes.

Il la porte à sa bouche. En avançant vers mon briquet quelque chose tombe de sa poche intérieure et roule à terre. La boîte de pilules. Il me regarde un instant et la range.

— J'ai arrêté la cigarette après mon deuxième gosse.

— Comment il s'appelle ?

— Paul. Il a onze ans... Il est drôle... Sa condition de gosse l'insupporte, j'ai jamais vu un môme qui aspire à être adulte avec une telle force. C'est dingue.

Le bout de lune est toujours là et nous suit avec une formidable précision.

— Je comprends, dis-je, moi j'étais exactement comme ça. On était cinq gosses, mon frère aîné, mes trois sœurs et moi, et j'ai dix ans d'écart avec la plus jeune. Je suis le cas type de l'accident de fin de parcours, c'est courant chez les prolos. Quand je voyais mes frangines sortir le soir et rentrer à quatre heures du mat', j'en crevais au fond de mon lit de ne pas pouvoir les suivre, de ne pas goûter à cette liberté infernale. Remarquez, je me rattrapais avec la télé, c'était tellement petit chez nous que les parents étaient obligés de mettre la télé dans notre chambre, je la regardais jusqu'à la fin des programmes, quand ils étaient couchés. Je me souviens même d'avoir vu *Psychose*, d'Hitchcock, au ciné-club, tout seul. Le souvenir le plus terrifiant de mon enfance. Le lendemain j'ai essayé de raconter ça à mes copains de classe et personne ne m'a cru.

Il sourit, avec la clope au coin du bec.

— Il est temps de dormir, je dis.

— Vous croyez ?

— Il faudrait que je dorme une petite heure avant les premières descentes, à Vérone.

— Et vous allez me trouver une place ?

— On va essayer, dans la voiture de mon collègue, je crois que le 5 est libre.

Personne n'ose évoquer la solution Bettina. Mais on y a pensé tous les deux.

Le 5 est effectivement libre, le dormeur s'y installe timidement.

— Demain matin, vous allez voir un petit blond qui va vous demander avec beaucoup de fermeté ce que vous foutez là. C'est mon pote, vous lui dites juste que je suis au courant. Bonne nuit.

— Vous partez ?

— Vous croyez peut-être que je vais vous tenir la main en murmurant une berceuse ?

— Non... Je voulais dire... Dans des circonstances pareilles, il est difficile de dire merci, on ne sait pas quoi dire...

— Attendez attendez, maintenant je devrais dire : « Eh bien ne dites rien ! », c'est ça ?

— Je vais vous remercier, à ma façon, et c'est pas grand-chose. Je crois que je vous dois un aveu. Un petit bout de vérité.

— Ah non, pitié. Ça peut attendre demain.

— Juste une ou deux minutes, s'il vous plaît. On se sentira mieux tous les deux, après.

Il m'aura épuisé jusqu'au bout. Jusqu'au fin fond de l'au-delà de mes forces. Asseyons-nous.

— Bon, je vais faire vite, d'abord pour vous libérer au plus vite, mais aussi pour éviter de repenser à des choses qui ont bouleversé ma vie et celle des miens. Il y a deux ans je suis tombé malade, une maladie transmise par le sang... une maladie... comment dire... dont on ne sait pas grand-chose... on a encore rien trouvé pour... Non, on ne peut pas dire ça non plus ! Merde ! Mais vous voyez bien ce que je veux dire, non ?

Il s'énerve tout à coup. Il a commencé très solennel et en même pas deux phrases il a dérapé.

— Pas pire que la peste à son époque ou la tuberculose, ou le cancer, mais voilà, elle arrive maintenant, juste un peu avant une fin de millénaire, pile au moment où je faisais mon petit bonhomme de chemin sur terre, vous comprenez ?

J'ai appris une chose, dans ces cas-là : n'importe quelle réaction sera, de toute façon, mauvaise.

— Vous voulez son nom : le syndrome de Gossage, voilà, ça vous renseigne ? Bien sûr que non, hein ?

Il veut que je fasse quelque chose, rire, pleurer. Je dois garder le masque, sinon c'est foutu. J'ai attendu ça trop longtemps.

— Comment je l'ai attrapée ? Ça ne regarde personne... Et personne ne s'est risqué à me le demander. Les premiers symptômes sont apparus, fièvres spontanées, malaises, Cochin et tout le bordel, perte de tout, faim, souffle, sommeil, conscience. Trois semaines de vomissures et d'attente dans le noir. J'ai refusé que ma femme vienne. Et un matin...

Il marque un temps d'arrêt, la main sur le front.

— J'aurais du mal à raconter ce matin-là... Un réveil, presque paisible, le sentiment de retrouver un ami... de pouvoir commander les membres, de ne faire qu'un avec mon corps, comme tout le monde, comme avant. J'ai demandé une tasse de café avec une tartine. Et mon histoire a commencé là où tout aurait dû se terminer. Le carnaval autour de mon lit, analyses en chaîne, tests et autres dialyses, la farandole de médecins de tous les pays à mon chevet, stupéfaits. Un jour on m'a dit que j'avais figé le virus. Cela voulait dire guérison ? Non, personne n'en savait rien, j'avais stoppé le virus à un certain stade, aucune évolution, ni progression ni régression. D'autres résultats sont arrivés, des choses compliquées, on m'a appris que mon sang était très particulier et qu'il développait des anticorps beaucoup plus vite que n'importe quel système immunitaire. Ils n'ont repéré qu'un seul cas similaire, à New York je crois, pour un syndrome de Gossage, aussi. Le professeur Lafaille, le spécialiste qui me suit depuis le début, celui qui ne bosse que sur moi, a mis au point les pilules que vous avez vues, adaptées à mon seul métabolisme. Seulement voilà, là où mon pauvre cas ne concernait que moi, les choses se sont compliquées, parce qu'à partir de mon sang on peut beaucoup mieux travailler le virus et, paraît-il, créer un vaccin. Le tout premier vaccin contre toutes les maladies du système immunitaire.

Je l'ai regardé autrement... Je commence petit à petit à réaliser qu'en face de moi, là, il y a un type qui peut libérer des millions d'individus du mal le plus traumatisant qui soit. Un espoir vivant. Et il m'en parle comme s'il s'agissait d'une grippe.

— Mais... c'est... c'est extraordinaire...

— Oui, peut-être, pour vous, pour mes gosses, pour le reste du monde, mais pas pour moi, vous savez ce qu'est un vaccin, il ne concernera que les gens sains, pour moi c'est trop tard.

Je ne sais pas quoi ajouter. Il reprend son histoire.

— Enfin... Bref, je suis rentré chez moi, mais dans l'impossibilité totale de retravailler. Tout avait changé, les amis étaient compatissants, ma femme essayait de nier la maladie, de faire comme si de rien n'était, mes gosses restaient silencieux. Des visites de contrôle quatre fois par semaine, j'étais devenu un cobaye à qui on ne cessait de répéter qu'il était un sacré veinard d'avoir un sang aussi unique. Des dizaines de formulaires à remplir pour la Sécu, des démarches à n'en plus finir, une lenteur insupportable, je les ai maudits. Les dettes se sont accumulées, vous pensez si on en a quelque chose à faire quand on peut crever d'un jour à l'autre. Ma femme a essayé de travailler, des petits boulots, par à-coups, mais on ne la gardait nulle part. Chaque matin je voyais partir Paul et Aude à l'école et je pensais à ce qui se passerait si je devais disparaître.

Silence.

J'ai envie de dire quelque chose, « je comprends » ou « mon père était comme ça », comme sûrement tous les pères. Mais je ne veux pas le mettre en colère.

— Et puis, Jimmy est venu. Il a tout de suite trouvé quoi dire. Il travaillait pour les Suisses et la Suisse n'attendait que moi. Je vous passe les détails, les capitaux investis dans la recherche, les techniques et installations de pointe, à Genève et Zurich. Essayez d'imaginer ce que représente l'exclusivité de ce vaccin. Non, vous ne voyez pas ? Essayez d'évaluer le nombre d'individus concernés, rien qu'autour de vous, rien qu'en France, et multipliez par la terre entière. Les Suisses ont vu en moi l'occasion ou jamais d'être les premiers.

« J'ai tenté de me faire une vague idée du "marché" en question, et je n'y ai pas trouvé de limites. Ensuite je me suis demandé comment on pouvait penser à une telle évolution de la médecine en termes de "marché".

« Jimmy m'a montré les photos de la villa qui nous attendait Bahnhofstrasse à Zurich, tout le monde serait pris en charge, mes gosses étaient accueillis dans un collège privé. Ils s'occupaient de tout et ce n'était pas des paroles en l'air, j'ai vu des contrats et de l'argent, tout de suite, sur ma table en formica, des liasses, pour me faire patienter en attendant ma décision. La première raison qui m'a incité à accepter, c'est la clarté de son discours, il n'a pas cherché à me cacher que je représentais une mine d'or pour les industries pharmaceutiques, et les plus importantes sont en Suisse, c'est connu. Et puis je mettais mes gosses à l'abri et pour toujours... Quelle absurdité...

Il a retrouvé son sourire mauvais.

— Quelle absurdité ?

— Pff... Toute une vie de bonne santé et de registres bourrés de chiffres, un petit train de vie modeste qui tire vers le médiocre... On tombe malade et c'est le gros lot. J'ai accepté sans rien dire à personne. Ma femme a essayé de m'en dissuader, on se débrouillera... Et hier soir j'avais rendez-vous avec Jimmy, Gare de Lyon. Il nous restait un léger handicap : la frontière. On n'allait pas me laisser sortir comme ça. Jimmy a envisagé toutes les solutions, le jet, la Mercedes, mais partout il y avait un risque. Il a décidé de faire au plus simple, le plus anonyme, le train de nuit. Vous connaissez la suite. Il a décidé que je resterais dans le train pour me présenter au rendez-vous, en temps et en heure. Le type que vous avez vu à Lausanne s'appelle Brandeburg, c'est le commanditaire pour qui travaille Jimmy, il s'était déplacé personnellement pour m'accueillir.

— Et pourquoi vous n'avez pas suivi son sbire, le type à la veste en cuir ?

— J'ai commencé à avoir peur quand j'ai vu Jimmy s'énerver, il s'est tout à coup transformé, il m'a donné des ordres. Et quand l'autre dingue a sorti son revolver, j'ai compris. J'ai compris que ma femme avait eu raison de se méfier d'eux, et Brandeburg m'est apparu comme une espèce de truand qui envoie ses mercenaires un peu partout pour rabattre des « affaires » telles que moi. J'ai eu peur de mes anges gardiens, et de leurs méthodes. Vous pensez que j'allais laisser ma peau et mon sang à ces ordures ? Et c'est votre clairvoyance qui m'a posé problème, aussi.

— Pardon ?

— Ben oui, vos sous-entendus, vos plaisanteries sceptiques et votre cynisme, votre méfiance, la manière dont vous étiez, je sais pas...

— Répétez ce que vous dites ?

— Je ne veux pas dire que c'est vous qui m'avez fait changer de cap, mais tout de même, ça m'a fait gamberger. Voilà.

Silence.

— Bon... c'est terminé ?

— Oui. Je vous ai résumé deux années de ma vie. Je vous le devais. Je vais pouvoir m'endormir le cœur plus léger.

Maintenant c'est moi qui risque de ne plus trouver le sommeil.

— Bonne nuit, Antoine. Je ne vous serre pas la main, dit-il en montrant ses sparadraps, vous comprenez.

— Je comprends.

Ma voiture s'anime un peu, de nouvelles têtes défraîchies viennent contempler un reste de nuit. Je dois préparer mes passeports pour Vérone à 6 h 46. À cette heure-ci les nouveaux contrôleurs ne viendront pas faire de zèle. Engourdi de fatigue, je me sens presque bien. Une cigarette.

C'est la première fois que mon soi-disant cynisme me coûte aussi cher.

— Hé… ho ! Antoine ! Réveille-toi, on vient de passer Charenton.

— Ne dis pas de connerie, je ne dors pas.

Je daigne ouvrir un œil sur le facétieux. Celui qui, hier soir encore, était le seul visiteur admis sans qu'on l'y invite. Il est frais comme une rose et terriblement déçu de ne pas m'avoir fait lever d'un bond. Col raide, cravate impeccable, c'en est démoralisant.

— … Où on est ?

— On approche de Vérone, feignant.

Ai-je seulement dormi ? Je n'ai pas le souvenir d'un arrêt à Brescia, c'est donc que je me suis un peu laissé aller, par intermittence, par vagues. Je me suis retourné beaucoup pour trouver une bonne position, j'ai repensé à certains moments de la nuit, ou bien je les ai revécus, en rêves fulgurants. La corbeille n'est pas vraiment vide mais je me sens moins crevé. Je vais assister au lever du soleil.

— Alors ? T'as conclu avec la blonde, cette nuit ?

— … non.

— Mais, malheureux ! Hier t'étais chaud comme une braise !

On dort mal, à même le skaï, sans couverture et sans oreiller. J'ai gardé ma veste et mes chaussures. Je sens mon odeur aigre et j'en suis gêné pour Richard qui reste adossé à la porte sans oser s'approcher. Sans me précipiter je retrouve la station debout, ouvre légèrement la fenêtre et transforme la banquette en deux fauteuils en vis-à-vis. J'aime bien ce moment : l'invitation à déjeuner. C'est une sorte de protocole entre collègues, pas vraiment obligatoire mais réconfortant. En général, celui qui a les premiers voyageurs qui descendent vient réveiller l'autre, au cas où celui-ci n'entendrait pas le réveil. Là on boit un café, on commente sa nuit, on dresse les plans de la journée.

— J'ai pas de Thermos, Richard.

— Et ça, c'est quoi, banane ?

Il ne l'oublie jamais, un bidon jaune qu'on manipule comme un calice pour ne pas en perdre une goutte. On se sert dans deux gobelets piqués au ragoût, la veille. On s'installe, face à face, le café posé sur la tablette murale. S'il savait à quel point sa visite me fait du bien.

— Dis-moi, il est bien à toi, le mec, dans mon 5 ?

— Oui. Je t'expliquerai plus tard, c'est un paumé. Un malade. Il avait l'air bien ?

— Ouais... Un chouïa déphasé mais sinon rien. Il m'a juste demandé de la flotte pour prendre un médicament.

Dehors on ne voit presque rien, la vitre ne fait que renvoyer le spectre de ma tronche où, en revanche, je vois beaucoup de choses. Richard est rasé et exhale un discrétissime parfum d'after-shave au vétiver. Son café sent meilleur encore, il me rappelle une pub où des Sud-Américains hilares se boivent l'expresso dans un tortillard qui se grimpe l'Aconcagua. C'est bon d'être ailleurs. La porte est restée ouverte, à cette heure-ci c'est préférable, ça évite de l'ouvrir dix fois de suite pour rendre les passeports aux voyageurs qui déboulent au compte-gouttes.

— Messieurs, bonjour. Est-ce que vous servez des cafés ?

Voilà le premier. Attiré par l'odeur.

— Non, dis-je. Et il n'y a pas de wagon-restaurant, pas de mini-bar roulant non plus.

Eh oui, c'est pas la peine de faire cette tête, on reconnaît la gravité de la chose, mais c'est pas une raison pour mater notre Thermos avec cet œil de faux cul.

— Il n'y a vraiment aucun moyen d'avoir du café sur ce train ? Même une petite goutte...

Échange de regard avec mon collègue. À qui l'honneur ? À moi ? Toujours moi.

— Y a peut-être une solution, essayez de trouver des gens

sympas qui ont une Thermos, ils vous en offriront bien une goutte, allez...

Il s'en retourne avec quelques borborygmes dans la barbe.

— Bravo. T'as la forme, dit Richard. C'est pas encore tout à fait ça mais ça revient. Bon sinon, on fait quoi aujourd'hui ? On peut se retrouver après ma partie de scopa, j'ai des tortelloni à acheter chez la karatéka. T'as pas envie d'aller bouffer chez la Casalingha ?

Je ne sais pas quoi te dire, mon pote. Comment imaginer une journée à Venise, alors qu'en ce moment même je devrais sillonner les alentours de Bologne, au lieu de Vérone ? Les heures à venir m'apparaissent plus obscures encore que la nuit que je viens de vivre.

— Je ne sais pas, on verra bien. Si je ne suis pas libre, tu peux toujours voir ce que fait Éric.

— Aujourd'hui il est avec sa gonzesse, ducon. Il nous a assez pompé l'air avec ça.

J'ai brusquement tourné la tête.

— Tu m'appelles encore une fois comme ça et t'as mon poing sur la gueule...

Il a sursauté, le gobelet à la main, et des gouttes ont giclé sur son pantalon gris.

— Exc... Excuse-moi... Le prends pas mal.

Je sors pour mouiller une serviette. Il fait tellement gaffe à sa tenue.

— Non, c'est moi qui raconte n'importe quoi, passe un peu d'eau. Depuis hier soir je ne fais que des conneries, et le pire c'est que les premiers à trinquer sont mes potes... Alors que j'ai besoin de vous... il faut que vous soyez là... faut pas que vous me lâchiez juste maintenant...

Je baisse la tête comme un gosse. Mon visage s'enfouit au fond de mes paumes. Deux petits coups de poing me bougent l'épaule.

— Tu veux... Tu veux arrêter le boulot ?

— Ouais, j'en ai ma claque. Je ne tiendrai pas jusqu'à l'été. Demain matin je donne ma démission.

— Mais... avec qui je vais rouler ?

Là je ne peux pas m'empêcher de sourire. C'est curieux comme parfois la camaraderie peut s'exprimer dans un réflexe égoïste.

— Hé... Antoine, pour le retour je peux m'occuper de ta bagnole, j'en suis pas à mon premier couplage. Je te trouve un compartiment ou au pire une couchette libre et tu dors jusqu'à Paris. Et là tu prendras une décision.

— Merci, garçon. On verra. Retourne chez toi, les anxieux vont arriver.

Il sort sans insister. Discret comme son after-shave. Voilà ce que je vais regretter, bientôt, sédentaire. Des moments comme celui-là.

Les premiers courbaturés hantent le couloir ; sûrement les six qui descendent à Vérone. Avant qu'ils ne viennent jusqu'à moi, je leur apporte leurs papiers. Un contrôleur, jovial, me salue et lance l'incontournable question :

— E stata fatta la controlleria ?

La « contrôlerie » a-t-elle été faite ? Une réponse affirmative est toujours la bienvenue.

— Si si, non si preoccupa...

Il repart, soulagé, sans même me féliciter pour cette formule de politesse. Mais c'est comme ça que je les aime, les contrôleurs.

*

8 h 11. Le jour se lève et Padoue s'éloigne. Au loin, entre deux collines, le soleil est beau. C'est tout. Il risque même de nous jouer l'impromptu de Janvier. À force d'être admiré par la terre entière, le soleil rital finit par se prendre au sérieux. Dans le pays il n'y a guère que lui qui bosse, et ça sauve *in extremis* le P.N.B.

Il est temps d'attaquer la demi-heure pénible du matin. Un rendez-vous dont on se passerait bien mais qui justifie une bonne partie du salaire. Tout le monde est debout, trente personnes minimum dans le couloir cherchant à négocier un coin de fenêtre. Des tronches boursouflées, des bâillements fétides et des étirements interminables. Devant les cabinets de toilette, c'est la cohue. Les femmes entrent et sortent avec leur trousse à la main sans vraiment retrouver figure humaine, les hommes branchent leur rasoir dans le couloir et grimacent devant le miroir. C'est le moment ou jamais de mettre de l'ordre dans la bagnole, le plus rapidement possible. Chacun des dix compartiments doit être nickel en moins de trois minutes. Au début il me fallait un quart d'heure. Entrer en se bouchant le nez, ouvrir la fenêtre au carré, vider les derniers dormeurs, descendre les deux couchettes médianes, fourrer les draps et taies d'oreiller dans un sac, plier les six couvertures et passer au suivant. Ne jamais tirer d'un coup sec sur le drap des couchettes supérieures au risque de recevoir un objet imprévisible et peu agréable sur le coin de la gueule : Walkman, slip, boîte de Fanta et autres trousseaux de clés. C'est là que mon boulot prend sa véritable dimension. Le linge sale des autres. Avant l'opération je mets des gants blancs, non fournis par la compagnie, autrement dit, un véritable scandale. Les voyageurs y voient l'expression du style chic et légendaire des Wagons-lits, alors qu'en fait ce ne sont que des dérivés de capotes anglaises à usage digital. Autres temps, autres mœurs.

Tout est fait, sauf celui de Bettina. Je n'ai pas osé. Pas plus que rendre visite au dormeur.

*

8 h 36. Nous quittons Venise Mestre, une petite enclave de la ville qui n'est rien de plus qu'un parking géant où le touriste peut déposer sa bagnole avant de pénétrer dans le mythe. On aborde la plus belle ligne droite du parcours : le ponton de plusieurs bornes qui passe au-dessus de la lagune. À peine sorti d'un brouillard de CO_2, on aperçoit au loin un mirage de beauté qui, non seulement ne s'évanouit pas, mais ressemble de plus en plus à un Canaletto. D'habitude, en longeant le bras de mer, mes yeux se goinfrent d'horizon.

Mais ce matin, le cœur est ailleurs et le regard nulle part. Cinq minutes. Cinq misérables minutes avant l'arrivée. J'ai reculé le face-à-face avec le dormeur mais ce n'est plus possible. Il m'attend sans oser venir lui-même. Il m'espère. Tous mes autres voyageurs n'espèrent plus rien, ils s'agglutinent déjà sur les plates-formes. L'étrange inquiétude de ne pas pouvoir descendre les fait se compresser vers les portières et c'est tout un monde pour les enjamber un par un avec leurs valises. Chez Richard, le même bloc compact à pourfendre. Écarte-toi, plèbe, j'ai encore à faire. Richard tire son sac de linge sale dans le couloir.

— Gentil, ton zozo, mais pas causant. Tu le récupères ?

— On va voir.

Jean-Charles est assis près de la fenêtre, calme, les genoux ramenés vers lui. Il semble parfaitement reposé et contemple avec une certaine langueur la tranquille mouvance verte qui baigne les pilotis.

— J'ai failli ne jamais connaître ça...

— Attendez de voir la ville avant de vous extasier, sinon on manque très vite de superlatifs. Bien dormi ?

— Parfaitement bien. Je n'aurais jamais cru cela possible après... Et vous ?

— Je ne sais pas vraiment si j'ai dormi. Je marche un peu plus droit. Qu'est-ce que vous comptez faire à Venise ?

Question abrupte, je sais, mais je ne vois pas pourquoi je le ménagerais, encore et encore. Dans le train, à la limite, on peut admettre une nuit de prise en charge, c'est mon boulot. Mais à terre, il redevient le quidam de la rue. C'est vrai, quoi...

— ... Je ne sais pas... je...

— Ne bafouillez pas, ne baissez pas les yeux, ça ne m'amuse plus de vous voir faire le môme. Dites-moi exactement ce que vous pensez faire, si vous craignez quelque chose et quoi. J'ai cru comprendre que la Suisse et vous, c'était terminé. Alors vous rentrez, c'est ça ?... Dites-le, merde !

— Oui.

Enfin quelque chose de clair.

— Oui, j'ai réfléchi à tout ça, cette nuit, dit-il. Je ne vois pas pourquoi ce serait la Suisse qui profiterait de moi, surtout par l'intermédiaire de ces ordures...

La situation ne s'y prête vraiment pas, mais ce taré affiche un sourire pervers.

— Et la France va se rendre compte qu'ils ont failli me perdre, et croyez-moi, je vais obtenir quelques dédommagements. Après tout, pourquoi pas eux ? Je vais faire un petit trou dans le budget de la recherche, vous allez voir !

Médusé, défait, je ne prononce pas le moindre mot.

— Si je rentre, c'est pour le fric, et pas pour la gloire médicale de mon pays !

— Et dans votre petite tête, vous voyez ça comment ? Dépêchez-vous, on arrive.

— J'en sais rien... Je vais téléphoner à ma femme, elle va m'envoyer un mandat, un truc en exprès...

— C'est quoi votre banque ?

— Ma banque ? Elle a porté plainte.

— Pardon ? Et tout ce fric des Suisses sur la table en formica ? Vous n'avez même pas daigné rembourser vos dettes ?

— On partait... j'allais quand même pas...

Cauchemar... Cauchemar de connerie...

— Et d'abord, vous pensez qu'ils vont vous lâcher, les Suisses, après vos engagements ? Après ce fric, justement ?

— S'ils le veulent je rembourserai. On ne peut pas me mettre en taule, c'est ma seule force. Si la France me veut, elle a intérêt à me soigner, et vous verrez qu'ils auront enfin un peu d'égard pour moi.

Je n'ai vraiment pas l'impression d'entendre parler un type en danger de mort. C'était peut-être une de ses entourloupes pour me contraindre à l'aider. Il a dû sentir que j'en avais marre, il m'a mitonné une histoire insensée pour s'en sortir. Syndrome de quoi, déjà ?

— On arrive. Restez dans la voiture pour le moment, il y a des chances pour que votre Brandeburg nous ait réservé un comité d'accueil.

Il se dresse sur ses jambes, réfléchit une seconde, pose une main fébrile sur mon épaule. Je m'écarte légèrement.

— N'ayez pas peur, il ne pourra pas tenter grand-chose à l'heure qu'il est, surtout en pleine gare d'arrivée.

Je dis ça pour le rassurer mais, avec des types pareils, allez savoir...

— L'idéal serait qu'ils ne vous voient pas descendre, dis-je.

— Mais comment... ? Ils... Ils vont bien finir par me retrouver... !

J'essaie de gamberger, de trouver un moyen, et ça n'a rien de facile auprès d'un angoissé qui se remet à bafouiller en vous faisant sentir toute la charge de son propre corps.

— Vous descendrez quand je vous ferai signe. Si je suis occupé, ce sera mon collègue qui prendra soin de vous. Suivez-le sans faire d'histoires, même s'il vous demande d'enjamber des wagons entiers. Faites comme lui. À tout à l'heure.

— Mais...

Je ne lui laisse pas le temps de trouver des complications, il y en a déjà suffisamment. En passant devant sa cabine je laisse des consignes à mon pote. Je vois bien un système pour éviter à Jean-Charles de se montrer, mais ça demande l'agilité du couchettiste chevronné. Souvent, au lieu de nous farcir tout un détour par le quai, on traverse les voies en ligne directe et le plus souvent on s'accroche au chariot du nettoyeur qui nous jette jusqu'à la sortie. Mais le seul problème, pour passer en contre-voie, c'est de traverser le train auquel nous sommes collés, le Venise-Rimini. Il est parfois difficile de trouver une portière qui coïncide avec une des nôtres, il faut souvent parcourir plusieurs voitures. Mais on la trouve toujours, quitte à jouer l'équilibriste.

— Il y aura peut-être des emmerdeurs sur le quai, dis-je, ils en veulent après mon clando. C'est pas sûr, mais on sait jamais. Tu peux me rendre un service ?

— Quel genre ?

— Le genre acrobate. Si jamais tu me vois en train de discuter avec des individus, tu embarques le clando avec toi et tu le sors de la gare en passant sur les voies. Débrouille-toi pour qu'il ne se casse rien, il en est capable.

— Si je trouve le nettoyeur, je peux l'embarquer dans son chariot ?

— Ce serait le mieux. En revanche, si à quai je te fais signe que la voie est libre, tu le fais descendre avec les autres voyageurs.

— O.K., j'ai pigé, je le sors de Santa Lucia. Et après, j'en fais quoi, de ton mec ?

Bonne question. Le train est presque arrivé et je n'ai plus le temps de trouver une planque, il va falloir aller au plus simple.

— Tu l'emmènes à notre hôtel, tu demandes à la taulière si elle n'a pas une chambre, juste pour une nuit, tu dis que c'est un copain à moi. Sinon tu l'installes dans notre chambre, dix minutes, le temps que j'arrive.

Sans chercher à en savoir plus, il me fait O.K. de la main. Je n'ai même pas eu besoin de lui promettre un retour. Il est peut-être temps de reconsidérer ma camaraderie pour lui afin d'envisager désormais le terme d'« amitié ».

Le train stoppe une première fois à deux cents mètres de la gare pour bien vérifier sur quel quai s'engager. Comme d'habitude, on doit se précipiter sur les portières pour empêcher les gens de descendre. On ne peut pas les laisser seuls une seconde. Je cadenasse ma cabine, prépare mon sac de linge sale pour la fourgonnette du nettoyeur et nous sommes à quai, juste à côté du Rimini qui va démarrer deux minutes après notre arrivée. Je descends le premier mais au lieu de rester au pied de ma voiture, comme le voudrait le règlement, j'avance en tête du train avec mon sac sur l'épaule. En éclaireur. On se cherche des yeux, on crie, on s'embrasse, on s'attend. Moi, je ne sais pas qui je cherche, mais j'attends aussi.

— Vous savez pour qui je suis venu ?

J'ai virevolté vers cette voix. J'ai reconnu le manteau bleu avant de voir son visage. Il est venu en personne. Maintenant je sais. Je sais qu'il s'appelle Brandeburg et qu'il est terriblement bien organisé. Il a des tentacules dans toute l'Europe, il suffit de voir avec quelle facilité il est arrivé à Venise avant moi.

— Je n'ai pas apprécié la façon dont vous m'avez congédié, à Lausanne. Mais ce n'est rien en comparaison de mon collaborateur. Vous savez ce qui lui est arrivé ?

— Il est tombé du train, je réponds, du tac au tac.

Il fait un petit signe du doigt vers ma voiture, et au même instant, deux types y grimpent. Richard et Jean-Charles sont sans doute déjà passés de l'autre côté. Il reprend.

— « Tombé du train… » C'est tout ? Et ensuite ? Il s'est relevé, comme ça, en douceur… ?

Je ne vois pas où il veut en venir.

— Il s'est… il s'est fait mal ? je demande, du bout des lèvres.

Il hésite un instant, avant de répondre.

— Une roue lui a cisaillé le bras droit.

— …

J'ai détourné les yeux, bouche bée. Un frisson m'a parcouru le dos et le cou.

— Quand on me l'a appris il vivait encore, ils essayaient de le réanimer. Il était pratiquement exsangue.

Une seconde plus tard, il ajoute :

— Les chemins de fer italiens vont faire une enquête.

Une enquête... Il veut sans doute me foutre la trouille avec ça, après ce qu'il vient de m'annoncer.

— Ils vont vite savoir de quel train il est tombé, et vous en entendrez parler à Paris, dès votre retour. Je peux me débrouiller pour vous faire avoir beaucoup d'ennuis, après cet accident. Rendez-moi Latour, ce serait mieux, pour vous.

Le dégoût... Le dégoût si j'essaie d'imaginer un bras arraché, le dégoût pour ce type qui me parle.

Je ne dis rien. Les tripes serrées, je vois le flot de voyageurs devenir plus fluide. Il s'énerve.

— De quoi vous mêlez-vous et pourquoi ? Après tout, si vous avez une bonne raison, je suis d'accord pour en parler !

Après un instant d'hésitation, je l'ouvre.

— Si je me suis occupé de celui que vous cherchez, c'est parce que votre Américain n'a pas su le faire. À Lausanne, je ne demandais pas mieux que voir descendre votre Latour mais les contrôleurs ne m'ont pas lâché. Et si j'ai « congédié », comme vous dites, le second, c'est qu'il me menaçait avec une arme. Je n'ai rien fait, il a voulu monter dans un train en marche... Maintenant si vous voulez savoir où se trouve celui que vous cherchez, faites un saut jusqu'à Brescia avec votre jet. Je lui ai demandé de choisir : régulariser sa situation auprès des contrôleurs ou descendre du train, et je savais ce qu'il choisirait.

— Vous mentez. Latour est ici, pas loin, et je ne repartirai pas sans lui. Qu'est-ce que ça peut bien vous faire ?

— Rien. Absolument rien. Fouillez partout, quadrillez Venise, ça ne me regarde pas. Latour est à Brescia, le pire c'est qu'il va sûrement chercher à vous joindre. Il est assez grand, non ?

Une dernière grappe de voyageurs part vers la sortie, Bettina est au centre. Dès que je la vois je me mêle à eux. Brandeburg reste impassible, pas question pour lui de chercher à m'isoler pour l'instant. Il me lance une dernière phrase.

— Votre retour à Paris est jalonné de rendez-vous, il y en a plus qu'il n'en faut. À plus tard.

Bettina vient juste de passer, elle marche trop vite et j'accélère le pas. Même de dos on voit bien qu'elle en veut à la terre entière. Ses premiers pas dans Venise vont être gâchés, sa première vision souillée et son premier souvenir tristement inoubliable. Et c'est dommage, parce qu'elle ne se doute pas de ce qui l'attend, dehors, dès la sortie de la gare. Je ne suis pas le genre romantique transi par l'intacte pureté des vestiges de murs, non, mais j'ai vu suffisamment de paires d'yeux au moment de la sortie pour pouvoir y lire quelque chose. Quelque chose de rare. Venezia Santa Lucia ressemble à toutes les gares italiennes, rectitude fasciste et marbre noir. Mais à peine met-on le pied sur la première marche qui descend vers la rue, on reçoit la première baffe esthétique : un panoramique sur le Grand Canal traversé par un pont blanc qui mène à une basilique, des piliers d'amarrage peints en spirale bleue façon sucette géante, un vaporetto qui accoste. Le boulevard Diderot de la Gare de Lyon a encore un effort à faire. Peut-être que Mademoiselle Bis n'a pas brûlé tout son capital émotif. Peut-être qu'elle ne va pas rater son premier rendez-vous.

Je n'ose pas encore lui parler, elle ne m'a pas vu, sur le quai. Le chariot du nettoyeur passe à proximité, Richard est assis à côté du conducteur, Jean-Charles s'est sûrement avachi dans un des wagonnets.

Bettina s'arrête devant le bureau de change, hésite un peu, il y a la queue, non, on verra plus tard. Attention, c'est le moment ou jamais de voir si elle est encore attentive à l'extérieur. Et si oui, j'aurai peut-être le courage de m'insinuer dans un petit quart de sa rétine.

Rien. Elle est entrée dans Venise comme dans un couloir de métro, avec juste une œillade sur un panneau indicateur, et je n'ai même pas vu lequel.

Et puis je devrais me réjouir au lieu de me plaindre, elle n'a pas eu l'envie, le courage ou la force de nous jouer la crise d'hystérie devant les flics, témoigner, porter plainte. Dès qu'elle ira un peu mieux, une question viendra lui tarauder l'esprit : comment tout ceci a-t-il été possible dans un train, bourré d'individus et d'uniformes ? Jamais elle ne trouvera de réponse. Moi, je cherche encore.

De Venise je ne connais que ça, l'entrée en scène pour l'avoir vécue une trentaine de fois. Mais le coup de charme ne dure que cinq à dix secondes, ensuite on ne pense qu'à une seule chose : avoir la chambre du premier, au fond du couloir à gauche, de l'hôtel Milio. C'est le premier arrivé qui l'obtient pour la simple et bonne raison qu'elle est équipée d'une douche et d'une chiotte personnelles. Les autres se débrouillent dans le couloir et se disputent la place avec des touristes allemands, frais et reposés, incapables de comprendre que pour nous la douche relève de la plus haute urgence. Ensuite on se glisse sous les couvertures, rien que pour goûter à la joie de défaire un lit et de s'y étirer un petit quart d'heure, sans espérer y trouver tout de suite le sommeil. C'est juste histoire de se vider les yeux dans le blanc des draps. On reste là, souvent à deux dans le même lit, tout dépend de la saison. En été nous sommes deux ou trois dans la même chambre, surtout à Rome. À Venise il n'y a pas de saison, c'est toujours plein, on se relaie devant le lavabo, Richard et moi. Dans le lit, je fume une clope, je regarde l'état de mes vêtements disposés sur un valet de nuit, je vide mes poches dans le cendrier, je regarde une petite marine près de la table, une barcasse où meurent deux poissons vaguement jaunes. La femme de chambre entre, toujours par erreur, et glousse de nous voir, l'un en caleçon et en plein rasage, l'autre à poil, sortant de la douche. Muets comme un couple qui vient de s'engueuler. Richard en rajoute, et dès qu'elle entre, il me lance en italien : « T'as un reste de fond de teint, trésor ! » Moi je ne l'aime pas, je la poursuis dans les étages pour avoir une savonnette ou une serviette sèche, cette vieille peau. Le seul avantage, c'est que son hôtel est situé à quinze mètres de la gare, Lista di Spagna. Il m'a fallu longtemps avant de comprendre que c'était le nom de la rue, comme Calle ou Riva. Et ce matin je n'aurais pas fait trois mètres de plus.

Péniblement, je grimpe le long escalier qui mène au guichet, derrière il y a la fille de la vieille peau, une femme-panthère qui mesure deux têtes de plus que moi et qui vous détaille de son strabisme bleu et bizarrement attrayant.

— Siete stanco ?

Fatigué ? Un peu. Elle demande toujours. Je me doute qu'elle s'en fout royalement mais c'est tout de même gentil. Puis vient la petite série de questions inutiles, oui nous ne sommes que trois couchettistes, comme d'habitude, oui nous repartons ce soir, comme d'habitude, oui voilà ma carte des Wagons-lits, merci. Comme si elle ne me connaissait pas déjà par cœur.

— E vostro amico, rimane fin'a quando ?

Jusqu'à quand va rester mon ami... ? J'ai envie de lui dire que le dormeur n'est pas mon ami, mais ce n'est pas le moment. Deux ou trois jours, dis-je, histoire de la rassurer. Les patrons se débrouillent toujours pour loger les copains et fiancées des couchettistes. Parfois ils font même une ristourne, mais c'est rare. Dire que je n'ai jamais emmené Katia et que c'est ce dormeur à la con qui va en profiter.

Richard a déjà défloré le lit. Il fume, le nez en l'air.

— T'as pris ta douche ? je demande.

— Non.

— Où il est ?

— Ton clando ? La bigleuse lui a refilé son placard, au second. 15 000 lires la nuit, la moins chère de Venise. Il va y rester longtemps ?

— J'en sais rien. Personne ne vous a vus ?

— Crois pas.

— Tu veux une explication ? je demande.

— Oui. Prends ta douche d'abord.

Bonne idée, ensuite je me couche, nu, propre, jusqu'à ce soir. Rien que le déshabillage est un vrai plaisir, j'ai l'impression de peler un oignon. Mes bras sont malhabiles et sortent difficilement des manches, pour les chaussures je suis obligé de m'asseoir.

— Et ta partie de cartes ?

— J'ai le temps. Je vais d'abord essayer de trouver un teinturier.

— Éric a la chambre avec le petit lit ?

— ... ? Tu le fais exprès ou quoi ? Il est avec sa NA-NA.

— Excuse-moi.

Je ferme les yeux pour mieux recevoir la caresse de l'eau chaude. Toute une bouffée de bien-être m'envahit le torse et les épaules, mon mental se met sur OFF, j'augmente progressivement l'intensité du jet et le concentre sur mon crâne. Plus rien ne me fera sortir de cette douche, si ce n'est mon train, à 18 h 50.

— Héo, t'as vu la taille du ballon ? Laisse-moi un peu d'eau chaude.

Il prend place dans le bloc de vapeur et tout à coup j'ai froid. J'avais oublié l'hiver, le mois de janvier, le radiateur poussif de cette piaule et le manque total de serviette-éponge. Pas envie de courir après la vieille, je vais me débrouiller avec les essuie-mains au bord du lavabo. Mes épaules grelottent et m'en veulent, je me jette dans le lit et me roule en boule dans les couvertures.

— Ah ça fait du bien, bordel... Antoine ?

— J'suis là. Je me cache.

— Restes-y, mais dis-moi quand même ce que c'est que ce mec.

Si je m'écoutais je lui balancerais tout, toute une longue éructation hargneuse, sans oublier aucun détail, comme j'en ai l'habitude avec Katia, même quand il ne s'est rien passé.

Dans le creux du lit, mon souffle est venu réchauffer la bulle où j'ai trouvé refuge.

*

Pourquoi ai-je menti ? Peut-être que l'envie de raconter toute une nuit de cassure ne m'a pas démangé plus que ça. La conviction que rien ne serait fidèle à la folie des événements, et surtout le sentiment confus que ça m'appartenait. Là-dedans il n'y a rien à partager. Cette histoire n'est pas à mettre dans le tronc commun des mille petits dérapages dont nous sommes témoins sur le rail. Même Katia, cet être dévoué, amoureux, attentif, serait de trop. Personne ne va me dire ce que je dois faire du dormeur, personne n'était à mon poste le mercredi 21 janvier sur le train 223 voiture 96. C'est ce qu'a voulu dire le tueur, cette nuit. On n'oubliera pas... Et je sais combien il leur est facile de retrouver un couchettiste, une petite plainte aux Wagons-lits suffirait, une petite enquête auprès de mes collègues en se faisant passer pour un de mes amis. Il y a mille moyens pour savoir qui était ce soir-là sur le 223 voiture 96. Brandeburg va se débrouiller pour connaître mon nom, avec ses faux airs de gentleman et ses menaces sourdes. Ils m'ont épinglé comme un papillon dans une vitrine d'entomologiste.

Richard pense que le dormeur est mon ami d'enfance, qu'il est en cavale. Je ne pense pas qu'il m'ait cru. D'ailleurs, comment pourrait-on croire aux propos d'un type qui s'invente un faux ami pour mentir à un vrai ? Il n'a pas insisté pour en savoir plus, il s'est levé et m'a proposé un rendez-vous après ses parties de cartes.

Dès qu'il est sorti, je saute du lit pour fermer les volets et éteindre la lumière. Le noir est presque parfait. Simple affaire de pupilles, mais les paupières ont du mal à se fermer. Moi qui ai fui Florence pour ne pas avoir à faire ça…

M'éteindre moi aussi jusqu'aux prochaines traverses, aux prochaines réservations, aux prochaines gueules inconnues. Les draps sont chauds.

*

— Ch'è successo ? !

Une voix rauque.

La lumière s'allume sur un visage fripé, un corps courbé qui tend sa main sur mon front.

La vieille taulière. Il paraît que j'ai crié… Elle semble inquiète. Si je lui dis que ce n'est qu'un cauchemar ça va la rassurer… Avant de reprendre tout à fait conscience, avant même d'évacuer tous ces visages horribles de mes yeux, je loue cette vieille femme pour un geste d'affection aussi imprévisible.

Ce cauchemar m'a court-circuité les neurones, une décharge qui a écrasé des données impossibles à stocker. Je crois que je suis en train d'éprouver physiquement le terme de « sommeil paradoxal ». Plus ça turbine fort, plus le sommeil est profond et ça fait du bien.

À quoi bon me rendormir, maintenant. J'ai envie de traîner mes pompes là où elles me conduiront, dans Venise, entre deux ponts, un verre de vin blanc, bien frais, malgré l'hiver. Je ne pourrai pas sombrer à nouveau dans l'oubli, pas tout de suite. Cet après-midi sûrement. J'ai plutôt envie de réfléchir à tout ça, tout seul, tout doucement. Déambuler jusqu'au café de Peppe, un des rares endroits de Venise où se réfugient les Vénitiens, loin des Allemands, des Anglais et des couples d'amoureux venus de la terre entière.

Avec une incroyable lenteur je me suis rhabillé dans le noir, en devinant le bon sens de mes vêtements civils. Je ne veux que la lumière du jour. Au passage j'ai fourré mon réveil dans la poche. Je suis sorti dans le couloir où la vieille taulière s'est félicitée de me voir marcher. Voilà une femme que je ne regarderai plus jamais avec mon petit air pincé. Elle m'indique la chambre de « mon ami de Paris ». Je toque et ça ne répond pas. J'ouvre, il est complètement investi dans son rôle de dormeur et j'ai beau essayer de le secouer, rien n'y fait. Le sommeil du juste ? Dormir comme un bébé ? Qu'est-ce qui conviendrait le mieux ? Il ne s'est même pas déshabillé. Je gratte un petit mot sur un coin de table pour lui faire savoir que je lui rapporterai de quoi se nourrir vers midi. Je remonte le réveil, si mes calculs sont relativement exacts il devrait reprendre une pilule vers 10 h 00, 10 h 30. Mettons le quart et n'en parlons plus.

Il est 9 h 25, la Lista di Spagna commence à s'animer, les échoppes sortent leurs étalages de verroterie qui ne bernerait pas un indigène sur cent, les vendeurs de péloches accueillent les premiers ennikonés, les wurstels décongèlent et les gargoteurs affichent leur menu turistico apparemment bon marché mais horriblement cher pour ce qu'il propose. Dans ma poche je sens un petit rouleau de billets, en tout 30 000 lires, de mon dernier voyage. Un généreux pourboire pour avoir servi d'interprète entre une Japonaise parlant l'anglais et un Italien ne parlant que l'italien. J'ai peut-être de quoi faire un petit cadeau à ma compagne si je ne me fais pas trop arnaquer par un autochtone. Vous tous, marchands de Venise, sachez que je ne suis pas un touriste, je suis un frontalier, je suis là pour vous les débarquer, les touristes, et je ne me laisserai pas embobiner par vos multiservices en quadrilangue.

Quand je pense qu'à deux pas le palais des Doges s'enlise... On a envie d'en être le témoin. Combien de fois ai-je déambulé dans le labyrinthe bleuté, en essayant d'éviter les culs-de-sac dans la baille ?

Ça y est, je suis déjà au bout de la Lista di Spagna. Et maintenant ? Je connais bien le chemin pour aller jusqu'à San Marco en passant par le pont Rialto, mais je ne connais plus le moindre nom de rue. J'y vais au pif, comme un couchettiste peu curieux qui repousse toujours au prochain voyage une étude plus soutenue de la ville dont on lui demande de parler chaque fois qu'il en revient. Des éternels passants, nous sommes.

J'ai traîné jusqu'à la place Saint-Marc, j'ai bien vérifié que rien ne manquait, la Basilique, le Lion d'or, l'horloge, le Florian...

Et maintenant... ?

Rentrer ?

Ça me semble une excellente idée. On remet à la prochaine fois la visite de Murano, Burano, Torcello, de l'Académie et de toutes ces choses inratables. Même s'il n'y a pas de prochaine fois. Pour l'instant on va chez Peppe.

Vin blanc, canapés de poisson coupés en triangle, les tramezzini, des vieux Vénitiens qui jouent à la scopa jusqu'en fin d'après-midi, les journaux du jour qu'on se repasse. Richard et moi on y reste des heures, il joue, je lis, on apprend la langue vénitienne en discutant avec un serveur qui passe son temps à chasser les touristes égarés. Il arbore une magnifique chevelure blond argenté, notre seule preuve tangible que le blond vénitien existe bel et bien. J'y vais les yeux fermés, au bord du quartier de l'ancien ghetto. Richard est attablé dans la salle du fond, face à Trengone, un habitué, que je salue bas. Il lève les yeux vers moi, pose ses cartes, me prend dans ses bras et me fait trois bises baveuses. Tout ça parce qu'une fois, il y a un an, j'ai ramené des livres de français, introuvables en Italie, à sa fille.

— Antonio ! Mais viens plus souvent nous voir au lieu d'aller chez ces Florentins !

— C'est pas moi qui décide, je mens. Vous en êtes à combien dans la partie ?

— Aaah... Riccardo n'y arrivera pas, aujourd'hui...

— C'est pas dit, fait le collègue.

Peppe m'apporte d'office un verre de vin blanc. Richard pose un quatre d'épées. Par un geste, je demande à une petite fille de me tendre le journal à sa portée. Trengone brandit haut et abat, triomphant, son quatre de coupes. Richard rigole en faisant le geste du cocu. Peppe me présente la petite fille, sa petite fille, Clara.

Un vieil habitué se penche sur la partie et, doctement, envoie une petite tape sur la tête de Richard en disant : « Tu peux pas faire attention, étourdi ? » J'ai bu une gorgée de vin. J'ai regardé la salle. Lentement.

C'est à ce moment-là que j'ai su que je ramènerais le dormeur à Paris.

Pour deux raisons. D'abord parce qu'il est le seul témoin de toute cette histoire, le seul individu qui pourra témoigner de tout ce qui s'est déroulé. Je ne dois plus le lâcher. Pour l'instant je ne vais rien lui dire de ce que m'a raconté Brandeburg et surtout pas cette histoire de bras cisaillé. On verra à Paris. J'ai désormais autant besoin du dormeur qu'il a besoin de moi.

Il y a une autre raison. Et celle-là me paraît plus importante encore que la première. Elle ne concerne que moi, Antoine, celui qui va changer de vie, bientôt, et qui ne pourra jamais rien envisager de sérieux s'il laisse une odeur de remords derrière lui.

La partie s'est conclue, au désespoir de mon pote. Le journal ne m'intéressait pas vraiment, alors j'ai encore bu de ce vin, clair comme une eau de source. En partant nous avons promis de revenir aussi vite que les types du planning, à Paris, nous le permettraient. Trengone m'a embrassé, sans doute pour la dernière fois. Bizarrement j'ai pensé que des copains de passage comme lui, des petits échanges chaleureux et spontanés, j'en avais aussi à Florence et à Rome. Je ne sais pas pourquoi ce truc m'est venu à l'esprit, mais je les ai quittés avec ça au fond du cœur.

*

— T'as faim, Antoine ?

— Non, mais je dois acheter de la bouffe, pour mon clando.

Au marché j'achète des fruits et deux sandwichs au salami. Richard, rien. La Lista di Spagna n'a pas le succès escompté. Il est quand même onze heures.

Et, tout à coup, j'ai une drôle d'impression en entrant dans l'hôtel.

Je me force à grimper quelques marches sans me retourner.

— T'as vu le type, là, juste derrière la vitrine du café ?

— Hein ?

— Mais si, là, le café en face de l'entrée, y avait bien un mec seul, une sale gueule !

— Attends, attends, du calme. T'as vu un mec avec une sale gueule... ?

— C'était sûrement un Suisse, il ne cherchait même pas à se cacher !

— Toi t'es fort. T'arrives à repérer un Suisse sans qu'il ait ouvert la bouche. Et puis même, qu'est-ce que t'en as à foutre ?

— À ton avis, combien ça prendrait à un voyageur de savoir où vont se reposer les couchettistes ?

— Dix minutes. Un coup de fil à l'inspection de Gare de Lyon en disant que le couchettiste a embarqué une carte d'identité par inadvertance. Là-dessus La Pliure se confond en excuses et balance fissa l'adresse de l'hôtel. C'est l'engueulade le lendemain matin.

En quatre enjambées, je rejoins le bureau d'accueil. Des clients se croisent dans le couloir avec des plateaux de petits déjeuners et des serviettes de toilette. La panthère me regarde d'un drôle d'air. C'est elle, d'ailleurs, qui me coupe la parole, sur un ton aigre.

— Qu'est-ce que ça veut dire ! Écoutez, si vous avez des histoires sur le train, ça ne nous regarde pas ! Je vais me plaindre à votre bureau la prochaine fois qu'ils téléphoneront !

Je n'ose pas lui demander ce qui s'est passé.

— Un fou ! Il parlait très bien l'italien, il a demandé après vous et votre... ami. Il a d'abord voulu le saluer dans sa chambre mais j'étais obligée de lui demander d'attendre dans le hall, c'est le règlement, et vous le connaissez, non ? C'est interdit !

— Il a les cheveux châtains, assez courts, il porte un anorak... Anorak... Vous savez, ces vestes pour faire du ski...

Je m'empêtre dans les mots, alors que cette fille n'a qu'une seule envie, c'est me griffer.

— Oui, je vois bien, un rouge. Quand j'ai refusé de le laisser entrer — et j'étais aimable ! — il a tapé du poing sur le bureau, il s'est très énervé ! J'ai cru qu'il allait lever la main sur moi ! Il a voulu ouvrir toutes les chambres et mon mari est arrivé ! Le salaud, tout ça parce que je suis une femme ! Le salaud ! Vos histoires personnelles n'ont pas à entrer ici, je me plaindrai aux Wagons-lits !

— Vous avez raison, excusez-moi, je vais vous débarrasser de mon ami, celui qui dort, on va sortir, vous n'aurez plus d'ennuis...

Sans en rajouter j'agrippe Richard, à moitié médusé par la hargne de la fille, et l'entraîne dans la chambre du dormeur. La seule chose à faire est de laisser passer l'orage. Demain je démissionne, elle pourra toujours faire son scandale. Mais je dois faire sortir Jean-Charles au plus vite, ils sont capables de revenir en force, et elle va vraiment la recevoir, cette baffe.

— Bon, là ça urge, dis-je à Richard, le type en bas fait partie de la bande des méchants, moi et le dormeur on est de l'autre côté, te goure pas, il faut que...

— Le dormeur ?

— Mon clando. Je dois le planquer jusqu'à Paris. Il est malade et con.

— Malade de quoi ?

— Il me dit qu'il a chopé la mort.

On entre sans frapper. Le dormeur lève un peu la tête de son oreiller.

— On se casse d'ici, Jean-Charles. Brandeburg a posté quelqu'un en bas. Un anonyme pas discret, volontairement pas discret, pour nous inciter à réfléchir, vous ou moi. Ils n'ont pas l'intention de vous lâcher.

J'attends des réactions, le dormeur devrait pousser un petit gargouillis d'angoisse et Richard devrait maugréer un « expliquez-moi tout ce bordel ! ». Mais rien. Mon énervement, l'urgence ont dérouté toute logique de comportement.

— T'as une idée pour planquer celui-là dans un endroit calme, je demande à Richard, pour qu'il puisse dormir, hein ? Parce que vous êtes encore crevé, hein ? dis-je au dormeur.

Qui, pour toute réponse, repose sa tête sur l'oreiller.

— T'as vu, hein Richard ? On peut pas compter sur lui.

— Calme-toi, Antoine. Tu déconnes. Je ne te comprends pas.

— Dis-moi où je peux le planquer ! En intérieur, dans un endroit calme où personne ne peut le retrouver.

— Au foyer F.S. ?

Au foyer... ? Mais oui... Mais oui, bordel. Au foyer des Ferrovie dello Stato il y a un dortoir uniquement réservé aux cheminots. Avant que la Compagnie ne passe un contrat avec l'hôtel on allait y dormir. 6 000 lires la piaule, il suffit de montrer sa carte de roulant. Il est situé dans la gare, près du bureau des Wagons-lits et des vestiaires de la F.S. Mais comment s'y rendre sans passer sous le nez du mateur ?

— Y a une autre sortie, ici ?

— Non, aucune, fait Richard.

C'est vrai, j'ai oublié ce putain d'escalier qui donne directement sur la rue. Aucun moyen de sortir autrement que par la porte, celle avec la pancarte « completo » et l'autocollant VISA. Jean-Charles reste prostré sur son lit et ressemble de plus en plus à un déserteur.

— Ton problème, Antoine, en gros, si on me donne l'autorisation de comprendre, c'est d'allonger celui-ci dans le dortoir sans que celui-là, en bas, le voie passer.

— Voilà.

— Eh ben le plus gros problème, ça va être de convaincre celui-ci de reprendre la station verticale. Parce que celui-là, on peut toujours lui faire un sketch.

— À savoir ?

— Là, tout de suite, je ne vois pas, mais ça nous est arrivé cent fois dans les trains. Comment on fait d'habitude pour contourner un payant ou retarder un contrôleur ?

Une diversion. On fait ça souvent mais chaque contexte est différent. Il n'y a pas de vraie recette, on fait avec les éléments en présence. Mais l'idée est loin d'être conne. De toute façon ils savent que le dormeur est avec moi, le vrai rendez-vous se fera dans le train. Mais pour l'instant je ne dois pas le laisser dans cet hôtel, ils sont capables de beaucoup d'initiatives, ils l'ont prouvé, ils ont des moyens, du fric, une organisation, il n'y a qu'à voir la facilité avec laquelle ils se déplacent sur le territoire européen. Et bientôt, on aura même plus de frontières. Belle idée, l'Europe...

— Je crois que je sais ce qu'on va faire, Richard, lequel de nous deux parle le mieux l'italien ?

— C'est moi.

— Exact. Alors tu téléphones au café d'en face, la panthère doit connaître le numéro, ou bien elle te file le bottin. Et puis elle n'a rien contre toi, regarde si elle s'est calmée, rassure-la... Dès que tu as le café, tu demandes à parler au monsieur en rouge qui attend tout seul à la terrasse, de la part d'il signore Brandeburg. On te le passe, tu parles en italien pour gagner du temps, du genre : ne quittez pas...

— Il appelle de loin, ce mec ?

— Non, en ce moment il est à Venise, mais ça fait rien, on en profitera pour sortir, dix secondes, ça ira.

— Ouais... D'habitude ces conneries-là tu me les fais faire sur le rail.

— O.K., tu fais ça ?

J'ai presque l'impression que ça l'amuse. Il va dire oui, mais comment va-t-il le dire ?

— Non. Non et non. À moins qu'on s'arrange. Ça se paye. Tu te charges de tous mes réveils avant Dijon pendant un mois.

— D'accord, mais pas celui de demain.

— O.K., j'y vais. Tu descends dans trois minutes. Tiens, t'auras besoin de ça.

Avant de sortir il me tend sa carte de couchettiste. Bien vu... Son marché est correct. De toute façon ce n'est pas trop cher payé, je démissionne demain matin.

— Levez-vous et arrêtez de faire le môme, c'est pas le moment. Je vais vous installer ailleurs, dans un autre lit. Vous pourrez manger des sandwichs.

— J'ai faim, émet-il en dressant le nez hors des couvertures, je crois que j'ai un peu de fièvre...

— C'est grave ?

— Non, tant que je prends mon médicament et que je dors. Il paraît que mon corps livre une bataille terrible...

— Vous m'expliquerez ça plus tard. Debout !

Couloir. Richard a l'écouteur dans les mains.

— On est allé le chercher, dit-il, dès que je l'ai, vous démarrez.

La panthère nous regarde passer, et je ne sais même pas si ça la soulage. Aujourd'hui elle nous aura au moins épargné sa question favorite : « E bella Parigi ? »

Richard lève le bras. On fonce, tête baissée, et je dévale l'escalier par bonds de trois marches. Jean-Charles a du mal à suivre. On prend le virage, dehors, sans se retourner vers la terrasse. Notre tracé chaotique se poursuit sur cinquante mètres, juste de quoi arriver à la gare. Jean-Charles a bien pigé la manœuvre, dès que nous arrivons au bout de la rue il disparaît dans un angle pour reprendre son souffle.

— Je... Je paie chaque... chaque effort...

Pour la première fois, là, après ces dix secondes de fugue pour deux gosses et un lance-pierre, je réalise qu'en face de moi il y a un corps qui ne fonctionne plus très bien.

— Ben vous allez passer à la caisse dans deux minutes, on y est presque.

Le foyer des cheminots est à peine éclairé et le hall du dortoir est toujours aussi vide. À part le 223, il n'y a pas beaucoup de trains de nuit. C'est l'ambiance hôpital, murs blancs, lits blancs écaillés, broc d'eau. Les draps et couvertures pliés en carré ajoutent un côté caserne. À la réception, la même petite dame qu'avant, tricot à la main, à côté d'un seau qui sent l'eau de Javel. Je demande à Jean-Charles de s'asseoir dans un coin à l'écart.

— Couchettistes français ?

— Oui, nous sommes deux.

— Il y a longtemps que vous ne venez plus. Vous n'êtes plus au Milio ?

Parfait accent vénitien, un martèlement un peu plaintif, l'accent tonique toujours sur la dernière syllabe.

— Si, mais vous savez, on ne peut pas dormir avec tous ces touristes, c'est pas comme ici.

Elle fait un geste de la main pour dire qu'elle connaît le problème. Pour une fois je n'ai pas eu à mentir, j'ai connu pas mal de collègues et surtout des conducteurs qui n'arrivaient pas à dormir dans la ville et venaient prendre une piaule ici. Je lui tends les deux cartes, elle note les numéros de matricule, je paye les 12 000 lires et elle me demande si je prends le supplément douche. Non, merci. Chambres 4 et 6. Je range les deux cartes avant qu'elle ne soit curieuse de regarder les photos. Précaution inutile, je ne l'ai jamais vue le faire.

Je colle le dormeur sur le lit de la 4.

— Voilà la bouffe et le réveil. Il y a un broc et un robinet. À plus tard.

— Tout à l'heure... J'irai téléphoner à ma femme... Vous avez une petite pièce... ?

Je n'ai pas le temps de refuser et jette un peu de monnaie sur la table de chevet. Je sors sans écouter ce qu'il marmonne, sans même voir la gueule qu'il fait, s'il est fiévreux ou pas. Faut pas m'en demander trop.

— Où est-ce que je peux trouver une bonne petite pizzeria ? dis-je à la dame qui a lâché le tricot pour la serpillière.

— Une bonne ? Connais pas. Ne dépensez pas vos sous pour rien, allez manger à la cantine F.S.

Dans la gare, je tombe nez à nez avec l'Orient-Express, fin prêt à recevoir ses couples de Ricains retraités. Le tapis rouge n'est pas encore installé. En me dressant sur la pointe des pieds je jette un œil dans les cabines, toutes en bois vernis, agrémentées de délicats rideaux en dentelle et de petits abat-jour qui diffusent une lumière rose. Le piano-bar. Le restaurant. D'autres cabines. Dans une je vois un jeune homme nettoyer une vitre avec une certaine vigueur dans le poignet.

— Vous parlez français ? je demande, en levant la tête.

— Je suis français.

— Je suis couchettiste W.L., et je voulais juste savoir si ça valait le coup de bosser sur un train de luxe.

— Question fric ?

— Ouais, entre autres, question boulot, question public, question ambiance...

— Galère. Reste où t'es, va. Ici, galère. Des paquets de cons. À un bâton le voyage, y refusent d'aller se pieuter, tu vois... Y aurait pas du boulot, chez toi ?

— Ouais... une place qui va se libérer d'ici demain. Téléphone aux Wagons-lits, avec l'Orient-Express dans ton C.V. t'as des chances. Mais sinon, question... Image d'Épinal ?

J'ai cru qu'il me ferait répéter.

— Bof... Y en a toujours un moins branque que les autres qui demande à visiter la cabine d'Hercule Poirot. C'est le même qui court après les espionnes russes et qui fait chier le pianiste jusqu'à deux heures du mat'. J'te le dis, reste couchettiste, ici il se passe jamais rien.

— Salut.

— Salut.

Avant de sortir de la gare je vois toute une enfilade de cabines téléphoniques près du kiosque à journaux. Le dormeur m'a furieusement donné envie de passer un coup de fil. À quelqu'un qui me viendrait en aide. À Katia ? Ce serait la première fois en deux ans. En fait, l'idée d'appeler Paris me trotte dans la tête depuis ce matin. Le combiné est déjà pendu à ma main. Je dois essayer, au moins. On verra bien ce que ça peut donner. Mais si je demande un P.C.V., de l'autre côté, on risque de me raccrocher au pif. Et je n'ai plus de monnaie. Et je me demande si c'est vraiment une bonne idée.

Je raccroche.

Le nez dans mes pompes et la peur au ventre, je retourne à l'hôtel sans oser regarder vers la terrasse du café. Je n'ai pas quitté des yeux le dessin en quinconce des pavés de la Lista di Spagna. Est-il toujours à son poste d'observation, avec désormais l'intime conviction de s'être fait avoir par un p'tit malin qui ne l'emportera pas au paradis ? On se reverra à bord, lui ou un autre. Je parie plutôt sur un autre. Il faut que je raconte tout à Richard. Tout, tout, tout. Il me dira peut-être si je fais une connerie ou pas.

La panthère est toujours rivée à son bureau et semble avoir recouvré ses esprits. Il n'y a pas eu de nouvelle catastrophe depuis mon échappée.

— S'il vous plaît... Vous avez vu mon copain Richard ?

— Il est parti chez le teinturier, il n'a pas laissé de message. Mais, dites, votre ami de Paris, il n'avait pas de bagages ?

J'appréhende le pire...

— Non...

— Il ne revient pas, n'est-ce pas ? On peut louer la chambre...

Ouf... J'attendais autre chose.

— Mais bien sûr, allez-y ! je dis, souriant.

— Tant mieux. Mais... il n'a pas payé, avant de partir...

Sans répondre je sors mon rouleau et défais l'élastique. Ma nana peut faire une croix sur son cadeau.

Dodo, Antoine ? Ou qui-vive jusqu'à 18 h 55 ? 17 h 55, même, puisque je dois prendre mon service au pied de la voiture une heure avant le départ. Richard vient d'échapper à une bonne séance d'hémorragie verbale. Il m'aurait sans doute traité de fou. Si tout se passe comme je l'imagine, le retour risque de se dérouler dans un calme relatif. Je vais faire tout ce qu'il faut pour. J'ai appris des trucs, cette nuit.

J'ai le temps de faire une petite sieste, avant.

*

Enfoirés... Enfoirés de touristes bavards au rire gras... Enfoiré de couloir, enfoirée de pluie qui cliquette sur les vitres. Enfoiré de Richard qui s'affale sur le matelas. Et ma chambre 6, vide, dans le dortoir...

— Enfoirés... !

— Tu parles en dormant, toi ?

— Comment tu veux dormir avec un car d'Allemands qui déboule ?

— C'est bien fait pour toi. Ils se vengent. Combien de fois t'as tétanisé des compartiments entiers de Teutons en hurlant « Papiere, schnell ! ».

— C'était marrant, non ?

— Moi, les clients ne m'ont jamais dérangé. Toi, on a toujours l'impression que tu veux leur faire payer quelque chose.

Sa lampe de chevet est allumée, il lit un bouquin, une fesse posée sur le rebord du lit.

— Ton guetteur s'est cassé.

— Hein ?

— Le type en face, à la terrasse, il n'était plus là quand je suis remonté.

— Qu'est-ce que tu lui as dit, au téléphone ?

— Rien.

— Il est quelle heure ?

— Cinq heures.

D'un bond je saute du lit.

— Te frappe pas, on a encore une plombe !

— Pas moi, j'ai un truc à faire avant d'aller à quai.

Je remets mes chaussures, enfourne mes affaires dans le sac et me rue sur la porte sous l'œil sceptique du collègue.

— Si tu consens, dès que tu peux, à me dire ce qui se passe...

— Pas maintenant. On se rejoint au train, à moins cinq ?

Il pleut sur la Lista di Spagna. Le canal crépite et ondule sous le sillon d'un vaporetto qui accoste. « Reverrai-je Venise ? » Ce sont les derniers mots de Casanova, perdu au fond de sa bibliothèque autrichienne, dans le film de Fellini. Reverrai-je Venise ? Pas avant longtemps, je crois. Cette année je ne serai pas là pour le Carnaval. Ni pour la Biennale. La sédentarité se paye aussi.

— Vous n'avez pas beaucoup dormi... Vous êtes jeune ! dit-elle.

Le parquet du dortoir est nickel, j'ai honte de le saloper avec mes semelles trempées. Elle ne grinche même pas.

Je cogne doucement à la porte 6 et on m'invite à entrer.

— Vous êtes debout ? dis-je, étonné.

— Faut quand même pas exagérer, je ne suis pas complètement invalide !

S'il a la force de jouer les indignés, c'est bon signe. D'ailleurs il a le visage reposé, presque frais.

— Bravo pour... pour cet endroit ! J'ai mieux dormi que dans mon propre lit. Ça m'a un peu rappelé Cochin au début, mais j'ai parfaitement récupéré ! J'ai parlé à ma femme, elle m'attend, je suis en pleine forme ! Je vais tout lui raconter !

— Remettez vos chaussures, on part tout de suite.

— Où ? demande-t-il, les yeux toujours rivés à terre.

— Là où vous ne retournerez sans doute jamais. Dans une jungle de métal, touffue, rutilante et rouillée, où les fauves dorment encore, avant leur croisade de la nuit.

La proposition l'effraie un peu, il lève la tête.

— C'est un peu... obscur.

— Non, c'est tout au plus une gare de triage.

*

— Écoutez... j'en peux plus... att... attendez que je reprenne mon souffle... Ça sert à quoi d'aller au pas de course dans... dans tout ce bordel ! Ça sert à quoi de... de jouer à saute-mouton par-dessus les wagons...

La langue pendante, il s'assoit sur un rail, les bras en croix, une main accrochée à l'essieu d'une vieille carcasse qui n'a pas roulé depuis des lustres. Le 222 dort quelque part, dans un recoin perdu de la gare de triage, au milieu de dizaines d'autres trains qu'on bricole ou qu'on oublie, au milieu d'un capharnaüm de tôle, sans aucune organisation logique. Le flambant neuf côtoie l'archaïque, les containers jouxtent les BC 9, les réfrigérés narguent les postaux. Je suis bien obligé de grimper au hasard, jeter un coup d'œil d'en haut pour repérer le nôtre et redescendre, encore et encore, au grand dam de mon dormeur.

— Je ne sais pas où ils le mettent, ça change tout le temps. Il n'y a pas d'organigramme, c'est l'anarchie, le foutoir. Je vous avais bien dit que c'était la jungle.

Il reprend progressivement son souffle.

— Et tout ça pour quoi ? me demande-t-il en haussant les épaules.

— Ils étaient là à l'arrivée, ils seront là au départ, aucun doute là-dessus. Vous tenez à le reprendre, ce putain de train, oui ou non ?

Il quitte son petit air renfrogné. Il n'a pas vraiment intérêt à m'exaspérer totalement.

— Alors faites ce que je dis, le seul moyen c'est de vous planquer quelque part dans ma voiture avant même que le train n'arrive en gare.

Je grimpe sur le marchepied de la vieille bécane et jette un œil panoramique au-dessus des blocs de métal. Deux voies plus loin je repère une enfilade de voitures blanches et orange. C'est peut-être le bon.

— Levez-vous, c'est presque fini, on va couper ce vieux machin gris, en face, et juste derrière c'est le nôtre.

Il me suit sans broncher. Je dois forcer sur la clé carrée pour ouvrir les portières du vieux machin gris qui naguère était un Venise-Rome. Jean-Charles pousse un soupir en reconnaissant le 222. Il n'est pas au bout de ses peines. Il monte le premier dans la 96.

— Alors, je m'installe où ? Une couchette ? Ou bien dans un coin de votre cabine ?

Quand je vais lui montrer l'endroit auquel je pense, son demi-sourire va tomber.

— Impossible, il y a trop de passage dans les compartiments, et ma cabine est devenue un endroit passablement suspect. Suivez-moi.

Sur la plate-forme opposée à ma cabine, il y a une sorte d'armoire électrique où l'on range le carnet de bord où sont consignés tous les dysfonctionnements techniques de la voiture. Impossible de placer ne serait-ce qu'une bouteille de chianti là-dedans. En revanche, au-dessus, dans une espèce de placard pas plus grand qu'une malle, on peut peut-être encastrer un corps humain, adulte, et souple.

— Vous... n'allez tout de même pas...

— Non, je ne vais pas, dis-je. C'est vous qui allez. Choisissez... C'est ça ou vous restez à Venise.

— Mais c'est quoi, ce débarras ? !

— À vrai dire je n'y mets jamais le nez, c'est l'électricien qui s'en sert, je ne peux pas vous en dire plus. Mais c'est le seul endroit que je connaisse. Vous n'y resterez qu'une heure ou deux, au maximum. Dès le départ du train je viendrai vous délivrer. Allez, je vous fais la courte échelle.

Après une légère hésitation, il a posé le pied sur mes doigts croisés. En se hissant, son genou a cogné contre ma tempe.

*

17 h 45, hall de la gare. Je ne suis jamais arrivé aussi tôt. Un léger bordel ambiant commence à monter, haut-parleurs inaudibles, tableaux d'affichage qui s'emballent et chariots de service qui klaxonnent les voyageurs agglutinés en tête de quai. Je suis déjà passé au bureau des Wagons-lits pour prendre nos schémas,

et les pronostics sont en ma faveur. Les voitures sont louées dans l'ordre, la 94 d'Éric est pleine, celle de Richard aussi et ce piège à cons de 96 n'a que vingt-trois voyageurs, tous au départ de Venise, hormis deux qui montent à Milan. Apparemment ils descendent tous à Paris mais, depuis hier, ça ne veut plus dire grand-chose, et ce serait de toute façon un miracle si j'arrivais à dormir cette nuit. J'ai deux compartiments libres, il ne m'en fallait pas plus, un pour le dormeur et l'autre pour mes boucliers, les assermentés de service. Le seul inconvénient, c'est que je vais me faire assaillir par les « payants » à Milan, les contrôleurs vont rabattre tous les perdus dans la 96 et je prévois déjà une bonne heure à guichet ouvert pour tous ceux qui viendront me soutirer une couchette. Le remplissage peut jouer en ma faveur. Je ne sais pas encore. Je donnerais bien cette putain de 96 piégée à qui en voudrait.

J'ai le temps de prendre un café au buffet, juste en face du quai 17. Du comptoir, je peux voir notre rame arriver. Ça ne tarde pas, je lèche le fond de la tasse, le 222 déboule et, peut-être à cause du petit noir, mon cœur s'emballe fort. J'allume une clope, vide mes poches de leurs dernières lires sur le comptoir et sors.

Il n'y a rien de plus ponctuel qu'un petit accès de tachycardie... Ça fait kataklan au-dedans, ça pulse, ça jugule, ça myocardise sans qu'on puisse intervenir. Éric traverse le hall, bras dessus bras dessous avec sa fiancée.

Rosanna aussi m'accompagne, le soir, à Termini. Mon petit nuage romain...

Tous les maris volages nous envieraient ça. Une journée par semaine avec une maîtresse, en territoire étranger, à mille cinq cents kilomètres de chez soi. Une double vie, deux idylles, aussi parallèles que des rails. On peut s'afficher à n'importe quelle terrasse et dire bonjour aux voisins de palier. Aucun recoupement possible. Je quitte Katia le soir et le lendemain matin Rosanna m'accueille avec un petit déjeuner, un bain parfumé, un lit encore chaud. Je lui apporte ce qu'elle m'a demandé la fois précédente, une bricole, un livre, un parfum. Nous passons la journée couchés, on chahute, on raconte des bêtises. Sur le coup de 17 heures je remets ma cravate, elle vérifie ma tenue avec de petites remontrances, elle me prend dans ses bras pour me retenir encore un peu. Et là je sens la petite déchirure. Elle n'ose rien me dire, elle sait que Katia existe, elle sourit en parlant de son « petit soupir parisien », soupir dans le sens solfège, elle précise. Elle note sur son agenda la date de mon prochain Rome. Sur le quai je suis encore avec elle, dans sa chaleur. Je grimpe dans ma voiture et j'oublie, jusqu'à la prochaine fois. Et il n'y aura sûrement plus de prochaine fois.

— Éric ! J'ai ton schéma ! je hurle.

Il se jette dessus sans me dire bonjour et pousse un « ah merde » des plus prévisibles. Il déteste être complet, comme moi.

— On peut s'arranger, je dis. Excuse-moi pour hier, tu sais, j'ai regretté de ne pas avoir pris ton Florence. On fait pas ça aux potes... Je te propose un truc, dans la 96 j'en ai que vingt-trois... Tu la prends, tu fais un petit retour peinard et je m'occupe de la tienne, O.K. ?

Surprise. Ombre du doute sur son visage. Incrédulité.

— ... C'est pour te racheter que tu me la proposes ? Ben c'est pas la peine, garde-la ta bagnole, hier tu l'as voulue, tu te la gardes...

Une vague de voyageurs déferle sur le 17 et j'essaie de la doubler pour filtrer les clients avant qu'ils ne grimpent. Mésange est déjà à son poste, en képi, et me salue.

— Passe me voir, gamin, si c'est calme.

— Sûr ! Je passe sûr. Surtout si c'est pas calme.

Il rigole sans vraiment comprendre. Sans vraiment savoir qu'il fait déjà partie de mes plans. Dans la 96, avant toute chose je verrouille les soufflets à chaque extrémité. Richard arrive sans se grouiller et me demande son schéma.

— T'es plein.

— Tant mieux, je t'enverrai les payants.

La nuit commence à tomber, je veux monter une petite seconde pour poser mon sac mais je n'en ai pas le temps. Deux silhouettes surgissent de chaque côté d'un des hauts blocs de marbre noir où sont taillés les bancs et se précipitent à chaque portière de la voiture. J'hérite de celui qui a l'anorak rouge. Mon dos s'est plaqué contre la tôle. Sans me parler il inspecte des yeux le contenu des compartiments. Dans la pénombre il ne voit pas grand-chose et colle son front contre chaque vitre. Ils échangent deux ou trois mots que je n'entends pas, son acolyte parvient à grimper par la portière de la 95 mais se heurte aux soufflets bloqués. L'anorak rouge me sourit presque, en constatant que les compartiments sont entièrement vides, et s'adosse au bloc de marbre en croisant les bras, l'air de dire : « J'ai tout mon temps. »

— Carrozza 96 ?

— Oui, dis-je.

Ils sont trois, deux filles et un garçon, des étudiants couverts de laine et de sacs en bandoulière. J'étudie leur réservation avec un zèle que je ne me connaissais pas. Les deux « collaborateurs » semblent savoir exactement ce qu'ils font. Richard revient vers moi et me dit qu'un type est posté à contre-voie et regarde à l'intérieur de la voiture, cabine par cabine. Ça ne m'étonne qu'à moitié, ils ont bien fini par comprendre. Je suis assez intrigué par le nombre de collaborateurs dans la troupe Brandeburg. Cinq, quinze, quinze mille ? Autant qu'il en faudra, je suppose. Bonne organisation. Je ne sais pas quoi opposer à ça, une bonne connaissance du rail ? Un certain talent d'improvisation, égrené au fil de mes voyages par le flot quotidien de situations absurdes ?

18 h 30. Je m'assois quelques instants sur le marchepied, les réverbères viennent de s'allumer dans toute la gare. Les collaborateurs sont toujours là, ils scrutent mieux encore que moi les voyageurs qui montent. Toujours pas de Latour. Ils doivent commencer à penser que je leur ai encore joué un de mes petits tours de passe-passe. Aucun des deux n'est venu me parler, ils préfèrent attendre le départ pour me cracher leurs menaces à la figure. Je vois au loin les deux contrôleurs s'arrêter devant chaque voiture, ils passent nous demander le nombre de voyageurs prévus afin de faire une première estimation. Obséquieux, je donne mon chiffre en leur proposant un compartiment vide s'ils veulent faire leurs calculs peinards. Ils acceptent avec joie, un peu étonnés de la sollicitude d'un couchettiste à leur égard. Il faut avouer qu'en général on se débrouille pour les jeter au plus vite de nos bagnoles. L'un des deux va s'y installer pendant que l'autre s'éloigne vers les dernières voitures. Avec eux, je suis tranquille jusqu'à Milan, minimum. De deux maux...

Le collaborateur en anorak sourit déjà moins. Il doit me prendre pour un dingue ou un faux cul, ce en quoi il n'a pas tout à fait tort. Je fais avec ce que j'ai.

18 h 50, le haut-parleur annonce le départ. J'ai pointé dix-huit voyageurs, il en manque trois. C'est le quota normal de « non-présentés », comme dit le manuel. Ils peuvent tout à fait monter à Mestre, ça arrive souvent. Les contrôleurs arpentent une dernière fois le quai avant de siffler le départ. Un vent froid vient nous balayer les cheveux.

Je n'ai même pas eu le temps de voir si le contrôleur arrivait. Un coup métallique s'est encastré dans mon dos et je suis tombé à terre sous l'impact.

Un type, un nouveau, est descendu du marchepied...

Le troisième salopard... celui que Richard avait repéré. J'ai vu qu'il rangeait dans sa poche un poing américain...

— On n'avait pas l'intention de monter. On voulait juste te souhaiter bonne route.

Au moment même où le train s'anime, l'anorak rouge a ramené ses copains à ses flancs. Tel un cerbère, les trois têtes ont aboyé en chœur.

— Bonne route ! ! !

*

Je m'allonge sur le ventre, un instant, sur ma banquette, en essayant de faire onduler ma colonne vertébrale.

Un bélier. C'est une bête dans ce genre-là que j'ai reçue dans le dos. L'alcool à 90°, après ça, me fait l'effet d'une caresse. Il me faut du temps avant de redevenir flexible. Et je ne peux pas attendre trop, il faut que je bosse, sinon je vais être en retard sur mon plan. Je sais bien que le dormeur est cassé en deux dans un piège à rats... Et je ne peux pas l'en déloger tout de suite.

Le seul moyen d'avoir l'esprit libre durant ce voyage est de faire très vite et très bien mon boulot de couchettiste. À Mestre j'ai réceptionné deux non-présentés. J'ai commencé par clopiner dans le couloir, doucement. Mais en quittant Mestre, brusquement, j'ai retrouvé un peu de souplesse. Un quart d'heure après, les vingt billets et les vingt passeports sont déjà empilés dans mon tiroir, poinçonnés et ordonnés. J'ai cueilli à froid un contrôleur en l'obligeant à perforer, sans échauffement du poignet, ma collecte, ce qui m'a valu le délicat surnom de « lampo », l'éclair.

Je suis assez content d'avoir joué l'hospitalité avec les monomaniaques du confetti, si les Suisses et les Français ne me la refusent pas, tout risque d'extrêmement bien se passer. Je leur apporte les billets à domicile, ce qui m'évite de les voir traîner dans ma cabine et dans les couloirs, en les gardant néanmoins à portée de main, ou de voix. Bon coup.

Ce n'est pas le moment de faiblir, quand j'aurai distribué le couchage je pourrai faire un break chez Mésange. Je crois qu'il est temps de délivrer le dormeur. Il doit avoir les reins dans le même état que les miens. J'attends une seconde que la plate-forme soit vide.

Il sort la tête, pousse un cri étouffé et se contorsionne avec une incroyable lenteur afin de dérouler ses jambes jusqu'au sol. Je le retiens par la ceinture.

— Ça va ?

Il halète à grand-peine. Il n'a pas pu s'empêcher de transpirer. Jamais vu un mec résister aussi peu à l'atmosphère confinée.

— Vous êtes déjà défraîchi, vingt minutes après le départ ?

— C'est rien... ça va, dit-il en se massant le dos.

— Je suis désolé... Je me suis creusé la tête, mais il n'y a vraiment pas d'autre endroit. C'était le seul moyen pour remonter dans le 222 sans que personne ne vous voie. La preuve, ils étaient trois à fouiner, tout à l'heure. Ils n'ont pas pu se douter que vous étiez déjà dans le train quand la rame est arrivée à quai.

Je ne lui dis pas que cette joyeuse bande de collaborateurs n'a aucun doute sur sa présence ici.

— Asseyez-vous dans le 1, je dois m'occuper des draps.

Je jette des sacs et des oreillers sans les compter dans chaque compartiment. La distribution terminée, je lui demande de se tenir tranquille pendant un petit quart d'heure, le temps d'aller chez Mésange.

— Ne me laissez pas tout seul, Antoine...

Je n'aime pas son ton suppliant. J'ai l'impression qu'il est de plus en plus vulnérable. À la merci de n'importe quel individu décidé à l'empoigner par le col.

— Je fais vite.

Un coup de cadenas et je passe prévenir le contrôleur d'une petite escapade chez le collègue de la 89. Il s'en contrefout royalement. À toute vitesse je traverse les voitures de Richard et Éric qui n'en sont qu'à la cueillette des passeports. Mésange aussi, et la récolte est entassée dans son képi. Un gros képi pour sa grosse tête.

— Qu'est-ce que tu fous là, gamin !

— Bah... tu m'as invité !

— D'habitude tu viens pour le digestif et là t'arrives deux plombes avant l'apéro. T'as une voiture vide ?

— Non, j'ai du monde. Pas trop. Je ne suis pas venu picoler, j'ai besoin de toi.

— Ben, tu peux te casser tout de suite. J'ai déjà trop de betteraviers.

— Justement, t'es plein ?

— Ouais, sauf une cabine jusqu'à Domo.

— J'ai un clandestin.

— Jusqu'où ?

— Paris.

— Crétin, tu veux perdre ton boulot ou quoi ?

— Je démissionne demain matin, c'est toi-même qui m'as encouragé. Et puis, c'est une histoire spéciale, je fais pas ça pour du fric.

Un couple de betteraviers vient lui demander une bouteille de blanc, « de l'entre-deux-mers ». Mésange regarde dans sa cave, il en reste une. « Dans la cabine », précise le mec, « bien frais », dit la fille en panama blanc. « J'arrive tout de suite », fait le vieux. Je me souviens de l'avoir vu une nuit d'hiver, à quatre pattes sur le quai de Modane, remplissant un seau à glace avec de la neige. Les conduites d'eau avaient pété à cause du froid et plus moyen de servir un champagne frappé. Cette nuit-là j'ai compris que jamais je ne deviendrais conducteur.

Un monsieur chauve et très poli choisit juste ce moment pour demander à Mésange de lui servir un cognac dans un grand verre, si possible. Là, le vieux marque un temps d'arrêt.

— Monsieur, si j'avais quatre bras je ne serais pas aux Wagons-lits, je serais chez Barnum !

Petit silence tendu. Le type s'en va.

— Betteravier... Et toi tu t'y mets aussi. Qu'est-ce que tu veux ?

— Tu me crois si tu veux, O.K. ? Si t'es pas d'accord tu me le dis tout de suite, O.K. ?

— Hé gamin, t'emploies pas la meilleure méthode pour me demander quelque chose. Accouche, on verra.

Je vais être obligé de mentir. Je ne sais pas faire autrement. Et je raconte des craques à des gens que j'aime bien, et je ne peux pas m'en empêcher, et c'est comme ça.

— C'est un ami à moi. Il va crever bientôt. Maladie... Il m'a demandé de voir Venise, avant. Il a pas un rond. Je voudrais lui faire connaître encore un truc, avant. Un petit bout de voyage dans une cabine en velours. C'est une connerie, je sais, mais ça fait partie des rêves tenaces. Tu sais ça mieux que moi... Il aurait jamais pu se le payer.

Ça passe ou ça casse. J'ai presque envie de fermer les yeux en attendant le verdict. Le sang et la honte me montent aux joues. Et je me demande sincèrement si je n'ai pas l'étoffe d'une belle ordure.

— Je le vire à Domo.

Je ne sais pas quoi dire. Mésange n'est pas content, on dirait même qu'il a l'air déçu. Ce n'est plus du tout la tête du vieux sage bourru et adorable.

— Je... je te l'envoie... ?

— Casse-toi.

Je ne me le fais pas dire deux fois. Et pourtant, j'aurais préféré qu'il refuse et qu'il garde un bon souvenir de moi, quand j'aurai quitté la boîte. Un jour il m'a dit qu'il avait un fils de mon âge et qu'il lui avait interdit de travailler aux Wagons-lits, des fois qu'il y prenne goût. Depuis il ne sait plus où le caser, rien ne l'intéresse, à part un peu d'informatique, et encore. Et ça l'emmerde d'avoir un gosse qui fait de l'informatique. Alors, faudrait savoir...

L'autre contrôleur me voit sillonner la voiture d'Éric et lance un « Lampo furioso ! ». Ça ne fait pas rire Éric. Dans la 96, rien de neuf, les étudiants sont dans le couloir. Le dormeur est toujours dans le 1.

— Sortez. Vous allez dans la voiture 89, là vous verrez un steward en complet marron, avec une grosse tête, il va vous installer dans une de ses cabines jusqu'à la frontière italienne. Je viendrai vous chercher un peu avant.

— Mais... j'y vais tout seul ?

— Essayez. À tout à l'heure.

Je jette un coup d'œil dehors avant qu'il ne sorte. Les étudiants ont déjà entamé le casse-croûte, dans le couloir, face à un paysage ténébreux constellé de points rouges qui clignotent au loin. Jean-Charles hésite un peu, me regarde piteusement et s'engouffre à contrecœur dans la 95.

Libre. Jusqu'à onze heures ce soir. Un relent de normalité me clarifie l'esprit, les gestes habituels me reviennent, je pense à Paris et à la première chose que je ferai demain après ma démission. Emmener Katia en week-end. Pour lui annoncer en douceur la nouvelle de son retour au charbon, parce qu'il ne faut plus compter sur moi pour ramener de la denrée nourricière à la baraque avant un temps indéterminé.

J'ai du temps devant moi, beaucoup. Toute la journée j'ai essayé d'imaginer des scénarios possibles sur les manœuvres de Brandeburg pour récupérer son cobaye. Parce qu'il le veut toujours autant, quitte à employer d'autres appâts et d'autres menaces et sa seule chance est de le coincer avant Vallorbe. Je dois me méfier des passeports suisses, des accents vallonnés et des montées intempestives après Domo. Assis sur mon fauteuil je pose le bloc de passeports sur mes genoux et commence à les éplucher un par un.

Aucun Suisse, pas mal d'Italiens, deux jeunes Ricains, quelques Français dont un médecin, et ça c'est toujours une bonne chose. J'aime bien avoir un médecin de service, c'est beaucoup plus utile qu'un curé. Certaines nuits j'aurais donné beaucoup pour en avoir un, rien que pour faire des diagnostics à ma place. La seule fois où j'ai eu une femme enceinte elle a tourné de l'œil et j'ai failli en faire autant.

Je ne suis pas plus avancé, au contraire. Je perds mon temps en spéculations stupides, au lieu de dormir jusqu'à Milan. Juste m'assoupir, un tout petit peu. Personne n'en saura rien.

*

Tout le monde s'en est douté. Un peu interloqués de me voir bâiller en me frottant les yeux, les fâcheux se sont tous excusés. Les collègues m'ont refourgué leur trop-plein, les contrôleurs m'ont gentiment imposé des payants que j'ai scrutés d'un œil vaseux avant de leur vendre une place. J'ai tout de même réussi à préserver mes deux compartiments libres. Cinq arrêts en deux heures trente, il me semble en avoir loupé un, Vérone peut-être. Il est 21 h 50 et nous arrivons à Milan, j'ai intérêt à être clair, je dois réceptionner deux réservations. Le train traverse toute une Z.U.P. qui, de nuit, ressemble à l'idée que je me fais de Las Vegas, des néons qui clignotent, des buildings, avec en plus des terrains de tennis éclairés, même en hiver, et une forêt de cheminées géantes.

— Hé Antoine… C'est à toi d'y aller, ce soir !

Richard est entré comme une flèche, tout sourire, juste quand le train s'est arrêté en gare.

— Mais où ?

— Ben… à la trattoria, crétin.

Ah… merde… Ça aussi, j'avais oublié. À Milan, pendant la manœuvre d'accrochage des deux rames, l'un de nous fonce dans un petit restau situé à trois cents mètres de la gare et revient avec des pizzas chaudes et du vin frais. La dernière fois, déjà, j'ai prétexté un truc pour ne pas y aller.

— Excuse-moi, dis-je, je ne peux pas bouger, j'ai deux clients qui montent, et j'ai pas très faim.

— Et merde ! Ça fait deux semaines de suite que je m'y colle !

Une poignée d'individus se bouscule pour grimper dans ma voiture. Avant qu'ils ne s'accrochent à la barre, je crie que seuls les voyageurs munis d'une réservation peuvent monter, les autres n'ont qu'à chercher sur la rame Florence. Une jeune femme brandit un petit carton blanc, je l'aide à monter, les autres se plaignent, je claque la portière.

— Place 14, vous êtes dans le 1, il y a déjà deux personnes.

Donnez-moi billet et passeport, remplissez la feuille de douane et ramenez-la, si je ne suis pas là, glissez-la sous la porte, et bonne nuit.

Richard me marche sur le pied et fait une grimace incompréhensible. La fille repart dans le couloir.

— T'es dingue ou quoi ? T'as vu ce canon ? Tu crois qu'elle arriverait chez moi, celle-là ? Eh ben non, c'est le plus agressif et le plus malpoli de nous tous qui en hérite ! T'as pas vu ses jambes !

Je n'ai même pas vu son visage, c'est dire si elle m'a ému. Richard a raison sur ce point, je suis le seul couchettiste du monde à pouvoir parler à un voyageur sans savoir s'il est mâle ou femelle.

— Écoute... Antoine, déconne pas, tu me dois bien ça, enfoiré. Fais quelque chose. Ou t'es plus mon pote et tu pourras toujours t'accrocher pour avoir un coup de main... C'est pas du chantage, c'est juste une menace. Et je veux bien aller chercher à bouffer mais tu te débrouilles pour l'inviter.

— Éric ne vient pas ?

— Éric n'a pas envie de t'approcher à moins de deux bagnoles. Allez... Engage la conversation, invite-la. Fais ça pour moi...

Je n'ai ni l'envie ni la force de m'occuper de ce genre de conneries. Les intrigues avec les filles, c'est fini depuis longtemps. En plus il sait bien que je suis dans la panade, avec l'histoire de Jean-Charles, il m'a vu inventer des trucs grotesques.

Oui. Mais... Je ne vois pas comment je pourrais lui refuser quelque chose, même un caprice, même à un moment aussi inopportun, même si j'ai d'autres choses en tête. Et puis c'est une histoire d'un quart d'heure, elle bouffe avec nous et ils se tirent, ensemble si ça leur chante.

— J'essaie... Je dis bien : j'essaie. Si elle refuse, tu ne me fais pas une comédie.

— Juré ! crie-t-il en m'embrassant sur la joue. Tu peux me demander n'importe quoi, Antoine. N'importe quoi !

— Ça c'est une phrase qu'on regrette toujours. On s'installe dans le 10. Et magne-toi, t'as déjà perdu trois bonnes minutes. Imagine qu'il y ait la queue dans la trattoria, qu'on reparte sans toi, qu'est-ce que je fais de cette gonzesse ? J'aurais l'air fin avec mon invitation à dîner.

Le second voyageur attendu arrive par les soufflets et me tend sa réservation. Un homme d'une cinquantaine d'années, poli, et qui semble habitué à la procédure. Sans rien dire, il me donne son passeport avec le billet à l'intérieur, remplit son formulaire sur un coin de fenêtre et rejoint la place 22 sans demander où elle se trouve. Passeport français, profession : réalisateur. Encore un qui n'est pas dans le Larousse.

Les nouveaux contrôleurs viennent me dire bonsoir et me demandent le nombre. Deux montées à Milan, six payants, un non-présenté à Venise, en tout : vingt-huit. Ils me demandent aussi où se trouve le compartiment libre dont les collègues leur ont parlé. Bonne chose. Ils vont rester jusqu'à Domo. Avant d'y aller, l'un d'eux regarde vers le couloir puis vers moi et me demande d'intervenir avec un sourire un peu gêné. Et je comprends vite pourquoi. Devant la porte du 8, une flaque de vomissures. Il ne peut rien arriver de pire dans un couloir. J'ai déjà la nausée. Pas question de nettoyer. Avec deux draps sales et une grimace de dégoût je saute par-dessus la flaque à l'intérieur du 8. C'est un jeune Français qui voyage avec ses deux gosses, il en tient un sous les bras avec une main sur le front. Le gosse est livide.

— Il est malade ?

— Heu... je ne sais pas, il a de la fièvre, je crois.

Le père devient aussi livide que le fils.

— Excusez-moi pour le couloir, je n'ai pas eu le temps de l'emmener aux toilettes.

— Pas grave. Il a peut-être abusé de quelque chose. À cet âge-là c'est le chocolat.

— Peut-être... c'est de ma faute, je ne fais jamais attention à ces trucs-là. Je vais être obligé de descendre, c'est peut-être plus grave.

Il me fait de la peine. Je ne sais vraiment pas ce que c'est que d'avoir un gosse.

— Attendez. Couchez-le un peu, il y a un médecin pas loin. Pendant ce temps-là, essayez de nettoyer le couloir avec ça.

Il s'exécute de bonne grâce. Le mot médecin a éclairé son visage.

Ce soir, pas de femme enceinte mais un morpion en pleine crise de foie. À chaque fois que j'ai eu un médecin je l'ai fait bosser. Il est assis côté couloir avec un bouquin dans les mains.

— Heu... Bonsoir. Vous êtes médecin, non ?

— ... Comment le savez-vous ?

— Ben... je l'ai lu tout à l'heure, en rangeant votre passeport. Il y a un gosse malade à côté, et ce serait très gentil de votre part si vous veniez jeter un coup d'œil...

Il est passablement étonné mais ne dit pas un mot. Après tout, c'est son boulot, il doit l'exercer partout où on le lui demande. Très pro, il saisit une sacoche sur la grille des bagages et me suit.

— Ce sont vos instruments ? Vous les avez toujours sur vous ?

— Souvent, oui. Je ne suis pas en vacances. La preuve...

Aigre-doux. Je préfère le laisser seul avec le môme pendant que le père continue de passer la serpillière. J'installe les couchettes des retraités et des amoureux du 9. Les deux Américains déconneurs me proposent du Coca, les étudiants me demandent si je ne connais pas un hôtel sympa et pas cher à Paris. Je cogne sur la vitre du 1 et fais signe à la fille de sortir. Oui, vous, ne regardez pas ailleurs, c'est à vous que je parle.

— Vous avez mangé ?

— Pardon ?... Heu... non...

C'est vrai qu'elle est jolie. Brune aux yeux noirs, les cheveux raides coupés à la Louise Brooks, des taches de rousseur. Elle tombe des nues, un peu comme le médecin. J'ai horreur de faire ça, c'est ridicule, je ne sais pas draguer, et encore moins pour un autre. J'avais tout imaginé en montant sur ce 222, sauf faire le joli cœur à la place de Richard. Il me tarde d'être à demain matin.

— Ça tombe bien, on aimerait bien vous inviter à dîner, mon collègue et moi.

Comme invitation on peut difficilement faire pire. Un vrai repoussoir.

— Avec joie.

— ...

— C'est d'accord. Où est-ce ?

— Dans... dans le compartiment 10, à l'autre bout. Juste après le départ du train...

Elle va se rasseoir pendant que je reste un instant pantelant. Elle m'a même souri. C'est Richard qui va être content. Surtout si elle continue de me sourire comme ça. Il serait temps qu'il revienne, celui-là, parce que dans deux minutes je tire le signal d'alarme. Dans le 8, les choses ont l'air de s'arranger, surtout dans le couloir où il n'y a plus aucune trace de gerbe. Le père a retrouvé figure humaine et serre la main du médecin qui ne sourit toujours pas.

— Faites-lui prendre une gélule, dit-il en sortant un flacon de sa sacoche. Il doit jeûner jusqu'à demain. Voilà.

— Excusez-moi pour le dérangement, je dis.

— Ça ne m'a pas dérangé. On repart dans combien de temps ?

Il range son stéthoscope et tapote l'épaule du gamin en souriant pour la première fois.

— Tout de suite. Heu, dites, vous êtes généraliste ?

— Non, je m'occupe d'une clinique, à Bangkok. Je suis spécialiste en médecine tropicale. Vous pouvez me réveiller à Dijon ?

— Bien sûr. Une demi-heure avant. Et merci encore...

Coup de sifflet. Première secousse. Nom de Dieu, Richard !

— On bouffe ? dit-il, juste derrière mon dos, les bras chargés de sacs en plastique.

Le temps de cadenasser ma cabine et nous installons le pique-nique, verres, serviettes, couverts, ouvre-bouteilles.

— Alors ? Tu l'as eue ?

— C'est peut-être pas le mot, mais je crois qu'elle va venir.

— Yeeeeeh !

Les trois pizzas sont brûlantes. Pas d'anchois mais une pleine barquette de fritto misto. La faim me revient. Demain j'invite Katia au restau. La fille pointe son nez timidement. Richard se dresse sur ses pattes et l'accueille avec beaucoup de panache dans le geste. Échange protocolaire de prénoms, elle s'appelle Isabelle. Et elle va me gâcher ce seul et minuscule petit instant de réconfort, Richard ne va pas arrêter de dire des conneries, elle va nous poser les sempiternelles questions et je ne pourrai même pas desserrer ma ceinture. Elle croise les jambes et mange sa part de pizza avec élégance, du bout des lèvres, alors que Richard a déjà la lippe imbibée d'huile. Je me tasse dans un coin de fenêtre pour me consacrer au paysage, indiscernable d'ailleurs, dans l'épaisseur des ténèbres. Richard guette mon regard approbateur à chaque nouvelle anecdote, mais je ne confirme rien, j'ignore. Elle a des taches de rousseur jusqu'aux chevilles... Le calamar entre le pouce et l'index, la serviette qu'on passe délicatement aux commissures. Entre deux bouchées elle pose une question sur ce formidable boulot qu'est le nôtre, les nouveaux horizons, la déroute du quotidien, etc. Elle me rappelle ce journaliste d'*Actuel* que nous nous étions farci pendant un Palatino aller-retour, pour un reportage *in situ*, comme il disait... On a presque l'impression qu'elle s'inquiète pour nous, toutes ces douanes, tous ces gens, toutes ces responsabilités, etc.

— Vous ne rencontrez jamais de trafiquants, des gangsters, des gens curieux, des indésirables ?

« Surtout pendant la bouffe », ai-je réprimé, à grand mal. Richard se rapproche doucement d'elle et renchérit sur tous les terribles dangers que nous traversons. Un peu gênée, elle s'écarte de lui. Le plus étrange c'est qu'elle semble s'inquiéter de mon silence, à plusieurs reprises elle a essayé de me faire rentrer dans la conversation.

— Et votre ami, il ne lui arrive jamais rien ?

— Oh lui, c'est un bougon. Je l'aime beaucoup mais c'est un ours.

Elle n'arrête pas de me sourire et ça me gêne par rapport à mon pote. Pourquoi moi ? Pourquoi faut-il que je subisse autant de contradictions depuis ces dernières vingt-quatre heures ? Tout le monde se trompe, tout le monde se croise et personne ne va là où il devrait aller. Il paraît que ça caractérise l'humain. Je ne sais pas ce qu'elle veut mais elle le traduit mal, pas le moindre égard pour Richard qui tente de lui offrir du vin, sans parler de cette façon imperceptible de gagner du terrain sur la banquette où je suis assis. Je n'ose même pas regarder vers mon collègue.

Il se lève brusquement et balance son morceau de pizza dans la poubelle. C'est à moi qu'il en veut.

— Bon... eh bien... Je te laisse débarrasser le dîner, et moi je m'occupe du plancher, hein, Antoine... À bientôt, collègue. Au revoir, Isabelle.

— Reste, écoute ! T'as pas fini ton verre de vin ! Y a rien qui t'attend dans ta bagnole !

Rien à faire. Parti. Saumâtre. Comme si c'était de ma faute. Et je risque d'avoir besoin de lui dans peu de temps. Les cartes sont mal distribuées.

— Parlez-moi encore de ces nuits entières dans les trains.

Je cauchemarde ou c'est bien une citation de Duras ? Je ne sais plus quoi faire ou dire, alors je bafouille, des banalités, comme hier quand le dormeur m'a posé la même question. Et comme hier je pense à autre chose. Aux rencontres, dans les trains, leur subliminale teneur en sincérité, leur gratuité. C'est sans doute la faute de la nuit. Je me souviens de cette femme qui pleurait toutes les larmes de son corps, dans les bras de son amant, sur le quai de Roma Termini. Une caricature de Latin Lover, avec une chemise blanche qui dépoitraillait sa pilosité, un gros pendentif au milieu, un pantalon serré. Un type comme il en traîne mille, le soir, à la terrasse des cafés, près du Panthéon. Elle pleurait en l'étreignant de plus belle, et lui, le visage grave du protecteur, un vrai pro. « Ne pleure plus, je t'aime, je viens très bientôt à Paris. » Le train part, ses sanglots redoublent, elle me regarde en avouant ses larmes, elle veut me faire comprendre que sa douleur ne lui permet pas pour l'instant de remplir une feuille de douane, elle trouve ça dérisoire. Je respecte et pars en douce. Quatre heures plus tard je viens récupérer la feuille, elle est assise à côté d'un jeune gars hâbleur et bourré d'humour à en croire les éclats de rire et les échanges de sourires. Le lendemain matin je les retrouve dans le ragoût devant un café, leurs lèvres sont tendres, le bout de leurs doigts s'effleurent dans une douce intimité. 10 h 6, c'est l'arrivée en Gare de Lyon, elle parcourt quelques mètres de quai en cherchant du regard, et tombe dans les bras d'un homme qui lui enserre la taille et la fait voleter autour de lui.

— Il faut passer des examens, il faut faire des stages, vous devez être prêts à toutes les situations, non ?

Pas toutes, hélas.

— C'est comme dans tous les boulots, la théorie ça s'apprend en deux jours. Je n'en connais pas autant qu'un machino sur le matériel, pas autant qu'un contrôleur sur la billetterie, pas autant qu'un conducteur sur le service-client. Mais j'en connais plus qu'un machino sur la billetterie, plus qu'un conducteur sur le matériel et plus qu'un contrôleur sur le service-client. C'est tout. Mais ça vous intéresse vraiment ou vous n'avez pas envie de dormir ?

— Non... je... Ça vous ennuie... ?

Je ne réponds pas. Non, merci, je débarrasse seul. Non, j'ai encore du boulot à terminer. Je ne vois pas quoi répondre à vos questions, d'ailleurs, d'habitude ce sont les garçons qui posent les questions aux filles.

Elle part dans le couloir en se retournant de temps à autre et finit par rentrer dans son compartiment. Il est 23 h et je ne vais pas tarder à soulager Mésange de ce paquet de linge sale qui passe son temps à dormir.

Le train est plus animé qu'hier. Les retours sur Paris me donnent toujours cette impression mais les statistiques disent le contraire. En tout cas, les premières classes sont pleines, les T2 abritent des petits couples amoureux, le voyage de noces à Venise a toujours autant de succès. La grosse tête de Mésange se voit de loin. Il discute, assis sur le bat-flanc, avec le dormeur, un verre à la main. J'ai presque le sentiment de les déranger quand Mésange, l'air accablé, dit : « Le mien est une tête de lard ! » J'ai deviné de quoi ils débattent. Mettez deux pères ensemble et ça part tout seul. En tout cas je suis assez content qu'ils se soient entendus.

— Ah te voilà, toi...

Ils se saluent, Jean-Charles se confond en remerciements, l'autre fait le modeste, à bientôt peut-être, pourquoi pas, etc. La tête haute, sans même un regard vers moi, le dormeur part dans la direction de la 96, en toute légitimité. Mésange n'écoute pas mes remerciements à moi, il m'attrape le bras.

— Petit con, va. C'était pas la peine de mentir.

D'un coup sec je reprends mon bras et sors de sa bagnole sans me retourner.

— Qu'est-ce que vous lui avez raconté ?

— Mais... rien. Je n'ai pas dit un mot sur moi ou sur notre voyage. Je n'ai parlé que de mes gosses.

Ça a dû turbiner dans sa grosse tête, il a compris sans comprendre. Maintenant il sait que je suis un menteur, un menteur qui n'hésite pas à mettre le paquet pour obtenir satisfaction. Il ne se doute pas que j'étais en deçà de la vérité.

— J'ai passé un ex-cel-lent moment. Ces Single… Formidables ! J'ai dormi dans un vrai lit, avec un vrai matelas. Je comprends beaucoup mieux la réputation des Wagons-lits. C'est vrai qu'en couchette on ne peut pas réaliser, faut être fakir pour s'allonger là-dessus, ce serait la comparaison entre une paillasse de M.J.C. et une suite au Hilton. Et votre ami le conducteur, quel style ! Il m'a offert du vin dans une coupe, avec une serviette blanche sur la manche.

Ne rien dire. La boucler. Si je m'exprime, c'est avec le plat de la main. J'ouvre le 10.

— Je ne vais pas répéter toujours les mêmes trucs, on va passer la douane, les contrôleurs vont s'installer à côté, vous ne mettez pas le nez dehors.

— Eh dites, Antoine, à propos de nez, vous ne trouvez pas que ça sent un peu le graillon ici ?

Il abuse. Cette fois-ci je ne peux pas faire comme si je n'avais rien entendu.

— Vous la fermez, Latour, vous fermez votre clapet !

Il croise les bras en haussant les épaules.

— Bon, très bien, j'ai compris. Depuis que j'ai vu un conducteur à l'œuvre j'ai saisi quelque chose sur les couchettistes. C'est comme la literie, rien à voir. Ah… Parlez-moi de la politesse du couchettiste !

Je regagne ma cabine. Sur la tablette du bac à linge, je range en ordre billets et passeports pour clarifier et accélérer le travail des douaniers et autres gardes-chiourme. Ne pas aérer pour qu'ils se sentent vaguement incommodés. Au fond du couloir, Isabelle, le front contre la vitre, jette parfois une œillade et un sourire de mon côté. Tenace. Passeport français, une photomaton qui ne l'avantage pas, nom : Bidaut, profession : interprète. Ça peut servir aussi, après tout.

23 h 30. Plus que cinq minutes. Les contrôleurs s'apprêtent à céder la place aux homologues suisses. L'insouciance s'estompe face à la rigueur. Je vais les regretter, les aquoibonistes péninsulaires.

Jean-Charles installe une couverture et un oreiller sur la couchette du haut. Son visage a déjà changé, ses traits ont redessiné ce masque crispé, comme si tout lui était revenu subitement en mémoire. J'y suis peut-être pour quelque chose.

— Vous allez réussir à dormir sur une vulgaire couchette ?

— Oui, je pense... Demain matin je serai avec mes enfants, il faut que je sois en forme, il faudra que je fasse bonne figure.

— Ils vous manquent ?

— Oui et non... Vous savez, les enfants, on les a toujours un peu avec soi. On voyage beaucoup, avec eux. Vous comprendrez ça, un jour. Dès qu'ils sont en âge d'écouter des histoires, ils s'embarquent avec vous, ils partent, dans la tête...

— Faites-en un autre, au bout de trois on a demi-tarif.

« Rien de spécial ? » a juste demandé le Suisse. Les Italiens avaient l'air méchant et la tête ailleurs. Ils se sont ébroués de quelques flocons de neige, j'ai regardé par la fenêtre, le quai était tout blanc. J'ai demandé si on pouvait commencer à skier, ils ont répondu que non, pas cette année, mais il reste une petite chance en février. Au retour, le Galileo fait un arrêt au poste-frontière de Brig. Une nuit ils ont fait descendre un punk avec une crête rose, bière à la main, chaînes au cou, avec juste un tee-shirt lardé de coups de rasoir. Un Suisse m'a demandé, comme une faveur, une couverture pour la lui mettre sur les épaules. Lui aussi devait être père, faut croire.

Un contrôleur suisse arrive chez moi un peu après le départ. Le sourire hypocrite, je lui propose le compartiment libre. Il enlève son imper en plastique sans répondre et sans enthousiasme.

— Je peux y déposer ça ? dit-il en secouant son truc dégoulinant.

Bien sûr, avec plaisir, et celui de votre collègue aussi. C'est la dernière fois, je le jure, que je fais des politesses à un fonctionnaire.

Un quart d'heure plus tard il réapparaît, sec comme un coup de trique.

— T'es prêt ?

— Heu... oui.

Gaffe à ce mec-là. Sa façon de dire « t'es prêt » a réveillé le coupable en moi. Je me demande si je ne l'ai pas eu, déjà, sur un Florence.

— Vingt-neuf passagers, c'est bien ça ?

Je viens de me faire avoir comme un débutant, il a compté tous les voyageurs.

Le dormeur avec. Et je n'ai que vingt-huit billets.

— Vingt-neuf, c'est ça ?

Je suis forcé de répondre oui.

— Bon, on y va. (... Un... deux...)

À chaque nouveau billet je peux lire le décompte sur ses lèvres.

— Dites, je vais passer des vacances à Genève cette année, si je prends le même train je ne change qu'à Lausanne ?

— Lausanne-Genève à 5 h 25, c'est le premier. (... Six... Sept...)

C'est couru d'avance, « il manque un billet ! ». Je serai forcé de le conduire à Jean-Charles, et c'est le flagrant délit de clando, il va lui demander la pièce d'identité qu'il n'a plus... Et les douaniers ne sont pas encore descendus.

— Alors, en sortant du 222 à 0.44, j'ai celui-là à 5.25 ?

— Le 1068, oui... (... Treize... quatorze...)

Impossible de l'embrouiller, cet enflé. Ils m'ont envoyé un mutant.

— Vous dépendez de la gare de Lausanne ?

— Oui.

— Vous connaissez le téléphone ? Au cas où je change d'horaire.

— 25.80.20.20. (... Dix-sept... Dix-huit...)

Il est meilleur que moi, l'enfoiré.

— Dites, j'ai un barème des changes qui date de trois semaines, j'ai pas envie d'y être de ma poche si je vends une place, j'ai le franc suisse à 3,49, si je convertis la contre-valeur en lires ça nous fait quoi ?

— On est à 3,61, la contre-valeur dans tes francs est de... 75,81 si tu fais la couchette à 21 francs suisses, avec une lire à 0,0043, ça nous fait du 17 630 lires. Tu peux arrondir à 17 700. (... Vingt-trois... Vingt-quatre...)

Foutu. Fini. Il arrive au bout.

— Dites, les Suisses, à propos de franc, il paraît que vous allez bientôt entrer dans le Serpent monétaire européen ?

— Quoi... ?

Il a dressé la tête, net, comme un coup du lapin.

— Tu plaisantes ? Quel serpent ? On raconte ça, en France ? Ça veut dire quoi, cette Europe ? Avec votre lire ? Avec votre franc français ? I' se mord la queue votre serpent, tiens...

— Mais votre confédération, elle va tenir le coup longtemps ?

Il éclate de rire. Nous restons quelques instants immobiles. En sortant il marmonne deux ou trois mots inaudibles que je ne lui demande pas de répéter. Je ne peux pas m'empêcher d'éprouver un léger soulagement. Il faut absolument que je raconte ça à quelqu'un. À Jean-Charles, s'il lui reste un peu d'humour, à cette heure de la nuit.

Une coulée de sang lui va du menton à la pomme d'Adam. J'ai eu un mouvement de retrait. Il garde la pointe du nez en l'air, la bouche ouverte.

— Qu'est-ce que...

— Le nez..., gargouille-t-il. Ça coule, comme ça, sans prévenir... Vous auriez un mouchoir ?

Une taie d'oreiller propre. Je préfère qu'il le fasse tout seul. Pourtant, on dirait bien du sang comme les autres.

— Vous avez trop chaud ? J'ai mis le chauffage à fond.

— Non, je ne sais pas comment ça se déclenche. Ne touchez pas aux gouttes sur la banquette, je ferai ça tout à...

Ses narines ont giclé quand il s'est contracté de douleur, les mains crispées sur le ventre. Il souffre. Le bruit du train a décuplé dans mes tympans, je suis là, raide, froid, sans savoir quoi faire. Qu'est-ce qu'on dit dans le livret de prévention des accidents ?

— Hé ho... faites pas le con... qu'est-ce que je fais... ?

— Rien... Je crois que c'est dans la tête... D'habitude je n'ai jamais mal au ventre...

Ça lui arrive dès qu'il est dans la 96, chez Mésange il rayonnait de santé. Dans la tête ou pas je ne peux pas le laisser dans cet état. Il dit toujours qu'il est en sursis, et sa manière de parler de « l'après » a de quoi mettre la trouille à un responsable de voiture-couchette.

— C'est rien, je vous dis.

— Arrêtez de dire ça, avec vos doigts plantés dans la peau du ventre.

J'ai aussi mal que lui.

Le toubib. Si je ne fais pas appel à lui, je risque de le regretter à vie. Jusqu'à ce soir ça allait encore, la transpiration, la fatigue... Mais le nez qui pisse le sang et les douleurs au ventre, là, je ne me sens pas vraiment capable de prendre une initiative.

— Jean-Charles, il y a un médecin, ici. Je vais le chercher.

— Mais non ! Vous n'allez pas décider à ma place ! Personne ne sait ce que j'ai, il ne saura pas quoi faire. Il n'y a que le professeur Lafaille...

— Hier soir vous aviez parfaitement décidé de vous passer de ses services, non ?

Sans l'écouter je pars vers le 6 où le médecin ne dort toujours pas, et ça me fait une corvée de moins. D'abord il va me dire que j'abuse, mais quand il aura vu le dormeur, il comprendra. Deux retraités sont allongés en face de lui mais ne dorment pas.

— Vous allez penser que je le fais exprès mais, voilà, j'ai encore besoin de vos services.

Pas de réaction, un regard muet, une étrange immobilité. Puis, très vite, il referme son livre et éteint la veilleuse. Sacoche en main, il sort en faisant une drôle de mine acerbe, peut-être pour marquer le dérangement, je ne sais pas. L'important c'est qu'il vienne.

Jean-Charles a toujours la tête en l'air avec la taie maculée sur tout le bas du visage.

— Mais ce n'est rien, je vous dis !

Le toubib ne semble pas plus étonné que ça et commence une auscultation à laquelle Jean-Charles se prête sans trop de mauvaise grâce.

— Vous avez mal dans quelle partie du ventre ?

Ils dialoguent par gestes et par le regard. Jean-Charles ne semble pas décidé à parler de sa maladie.

— Vous prenez un médicament en ce moment ?

Une seconde d'hésitation.

— Oui, il prend des pilules à heures fixes, montrez-les, Jean-Charles.

Ma mère dit toujours qu'il ne faut jamais mentir aux médecins et aux avocats. Elle n'a jamais vu d'avocat de sa vie. En bougonnant il sort son flacon, le médecin le saisit d'un geste rapide et garde les yeux rivés sur l'étiquette pendant un long moment.

— Ça ne vous apprendra rien, j'ai une maladie rare !

— On dirait que vous en êtes fier, je dis, agacé.

Le toubib a l'air de revenir sur terre.

— Bon, écoutez, je ne suis pas un spécialiste, mais une chose est sûre, vous ne pouvez pas continuer à voyager dans ce train. Ces pilules sont un traitement expérimental, n'est-ce pas ? Personne ne connaît vraiment les effets secondaires, non ? Il est possible que vos douleurs soient en rapport, mais ça c'est moins grave. J'ai surtout peur de l'hémorragie interne. Quel est le prochain arrêt ?

— Lausanne.

— Il faut tout de suite l'hospitaliser, là-bas. Tout ce que je peux faire pour l'instant c'est une injection qui va le détendre pendant une heure ou deux, il faut absolument éviter de nouvelles crispations.

Il me raconte ça à moi, comme si j'étais son tuteur.

— Une piqûre ! Impossible ! crie le dormeur. C'est le professeur qui s'occupe de ça, qu'est-ce que vous en savez, vous, si une piqûre ne me ferait pas plus de mal que de bien ? Vous ne savez même pas ce que j'ai !

— ... Syndrome de Gossage ?

Légère stupéfaction sur le visage du malade.

— C'est marqué sur l'étiquette de votre flacon, dit le toubib. Bon, je vous conseille d'accepter cette intraveineuse avant de descendre.

— Écoutez, docteur, je ne sais pas si je vais descendre, et je crois bien que c'est mal parti. En tout cas, la piqûre, hors de question.

Le médecin est aussi gêné que moi.

— Docteur... c'est un cas un peu spécial. Ce monsieur ne devrait pas être sur ce train en ce moment. Il a des ennuis, il a été obligé de fuir la Suisse pour rejoindre la France au plus vite. Il n'y a pas d'autre solution pour lui éviter de descendre ?

— Non. Il risque beaucoup plus en restant ici. Où est-ce que je peux me laver les mains ?

— Dans les toilettes, juste à gauche.

Il referme sa sacoche et sort avec.

— Je peux vous la garder, je lance.

— Hein... ? Ma sacoche ? Merci, non, j'ai besoin de désinfectant.

À peine est-il sorti que Jean-Charles me regarde en grimaçant.

— Vous ne le trouvez pas bizarre, vous ?

— Qui... lui ?

— Vous savez, on a dû m'ausculter des milliers de fois, mais lui, je sais pas... je ne l'ai pas senti...

Sans le laisser continuer je sors du compartiment et entre dans ma cabine sans faire de bruit. Le dormeur a créé le doute dans mon esprit, comme une suite de petits détails qui tendent vers quelque chose d'insaisissable. Le syndrome, la piqûre, cette descente à Lausanne, la sacoche. Je m'enferme au carré et éteins la lumière. Le plus lentement possible je m'agenouille pour coller mon œil contre la « télé » percée dans la paroi qui sépare des toilettes. Ça fait longtemps que je ne m'étais pas retrouvé dans cette position.

Pas grand-chose. Ses genoux, l'anse de sa sacoche, le bruit de l'eau. Ça dure une bonne minute sans que rien de nouveau ne rentre dans le plan. Sa main range une bouteille dans la sacoche puis en tire une boîte plate et métallique, il se penche, l'ouvre, c'est un étui qui contient une seringue, quelque chose a l'air de manquer, il farfouille, une fiole, un sérum peut-être. Il se redresse et je ne vois plus rien, il jette quelque chose dans la corbeille. Il a préparé une seringue, je pense. Il repose la boîte métallique puis sort un autre petit objet cylindrique qui semble assez lourd. Il le garde dans la paume et cherche encore. Apparemment il a trouvé...

Un flingue.

Un genou à terre, il visse le silencieux au bout du canon.

Il le met dans une poche intérieure, ferme sa sacoche et s'apprête à sortir.

Je vais bien trouver un moyen, il ne sait pas que je sais. Le loquet des W.-C. claque et je me précipite dehors.

— Hé, docteur, je ne parle pas trop fort pour que... vous

comprenez... Entrez dans ma cabine, j'ai un truc à vous dire, à propos de...

Il n'hésite pas à entrer et passe le premier. Dès que je vois son dos, j'arme mon genou très haut et déroule toute ma jambe dans ses reins, il cogne de plein front la vitre, je claque la porte et me jette sur lui de tout mon poids en le martelant de coups de poing dans la gueule. J'y mets toute ma force, il gigote sous moi, je martèle tant que je peux et toujours au même endroit, sur tout le côté gauche de son visage. Pas un son ne sort de sa gorge, il n'y a que le bruit sourd de mes poings sur son crâne, ses bras m'échappent...

Je me suis retrouvé à terre, éjecté.

Je n'ai pas eu le temps de me relever, j'ai juste dressé la tête, le canon pointait au niveau de mes yeux.

— Restez à terre.

Au loin je peux entendre la sirène d'un train qui va nous croiser dans quelques secondes. De sa main libre il palpe doucement son arcade gauche.

— Vous auriez dû m'écouter, tout à l'heure, juste un sédatif, au cas où il faisait des difficultés, à Lausanne. Une ambulance l'attend à la sortie de la gare. Ça ne nous sert à rien de laisser un cadavre derrière nous. Le sien ou le vôtre. De quoi vous mêlez-vous ?

Troisième fois que j'entends la question.

— Et vous pourrez le retenir contre sa volonté, en Suisse ?

Pas de réponse.

— Vous êtes vraiment médecin ou vous êtes un tueur ?

— On dit toujours que les extrêmes se touchent toujours un peu... Je suis vraiment médecin. Brandeburg en voulait un pour remettre la main sur Latour, ses autres sbires n'ont pas vraiment fait l'affaire, à l'aller. Un peu à cause de vous, à ce qu'on m'a dit. Et puis, il n'y a guère qu'un médecin pour s'occuper de Latour, et intervenir si besoin est. Vous, vous êtes assez efficace, j'ai l'impression, mais comment pourriez-vous faire un acte médical s'il avait une syncope ou une hémorragie ? Et s'il mourait, là, brutalement ? Nous sommes plus soucieux de sa santé que vous.

Il a raison.

— Ses maux de ventre, c'est quoi ?

— Ce que j'ai dit, sûrement les pilules. Quant au saignement de nez, je ne pense pas que ce soit important. Un peu d'angoisse à l'approche de Lausanne, ou à l'approche de Paris, allez savoir.

Son arcade vire au violet, doucement. Il s'assoit de trois quarts sur mon fauteuil sans dévier une seconde de sa ligne de mire. Du bout des doigts il effleure sa joue.

— La pommette a déjà changé de couleur ? Vous n'avez pas ménagé vos efforts…

— Et en tant que médecin, vous savez vous servir de ça, là ? dis-je en montrant l'arme.

— Je sais très bien m'en servir, mais je ne vais pas vous raconter ma vie.

Quelque chose d'intense passe dans ses yeux.

— On retourne dans ce compartiment, je garde ça dans ma poche, le doigt sur la détente, dit-il l'arme en main. Si qui que ce soit arrive avant Lausanne, vous gardez le sourire et autant que possible vous ne sortez pas du compartiment.

— Et si ce sont les contrôleurs ?

— Eh bien… vous sortez, bien sûr. Je reste avec Latour. Sinon, nous sommes deux voyageurs avec lesquels vous avez sympathisé. Ça vous arrive, non ?

— Rarement.

— À Lausanne, nous prenons le malade en charge et vous ne vous occupez de rien. C'est le prix de votre peau.

Il me fait signe de sortir. Jean-Charles ne comprend rien. En quelques mots je lui explique la situation, mais le léger mauve sur la gueule du toubib est un bien meilleur argument. Il comprend, petit à petit, la nouvelle donne. Étrangement, il ne sombre pas dans la crise de tétanie, comme s'il s'y attendait.

— Et c'est vous qui l'avez conduit jusqu'à moi… ?

Je ne réponds rien. C'est comme ça.

— Et vous là, en tant que médecin, vous pourriez tirer sur un individu ?

Il ne répond rien non plus.

— Le docteur n'a plus qu'un vague souvenir du serment d'Hippocrate, hein ?

Aucune réponse. Aucune réaction. Si Jean-Charles se lance dans un travail de sape, il a intérêt à se grouiller, il est presque deux heures et on arrive à Lausanne dans vingt minutes. Moi, je n'ai aucune envie de jouer au héros. Au nom de quoi et à quel prix ? J'ai fait ce que j'ai pu, je n'ai rien à me reprocher, je suis allé au bout de mes ressources. Je ne peux rien faire contre un flingue.

On cogne doucement au carreau du couloir. Le toubib se redresse sans paniquer, Jean-Charles sursaute.

— Ouvrez, voyez ce que c'est, mais ne sortez que si ce sont les contrôleurs.

Sans faire de geste brusque, je fais coulisser lentement la porte.

— C'est là que vous vous cachez ?

Je reçois un léger coup dans la cheville, c'est le toubib, il veut voir qui a frappé. J'ouvre un peu plus, il découvre un visage souriant et bourré de taches de rousseur. Il vaudrait mieux pour elle qu'elle s'en aille, vite, très vite.

— Vous faites salon ? dit-elle, la mine enjouée. Ça ronfle dans mon compartiment, je ne pourrai jamais dormir et d'ailleurs je n'ai absolument pas sommeil !

— Parlez moins fort, dis-je, tout le monde n'est pas dans votre cas.

Casse-toi... Mais casse-toi !

— Je ne peux même pas allumer la veilleuse pour lire un peu, je ne sais pas quoi faire... Je peux entrer ?

Elle vient de s'inviter toute seule et entre dans le compartiment en forçant un peu sur mon bras. Elle pousse un bonsoir et serre la main de Jean-Charles puis se retourne vers le toubib, main tendue.

— Bonsoir...

Il y a eu une petite seconde de blanc, de vide. Un court instant où personne n'a bougé. Et j'ai attendu que les mains se touchent, mais elles ont tardé, je n'ai pas compris. Je me suis dit, pendant cette seconde, qu'il y avait peut-être quelque chose à faire, mais je n'en ai pas eu le courage.

Hypnotisé, la tête vide, j'ai vu la fille agripper la tête du toubib et la cogner contre son genou.

Il est tombé à terre, Jean-Charles a poussé un cri, de la ceinture de son jean, elle a déjà sorti une arme, le toubib l'a sentie dans son cou, elle a hurlé un ordre, sorti l'autre flingue caché dans la poche et me l'a tendu. Tout ça en deux secondes.

— Vous. Mettez ça quelque part.

Le truc dans les mains, je suis resté sans bouger, comme une potiche.

— Remuez-vous ! Faites au moins ce qu'on vous dit !

J'obéis. Sans broncher, sans comprendre. J'ai regardé distraitement dans le couloir avant de sortir, puis j'ai planqué le truc sous le fauteuil de ma cabine.

De son sac à main, elle sort des paires de menottes, on dirait des bijoux, Jean-Charles en saisit une paire et la regarde de très près. Elle m'en tend une autre avec la clé.

— Attachez-le où vous pouvez, pas en l'air. Qu'il puisse rester assis.

À ma montre je lis 2 h 7. Personne n'ose prononcer la moindre parole, pas même elle. Le médecin fait de lents mouvements de mâchoires. Un coup pareil m'aurait cassé les dents. Un tiraillement dans les tripes m'interdit de parler, de demander. Tout se joue sans moi, désormais, et je ressens presque un soulagement à l'idée que quelqu'un d'autre ait repris le contrôle.

— Comment vous sentez-vous ? demande-t-elle à Jean-Charles, sans quitter le médecin des yeux.

— Je ne sais pas... je... qui êtes-vous ?

— Brandeburg sera là, à Lausanne ? demande-t-elle au toubib, qui ne répond rien. Vous, le couchettiste, allez me chercher son passeport.

Elle le feuillette rapidement.

— Vous ne travaillez pas régulièrement pour lui. Votre nom n'est dans aucun fichier, votre tête ne me disait rien.

— Mais qui êtes-vous, bordel ? s'énerve Jean-Charles.

— Je suis plutôt de votre côté, ça vous suffit ? Pour essayer de rattraper la connerie que vous étiez sur le point de faire, passez-moi le mot. Se jeter dans la gueule de Brandeburg... Vous ne vous êtes même pas renseigné sur les activités de ce monsieur. Vous vendez votre peau à un courtier, et vous espérez en tirer quelque chose de bon ?

— Courtier... ?

Le médecin ne dit rien et regarde par la fenêtre.

— Oui, un courtier. Un broker si vous préférez.

— Pas plus...

— Un marchand de sang, quoi. Demandez au monsieur en face de vous, il vous donnera des détails sur le trust Brandeburg.

Mais le médecin s'est calfeutré dans un silence d'où personne ne le sortira. En chœur, nous demandons à la fille de poursuivre.

— Un courtier vit du commerce du sang, il saigne le tiers-monde, toute l'Amérique du Sud pour revendre ses stocks aux pays riches, aux pays en guerre et aux industries pharmaceutiques quand la Croix-Rouge ne peut plus fournir, et c'est le manque permanent. Tout est bon, le sang congelé, lyophilisé, parfois vieux de plusieurs années. Cent fois nous avons essayé de le faire tomber, lui et les quelques autres du même commerce, mais il n'apparaît jamais dans les transactions. Il s'est sorti blanchi de tous les procès. À lui seul il a réussi à faire de la Suisse la plaque tournante mondiale du sang. Ce monsieur, en face de vous, est sûrement au courant.

Imperturbable, le toubib semble concentré sur la nuit vallonnée, la neige, les petites lueurs chaudes des gares que nous traversons.

— Brandeburg sera là ? demande-t-elle à nouveau, sans espérer de réponse.

— C'est qui « nous » ? Vous travaillez pour qui ?

Pour la première fois, le médecin ouvre la bouche. Et sourit.

— L'O.M.S... L'O.M.S. qui se prend très au sérieux, maintenant. Des agents, des revolvers, un réseau... Vous vous êtes équipés.

Jean-Charles s'énerve et moi je suis sur le point de tout envoyer balader, rendre mes billes, allez tous vous faire voir...

— C'est quoi l'O.M.S. ?

— Non mais... vous êtes sérieux ? Vous n'avez jamais entendu parler de l'Organisation Mondiale de la Santé ? Je me suis souvent demandé pourquoi l'opinion publique avait autant de mal à bouger... Je suis sur l'affaire Brandeburg depuis deux ans, et ce soir je ne le louperai pas. Il n'intervient jamais en personne, toute l'année il reste dans ses bureaux, et s'il vous piste à travers l'Europe, monsieur Latour, c'est que vous représentez un gros coup. C'est le professeur Lafaille qui m'a expliqué ce que vous... enfin...

— Ce que je vaux ? Dites-le. Vous connaissez Lafaille ?

— C'est lui qui a fait appel à nous, votre femme est allée le voir dès votre coup de fil et lui nous a jeté un S.O.S., nous sommes les seuls à pouvoir intervenir aussi rapidement. Il a fallu que je me décide en deux heures. Pour nous c'est l'occasion ou jamais d'avoir Brandeburg. Mais pour ça je dois le voir, lui, en personne, faire parler ses hommes de main, les faire témoigner.

Je ne pige pas grand-chose, mais le mot « mondial » m'a rassuré, bêtement. Un truc qui va au-delà des frontières. J'ai supposé une autorité suprême susceptible de me couvrir au cas où je me retrouverais coincé dans un procès ou une grosse embrouille. Après tout, ils me doivent quelque chose. Ils ne peuvent pas me laisser tomber.

— Témoigner... ? répète le toubib. Vous plaisantez ?

— Non, et je compte sur vous, c'est votre dernière chance. Pour l'instant je ne peux rien faire, ni arrêter le train ni faire appel aux officiels. Je dois attendre que Brandeburg monte, il n'est pas question d'engager un nouveau procès sur des présomptions, il s'offre les meilleurs avocats, et personne n'a envie de lui créer d'ennuis. Réfléchissez. À quoi vous servirait de le couvrir ?

Là, je me sens forcé de dire quelque chose. Comme si subitement je voulais faire comprendre que j'étais tout de même ici chez moi.

— Je ne sais pas ce que vous en pensez, madame... enfin, madame de la santé publique, mais je crois qu'il vaudrait mieux mettre Latour à l'abri, ailleurs. On ne peut pas le laisser au milieu de tout ça.

— Vous... vous savez où le mettre ?

— Et si on me demandait mon avis ? hurle le dormeur.

— Je crois pouvoir lui trouver une place. Levez-vous, Latour. Je vous promets que c'est la dernière translation du voyage. Vous pourrez même dormir.

— C'est où ?

— Vous verrez bien, je préfère ne pas en parler devant..., dis-je en montrant le toubib. Et vous, la santé publique, vous restez là, avec votre témoin.

— Ne me donnez pas d'ordre.

Elle n'a plus rien de la jeune fille aguicheuse de tout à l'heure. Maintenant on dirait plutôt une vieille maquerelle aguerrie.

— Vous étiez moins chiante, tout à l'heure, je me permets.

— Ah oui... Parce que vous avez vraiment cru que je vous poursuivais pour vos beaux yeux et votre friture grasse ? Pendant ce dîner ridicule ? Vous avez cherché à me draguer, ça m'a évité des manœuvres d'approche, c'est tout.

— Et pourquoi vous n'êtes pas venue vous présenter directement ? Je ne suis pas du clan Brandeburg.

— Je ne le savais pas avant de monter, il aurait pu vous acheter, vous demander de sagement lui livrer son bien à Lausanne, à la barbe des douaniers. Et puis, personne n'a compris votre jeu.

— Mon quoi ?

— Latour appelle sa femme en lui disant qu'il s'est trompé, que ses contacts en Suisse sont des truands, qu'il rentre à Paris avec le même train qu'à l'aller, qu'il a quelqu'un qui s'occupe de lui, un employé de ce train. Que voulez-vous qu'on comprenne ? Qui est ce « protecteur », pour qui il agit ? Et pourquoi il agit ?

Ça fait quatre. Qu'est-ce qui fait courir Antoine ? La santé publique mondiale se demande ce qui se passe dans ma tête...

— Bon, le train commence à ralentir, j'emmène Latour et je reviens.

Résistance passive de Jean-Charles, il murmure des choses pas claires et pas aimables.

— Allez vous rincer, je lui fais en montrant le cabinet de toilette.

Il frotte les quelques traces de sang séché sur son menton. Les contrôleurs ne sont pas dans leur compartiment mais ont laissé sacoches et imperméables.

— Qu'est-ce que vous avez dit à votre femme ? Sur moi.

— Mais rien... J'ai juste parlé d'un jeune gars qui consentait à me raccompagner. Elle m'a demandé si c'était pour de l'argent. J'ai dit non, et c'est tout.

Énoncé comme ça, on penserait que c'est simple...

Richard ne dort pas. Il fume une cigarette en regardant la neige, fenêtre grande ouverte.

— Salut..., dit-il, sans surprise.

Morose.

— Tu me fais toujours la gueule à cause de la fille ? Non mais attends, tu peux pas savoir, en fait cette nana, elle...

— Non... je m'en fous. Je pensais à toi. Je ne sais pas ce que tu fous, ce que tu veux, tu te sers de tout le monde, tu rends rien. C'est tout.

Ça devait arriver. Juste maintenant. Je n'ai pas le temps de lui expliquer. Il n'a plus confiance. Jean-Charles pose la main sur mon épaule.

— Monsieur Richard. Vous ne me connaissez pas, nous nous sommes croisés dans des circonstances un peu, un peu étranges... Votre ami a fait tout ça pour moi, il s'est démené... Si vous acceptiez de m'écouter... ça pourrait peut-être clarifier, un peu... Ce serait trop bête de perdre un pote, sans savoir.

Sans demander l'autorisation, il entre dans la cabine en marmonnant et s'assoit sur le fauteuil. Richard se retourne vers moi.

— Et tu le supportes depuis longtemps ? C'est pour lui que tu cours partout ?

Je me raidis d'un coup en entendant un bruit métallique du côté du dormeur, il pousse un petit cri de soulagement, j'ai à peine le temps de réaliser ce qu'il fabrique que déjà il a jeté la clé par la fenêtre. Sous nos yeux médusés.

— Comme ça, tranquille ! Brandeburg et sa clique, ils me sortiront d'ici à la tenaille ! Allez, venez, je vous attends !

Richard me regarde, hébété, incrédule. Le dormeur est devenu fou. Il s'est attaché à la barre de la fenêtre avec les menottes ! Il nous regarde, ravi, vainqueur...

Richard laisse échapper quelques mots.

— Mais... comment je vais... comment je fais... les contrôleurs... les douaniers... ?

Le train vient de ralentir brusquement. Cette fois-ci, c'est la bonne. Je ne sais pas quoi dire à Richard, il ne réagit pas, et je dois retourner chez moi, nous entrons en gare de Lausanne.

— On va trouver un moyen, pour les douaniers, on va le planquer sous des couvertures, ou mieux, on va faire comme si c'était un couplage, tu emmènes tes passeports dans ma voiture, on fait comme si je m'occupais des deux voitures, on verra, y a une solution...

J'ai réparé toutes les bourdes de ce con de dormeur mais là c'est trop, il n'a pas hésité une seconde à mettre mon seul copain dans la merde, comme moi, hier, mais moi je commençais à m'y habituer.

Je me retrouve dans le couloir de la 96, les contrôleurs ne sont toujours pas là mais je me doute qu'ils remonteront par le quai, après avoir sifflé le départ. Le toubib, toujours entravé, plisse les yeux et scrute le dehors, la contre-voie, où nous longeons un train stationné.

— Combien de temps, l'arrêt ? me fait la fille, excitée.

— Deux minutes.

— Deux !

Eh oui, deux, il ne se passe jamais rien, entre 2 h 23 et 2 h 25 à Lausanne. Deux minutes, c'est même trop.

Arrêt presque net, deux petites secousses. Le quai est gelé, la neige tombe dru et brille sous le halo du réverbère. Je remonte le couloir, pris de panique, la fille me crie d'arrêter mais je ne peux pas, je file dans une autre voiture, puis dans une autre, encore deux ou trois et je serai loin...

Il a surgi. J'ai mis le pied dans la 90. Il a écarté les bras, j'ai tout de suite reconnu ses yeux agressifs.

L'Américain...

Il a voulu se jeter sur moi et j'ai crié. Je me suis acharné sur la portière à contre-voie, j'ai crié, ma tête s'est écrasée sur la carlingue, dehors. Mes mains agrippées à un rebord de métal, il a sauté sur mes chevilles et j'ai hurlé, j'ai laissé mon corps glisser à terre, ma gueule s'est incrustée de gravier, j'ai vu le rail, à un mètre de mon œil, j'ai roulé sur moi-même pour le rejoindre, pour me coincer sous le ventre de la machine.

Et puis, j'ai senti des secousses, dans mon ventre, il grondait, il m'a interdit de réprimer, il a poussé d'un coup et j'ai vomi un jet serré, mon crâne s'est calé contre du métal rouillé et j'ai vu l'explosion de vomissures, tout près. Mon coude m'a lâché et je me suis allongé à plat ventre, tout s'est noirci plus encore. Je n'ai pas essayé de lutter.

Repose-toi, un peu. Personne ne viendra te chercher là-dessous. Le mal de tête va passer, doucement, si tu ne bouges pas, laisse tes bras tranquilles, ils vont revenir, petit à petit.

Le bruit. Une sorte de tonnerre qui m'a ouvert les yeux, après ce qui m'a semblé une éternité d'oubli. J'ai dressé la tête, et j'ai pu voir le dernier wagon de mon train s'échapper, disparaître en creusant les rails dans un cri de torture métallique. Je n'ai pas vraiment réalisé qu'il partait sans moi. Je suis resté là sans bouger, recroquevillé, presque, entre deux traverses. Le froid, ensuite, m'est revenu à la conscience. J'ai vu un halo de chaleur émaner de la flaque jaunâtre, à côté.

Dans mon crâne, une vrille de douleur. J'ai craint une seconde que mon corps ne suive pas, qu'il durcisse, gelé. Mais tout semble remuer, j'essaie tous les os, presque un par un. Pas de douleur, sauf à l'endroit des chocs, mais rien de cassé. En rampant un peu je parviens à sortir de dessous la machine, à l'air libre, sous une pluie de flocons. Je me hisse sur le quai, les chevilles tirent un peu. Je peux me mettre debout et je prends ça pour une victoire. J'ai beau tourner la tête de tous côtés, il n'y a pas âme qui vive. Rien qu'un ou deux lombrics géants, des quais blancs, quelques traces de pas, mais personne avec qui échanger trois mots. Je suis en gare de Lausanne. Sous une pluie cotonneuse et froide. Seul. Vivant.

Comme un promeneur, j'ai rejoint la tête du quai, sans hâte et sans but évident. Juste pour m'abriter. J'ai fait des mouvements d'assouplissement, des flexions de genou et de nuque, et au loin, enfin, un machino sur un chariot a épié ma gymnastique bizarre. 23 h 31, à la grosse horloge centrale du hall. Les rideaux de fer en berne, partout, même la buvette. C'est l'heure morte. Je cherche vaguement la salle d'attente sans la trouver. Il doit bien y avoir un putain de chef dans cette putain de gare, comme partout, même la nuit. Même à Laroche-Migennes il y en a un, je le connais. C'est grand, Lausanne, pourtant. Je secoue mon blazer pour le déplumer aux épaules. Je grelotte, tout à coup, j'ai peur d'attraper froid. Du coup je n'ai plus besoin de démissionner, le secteur Paris-Lyon-Marseille va se passer de mes services ; perdre son train au milieu du parcours, c'est rare et ça ne pardonne jamais.

Une salle allumée, en bordure du quai A. Il est sûrement là, le chef. Je ne sais même pas quoi lui demander, je n'ai pas de fric, rien, juste mon blazer réglo, mon pantalon réglo et mon badge Wagons-lits.

Trois types en uniforme dont deux assis face à face, accoudés à une table, et le troisième qui se balade avec un registre à la main, képi sur la tête. J'entre lentement, la tête basse, en forçant un peu sur le misérable. Ne pas oublier de les appeler « chef », tous les trois, c'est toujours bien vu chez les cheminots. Il fait chaud, ici. J'y dormirais bien, s'ils voulaient m'offrir un petit bout de paillasse.

— J'étais dans le 222, chef. J'ai été obligé de descendre et voilà. J'suis resté à quai.

Stupéfaction. On s'esclaffe, on s'approche de moi.

— Mais comment t'as fait ton compte ?

— Tu risques le blâme... ?

— C'est pas banal, petit !

Ça y est, je suis le petit gag nocturne, celui qui arrive à point pour lutter contre le froid, le sommeil et l'ennui. Il est toujours réconfortant de savoir qu'à cette heure de la nuit, il y a plus à plaindre que soi, malgré la corvée de réserve, loin de sa chaumière. Moi aussi j'en ai fait, des réserves, je les comprends un peu. Ils continuent de se marrer, pas méchamment, c'est le rire de l'aîné face aux bourdes du cadet. Je vais peut-être enfin savoir, cette nuit, si la solidarité cheminote dont on me parle depuis toujours n'est pas une chimère. On m'a dit que ça existait. Que même dans un tortillard de Sumatra je ne serais jamais un voyageur comme un autre. Quand je vais chez mon pote, à Bordeaux, je n'ai qu'à montrer ma carte de roulant pour trouver une place dans la cabine de service des contrôleurs.

Faut voir. De toute façon, je sais que je ne serai plus à la Gare de Lyon à 8 h 19. C'est peut-être mieux comme ça.

— Le premier pour Paris, c'est... ?

— En hiver, t'as le 424 à 7.32. Tu seras chez le patron vers 11 heures...

— 11 h 24, précise un autre.

Je ne suis plus à la minute. Celui qui tient le registre se marre de plus belle.

— Si les gars de chez Hertz étaient ouverts, encore… Tu fais une moyenne de deux cent dix sur l'autoroute et t'arrives en même temps que ton 222. Chez nous elle est gratuite, l'autoroute…

Très drôle.

— Tu vois pas qu'il est désespéré, Michel ? Hé, petit, on va te foutre à la porte ?

— Ben… Y a des chances.

Là, c'est l'argument choc. La faute professionnelle, le chômage, la misère, la déchéance, le suicide. Pour un Suisse, c'est sûrement le parcours logique.

Le chef du registre regarde par la fenêtre puis consulte un panneau derrière son guichet.

— Hé ! les gars, y aurait pas moyen avec le postal ?

— Il est parti, non ?

— Tu l'as déjà vu partir deux fois à la même heure, toi ? Logiquement il démarre à 31. Avec ce temps pourri on peut même pas savoir s'il est à quai, regarde voir, Michel…

J'aimerais bien qu'on m'explique. Le Michel se retourne vers moi et me saisit par les épaules.

— T'as deux minutes, petit. Au quai J, raconte-leur ta salade. Fonce…

— Mais foncer où… ?

— Au postal ! Il fait ton parcours ! Étienne, il peut être à Vallorbe à quelle heure ?

— S'il respecte l'horaire c'est du 3 h 10.

Le mien repart à 3 h 20…

J'y crois pas. C'est pas possible. J'y crois pas.

— Mais c'est la fusée Ariane, votre truc ?

— Non, mais c'est quand même français, t'as jamais entendu parler du T.G.V. ? Le T.G.V. postal ? Tu vas me faire le plaisir de cavaler jusqu'au J !

— T'as encore une chance de pas te faire virer. Essaye !

— Fonce ! ! !

Ni une ni deux je ressors comme un fou furieux et pique un sprint jusqu'au quai J. Là je vois un T.G.V. jaune citron, juste une rame avec trois types qui terminent de charger les sacs postaux, presque dans le noir. Ce sont des Français, complètement réveillés et frigorifiés. Ils m'écoutent balancer ma salade, comme dit Michel, et ça ne les fait pas marrer du tout. Je montre ma carte mais ils ne la regardent pas, et je déballe, tout, presque tout ce que j'ai sur le cœur avec l'énergie du désespoir, ils se rendent compte tout de suite que je suis sincère et que la dernière chose à faire serait de me laisser là, à Lausanne, alors que je veux rentrer chez moi. Ils n'ouvrent pas la bouche, sauf pour me dire de monter, c'est un truc entendu, ça va sans dire. Je ne devrais jamais mentir, les choses parlent d'elles-mêmes quand elles parlent simplement. Je grimpe, essoufflé. Une bouffée de larmes me monte au nez, par surprise, le froid, la précipitation, l'urgence, la franchise, un peu de tout. Je me blottis entre deux sacs et rentre la tête dans mes genoux. Je ne la relèverai qu'après le démarrage.

C'est drôle de voir une bagnole vide, comme un hangar, avec juste des sacs empilés et des casiers plaqués au mur, pour ventiler le courrier. Dès que le train part ils se mettent à bosser, tous les trois, assis autour des piles de lettres, à un bon mètre des casiers. Personne ne s'occupe de moi. Je m'approche un peu pour les voir faire. Ils ont une poignée de lettres dans chaque main, et dispatchent chacune d'elles avec juste un petit coup de pouce, une sorte de déclic qui la propulse comme une torpille dans le casier correspondant. Une à deux secondes par lettre. J'ai envie de leur poser des questions sur cette technique de lancer qui fait zip zip, mais j'ai peur de casser le rythme. J'ai plutôt intérêt à me faire tout petit.

On me tend une bouteille de calva. Pour me réchauffer, je présume. Les deux ou trois goulées sont brûlantes mais efficaces. Laconiques, les types du tri postal, rien ne les distrait. Ça me fait drôle d'avoir le statut de clando, ça me dérange, presque. On ne sait pas où se mettre, on se sent de trop, on a peur d'abuser, on s'en remet aux maîtres de céans. Je comprends un peu mieux pourquoi le dormeur a toujours ce faux air coupable, cette honte sourde d'imposer sa peau. Je comprends aussi l'envie de prise en charge et la responsabilité laissée aux autres, à ceux qui ont l'habitude.

Il est pile 2 h 55. Si tout s'est déroulé comme prévu nous avons déjà dépassé le 222. S'il y avait eu une fenêtre j'aurais attendu ce moment avec nervosité. Je n'aurais sans doute pas vu grand-chose, un flash de trois secondes, cent fenêtres qui n'en font qu'une. J'aurais plissé les yeux pour tenter de discerner un visage connu, une attitude, pour avoir du nouveau, savoir ce qu'ils deviennent, tous, toute cette bande de dingues qui ne demandent l'avis de personne avant de s'installer chez vous avec une idée solide derrière la tête. On verra à Vallorbe, normalement je devrais les rejoindre, en plein pendant la visite des douaniers, ils vont peut-être intervenir manu militari, eux aussi. Après tout, c'est une histoire de contrebande et de passage en fraude. Ils vont mettre un peu d'ordre dans tout ça.

On s'arrête. Déjà.

— C'est la frontière ? je demande.

— Ah non, pas tout de suite, on est à La Sarraz.

— La quoi ? La Sarraz... ?

— Depuis deux mois on fait un petit arrêt technique, on doit raccorder avec deux autres voitures, ça va continuer jusqu'à fin février.

— Mais... on reste ici longtemps ?

— Non, un p'tit quart d'heure. Tu dois être à Vallorbe à quelle heure ?

On m'en veut. C'est Dieu qui m'en veut. Je ne vois pas d'autre explication. IL me fait tomber, IL me ramasse, IL me largue, IL me ramène. IL se fout de ma gueule, bordel ! Merde !

— Mais je ne peux pas rester là, dans un T.G.V. qui s'arrête toutes les vingt minutes ! C'est une connerie !

— Hé ! calme-toi, on t'a pris parce que t'as dit que t'étais dans la merde. Je comprends ton problème mais j'y suis pour rien...

— On est à combien de bornes de la frontière ?

— Une vingtaine.

— Y a une gare à La Sarraz ?

— Une p'tite. J'ai jamais vu personne mais y en a une.

J'avance vers lui, main tendue. Il me conseille de rester, peut-être que mon train aura du retard, à cause de la neige, peut-être que le passage en douane sera plus long que prévu, peut-être que la manœuvre va durer moins que d'habitude. Ça fait beaucoup de peut-être.

— T'iras pas loin, à pied. Reste avec nous.

Je serre sa main, presque de force et le remercie.

J'ai couru sur la voie pendant cent mètres, au jugé, en sautant par-dessus les rails et les traverses, j'ai vu la gare, morte, éteinte, et presque ensevelie. Mes mocassins et le bas de mon pantalon sont trempés, et j'ai chaud, je transpire, je sens ma chemise gelée sur les reins. On verra demain, Katia va me soigner, je ne sortirai plus du lit. Dans la gare, rien. Ce n'est même pas une gare, c'est une voie d'aiguillage avec une petite maison sans horloge. Impossible d'y entrer, ne serait-ce que pour m'extirper de cette neige où je m'enfonce jusqu'aux genoux. Je m'élance à nouveau, contourne la bicoque, une petite place un peu éclairée, quelques voitures garées, un café plus mort encore. Juste après le café je discerne un peu de mouvement, une lumière qui part du sol. Un homme, dans une canadienne rouge, une bêche à la main. Il déblaie une sorte de borne électrique, je ne vois pas bien. Mais lui m'a vu surgir et s'est arrêté net, avec son outil en l'air. Il a cru que je l'agressais, peut-être. Il pousse un cri bizarre, un cri de peur, sans doute, mais bizarre...

— Arrr... Arrière ! ! !

— Non ! Je suis... je suis pas... lâchez votre truc !

Je peux enfin voir son visage, ses yeux. Mais le plus visible, c'est peut-être son nez. La bêche reste brandie en l'air, encore une seconde, puis il la fracasse sur la borne.

Le souffle court, le cœur emballé, je recule lentement de deux pas.

— Vous ne m'aurez pas... ! ! ! Vengeance... vais leur couper le jus, moi, vous allez voir !... Je les hais !

Il s'acharne sur la borne mais ne parvient qu'à fendiller le métal. Il ne déblaie pas. Rectification. Il vandalise. Complètement ivre. Il a dû me prendre pour un flic, avec mon blazer et ma cravate bleus. Dans l'état où il est, c'est parfaitement possible. Je ne sais pas ce qu'il reproche à la communauté, et je m'en fous.

— Je ne suis pas de la police, je cherche un taxi pour Vallorbe, je dois prendre un train dans douze minutes, dedans il y a trois personnes en danger de mort, on a les flics au cul, la médecine au cul, la pharmacie au cul. Douze minutes ! Pour faire vingt kilomètres !

Il s'arrête, écarquille les yeux et me scrute du regard de pied en cap. La consternation a changé de côté. C'est peut-être ma hargne ou mon incohérence, mais j'ai presque l'impression qu'il vient de dessoûler d'un coup.

— Vingt et un... Et dans ce bled de cons y a pas de taxi. Mais moi, j'ai une voiture. Z'avez dit combien de temps ?

3 h 9 à ma montre.

— Maintenant ça fait plus que onze. Onze minutes.

— Bougez pas !

Il s'éloigne vers la place en titubant un peu, ouvre une des voitures garées devant le café et revient à ma hauteur. Je ne sais pas dans quoi je m'embarque, je ne connais même pas la marque de cette bagnole ni le taux d'alcoolémie de son chauffeur. J'ai à peine le temps de grimper qu'il démarre à fond et les roues patinent dans un sinistre grondement du moteur.

— Onze... ? J'ai déjà fait moins, mais sans neige !

— Heu... commencez par allumer vos phares.

— Pas con !

J'ai bouclé ma ceinture et fermé les yeux. J'ai refusé de voir le défilement des routes et des sentiers, les pentes, la neige, les yeux exorbités du fou. J'ai juste entendu ses éructations, ses interjections avinées. Peut-être sa joie. J'ai senti que nous allions vite, sûrement trop. J'ai revu le profil bas du dormeur, le sourire hypocrite d'Isabelle, les yeux de l'Américain, le masque stoïque du médecin. J'ai refusé d'imaginer ce qui avait bien pu se passer depuis mon départ. J'ai éternué, plusieurs fois, j'ai senti la grippe monter à grand renfort de courbatures dans la nuque et les reins. En général à ce stade, la fièvre n'est pas loin. Demain, le lit chaud.

On ralentit. J'ouvre les yeux. Le fou a pensé à ralentir à l'entrée en ville. Il pile.

— Alors, combien ?

— On est à la gare... ?

— Là, juste à droite, alors, combien ?

— Neuf minutes.

Cri de victoire. Il m'en reste deux, j'ai le temps de lui dire un mot.

— Vous vous appelez comment ?

— Guy. Guy Hénaut.

— Vous habitez La Sarraz ?

— Oui.

— Eh bien, vous entendrez parler de moi, Guy Hénaut de La Sarraz. Et puis, vous n'arriverez à rien avec une bêche, essayez le piolet.

Je claque la porte sans me retourner et fonce en gare, elle est plutôt animée et bien éclairée. À la première casquette venue je demande le 222. Il est encore à quai mais j'entends le sifflet, tant pis je cavale, un voyageur s'écarte sur mon passage, le train frémit sous la première secousse, les portières claquent, un second coup de sifflet, je grimpe sur le premier marchepied et m'escrime sur une portière, en déséquilibre, on pousse un cri sur le quai, j'entre en forçant des bras pour hisser mes hanches. L'autre jambe et c'est bon. La portière se referme, toute seule, en douceur, dès que le train est sorti du quai. À 2 h 20.

Oui. Je vais pouvoir m'asseoir et reprendre mon souffle, pendant quelques minutes, sans penser à rien. Mais quitte à déconnecter un peu, autant le faire chez Mésange, il est à peine à deux voitures, et il ne dort jamais avant la seconde douane. Je ressens une sorte d'apaisement depuis que le train a démarré, un profond réconfort, et pas uniquement parce que j'ai réussi à retrouver mon train après une course de dingue. Cette sensation, je la connais bien, je l'éprouve à chaque retour. À Paris, quand je parle de cette pointe de délice, personne ne comprend.

Nous venons de passer en France.

Ce n'est pas de la xénophobie, c'est le signal du retour à la maison. Mes potes n'arrivent pas à comprendre que pour moi, prendre le train, c'est comme prendre le métro, pour eux. Et je ne connais pas grand monde qui apprécierait de dormir deux nuits dans un métro.

Mésange installe une couverture sur son bat-flanc, son couloir est vide et la plate-forme est encombrée de caisses de bouteilles.

— Tu choisis tes heures, toi. Tu dors jamais. Comment ça se fait que t'arrives de ce côté-là ?

— Trop long à expliquer. Je peux m'asseoir deux minutes ?

— Non, je vais essayer de m'assoupir un peu avant Dijon. J'ai deux descentes. Et je les réveille, moi, c'est pas comme vous, en couchette. Il paraît que vous leur donnez un réveil et c'est eux qui viennent réclamer leurs papiers. C'est vrai, ça ?

— Non, pas tout à fait, le mieux c'est de leur donner les papiers juste après la douane et leur dire de planquer le réveil dans un coin de compartiment, comme ça ils n'ont même pas besoin de passer.

— Ben mon vieux... On aurait fait ça, à l'époque...

— À l'époque, on raconte que les conducteurs n'allaient même pas chercher leur paye parce que les pourboires montaient à vingt fois plus. C'est vrai ?

— C'était vrai, certains mois. Dis donc, tu veux une serviette ?

Je suis trempé de la tête aux pieds, mes chaussures ressemblent à du carton bouilli, les pans de ma veste gouttent sur la moquette marron. Et plus une seule cigarette fumable. Le vieux m'en offre une.

— C'est lui ! C'est sûrement lui ! j'entends, au fond de la voiture.

Nous tournons la tête, Mésange se lève et ordonne aux deux contrôleurs de baisser d'un ton. Ils déboulent dans le couloir et ne nous saluent pas.

— C'est toi qui fais la 96 ?

— Oui.

— Eh ben t'es bon pour le rapport, allez, numéro de matricule.

— Hé attendez, qu'est-ce que j'ai fait ?

Comme si je ne le savais pas. Ça me va bien de faire l'innocent. Il sort un imprimé et un stylo.

— On te cherche depuis une demi-heure, les douaniers ont gueulé, et il y avait trois voyageurs qui cherchaient une place, heureusement que ton collègue a fait le couplage, et on te retrouve à discuter en voiture-lit, tu te fous de nous, dis ? Allez, matricule...

— 825 424.

Mésange essaie d'intervenir en ma faveur. Mais ça ne prend pas. J'ai presque envie de leur dire qu'ils perdent leur temps, que leur rapport finira à la poubelle parce que je démissionne. Mais je n'ai pas envie d'envenimer les choses.

Il me lit l'acte d'accusation et je ne cherche pas à nier.

— Tes billets sont contrôlés, tu peux aller te coucher.

Je les quitte, tous les trois. Je ne sais pas ce que je vais trouver en rentrant chez moi. Richard s'est occupé de ma bagnole, comme on a l'habitude de faire si l'un de nous est complètement beurré, trois voitures plus loin. De toute façon il était obligé de s'installer dans ma cabine, avec ce con de Latour, menottes au poignet... Mon collègue doit se demander où j'ai bien pu me fourrer. Et les autres, sont-ils seulement dans le train ? Brandeburg a-t-il montré son nez à Lausanne ? Une chose est sûre, c'est qu'ils sont au moins allés jusqu'à Vallorbe, il n'y avait personne sur le quai de Lausanne. J'aurais bien aimé voir la gueule qu'ils ont faite quand ils ont vu le dormeur, enchaîné.

J'arrive chez moi, une jeune femme est en train de cogner à ma porte.

— Ah, vous êtes là... Je venais vous voir parce que je descends à Dijon.

— C'est tout ? Enfin, je veux dire... tout va bien ?

— Bah... oui. Il fait un peu frais dans mon compartiment mais sinon ça va.

Elle me sourit et retourne se coucher. La porte de ma cabine est entrouverte, tous les papiers y sont, presque rien n'a été touché. Dans le 10, impossible de voir quoi que ce soit, les stores sont toujours baissés et apparemment, la lumière est éteinte. Le plus silencieusement possible je fais coulisser la porte de deux centimètres. C'est le noir complet, et j'ouvre franchement en tâtonnant vers l'interrupteur. Le toubib est toujours là, prisonnier, et la lumière le fait ciller. Je n'éprouve pas le besoin de parler, de poser une question à laquelle il ne répondrait pas.

— Brandeburg est dans le train, il n'est pas seul. Je vous conseille de me libérer.

— Et Latour ?

— Je ne sais pas.

— Vous croyez que votre patron réussira à lui faire passer la frontière à nouveau ?

— Je ne pense pas. Mais ce n'est plus le problème. Si les Suisses ne l'ont pas, les Français ne l'auront pas non plus, croyez-moi.

Les lois du marché. Je donne un coup de clé carrée dans la porte.

Celle de Richard est fermée. Je toque. Il met un temps fou à répondre, peut-être qu'il est assoupi.

— Qui est-ce ?

— C'est moi.

Silence.

— Casse-toi, je dors.

C'est la première fois qu'on se parle à travers une porte.

— Je peux entrer ? Juste deux minutes !

— Non. Passe me prendre après Dijon pour aller au Grill Express. Bonne nuit.

Hein ?... Je ne l'ai jamais entendu dire « Grill Express », entre nous on dit ragoût. Et puis, sur le Galileo, au retour, il n'y en a jamais eu.

Il n'est pas seul dans sa cabine et il a essayé de me le faire comprendre. Ça voulait dire : fais quelque chose, trouve un truc. Et c'est à cause de moi qu'il se retrouve avec des dingues, c'est la seule chose dont je sois responsable sur ce train. S'il lui arrive quoi que ce soit, j'aurai l'air de quoi ?

Je reviens tout de suite, juste le temps de passer chez moi et j'arrive, mec. Le flingue est toujours là, et c'est logique, personne ne m'a vu le planquer, pas de quoi s'étonner. L'objet me paraît subitement plus léger, plus maniable. C'est pas si méchant que ce qu'on dit, c'est qu'un morceau de métal, avec une crosse qui épouse bien la paume de la main, c'est fait pour ça, et avec ce qu'il y a au bout, aucune crainte de réveiller la maisonnée, c'est un truc très étudié. Je décroche le téléphone, ça fait deux fois en deux nuits. Un record.

Le couchettiste de la voiture 95 est demandé en tête de train, merci. Le couchettiste de la voiture 95 est demandé en tête de train, merci.

Je prends à peine le temps de le planquer sous ma veste pour traverser le couloir. Les soufflets s'ouvrent devant moi, je presse la crosse dans ma main. Ils sont obligés de le laisser sortir, après l'annonce. Je ne sais pas qui est dans la cabine, je ne comprends pas pourquoi ils ne sont pas descendus. La porte met un temps fou à s'ouvrir. Richard apparaît, un mouchoir sur la tempe, les larmes aux yeux. Il ne me voit pas. Planqué dans un coin de la plate-forme, je glisse doucement vers lui, un doigt qui barre ma bouche.

Il a hésité, une seconde, m'a fait signe de partir. Je l'ai chopé par la manche pour le mettre à l'écart.

— Est-ce qu'il y a un grand type blond, là-dedans ?

Signe affirmatif de la tête.

— Où ça ?

— Sur ma banquette, vers la gauche. La fille a un cran d'arrêt sur la gorge.

Une seconde, je me suis demandé comment tous ces gens pouvaient se presser dans un espace aussi réduit. C'est l'endroit le plus étroit mais aussi le plus sûr quand les contrôleurs et les douaniers sont passés. Après la frontière française, plus personne ne vient cogner à la porte, hormis un voyageur angoissé à l'idée de ne pas se réveiller. Si je réfléchis trop c'est foutu. Richard, c'était l'urgence. Maintenant qu'il est dehors, je pourrais aussi bien me tirer. À la position du carré de la serrure je vois qu'ils ont fermé. De la main gauche je positionne la clé en dégageant le pétard à l'air libre. On va voir si je suis capable d'un geste simultané des deux mains, je n'ai pas l'habitude d'entrer comme un voleur chez un collègue, et encore moins comme un tueur.

Un loquet n'a jamais fait autant de bruit sous ma main, j'ai accéléré, je me suis lancé dans des corps sans reconnaître les visages, j'ai tout bousculé, tout l'amas s'est déporté d'un bloc vers la fenêtre, j'ai agrippé des bras pour dégager le côté gauche de la banquette, une tête a cherché à se coincer contre la paroi du bac, j'ai hurlé, le doigt sur la détente, le canon dans les cheveux blonds. Brandeburg a crié, et tout s'est figé.

J'ai enfin pu voir, du coin de l'œil. Le dormeur est toujours là, relié à la barre de la fenêtre. Son nez s'est remis à couler. La fille est écrasée à terre par le genou de l'Américain, le cran d'arrêt prêt à se planter dans sa gorge. Un revolver dépasse d'une des poches de son blouson. Et Brandeburg là, au bout du mien, n'osant pas relever la tête.

L'Américain ne bouge pas, son couteau garde toujours le même angle. Je donne un petit coup nerveux sur la tempe de Brandeburg.

— Dites-lui de la laisser se relever et de s'asseoir par terre, à sa place.

Ils permutent, elle récupère son flingue, et c'est comme si ça lui avait rendu la parole.

— Bon, je m'occupe de Brandeburg, trouvez quelque chose pour attacher l'autre et un mouchoir propre pour Latour.

— ... ? Vous êtes pas une subalterne vous, hein ? Vous devriez terminer toutes vos phrases par « exécution ».

Elle la ferme, une seconde. Elle n'a pas du tout l'air atteinte par les dernières minutes qu'elle vient de passer ici. Jamais vu une nana pareille.

— Désolée.

— Dites-nous donc la suite des événements, vous avez tout ce que vous vouliez, non ? je demande.

— Et sur le territoire français, surtout. Il n'est plus dans son fief, vous ne vous rendez pas compte de cette chance..., dit-elle.

— Non, et je m'en fous. Tout ce que je veux savoir c'est si on arrête le train ou pas.

Jean-Charles refuse immédiatement, par des gestes et des jérémiades incompréhensibles.

— Je n'ai pas demandé votre avis, dis-je.

— Pas question ! On va s'arrêter où ? En pleine montagne, entre deux tunnels ? À Dole ? Les flics vont nous garder deux jours, et quand est-ce que je serai chez moi ? Antoine, vous m'aviez promis de me ramener chez moi... Chez moi !

Son cas ne m'intéresse plus. Mais il n'a pas complètement tort. Si on ne dit rien aux contrôleurs on est sûrs d'être Gare de Lyon à 8 h 19, je me faufilerai sur les voies, je sortirai en douce et j'irai rejoindre mon lit. On viendra me chercher, on me fera témoigner, on me fera démissionner, mais pas tout de suite.

— Il a un peu raison, fait la fille. Qu'est-ce que vous voulez qu'on fasse dans le Jura, ils vont mettre un temps fou... À Paris, j'ai le siège de l'O.M.S. qui peut intervenir tout de suite. Ils sont déjà prévenus.

Bon. Si tout le monde est d'accord, on les garde.

J'ai proposé de mettre Brandeburg et son Ricain dans le 10 de la 96, mais la fille a préféré qu'on sépare au moins le big boss du médecin pour leur éviter de communiquer, et je n'ai pas vraiment bien compris pourquoi. Ça me fait du boulot en plus. Comme il est impossible de déplacer Jean-Charles, il va falloir condamner la cabine de Richard en prétextant une raison technique, genre vitre cassée. On menotte Brandeburg en face de lui. L'Américain ira rejoindre le médecin, menottes aux poings, dans le 10. Encore faut-il que les contrôleurs soient loin de la 96. Ce n'est plus vraiment important, maintenant. Quand ils vont savoir ce qui se tramait sur leur 222, sans qu'ils ne s'aperçoivent de rien, ce sont eux qui risquent de l'avoir, le rapport.

— Vous n'allez pas me laisser devant cette crapule ? crie le dormeur.

— Si, justement, dis-je, vous allez pouvoir faire connaissance.

Je reste seul un moment, avec eux deux, en tête à tête, chacun enchaîné en face de l'autre. Et c'est presque drôle. Joli duel en perspective. Jean-Charles hurle de plus belle, si bien que je lui demande de baisser d'un ton pour ne pas réveiller les voyageurs qui jouxtent la cabine. Il continue de chuchoter des insultes et ça rend la scène passablement ridicule.

— Espèce d'ordure... C'est avec mon sang que vous vouliez faire du commerce ? Avec le mien ! Salopard... Salopard !

L'autre ne dit rien et écoute.

— C'est la France qui va me bichonner, maintenant. Je suis un cobaye ? O.K., très bien, mais je préfère ma cage à celle que vous me proposiez. C'est l'État français qui va s'occuper de moi !

Brandeburg se décide enfin à répondre. Très lentement.

— L'État français ? Mais vous plaisantez... Vous ne connaissez vraiment pas la situation... C'est la guerre, monsieur Latour, et vous êtes en première ligne. Vous vous croyez en sécurité, de ce côté-ci de la frontière ? Erreur, vous ne serez plus jamais en sécurité nulle part. Si je ne vous ai pas, personne ne vous aura... Vous serez même trop facile à localiser. Et moi, je m'en tirerai, toujours... C'est une simple question de temps. Vous valez trop cher, on vous retrouvera, et où sera-t-il, ce jour-là, l'État français ?

Jean-Charles reste un instant hébété.

Moi je referme la porte et la boucle au cadenas. J'en ai déjà trop entendu. Qu'ils se démerdent.

Avant de partir, je scotche près de la poignée une affichette : « Hors Service. »

*

J'ai cherché Richard, longtemps, et l'ai retrouvé aux prises avec les contrôleurs qui cherchaient absolument à savoir pourquoi on lui avait lancé un appel au téléphone, en pleine nuit. J'ai tout pris sur moi en faisant passer ça pour une blague du genre « c'est drôle de réveiller un collègue en pleine nuit et lui faire parcourir dix voitures ». Ils ont consigné ça dans leur rapport, comme une pièce de plus au dossier de mon infamie : « Utilise le téléphone à des fins personnelles et douteuses au mépris du sommeil des passagers. » S'ils savaient à quel point c'est du travail inutile.

Richard et moi sommes revenus dans nos quartiers. La fille est debout dans le couloir de la 96 et refuse d'aller dormir. À l'heure qu'il est, Jean-Charles doit sérieusement regretter d'avoir balancé la clé. C'est bien fait. Je lui ai laissé un peu d'eau pour sa pilule.

Je vais me trouver une couchette, quelque part, et Richard va continuer le couplage dans ma cabine.

Je lui ai expliqué certains trucs. Pas tout. On dirait qu'il a confiance en moi, malgré tout ce bordel, mes mensonges et les coups qu'il a pris sur la gueule. Comment peut-on me faire confiance ? j'ai demandé. Il m'a dit que ça ne datait pas d'aujourd'hui et il m'a rappelé un épisode que j'avais complètement oublié, un soir de Noël où il avait branché le *Requiem* de Fauré dans tout le train, histoire de marquer le coup, et ça n'a pas plu au chef de train, un Suisse qui s'était mis en tête de lui faire des misères. Il paraît que j'ai pris la faute sur moi parce qu'il a paniqué à l'idée de se faire virer dès ses débuts. Ensuite il paraît que j'ai fait boire de la tequila au Suisse jusqu'à Lausanne. Je ne m'en souviens pas, je devais être complètement saoul aussi.

Petit à petit la soirée m'est revenue en mémoire, j'avais piqué le sifflet du Suisse pour l'empêcher de donner le départ, sur le quai de Lausanne, juste pour continuer à le voir danser et chanter dans le couloir. Je ne garde que cette image floue.

Un vrai délice.

J'ai eu un sommeil tellement léger que j'ai pu réveiller la voyageuse pour Dijon, sans effort et sans mauvaise humeur. Isabelle avait abandonné son poste de garde pour s'écrouler sur une couchette du 4. Je savais bien qu'elle craquerait. Comme tout le monde.

Question sommeil, j'ai récupéré la forme d'antan, à l'époque où, entre deux voyages, j'éprouvais le besoin d'en intercaler un autre, en clando, pour convenances personnelles. Trois allers-retours en une semaine... Il faut bien que jeunesse se passe. Je suis juste un peu engourdi mais tout va bien, même la grippe a obtempéré. Durant ces trente-six heures, je n'aurai dormi que quelques bribes éparses et agitées, denses et volatiles. Rien de sérieux.

Il est 7 h 45, et nous arrivons dans une bonne demi-heure. Le jour n'est pas encore levé. Tous les passeports et billets sont rendus. J'ai rejoint Richard dans la cabine, il a déjà la Thermos à la main, la panthère la lui a remplie, hier. Il n'y a guère que lui pour obtenir ce genre de faveur.

— C'est quoi ton prochain voyage, Richard ?

— Florence.

— Ah oui, c'est vrai... Autre bonne raison de démissionner.

— T'en démords pas ! Et puis d'abord, qu'est-ce que t'as contre cette ville, y a des gens partout dans le monde qui rêveraient d'y aller, et ils n'iront jamais.

— Je sais... Mais tu vois... À ton avis, pourquoi un mec comme Dante a été obligé de partir en exil ? Et pourquoi il a écrit un bouquin sur l'Enfer ? C'est le hasard, tu crois ?

— J'en sais rien... Qu'est-ce que tu veux que j'en sache ? Ça t'oblige pas à démissionner...

— Je jette l'éponge ce matin, c'est fini.

En sortant pisser, j'ai vu Isabelle dans le couloir, mal réveillée. Je lui ai fait signe de nous rejoindre. Devant les chiottes, trois personnes attendent, dont l'élément mâle d'un couple qui occupe la 9. Je passe devant lui avec mon petit air « priorité au service », mais il m'arrête.

— Ma femme est à l'intérieur... elle ne se presse pas... à la maison c'est toujours un problème.

Nous attendons, un peu, mais la fille prend son temps. J'ai presque envie de demander à Richard de jeter un œil dans la télé pour savoir ce qu'elle fout.

— Tu te dépêches, chérie... !

Je ne dis rien, j'attends, je sens que je vais terriblement lui en vouloir dans très peu de temps. Et trois secondes plus tard elle sort, fraîche, pomponnée, étonnée devant autant d'agitation.

— Vous ! Je ne sais pas ce que vous faisiez là-dedans, mais vu le temps que ça a pris j'espère que ça en valait la peine !

Je pisse sans fermer la porte et ressors furieux, sous leurs yeux ébahis.

— Non, Richard, je te jure, j'en peux plus de ce boulot, les gens... trop de gens... J'ai plus le courage. Basta. Tu vois, je me demande si c'est pas Guy Hénaut qui a raison.

— Qui ça... ?

Isabelle nous rejoint et Richard lui offre une tasse de café en lui cédant son coin de banquette.

— Je n'ai pas résisté..., fait-elle en se frottant les yeux. Juste deux petites heures... j'ai encore mal aux jambes.

— Vous habitez où ? demande Richard.

— En ce moment je me balade entre l'Italie et la Suisse. Après le procès de Brandeburg, je vais demander à revenir sur Paris. Et vous deux, vous êtes parisiens ?

— Nous sommes frontaliers, comme ils disent.

Elle ne comprend pas vraiment, mais c'est la pure vérité. Entre deux gorgées de café, elle me fixe de ses yeux encore bouffis de sommeil. Si j'essaie de lire dans ses pensées je n'y perçois qu'un doute confus, une curiosité dont la formulation se carambole dans sa tête embrumée. On me regarde différemment depuis une ou deux nuits.

— Je me demande encore... pourquoi... pourquoi vous...

— Pourquoi quoi ? Latour ? Ça travaille vraiment tout le monde ! Si on réfléchit bien, je n'ai fait que mon boulot. Primo, veiller sur le sommeil des voyageurs. Secundo, les acheminer à bon port. Tout le reste ne regarde que moi, et je ne vous cache pas, au risque de décevoir l'opinion et la santé publique internationale, que c'était par pur égoïsme.

Ça ne la satisfait pas.

— Si je vous posais la même question ? je dis.

Elle hésite. Bâille et sourit en même temps.

— En effet. Ce serait trop long. Disons que... « le sang c'est la vie et la vie ne se vend pas ». Slogan...

Si tout le monde y va de sa petite formule on n'a pas fini.

— À propos, je dis, tant que je suis avec une spécialiste, hier j'ai demandé à un contrôleur suisse pourquoi il y avait une croix rouge sur son drapeau.

— Parce que la Suisse a longtemps été le siège de la Croix-Rouge. Pendant la dernière guerre ils ont fourni du sang aux belligérants. C'est une longue tradition. Elle a créé des vocations mercantiles. Et mon boulot, c'est ça.

8 h 2. On approche de Melun. J'adore ce moment. C'est une vraie délectation, toute une enfilade de petites gares de banlieue avec des gens qui attendent, on les imagine toujours déprimés, résignés. Le summum c'est quand nous passons sur le pont de Charenton, juste en dessous de nous il y a déjà un bouchon, sur la nationale. Rien que cette image d'un quotidien poussif, morne, nous encourage à rempiler pour le prochain Florence. J'ai choisi ce job pour fuir tout ça. Et c'est un job formidable, je ne regrette rien. Mais ce matin je ne me laisserai pas avoir, je regarderai ailleurs.

— Bon, je vous laisse, je vais voir ce que fait le dormeur.

— Le dormeur ?

— Latour, je veux dire. Il a peut-être besoin de quelque chose, de discuter un peu pour oublier sa crampe.

Des bagages commencent à encombrer le couloir. Ils ont tous retrouvé leur visage, leurs gestes. Prêts à affronter un vendredi 23 janvier, à Paris. J'hésite avant de jeter un coup d'œil chez le médecin et l'Amerlo. Le jour se lève, et j'ai envie de laisser ça à d'autres.

Après une seconde de rien, de vide, j'ai frappé du poing contre une vitre, et ça a fait un boum, sourd, qui a fait sortir Isabelle et Richard.

Tout le couloir m'a regardé. Isabelle a laissé échapper un cri en voyant, dans le 10, les menottes du médecin traîner à terre, avec un des bracelets où sont collés des petits lambeaux d'épiderme et de fines traînées d'une matière gluante et blanchâtre.

L'Américain est là, toujours attaché à la banquette. Il a les yeux levés vers nous, son regard n'est ni amer ni triomphant.

— C'est impossible... on ne peut pas ! fait Isabelle en prenant le bracelet dans sa main.

— Mais non ! Comment... il a...

— Fermez-la ! je hurle. Vous voyez bien qu'il s'est barré !

Isabelle se retourne vers l'Américain et lui demande une explication mais il ne réagit pas.

J'avais posé sa sacoche sur une grille de porte-bagages, et on la retrouve, ouverte sur une banquette, la boîte métallique est sortie, la seringue a roulé par terre, à côté d'une petite flaque et d'un flacon de pommade, ouvert.

— C'est un médecin, je dis. C'est un médecin... Il s'est fait une piqûre.

— D'anesthésiant... Il s'est anesthésié tout le bras !

— Ensuite il a pressé comme un fou, il a écrasé sa main entravée dans le poing gauche.

Mon estomac se réveille en pensant à l'horreur qu'il a dû vivre, il a passé des heures à compresser sa main jusqu'à ce qu'elle devienne molle et inerte, il a peut-être forcé jusqu'à la cassure, le métal a râpé la peau enduite de pommade. Sur le coup, il n'a rien dû sentir. Et tout ça sous le regard d'un autre. L'Américain.

Qu'est-ce qui peut pousser un homme à s'infliger une torture pareille... La prison ? Il a peut-être déjà connu ça, la prison. C'est sûrement une excellente raison. Deux heures d'efforts et presque de mutilation, pour échapper à ça. Le corps humain est une matière compressible, on dit toujours.

Je me retourne vers l'Américain et sans rien dire lui assène un coup de poing de haut en bas. C'est pas beau, de frapper un homme attaché.

— Où est-il ?

Il refuse de dire quoi que ce soit.

Je regarde ma montre, 8 h 10, on passe Villeneuve-Saint-Georges et sa gare de triage. Kilomètre moins 23. On y était presque. Je commence à regretter notre décision de cette nuit, il fallait tout arrêter et se décharger de ces trois dingues. L'un d'eux a désormais les mains libres.

— Où allez-vous ? me demande Isabelle.

— Devinez.

Je fonce dans la 95, chez Latour. En voyant le cadenas toujours en place, je pousse un soupir de soulagement, le médecin n'est pas passé par là. J'ouvre.

La tête de Jean-Charles se tourne lentement vers moi, comme un automate.

Devant lui, j'ai vu.

Le corps de Brandeburg, inanimé, pend de tout son poids sur la menotte. Sa tête, penchée en avant, effleure presque les genoux du dormeur.

Lentement je me baisse vers le corps. Les yeux sont grands ouverts, la bouche est béante et le cou...

Le cou est barré d'un gros trait violacé et noir.

— L'État français va me prendre en charge, maintenant...

Ses yeux sont baignés de larmes qui ne coulent pas.

Un mort. Et un fou.

Je m'approche de lui et prends une voix douce, comme pour parler à un enfant.

— ... On y était presque... Vous étiez presque chez vous...

— C'était la seule chose à faire. Il ne m'aurait jamais laissé en paix...

Je ne sais plus quoi dire. Je ne veux plus croiser le regard du mort ni celui du vivant.

— Vous allez mourir en taule.

— En prison ? Pour cette crapule ? On verra... On verra bien... J'ai tué un escroc international... Et la France a besoin de mon sang... Et l'O.M.S. interviendra pour moi... Personne n'a vraiment intérêt à faire tomber tout ça dans le domaine public... Et puis... Ils ne mettront pas en prison... un mourant...

Je marque un temps d'arrêt.

J'observe, un instant, par la fenêtre, le défilement des immeubles de la proche banlieue.

Je sors en portant une main à ma bouche.

8 h 12, on devrait passer le pont de Charenton. Il devient difficile de traverser le couloir. Un couple d'Italiens me demande où il y a un bureau de change. Au fond j'aperçois Isabelle qui se dresse sur la pointe des pieds pour me voir et m'interroger des yeux, je fais un signe de la main. Il faut que je lui dise. Je me suis arrêté un instant pour souffler, en suppliant je ne sais qui de faire arriver le train.

Et tout à coup, elle s'est dérobée, comme happée dans un compartiment.

J'ai senti monter la rage dans tout mon corps, un trop-plein, j'ai tout bousculé sur mon passage, une femme est tombée, Richard était dans ma cabine, pétrifié, il n'a rien osé me dire, j'ai fouillé dans mon sac, le flingue au silencieux, je l'avais bien planqué, j'attendais qu'on me le réclame, quand je suis sorti les gens l'ont vu, ils ont crié, j'ai ouvert le 4, ils se battaient à terre, le médecin tenait dans sa main un truc brillant, une petite lame, il s'est couché sur elle, il a dégagé un genou pour se redresser, il a levé la lame en l'air, j'ai planté le silencieux dans l'intérieur du genou...

J'ai tiré.

Pour échapper à leurs cris j'ai pressé les mains sur mes oreilles. Il s'est arc-bouté, dans le silence, et s'est écroulé à terre.

Elle a le visage défiguré de haine, elle tente de sortir de sous ce corps inerte. Le train s'est arrêté, j'ai cru que c'était à cause de moi.

Ce n'est que l'entrée en gare.

Je ferme les yeux en attendant qu'il reparte, doucement, sur le quai. Il fait noir mais je le sens, je le devine, il longe le quai 2, il s'étire jusqu'aux abords du hall. Et finit par se figer.

Le couloir s'est vidé, sans moi. J'ai vu le revolver pendre au bout de mon bras et l'ai jeté à terre. Il faut que je prenne mon sac, avant de descendre. Je regarde ma cabine, je l'inspecte, sûrement pour la dernière fois, le bac de linge dans lequel il faut plonger pour atteindre les derniers draps propres, l'armoire à passeports, la banquette des nuits paisibles et sans sommeil. Mes jambes flageolent sur le marchepied, tous ces gens pressés me donnent un peu le vertige.

Une voix de femme qui surgit, partout dans les haut-parleurs.

Je pose un pied sur la terre ferme.

Les collègues du Florence me tapent sur l'épaule, au passage. Je souris. Un vent frais me caresse le cou, et j'avance, malhabile, jusque dans le hall.

Des gens s'embrassent et se cherchent, ils vont tous plus vite que moi, ils s'engouffrent dans le sous-sol, vers le métro et les taxis.

Deux stations jusqu'à Saint-Paul, un petit peu de marche pour rejoindre la rue de Turenne. Je vais y aller à pied. Aux abords du café, juste sous le restaurant du « Train Bleu », je vois Éric et Richard, debout. J'ai l'impression qu'ils m'attendent. Ils se taisent à mon approche. Richard n'ose aucun geste, aucune parole. Éric fait un léger pas en arrière. Je réfléchis, un peu, le nez en l'air.

Et, le geste incertain, je rentre la main dans mon sac et fouille pour en sortir une boule molle. Blanche. Éric me regarde, intrigué. Inquiet. Pour qu'il comprenne bien ce qu'est la boule, je l'ouvre en deux, en deux gants de soie. Et je les engouffre dans la pochette de son blazer.

— Garde-les. Et ne m'en veux plus, pour mercredi soir.

Le dôme résonne.

J'ai regardé vers la sortie « Grandes lignes ». Et m'y suis engagé.

LES MORSURES DE L'AUBE

Pour Jean-Marc et Jean-Marc

Mais... déjà le ciel blanchit
Esprit je vous remercie
De m'avoir si bien reçu.
Cochers lugubres et bossus !
Ramenez-moi au manoir.
Et lâchez ce crucifix...
Décrochez-moi ces gousses d'ail !
Qui déshonorent mon portail !
Et me cherchez sans retard
L'ami
Qui soigne et guérit
La folie qui m'accompagne
Et jamais ne m'a trahi
Champagne...

JACQUES HIGELIN

— Où on va dormir ?

— Je ne sais pas.

— J'ai faim.

— T'es pénible, Antoine.

En me penchant jusqu'à la taille contre la pierre de la fontaine, j'ai cherché mon visage tartiné de mousse dans le miroir de l'eau. Puis j'ai brouillé mon reflet en rinçant le rasoir. Mister Laurence, allongé sur un banc, préfère s'éventer avec son bouquin sur le protocole diplomatique plutôt que répondre à mes questions.

— On prend le soleil dans le jardin des Tuileries et la nuit à venir s'annonce plutôt bien. Alors pourquoi tu nous empoisonnes la vie au lieu de regarder les filles qui bronzent ? Ça fait longtemps qu'on l'attend, ce mois de juin, Antoine.

Quand j'ai fini de lisser la joue gauche, je plonge la tête dans le bassin et me frotte le visage en maudissant les gens éternellement glabres, comme Mister Laurence.

Si j'avais quarante francs à perdre je le planterais là, lui et son indolence, son goût insupportable pour la douceur des éléments, son abandon lascif au temps qui passe. Et j'irais me réfugier dans un cinéma. Après ça je me sentirais gonflé à bloc, prêt à affronter la soirée et ce qu'elle nous réserve. Mais, quarante francs, c'est deux sandwichs merguez-frites. Trois heures à la terrasse d'un café. Le tiers d'une chambre à l'hôtel Gersois du Carreau du Temple. Un taxi de nuit qui nous fait traverser trois arrondissements. Une télécarte de cinquante unités. Un aller simple chez ma sœur à Fontainebleau en cas de déprime. Une lessive pour deux au Lavomatic. Des cigarettes jusqu'à la fin de la semaine. C'est aussi une bombe de mousse et un rasoir jetable.

Que n'ai-je, comme mon acolyte, la ressource de profiter du soleil et de la brise, de la musique d'une pièce d'eau, du charme d'une balade de quartier, de la lecture d'un quotidien oublié sur un banc. Je demande l'heure à de jeunes touristes perdus dans la contemplation de l'Obélisque de la Concorde. Ils me répondent en anglais. Un instant j'ai pensé à tout ce que je pourrais leur montrer de Paris dont on ne parle pas dans les guides. Des panoramas qu'aucun viseur n'a jamais eu en mire, des allées chaudes loin des quartiers chauds, des coins rigolos et sans histoire, des rues quotidiennes auxquelles on peut rêver en exil, des endroits qui ne méritent pas qu'on s'y arrête, des bistrots éternels, des carrefours qui se contredisent et des tronçons de boulevards aux anecdotes futiles.

— Seven p.m.

On vient de passer de l'autre côté de l'hémisphère. Cette zone étrange qu'on appelle le soir et qui commence dès qu'on le désire. À l'heure qu'il est, plus rien ne coûte quarante francs. Ou bien c'est gratuit, ou bien c'est beaucoup trop cher pour qu'on daigne le payer.

— Au boulot, Mister Laurence. Faut qu'on se magne si on veut avoir une chance de caresser la veuve-clicquot.

Il déteste que je l'appelle comme ça mais je trouve que ça colle tellement mieux à son personnage qu'un simple « Bertrand ». Avant de quitter le jardin, il fait un léger détour pour poser la main sur le sein en bronze d'une femme assise de Maillol. Il m'assure qu'une nuit, sans abri, il a sauté les grilles pour se coucher auprès d'elle, la tête sur ses genoux. J'ai toujours refusé de le croire.

Je souris à l'idée que nous sommes mardi. La semaine est encore crue.

— T'as téléphoné à Étienne ? je demande.

— Il était pressé, il m'a demandé où on pouvait se retrouver pour planifier la soirée. On a rendez-vous au Café Moderne dans une demi-heure.

— Au Café Moderne ? Rue Fontaine ? Tu plaisantes ou quoi ?

— C'est le premier endroit qui m'a traversé l'esprit.

— Pour une fois que quelque chose te traverse l'esprit… Tu sais bien qu'on est blacklistés, là-bas, imbécile !

Le gars qui fait la porte du Café Moderne nous déteste. Et ce depuis qu'un soir, alors qu'il venait d'être embauché comme videur, on a essayé de rentrer dans sa boîte en se faisant passer pour des journalistes. J'avais eu une bonne idée : une série de portraits et une enquête sur les gros bras, les physionomistes, et tous ces matafs qui servent de filtre à l'entrée des night-clubs. Le videur, flatté qu'on parle de lui dans le journal, nous avait ouvert grand la porte, jusqu'à ce qu'un crétin de ses amis lui vende la mèche : « *T'as laissé entrer ces deux nazes ? Ils se sont foutus de ta gueule, Gérard ! T'es vraiment le dernier à pas les connaître !* » Et depuis, il les a gravées dans la rétine, nos gueules. Surtout la mienne.

Nous descendons la rue Fontaine et nous installons en vis-à-vis du Moderne. L'autre enfoiré est là, sur le trottoir d'en face, vautré sur sa Harley. Il nous a repérés dès notre arrivée. Il se fout de nos gueules et nous montre du doigt à ses deux collègues, au cas où on tenterait une percée pendant qu'il gare sa bécane au coin de la rue. Mister Laurence commande deux demis. C'est pas qu'on aime la bière, mais ce sont les seules bulles qu'on puisse s'offrir en attendant le champagne.

— T'as vu l'accueil ? Qu'est-ce qu'on fait, on attend qu'Étienne sorte ?

— Tu parles, quand il se met à picoler, on n'a plus rien à attendre.

— Regardez-moi ces deux cloportes…, dit Gérard qui s'est invité à notre table.

Un bruit de chaîne cliquette dans son dos, son blouson ouvert découvre un tee-shirt marqué : « Je préférerais vendre ma sœur plutôt que rouler en japonaise. » Il a une grosse tête de blond un peu mou, les yeux mi-clos, la peau tavelée vers les tempes. Une incisive cassée en oblique lui fait un sourire de gosse mal élevé. S'il n'avait pas cette carrure de gros bêta dangereux et cette envie instinctive de cogner, je lui donnerais l'ordre de quitter notre table en claquant des doigts. Au lieu de ça, il saisit mon verre et le descend d'un trait.

— J'ai pas encore digéré l'histoire de l'autre fois. Plus jamais vous rentrerez au Moderne, et bientôt vous rentrerez plus nulle part, je vais faire passer le mot.

En feignant la maladresse, Bertrand renverse son demi sur le jean de Gérard.

— Petit enfoiré...

Il veut coller une baffe à mon pote, je me lève d'un bond et... traverse la rue. Les deux, surpris, me regardent courir. Je viens de repérer ce petit acteur qui trottine d'un bon pas vers le Moderne. Il y a un mois de ça, on avait traversé la soirée qu'il donnait pour fêter son César du second rôle. Il était tellement soûl qu'il ne nous a même pas demandé ce qu'on foutait là. Nous étions pas mal imbibés aussi, ce qui nous a donné le courage de raconter n'importe quoi sur la couleur de ses rideaux et de ses invités. On a même inventé quelques ragots sur les milieux du cinéma pour le faire rire. Il a sorti ses dernières bouteilles de Mumm. Rond à ce point-là, il n'aurait pas vu d'inconvénients à ce qu'on cuve sur place. Tout devient plus facile après quelques bouteilles à col doré.

Il ne se souviendra jamais de moi, on était tous complètement beurrés, mais ça coûte quoi d'essayer ? Rien que pour humilier l'autre crétin de Gérard.

L'acteur s'avance droit vers l'entrée, avec à son bras une petite nana que j'ai vue ce fameux soir. Bille en tête, je fais comme s'il me reconnaissait, j'évoque sa fête, il sourit, gêné, sans oser dire qu'il n'a aucun souvenir de moi. J'embraye direct :

— On se retrouve à la fête de la Gaumont ?

— Une fête à la Gaumont ? Ce soir ?

— T'as pas reçu d'invitation ? Remarque, toi t'as pas besoin d'invitation.

— Ça se passe où ? Rue Marbeuf ?

— Non, ils ont loué une salle. J'ai rencard avec un pote qui doit me donner l'adresse exacte. C'est marrant que t'en aies pas entendu parler...

Il ne trouve pas ça marrant du tout.

— Il est où, ton pote ?

— Au Moderne.

Il m'invite à le suivre. Gérard arrive ventre à terre, lui fait une courbette servile et ouvre la porte, mais rétracte le bras, furieux, quand il me voit.

— Il est avec moi, fait l'acteur.

J'entre en savourant une seconde la haine du portier et lui brandis un médius bien droit, sous son nez. Une fois à l'intérieur, musique à fond les amplis. Ou plutôt une espèce de mélasse de synthétiseurs qui se déverse dans l'oreille et se transforme très vite en bouchon de cérumen. Pourtant, l'endroit est plutôt plaisant. Moderne mais plaisant. Ça ressemble à un pont de paquebot avec des murs brillants en tôle ondulée, des hublots pour toute fenêtre, des tables ovales en verre. La star se dirige vers le coin restau, je lui fais signe qu'on se retrouve dès que j'ai les infos. Je file au bar de l'étage, quinze tables, des colonnes en stuc vert, une musique plus soft pour siroter tranquille, des barmen en combinaison rouge, le mot MODERNE cousu sur le cœur. J'aperçois une top model d'une scandaleuse beauté, assise avec des jeunes gens de son âge. On croit que ces filles-là se couchent avec les poules et carburent à la Badoit, mais il n'en est rien. Étienne est attablé vers le fond, devant sa fiancée et deux cocktails. Sa cinquantaine passée et son blouson en cuir vieilli ne cadrent pas avec le style de l'établissement. J'ai beau le fréquenter depuis maintenant deux ans, je me pose encore les trois questions : qui est-il, d'où vient-il, et comment fait-il pour dégoter des fiancées pareilles ? Il m'a juré d'y répondre un jour, *post mortem*.

Je m'assieds, essoufflé, j'en rajoute un peu question chaleur, des fois qu'il ait l'idée de m'offrir un de ces verres géants et bigarrés agrémentés de cerises confites et d'ombrelles.

— Je t'en paierais bien un, mon p'tit Antoine, mais les happy hours viennent pile de se terminer… Passé huit heures, ça double.

Sa fiancée du moment, une belle brune avec une frange sur les yeux, me sourit avec cette rare sincérité qui vous recharge les accus pendant deux bonnes heures.

— Où t'as foutu ton binôme ?

— Mister Laurence ? Je l'ai laissé devant une bière, dehors.

— Vendredi vous m'avez lâché comme des malpropres, lui et

toi. C'est un extraterrestre en plastique jaune qui m'a réveillé dans le métro.

— Un nettoyeur de la Comatec ?

— Dans l'état où j'étais vous auriez dû me raccompagner... J'ai toujours su que vous étiez des ingrats.

Il oublie de dire que, pété comme un coing, il avait eu la bonne idée de s'accrocher aux aiguilles de l'horloge du pont Saint-Michel pour nous refaire un gag d'Harold Lloyd. Et comme on n'est ni des téméraires ni des cinéphiles, on a taillé la route quand la voiture pie s'est approchée.

— On fait quoi, ce soir ? je demande.

Avant de répondre il passe la main dans les cheveux de sa nana.

— Ce soir, rien. Une vidéo tranquille. Marie est fatiguée.

Prévisible. Les pros de la nuit ont chaque soir les mêmes velléités à se coucher tôt. Une sorte de culpabilité qui s'estompe au deuxième verre, et en général il suffit d'approcher les minuit pour voir la bête se réveiller.

— T'as quand même des adresses, pour nous ?

— Vous avez quel âge, Bertrand et toi ?

— Vingt-cinq.

Il soupire à l'idée qu'il a déjà largement vécu nos deux vies. Résigné, il me demande si j'ai un stylo.

*

— Toi, dans pas longtemps, je te tuerai.

Je baisse la tête et hausse mollement les épaules, mais Gérard n'a rien vu.

— Le jour où tu oses me refaire une incruste comme ce soir, même si t'es avec le pape, je te tue. JE... TE... TUE.

Ses potes ne se marrent plus du tout.

— Pendant que t'étais dedans, j'ai hésité entre la strangulation aux nunchakus et la boutonnière au Laguiole, mais c'est pas comme ça qu'il faut que je la joue. J'ai trouvé mieux.

Je passe sans demander le détail. Il m'a menacé avec un tel accent de vérité que tout le monde la boucle.

— La taule je connais. Si on me serre, je ferai quoi ? Deux. Trois ans ? Et quand je ressors je suis le roi sur Paris. Le ROI.

Je cherche un chemin entre les biceps, profil bas, mais ces trois salauds-là m'entourent gentiment. Deux doigts sont venus me pincer le lobe de l'oreille pour le tirer dans tous les sens.

— Ça fait quel effet d'être un condamné à mort ?

Le regard au ras du caniveau, je croise les premiers clients qui viennent pour danser, les trois salopards s'éloignent et je rejoins la terrasse où Bertrand attend.

— T'entends ? LE ROI SUR PARIS ! GRÂCE À TOI ! gueule-t-il pour que toute la rue en profite.

Bertrand se contrefout de mon oreille en feu.

— Il t'a donné une adresse, Antoine ?

— Un cocktail au Centre Culturel Suisse, dans le Marais.

Il bondit en l'air, heureux comme un fou.

— Dans un centre culturel ? C'est pas vrai !

Mister Laurence adore aller dans les consulats et les ambassades, des fois qu'on y croise des diplomates à qui il pourrait faire la causette, mais ça foire toujours.

— T'emballe pas, la dernière fois, chez les Suédois, on s'est finis à l'Aquavit. Je hais ça... Et qu'est-ce qu'on a bouffé ? Du smorgasbor ?

— Les Suisses ont des ronds, c'est champagne.

— Tu parles... On va se retrouver devant du Johnnie Walker et des cacahuètes. Étienne m'a parlé d'une ouverture de restau, avenue des Ternes, ça peut durer jusqu'à quatre heures du mat'...

— M'en fous, on va chez les Suisses, bordel !

Il s'éloigne, excité, j'ai du mal à le suivre.

— Je tiens le mois de juin pour une preuve éclatante de l'existence de Dieu ! Il l'a créé rien que pour nous ! il dit.

— Le problème, c'est qu'Il a aussi créé janvier, et celui-là, c'est contre nous qu'Il l'a créé.

*

Par la grande baie vitrée du premier étage du centre culturel, je vois des silhouettes se découper dans la lumière et entrechoquer des verres. La bouffe n'est pas loin. Je reconnais que Bertrand a eu raison d'insister. Mais je crains que l'entrée ne se fasse sur invitation.

— Il nous reste des cartes de visite ?

On fouille dans nos poches de veste.

— Il me reste un BUREAU PARALLÈLE *Sponsoring*. Tu crois que ça peut bluffer une attachée de presse ? T'as pas mieux ?

— On n'a plus le temps de passer dans le métro pour s'en faire d'autres, j'ai une STARDUST FONDATION *France*.

— Laisse tomber, on va improviser.

On s'avance, volontaires, tête haute, l'approche légitime, vers les petites hôtesses du hall. Mister Laurence a une assurance que je n'aurai jamais, il regarde les gens avec le dédain de celui qui se sait attendu. L'attachée de presse nous coince.

— Messieurs ?

— Laurence, je suis avec un ami. Je n'ai pas reçu le carton mais je suis sur la liste.

Elle sourit et compulse sa check-list des invités pour y débusquer le nom de mon camarade. Il la serre de près et l'aide à chercher. Un couple sort, je leur lance un bonsoir vibrant. Surpris, ils y répondent et s'en vont.

— Laurence... vous dites ?

Il s'éloigne d'elle dès qu'il a repéré un nom qui n'est pas coché.

— Excusez-moi, je ne trouve pas... Vous êtes journalistes ?

Bertrand lui dit que nous avons été invités par l'individu dont il a pêché le nom, qu'il nous a donné rendez-vous pour 20 heures mais que nous sommes un peu en retard. Pour enfoncer le clou, il pousse un petit soupir exaspéré. Dans le doute, elle se résigne à accueillir des inattendus plutôt que refouler une *persona grata*.

— Bonne soirée, messieurs...

Au moment de me laisser happer par le corps de la réception, j'ai pointé une oreille vers l'accueil, pour y entendre le mot « parasite », prononcé comme un verdict du bout des lèvres par une hôtesse plus fine que les autres. Mister Laurence aurait éclaté d'un rire aigre s'il l'avait entendue. Moi, je me suis raclé la gorge avec le dédain habituel, celui du voleur de poules qu'on préfère laisser filer. *Parasites*... Quand je pense que jadis on appelait des gens comme nous, des *hirondelles*... On a perdu en poésie.

Après tout, oui, c'est bien ce que nous sommes, des parasites, sans fierté et sans honte. L'image s'est imposée à moi quand un serveur de passage m'a tendu la première coupe : deux petites puces fainéantes et douillettement accrochées à l'échine d'un fauve insatiable. Deux souris malignes qui se sont laissé enfermer dans le garde-manger où trône le gâteau d'anniversaire, avec ses cerises confites et ses bougies. Après tout, les bougies sont aussi importantes que le gâteau.

Des femmes, des hommes en tenue de ville, en cercles restreints de quatre ou cinq têtes qui discutent le sourire aux lèvres, dans un espace blanc, un escalier en bois brut qui monte à un second étage. On ne sait même pas ce qu'on fête. On n'est pas là pour ça. Les parasites ont faim, c'est leur seule raison d'être. Et là, droit devant, j'aperçois le bonheur. On ne voit que lui, magistral, malgré la légère cohue qui l'entoure.

LE BUFFET.

Elle est là, notre pitance. Béni soit le mois de juin. On va se le faire, ce buffet, on va l'épuiser, on va lui faire rendre le meilleur de lui-même. Vivent les fonds suisses. Deux serveurs en livrée blanche décroisent les bras quand ils nous voient arriver d'un pas calme mais inexorable.

— Champagne, messieurs ?

Je ne me suis jamais entendu répondre non à cette question. J'ai envie de raconter à ce type la journée que je viens de passer pour qu'il comprenne que je ne refuserai jamais. Une trentaine de personnes ont pris racine devant les plateaux, la bouche pleine, ils font semblant de suivre une conversation quand ils n'ont plus assez de mains pour accaparer verres, canapés, amuse-gueules, serviette et cigarette. Je ne connais rien de plus exaspérant que ces ventouses à cocktails qui s'acharnent sur le buffet avec une férocité insupportable. Des goinfres, des amateurs... Mister Laurence et moi n'avons rien à voir avec cette engeance. Ces gens-là gâchent le métier, ils bataillent et bousculent, ils la jouent au corps à corps et offrent un triste spectacle à ceux qui, de loin, trempent négligemment leurs lèvres dans un verre de Perrier. Au loin je reconnais Myriam, une traînarde dans notre genre, elle m'envoie un bisou du bout des doigts. Il y a aussi deux ou trois types qui ont leur Q.G. vers la rue de Lappe. L'un d'eux est de la vieille école, le dénommé Adrien, il se déplace encore avec son lazor. Le lazor est cette double poche cousue à l'intérieur du manteau et qu'on bourre de victuailles. Je le vois en train d'essayer de chauffer une bouteille de Martini dry à la barbe des loufiats. J'ai honte pour lui... Mister Laurence et moi serions plutôt des stratèges, on négocie, on louvoie, on opère en tenaille façon Clausewitz, ou en ronde, façon cuvette de Dien Bien Phu. Je m'attaque à un superbe plateau de saumon fumé et en roule quelques tranches dans une assiette. Mister Laurence n'en a pas la patience, il repère un pain surprise au jambon de Parme.

— Encore une coupe, messieurs ?

Je butine quelques canapés aux anchois frais, au roquefort. Sans négliger le plateau de légumes nains prêts à plonger dans la mayonnaise. Oublié, le sandwich merguez-frites de ce midi, rue de la Roquette.

Un peu éméché, je discerne une vague silhouette qui vient ventouser le buffet. Pas vraiment familière, mais inoubliable quand on l'a croisée une fois. Je cherche où. Il avait déjà ce smoking luisant et ce visage d'une étrange pâleur. Il ne mange pas et serre un verre contre son ventre, sans le boire. Un regard livide, rivé sur moi, une peau laiteuse, exsangue à vous foutre la trouille. C'est la première fois que je partage un buffet avec un cadavre. Bertrand me rejoint en déglutissant des œufs de caille.

— T'as vu le mec qui me regarde avec ses yeux de poisson mort ? T'as jamais vu cette tronche ?

— Si. À la terrasse Martini, en décembre.

Exact. Faut-il que je sois déjà bien éméché pour oublier une soirée pareille. La fête de fin d'année de la maison Kodak. Un monde fou, des cadres à la pelle, des éclats de rire incompréhensibles pour les extérieurs, des caisses de Piper. Et ce gars-là. Ça me revient, il avait déjà cette gueule de revenant prêt à s'effondrer. Au début, quand je l'ai vu avec son nœud papillon en train d'agiter un shaker derrière le bar, je l'avais pris pour un serveur. En fait, il avait trouvé dégueulasse le bloody mary qu'on venait de lui servir et il expliquait au barman comment s'y prendre. Pas démonté, il m'a servi ma coupe. Ensuite on a discuté quelques minutes et j'ai compris qu'il était de notre race de nyctalopes. Je lui ai demandé s'il avait autre chose pour la nuit. Avec une rare gentillesse, il nous a fortement conseillé d'aller aux Bains-Douches pour un concert privé de Kid Creole and The Coconuts. Au cas où on nous ferait des difficultés à l'entrée, on pouvait toujours dire qu'on venait de sa part. Contre toute attente, ça a marché. Non seulement le concert était formidable, mais juste après, sur la piste, j'ai touché le dos d'une des Coconuts en feignant la maladresse, une créature splendide élevée au bon grain californien. Je devais être le seul chômeur du monde avec qui elle ait eu un contact physique. Le cadavre au bloody mary n'avait pas daigné reparaître.

Et c'est bien ce même breuvage rouge qu'il réchauffe dans sa main sans le boire. Il me regarde toujours. Ses yeux sont les seules traces de vie dans tout ce corps raide. La moindre des choses serait d'aller le remercier pour la soirée démente qu'il nous a offerte. Et lui demander s'il n'en a pas une autre du même acabit, en réserve. Je m'approche.

— Le bloody mary est comment, ce soir ?

— Nul. Mais j'ai cessé de mordre tous ceux qui ne savaient pas le préparer. Ça laissait un mauvais goût dans la bouche.

— On doit vous remercier pour ce plan aux Bains-Douches.

— Quel plan ?

— Les Coconuts.

— Aucun souvenir. On se connaît ?

— Je pensais que vous me regardiez pour ça.

— Je vous regardais parce que depuis tout à l'heure vous avalez du saumon avarié.

— Il n'est pas avarié. Il est même excellent.

— Vous verrez bien dans deux heures.

Dès qu'il a dit ça, j'ai senti comme un tressautement dans l'estomac. Autosuggestion, sans doute. On ne me fera pas avaler un saumon foireux. Ce gars m'a totalement évacué de sa mémoire.

— Vous faites quoi, après ?

— C'est une avance ?

— Non, c'est du simple piratage. Et vous en connaissez un rayon.

Là, il se marre, et me demande :

— Vous êtes un gatecrasher ?

Littéralement « celui qui fait sauter le barrage », c'est comme ça qu'on nomme les parasites mondains outre-Manche. Là-bas, c'est un vrai sport, un truc de snobs. Plus la soirée est privée et plus on se pique de savoir la pénétrer. J'en ai croisé quelques-uns, des B.C.B.G. pleins d'oseille qui naviguent dans la haute à la recherche de mariages princiers, de garden-parties de ministres et d'orgies de rock stars. Mister Laurence et moi, on se fout de la performance, on veut juste bouffer gratis et tirer sur la corde de la nuit jusqu'à ce que quelque chose en tombe.

— Je retire la question, vous n'en avez ni le style ni l'allure, ce en quoi vous m'êtes sympathiques, votre copain et vous. À la réflexion vous seriez plutôt des hirondelles de printemps, des S.D.F. Des pauvres. Un cocktail dont je peux vous donner la composition.

— Essayez.

— Un fond de désillusion sociale, un doigt de culture, un zeste de flemme, une mesure de cynisme et une bonne dose de rêves juvéniles. Remuez le tout et servez frais. J'oublie quelque chose ?

— Non. Peut-être un soupçon de revanche.

— À votre âge ? Pourquoi pas... Mais qui n'a pas de revanche à prendre, en cherchant bien ? En tout cas, même si ça ne me regarde pas, je vous encourage à continuer à faire les cons. Allez-y franchement, grappillez tant que vous pouvez, mordez dans tout ce qui passe à portée. Quand on a votre âge, on n'a que faire de toutes ces heures. Celui qui a dit que le monde appartient à ceux qui se lèvent tôt est sûrement mort aujourd'hui. C'est votre avantage sur lui. Sur ce, à une de ces nuits. Je m'appelle Jordan.

Il part en me tendant la main, que je retiens un long moment.

— Là où vous allez, y a pas de quoi mordre pour trois ?

Il ricane et reprend sa main.

— Sûrement, oui. Mais ce n'est pas votre genre. À moins que vous soyez vraiment bons, et vous trouverez le chemin tout seul.

Je reste là un petit moment, sans réaction.

Bertrand chante, quelque part dans mon dos. Il a quelques coupes d'avance sur moi et vient de passer au sucré. Myriam vient me faire une vraie bise et me présente son nouveau fiancé.

Je lui demande si elle a quelque chose de mieux que mon restau à Ternes.

— J'ai une invitation pour deux à une fête privée, 12 rue de la Croix-Nivert, dans le XVe. Je crois que c'est un bon plan. Ton restau, ça craint, c'est la cuvée du patron en fût, et Mister Laurence et toi vous aimez pas le pinard, hein ?

Elle a parfaitement raison. Son truc dans le XVe m'a l'air plus sûr. J'ai regardé l'heure : 00 h 10. Dans les soirées privées, on a tout intérêt à ne pas arriver trop tôt. Il vaut mieux attendre que l'ambiance soit à son comble, vers 1 heure du matin, sinon on risque de passer un très mauvais moment. C'est le quitte ou double des soirées chez les particuliers, il faut souvent avoir de sérieuses ressources pour justifier sa présence. En général nous n'avons qu'une adresse, rien qu'une adresse, sans nom, sans étage, sans code, et sans la moindre idée de ce qu'on va y trouver. Par suite d'une erreur d'aiguillage, il nous est arrivé de débouler chez des gens qui fêtaient le baptême du petit dans un deux pièces étriqué où des grand-mères, émues, s'arsouillaient à la Marie Brizard. Sans parler des fêtes d'adolescents qui ont mis les parents dehors, une table bourrée de quatre-quarts gras et de bouteilles de Banga. Avec toutefois un litre de whisky bon marché qui circule sous le manteau. Dans ces cas-là, on préfère les laisser vomir entre eux, et on repart en traitant de tous les noms le crétin qui nous a communiqué le tuyau. Ça arrive.

— Tu y vas, à cette fête, Myriam ?

— Non, je rentre chez mon mec. Pourquoi, tu veux mon invitation ?

— Oui.

— T'es gentil mais je la garde, des fois que j'aie un petit retour de pêche. Va falloir vous démerder. Mais je peux vous accompagner dans le XVe, mon mec a une tire.

Je ne sais pas à quoi ça tient mais j'aime me laisser prendre par les mystères et les promesses cachées derrière une simple adresse. Il me suffit d'entendre : *25, rue Bobillot* ou *132, rue de Turenne* et ça démarre tout seul. Comment résister à un *60, galerie Vivienne* ou un *2, avenue de Breteuil ?* On se dit que Paris est une malle magique dont on entrouvre parfois les tiroirs et trappes secrètes.

Bertrand et moi, on travaille en symbiose, il a l'aplomb, j'ai le flair. Et malgré les petits matins cruels, ça dure depuis presque deux ans. Vaille que vaille. Pour ce soir, le 12 rue de la Croix-Nivert sera notre seul horizon, notre dernière perspective avant de retrouver la rue et tout ce qu'on connaît par cœur.

Un serveur passe avec son plateau.

— Encore une coupe ? Un petit peu de liquide pour faire passer ?

Sarcastique, le serveur. Il sort une bouteille de sa poubelle à glaçons et fait sauter le bouchon sans bruit. Cet endroit me paraît de plus en plus désuet, ce buffet irréel, et ce que j'y fais, un véritable mystère. Mister Laurence fait de grands gestes et parle fort. On nous remarque. Il doit être plus tard que je ne pensais. Les gens sont partis. Les serveurs débarrassent les plateaux. On m'enlève des mains une série de tartelettes aux fraises.

— On se casse ?

Pour toute réponse, Bertrand hurle : « Vive la Bahnhofstrasse ! » Il est temps que je le sorte d'ici, sinon il est capable de tirer sur la cravate de nos hôtes. Une fois dehors, je l'engueule un peu, je n'aime pas me faire remarquer et je fais tout pour éviter d'être tricard. Question d'économie. Vu ce qu'on fait de nos vies, on a toutes les chances de continuer à jouer les rats de cocktail pendant un bout de temps. Bertrand ne calcule pas tout ça. Pour lui, chaque fête est un pétard qu'on fait sauter une bonne fois pour toutes. Et parfois, quand je suis aussi ivre que lui, je me demande s'il n'a pas raison.

Sur le trajet, nous nous sommes arrêtés dans un drugstore pour que je bidouille des fausses invitations en photocopiant la vraie sur une chemise cartonnée blanche. On a déjà fait pire. Olivier, le copain de Myriam, m'a patiemment attendu. Elle nous explique qu'il est informaticien, qu'il est gentil, qu'ils sont très différents, qu'ils s'aiment bien. Il sourit comme si nous étions une bande de copains qui se prêtent avec curiosité au rite d'intronisation d'un nouveau. Ce brave gars ne se doute pas une seconde que ce qui nous rattache à Myriam n'est qu'une sournoise solidarité de parasites. Il ne sait pas qu'elle brûle sa vie et ses amants, qu'elle aime se faire raccompagner et boire des cocktails. Et que dans quelques heures elle le tirera du lit pour aller danser.

Bertrand se marre en triturant mes cartons bidons, il lit à haute voix : « Euro-System vous invite à son buffet d'été. Tenue correcte exigée. »

— C'est quoi, Euro-System ?

— Va savoir, dit Myriam. C'est pas la première fête qu'ils donnent, tout le monde veut y retourner.

Elle embrasse son cadre avec des bisous tendres comme des semelles de clarks qui ont fait Goa.

— Vous allez bien vous marrer, les gars... dit-elle en agrippant son mec par le cou, avec un sourire stupide et feint, histoire de le préparer à une nouvelle nuit blanche.

*

— Vous vous foutez de qui, au juste ?... Vous voyez cette petite tache bleue, là ?... Vous croyez que ça passe à la photocopie ?

— Mais... je ne comprends pas...

— Laisse tomber, Bertrand.

Au loin, j'entends un riff de guitare cisailler l'atmosphère, c'est l'intro d'un formidable morceau des Clash qui donne envie de tout faire péter autour et crier à l'anarchie. Et ce n'est pas le moment, vu le comité d'accueil. Quatre types en blazer bleu, un écusson sur la poche, l'un d'eux est assis et déchire nos invitations. Les autres, talkie-walkie en main, gardent l'entrée de cet hôtel particulier en pierre jaunie coincé entre un magasin de meubles et une tour. Cinq ou six individus qui se sont fait refouler, comme nous, patientent assis sur les barrières, prêts à mendier le moindre passe-droit. Je crois qu'on vient de s'attaquer à trop fort pour nous.

Une tache bleue... Qu'est-ce qu'on va pas inventer, de nos jours, pour filtrer les squatters. Je tire Bertrand par la manche, dans le silence total de l'humiliation. Même le rock des Clash a disparu, je n'entends plus qu'un battement sourd. J'ai envie de courir pour cacher ma honte, comme un cafard qui se faufile sous la bonde de l'évier. Je hais la déroute. Je dis à Bertrand qu'on n'a plus rien à foutre ici. Il me fusille du regard et repart à la charge.

Belle ténacité. Qui risque de nous faire raccompagner à coups de pied au cul. Mieux valait ne pas avoir d'invitation plutôt que de vouloir gruger des armoires à glace dont le métier consiste justement à débarrasser les soirées des petits malins de notre espèce. Désormais, il est impossible de rattraper le coup.

— Je ne comprends pas, on nous a donné cette invitation il y a deux heures à peine, au Palace !

Le bluff de l'indignation... On s'enfonce dans le grotesque. Bertrand est prêt à n'importe quelle compromission pour franchir cette porte.

Et pourtant, malgré mon envie de fuir, je ne peux m'empêcher de jeter un œil vers cette chouette bâtisse avec un hoquet de remords. Dedans, ça ressemble à Babylone. Ça fleure le luxe et la débauche. Des soirées comme ça, il n'y en a que dix par an. Partout ailleurs, la nuit sera interminable, on va avoir encore plus froid qu'en plein hiver. Je connais déjà le programme : rejoindre notre Q.G., le Mille et une Nuits, à pied, en se rejetant la faute, pour supplier Jean-Marc de nous laisser entrer, et il le fera, et là on verra des gens danser et boire des verres à soixante-dix francs. Et nous, silencieux, attendant le petit jour, avec un marteau de décibels dans la tête et le goût de l'échec à la bouche.

— C'est une soirée privée messieurs, je suis désolé.

On connaît la formule. Bertrand hausse les épaules, soupire, les sbires nous montrent la rue en rigolant.

— La situation est ridicule... Si je peux vous proposer quelque chose... Mon ami reste ici pendant que je fais un tour à l'intérieur pour retrouver celui qui nous l'a donnée, cette invitation... je ne reste pas plus de cinq minutes. D'ailleurs, l'un de vous peut m'accompagner.

Je rêve... Bertrand tente le baroud de la dernière chance, histoire de choper une vague connaissance qui, par le plus grand des hasards, aurait le pouvoir de nous faire rester. La dernière fois, ça avait marché, à la fête annuelle du journal *Actuel,* salle Wagram. Mais ce soir, tous ceux qui sont sur le trottoir ont essayé ce coup-là.

— Impossible. Qui vous a donné cette invitation ?

— C'est...

Bertrand se retourne vers moi, il cherche un nom, n'importe lequel.

— Jordan, dis-je.

Jordan. Ça m'est venu comme une impulsion. Son spectre me hantait encore l'esprit. J'ai le sentiment que tout le monde connaît Jordan. Et pourquoi pas, après tout ? Ça avait marché, aux Bains-Douches. D'ailleurs, il est fort possible qu'il soit déjà à l'intérieur. La fameuse soirée dont il ne voulait pas me parler, celle dont nous devions chercher le chemin tout seul.

— Je suis sûr qu'il est déjà arrivé.

Les types se regardent, l'un d'eux décroise brutalement les bras.

— Jordan qui ?

— Tout le monde l'appelle Jordan ! Vous le connaissez sûrement ! Je vous assure qu'il est déjà à l'intérieur, il nous attend, et il va nous expliquer cette histoire d'invitation bidon.

Je m'y mets aussi. Du flan, et rien que du flan. Quitte à se griller, autant le faire jusqu'au bout, pour éviter de rentrer au Mille et une Nuits la queue entre les jambes. Après tout, ce Jordan, on s'en fout. Il ne nous servira plus jamais à rien.

— Vous pouvez me le décrire ?

— Il est toujours en smoking et il boit du bloody mary. C'est un grand copain à nous, et il n'a pas l'habitude de nous faire ce genre d'entourloupe. Il y a un malentendu.

— Entrez.

— Pardon ?

— Entrez, répète le portier. Excusez-moi pour tout à l'heure, et passez une bonne soirée.

Mes bras, crispés jusque-là, retombent, surpris. Bertrand se force à rester impassible, mais j'ai perçu un petit clignement de paupières qui a trahi sa surprise. La brochette de parasites roule des yeux comme des billes en nous voyant nous acheminer mollement vers l'énorme porte vitrée où des jeunes filles en jupe et blazer bleus nous attendent avec un sourire. J'ai l'impression que l'incident a duré des siècles, en fait le morceau des Clash n'est pas encore terminé. Je ne réalise pas encore par quel miracle nous sommes remontés du fond du gouffre. Il a suffi d'un prénom, pris au hasard, ou presque, un sésame obscur qui nous a ouvert brutalement la porte, contre toute attente. Une jolie blonde nous donne la direction de la caverne d'Ali Baba, et la route du trésor qu'on n'espérait plus. Une chanson des Stones nous précède. Encore un morceau dans lequel on a envie de s'envelopper pour faire son entrée.

Je ne vois rien des lieux malgré la violence des spots, hormis les cascades de moulures et un escalier en marbre blanc. Nous pénétrons dans une salle de bal à l'ancienne, avec une piste éclairée par des lasers où des danseurs ivres de lumière se déhanchent sur la voix de Mick Jagger. Des tables nappées de blanc. La foule. À vue d'œil, je dirais un magma de trois cents corps en fusion qui coule de tous les escaliers pour se répandre en flaque sur la piste. Et pour nourrir et abreuver tout ce beau monde, des rangées de tables qui bordent les murs, une bacchanale de bouffe qui explose de couleurs et de générosité. Du rarement vu. Du jamais vu. Quel que soit l'endroit où l'on se trouve et l'heure à laquelle on arrive, on peut passer du souper au petit déjeuner en sautant par-dessus les fuseaux horaires et les latitudes. Lasagnes et estouffades cantonaises, cocktails de fruits frais, sushis, fontaine de champagne, nouvelle cuisine, baril de whisky écossais. Il y a même une petite bicoque en bois où l'on sert des fromages, et un gâteau au chocolat dans lequel on pourrait tenir à trois en se serrant un peu. Le tout a quelque chose de terriblement *in*, voire de révoltant.

Et trois cents personnes qui se vautrent là-dedans comme si c'était normal. La trentaine de moyenne d'âge, tout le gratin de la nuit. Comment tous ces gens-là se sont-ils démerdés pour avoir une vraie invitation quand Bertrand et moi avons failli nous faire jeter ? Ça prouve que Paris sera toujours Paris et qu'il est encore trop grand pour tenir dans le creux de ma main. Je reconnais quelques têtes, j'en salue une ou deux, j'en évite d'autres.

Sans se concerter, on avance, synchrones, vers le premier buffet pour se descendre deux coupes chacun.

— T'as faim ?

— Et toi ?

Une grande blonde avec des lunettes noires me tape une cigarette et retourne danser, son tee-shirt passe du blanc au violet sous un spot de lumière noire.

— Où est-ce qu'on dort, Bertrand ?

— Ici.

Désormais j'ai la déambulation casanière. C'est pour ça que

je harcèle Mister Laurence avec mes questions. Lui, il est encore capable de dormir dans un imperméable sous une porte cochère. Moi, je ne demande ni un lit ni une chambre, je veux juste l'illusion d'un toit au-dessus de ma tête. Je ne suis pas assez poète pour me sentir à l'abri sous la voûte céleste. Je ne suis pas assez vagabond. Je ne suis pas un clodo. Il s'en est fallu de peu, je sais, mais j'ai choisi un autre genre de dérive.

Je reconnais quelques gueules célèbres. Une petite comédienne, les seins écrasés dans un perfecto zippé jusqu'au cou. On se demande bien pourquoi, compte tenu de la chaleur, et du fait que ses seins, on les a déjà vus à la télé quand elle jouait la *Nana* de Zola. Gaetano, un dessinateur de B.D., me tape sur l'épaule. Je lui demande des nouvelles de son héros, il m'apprend qu'il est question de le faire crever bientôt. J'essaie de l'en dissuader quelques minutes puis retourne au champagne. Bertrand danse déjà. D'habitude il faut qu'il soit fin soûl avant de se laisser aller à gigoter un peu. Sa danse est d'un type parfaitement unique, il fait des enjambées à la Groucho Marx et met une petite claque sur la nuque des danseurs, ce qui n'est pas au goût de tout le monde, mais personne ne lui a encore cassé la gueule. Nouveau morceau des Clash, je suis à deux doigts d'aller rejoindre Bertrand sur la piste, ça change de cette bouillasse qu'on entend un peu partout. Un peu de vrai rock, à l'ancienne, avec des guitares et des lignes mélodiques, ça vaut bien une nuit de sommeil. Encore une coupe et je serai dedans, j'irai parler aux filles, j'irai me trémousser sur la piste, j'irai faire le con un peu partout, je déclamerai une ode au mois de juin jusqu'au petit matin. C'est en voyant trois cents zombies s'activer autour de moi que l'essentiel m'apparaît enfin : qu'y a-t-il de bon à vivre ailleurs qu'ici ?

J'aurais pu me poser longtemps la question si je n'avais senti des présences dans mon dos.

Deux blazers avec écusson.

— Est-ce que vous voulez bien nous suivre, monsieur... Monsieur comment ?

— ... C'est à moi que vous parlez ?

— Où se trouve le monsieur avec qui vous êtes arrivé ?

— Vous suivre ?...

— Quelqu'un veut vous voir, en bas, c'est juste une formalité.

— Vous devez vous tromper de gars, les gars.

— Ne nous obligez pas à vous y conduire de force.

Quand ils ont voulu m'empoigner par la manche, j'ai fait un bond de côté et heurté un serveur, son plateau de coupes s'est fracassé à terre sans qu'on puisse l'entendre, un petit groupe festif a ri vers moi, j'ai vu des cuisses nues ruisselantes de champagne et des baskets écraser le verre pilé. J'ai gueulé le nom de mon pote que j'ai vu danser au loin.

J'ai senti le crochet d'une main s'enfoncer dans mon épaule, j'ai buté dans un couple de danseurs égarés qui n'a rien senti, j'ai appelé à l'aide sans entendre mes propres mots. Alors j'ai hurlé à m'en faire péter la gorge, certains ont cru que je voulais chanter plus fort que la musique, j'ai reculé encore, parmi les buveurs statiques, pendant un instant je me suis cru invisible, mais les regards fixes de ces types en blazer m'ont détrompé. Ils m'ont coincé contre un buffet, et des convives, dérangés dans leur goinfrerie, sont allés investir celui d'à côté.

— Vous vous trompez de mec ! j'ai crié à l'oreille d'un des sbires.

Pour toute réponse il a voulu m'attraper par les revers, j'ai saisi un bac de viande en sauce pour lui envoyer à travers la figure. Je me suis brûlé, il a plaqué les mains sur son visage et je n'ai même pas entendu son cri de douleur. Les autres m'ont attrapé par les poignets pour me faire deux clés dans le dos, j'ai senti mes coudes se rejoindre. Le buste en avant, j'ai cru que tout allait craquer.

Brusquement, tout m'est apparu en suspension, les silhouettes qui s'étirent, la musique en distorsion. J'ai vu une chaise exploser dans une nuque, au ras de la mienne. Ça m'a libéré le bras gauche.

Bertrand, fou de rage.

Tu vois pas qu'ils sont dingues, Bertrand ?... Tout ça parce qu'on a vu de la lumière et qu'on a voulu manger des petits fours qui n'étaient pas à nous. Celui qui me camisole dans ses bras a le menton coincé dans ma joue. D'autres blazers sont arrivés. J'ai vu Bertrand tomber, et juste derrière lui, une ombre l'a rattrapé au plus bas de la chute. C'est en voyant qu'on le traînait à terre que j'ai cessé de lutter, j'ai glissé entre des bras surpris de ce manque de résistance. J'ai suivi le corps de Bertrand qui raclait le sol. Les danseurs, au loin, ondoyaient comme des flammes dans le brasier des corps mêlés.

De l'autre côté du miroir, l'incendie humain ressemblait à un vieux film en noir et blanc, les saccades de lumière du stroboscope découpaient la scène en seize images seconde, et tous les figurants, loin de se savoir regardés, gesticulaient rien que pour mes yeux. Un visage de femme m'est apparu, tout près, plein de tics et de tiraillements, elle s'est fait un raccord d'eye-liner et de rouge à lèvres avec toutes les grimaces d'un animal qui découvre pour la première fois son reflet. Bertrand, allongé par terre, a voulu revenir à lui. Au lieu de l'aider à se réveiller, je l'ai laissé geindre sans bouger, comme un matin de cuite, tout attiré que j'étais par ce qui se passait dans le ballroom au travers du miroir sans tain. Une belle plaque de verre d'un mètre sur deux, parfaitement irréelle, une fenêtre avec vue sur un veau d'or toujours debout, un panoramique teinté d'obscénité qui plonge en perspective au fin fond d'autrui. Comme si Dieu vous avait prêté ses verres fumés pour vous faire partager son désarroi face au spectacle décadent de ses créatures. Au besoin, il dirait, pas fier : « Bon ! O.K. ! j'ai inventé la danse et ils en ont fait ce truc convulsif et païen. J'ai inventé la musique et ils en ont fait le rock'n' roll. J'ai inventé les anchois et ils en ont fait du beurre à tartiner sur des toasts, qu'ils mangent de surcroît la nuit en en foutant la moitié par terre. » Et moi, pantin aux yeux de verre, j'ai envie de lui dire qu'on trompe l'ennui comme on peut, parce que, quoi faire d'autre avec les mains nouées dans le dos ?

La vie devient dure pour les parasites. Ils ont pris des mesures draconiennes pour se débarrasser des nuisances. Qu'est-ce qu'on a fait, après tout ? On est des petites bêtes chiantes mais pas méchantes. Des rats qui se glissent partout mais qui savent se carapater quand ils sentent le piège à con. J'ai envie de crier à l'erreur judiciaire, faire machine arrière, dire : O.K. ! on ne le fera plus, dès demain matin on se mettra à travailler, on fera votre vaisselle, on rangera les caisses de champagne sans en ouvrir une, on lavera les nappes, on portera les tréteaux, et on se couchera de bonne heure sans faire d'histoires. Ça nous apprendra à jouer les vrais faux riches, à se vautrer dans la fête et faire comme si tout nous appartenait. Mais faut nous comprendre, aussi...

Si vous nous aviez vus, Bertrand et moi, au bureau de l'ANPE de la porte de Clichy, le matin de l'inscription. Le sketch auquel on a eu droit, avec d'autres, des demandeurs de tous âges, des licenciés, des dégraissés, assis sur des chaises, silencieux pendant le briefing du recruteur qui nous disait que, grosso modo, il ne fallait compter que sur soi pour se sortir de là. On avait rempli le questionnaire. Formation : aucune. Desiderata : aucun. Si ! Bertrand en avait un : devenir ambassadeur. Ou attaché culturel quelque part où il fait toujours chaud. Mais le placier n'aurait sans doute pas apprécié son sens de l'humour. Tout y était, la bruine du petit jour de novembre, les bruits du périphérique, le bâtiment en préfabriqué, le diaporama avec des employés de bureau qui sourient, et des soudeurs qui font des étincelles avec un masque sur la tête. On nous a souhaité bonne chance car, vu notre âge, il y avait encore de l'espoir malgré qu'on ne sache rien foutre. On s'est retrouvés dehors, avec notre papier rose dans la poche, celui qui nous permettait de toucher les ronds des assedic. Mister Laurence, impérial, a dit : « Tout ceci me paraît bien cloisonné. » Je n'ai pas bien compris sur le coup mais ça m'a semblé juste. C'était le matin du bilan, celui qui allait devenir le début de l'après. L'*après*. C'est drôle de sentir que quelque chose se termine quand rien n'a vraiment commencé. Ce jour-là j'ai su qu'il suffisait d'un seul lundi matin pour faire le tour de toutes les questions qu'on laisse en suspens durant sa saine jeunesse. Une seule certitude, pourtant : nous étions deux, le nombre minimal pour ébaucher une dialectique et une méthode, ça nous donnait le droit de dire « on ». Mais hormis quelques idées de jobs à la con, le calcul des droits assedic sur un coin de trottoir, notre *après* commençait déjà à faire du surplace.

Nous sommes allés nous réfugier dans les jardins du Palais-Royal, désertiques et humides. Et, sur les coups de sept heures du soir, en errant vers la rue Mazarine, on a vu des gens entrechoquer des verres derrière la vitrine embuée d'une galerie de peinture. C'est à ce moment-là qu'on a réalisé qu'on vivait bel et bien à Paris. Et qu'au lieu de se laisser aller à une lente clochardisation et acheter du vin rouge étoilé, on pouvait imaginer un autre calcul désespéré : investir dans un smoking.

— On profite du spectacle ?

Je ne les ai pas entendus entrer. Deux blazers, et un bonhomme avec un collier de barbe, plutôt petit, les poings vissés sur ses hanches. Dans la pénombre j'ai pu discerner quelques traits, rien de connu, la soixantaine passée mais autoritaire, des yeux fatigués. Campé sur ses jambes, il est resté un bon moment devant le miroir pour assister à l'agonie de la fête. Le moment noir, détestable, l'heure des traînards impénitents, l'heure perdue où les esprits dégèlent et où la première lueur du jour est la pire des sentences. J'ai préféré regarder vers le tapis où Bertrand m'interrogeait du regard. Que lui dire sinon qu'il passait du cauchemar au cauchemar. Qu'on a eu des réveils pénibles, mais que celui-là restera inoubliable.

— Détachez-les, a fait le bonhomme sans se retourner.

Je me suis massé les poignets, Bertrand a essayé de se dresser sur ses jambes. J'ai senti que je devais prendre la parole, sans avoir la traître idée de ce qu'on peut dire dans un cas pareil. Le barbu ne m'en a pas laissé le temps.

— Si j'ai loué l'endroit, c'est uniquement à cause de ce miroir sans tain. Vous êtes dans un ancien bordel, un bordel pour riches. Le miroir était aussi utile aux voyeurs qu'aux patrons.

Il a allumé la lumière en ricanant, comme heureux de ce qu'il venait de dire, il a répété « miroir sans tain » plusieurs fois. Je me suis frotté les yeux. Un bureau Louis XV, des moulures au plafond, de la dorure un peu partout.

— On regrette, mon copain et moi, d'avoir voulu s'introduire chez vous pour profiter de votre fête. On voulait juste s'amuser un peu, on n'est pas des turbulents. On peut vous faire des excuses et tenter de réparer les dégâts. On n'est pas très riches.

— Vous n'êtes qu'une bande de crétins dégénérés, vous et vos sbires en bleu. On ne s'excusera pas.

Bertrand. Bertrand encore endormi qui va tout foutre en l'air. Je l'ai repoussé avec la dernière violence.

— L'écoutez pas, monsieur... Il est sonné... Il va s'excuser.

Le bonhomme s'est retourné brutalement.

— Vous vivez la nuit ?

Du tac au tac j'ai répondu « oui », entre la trouille et la surprise.

— Pourquoi ?

On s'est regardés, avec mon pote, sans savoir quoi répondre.

— Il y a sûrement des raisons, on ne vit pas la nuit pour rien. Qu'est-ce qui vous pousse dehors à la nuit tombée ? Même eux, là, derrière, qu'est-ce qu'ils font debout à une heure pareille, dit-il en montrant le miroir.

— Bah... parce que... C'est là que tout se passe...

— Ce que vous appelez « tout », c'est quoi au juste ? Les petits fours et le champagne ?

— Bah... ça en fait partie...

Le bonhomme a chuchoté quelque chose à l'oreille de son sbire, qui a quitté la pièce, sans doute pour nous laisser seuls avec lui.

— Je ne fais que me renseigner, vous savez. Curiosité professionnelle. Et toutes les nuits vous traînez ?

— Bah... certains soirs on s'en passerait bien. On préférerait s'allonger devant une télé avec une petite boisson chaude, mais c'est pas évident, pour nous, de trouver ça.

— Il doit y avoir autre chose... Essayez d'y réfléchir... Est-ce qu'il vous arrive d'avoir la nausée ? Est-ce que vous avez le sentiment de *voler* quelque chose ?

— Vous voulez mon numéro de sécu aussi ? On aimerait savoir ce qu'on fout ici même, après s'être fait agresser par vos hommes de main. Tout ça va se régler devant un commissaire de police, je demande à voir un médecin, j'ai peut-être un traumatisme crânien. Je n'ai pas pénétré chez vous par effraction, je suis protégé par des lois ! gueule Bertrand.

— Pas la nuit. La nuit, vous n'êtes protégés par rien du tout. La nuit, vous sortez de la tranchée, vous êtes à découvert. C'est sans doute pour ça que vous l'avez choisie. La nuit est duale, elle est en même temps le dehors et le refuge.

J'ai jeté un œil sur la pendule. 5 h 30. Le bonhomme a commencé à m'énerver aussi.

— Quand on rencontre des gens comme vous, un peu qu'elle est dangereuse, la nuit. Mais d'habitude c'est pas ça. Tout ce qu'on risque, c'est de se faire jeter dehors par un cafetier qu'aime pas nos gueules.

— Comment vous êtes-vous rencontrés, tous les deux ?

La question était tellement inattendue que j'y ai répondu, patiemment. J'ai sans doute pensé qu'il ne nous lâcherait pas si je ne cédais pas à ses caprices. Ça a pris un long moment, nous avons rassemblé nos souvenirs, le vieux a tout écouté avec un intérêt inouï. Plusieurs fois il nous a demandé de répéter certaines phrases et d'insister sur des détails qui nous paraissaient anodins. Puis il a demandé à Bertrand :

— Qu'avez-vous éprouvé, tout à l'heure, quand votre ami s'est fait agresser ? J'ai vu la scène, mais j'aimerais surtout savoir ce qui s'est passé dans votre tête à ce moment-là.

Bertrand n'a pas su quoi dire. Le vieux n'a pas cherché à l'aider, au contraire. On aurait dit que ce silence gêné était la réponse qu'il attendait.

— Vous avez dit à l'entrée que vous veniez de la part de Jordan. Vous avez dit qu'il viendrait, j'ai attendu, et puis...

— Mais tout ce qu'on a dit est vrai, merde ! Et s'il a préféré finir la nuit ailleurs, c'est une raison pour nous casser la gueule et nous séquestrer ?

— Décrivez-le-moi.

— Mais puisque je vous dis qu'on le connaît, nom de Dieu ! C'est un gars assez spécial, Jordan. Ça fait longtemps qu'on traîne ensemble. Au début on le trouvait bizarre, mais maintenant on est habitués, on l'a vu au Centre Culturel Suisse, en début de soirée, il se descendait des bloody mary au litre.

— Tel que je le connais il est capable de se radiner maintenant, à cinq heures du matin, il adore les fins de soirée, c'est un baroque. Si vous saviez tous les petits matins glauques qu'on a eus... dis-je en me forçant à y mettre le ton.

Une petite nana en blazer est entrée avec une desserte roulante et un grand sourire, pour s'éclipser une seconde après. Le bonhomme a sorti une bouteille de champagne d'un seau à glace pour nous verser deux coupes. Des canapés salés, des tranches de gâteau, du café et de la viennoiserie.

— Approchez-vous, messieurs, puisque vous raffolez de ces petites choses.

Juste après ça, il est retourné à la contemplation du miroir.

— Miroir sans tain... Quand je pense que j'en ai fait un métier pendant trente ans... Vous me plaisez, les petits. Je sens que je vais rajouter un chapitre à mes mémoires.

Bertrand m'a regardé par en dessous en faisant un petit geste de la main pour signifier à quel point la situation était grave. Nous ne sommes pas tombés chez un hôte susceptible. Non. Nous sommes tombés chez un barjo. Un vrai. Et un barjo équipé, entouré. Je me suis demandé dans quel état on allait sortir d'ici.

— Bon ! Parfait. Si vous saviez à quel point ce que vous me dites me fait plaisir... Parce que moi, je ne l'ai jamais vu, votre Jordan.

J'ai éprouvé quelque chose de bizarre, loin dans mes tripes, une sorte de trouille mêlée de curiosité.

— Votre Jordan veut ma peau. Je sais qu'il me cherche depuis plusieurs mois.

Il a joué avec une coupe de champagne sans y tremper les lèvres.

— Lui, je ne l'ai pas encore. Mais vous, si.

Je me suis massé les tempes, comme pour m'aider à réfléchir. Je me suis reformulé mentalement les dernières paroles qui ont traversé l'espace, et n'ai entendu qu'une sorte de grésillement qui m'électrifiait les neurones d'une oreille à l'autre. J'ai fermé les yeux, quelques secondes. En les rouvrant, j'ai vu un sourire timide aux lèvres de Bertrand.

— Attendez... Attendez... On va tirer ça au clair... Ça en devient presque drôle... Je vais vous expliquer qui on est exactement. En fait, dans tout ce qu'on a dit tout à l'heure, y avait pas mal de flan, mais ça fait partie de nos méthodes. En fait, la vérité, elle est simple : ce Jordan, on le connaît à peine, on l'a juste vu traîner en début de soirée au Centre Culturel Suisse... Personne ne le connaît vraiment, c'est juste une silhouette de la nuit... Il passe... On a juste utilisé son nom comme prétexte, c'est une de nos techniques... Un jour on est rentrés au Salon de l'érotisme en se faisant passer pour les petits-neveux de Michel Simon, c'est dire. On se réclame de gens qu'on n'a jamais vus, et on se fait oublier après... Si vous saviez le nombre d'ennemis qu'on a à cause de ça... Vous voyez bien qu'on est des nuls...

Le bonhomme a éclaté de rire.

— Je vous supplie de nous croire, on ne le connaît pas... On sait juste qu'il boit des bloody mary... Impossible de vous dire son nom de famille... C'est la nuit que les dingues sortent, vous avez raison... Le jour, on ne les voit pas.

Silence.

Des serveurs sépia balaient la salle et poussent dehors les derniers noceurs à coups de balai élégants.

— Qu'est-ce qu'il fait, le jour ?

— On n'en sait rien ! Et on s'en fout ! On l'a juste vu une fois, bordel !

— Il fait partie des drogués, des pochards, des paumés, des pervers, ou de quoi d'autres ? C'est un... un freak ? Comment on dit freak, ici ?... Un monstre ? Un bizarre ?...

— On s'en fout, de votre Jordan, on veut sortir d'ici et chercher un coin où dormir.

— Vous allez trouver, ne vous inquiétez pas. Un grand lit, avec un petit déjeuner demain matin. En tout cas pour l'un de vous deux.

On n'a pas compris ce qu'il voulait dire, comme le reste. En se mettant d'accord d'un seul regard, nous nous sommes levés, histoire de dire que la farce était finie et qu'il était temps de partir.

— Vous comprendrez qu'avec ce qu'il me veut, je ne vais pas gentiment attendre sa visite. Je veux Jordan, vous m'entendez. Et puisque vous le connaissez, puisque vous fréquentez les mêmes endroits, puisque vous n'avez rien d'autre à faire qu'à errer dans la nuit, c'est vous, qui allez remettre la main dessus.

— Quoi ?

— En entrant ici sous son nom vous ne vous doutiez pas de la bêtise que vous faisiez. Une vraie aubaine...

— Mais puisqu'on vous dit que...

— Ça fait des mois que je le recherche, et j'ai tout essayé. Lui et moi, nous ne fréquentons pas le même monde, les mêmes milieux. Je ne connais rien à la nuit.

— Et vous organisez des soirées pareilles ?

Il n'a pas daigné répondre.

— Mais vous, vous êtes des pros, c'est votre métier, de vivre à contresens.

— Vous plaisantez ou quoi ?... D'abord on se fait casser la gueule, ensuite il faudrait qu'on bosse pour vous ? Appelez les flics, engagez des détectives privés, vous avez du pognon.

Il a de nouveau éclaté de rire.

— La police ?... Je vous épargne une longue liste de raisons qui m'obligent à laisser les flics en dehors de ça, si je vous racontais le détail, vous ne me croiriez pas. En revanche, les détectives privés, oui, ça j'ai essayé. J'en ai mis trois sur le coup. En même temps. Pendant quatre mois. Quatre. Ils ont réussi à se perdre eux-mêmes. Et c'est logique, d'ailleurs... J'ai compris assez vite que pour maîtriser la nuit parisienne, il fallait des contacts, des connexions, des entrées. Aux États-Unis c'est très différent, on lance une invitation et on laisse faire le bouche-à-oreille pendant un bon mois, cela permet à l'hôte d'évaluer le tout-venant qu'il mérite, c'est assez pervers. Mais à Paris, rien n'est pire que l'anonymat. Ce n'est pas moi qui vais vous l'apprendre. Comment voulez-vous qu'un salarié de l'enquête discrète s'y retrouve ?

Exact. Premier argument sensé qu'il énonce. C'est la dure loi de la mouvance : sans un réseau solide, même avec du fric, on n'est jamais sûr d'être au bon endroit au bon moment. Le monde de la fête a trop de choses à préserver pour ouvrir grand la porte aux fouille-merde. Paradoxe : un smoking est plus discret qu'un imper mastic. Paradoxe : plus on cherche des tuyaux, moins on vous en donne. Paradoxe : sans étiquette, on est catalogué.

— Il me faut quelqu'un qui fasse partie du décor. Avec vous, je ne pouvais pas mieux tomber. Et vous avez un atout majeur : vous êtes copains avec Jordan.

— C'est faux ! On n'est rien, comparés à ce mec-là. Lui, oui, c'est un vrai pro, il fréquente des endroits qui ne sont pas à notre portée. On est des nuls, un verre de mauvais champagne et on a les yeux qui brillent, on se fait inviter au restaurant et on a décroché le cocotier, on laisse jamais un sou de pourboire, et vous voulez que je vous dise le pire : tous les mois on bidonne des fausses demandes d'emploi pour arnaquer les assedic. C'est pas une preuve, ça ! Votre Jordan, c'est un seigneur, une épée. Il a l'étoffe qu'on n'aura jamais.

Je ne sais pas si c'est Bertrand ou moi qui a dit tout ça. On marque tous les trois un temps.

— Et quand bien même. Vous m'en avez dit plus sur lui que les trois crétins qui m'ont fait perdre tout ce temps.

Il se verse un café, on le regarde faire, résignés. À force de jouer les rats, quelqu'un a fini par nous croire. Et nous piéger. Bertrand arbore subitement un sourire de faux cul, celui qu'il sert aux barmen pour demander moins de glaçons et plus de whisky.

— Bon ! on va s'arranger, il dit. On va trouver un *modus vivendi.* On fera pas de vagues sur l'agression qu'on a subie ici, et on vous promet de vous passer un coup de fil si jamais on croise votre gars.

— On va même fouiner un peu et chercher des tuyaux sur lui, j'ajoute.

Avant de répondre, il a sorti une pièce de cinq francs de sa poche et l'a fait tournoyer dans sa main.

— Et ça vous coûtera moins cher qu'une escouade de privés, ricane Bertrand. Gardez vos sous, on s'arrangera.

— Je savais bien qu'on allait s'arranger... heu ! j'ai oublié votre prénom.

— Bertrand.

— Vous choisissez pile ou face, Bertrand ?

— Qu'est-ce que vous voulez dire ?

— Il faut bien qu'on détermine lequel de vous deux va s'y coller en premier. Autant tirer au sort, ça me semble plus équitable, alors, pile, ou face ?

— ... ?

— Vous ne vous imaginiez tout de même pas que j'allais vous lâcher tous les deux dans la nature ? Vous me prenez pour quoi ?

Il a fait entrer deux blazers qui attendaient derrière la porte. L'un d'eux avait le visage recouvert d'un pansement.

— J'en garde un pendant quarante-huit heures. Il sera traité comme mon invité, cela va de soi. L'autre peut partir sur-le-champ. Je lui donne du liquide et un numéro où il pourra laisser un message au cas où il obtiendrait des résultats plus tôt que prévu. Dans le cas contraire, il appellera vendredi matin à 10 heures pour que nous fixions un rendez-vous.

Une gorgée de café.

— C'est là que vous permuterez. L'un passera le relais à l'autre pendant les quarante-huit heures suivantes, et on alternera comme ça le temps qu'il faudra. J'ajoute, pour être clair, qu'Euro-System n'existe pas. Que personne ne me connaît. Qu'il est impossible de remonter jusqu'à moi, ni par le numéro de téléphone que je vous laisse, ni par ce magnifique hôtel particulier dans lequel nous nous trouvons. Que prévenir la police serait inutile et déconseillé. Mais que rien, a priori, ne vous en empêche. Que plus vite j'aurai neutralisé Jordan, plus vite vous serez à l'air libre, tous les deux. Que tout ce que je dis est vrai, mais que je ne dis pas tout. Et pour conclure, que je suis prêt à tout pour retrouver ce garçon. Absolument tout. J'ai fait un trop long chemin pour arrêter maintenant. Alors ? Pile ou face ?

*

À force de ne pas vouloir choisir nous sommes devenus grotesques. À force de vouloir le contrer nous nous sommes affaiblis. À force de l'insulter nous l'avons renforcé. Pile ou face ? Gangster ou malade mental ? Bluff ou main gagnante ? La rue ou la prison ? Moi ou l'autre ? Il nous a laissés seuls dans la pièce, par pudeur sans doute. Et là, nous avons vécu un moment atroce auquel rien ne nous préparait. J'ai tout oublié. Tout confondu. Brusquement, Bertrand ne m'est plus apparu comme un ami, mais comme l'autre. L'autre.

— T'as peur ?

— Oui.

— Faut pas. Ça va lui servir.

— J'étouffe.

— Moi aussi.

— Toi ou moi ?

— J'étouffe.

— Tu me laisseras tomber, si tu sors.

— Non. Je ne te laisserai pas tomber.

— Qu'est-ce qu'on en sait ? Moi, peut-être que je te laisserai tomber.

— Moi non, je te jure que non. Je te supplie, si tu veux... Si on m'enferme je crois bien que j'y resterai. Je suis claustro, j'ai envie de gerber.

— Arrête de chialer, tu l'as entendu, ce dingue ? C'est un fou, dans une heure il aura vidé les lieux, impossible de remonter jusqu'à lui. Tu veux qu'on tire à pile ou face ?

— Non. J'ai pas le cœur bien accroché. Je vais vomir. Je ferai tout ce que tu veux.

— Tu me laisseras tomber.

— Jamais. Jamais.

— Tu me fais peur.

— Je te supplie de me croire, qu'est-ce que tu veux ? Je peux me traîner à terre. Tu veux que je le fasse... là, tout de suite...

— Relève-toi.

— ... Je suis prêt à tout...

— C'est bien ça qui me fait peur.

Dehors, dans le petit jour désertique. L'heure bleue. J'ai rejoint le trottoir, les jambes lourdes et le poing crispé sur des billets froissés. En les sortant de ma poche, quelques-uns se sont envolés dans la brise et je les ai regardés tomber sur la pelouse. Je n'ai pas pu m'empêcher de les ramasser. J'ai compris que Bertrand me manquait déjà, l'impression d'être bancal, de marcher à gauche en cherchant un contrepoint côté caniveau. Un déséquilibre. D'habitude, entre lui et moi, c'est l'heure de la mauvaise humeur. On fait tous les efforts pour se taire en sachant que le premier crachat de hargne en appellera bien d'autres. Des grognements de malaise, comme des bêtes égarées, chacun devient le bouc émissaire de l'autre et veut lui faire payer son propre désarroi devant le jour à venir, la fatigue et le manque d'abri. On a du reproche plein la bouche, la journée ne peut pas commencer autrement. On s'épie du coin des dents. On guette les faux pas. Pendant l'heure bleue, Bertrand est l'entité que je hais le plus au monde, et je lis dans son regard qu'il aimerait tellement voir ma gueule ouverte sur une arête de trottoir. Alors on cherche un petit coin de silence pour oublier la détresse.

Les taxis sont tous vides, et il y en a plein, il y en a toujours plein pendant l'heure bleue, je n'ai jamais su pourquoi. Je monte dans une Mercedes.

— Où on va ?

Il faut que je fasse quelque chose de ma peau, tout de suite, ou je vais craquer et me mettre à chialer au premier feu rouge. C'est presque trop tard, je sens mes yeux se gonfler.

— Où on va ?

Je ne trouverai pas une once de paix, nulle part, à moins de me descendre une dose de calmants que je n'ai pas. Dès que je serai dans un lit je vais me ronger les ongles et les doigts. Je vais m'efforcer de pleurer un bon coup en pensant que ça me fera du bien, mais ça ne viendra pas. Je sais ce qu'il me faut, un regain de nuit, je dois retrouver tout ce qui m'a mis dans cet état, c'est du poison qu'on tire le remède. Je vais mettre de longues heures avant de me refaire un intérieur.

— Rue de Rome, au Mille et une Nuits.

Je sais que là-bas on a déjà refusé l'idée que le soleil s'est levé. On le nie. Les lendemains n'existent pas, et l'illusion y est si forte que personne ne se doute qu'à cette heure-ci, le monde roule, déjà, les yeux grands ouverts. Et au-dehors, à l'heure du premier café, personne ne peut imaginer qu'une poignée de grands malades du point du jour se sont terrés dans des ornières lumineuses. Il n'y en a guère que trois ou quatre, dans Paris. Des clubs fermés à tout ce qui est ouvrable. L'amicale des écorchés du quotidien. Ceux qui, s'ils étaient vraiment paumés, seraient déjà quelque chose. Des retiens-la-nuit qui ont mal compris la chanson, ou trop bien.

L'enseigne du 1001 est éteinte. Le chauffeur s'énerve quand je lui tends le billet de cinq cents francs mais finit par trouver la monnaie. Le trafic a repris le dessus, des gens passent dans la rue et les échoppes lèvent leur rideau de fer. Il faut faire vite, ou je vais me rendre compte du subterfuge. La porte est entrebâillée, j'entends le bruit d'un aspirateur dans la grande salle du fond, celle avec le bar et la piste de danse. Je m'arrête un instant devant la caisse vide, puis dans le petit hall en moquette rouge, et contourne la colonne en mosaïque dorée. Je ralentis. Est-ce que c'est vraiment comme ça, Byzance ? Manquent plus que les senteurs de l'Orient et les femmes au ventre ondoyant. Mille et une nuits, c'est ce que durera cette boîte, ensuite on la casse pour en faire des bureaux. Trois ans de sursis, pour Bertrand et moi. C'est ce que dit le videur, Jean-Marc. Notre pote. Le seul qui ne nous demande pas si on a de l'argent pour entrer. Le seul qui nous donne ses tickets de consommation, parce qu'il ne boit pas. C'est notre Q.G., notre havre, la dernière sortie avant le trottoir. C'est ici qu'on vient se reposer, ou dormir, avec des lunettes noires sur le nez, statufiés, assis sur les banquettes, en attendant le premier métro. Tout le monde pense que nous sommes des poseurs. Quand, en fait, on dort comme des nouveau-nés. À gauche, l'escalier qui descend vers le petit bar. Un ronronnement de blues. Parce que le rock déplace trop d'énergie à une heure pareille. Ils sont là, ça vit. La lumière des spots remplace l'autre, et les éclats de voix rocailleux, le silence du dehors.

— Toinan !

C'est Jean-Marc, entouré d'un Black en casquette et d'un élégant jeune gars au costume croisé prince-de-galles. Étienne est là aussi, voûté dans l'attitude caractéristique du pochard qui cherche une parole d'espoir dans le fond de son verre. J'écarte deux ou trois veilleurs éméchés, serre la main de Jean-Marc et des deux autres.

— Où t'as mis Tramber ?

Jean-Marc est le seul qui se serve encore du verlan pour les noms propres, et Mister Laurence n'apprécie pas toujours quand on l'appelle Tramber. De toute façon, devant Jean-Marc, on la boucle. D'abord parce qu'on l'aime bien. Ensuite parce qu'il nous aime bien et qu'il nous trouve toujours un endroit où errer. Mais aussi parce qu'il pèse cent vingt kilos, qu'il est à demi asiatique, et que je ne me vois pas inculquer les bonnes manières à un lutteur de sumo. J'ai toujours voulu avoir une photo de lui dans mon portefeuille, juste histoire de la montrer à d'éventuels agresseurs. Le seul type capable de haranguer une troupe de punks éméchés en disant : « Tous en rang, et je veux voir qu'une seule crête ! » Il suffit qu'il soit là, pas loin, et sa présence nous rassure.

— T'as eu des mots avec ta moitié ? il insiste.

Je n'ai pas envie d'en parler devant les deux autres. Il comprend et me prend par le coude pour me conduire derrière le petit comptoir.

— Mescal ?

Sans attendre de réponse, il me verse l'équivalent d'un verre à cognac. Je crois bien que Jean-Marc n'a jamais bu une goutte d'alcool de sa vie, même pour essayer. Mais il n'a jamais fait de prosélytisme en la matière.

— Si je te racontais la nuit que je viens de passer, mon pote…
— Te fatigue pas, je vois l'embrouille. Tramber s'est ramassé une petite qui l'a invité à pieuter. T'as pas réussi à en faire autant et t'es furax.
— Tu peux demander à tes deux potes de changer de table ? Faut que je vous dise des trucs, à Étienne et toi.
— Il est pas en état. Ça fait deux heures qu'il tète.
Il envoie quelques signes explicites à ses deux copains qui se lèvent sans en rajouter.

*

J'ai tout mis sur la table en ponctuant le récit de doses de mescal et de cigarettes névrotiques. Ils ont déjà croisé Jordan, Jean-Marc l'a vu au 1001 avant de partir en vacances, et Étienne au Harry's bar il y a une quinzaine de jours. Au début, ils ont cru à une farce, que Bertrand allait sortir de derrière un rideau rouge. Et puis, sûrement à cause du mescal, je n'ai plus rien entendu, ni leurs questions ni leurs silences, ni le blues, ni même la voix plus très fraîche de Bertrand quand il m'a dit qu'il avait peur que je l'oublie. Si, j'ai perçu quelque chose d'incongru. L'étrange intérêt d'Étienne pour toute cette histoire. Une sorte de fascination qui l'a peu à peu fait revenir à lui. Il m'a donné rendez-vous pour le soir même au Harry's. En précisant qu'appeler la police était la dernière des choses à faire. Il a insisté plusieurs fois sur ce point avec un argumentaire chaque fois différent. Jean-Marc semblait d'accord, par simple réflexe anti-flic, autant se débrouiller entre nous pendant deux nuits, a-t-il dit. J'ai eu le sentiment qu'il prenait ça comme une gageure, une chasse à l'homme un peu rigolote, mais personne n'avait envie de rigoler. Il m'a promis de contacter ses collègues, les physionomistes, pour battre le rappel.

À la suite de quoi, vers midi, je suis sorti de là avec un parpaing chauffé à blanc dans la tête, abruti d'alcool et de fatigue. Jean-Marc s'est proposé de me déposer au point de chute habituel. Notre hôtel du matin, à Bertrand et moi. Le seul endroit qu'on connaisse pour se refaire une santé, se laver des miasmes de la nuit et se pomponner pour celle à venir. Et malgré un investissement de départ, on ne peut pas trouver meilleure formule.

Il m'a largué dans une boîte à muscle vers la place d'Italie, un palais de la forme, une usine à pseudo-bien-être qui se targue de transformer le citadin avachi en Rambo 2000. Ça ouvre à sept heures du matin et ça coûte mille cinq cents francs par an si, comme Bertrand et moi, on se débrouille pour profiter du tarif comité d'entreprise. Inutile de dire que nous faisons des locaux une utilisation détournée. Pendant que des bureaucrates mal taillés et des secrétaires folles de leurs corps s'évertuent à soulever de la fonte et lever la jambe, nous les regardons faire, affalés dans les transats de la piscine. Je n'ai rien connu de plus roboratif qu'un plongeon dans l'eau claire après une nuit d'agapes. Puis on s'endort comme des souches jusqu'en début d'après-midi, et même les chocs plombés des machines à triceps n'arrivent pas à nous réveiller. Ensuite, entre deux bâillements, on se plonge dans le jacuzzi chaud et mousseux en attendant le réveil. Des habitués, des moniteurs nous disent bonjour. Au début ils n'ont pas vraiment compris ce qu'on foutait là. Et comme partout ailleurs, à la longue, ils se sont habitués à nos gueules et ne font plus attention à nous. Après la sieste nous allons prendre une douche, on se rase, et on ressort sur les coups de quatre heures. Vive Paris.

J'entre dans le FIT CLUB. La petite rousse ne me demande plus de présenter ma carte. Je passe rapidement dans la salle de musculation où des gens de tous âges s'échinent sur des agrès — le petit coup de tonus avant de retourner gratter — et se contemplent dans les miroirs pour y traquer la moindre courbe qui aurait jailli ou disparu par miracle. J'en vois un travailler les abdos en lançant des gerbes de sueur autour de lui. Toutes ces pénitences barbares m'échappent, mais à force de côtoyer ces apprentis athlètes, je ne peux m'empêcher de me regarder dans la glace, astreint à la comparaison, et n'y voir qu'une espèce de squelette imbibé de l'intérieur, au souffle raccourci par le tabac, la colonne vertébrale voûtée par le manque de discipline, et des bras maigrelets tout juste assez forts pour soulever une coupe de champagne. Je suis l'antithèse de ce qu'on prône ici.

Parcours habituel, maillot de bain dans le vestiaire, ascension vers la piscine. Plongeon.

Je me laisse couler à pic, comme un poids mort. Et m'allonge à plat ventre sur le carrelage du fond. Si je n'y prenais garde, je me laisserais happer par le sommeil.

*

« SANK ROU DOE NOO. » C'est ce qu'on lit sur le néon, avant de passer les portes battantes du Harry's bar. Je me souviens de ma dernière visite. Je ne sais plus ce que Bertrand faisait ce soir-là, sans doute m'avait-il lâché pour suivre une fille, et j'ai échoué sur un tabouret avec un bourbon sous les yeux, que j'ai siroté à l'américaine. J'ai demandé à un serveur de m'expliquer la formule cabalistique qui vous accueille à l'entrée. Sourire blasé de celui qui a répondu cent fois à la question.

— Quelle adresse donnerait un Américain à un taxi pour venir chez nous ?

— Le 5, rue Daunou ?

— Exactement.

— Sank rou doe noo ?

— Bravo. Qu'est-ce que je vous sers ?

Et l'instant suivant est devenu new-yorkais, ma soudaine et agréable solitude, mon verre épais et lourd, rempli d'un liquide épais et lourd, mon regard perdu dans les rangées de bouteilles, face à un serveur en veste blanche à qui on a envie de dire : « Le même, Jimmy. »

Un pan de mur tapissé de billets, un autre de fanions d'équipes de football américain, des diplômes, des photos, des coupures de journaux. La moyenne d'âge aux alentours de quarante. Pour une fois j'ai l'impression d'être au milieu d'adultes. Malgré le brouhaha, une étrange qualité de silence. Quand je pense que les Américains ont annexé l'Europe, que leur manque de culture est devenu le nôtre, qu'ils nous ont fourgué tout leur bric-à-brac absurde, leurs fringues, leur cholestérol, leurs images, leur musique et leurs rêves. Mais tout en oubliant l'essentiel. Le bar.

Pas question de se laisser embobiner par l'oncle Sam pour tous les irréductibles du ballon de rouge et du zinc des tabacs, les adorateurs de l'apéro, les joyeux imprécateurs du pastaga, ceux qui ont décroché le cocotier quand survient l'inespérée tournée du patron. Les Français ont inventé le café mais ils ne sauront jamais ce qu'est un bar et comment on y boit.

Le bar new-yorkais, c'est le tabouret haut perché avec vue sur ce bas monde, et d'où il vaut mieux ne plus descendre. C'est le barman qui sait ne rien voir, celui qui ne déchire pas nerveusement les tickets du tiroir-caisse en attendant le pourboire, mais qui vous offre le quatrième si on se sort bien des précédents, celui qui a compris que plus on offre plus on commande, celui qui ne cherche pas à gagner en glaçons ce qu'il perd en alcool, celui qui sait dire aux turbulents : « je vous l'offre mais c'est le dernier », celui qui vous propose de le suivre chez un collègue dès qu'il aura fermé.

Le bar new-yorkais, c'est le cadre supérieur qui ne croit plus aux charmes du zapping, le chauffeur de taxi qui se repose des dingues en déroute, les femmes de quarante ans qui n'ont ni sexe ni âge, et tout ce beau monde s'effleure les coudes sans faire d'histoires, sans chercher à vendre son malaise, parce que après tout : chacun le sien.

Le bar new-yorkais, c'est un distributeur de clopes, des verres qui se laissent peloter sans qu'on puisse les renverser comme ça, un comptoir en bois lisse où peuvent se réconcilier deux équipes de base-ball en enfilade. C'est une barre en métal qui vous cale du tangage, c'est le billet de vingt dollars qu'on pose devant soi et qui disparaît dès qu'on l'a éclusé. Dans un bar new-yorkais, personne ne vous encourage à entrer, personne ne vous montre la porte. Dans un bar new-yorkais on ne racle pas le fond de ses poches dans l'espoir d'un sursis.

Les bistrotiers parisiens ne comprendront jamais.

Étienne est déjà là, seul, et feuillette un journal dans la pose dégingandée du teenager au macdo. Il en a tout l'attirail : les baskets, le jean et le blouson. Je ne l'ai jamais vu autrement, même dans les soirées selects, tenue correcte exigée. Cinquante piges et un mystère. Impossible de savoir s'il comprend un traître mot au *Financial Times,* s'il a des actions dans la bauxite chilienne ou s'il n'a trouvé que ça pour soigner son ennui. Dès qu'il me voit il froisse nerveusement son canard et le fout en l'air à l'autre bout du bar. Excité.

— C'était des blagues, le coup de ce matin, hein ? Je pense qu'à ça depuis le réveil... C'était des conneries, hein ?

L'endroit ressemble au souvenir que j'en ai. Moquette rouge par terre, atmosphère brune, soft, ambrée couleur bourbon, ce n'est pas New York, ça ressemblerait plutôt à un bar de grand hôtel, on cherche le piano d'ambiance. Soixante balles la consommation ; j'ai encore le réflexe de l'indignation. J'oublie que depuis cette nuit je ne dois plus être préoccupé par la question pécuniaire. Désormais, quand je plonge la main dans le fond d'une poche, au lieu de tomber dans une béance, je ne trouve plus rien qu'un paquet de billets bien gras condamné à être dilapidé pour les besoins du vice. Et rien d'autre.

— Je t'en offre un ? dis-je.

Là, il s'écroule de surprise, la tête contre le rebord du comptoir.

— Pardon ? Répète ça ! Tu vas me rincer ? Toi ?

Pour toute réponse je sors les biftons, en déroule un, hèle le serveur.

— C'était pas des conneries, alors... Deux Jack Daniel's sans glace.

Le gars en veste blanche nous les sert avec un verre d'eau glacée, comme là-bas. Étienne n'en peut plus, il boit, les bras frémissants, et pas à cause de l'alcool, ni du paquet de fric. Ce qui m'est tombé sur le coin de la gueule tôt ce matin provoque chez lui un sentiment très lointain de la compassion. Comme s'il n'avait pas été contre l'idée que ça tombe sur la sienne. Va comprendre comment il fonctionne... Va savoir ce qu'il a vécu, il y a longtemps, avant de retomber en adolescence.

— T'as aucune idée d'où ils ont pu fourrer Mister Laurence ?

— Même si je savais, ça ne servirait à rien. Le bonhomme qu'on a vu cette nuit est un dangereux. Pire que ce fou en veste jaune qu'on regardait danser dans son pantalon de cycliste, au Palace.

— Si c'est pire que le fou en veste jaune, c'est grave.

— Si t'avais vu les yeux de ce dingue. Quand un mec a ça dans l'œil... Pour ça t'as raison, je ne me vois pas raconter l'entrevue à un flic. Moi, chômeur, en train de m'attaquer à une multinationale qui n'existe pas.

Temps mort, où j'ai allumé une clope, toisé un vieux couple chic qui se tient par la main. Un touriste entre, et se fait refouler immédiatement, en anglais, parce qu'il est en short. J'ai eu un petit pincement au cœur en imaginant la réaction de Bertrand à la place du touriste : à mille contre un, il aurait enlevé le short et se serait installé au bar en slip.

— Ils ont Bertrand. J'ai quarante-huit heures. Ensuite on inverse les punitions. Son Jordan, il doit pas être bien dur à pister, j'ai qu'à téléphoner à tous nos rabatteurs, les traînards, rien qu'entre Jean-Marc, toi et moi, on peut en toucher la moitié, en deux soirs.

En disant ça j'ai senti le top chrono s'enclencher ; moins trente-six heures avant de me livrer comme un paquet aux bons soins de mes séquestreurs. Notre Paris n'est pas si grand, il se résume en quinze ou vingt points clés, la plupart dans trois ou quatre quartiers bien précis. C'est le Paris de Jordan qui reste un mystère, je connais déjà quelques carrefours où l'on peut se croiser passé minuit, mais les autres ? Avec mes soirées de grappillage, mes vernissages et mes boîtes à la mode, je ne suis qu'un amateur n'ayant aucune idée de ce que sont le vrai luxe et la vraie fête. Jordan peut avoir des habitudes partout, dans des cercles chics que je ne connais pas, des lieux occultes de l'Argentry Internationale, des clubs où l'on se fait parrainer par des émirs, des endroits surtout pas publics dont même les fêtards impénitents n'ont jamais entendu parler, je peux imaginer n'importe quoi : des boîtes à partouze, une secte des adorateurs du bloody mary, des fêtes en charter avec aller-retour aux Bahamas. Ça existe.

Des gens arrivent, s'installent au comptoir. Étienne me dit qu'il faut se dépêcher avant que le serveur ne soit trop occupé pour bavarder. Celui qui nous importe cesse d'agiter un shaker, en verse le liquide couleur pisse aigre dans un verre, et les dernières gouttes viennent humecter la bague de sel qui entoure les bords. Margarita. Tequila, jus de citron, sel, et brûlure d'estomac si on en boit deux de suite. Trois, et on se dit que l'ulcère s'est enfin décidé à percer. Étienne lui fait signe.

— Dites, c'est bien vous, le spécialiste du bloody mary ?

Pas le temps d'une seconde phrase, banzaï, une pirouette de shaker, une talonnade dans le frigo, fioles qui valdinguent et double salto du jus de tomate avec délestage en vol dans un verre triangulaire. Étienne a beau secouer la main, la chose est déjà sous ses yeux.

— J'ai pas vu passer la vodka, dis-je.

Il goûte et repose le verre avec une petite grimace.

— Y en a.

Le serveur, un petit bonhomme à la moustache autoritaire, attend ma réaction. Si ce gars nous parle de Jordan comme il prépare les cocktails, va falloir prendre des notes. Je goûte, plus pour engager la conversation.

— Excellent... C'est pas celui qu'on trouve à la buvette.

— Vous plaisantez ? Ce cocktail a été inventé ici, peut-être là où vous êtes assis, en 1921. Worcester sauce, sel, poivre, tabasco, vodka, tomate, et jus de citron, indispensable, pour que le piquant vienne après l'aigre.

Dommage que je n'aime pas ça. Mais je comprends mieux pourquoi Jordan est un habitué. Étienne repart à la charge, lui retient le bras, parle lentement, je n'entends rien mais suppose un rapide descriptif de notre gars. Le loufiat fait semblant de chercher une seconde, secoue la tête et plonge les mains sous un robinet.

— Qu'est-ce que je fais ? J'insiste ?

— Tu parles... Un zombie qui boit du bloody mary et qui donne des leçons de shaker à un spécialiste, ou on ne connaît que lui, ou on ne l'a jamais vu. Dis, Étienne... tu sais manier les grosses coupures, les faire renifler de loin avec l'air de dire « on peut s'arranger, gourmand » ? Parce que moi, j'ai jamais fait ça et j'ai peur de passer pour un con.

Je sors cinq cents balles de ma poche. C'est là que, contre toute attente, Étienne, le plus sérieusement du monde, me prend le billet au niveau des tabourets, et me dit :

— Ça je sais faire.

Il pose le billet sur le comptoir avec le bout des doigts dessus, rappelle le gars. Qui ne voit que le coin écorné du Pascal.

— Jordan dit que vous faites les meilleurs bloody mary de Paris.

Il hésite, tergiverse une seconde et rafraîchit une coupe de champagne en y faisant tournoyer des glaçons.

— Votre gars est venu me tester, un soir. Il avait vu ma photo dans un magazine où j'expliquais ma méthode. Il a goûté sans broncher. Et depuis, il revient. C'est un habitué sans habitudes. Des fois à l'ouverture, des fois tard, il n'a pas de règle.

— Toujours seul ?

— La plupart du temps. Une fois je l'ai vu avec une dame. Je m'en souviens parce que je me suis fait la réflexion qu'ils étaient bien assortis, tous les deux, question allure générale. Un beau couple. Surtout elle.

— Belle ?

— Oui. On aimerait dire autre chose, mais à part « belle », je vois pas. Faut dire qu'elle avait un genre. Ah çà !

— Un genre ?

— Bah... oui... Je sais pas comment dire... un genre...

— Le genre qui croise et qui décroise ? je demande.

— ... Qu'est-ce que vous voulez dire ?

— Le genre pute, quoi.

Le gars se redresse en haussant les épaules, Étienne lui laisse le billet puis donne un coup de pied dans mon tabouret.

— Gardez la monnaie.

Le serveur part encaisser.

— Tu te fous de ma gueule ou quoi ? Y avait qu'à le laisser venir tout doux, imbécile. Envoie un autre bifton.

Plié en quatre, entre deux doigts, en direction du gars.

— On avait oublié le pourboire. Cette fille, elle avait un prénom ?

— Non. Mais pour répondre à votre copain, elle n'avait pas du tout l'air d'une pute.

— Il a déjà payé par chèque ? Carte bleue ?

— Que du liquide. On ne prend pas la carte bleue.

— O.K. ! On vous remercie, dit-il en faisant glisser le billet dans sa main.

Je me suis levé en léchant les dernières gouttes de bourbon, et j'ai passé la porte western, sans Étienne, qui parlait encore au type avant de me rejoindre dehors.

— Qu'est-ce que tu lui as dit ?

— Le principal. Qu'on avait encore des pourboires dans le genre s'il avait la bonne idée de nous appeler en voyant radiner Jordan.

— Mais nous appeler où ?

— Devine, banane. Au 1001 Nuits, et Jean-Marc saura bien se démerder pour faire suivre. Sur ce, je me casse, on se partage le territoire, je file vers la rue Fontaine, toi tu fais ce que tu veux, j'appellerai Jean-Marc vers deux heures, fais-en autant si t'as quelque chose.

J'ai envie de lui demander où il a appris tout ce sketch. Mais ce n'est pas encore le bon soir. Avant de me planter là, il tend la main, bien plate, paume en l'air. J'hésite à comprendre.

— Trois, dit-il en remontant le col de son blouson.

En laissant échapper un soupir, je sors trois billets de cinq cents balles. C'est dans le besoin qu'on reconnaît ses potes.

*

Moi, je descends la rue Réaumur pour rejoindre les Halles. Et Bertrand, il est où ? Par habitude, j'ai pensé à notre boîte aux lettres, place des Vosges. J'avais inventé ce truc au cas où on se perdrait au hasard de nos dérives personnelles. N'ayant ni l'un ni l'autre aucun vrai point de ralliement dans Paris, on se laissait des billets au creux d'un panneau de sens interdit, du type : « café de la mairie, 17 h, jeudi ». Un système efficace jusqu'à ce qu'on connaisse Jean-Marc et le 1001.

Mais ce soir, tout ceci est de l'ordre de la nostalgie. Déjà. Je ne peux pas m'empêcher de me faire le film : une séquestration humide. Bertrand reçoit un coup de botte chaque fois qu'il insulte un geôlier. Il dispute un croûton de pain à un rat qui a une meilleure liberté de mouvement. Pourtant, la seule chose dont je sois sûr à propos du séquestreur, c'est qu'il n'a pas menti une seule fois la nuit dernière. *Tout ce que je dis est vrai mais je ne dis pas tout.*

Les Halles. Jean-Marc a passé quelques coups de fil à ses collègues, les physionomistes. L'un d'entre eux a remis Jordan tout de suite. J'ai quand même une chance dans mon malheur, j'aurais pu pister un petit châtain buvant de la bière dans un verre à bière, en portant le récipient à ses lèvres, et en l'inclinant afin d'en avaler quelques gorgées. Autre chance, j'ai un contact sérieux avec les physionomistes. Qu'est-ce qu'on peut rêver de mieux ?

J'aime bien ces gars-là, je les préfère aux videurs. Le physionomiste n'a pas à faire le gros dos ni à fréquenter les dojos. Le physionomiste est payé pour son regard, son flair et sa mémoire. C'est lui qui détermine les quotas d'entrée et crée ainsi l'étiquette de la boîte. Il fait le tri dans les classes sociales, les ethnies, les célibataires, et les quatre ou cinq sexes qui font le genre humain. Il pourra aussi bien laisser un cadre à la porte, malgré son pognon, mais faire entrer un zigoto avec une superbe fille à son bras. Il va admettre trois Blacks sans le sou et laisser dehors un acteur qui monte si celui-ci a la fâcheuse habitude de se poudrer dans les toilettes. Il a mémorisé toutes les silhouettes qui sont à l'intérieur et toutes celles qui sont interdites de séjour. Un soir, Jean-Marc a essayé de m'expliquer le cocktail idéal : 40 % de gens qui consomment régulièrement, 10 % de filles qui arrivent en bande, 20 % de toutes les ethnies possibles, 10 % de danseuses et danseurs acharnés, 10 % de têtes connues, et parmi elles, la jet-set, mais aussi les noctambules patentés, les traînards comme nous, parce qu'ils font partie du décor. Et 10 % d'inclassables. Il y en a. Bertrand et moi, au début, on est souvent restés sur le pas de la porte en criant à l'injustice et à l'arbitraire. Deux célibataires qui fouillent leurs fonds de poches, c'est tout ce qu'il faut virer sur-le-champ. L'entrée en boîte peut tenir du privilège, de la loterie, mais rarement de la compassion du physionomiste.

Au cœur des Halles, pas loin du Forum, la rue des Lombards. Autant commencer par celle-là, vu qu'il y a une demi-douzaine d'endroits où l'on sert des bloody mary. À commencer par le Banana où Grosjacot est serveur. On avait fait sa connaissance le soir d'une fête où un magazine de mode avait loué l'endroit pour lancer le numéro 0. Au rez-de-chaussée, un restaurant, des photos d'Elvis et de Robert Mitchum, des cheeseburgers à la carte, des onions rings, et toutes ces tex-mexicaneries, tapas cent balles, qui font semblant de ne plus être des plats de pauvres. En bas, du rock. C'est le son des p'tits gars qui répètent *I can't get no* dans leur garage en attendant de signer un label. J'aperçois Grosjacot, les bras chargés de tacos et de chips au maïs qui menacent de lui échapper quand il me voit.

— Tu tombes bien, j'suis dans la merde, Antoine...

— Qu'est-ce qui t'arrive ?

— J'en peux plus, j'suis à la recherche d'un mec blafard qui boit du bloody mary.

— Laisse tomber, je sais que Jean-Marc t'a appelé ce matin. T'as de l'humour, Grosjacot, c'est ce qui te sauve.

— Grosjacot est mort, à force de servir de la bouffe grasse sans air conditionné, il a maigri de dix kilos, Grosjacot. Appelez-moi Joe Gracos.

— Jordan, tu connais ?

— Non. Mais si t'as faim, je peux te servir un chili qu'un client a pas terminé. C'est gratuit. T'aimes bien les trucs gratuits. Y a même de quoi partager avec Mister Laurence.

— J'ai pas le temps d'écouter tes conneries.

Un vieux rock nous parvient d'outre-tombe, de la cave, les mômes s'essayent à un morceau des Stones en faisant rapidement l'impasse sur le solo de guitare.

— J'en ai parlé à un pote du Magnétic, au 4 de la rue, Jean-Marc a confirmé. Va faire un tour. Demande Benoît. Je te garde les haricots sous le coude, je peux même te faire un doggy-bag pour la route.

Au Magnétic, le dénommé Benoît n'est pas encore arrivé. Je file au Baiser Salé, où je ne connais personne, où personne ne connaît Jordan. Le Pil's Tavern, rien que de la bière et des tables en bois, je n'ai rien osé demander, Jordan ne doit même pas soupçonner l'existence d'un tel agglomérat de tatouages et de Guinness. Trois ou quatre cocktail bars en enfilade, tous sans saveur et sans style, sans imagination et sans succès. C'est là où l'on emmène un premier rendez-vous, persuadé que les filles n'aiment que les cocktails de fruits et que les voyous détestent ça. Ensuite j'ai jeté un œil sur deux ou trois restaurants, au Front Page, au Mother's Earth, au Pacific Palissades. C'est au troisième que j'ai réalisé à quel point je faisais fausse route, que Jordan avait bien autre chose à foutre qu'à chercher à se nourrir, et que la base de mon sablier commençait à s'alourdir. Pour faire un break, j'ai bu, au Magnétic, en attendant Benoît. Un jeune saxo de trente berges qui jam avec deux potes, trois fois par semaine. Bertrand et moi, on ne court pas après le jazz. Les morceaux sont interminables, les verres coûtent cher, on voit peu de filles, et on sent en général une espèce de religiosité qui me pèse un peu. J'ai attendu la fin du set, au moment où il faisait la quête avec sa panière en osier au milieu des clients. Pas besoin de détailler Jordan longtemps.

— Il m'a laissé un souvenir extrêmement net. Vous voulez voir ?

Il a fait glisser le col de son tee-shirt jusqu'à l'épaule. Une cicatrice presque effacée, mais où l'ovale des mâchoires se dessinait encore. J'ai effleuré, du bout des doigts. Car voir ne me suffisait pas.

— Il a eu la clavicule, mais je crois bien que cette ordure visait la carotide. Il était avec une gonzesse, le genre poufiasse blasée qui fait la gueule, le genre qu'a tout vu à trente balais et qui pense que le monde n'est qu'un ramassis de merde dont tu fais forcément partie.

— Belle fille ?

— Vulgaire. Elle avait tout l'attirail, le tailleur noir, le porte-jarretelles qu'on repère sous la fente de la jupe, les talons aiguilles, le maquillage, tout. Une caricature de femme fatale, en gros. Ça tenait plus de la panoplie qu'autre chose. Et son jaloux avait l'air d'aimer ça. Des pervers bas de gamme. Cet enfoiré a vidé son bloody mary dans mon biniou, un Selmer t'imagines ? Je lui retourne une baffe, et c'est là qu'il a voulu m'arracher la gorge avec ses dents. Si t'as la chance de retrouver ce cinglé, tu te mets une minerve, tu commences à lui casser la gueule et j'arrive vers la fin pour l'achever à coups de santiag.

— On peut savoir pourquoi il vous a agressé ?

— Bah ! une connerie, comme d'habitude. Je passais avec mon panier, la fille lui embrassait la main, une honte, et j'ai ricané.

— Et c'est là qu'il vous a mordu ?

— Non, il a mis un billet de cent balles dans le panier en disant qu'il en rajouterait un de mieux si j'arrêtais de faire du bruit en soufflant dans mon tuyau. J'ai dit que des réflexions comme ça il pouvait les garder pour sa radasse. Et ça a merdé juste après.

Le patron l'a appelé pour le second set, il a juste eu le temps de me raconter la fin de sa morsure, la tétanie générale, son épaule qui pisse le sang, et Jordan qui part avec la fille sans qu'aucun individu présent ne s'avise de le retenir.

En sortant, je me suis passé la main dans le cou.

Minuit et demi. La rue des Lombards turbine à fond, avec les prototypes bien définis des zonards de tous bords, les marqués, les griffés, les relookés. Je croise le modèle courant, la trentaine, tee-shirt et jean noir, avec quelques variantes, anneau discret à l'oreille ou queue de rat derrière la nuque, blouson perfecto, boots en cuir patiné. Ceux qui s'embrassent en pure amitié virile et s'entrechoquent les lunettes noires. J'ai l'impression qu'ils sont des milliers comme ça, sévissant dans tous les secteurs, c'est le gros de la troupe, l'anonyme de base, couleur nuit d'été. Je n'ai que vingt-cinq ans mais j'arrive pourtant à passer en revue tout l'historique d'un des mythes vestimentaires de cette jeunesse fin de siècle : le sacro-saint blouson perfecto. Noir, épais, clouté, zippé en diagonale. Et ça me fait de la peine de voir ce qu'il est devenu. Elle est loin l'époque où le blouson noir était synonyme de voyou, où les motards faisaient peur, où l'on divorçait du corps social rien qu'en osant porter l'écorce squameuse du rebelle. Aujourd'hui c'est le tout-venant, même pas nostalgique, qui se l'offre et se l'exhibe, persuadé de faire partie de l'autre bord. Bientôt les douairières du XVIe, bientôt le modèle Dior. Même les vrais durs hésitent à les taxer dans le métro, quand c'est eux qu'on a bel et bien dépossédés de leur dernier oripeau.

Il y a bien quelques polos pastel à cette terrasse de pizzeria, à l'angle. Il faut bien se persuader que c'est l'été, même la nuit, quitte à frissonner des bras. Mister Laurence n'aime pas que j'épingle les gens sur leur tenue, que je catégorise, que je catalogue. N'empêche qu'un soir on s'est bel et bien fait traiter de « New-wave cools tendance Blake et Mortimer » dans une fête de couturier branché.

Mister Laurence n'existe plus puisqu'il est hors de ma vue. Comment va-t-il se débrouiller, lui, dehors, à ma place, avec du fric en poche et l'épée de Damoclès au-dessus de ma tête. Je me fais beaucoup plus confiance qu'à lui pour jouer les fouineurs. Lui, c'est un roublard, un faiseur, un grandiloquent, le mec qu'est pas né le bon siècle, il aurait été un formidable marquis libertin qui pérore aux festins des pavillons de chasse. Une espèce de Chateaubriand pénétré de nostalgie au bord d'une falaise, avec une brise lui rabattant les cheveux sur les yeux. Ou même un thermidorien qui réclamerait des têtes comme on commande à boire. Et c'est bien ce sens inné de l'esbroufe qui nous sauve la mise et nous ouvre parfois les portes. Mais le sens pratique, l'intuition, le réflexe analytique : zéro. Nul. Il est incapable de faire le rapprochement entre un pansement et un mouchoir, un tueur à gages et un étui à violon, une plaque d'eczéma et une huître un mois sans R. Sans parler du pire : sa faculté d'oublier sur-le-champ ce qu'on lui explique. Pour ça, je le hais. Combien de soirées ratées pour avoir oublié ce qu'il a noté dans le carnet, et oublié le carnet, et oublié l'endroit où il l'a laissé. « J'ai une mémoire de brocante », il aime à dire.

— Alors, ce chili, tu le veux ou pas ?

Grosjacot, essoufflé, qui m'a sûrement pisté dans tout le coin. Au point où j'en suis, autant avaler quelque chose pour me lester l'estomac. Qui sait encore ce que la nuit me réserve de clopes à jeun et d'alcool aigre.

— Tu crois quand même pas que je me suis piqué une suée pour te servir la bouffe ? Jean-Marc a laissé un message, il a entendu parler de ton gars comme quoi il traînait dans un rade de la rue Tiquetonne. À pinces, t'y es en dix minutes. C'est le H.L.M.

— J'imagine, y en a pas d'autres. Comment il a su ça ?

— Un client du 1001 qui vient de lui dire. Sympa, le Chinois, de penser à toi.

Je savais bien que le Paris des licences IV n'avait pas de secret pour moi. Je commence à me demander si le vieux fou qui tient Bertrand sous clé n'avait pas raison de miser sur un paumé dans mon genre. Rue Tiquetonne, un jet de pierre, remonter les Halles par la rue Saint-Denis et tourner à Réaumur. Je plante là Grosjacot et file droit devant, je bouscule un mec qui m'engueule et traverse un parterre de clodos, place des Saints-Innocents. L'un d'eux s'amuse avec un gros rat, un vrai, vivant, qui tente de sortir d'un verre vide McDonald's en carton. Malgré la furia, je ne peux m'empêcher de penser, en les croisant, à mon devenir. Je traverse la rue Turbigo, à droite j'entrevois au loin la foule qui tente de rentrer aux Bains-Douches. Il faudra que j'y passe aussi, j'aurais dû y penser plus tôt. Au lieu de traîner en attendant le saxo, j'aurais pu me souvenir qu'on y connaît Jordan, c'est même la seule bonne chose que m'ait rapportée ce mec. Pas le temps. Je fonce rue Tiquetonne, le H.L.M. a une enseigne en carton-pâte qui clignote comme à la foire du Trône. À l'intérieur, un bordel d'individus, tous mâles, hormis une ou deux putes qui font un break et deux punkettes hilares, un nuage de fumée qui pique les yeux, un comptoir en cuivre, des centaines d'affiches collées aux murs et au plafond, indiscernables dans l'anarchie des strates et des époques. Du papier alu qui cache la crasse ou qui fait joli, au choix. Bien à l'aplomb au-dessus du bar, un détail annonce la couleur sur le style du rade : une grosse pendule où la moitié des chiffres du cadran a été grattée. On ne lit que les heures qui vont de huit à deux. Le reste n'existe pas.

Dans un coin, un gros mec s'envoie un pied de porc sans sauce ni légumes. Je veux bien retourner à l'A.N.P.E. dès demain matin si on me dit que Jordan a fréquenté l'endroit. On m'indique le taulier, un gars étonnamment jeune. Mais déjà bien aguerri, il porte une casquette américaine, la visière rabattue sur la nuque, et un tee-shirt où on lit : « *scusate la faccia* ». Il sort une piste de 421, son bull-terrier blanc s'agrippe au rebord de l'évier pour boire au robinet. Je commande un demi. Il est en train de s'engueuler avec son partenaire de dés, et j'ai l'impression que tout le monde en profite. À la réflexion, en jetant un œil alentour, tout le monde s'en fout, personne ne les écoute, hormis moi. Le taulier me sert en parlant à son pote.

— Chronopost... tu te fous de ma gueule ? Je viens à peine de terminer le paquet, j'ai pas eu le temps d'y penser avant...

— Ça peut attendre demain...

— Mais c'est ce soir, son anniversaire... T'as qu'à y aller, Pierrot... dit le patron en se marrant.

— Et quoi encore ?... Y a ma zessgon qu'arrive... Demande à Kiki, tu lui files cinquante balles et il te fait le facteur...

Je sors un Pascal pour payer.

— T'as pas plus petit ?

— Non.

— À cette heure-là j'ai plus de monnaie, alors ou t'en bois trente ou tu raques la prochaine fois.

Je laisse la question du pourboire en suspens. Étienne a raison, c'est tout un art de graisser une patte sans risquer de la recevoir sur le coin de la gueule. Mais je ne sais pas attendre non plus, je ne sais pas me fondre dans le cadre, patiemment, façon caméléon. Sans reprendre mon souffle, je lui décris Jordan. Il réfléchit un moment, ôte sa casquette et s'essuie le crâne, totalement rasé, boule de billard, avec des sales cicatrices un peu partout.

— T'es un pote à lui ?

— Ouais. Vous aussi ?

— On peut pas dire. Il passe... Il commande des verres et il les boit pas. On se demande pourquoi il traîne chez moi. Il dit qu'il aime bien l'ambiance. Tant qu'il fout pas la merde, hein...

— Il est passé, ce soir ?

Il regarde sa montre en jetant les dés.

— Y a deux bonnes heures, pas plus.

— Seul ?

Un temps, avant de répondre.

— Oui et non. Il était avec sa femme fatale.

— T'es un flic ou quoi ? me demande le copain.

Je n'ai même pas besoin de répondre.

— Lui, un flic ? Tu fatigues, Pierrot...

— Gardez les cinq cents balles, dis-je en sortant la carte du 1001. Je peux en allonger d'autres si vous le voyez débarquer.

Dès que je dis ça, le taulier me regarde d'un air mauvais. Et me renvoie le Pascal à la figure.

— Tu me prends pour quoi, pauv'con ?

— Mais je...

— Pauv'naze...

Silence dans la salle. Les verres de bière s'arrêtent sur le rebord des lèvres et les bouffées de cigarettes dans les gorges. Le taulier gueule à la cantonade, sans violence :

— Et vous, ça vous regarde ?

Un juke-box avec écran vient de se mettre en marche, un vieux tube complètement englué remplit la pièce. Pour un peu on tirerait sur le pianiste. Je suis prêt à sortir avant que ça ne tourne mal, le billet est par terre, je ne sais pas si je dois le ramasser ou le laisser comme une obole, mais ça passerait pour une aumône. Le taulier sort de derrière le bar, j'ai comme l'impression qu'il veut me casser la gueule, il ramasse le billet, me le fourre dans la poche.

— Je sais pas quand il repassera, Jordan.

Les clients ne font plus attention à nous, le centre d'attraction s'est déplacé vers les putes gouailleuses. L'une d'elles reprend, avec l'accent du Midi, la variétoche qui grésille dans le scopitone.

— Je sais pas quand il repassera. Mais je sais où ils seront dans une heure, lui et sa greluche.

— Hein ?

— Je les ai entendus parler, tous les deux. Au passage j'ai chopé deux ou trois mots, comme ça, par curiosité, rien que pour entendre sa voix à elle, je pensais qu'elle était sourde et muette. Sa bouche, elle s'en sert que pour lui lécher la pomme, à l'autre.

Il me fait signe de retourner au comptoir, tels que nous étions il y a trois minutes. Sans rien demander il me sert un nouveau demi, quand le précédent est à peine entamé. Une crise subite d'amabilité qui ne me dit rien qui vaille.

— Tu le cherches et t'es pressé. T'es pas un pote à lui. Ça me regarde pas. Je peux te refiler le tuyau, mais ça se paye.

— Combien ?

— Tes thunes tu peux te les garder.

— Alors ?

Alors, il jette une œillade furtive vers son pote Pierrot, se baisse sous le comptoir. Se redresse avec un sourire et un superbe paquet cadeau en main. Un gros cube dans du papier brillant violet, avec un nœud jaune. Pas peu fier, le taulier. Son pote siffle un grand coup.

— J'en connais un qui va être content, la vache...

Deux ou trois *lazzi* fusent dans le bar, quelqu'un applaudit. Je me demande où on m'embarque.

— Ton prénom c'est quoi ?

— Antoine.

— Bon ! ben Antoine, je te la fais courte. Ce soir c'est

l'anniversaire d'un pote qui tient un bar dans la rue Montmartre. On y a pensé en dernière minute, Pierrot et moi. Je peux pas quitter mon rade, et ça tombe mal pour Pierrot qu'attend son rencard. Tu me suis ?

À peine. Je sens juste venir l'embrouille.

— 17, rue Montmartre, tu demandes Fredo, de la part de Michel et Pierrot du H.L.M. En sortant tu me passes un coup de fil et je te dis où est ton gars.

— Qu'est-ce qu'il y a, dans ce paquet ?

— Une farce. Comme c'est un gros calibre, le Fredo, on lui a offert... J'ose pas le dire... Ah ! non c'est trop... Et tu peux pas comprendre, c'est un joke entre nous.

— J'aimerais bien rire aussi.

— On lui dit, Pierrot ? C'est un écureuil empaillé. J'l'ai acheté c't'aprèm' chez un taxidermiste. Six cents balles, je me fous pas de sa gueule.

— On peut le voir ?

— J'vais pas défaire le paquet, tu me fais confiance ou tu te casses, O.K. ?

— Qu'est-ce qui me dit que c'est pas un autre genre de farce. Un gros sachet de lactose qui viendrait de Thaïlande et qui coûterait plus cher à convoyer que de la vraie lactose.

— Tu nous prends pour des branques ? Si j'avais un kilo d'héro là-d'dans tu crois vraiment que je le refilerais au premier venu ? Réfléchis.

C'est vraisemblable. Mais dès que j'entends « paquet mystérieux à balader de bar en bar », je me méfie.

— Et qu'est-ce qui me prouve que tu sais où est Jordan ?

— Rien.

Au moins c'est clair. Mais seulement voilà : retourner à la case départ ou jouer cette carte à la con ?

— À toi de voir.

— Je prends.

Et dans tous les sens du terme, sans y réfléchir plus longtemps je saisis le paquet. Quand on se noie, autant se raccrocher à une planche pourrie qu'à rien du tout. Avant de me donner son numéro de téléphone, le taulier me regarde droit dans les yeux.

— Et sois bien sûr d'un truc, si t'as balancé le paquet dans le caniveau, je le saurai quand tu m'appelleras… O.K. ?

Je sors sans répondre et prends une grosse bouffée d'air quasi pur. Je cherche un taxi vers la rue Saint-Denis. J'ai l'air d'un con, avec ce machin sous le bras. Les gens me regardent. Il faut que je passe à la vitesse supérieure. J'ai l'impression d'être un abruti qui va faire une demande en mariage. Et qui se presse, des fois que la mariée se tire. Je grimpe dans une Renault Espace et donne l'adresse au chauffeur.

— C'est pour votre fiancée, le paquet ?

— Non, je vais faire sauter la Caisse des Dépôts et Consignations.

Pendant le reste de la course, je l'ai invectivé plus d'une fois, il a pris tous les feux orange des grands boulevards.

Il m'a laissé au début de la rue Montmartre. Faudrait voir à ne pas me prendre pour un con. Tout le monde regarde le paquet. Faire vite. Dans un volume pareil on pourrait faire entrer un tas de trucs, et pas que des choses qui sentent le bon goût et le cadeau d'anniversaire : un pain de plastic avec minuterie, la tête d'un ennemi mortel, un tupperware de merde de chien, un Uzi chargé. Mais ça ne sent rien, ça ne pèse pas lourd, ça ne fait pas tic-tac, et je me demande si ma parano a une quelconque raison d'être. Je repère l'enseigne du rade : Chez Fred. Des Harley sont garées, en enfilade, devant. Je n'aime pas ça. Boulot de con. Plus vite. En forçant un peu sur le gros nœud jaune, je pourrais dépiauter le papier sans le déchirer. Qui le saurait ? Et quelle importance, d'ailleurs. On s'en fout. Faut pas me prendre pour un con. C'est pas moi qu'on va entuber avec cette histoire d'écureuil. Je ne sais pas si c'est la trouille, l'énervement ou quoi, mais mes mains ont précédé ma pensée, elles ont fait glisser le nœud et déchiré les pliures du papier. Après tout, rien à foutre. Comment résister à ce qui est caché ? Comment laisser son imagination aller au-devant des pires cas de figure, sans rien faire, quand on a sous le bras un truc qui vous agresse les yeux, qui vous nargue. Tout le monde me regarde, les marchands de couscous, les portiers du Palace qui me connaissent, les clients qui patientent, ils veulent savoir quel diablotin va sortir de la boîte et s'il va me péter à la gueule. J'ouvre.

J'ai d'abord cru qu'il allait me mordre. Le flux d'adrénaline m'a fait frissonner tout le corps. Mais le bestiau, toutes dents dehors, rivé à son socle, ne m'a pas sauté à la gorge. Il paraît que c'est craintif, les écureuils. Je lui ai caressé la tête, soulagé, et l'ai enrubanné tant bien que mal dans le papier brillant.

À quelques mètres du bar, j'ai vu un type assis sur le trottoir. Je l'ai pris pour un clodo jusqu'à ce que je voie son nez qui pissait le sang en silence. Un grand mec, bras croisés dans l'entrebâillement de la porte de Chez Fred, le regarde en se foutant de sa gueule. Il m'a toisé de pied en cap, moi et mon petit costume sans âge et sans âme. Il s'est écarté pour me laisser passer, surpris. En fait, ce n'est pas moi qu'il a laissé passer mais le paquet cadeau. J'ai d'abord pensé à un videur, pour m'apercevoir très vite, à l'intérieur, que l'endroit n'en avait pas besoin.

Magnifique bar. Des néons bleus, un comptoir en bois qui serpente tout le long de la salle jusqu'aux tables de billard. Un parquet, nickel et vitrifié de fraîche date. Des boiseries un peu partout. Le genre qui inspire confiance. S'il n'y avait pas eu le public. Toute une bande de mecs fondus dans le même bronze, des matafs silencieux, barbus pour la plupart, pétris d'ennui, cuirassés et bottés, bagousés façon poing américain, une chevalière gravée à chaque doigt. D'habitude ils vont par deux ou trois, où qu'on aille dans la nuit. Bertrand et moi, on les contourne poliment si on monte le même escalier, au besoin on leur retient la porte si on les croise aux toilettes, et on passe notre chemin. Mais là, j'ai bien l'impression d'être tombé dans un nid, un club auquel on ne me demandera jamais d'adhérer. Des bikers purs et durs, mi-hommes mi-cylindres, ceux qui ont, eux, toutes les raisons du monde de porter un perfecto. Sans le paquet que j'ai sous le bras je me sentirais à poil, au milieu de ces mecs. Il y a deux minutes il m'angoissait, maintenant il me rassure, c'est ce que j'aime dans la nuit : tout y est à vitesse variable. Autre détail rassurant, une espèce de pièce montée à la crème au beurre, à peine entamée, avec des bougies et un naja à la langue fourchue au sommet, là où on trouve en général une gentille figurine de communiant. Et j'avance avec un sourire de faux cul vers celui qui a le plus de chances de s'appeler Fred. Réflexion faite, ils peuvent tous s'appeler Fred. Je bafouille quelques mots, anniversaire, cadeau, H.L.M. Je ne sais pas lequel des trois l'a le plus énervé, mais, toujours muet, il m'a arraché le paquet des mains sans le plus petit merci. Tout le groupe m'a entouré. Sueur, chaleur. Tout ça en un battement de cils. Sans savoir pourquoi, j'ai repensé à ce mec, dehors, une main sur son nez gluant.

— Je ne suis que le livreur, j'ai dit, en me forçant à sourire.

Un écureuil, c'est gentil. On ne peut pas s'énerver devant un petit rongeur aussi mignon, j'ai pensé. Il a déplacé la bouteille de champagne sur le comptoir. Quand il a vu l'animal, il s'est figé, silencieux, statufié. Les autres aussi, pas longtemps, car j'ai entendu une tempête de rires qui a fait vibrer les murs. J'ai ri aussi. Tout le monde, sauf Fred. C'est là que j'ai compris. Compris que si je lui avais craché à la gueule, j'aurais eu plus de chances de m'en tirer. Que l'écureuil, c'était pire qu'une bombe. L'écureuil, c'était l'insulte suprême. Pas la peine de chercher à connaître le détail. Je me suis maudit d'être tombé dans le panneau. Parasite pigeonné par un écureuil dans un nid de najas. C'est tout ce que je mérite.

Tout le monde s'est arrêté de rire quand il m'a empoigné par le col. J'ai tenté de négocier, dire tout ce qui me passait par la tête, mais j'ai senti que la baffe allait tomber. De sa main libre il a pris l'écureuil et l'a fracassé sur le rebord du comptoir. Un gars, accoudé au bar, m'a dit :

— Tu sais ce qu'on va faire de toi, maintenant ? Et ben, on va t'empailler comme ton rongeur. Et on va te mettre sur une étagère. Parce qu'on n'a pas eu de nouveau trophée depuis le scalp de ton pote du H.L.M.

Mais je n'ai rien entendu de tout ça, j'ai vu la bouteille de champagne à portée de main, et je me suis dit que j'étais incapable de faire ça. Que je n'étais pas assez gonflé. Que j'étais le genre de mec à recevoir des claques et dire merci. Que j'allais vivre un quart d'heure noir. Qu'ils allaient tous s'en donner à cœur joie et me défoncer la gueule. Que le vrai cadeau d'anniversaire qui fait plaisir et qui distrait, c'était moi. Qu'il fallait bien encaisser tout ça en serrant les lèvres. Et j'ai serré les lèvres.

*

Au loin, j'ai vu la pointe du Sacré-Cœur, dans la nuit. À bout de souffle j'ai cessé de courir, pour reprendre ma course un instant plus tard. Une bouche de métro, j'ai eu peur qu'ils me coincent sur le quai, j'ai pris la sortie opposée, la nuit, encore, le Sacré-Cœur a disparu. Un coin de rue, un autre, encore un autre, des bagnoles, elles ont pilé à mes genoux. La vraie frousse, c'est quand je me suis retourné. Personne ? Non, personne. J'ai pris le temps d'exploser en pleurs, et les larmes ont contrarié mon souffle. J'ai retrouvé les spasmes bruyants de l'enfance, les plaintes en dents de scie, toutes les montagnes russes qui sortent de la gorge et qui font les gros chagrins. C'est les nerfs, a pensé l'adulte qui revenait à lui. J'ai vu le tesson de bouteille dans ma main. Je n'ai pas su comment le lâcher. Il est resté là, dans l'étau de mon poing, sans que je puisse desserrer la pression. J'ai glissé sur le trottoir, contre la porte vitrée d'un distributeur de pognon, j'ai revu, sans le vouloir, la grimace de ce type quand la bouteille s'est fracassée sur sa tempe, c'est la seule chose qui me revient maintenant, le reste n'a été que de la course, et d'autres bris de verre sur mon passage, dans mon dos, mais je ne suis plus très sûr. Le goulot, posé contre ma cuisse. Envie de me moucher et ne trouve que mes doigts. Un instant j'ai pensé à rentrer dans l'enclave de la banque, m'y cloîtrer, et, s'ils m'y retrouvent, déclencher un signal d'alarme, de l'intérieur.

Ils m'ont perdu. Une nouvelle bouffée de rage m'a tiré d'autres larmes. Mais d'une qualité différente. Il y a toujours un petit plaisir, bien caché au fond des pleurnicheries, et celui-là n'a pas pu se cacher longtemps. En fait, c'était comme une explosion de bonheur et de joie. D'une rive à l'autre de la folie. Bonheur d'avoir pété la gueule de ce mec, d'avoir été celui-là, l'autre, un autre, qui jamais du reste de son existence n'aura le remords d'avoir encaissé sans rien dire. D'avoir vu son amour-propre violé et souillé. Question amour-propre j'ai un gros manque à gagner depuis que je me suis traîné aux pieds de Bertrand.

Pas loin, j'ai vu une cabine téléphonique.

— Content le Fred ?

— ...

— J'étais sûr que tu irais... Il l'a pas trop mal pris ?

— À mon avis tu vas avoir droit à la descente d'un certain nombre de jeunes motocyclistes malintentionnés qui vont faire subir des dégradations à ton commerce. Et j'aurais aimé être là pour voir ça.

Rires, à l'autre bout.

— Comprends-moi, vieux... J'aime pas qu'on fouine dans mon rade, cette leçon vaut bien une mandale. J'avais un cadeau, t'arrives et ça m'en fait deux. Je l'aime bien, le Fred, même s'il est maladroit quand il manie la tondeuse, c'était sympa de lui offrir une petite tronche à tartiner pour son anniv'. Et t'inquiète pas, va, lui et moi, on a un deal, c'est pas ça qui va déclencher la guerre. Pas tout de suite. Au fait, tu sais pourquoi on l'appelle l'écureuil dans tout Paris ?

— M'en fous. Je veux l'adresse.

— T'as raison, vieux. Tu l'as méritée. À l'heure qu'il est, ton albinos il traînerait vers ce rade... Un nom à la con, j'oublie toujours... Un truc de chébran... Comment il s'appelle, Pierrot ?

S'il ne me dit rien, je prends le premier taxi pour l'égorger avec le tesson.

— ... Le quoi ? Ah oui ! Le Café Moderne. C'est rue Fontaine.

Clic.

J'ai mis quelques secondes à réaliser qu'hier encore, là-bas, j'ai clairement entendu un type évaluer les avantages et les inconvénients à me voir mort.

*

Putain de rue Fontaine. Connerie de Pigalle. Il y a le Pigalle des touristes, Gay Paris, Hot Boulevards, live shows minables et travelos junkies, retour au car avant minuit. Et il y a le nôtre. Martial's, Folie's Pigalle, Mikado, Nouvelle Ève, Loco, Moon, Bus. Et cette putain de rue Fontaine. Quoi qu'on fasse on est bien obligé de passer par elle, c'est comme le Sommier pour les flics. Tous ceux qui font les nuits de Paris y vont forcément à un moment ou un autre, pour retrouver sa bande, pour planifier la soirée devant une tequila, pour se descendre le steak tartare de l'aube. J'ai l'impression d'être un yo-yo dont le bout de la ficelle est noué vers la place Blanche.

Au loin, les bras croisés, assis d'une fesse sur le capot d'une bagnole rose : Gérard. Ce mec-là n'a pas vu la lumière du jour depuis des années. Couché à huit heures du mat', réveil à quatorze, deux heures de full-contact, un ou deux bars pour serrer la main à des potes, et au boulot. D'ici peu il aura un teint d'endive, des lunettes noires pour prendre un café en terrasse, un métabolisme en jet lag permanent, et des nunchakus coincés dans sa ceinture pour lui servir de tuteur. Ça compte aussi pour moi, mon horloge interne est aussi bousillée que la sienne. Le vieux fou de ce matin a raison, à force de vivre à contre-courant on devient un contresens. Le sommeil sur le carrelage d'une piscine n'est pas vraiment réparateur. Les petits fours tous les soirs, c'est pas une vie pour un estomac. Quant au champagne...

Il discute avec deux clients. Trois heures, le rush est passé et on peut se relayer entre collègues, tranquille, jusqu'à la fin de la nuit. Un seul suffit à la porte. Avec la chance que j'ai, il faut que je tombe sur le mauvais.

Qu'est-ce qu'il a dit ? Homicide involontaire, cinq ans, il sort dans trois et c'est le roi sur Paris. Qui osera forcer sa porte, après ? Qui osera lui tenir tête après une telle lettre de noblesse ? Je me demande si c'est la faute à Paris, et à sa nuit, d'avoir créé ce genre de carriériste. Jordan est peut-être là-dedans. Je n'ai qu'à passer la porte. Je le repère, téléphone au vieux. Et on me relâche Bertrand.

Passer la porte.

Lui refaire le coup d'hier ? Attendre qu'une tête connue veuille bien me prendre sous son aile et passer le barrage en faisant un bras d'honneur à Gérard ? Hors de question, d'abord à cause de l'heure tardive et de la fréquentation qui faiblit. Et puis, de toute façon, *même avec le Pape*, il a dit, et il tiendra parole. Autre stratégie, celle de la hyène qui guette la charogne : attendre dehors que Jordan veuille bien sortir. Perdre du temps s'il est déjà parti. Et comment le retenir, dehors ?

Passer la porte. Je ne vois que ça.

Mais, ce soir, avec un argument en main.

Dès qu'il me voit, il écarquille les yeux. Il pense que c'est trop beau pour être vrai. Que je me jette dans la gueule du loup.

— Le cloporte ?... Dis-moi que je rêve...

Stupéfaction. Je ne provoque jamais ça chez personne. Tout à coup j'ai un peu froid. Une appréhension. Quand il dit « tuer », c'est façon de parler. C'est de la blague. On ne peut pas le prendre au sérieux. Comme le reste. Tout ça c'est de la rigolade, la nuit, les gens qu'on y rencontre, la vie que je mène. Et je viens de m'apercevoir qu'en vingt-quatre heures on m'a kidnappé, qu'on a séquestré mon pote, que j'ai convoyé un écureuil, que j'ai fendu le crâne d'un mec, et que je m'amuse à faire le kamikaze avec un gars qui rêverait d'avoir ma mort sur la conscience pour réussir dans la vie.

— Je viens rapport à hier... J'ai fait le con... Je te fais des excuses.

Trouver d'autres conneries à dire. Avoir l'air sincère.

— Tous les deux, on est de la nuit... On se croise... Ça vaut pas le coup de se faire la guerre...

Comment suis-je capable de dire ça quand je serais ravi de voir un caterpillar lui passer dessus à l'instant même.

De ma poche, je sors les deux Pascal soigneusement préparés.

— Ça c'est pour les ennuis que je t'ai causés. Et je t'offre un verre en bas.

Tétanisé, Gérard. Il regarde les deux billets qui flottent dans la paume de sa main. K.-O. debout. Je ne sais plus où poser les yeux, sur les danseurs qui sortent, surpris par l'obscurité et la fraîcheur de la nuit. Sur un taxi qui charge deux splendides créatures qui bâillent. Sur le néon du Korova Bar dont le K vacille. Sur ma chaussure trouée. Il me toise, incrédule. Et, sans dire un mot, les met dans sa poche, ces mille balles.

— Ça, c'est pour le temps que tu m'as fait perdre. La honte, ça sera plus cher. Ça se monnaye pas la honte, c'est hors de prix. T'es mort depuis hier. Tuer un parasite c'est comme un truc d'utilité publique, j'aurai la clémence du jury. Tu peux pas savoir comment on se fait respecter, en taule, quand on tombe pour homicide. J'ai tout ce qu'il faut, une enfance difficile, un avocat qui me connaît mieux que ma mère, et deux ou trois relations haut placées qui ne me refusent rien après des services rendus, à l'époque où je faisais de la protection rapprochée. Et j'ai des témoins plein la cave pour dire que tu l'avais bien cherché. Et je sais mettre les mauvaises baffes, les atémis fatals qu'on reçoit par hasard, les coups malheureux qu'on regrette mais trop tard. C'est plaidable.

— …

— Et ça te tombera sur la gueule au moment où tu t'y attendras le moins. T'as plus qu'à patienter. T'as été choisi.

J'ai traversé la rue, la tête vide, les bras ballants. Tout ça c'est de la blague. Ça me fait gamberger, mais c'est de la blague… C'est pour jouer au dur qu'il dit ça… Il aime foutre la trouille… c'est son métier… Ses menaces, c'est pour rigoler avec les copains… Mais quand même.

Ça fait bizarre d'entendre un mec planifier son séjour en taule. Et si je me cassais, là, à Fontainebleau, chez ma sœur ? C'est moi qui ai insisté pour ne pas être le premier au trou. Bertrand a eu assez de tripes pour me faire confiance. Près des poubelles du haut de la rue Mansart, j'ai cherché un horodateur pour savoir où en était mon compte à rebours. Moins 22 heures.

Mon gros Gérard, t'es trop sûr de toi. J'ai voulu faire la paix mais tu ne veux rien entendre. Eh bien moi, avec mes petits bras et ma petite tête, je vais te faire mal, Gérard. Et je sais comment. Je vais y rentrer, dans cette boîte. Tu paries ?

Je n'ai pas trouvé mon bonheur tout de suite, parce que je l'ai cherché dans le malheur des autres. Ces deux paumés qui avaient chacun une bonne raison, peut-être la même, d'empocher un billet de cinq cents balles. J'ai sans doute cru qu'ils en feraient bon usage. Je les ai racolés sous un échafaudage, accroupis dans des cartons. Je me suis senti l'étoffe du salaud, surtout quand je me suis dit : donne-leur le fric en deux temps, des fois qu'ils se cassent en douce, et adresse-toi au petit rasé, il est moins baraqué mais il a l'air vicieux et en manque. Ensuite ils m'ont suivi du regard quand j'ai frôlé la bécane pour la leur montrer. Hier, déjà, Gérard l'avait garée là. Il la faisait admirer à ses potes.

Une Harley Davidson Electra Glide 1340 noire. Autant dire le rêve doré de tout chevalier du bitume. Le dernier destrier de ces temps modernes et désenchantés. Où qu'on soit sur la planète, quand on roule sur une Harley, on a Babel dans le dos et Babylone droit devant. On l'enfourche comme une walkyrie, on la kicke comme une winchester à pompe, on la caresse comme un mustang. On repère une Harley avant même de la voir, à sa seule musique, une superbe toccata au crescendo divin. Du Bach.

Un instant, j'ai imaginé Gérard recevant un coup de fil, une mère mourante, un frère suicidaire, mais ça ne le ferait même pas bouger de sa porte, cet enfoiré. Qu'ils crèvent, hein ?... Une enfance difficile... c'est bien ça qu'il a dit, hein ? Mes deux paumés arrivent avec des barres à mine trouvées près des échafaudages. Je me suis calé entre deux voitures, à trois cents mètres du spectacle.

Ils ont commencé à s'acharner sur le réservoir, puis les phares, le plus facile, soit, mais ça fait de beaux débris mordorés. Ils sont venus à bout de tout ce qu'on peut marteler, arracher, tordre. Des étincelles, dans les rainures du carbu. J'en ai éprouvé un certain plaisir. Dure à cabosser, la charogne. Elle s'est couchée d'elle-même, un bruit sinistre qui a raclé le trottoir. Des amis haut placés, c'est ça qu'il a dit ? Ils ont planté la barre un peu partout pour s'en servir comme bras de levier, mais ça n'a pas donné grand-chose. Un briquet... Pas facile de défigurer un bloc de fuselages pareil. Il paraît que ce n'est pas si simple de venir à bout d'un corps humain en bonne santé, quand on n'a pas l'habitude. Ça couine, ça réagit, ça sursaute, ça refuse de ployer. Ça peut résister des heures. Il sait mettre les mauvaises baffes, c'est ça qu'il a dit ? Je ne sens rien, mais ça doit puer le cuir brûlé. C'est toujours beau, une Harley, même quand ça agonise. Des gens passent, vite, ils font comme si de rien n'était, perclus de trouille. Encore quelques coups et le bouchon du réservoir finit par céder. C'est l'hémorragie. Et plus ils frappent, plus ça me plaît, pour un peu je vais regretter de ne pas les voir éventrer toute la ferraille, déchirer la robe, lacérer l'armature.

Haletant, hypnotisé, j'ai vu la flamme fureter vers la rigole d'essence. Le reste s'est passé très vite. Des gens, attirés par la flambée. Moi, loin du drame, attendant qu'on prévienne Gérard, et ça n'a pas tardé. Un instant qui m'a vrillé les tripes : l'hébétude de cet imbécile qui réalise sans oser y croire. L'innocence dans les yeux, la misère du monde qui lui tombe dessus, tout seul, tout petit. Panique. Abandon de poste. Les deux tortionnaires sont venus me réclamer le second billet. L'un d'eux a dit :

— Ça mériterait une rallonge.

— Pourquoi ?

— À cause du décalco.

— Quoi ?

— Le motif en vert et rouge sur le réservoir. Une tête de naja, la gueule ouverte.

— Et alors ?

— Et alors ça mériterait une rallonge, c'est tout.

Je n'ai pas compris s'il s'agissait d'une simple suggestion et, dans le doute, j'ai sorti un autre billet. Ce n'est pas mon fric. J'ai traversé la rue, sans me presser, droit vers la caissière du Moderne. Elle m'a demandé ce qui se passait dehors. Sans répondre j'ai descendu le petit escalier jusqu'au ventre du volcan.

La gifle des décibels m'a réveillé un vieux mal de dents. Le magma humain, la torpeur immédiate, tout le bordel habituel. La ville dort et ses entrailles bouillonnent. Ce pourquoi je suis venu peut attendre encore deux minutes. Avaler un mescal, avant toute chose, j'en ai besoin. La ville dort, là-haut. Sans se douter.

Entropie absurde. Les bouches qui hurlent, inaudibles, dans les oreilles. Batterie électronique et rythme cardiaque. Les fonds de teint marbrés de sueur, les auréoles béantes des tee-shirts, une forêt de cuisses croisées. Et tout ce qu'on ne voit pas mais qui suinte de partout, les sourires sans réponse, les regards perdus, les vérités essentielles qui commencent à perler, les promesses imbibées, les espoirs du creux de la nuit. Une odeur planante de sécrétions. Les numéros de téléphone qu'on s'échange, solennels, sur un paquet de Marlboro. Et la gamberge. Je connais bien, j'ai gambergé, aussi, longtemps. Combien de fois ai-je cru trouver une issue à toutes ces déroutes. La moitié du public a envie de hurler au sexe, l'autre dégorge sa solitude. La ville dort, là-haut. Eh bien, qu'on la laisse, après tout.

Pas de Jordan. Ni au bar de l'entresol, ni en bas. Je ne l'imagine pas dans ce genre de bourrasque humaine. Mais quelque chose me dit que ces deux enfoirés du H.L.M. ne m'ont pas mené en bateau. Gaetano, le dessinateur de B.D., est là, à l'affût des jambes, mais toujours sage. On se frappe la paume des mains, façon rasta. « Mon seul organe sexuel c'est les yeux », il dit. Il ajoute qu'il y a plus de filles aux Bains-Douches. Je le plante là pour ratisser et fouiller le moindre recoin de la boîte, je surnage dans la marée, ma chemise est déjà trempée, je m'adresse à toutes les têtes familières, personne n'a vu Jordan ni rien qui s'en approche. J'ai envie d'en baffer quelques-uns, gueuler plus fort que cette musique de merde, hurler que j'ai du travail, que je les hais, tous ces oisifs qui n'ont rien à foutre ici qu'à se goinfrer d'illusions, de fureur et de bruit qu'ils n'ont pas su trouver ailleurs. Je me maudis moi-même d'avoir été des leurs, d'avoir dormi tant de fois sur ces fauteuils, avec des lunettes noires, la gorge sèche, en attendant la fin de siècle.

— Un mescal, double.

Cent vingt balles qui disparaissent en deux lampées. Je me sens bon pour écluser tout le pognon avant la fin de la nuit. Je n'ai pas de scrupules à avoir, avec ce fric, Bertrand aurait déjà racheté sa chère édition des mémoires de Talleyrand que je l'avais forcé à fourguer dans une vieille librairie de la rue Gay-Lussac. Reliée, illustrée, mais à cause des gravures un peu piquées, on n'en avait tiré que quatre cents balles. J'ai repris un mescal, fermé les yeux pour sentir le liquide me brûler l'œsophage. Tête baissée.

C'est là, en relevant le nez pour affronter le maelström, que j'ai vu la fille. Adossée à un mur de faïence, regardant les danseurs, comme fascinée, envieuse de tant d'énergie et de vibrations des corps. C'est sa maigreur qui m'a intrigué le plus. Ceux qui ont tenté de me la décrire n'en ont pas parlé.

Oui, la panoplie, elle l'a vraiment, on voudrait se déguiser en femme fatale qu'on ne s'y prendrait pas autrement. Une tenue de combat. Un outrage. En noir des pieds à la tête, avec tout l'attirail fantasmatique de base, sans un iota d'imagination, pas la plus petite touche personnelle, rien, rien qu'une imagerie au ras du trottoir et du tailleur Chanel. Ou alors si, peut-être, ses dessous, qu'elle parvient à cacher. Mais on ne pense pas tout de suite à du Damart. Vulgaire pour l'un, typée pour l'autre, et terriblement bandante pour le reste. Moi, elle me foutrait plutôt la trouille. Tous ceux qui veulent crier qu'ils existent me foutent la trouille. Les gens qui se livrent tout de suite sans prononcer un mot me foutent la trouille. C'est la nuit qui engendre de pareils mutants.

Juste le temps de pivoter vers le barman qui me rendait la monnaie, et elle a disparu. J'ai paniqué. L'ai retrouvée tout près de moi, me frôlant sans savoir. J'ai cru qu'elle demandait un verre, elle a juste mordu dans un zeste de citron que j'ai laissé près de mon mescal. Le contact de sa jambe a électrifié la mienne. Une peur inconnue que je me suis juré de comprendre un jour. Elle s'éloigne à nouveau, je la suis jusqu'à la porte des toilettes des filles.

— Laisse tomber celle-là, me dit Gaetano.

— Pourquoi ?

— C'est une vénéneuse.

— Qu'est-ce que tu veux dire ?

— Bah... tu me comprends, allez... Elle couche facile, suffit de demander.

— T'as essayé ?

— T'es fou.

Une grande brune lui saute au cou, il s'éloigne.

— Tu veux me la tenir, biquet ? me dit une nana que j'empêche d'entrer aux toilettes.

Pour appuyer mon côté satyre, je risque un œil vers les lavabos et n'y vois que des corps gainés et des visages aux peintures de guerre. Celle que j'attends en ressort. J'ai senti le dos de sa main contre mon ventre mais j'ai dû me tromper. Les filles ne sont pas folles à ce point-là. Les filles ne sont pas folles au point de penser que les garçons sont fous à ce point-là. Elle va s'installer sur un tabouret de bar, sort un tube de rouge à lèvres d'on ne sait où. Je m'approche.

— Sans miroir ? On peut se mettre du rouge à lèvres sans miroir ?

— Un miroir ne me servirait à rien, elle ricane.

— Et pourquoi ?

— Peu importe. J'ai bien vu que vous me regardiez depuis tout à l'heure, et j'ai quelque chose à vous soumettre.

— Ah ?

— Mais je ne sais pas y mettre les formes. C'est mon grand défaut, je ne sais pas comment m'y prendre. On m'a déjà dit que j'étais trop abrupte. C'est sans doute la timidité, je ne sais pas. C'est sans doute un problème de... de formulation, et des gens le prennent mal, ils pensent que c'est de l'indélicatesse, c'est dur à expliquer.

— Ne vous en faites pas. Restez simple, allez-y.

— Je ne sais pas rester simple, ça en devient maladif, vous allez trouver ça bête, mais je ne peux pas parler et penser à ce que je dis en même temps, j'ai l'esprit d'escalier, comme on dit, on m'explique quelque chose, j'essaie de répondre mais je suis bloquée, et c'est le lendemain matin seulement que je me dis : idiote, voilà ce qu'il fallait dire ! Mais c'est trop tard. Il m'arrive souvent de donner des rendez-vous en deux temps, pour y repenser et préparer ce que je vais dire, et je peux vous avouer le pire ? Je vais aux toilettes pour prendre des notes et préparer des réponses que j'apprends par cœur.

— Avec moi, pas de problème, soyez spontanée, j'adore ça.

— On baise ?

— ...

— Remarquez, il faudrait peut-être qu'on se présente d'abord, je m'appelle Violaine.

— ... C'est joli.

— Vous trouvez ? Y a viol et y a haine.

— ... J'avais pas pensé... Je...

— Regardez, derrière vous, il y a quelqu'un qui cherche à vous faire un signe...

— ... Pardon... ?

— Il insiste, allez le voir. Réfléchissez, et revenez me dire oui ou non.

Je regarde par-dessus mon épaule. Étienne ?... Peut-être. Sans doute... Il me fait signe de le rejoindre. Je traverse la salle dans un grand blanc. Plus de son, plus d'image. Juste le bras lointain d'Étienne auquel je me raccroche comme à un phare.

— Qu'est-ce que tu fous, Antoine !

— Hein ?

— J'ai failli pas entrer, le videur est devenu dingue, il est en train de tout péter dehors, il est avec sa bande de bikers. Tu m'écoutes ?

— Ouais.

— T'es bourré ou quoi, bordel !

— Non.

— Tu vas m'expliquer ce qui se passe dans ce putain de rade !

— C'est rien...

La vamp vient de me transmettre sa maladie, ne plus savoir dire les choses comme on voudrait les dire. J'ai beau être assis en face de mon pote, je suis encore avec elle. Et redoute déjà de la perdre.

— J'ai brûlé la moto de Gérard.

— Hein... ? Tu te fous de ma gueule ? T'as pété les plombs ou quoi ? T'as pas intérêt à faire le con, mon pote, tu t'es mis dans un sacré merdier avec ton Jordan. J'ai eu des infos sur le bonhomme, c'est un dangereux. Hé !

Les cinq doigts de sa main balaient devant mes yeux.

— Me dis surtout pas que t'as pris de la dope.

— De la dope ?

Mes yeux se sont ouverts grand quand j'ai reçu une baffe.

— Écoute-moi, merde ! J'essaie de te dire que tu cours après un dingue. Il a mordu des gens. Mais vraiment mordu ! Je suis passé au Bleu Nuit, j'ai vu Jean-Louis, le photographe, avec une cicatrice grosse comme ça. Il mord ! Tu piges ?

— ... Je sais.

— Hein ? Tu veux que je t'en colle une autre ?

Je me suis retourné pour voir si elle était encore là.

— Qui c'est, celle-là ?

— C'est... C'est la fille qui embrasse la main de Jordan.

— Tu te fous de ma gueule ? Comment tu sais que c'est elle ?

— C'est elle.

— Et qu'est-ce qu'elle t'a dit ?

— Qu'elle voulait coucher avec moi.

Temps mort. Musique. Faudrait que je boive, encore un peu.

— T'es bourré ou quoi ? Tu vas pas te laisser embobiner, hein Antoine ?

— Pourquoi pas ?

— Parce que ça sent mauvais. J'étais avec toi, je voulais te donner un coup de main, mais là…

— Et si elle pouvait me conduire jusqu'à Jordan ?

— Si tu la suis, j'arrête tout.

— Faut que j'y aille, elle va partir. Je vais lui faire cracher où est Jordan, et je le donnerai au vieux, vendredi matin, et je sortirai Bertrand du trou, et j'aurai même pas besoin de le remplacer. Tout ça en quarante-huit heures chrono. T'as mieux ? Alors qu'est-ce que t'as à me faire la morale, à jouer le prophète qui repère le mauvais œil, tout ça parce que t'as vingt piges de plus que tout le monde.

Je n'ai rien regretté de tout ça, même pas les derniers mots. J'ai attendu qu'il réplique, qu'il m'insulte. Il est resté bouche bée, comme sur un coup du lapin, immobile. Je m'en fous. Elle est toujours là, sur son tabouret, elle a l'élégance de ne pas me regarder. J'ai cherché un truc à dire à Étienne. J'ai vu son regard braqué vers les escaliers.

C'est Gérard. Blême. Il me fusille des yeux. Ses deux collègues aussi.

— Je veux pas jouer au vieux con, mais je pense qu'ils attendront que tu sois dehors avant de t'éclater la gueule, fait Étienne.

— Peuvent pas savoir que c'est moi.

Et ça te tombera dessus au moment où tu t'y attendras le moins… Mais je m'y attends tellement que je peux être tranquille. La fille est là, mais plus pour longtemps. Étienne me tape sur la cuisse.

— Le vieux con ne veut pas te donner de conseils, mais tu ne sortiras pas vivant d'ici. Fais ce que tu veux, mais laisse-moi le temps de passer un coup de fil.

J'ai failli dire que je n'avais plus besoin de lui quand j'ai vu Gérard serrer la main d'un mec avec un bandeau de gaze autour de la tête. Gérard ne s'est même pas inquiété de l'état de son crâne, il a mimé celui de sa bécane. C'est Fred.

— Réflexion faite, si t'as une bonne idée, Étienne…

*

La musique s'est arrêtée. Le flic n'a pas osé fouiller Violaine mais il s'est rattrapé sur moi. Sur tous les danseurs devenus orphelins par ce silence intempestif et grave. Étienne a disparu. Le patron de la boîte, furieux, joue les indignés devant les deux inspecteurs. Il hurle que jamais il n'a eu de trafic de dope chez lui. Il a même fait installer une caméra dans les chiottes. Les flics lui demandent de se calmer, ils n'ont rien trouvé, pas même une tête fichée. Le boss entamait un speech sur les rumeurs qui coulent un lieu vite fait si on n'y fait pas gaffe, quand Violaine m'a dit, simplement :

— On y va ?

Au beau milieu de la confusion générale, je suis sorti sous le feu nourri des regards de Fred et Gérard. Des yeux incrédules et terrorisés par leur propre violence qui m'ont fusillé sur un coin de trottoir. J'ai encore reçu quelques impacts dans le dos, loin, au bout de la rue Fontaine. Je n'ai pas pu savoir lequel avait le plus de munitions en stock. Bizarrement, ça ne m'a pas inquiété plus que ça. De deux maux j'avais choisi le pire : une bombe qui réduisait à néant toute velléité balistique. Et qui piquait le macadam de ses talons aiguilles.

*

Je suis toujours surpris quand je rencontre un sans-abri, comme si j'étais le seul à avoir ce privilège.

Je ne suis pas du clan des desperados du sexe, des baroudeurs. Ma libido n'a pas de quoi écrire ses mémoires. Mais les seuls souvenirs précis que je garde des femmes que j'ai pu connaître se rattachent à leur point d'ancrage, là où elles sont les seules maîtresses à bord. Et j'aime le parfum de la chambre des filles, j'aime les voir faire à la va-vite les quelques gestes quotidiens, j'aime les petites mises en garde et tous les efforts qu'elles font pour se préserver du regard de l'intrus.

Par réflexe, j'ai pensé à la chambre à quatre-vingts francs de l'hôtel Gersois du Carreau du Temple, avec une chaise en Formica et un couvre-lit en laine qu'on se dispute par grand froid, Bertrand et moi. Sans parler de la sonnerie tétanisante qui vous réveille à midi pile pour vider les lieux. De quoi tuer les confidences d'une inconnue. Je lui ai demandé si elle en connaissait un. Elle a répondu que le premier venu ferait l'affaire.

Et tout compte fait, on aurait pu trouver pire. Une moquette fraîche et vieux rose sur les murs de la chambre. Un lit bordé serré. Un mini-bar dont elle a tiré un quart d'eau minérale. Je cherche un truc élégant à dire pour lui signifier d'emblée que je ne coucherai pas avec elle, mais la veste de son tailleur tombe à terre et découvre les taches de rousseur de ses épaules. Tout son corps s'éclaircit, enfin. L'infinie tristesse de ses cernes, la pâleur de ses traits anguleux et cassants. L'embrasser sur les lèvres, et s'entailler le visage. La prendre dans ses bras, et la sentir craquer de partout. Se coucher sur elle, et se réveiller sur un tas de poussière.

J'ai l'esprit d'escalier, elle a dit, tout à l'heure. J'essaie de m'imaginer dans ce lit, demain matin, l'œil entrouvert, cherchant à me souvenir de ce qu'on va dire tout de suite, à l'instant présent, et regrettant de ne pas avoir su la manipuler comme il aurait fallu.

— Il y a une demi-bouteille de champagne, elle dit.

— Ouvrez-la.

Une trêve. Le temps de remplir les verres en Pyrex, de porter un toast aux ténèbres, de laisser glisser les dernières gorgées avant la joute. Je disparais un instant dans la salle de bains, m'assieds sur le rebord de la baignoire, me passe le visage sous l'eau froide. Ne pas oublier le principal, Jordan, Jordan, Jordan. Tout le reste, le champagne, les bas, les taches de rousseur, c'est rien, de toute façon je n'en ai pas envie, son corps n'a même pas d'odeur, elle ne fait rien pour érotiser l'ambiance, et même, je ne lui plais pas, moi ou un autre, j'ai fait l'affaire parce que j'étais là, c'est comme l'hôtel, elle est ailleurs, je le sais.

Elle se tient droite devant le miroir, comme hypnotisée par sa propre image, les yeux écarquillés, rivés dans leur reflet. Je caresse du bout des lèvres le verre qu'elle m'a rempli à ras bord, puis je trinque avec le sien, ça ne la fait même pas ciller, j'ai l'impression d'être un intrus qui dérange un tête-à-tête d'amour. Jamais je ne me suis contemplé avec une telle ferveur, une telle étrangeté.

— Vous vous trouvez comment ?

Pas de réponse. Brusquement, elle a les yeux des vieux qui ont décroché. Je pose la main sur ses taches de rousseur, elle reprend conscience.

— ... Pardon ?

— Je vous demandais si vous vous trouviez belle.

Silence, ponctué d'un trait de champagne.

— Les miroirs ne me servent à rien. Je vous l'ai déjà dit. Je ne me vois pas. J'existe dans votre regard, uniquement.

L'aveu d'un désir ? Qui sait ? J'ai bu, lâchement, pour éviter de poursuivre. Avec la certitude d'être tombé sur une névrosée. Une névrosée ivre. Comment ne pas l'être quand on suit Jordan partout comme un chien servile. Vu le préambule qu'elle vient de me servir, je sens que je vais avoir droit à la petite saynète existentielle du soûlographe. Ça tombe bien, on est juste à l'heure. Je connais déjà la pièce, une vie entière qu'on ânonne, avec le ressac des derniers ratages en date, une marée aigre, sans bulles, qui refoule jusqu'au drame originel. *In verito vinasse.* Sa nuit n'est pas la mienne. Elle fait partie des malades, pas des parasites.

Elle me rappelle Grégoire le dépressif, un copain de fortune, un traînard occasionnel qui s'est raccroché à Bertrand et moi avec une force désespérée. Cet après-midi où il est tombé, assis sur un trottoir de boulevard, et où brusquement il a décidé de ne plus se relever. L'instant d'avant, l'errance joyeuse, la bravade. On l'a secoué, incrédules, on a ricané. Il a dit : « J'ai peur. » Il a respiré par saccades. Et quelques heures plus tard, dans sa chambre de bonne, nous nous sommes relayés pour lui offrir nos bras, Bertrand et moi. Car c'est bien dans nos bras qu'il voulait être, comme s'il n'y avait de répit, de paix, que là. C'était la première fois que je me trouvais confronté à *la maladie.*

Car Grégoire souffrait dès les premières minutes du réveil, ça lui brûlait le ventre, nausée, larmes, il nous fallait tirer les volets et les rideaux, mais ça ne suffisait pas. Il fallait aussi clouer un drap noir pour arrêter les dernières lueurs assez fortes pour percer tout ça. Ne rien faire des heures durant, dans le noir absolu, juste lui tendre des bras dès qu'il en réclamait.

Et chaque soir, le miracle. Au crépuscule, il prononçait quelques mots. Paisibles. Des petits mots tout bêtes. Et là on poussait un soupir, on se relâchait. On en profitait pour lui faire boire une goutte de lait. Dans la nuit noire, il se mettait à parler, parler couramment, comme un enfant qui se risque à une phrase complète. Des propos anodins et doux, avec parfois un sourire, il émettait le désir de se pencher à la fenêtre et acceptait la lumière des étoiles. En oubliant, doucement, le cauchemar du lendemain.

À force d'en parler, Bertrand et moi, durant les rares moments où le sommeil venait le délivrer, nous avons fini par comprendre. Comprendre la plus élémentaire des choses : Grégoire avait peur du jour en marche, de l'idée que ça bouge, que ça progresse, là-bas, au-dehors, que ça avance sans lui, sans ses vingt ans, sans ses doutes. Et dans la douce nuit, sous des latitudes obscures, les discours devenaient caducs, et plus personne ne lui demandait rien. Ne restaient que la fraîcheur du soir et le droit de rester immobile dans le temps suspendu.

La maladie a duré une dizaine de jours. Sa mère venait tous les matins, il refusait de la voir. Elle s'en remettait à nous, des inconnus, car c'était le désir de son fils.

Aujourd'hui il travaille dans la finance, ou un truc comme ça. Il nous a dit qu'il était cambiste et je n'ai pas compris quand il nous a expliqué. Il nous prend pour des gentils ados attardés. Plus jamais nous n'avons reparlé de *la maladie*.

Mais *la maladie* peut prendre des formes très diverses. Les paumés du 1001 ont chacun contracté une forme du virus. Et je suis désormais certain que cette écorchée qui ne se reconnaît pas dans le miroir, qui embrasse la main d'un enragé, qui couche avec le premier venu, et qui aimerait répondre le lendemain à la question qu'on lui pose la veille, cette fille-là fait partie des plus atteints.

— Si je vous dis que je préférerais ne pas coucher avec vous cette nuit, dans combien de temps pensez-vous réagir ?

J'ai dit ça en essayant d'y mettre le ton d'un bon mot. Qui est tombé à plat. À moins qu'il ne lui faille vraiment un temps fou pour répondre. Bizarrement j'ai senti comme une douleur sourde dans mon crâne. La gueule de bois qui pointe, sans doute. Je n'ai pas su entretenir le cours fragile de l'ébriété. D'habitude, je négocie mieux.

— Il faut que je m'allonge.

C'est moi qui ai dit ça ? Je l'ai juste entendu. L'oreiller est frais. Je cligne des yeux.

— C'est trop bête, ça va passer… Je suis désolé…

Mauvaise nuit, mauvaises rencontres, mauvais champagne. Si encore j'avais envie de vomir. Ma nuque pèse des tonnes, comme si la grippe gagnait. JordanBertrandJordanBertrand…

Je me raccroche à ces deux mots-là sans pouvoir les faire sortir. Qu'est-ce que j'ai, nom de Dieu… Si je me mettais la tête sous… sous l'eau ?

— … C'est ridicule… Excusez-moi…

Distorsions… Mes yeux se brouillent…

J'essaie de me raccrocher, à un prénom, une idée, un coin d'oreiller, et je titube.

Comme au travers d'un écran humide, j'ai vu une géante à mon chevet, les bras croisés, goûtant à mon agonie.

Un instant plus tard, ma tête s'est plombée sur le montant du lit. Définitivement.

Hé ! toi… la folle… dis-moi vite où est Jordan, vite, tu le connais, fais pas semblant, tu lui embrasses la main en public… je ne sais pas pourquoi ça valse… n'importe qui dirait que je suis ivre mort… Mais… On ne sortira pas d'ici tant que…

— Qu'est-ce… que vous avez… mis dans mon verre, espèce de…

J'ai senti un poids monstrueux m'écraser l'estomac, d'un coup…

J'ai gueulé de surprise, puis de douleur, le poids s'est installé de plus en plus et m'a écrasé le sexe…

Si j'avais la force d'ouvrir les yeux…

— Je suis morte, Antoine. Mais personne ne le sait. C'est notre force à nous. Je ne suis jamais née, Antoine…

J'ai trouvé la force d'ouvrir les yeux… Elle… Assise sur moi… Je vais crever là… Écrasé… Je vais tourner de l'œil… Qu'est-ce qu'elle veut…

— Je reviens du territoire des morts pour vous hanter, vous, les vivants. N'essaie plus de bouger, Antoine. Ne nous cherche plus, ni Jordan ni moi. Bientôt tu n'en auras plus ni l'envie ni la force. Tu vas nous rejoindre, Antoine. Tu feras partie des nôtres…

J'ai entendu des sons distordus... J'ai vu des formes molles... Une dernière fois j'ai essayé d'ouvrir la bouche. Qu'est-ce... qu'elle m'a fait boire, cette salope ?...

— Dans quelques secondes ce sera fini, Antoine...

J'ai senti ses mains me saisir la nuque, son souffle haletant vers le creux de mon épaule, ses lèvres effleurer ma gorge.

Salope...

Le cou brûlé, j'ai hurlé à la mort.

Pourriture dans le palais, sous la langue. Toutes ces silhouettes monstrueuses qui m'ont éreinté, ces formes laides aux couleurs moisies. Je me suis mis à geindre pour me débarrasser de tout ce paquet d'horreur. Ma main a heurté une flaque humide sur l'oreiller, j'ai voulu voir mais la douleur dans la nuque m'en a empêché, j'ai juste pu sentir ma main humide de vomissure. Quelques images sont revenues, concentrées, en bloc, des masques hilares, des rires immondes. C'est de moi qu'on riait. Et cette fatigue insoutenable, celle d'avoir travaillé au fond de la mine, des semaines entières, sans qu'on m'accorde une seule minute de répit. Les reins cassés, les jambes cassées, le dos. La nuque. Malade.

L'œsophage brûlé. On m'a passé le cou à la flamme. En m'agrippant au bord du lit j'ai pu basculer à terre, pour ramper un instant, sans avancer. À genoux, j'ai rejoint la salle de bains, ça a pris un temps fou. Le robinet de la baignoire. J'ai dû m'endormir. C'est l'eau brûlante où trempait mon bras qui m'a ramené à la conscience. Me déshabiller. Me noyer dans l'eau chaude, oublier les plaies. Le crâne en premier, calmer les coups de massue.

— C'est du propre.

J'ai froid.

L'eau est gelée, j'ai dû m'endormir encore. La joue contre la faïence.

— Mon mari voulait appeler la police, c'est moi qui ai insisté. Les draps sont foutus, comment je vais les récupérer, hein ? C'est pas tellement le vomi, ni la tache de sang, mais celui du dessus est déchiré. Vos saloperies ça me regarde pas, mais on n'est pas dans un bordel, ici.

À la voix j'ai senti qu'elle sortait de la salle de bains, elle a tiré les rideaux. Il fait jour. La douleur dans le crâne revient. Je n'ai plus entendu que de mauvais éclats de voix. Tout ça m'a obligé à me mettre debout dans l'eau froide, et je suis resté comme ça, sans pouvoir faire d'autres mouvements, frissonnant, en équilibre. Elle m'a tendu une serviette, tout près. J'ai vu son visage. Interdit. Scrutant mon corps. Ma nudité écaillée. Dans le miroir du lavabo, j'ai vu de méchants contours sombres, verdâtres, j'ai compris qu'il s'agissait de moi. Des traînées, comme des coups de lanière sur la poitrine. Et, en plissant mieux les yeux, chancelant sur mes jambes, j'ai repéré la cicatrice encore fraîche. Au cou.

J'ai compris peu de choses, sûrement l'essentiel, à ce qu'a raconté la taulière avant qu'elle ne me jette dehors. Les choses ont commencé à vaguement s'imbriquer.

— Les deux jours sont déjà payés, mais on est plus de midi, c'est comme si vous aviez gardé la chambre.

— Attendez... On est quel jour ?

— Vendredi. Vendredi, 14 h. Je sais pas ce que vous avez foutu pendant votre orgie, mais alors... Vous êtes arrivé avec cette fille vers cinq heures, jeudi matin. Elle est ressortie très tôt, peut-être deux heures après, elle a rien dit, juste payé le double du tarif, on a pensé que vous vouliez garder la chambre une journée de plus.

— J'ai pas dormi vingt-quatre heures...

Elle a regardé sa montre.

— Dormi... Je peux pas vous l'assurer vu la couleur des draps, mais vous êtes resté dans la chambre exactement... trente-cinq heures. Faudrait pas commencer à faire des histoires, hein ! déjà qu'on n'a pas prévenu la police quand on vous a vu dans cet état, alors c'est pas maintenant que vous allez essayer de pas payer la troisième journée, parce qu'on loue de midi à midi.

Sans comprendre j'ai sorti les billets du fond de ma poche.

— Oubliez pas les draps.

Ça martèle encore fort, dans la tête. J'ai plissé les yeux quand j'ai vu le soleil par la porte à tambour du hall.

— Le quart d'Évian et le demi-champagne.

Il ne reste que quatre billets de cinq cents. Je les lui tends en pilotant à vue jusqu'à son desk. Ça doit sans doute suffire, elle ne bronche pas. C'est en sortant que j'ai vraiment eu le sentiment de payer la note.

Dehors. Vendredi. 14 h. Le soleil frappe en traître. Le dernier sourire de cette folle. La morsure. Jordan. Vendredi. Le trottoir tangue.

Du va-et-vient derrière la vitrine d'un café. Les vomissures de champagne. Le soleil.

— Qu'est-ce que je vous sers ?

Je ne sais pas. Le bain brûlant. Vendredi.

— Qu'est-ce que je vous sers ?

Vomir. Je n'ai plus d'argent. Dehors, le soleil tape. Ressortir.

Le soleil tape. Jordan. Elle lui embrasse la main, sans la mordre. Gérard, Fred, les motos. Et Étienne ? Une bouche de métro.

Il fait frais. Je m'assieds sur le banc, le bruit de la rame me déchire la tête. Vendredi. Bloody mary. Mâchoires dans le cou. *Je ne me vois pas dans les miroirs*... Vendredi.

Bertrand ?

Je suis malade. Je suis en retard. Bertrand sur sa paillasse. *Tu ne me laisseras pas tomber ?*... Il faut que je dorme. Hors du soleil. Ça fait mal. Vendredi. Je suis en retard.

J'ai trouvé le numéro, roulé dans une poche. Bertrand attend. Je ne serai pas en retard. Je passe la main. À toi de jouer.

— J'ai besoin d'une... d'une pièce. Pour téléphoner. S'il vous plaît.

Il a haussé les épaules. Il a regardé mes vêtements souillés, ma gueule bouffie, mes yeux mi-clos, ma main tremblante et tendue.

— T'es sûr que c'est pour téléphoner ?

Il a sorti une pièce de dix, que j'ai agrippée de peur qu'il ne rétracte la main.

Trois quarts d'heure, au beau milieu de la place du Châtelet, à scruter la ronde des bagnoles en attendant celle qui m'ouvrirait une portière. Trois quarts d'heure cloué au soleil. Le vieux bonhomme ne m'a pas laissé le choix. À peine le temps de réapprendre à marcher. Une BMW bleue m'a klaxonné. À l'intérieur, des ombres, quatre. J'ai reconnu le visage de Bertrand. On a démarré tout de suite, direction les quais. À l'arrière, je me suis retrouvé à côté d'un sbire qui me séparait de mon ami. Sur le siège du passager, le bonhomme a donné quelques directives au chauffeur puis s'est retourné vers moi avec un vague sourire inquiet auquel je n'ai pas répondu. Bertrand m'a tendu la main, je l'ai serrée, longtemps, en silence. Il a dit :

— T'as une sale tête.

J'ai bien regardé la sienne et n'ai rien retrouvé de ce que j'avais imaginé durant mes rares heures de conscience.

— T'es bien traité ?

On ne lui a pas laissé le temps de répondre, le vieux a attaqué direct. Trop direct pour le spectre que je suis devenu, pour mon corps cassé en mille, bouffé, pour mes oreilles qui ne supportent plus les questions bruyantes et mes yeux aveuglés par la lumière de juin. Pendant qu'on traversait le premier pont pour passer rive gauche, j'ai dit :

— Je suis mort. Je reviens du territoire des morts pour hanter les vivants. Mais bientôt vous ferez partie des nôtres.

Le sbire, après un temps, a baissé les yeux pour se curer les ongles. Le chauffeur a gardé le cap avec pourtant un léger ralentissement. Le bonhomme s'est retourné pour s'asseoir comme tout le monde, face au pare-brise. Bertrand, lui, a contemplé la Seine avec une rare application.

— Je ne vais pas vous faire le résumé, heure par heure, parce que parmi celles-là y en a des inracontables, le genre psychédélique, voyez, avec des grosses bulles orange et des larsens, c'est comme si j'avais traversé toutes les sixties en trente-cinq heures, et dans un tunnel du côté de Roubaix. Non, je ne délire pas, c'est juste une remontée d'acide.

J'ai vu l'église Jeanne-d'Arc, dans le XIIIe.

— Parmi les hallus, il y a celle d'un sourire aux canines protubérantes qui m'arrache la moitié du cou.

Le bonhomme a pivoté, hors de lui.

— Maintenant ça suffit, espèce de petit crétin, qu'est-ce que vous racontez ? Vous allez arrêter vos...

Le reste s'est bloqué net dans sa gorge quand j'ai ouvert ma chemise pour lui montrer la mienne.

Silence. Œillade du chauffeur dans le rétro. Le sbire a attaqué les ongles de l'autre main.

— Quel est le salopard qui t'a fait ça... a dit Bertrand, défait.

Une phrase qui m'a fait sourire, j'avais éructé à peu près la même, il y a un an, dans une situation étrangement voisine à celle d'aujourd'hui. Coïncidence des carrefours, des cauchemars et des dérives. Une soirée à Saint-Rémy-lès-Chevreuse. Whisky à volonté, barbecue, piscine et sauna où, ivre mort, j'avais dégorgé une bonne partie de la nuit avant de m'écrouler sur le capot de la voiture de Jean-Marc qui m'a ramené vers la capitale. Bertrand n'était réapparu que le surlendemain. La dernière image qui me restait de lui avant que nous nous séparions : il s'enferme avec deux nanas dans l'unique salle de bains munie de toilettes avec la ferme intention de s'offrir des ablutions crapuleuses. Il m'a raconté la suite, une centaine de vessies en fusion, l'émeute des incontinences, son refus obstiné de sortir, la porte qu'on défonce, les coups de griffe qu'il reçoit sur la poitrine. C'était le bon temps.

— Mais réponds, bordel ! Quel est le salaud qui t'a fait ça !

— C'est une fille. Une folle qui fait tout comme Jordan, surtout mordre.

— Mordre ? a gueulé le vieux.

— Oui. Et je me demande si ce n'est pas lui qui me l'a envoyée pour que j'arrête de le suivre. Je posais trop de questions dans cette boîte, et comme un con j'ai cru qu'elle... Et je ne sais toujours pas quelle saloperie elle a mis dans mon verre. Pour l'instant je n'ai eu qu'un avertissement. Ce que vous ne savez pas, c'est que vos privés et moi, on a eu le même problème, parce que personne ne peut suivre Jordan. C'est impossible.

— Pourquoi ?

— Je sais déjà que vous allez me prendre pour un dingue mais, à votre avis, comment appelle-t-on ces êtres occultes qui sortent la nuit et disparaissent avant la première lueur ? Ces gens qui n'ont pas de reflet et se transforment à volonté ? Ces créatures qui reviennent du territoire des morts pour se nourrir du sang des vivants ? C'est pas dur.

On passe devant le Panthéon.

Le sbire n'a plus rien à curer. Il gratte un bouton rouge sur le dos de la main.

On contourne le Luxembourg. Je pose doucement la nuque sur la plage arrière pour me protéger du soleil qui tape contre la vitre. Après un soupir, je dis :

— Patron, vous allez vous faire mordre, et je ne peux rien faire pour empêcher ça. D'ailleurs, c'est trop tard, je ne connaîtrai plus jamais le repos. J'aurais mieux fait d'aller au trou et laisser Bertrand se démerder. Il a toujours su y faire mieux que moi avec les vamps.

— Arrête tes conneries, Antoine.

— Ah ! ça, mon pote, c'est exactement ce que je vais faire. Démerde-toi avec le comte Dracula, moi j'ai donné.

Bertrand ne répond pas. Silence bizarre. J'insiste. Je ne vais surtout pas m'en priver.

— Messieurs, je vous suis. Prévoyez un petit cercueil capitonné, genre caisson d'isolation, évitez la bouffe à l'ail, on se retrouve dans quarante-huit heures.

Je me demande si après ça je n'ai pas laissé échapper un petit ricanement. Il y a eu un long silence, j'ai vu le Pont-Neuf sur ma droite. Les plaies, les douleurs osseuses, les martèlements dans le crâne sont toujours là. Mais tout ça est bien moins pénible depuis que je leur ai cloué le bec à tous les trois. Il n'y a guère que le soleil auquel je n'arrive pas à m'habituer.

Le sbire s'est figé, nerveux, les yeux rivés dans la nuque de son boss. J'ai entendu des sanglots muets. Je n'y ai pas cru tout de suite, il a fallu que je tende l'oreille pour m'apercevoir que le bonhomme était en train de doucement chialer. Il s'est retourné, avec une larme dans chaque œil, et m'a dit :

— Je vous crois, moi, Antoine. Je vous crois.

Il n'a pas retenu ses larmes, et ça m'a désarçonné. C'est son « je vous crois, Antoine » qui m'a tout coupé.

Le sbire a baissé les yeux, incapable de supporter le spectacle.

Le vieux a dit :

— Parlez-moi d'elle...

— La vamp ? Une belle salope, une malade mentale, une esclave de Jordan, j'en sais rien. Si jamais je la retrouve, je la mange. Les canines me poussent rien que d'y penser.

Après un temps, j'ai ajouté, sans même le vouloir :

— J'suis mordu, faut me comprendre.

Rue de Rivoli, les Tuileries. La fête foraine.

À moi la paillasse ombragée, vivement que je fasse la connaissance de ce rat à qui je laisserai volontiers mon croûton de pain. Vivement la présence rassurante des geôliers qui vont garder mon sommeil. Rangé des voitures, à l'abri, immobile, à me refaire une peau et des os, tout doux, hors circuit, solo. Heureux même, que quelqu'un me le propose. N'empêche qu'un jour ou l'autre je retomberai sur cette psychopathe aux taches de rousseur, et je la confronterai au miroir pour bien lui montrer la salope qu'elle est, ensuite je lui ferai avouer ce qu'elle m'a fait, si elle m'a pris quelque chose qu'elle me le rende, si elle m'a transmis quelque chose qu'elle le reprenne, et je lui ferai avaler un crucifix, et je la mangerai, je la mangerai, je serai tout à la fois, le vampire et le loup-garou, le fantôme et le cannibale, ils vont en avoir, du fantastique, je vais leur pourrir la nuit, à ces Nosferatu de merde, je vais leur faire passer le goût de l'ail, ça sera *Dracula contre le Parasite*, et elle, la zombie, elle l'aura, mon pieu, je vais la transpercer, jusqu'au cœur, et en plein soleil. J'ai rien à perdre, je m'en fous, je fais désormais partie des morts vivants.

La bagnole s'est engagée place Vendôme.

— Bon ! on va pas tourner dans Paris la putain jusqu'à ce que la nuit tombe, j'ai deux ou trois trucs à dire à Bertrand pour lui passer le relais, qu'il évite de perdre son temps et de se faire pomper l'hémoglobine, une petite piste pour ce soir, c'est pas grand-chose mais ça va lui faire gagner quelques heures.

Le vieux a fait arrêter la bagnole sur la place. On est tous restés immobiles un petit moment. Sans doute le temps de la réflexion pour Bertrand, qui a dit :

— Non.

Rien que ça. *Non*.

— C'est-à-dire ?

Le vieux a fait signe à ses hommes de sortir de la voiture. J'ai eu la sale impression que c'était prévu, que ce *non* était prévu, et que j'allais avoir droit à un sketch qu'ils ont répété avant de venir. Le vieux nous a laissés seuls.

— Antoine, c'est pas évident, ce que je vais dire, et laisse-moi finir avant de m'agresser, je te connais. Depuis ce matin j'essaie de trouver une formulation correcte.

J'ai cru qu'il allait me dire qu'il avait attrapé l'esprit d'escalier, là-bas, dans son trou.

— C'est toi qui vas rester dehors, Antoine. Moi je retourne d'où je viens. C'est mieux pour tous les deux, je peux pas t'expliquer pourquoi.

— Pardon ?

— C'est plutôt une bonne nouvelle, non ? T'avais tellement la trouille d'étouffer. Tu t'es traîné à mes pieds, avec ta claustro plein la bouche. Et puis t'es meilleur que moi, pour ça, tu sais bien, je risque de traîner pour rien, perdre un temps fou et reculer l'échéance. Vaut mieux qu'on se partage le boulot, moi dedans, toi dehors.

— Tu peux me redire ça, là ?...

— Bon, j'aimerais être plus clair, mais pour moi ça ne l'est pas encore, disons que j'ai *besoin* d'y retourner.

— Dans le trou.

— Oui. D'abord c'est pas un trou.

Silence.

— *Besoin, besoin,* ça veut dire quoi *besoin.* Ils t'ont rendu accro à l'héroïne ?

— Dis pas de conneries.

— T'es tombé amoureux du maton ?

Pas de réponse.

— T'es sous hypnose, Bertrand, ils t'ont manipulé, tout est possible avec ces tarés, j'ai bien rencontré des vampires.

— Arrête...

Après un long silence, j'ai éclaté de rire, ça m'a lancé, dans le crâne, et vers les côtes.

— Ça y est, je crois que j'ai pigé... Bertrand, t'es un génie... J'ai pas eu mon D.E.U.G. de psycho mais je crois que j'ai pigé : si l'un de nous n'entretient plus l'angoisse du trou, ça rend immédiatement caduc le chantage à l'alternance. Subtil. On déstabilise le geôlier, au bluff, en réclamant à tout prix la taule. Joli.

— C'est pas tout à fait ça, Antoine. Moi aussi j'ai des trucs à pister, là-bas. Peux pas t'expliquer, je te dis, moi-même je ne comprends pas encore tout bien. Mais si j'ai un seul truc à tenter, je le tenterai. J'ai peut-être trouvé une issue, là-bas.

— Une quoi ?

— Un truc trop beau pour être vrai. Mais pour ça il faut que tu retrouves Jordan. Eh oui. Il le faut. Et c'est moi qui te supplie, maintenant, Antoine. Il faut que tu retrouves le dingue, que tu le livres au vieux, et c'est pour moi que tu vas le faire, pour moi uniquement.

Après un long silence, il a cru bon de répéter :

— Pour moi.

— Quoi ? Répète ça ? C'est les hallus qui continuent, je vais me réveiller, c'est pas vrai...

— J'ai trop à y gagner.

— Qu'est-ce qu'ils t'ont fait ? Qu'est-ce qu'ils t'ont promis ? Tu les prends pour des cons ou quoi ? C'est de la manip', et t'es assez bête pour tomber là-dedans.

Silence.

— T'as dit que t'étais prêt à tout, l'autre matin, quand t'étouffais. Tu l'as bien dit, non ?

— Oui, je l'ai dit.

— T'as dit que tu ferais n'importe quoi.

— Oui, je l'ai dit.

— Retrouve Jordan.

Il m'a tendu la main, direct.

Je n'ai pu me résoudre à la laisser en suspens, vide.

Il a serré fort.

Puis il est sorti sans même un regard et a fait signe au vieux de reprendre sa place dans la voiture.

Très lentement, j'ai senti monter en moi comme une bouffée de solitude.

— Reconnaissez-moi une seule chose, Antoine : j'avais vu juste. En quarante-huit heures vous avez fait plus de chemin que les crétins que j'ai embauchés.

Un temps. Je me suis gratté le poitrail.

— Ce que vous dites est pourri d'hypocrisie, mais c'est vrai.

— Bertrand n'est pas de votre trempe. Il est bourré de qualités. Il a du charme. Je l'aime bien. Il a un bel avenir devant lui. Mais il serait bien incapable de s'accrocher comme vous le faites. Son talent est ailleurs. Tout temps qu'il passera dehors sera du temps perdu. Et vous, Antoine, vous avez une piste. On va changer les règles. Je n'ai jamais été si proche de Jordan qu'aujourd'hui. Je peux beaucoup pour vous.

— Qu'est-ce que vous lui avez promis ?

— Il a ses rêves, Bertrand... Mais vous ? Qu'est-ce qui vous fait courir ? Qu'est-ce que je pourrais vous promettre ?

Après un temps de réflexion, j'ai demandé :

— Combien ?

J'ai fait ce petit geste vulgaire des doigts qui froissent des billets. Il a eu un léger mouvement de surprise.

— La carotte financière ?

— Oui.

— Ça me surprend, mais... Disons... ce que vous voulez.

— Je veux le magasin, là, à l'angle de la place.

— Van Cleef et Arpels ?

— Clés en main.

Il n'a pas su s'il devait sourire.

— Non, en fait, je veux plus que ça. Je veux redevenir humain. Aimer à nouveau le soleil et le jour. Vivre comme avant, pour tout changer. En rase campagne, et me coucher avec les poules, me réveiller au son des matines, me nourrir du potager, à heures fixes, et boire l'eau de la source, trouver la foi en Dieu. Redevenir humain. J'ai du boulot à rattraper.

J'ai bien cru qu'il allait se remettre à pleurnicher. Et pas à cause de moi. J'ai eu l'intime conviction qu'il pensait à quelqu'un de bien plus cher.

En claquant la portière, j'ai vu les trois autres, dehors, attendant que je m'éloigne pour réintégrer la voiture. J'ai dit au patron de m'allonger du liquide. L'enveloppe était prête, il n'a eu qu'à la sortir de sa veste. S'il n'a pas changé de coupures, il doit y avoir le double ou le triple de la première.

Bertrand n'a pas daigné se retourner quand la voiture a tourné le coin.

Il a du cran, Mister Laurence.

Je me suis revu en train de le supplier, minable, geignant, pour qu'il m'évite d'aller au trou. Grand, il a été. Le salaud.

Ce matin-là, en pleurant sur ses chaussures, j'ai perdu quelque chose d'infiniment précieux que je pensais ne pas avoir. Et j'ai été assez bête pour piétiner tout ça, les larmes aux yeux.

Aujourd'hui, il ne m'a pas supplié, non. Trop fier. Mais dans le ton de sa voix, j'ai senti que j'avais une chance de me refaire.

J'ai fait un signe à un taxi pour qu'il me conduise là où on peut attendre, sans risque, que le soir tombe.

*

Moins quarante-huit heures, top chrono. Myriam m'a donné le numéro d'un inconnu du nom de Jonathan, rédacteur en chef du mensuel *L'Attitude*, où travaille Jean-Louis. J'aurais cru emprunter plus de méandres, parce qu'on ne rencontre pas Jean-Louis par hasard. Tout simplement parce que Jean-Louis, à l'inverse de tous les autres, travaille. Je l'ai connu dès mes premières heures de resquille, il était là, le Nikon en bandoulière, en train de discuter avec le barman des Bains-Douches pour récolter des tuyaux, des bruits, des potins, en vue de coincer quelques têtes connues pour alimenter le crédit photo de la chronique jet-set de *Paris-Nuit*, de *Néons*, puis de *L'Attitude*. Il a eu Richard Gere sans lunettes, faisant une bise à Bowie, qui, lui, en avait. Rod Stewart se grattant les couilles. Elton John dînant chez Yves Saint Laurent. Liza Minnelli pas fraîche. Gros pourcentage de show-biz, mais aussi les fins de race, les héritiers, et les capitaines d'industrie qui font la fête. Et tous les autres de passage dans la Ville Lumière. Je me souviens de notre premier contact, je l'ai vu brandir son objectif vers moi, j'ai souri avec délice, il a dit : « Casse-toi du champ, coco. » Dans mon dos, William Hurt, qui ne demandait qu'à dire « cheese ». On se croise de temps en temps, et chaque fois qu'il est là, c'est bon signe, ça prouve que l'aiguillage était correct. Sans se connaître vraiment, on s'estime, on discute avec bienveillance en attendant les vedettes, on s'échange des tuyaux, et une fois ou deux je l'ai rencardé sur des plans de haut vol dont le journal ne lui avait pas parlé. Ça ne l'empêche pas, malgré le temps et l'habitude, la sympathie réciproque, de jeter toutes les photos où j'apparais par hasard.

Pour l'heure, je sais qu'il est là-dedans. Juste là, derrière le cordon. La foule, chic, fraîche, ne va pas le rester bien longtemps. Son rédacteur en chef m'a juste dit « bon courage » en me donnant l'adresse. Et c'est exactement ce dont je vais avoir besoin, en plus d'une bonne dose de chance.

J'ai pourtant pris quelques précautions quand il m'a dit que Jean-Louis couvrait la collection Automne/Hiver de Dior. Les rares fois où nous avons mis les pieds dans des défilés de mode, Mister Laurence et moi, nous nous sommes amusés comme des rois, et c'est logique, quand on tape dans les spécialités parisiennes. Jean-Paul Gaultier au Cirque d'Hiver, c'était il y a deux mois. Christian Lacroix au Zénith, l'année dernière. Ces deux fois-là, Bertrand m'a lâché, à peine le premier barrage franchi, pour aller fureter du côté des vestiaires des mannequins, fantasme numéro un de tout individu mâle qui a un jour feuilleté un numéro de *Vogue*. Et mine de rien, il ne s'était pas si mal débrouillé. Compulser le dossier de presse, y pêcher le nom d'une des filles, le griffonner sur un bout de papier, le tendre bien haut à l'entrée des coulisses en disant qu'il a un message urgent pour elle, un coup de fil de l'agence. Et puis. Regarder. Se goinfrer les yeux de tout ce qu'on ne pourra jamais imaginer. Je n'ai jamais été assez gonflé pour faire ça.

Oui, j'ai pris des précautions d'ordre vestimentaire. De toute façon j'avais besoin de fringues, l'enveloppe du vieux a servi à ça en tout premier lieu. J'ai choisi sans regarder les étiquettes, costume noir, chemise blanche. Une cravate fine et rouge, brodée. Ça m'a changé des puces de Montreuil, des fripiers de Belleville et de la Foire à dix francs.

Juste après, je suis passé dès l'ouverture du premier bar du 1001, Étienne et Jean-Marc m'attendaient de pied ferme, inquiets depuis ma disparition. Au beau milieu des premiers soiffards des happy hours, j'ai juste eu le temps de leur dire que j'étais devenu un mort vivant et que je repasserais les voir juste après mon entrevue avec Jean-Louis. Je n'ai pas pu toucher au mescal qu'on m'a servi. En revanche, l'étau s'est desserré dans mon crâne, comme une cuite oubliée. Ne reste que ce bizarre malaise qui s'estompe à mesure que le soleil faiblit. C'est sans doute *la maladie* qui gagne. J'y crois.

La dame blonde qui filtre l'entrée de cette belle bâtisse de la rue Saint-Honoré n'a besoin de personne pour éconduire les non-autorisés. Jean-Louis est là depuis les préparatifs, et pas question de l'attendre sagement dehors quand le premier défilé vient à peine de commencer. Pas moyen de rentrer au flan. J'ai vite décidé de la jouer resquilleur, c'est mon côté taupe. Autre parasite qui craint la lumière. J'ai fait trois fois le tour de la bâtisse pour trouver l'entrée des fournisseurs et des traiteurs. Rue Beaujon. Le camion brun de la maison Dalloyau. On dirait un convoi de fonds, imbraquable. À une époque, dès qu'on en voyait un, stationné n'importe où dans Paris, on repérait l'adresse. Trappeurs qui suivent les empreintes. On savait qu'à cet endroit précis, le soir même, on aurait notre dose de canapés. Si je suis resté en vie, naguère, je le dois en partie à la maison Dalloyau.

Procédure de dernière minute, coincer le premier loufiat venu, lui demander où est Bernard, dit Minou, c'est comme ça qu'on l'appelle, je ne sais pas pourquoi. Un des plus vieux serveurs de la boîte. Celui qui, un soir, nous a dressé l'organigramme de sa semaine, nous laissant rêveurs, et lui, déjà fatigué. C'est comme ça qu'on sait que le premier lundi du mois, il y a un cocktail au British Club House, un autre à l'American College tous les 16 du mois, etc. C'est à force de nous revoir, toujours ponctuels, toujours souriants, affamés mais polis, qu'il s'est pris d'affection pour ces deux oisifs qui ont l'âge de ses gosses.

Je contourne la tente où va avoir lieu le repas de gala, vers les 23 heures, juste après avoir fait dégager le tout-venant et les journalistes. Au passage, je vois une escouade de serveurs s'agiter autour des timbales de magret au foie gras et sa feuille d'oseille, et n'éprouve absolument rien de ragoûtant. Au contraire, je sens mon tube se raidir comme une crosse de hockey. De quand date ma dernière digestion ? Je ne sais plus. Ça corrobore l'idée que je n'ai plus besoin de me nourrir, et c'est un des plaisirs que je vais regretter de l'époque où je n'étais qu'un palais fébrile, un bouquet de papilles, un estomac goguenard, l'époque où le saumon était rose, le pain de mie géométrique et le champagne à volonté.

Au loin, un orchestre viennois accueille les visiteurs, je les croise à revers, sortant d'on ne sait où, et tout le monde s'en fout bien. Un buffet apéritif est dressé dans le parc, les gens attendent que la première fournée sorte du défilé. Ça piaille. C'est le moment ou jamais de tenter sa robe immettable, de parler chiffon de luxe. Des photophores sont disposés en long, comme pour éclairer une piste d'atterrissage. J'entre dans le hall bourré d'hôtesses habillées en rouge, c'est l'accès du show-room, je fais un tour rapide pour coincer Jean-Louis. Une salle pleine de téléphones que personne n'utilise, un bureau où l'on prend son dossier de presse avec la liste des présentations, avec en cadeau un éventail frappé aux initiales du couturier. Tous les murs sont tendus de drap gris, le gris Dior. Le fameux gris Dior. Je repère Margaux Hemingway, Adjani, d'autres encore, j'ai senti que Jean-Louis n'était pas loin. Deux dames discutent fort, ravies, l'une d'elles est persuadée que cette année c'est Dior qui va avoir le Dé d'Or. La récompense suprême. En temps normal j'aurais sûrement misé un franc ou deux sur un tuyau pareil. Je repère Jean-Louis, embusqué derrière un yucca, mitraillant.

— Antoine ?

— Je dérange ?

— Pas vraiment. J'ai fait la môme Hemingway.

— C'est pour elle que t'es venu ?

— Pas vraiment. Paraît qu'elle a arrêté de boire. Ça aurait été cool de l'avoir en train de téter un scotch. Mais rien à faire.

— Alors ?

— J'attends Rourke.

— Qu'est-ce qu'il viendrait foutre dans un défilé de mode ? C'est plutôt le genre biker.

— Paraît qu'il est avec Cynthia.

— Cynthia ?

— Mannequin vedette de Dior.

Il me lâche une seconde pour shooter Régine, et revient.

— Hé ! Jean-Louis, tu sais quoi ?

J'ouvre deux boutons de ma chemise et lui montre ce qu'il y a en dessous. Il ne cille pas. Pose l'appareil photo. S'enfonce dans l'angle. Discret. Et tire sur le col de son polo. Une petite plaie dégueulasse vers la clavicule.

— T'as vu Étienne, jeudi soir.

— Ouais ! au Bleu Nuit. Il m'a dit que vous étiez après Jordan. Y serait temps.

— Comment ça s'est passé ?

— Une dizaine de jours, aux Bains-Douches. J'avais déjà repéré sa gueule plusieurs fois, et pas que là. J'ai bien aimé son look, j'ai voulu le shooter, à tout hasard. Il a pas aimé. Pas aimé du tout. Le genre de réaction qui me fait descendre une péloche complète.

— Il grogne, il montre les dents, et après ?

— Il me rate pas. Quand je pense que j'ai échappé aux baffes de Sean Penn, c'est pour me faire bouffer par ce crétin. Il m'a obligé à lui donner la péloche.

— T'as fait ça ?

— Tu plaisantes ? J'avais Annie Lennox avec son nouveau mec dans le boîtier. J'ai fait le coup du paparazzo, j'ai sorti en douce une péloche vierge et je lui ai refilée, le con.

Mouvement de foule. Le défilé va commencer. J'ai eu peur qu'il ne me quitte. Mais il s'en fout, il attend Rourke.

— Et ton pote Bertrand, il est pas là ?

J'ai fait comme si je n'avais pas entendu.

— Ça veut dire que t'as encore la gueule de Jordan sur une photo.

— Qu'est-ce tu veux que j'en foute ?

Une chose est sûre. Jordan impressionne la pellicule.

— Il est seul sur la photo ?

— Non, une gonzesse, le genre qu'a pas besoin de flash, une diaphane. Et un autre mec, pas une gueule de scoop, qu'attendait pas trop non plus que le petit oiseau sorte. Ils sont trop, ces mecs, comme si j'allais vendre leurs tronches en couv' de *7 à Paris*.

Bingo. Je n'en demandais pas tant. Et bien fait pour la Dracula connection. Un troisième larron ? Peut-être un des leurs, le mal gagne, le processus de noctification déferle sur Paris. Ils sont parmi nous. Leur quête a déjà commencé. À ce propos, j'ai demandé à Jean-Louis s'il se sentait en forme, et si depuis la morsure il n'avait pas éprouvé quelques troubles diurnes.

— Je suis le genre hypocondriaque, angoissé et tout, le soir où il m'a mordu j'ai foncé aux urgences de l'Hôtel-Dieu. Ils m'ont fait une prise de sang, avec toutes ces saloperies qui traînent, j'ai eu la trouille. Ils ont soigné la plaie et m'ont donné les résultats un peu plus tard.

— Et alors ?

— Rien, que dalle. Petite fatigue générale à cause de mon boulot, mais c'est tout.

Ça m'a soulagé. Arbitrairement, soit. Mais ça voulait dire que mon malaise tenait plus du cinéma mental que d'un film de Christopher Lee. Je ne suis pas un cinéphile, mais je crois me rappeler que Bela Lugosi, le premier interprète de Dracula à l'écran, a pété ses boulons à force de s'identifier à son personnage. Vers la fin de sa vie, il dormait dans un cercueil capitonné, ce qui a dû faire des économies quand il est passé de mort vivant à mort tout court. De la même manière, Boris Karloff, créature du docteur Frankenstein, est mort dingue, suite à une espèce de déstructuration mentale et perte de la personnalité. Jordan et Violaine ont peut-être attrapé quelque chose de cet ordre. C'est en tout cas ce que je m'efforce de penser, je suis un type rationnel. Immergé dans une situation qui, somme toute, l'est assez peu.

— On peut la voir ?

— La photo ? Si tu veux. Si ça peut te servir à le serrer. Suffit de passer chez moi, mais je te demande un truc en échange.

Et allez donc. On n'a rien sans rien. Ça c'est Paris. Encore un qui a un écureuil à trimbaler.

— Tu veux quoi ?

— Que tu me racontes. C'est pas que je veuille mettre le nez dans tes histoires mais j'aimerais être sûr qu'il y ait rien de bon à shooter. Un night-clubber comme toi qui poursuit un gars qui mord les gens qui traînent dans la nuit. On est à Paris, non ? On sait jamais.

Je n'ai pas aimé qu'il me catalogue comme night-clubber. Mais je dois reconnaître que tout ça a de quoi l'intriguer. Sa ville, sa nuit, son cou, l'acharnement d'Étienne, le mien, Jordan et les autres qui ne veulent surtout pas apparaître en photo.

— C'est pas ton créneau, j'ai dit.

— T'es sûr de vouloir un tirage ?

J'ai acquiescé, forcé. Il m'a demandé de patienter une petite demi-heure, le temps de faire son dernier tour. Quitte à faire le pied de grue, je me suis dirigé par réflexe vers le buffet du parc qui n'était plus éclairé que par les photophores. Quelques douairières plantaient des cure-dents dans la chair mordorée d'un canard découpé en cubes. Et quand on me dit qu'il n'y a aucune magie dans cette bouffe...

— Champagne, monsieur ?

J'ai réfléchi une seconde, pour refuser d'un geste de la main. Je me suis laissé corrompre par un fond de Perrier nature, pour me mouiller la langue et le palais. J'ai dû m'écarter du buffet à cause de l'odeur. Pour la première fois j'ai réalisé que le pain de mie en avait une. Dans une grande panière en osier j'ai vu de splendides légumes sculptés et formant une sorte de fresque circulaire, façon Arcimboldo mais sans l'idée du portrait. Des radis piqués au centre, des carottes naines autour, des carrés d'ananas, des pelures de tomates agencées en bouquets de roses, et plein d'autres trucs bigarrés. Mon attention s'est portée sur un des éléments de décoration.

— C'est un artiste de chez nous qui les fait. Goûtez, dit le serveur.

Il a rapproché un plateau couvert de coupelles de sauces vaguement dérivées de la mayonnaise. J'ai bloqué un hoquet qui m'aurait fait vomir la gorgée de Perrier.

— Rien ne vous tente, monsieur ?

Si ! quelque chose, mais je m'en suis écarté. Puis j'ai tendu la main, un instant, et l'ai rétractée en me demandant si je ne devenais pas complètement dingue. C'est du moins ce qu'a pensé le serveur en me regardant saisir une tête d'ail. J'ai épluché une gousse en quelques secondes et me la suis mise en bouche, sans réfléchir.

J'ai mâché.

Le serveur, classieux, a dit que ça faisait du bien à la circulation.

En avalant la chose, j'ai poussé un petit soupir de contentement.

De loin, Jean-Louis m'a fait signe qu'on pouvait y aller.

— Et Rourke ?

— Parti à L.A. ce matin, c'est ce que m'a dit un collègue qu'a des meilleurs tuyaux que les miens. Je peux me refaire au New Morning, y a un bœuf privé qu'est prévu avec Prince, il est à Paris depuis hier. Faut qu'on file.

Puis il a sorti des chewing-gums de sa poche et m'en a proposé un.

Dans le taxi, je lui ai raconté l'à-peu-près racontable, en forçant bien sur les détails réalistes, pour lui donner une chance de me croire.

Bertrand a couché avec la nana de Jordan, et a disparu juste après.

Jean-Louis a roulé des yeux comme des billes. Je lui en ai donné plus sur ce qui ne prêtait pas à conséquence, les sauts de puce dans les bars, les emmerdes avec les motards qui veulent ma mort, Fred et Gérard, les boîtes, où j'ai bien fini par retrouver Jordan, qui m'a filé entre les doigts en me laissant l'empreinte de ses crocs. Jean-Louis a tout gobé. Comment aurait-il pu douter, avec nos morsures respectives ? Ça rapproche, ce genre de stigmates.

Quand il parle de chez lui, on imagine une chambre noire qui pue le révélateur. Il vit près du quai d'Austerlitz dans un cinq pièces bourré de couloirs, avec, au bout de l'un d'eux, un labo plus opaque que tout ce qu'il photographie. Parmi les photos épinglées dans le salon, j'ai reconnu Lou Reed, sérieux comme un pape, noir et blanc, flou, invendable et superbement irréel. C'est la série ratée de Jean-Louis, tout ce qu'on lui refuse, mais qui un jour sera réuni en recueil, rayon beaux livres. Il en est persuadé.

— Installe-toi, faut que je la tire sur papier.

Je me suis calé entre deux piles de magazines, ceux où il travaille, et tous les autres, même des vieux numéros de *Jours de France* du temps de *La semaine d'Edgar Schneider. Paris Nuit, Paris Magazine,* je feuillette, reconnais quelques trognes hilares dont la moitié a l'air de dire : « je m'amuse et je vous emmerde tous », et l'autre, compassée, dit : « vous m'emmerdez pendant que je m'amuse ». Ce genre de photos pas vraiment nettes, auxquelles on se prête de plus ou moins bonne grâce, avec des courtisans parfaitement inconnus qui s'appliquent à poser, une main sur l'épaule de la star. Effets de flash sur les gueules en sueur. Rétines rouges. Parmi elles, la photo d'une tablée de fêtards avec des girls en strass sur les genoux.

Ça m'a rappelé la soirée anniversaire au Crazy Horse Saloon pour laquelle Étienne avait eu trois invitations par on ne sait quel miracle. On ne s'était pas fait prier, Bertrand et moi, on avait même sorti les cravates. C'était comme une oasis pétillante de lumière au cœur de cette mauvaise nuit de janvier. On avait eu droit à une part du gâteau. Et aux filles abominablement cambrées sur la scène. Et hormis le fait que personne n'avait cherché à lier connaissance avec nous, toutes les conditions du bonheur étaient réunies. Pourtant j'en suis sorti avec un goût amer dans la bouche. En retrouvant la mauvaise nuit d'hiver, je me suis posé deux questions : « où dormir ? » et « quand est-ce qu'on aura droit à des filles pareilles ? ».

Mister Laurence m'avait fourni les réponses : « dans le studio de son cousin place de Clichy » et « pas avant quarante ans si toutefois on arrive à faire quelque chose de nos existences ». Tout ça s'est effectivement fini sur le lino d'une kitchenette où nous avons bu une bouteille de veuve-clicquot rosé qu'il avait glissée dans son imper en sortant du Crazy. Et, sans réveiller le cousin qui s'accordait une dernière demi-heure avant d'aller bosser, nous avons trinqué à ces quinze années qu'il nous restait à vivre avant de devenir des gens auprès de qui on a envie de s'asseoir.

*

Jean-Louis s'est enfermé depuis bientôt une demi-heure, tout ça pour allumer trois ampoules et suspendre son chromo à une épingle à linge. Si je n'avais pas peur d'abuser, j'irais cogner à son labo pour presser le mouvement.

— Fallu que je la retrouve dans mon tas de péloches, j'ai essayé de rectifier un peu le flou.

— Montre.

Il allume une espèce de spot qui me fait cligner des yeux. Je lui arrache des mains la photo qui dégouline encore.

Le couple maudit, hargneux, prêt à bondir, ce n'est pas vraiment eux que je cherche mais l'inconnu. Un vague espoir m'avait traversé la tête, celui de reconnaître quelqu'un à qui me raccrocher. Je ne vois qu'un type brun, chafouin, cadré à la taille, avec un fly-jacket. La trentaine. Et pas même un gros badge au revers avec son nom écrit dessus.

— T'es content ?

— Je vais la montrer à un maximum de gens, on verra. En tout cas, je pense à toi s'il y a de quoi faire un reportage.

— T'emmerde pas pour ça, va. Si j'ai dit ça, c'est à cause de mon côté fouineur, je suis toujours à l'affût, t'emmerde pas...

Ça m'a surpris mais je n'ai pas insisté. J'ai eu ce que je voulais. Il m'a proposé de boire un verre, j'ai refusé sans partir pour autant. Nous nous sommes bien marrés en imaginant une série de photos des cicatrices que laissait Jordan, des noir et blanc en très gros plan, sous verre, dans une expo d'avant-garde. Je suis sûr qu'on aurait du monde au vernissage.

Il ne m'a pas raccompagné à la porte, je l'ai claquée derrière moi. J'ai évité l'ascenseur, pour me remettre en jambes, je me suis dit qu'il fallait que je mange quelque chose, en cherchant ce qui ne me révulserait pas. Une salade ? Oui ! tiens, une salade. Non ! rien que d'y penser, envie de vomir. Des spaghettis ? Vomir. Du lait ? Gerbe immédiate. Des calamars ? Vomir. Un chocolat avec une tartine ? Beuark. De la brandade de morue... Ah ! la brandade de morue ça se discute. Un peu tiède, deux ou trois bouchées. Mais quand j'imagine la cuillerée fumante, j'ai un haut-le-cœur. Un bouillon de légumes ? Vomir, trois fois vomir. Du filet de lieu ? La gerbe. Je devrais peut-être consulter. Le toubib arriverait sans doute à décoincer quelque chose. Mais comment lui expliquer les symptômes.

En sortant dans cette ruelle pas nette et perdue dans le XIIIe arrondissement, j'ai vu, au loin, l'étrange bâtiment de l'Armée du Salut. Jamais nous n'avons eu le courage de l'approcher, Bertrand et moi, malgré une certaine affection pour Le Corbusier. Persuadés qu'on nous laisserait volontiers entrer. Certains matins, on nous aurait même ramassés dans le camion si on nous avait repérés. Et on aurait dit : « Vous vous trompez, y a erreur, nous c'est le champagne, pas la vinasse. » Après tout, puisqu'il y a des hiérarchies partout, pourquoi pas là. On serait un peu la tendance luxe de la cloche, les aristos, les snobs. En fait, je suis à peu près certain que, même là-bas, rien qu'à voir nos dégaines « faux chic » et nos moues précieuses, on nous traiterait de parasites.

À quelques mètres, j'ai vu un barbu assis, seul, sur sa moto à l'arrêt. J'ai continué sur ma lancée, sans même un mouvement de recul, malgré une petite pointe d'angoisse quand je suis passé à son niveau. Une seconde j'ai pensé à jeter un œil sur son réservoir pour y traquer le serpent à lunettes, mais un taxi blanc, libre, énorme, a déboulé à ce moment-là dans la rue, comme une espèce de Pégase. À mon signe, il s'est arrêté, je n'y ai pas cru. Il a baissé sa vitre pour me demander où j'allais. En général ce genre de chantage me met l'insulte à la bouche, mais là...

— Rue de Rome.

— C'est bon, montez.

Il a débloqué le loquet de la portière, c'est là où j'ai entendu cette espèce de petit bruit bizarre qui m'a fait penser, Dieu sait pourquoi, au claquement de langue d'un animal. C'était le motard, stoïque, qui émettait ce son étrange en secouant bien haut l'index à l'intention du chauffeur. À qui j'ai répondu « non », quand il m'a demandé si je connaissais le zigoto.

— Hé ! le motard, tu vas nous lâcher la grappe ? il a dit en se penchant sur son volant pour attraper un truc sous son siège.

Impulsif, le chauffeur. Un vrai tacot parisien, paré à toutes les situations, et dans ce cas précis j'avoue n'avoir rien à y redire. L'homme à la moto n'a pas arrêté son bruit débile, il a même secoué la tête, toujours sans bouger ni regarder vers moi.

La horde est arrivée au moment où le chauffeur allait sortir.

Quinze ou vingt bécanes, monstrueuses, lentes.

Ils étaient tellement forts, tellement irréels dans leur brouillard d'essence.

Quand je me suis retourné, le taxi était déjà loin. L'homme à la moto a cessé son truc insupportable avec la langue.

Je me suis mis à courir comme un fou.

*

Ils n'ont pas eu besoin de me ficeler, ni de me bâillonner. Dès lors, à quoi bon hurler ou gigoter. Le hangar est tellement grand que même leur couronne de bécanes ne le remplit pas au tiers, ça ressemble tout juste à un cercle de feu autour d'un scorpion qui n'a besoin de personne pour s'administrer le coup de grâce. Malgré tout, je n'ai pas pu m'empêcher de les trouver beaux et inexorables, comme le feu. Parce qu'ils m'ont laissé le temps de les regarder, les salauds. J'en aurais presque réclamé la raclée pour qu'on en finisse. Avec pour dernière force, celle de la résignation, épuisé par ma course folle et vouée à l'échec dès le départ. Fred est arrivé quelques minutes plus tard, je l'ai reconnu au bandage qu'il arbore comme des lauriers de guerre autour de la tête. Tout à coup je ne les ai plus trouvés ni beaux ni inexorables, on ne pense à rien quand on serre les dents et quand la sentence tombe avant le verdict. Je me suis roulé en boule en protégeant les zones que seul l'instinct choisit. C'est sans doute ça qui leur a suggéré l'idée du football. J'ai serré mon poignet droit, mordu dans la manche en crispant les paupières pour chercher le noir profond. Les genoux repliés. Implorer ne m'aurait servi qu'à me déconcentrer, ouvrir des failles dans cette carapace ridicule. Les premiers coups ont été plus humiliants que vraiment douloureux, il leur fallait juste voir comment la boule réagissait. J'ai compris à ce moment-là que le scorpion préfère la solution finale rien que pour éviter ça. Des bottes m'ont toisé de haut, par peur de se salir, elles m'ont retourné, comme un papier gras, du bout de la pointe, pour voir ce qu'il y avait en dessous.

Pas de rires, pas de grognements, pas de bruit.

Penser à autre chose en attendant que ça tombe. Ne pas ouvrir les yeux. Penser que quoi qu'il arrive je serai dehors.

Après.

Penser qu'on se remet toujours des meurtrissures, tôt ou tard, même de la morsure d'une belle fille. Mais qu'est-ce qu'ils foutent, là, à attendre ?... Penser. Ne pas se laisser distraire. Les nier. Penser à ce hangar. Je le connais. J'avais juré de ne plus mettre les pieds là-dedans, je m'en souviens encore, il faut que je m'en souvienne, j'en étais sorti énervé d'avoir fait le mauvais choix, ils y donnaient une *rave*, une fête géante avec des tigres en cage et des cinglés de House Music qui voient la vie en jaune à force de bouffer de l'ecstasy. Bertrand s'était foutu de moi parce qu'à l'autre bout de Paris, on ratait une soirée au Pré Catelan sponsorisée par Pommery et Hédiard. Pré Catelan, Bois de Boulogne, loin, dans les arbres.

Qu'est-ce qu'ils foutent...

Peux pas m'empêcher d'attendre. Allez-y, et que je m'en aille. Ils veulent peut-être que je les supplie, que je leur lèche une botte. Je l'ai déjà fait, une fois, avec Bertrand, alors pourquoi pas avec des inconnus.

Tout à coup, j'ai cru que mille mains chaudes me caressaient partout, ça n'a duré qu'un instant, j'ai compris quand les flots d'urine m'ont inondé les cheveux et le visage. Les jets se sont croisés dans mon dos, perçant les vêtements et baignant ma peau.

Le plus insupportable, les oreilles, sifflantes, brûlantes, qui m'ont privé du dernier sens. Isolement presque total. Quelques secondes.

Penser que je suis un mort vivant. Un mort vivant. Qui n'éprouve plus rien. Qui attend la fin du jour. Pour se venger. Je sais, enfin, pourquoi ils veulent se venger des vivants.

Penser que je suis un mort vivant.

Impossible, pourtant. La sensation de cette pisse chaude dans l'oreille m'est vite devenue insupportable, j'ai été forcé de desserrer les bras pour m'ébrouer un peu et me déboucher le conduit auditif. Ça m'a permis d'entendre en bloc le tonnerre des motos qui ont toutes démarré en même temps. J'ai bien été forcé d'ouvrir les yeux quand une roue est venue me frôler le tibia. Au travers des fines rigoles qui coulaient de mes mèches de cheveux, j'ai vu la farandole qui s'organisait autour de moi. Un essaim vrombissant qui s'ouvre doucement pour me happer, décrire des arabesques ponctuées de coups de botte que je n'évite pas toujours. Une partie de polo dont ils semblent connaître les règles. Ne pas poser le pied à terre, hurler comme des Indiens pour invectiver la monture, foncer sur le ballon comme pour l'écraser, et le frapper de la main ou du pied, pour faire des passes à ses coéquipiers. Il est humide, le ballon, mais il est bien forcé de jouer son rôle s'il ne veut pas se retrouver éclaté entre deux dribbles.

Ils se sont bien amusés.

Seul un mort vivant pouvait supporter ça.

J'ai eu l'impression que les motos se vengeaient, pas les hommes. Elles se sont souvenues de la torture suprême que j'ai fait subir à l'une d'elles. S'attaquer à une, c'est insulter toutes les autres. Les images de son agonie me sont revenues en mémoire, le métal éventré, défiguré, puis transformé en brasier. Elles m'ont fait danser, elles m'ont propulsé dans les murs en dialoguant entre elles, elles m'ont fait rebondir les unes dans les autres, l'équipe gagnante a poussé un hourra. Les moteurs se sont tus.

J'ai repris mon souffle, en larmes. Haletant, j'ai senti mon odeur, ça m'a fait craquer, enfin, et j'ai chialé, chialé, prostré à terre.

Fred s'est approché. À pied.

— Naja contre écureuil. Regardez-moi ce travail...

Je me suis essuyé le nez du revers de la manche.

— Je suis mort. Je reviens du territoire des morts pour hanter les vivants. Et bientôt vous ferez partie des nôtres, j'ai dit, entre deux plaintes de sale mioche.

Après une seconde d'expectative, ils ont tous éclaté de rire. J'ai eu le temps d'essuyer mes larmes et quelques coulées de pisse.

— Qu'est-ce qu'il voulait, Jean-Louis, en échange de ma peau ?

— Tu y tiens vraiment ? À quoi ça va te servir ?

— À savoir ce que je vaux.

— Si ça peut te faire plaisir. Ton photographe de merde, il savait que Didier et Jojo, les deux que tu vois, à droite, ils font les roadies et le S.O. de tous les concerts du Parc des Princes. Tu sais ce que c'est un roadie ?

— Un roadie ? Attends voir... c'est pas ces mecs qui déménagent les amplis et qui dorment sur une enceinte pendant le concert en buvant des Kro qu'ils décapsulent avec les mâchoires ?

— Tu dis ça parce que t'es sincère ou tu veux juste recevoir ma main sur la gueule ?

— Je dis ça parce que j'en suis incapable. On me l'a proposé, une fois, avec mon pote, on a essayé de soulever une guitare, on s'est chopé un tour de reins et on n'a pas été payés.

Ils ont beau se marrer comme des tordus, ils ne se doutent pas une seconde que c'est l'exacte vérité.

— Il nous a demandé une photo de Madonna, dans sa loge, toute seule, avant et après le concert. On est les seuls sur Paris à pouvoir le faire entrer backstage. Je lui ai promis de me débrouiller. Et je vais tout faire pour tenir parole. Un pacte, c'est un pacte. Voilà ce que tu vaux.

C'est déjà ça. Il aurait pu me vendre pour le singe de Michael Jackson.

— Je m'en foutais, moi, de ta gueule, je suis un gars tranquille, j'ai même rien contre les parasites, si tu te mets à écraser les blattes dans un évier, t'as pas fini. Pourquoi t'es venu me narguer, dans mon bar, et pour me péter la tronche, en plus ?

— Je sais pas quoi dire...

— Cherche pas, va... maintenant c'est fini, on te touche plus. On s'est bien marrés. On n'a plus qu'à attendre Gérard.

J'ai cru qu'il allait me serrer la main, sans rancune.

On n'a plus qu'à attendre Gérard.

J'ai lentement réalisé que le scorpion était un animal noble. Ce pourquoi il se suicide. Pas le cafard. Le cafard a la fâcheuse habitude de survivre. Quatre ans s'il ne rencontre pas de talon haineux. J'ai cherché, sans le trouver, le nom de cet insecte ailé qui ne vit pas plus d'une nuit.

*

En attendant qu'il arrive, j'ai dit aux autres que Gérard ne me buterait pas là, dans ce trou béant, et que s'il en avait encore l'intention, ce serait en public, à mains nues, avec, je ne sais pas, des circonstances atténuantes, des témoins, et pas les copains du moto-club, et que Gérard n'était pas bête à ce point-là, et qu'il en fallait, de la préméditation, pour jouer l'homicide de sang-chaud et sans préméditation. J'ai dit tout ça en bafouillant, en cherchant mes mots, et toujours persuadé que c'était de la blague pour frimer devant les copains. J'ai dit ça pour jouer le jeu, pour suivre une logique de dément. Ils ont écouté mon argumentation. Calmes. Fred a dit que tout ça était encore vrai, il n'y a guère que deux jours. Mais depuis le destroy de la 1340, Gérard ne pense plus à son plan de carrière, il remet ça à plus tard, le premier venu fera l'affaire. Non, Gérard a très mal vécu la perte de son engin. Il ne veut plus rien préméditer. D'ailleurs il ne pense plus, Gérard. Il n'a plus goût à rien. D'abord l'humiliation, puis la honte, puis le mépris, puis un idéal de vie brisé sur un coin de trottoir...

— Il va faire ça vite, au P. 38, t'auras le temps de t'apercevoir de rien.

Tant qu'il ne sera pas là, tant que je ne lirai pas dans ses yeux et que je n'entendrai pas le son de sa voix, je ne pourrai pas croire à toutes ces histoires.

— Gérard, c'est un mec protégé, tu comprends... Et pas uniquement par nous. On touche pas à Gérard...

Un des leurs passe devant moi et effleure sa gorge de part en part du bout de l'ongle.

*

Nous avons attendu, longtemps. Silencieux.

— Y a trois heures, il a dit qu'il serait là dans dix minutes.

— C'est vrai, c'est pas normal. C'est moi qui l'ai eu au téléphone, il était excité à mort quand je lui ai dit qu'on l'avait. Il a dit qu'il préférerait rouler en japonaise plutôt que le laisser en vie un quart d'heure de plus.

Fred lui demande d'aller se renseigner puis se retourne vers moi :

— C'est rien qu'un sursis, t'énerve pas. Respire, rigole, pense à des souvenirs agréables, chante.

Tant que je ne lirai pas dans ses yeux, je ne pourrai pas y croire.

La porte du hangar s'entrouvre, une tranche de nuit s'engouffre, une bécane démarre, prête à sortir. Quelques coups furieux d'accélérateur.

Et puis, plus rien. Moteur coupé.

— Mais qu'est-ce tu fous, Éric ! hurle Fred.

Le copain Éric ne répond pas. Au loin, je le vois descendre au ralenti de sa moto et se baisser au seuil du hangar. Fred s'énerve, les autres aussi, Éric s'assoit à terre et se prend la tête dans les mains. La bande avance, bien compacte, comme pour se protéger en cas de grabuge. Je la suis à pas timides, à dix mètres. Ils forment un cercle, j'en entends deux gueuler de surprise, un autre porter une main à sa bouche pour retenir un hoquet. Je n'ai pas pu voir tout de suite, il a fallu que je tourne autour du cercle pour m'y insérer, intrigué, comme les autres, et sûrement beaucoup plus que les autres. J'ai tapé sur l'épaule de l'un d'eux pour qu'il se pousse, il m'a regardé comme si j'étais l'Antéchrist, il a ouvert les bras et s'est éloigné de moi à reculons, éberlué.

À terre, j'ai vu quelque chose d'humain. Une carcasse dont on ne discerne presque plus une zone d'épiderme. Rien que des trous. Des os apparents. Les impacts se confondent. Une robe de sang qui va de la mâchoire aux genoux. Une posture grotesque, sur le ventre, les bras sur la tête comme un élève puni. Il n'y a pas erreur sur la personne, ceux qui ont fait ça ont laissé le visage intact. Les joues sont gonflées à craquer, de la bouche émerge le canon d'un revolver. Sans doute celui qu'il me réservait. On le lui a presque fait avaler.

Un des gars de la bande a vomi, un autre l'a suivi. J'ai su à cet instant-là que j'avais le cœur mieux accroché que je ne le pensais. Je me suis penché pour lire, enfin, quelque chose dans les yeux de

Gérard, sans rien y trouver. J'ai cherché aussi le dégoût, la peur et l'horreur de la mort dans le fond de mes tripes, sans rien trouver de tout cela, rien qu'une espèce d'euphorie morbide qui m'a permis de supporter cette mascarade. Dans sa posture, avec ce truc dans la bouche, le cadavre m'a fait penser à un civet au sang avec une pomme dans la bouche.

Une bécane a démarré, ça a marqué le point de départ de la débâcle. Après avoir inspecté le corps de Gérard, tous ces yeux horrifiés se sont posés sur moi. Ils ont reculé lentement. En levant presque les mains en l'air.

— Je sais pas qui a fait ça ! j'ai gueulé pour couvrir le bruit du moteur.

J'ai vu d'autres flammes dans leurs yeux, j'ai vu la terreur, ils m'ont toisé comme une espèce de monstre. Fred a été pris de panique, il s'est rué sur sa moto pour fuir, fuir cet endroit maudit, fuir la dépouille gluante qui traîne au seuil et qui jadis fut son ami, fuir le Diable en personne, un diable qui n'apprécie pas qu'on lui pisse dessus. Je me suis remémoré ses dernières paroles : *On ne touche pas à Gérard... Il est protégé.*

Phrase malheureuse, prononcée à peine trop tôt. Et voilà ce que j'ai envie de lui répondre pendant qu'il se casse la cheville sur le kick de sa bécane : « Oh que si, on y touche, à ton Gérard, on le transforme en passoire, on lui fait avaler son calibre, et c'est surtout pas lui qui est protégé, c'est moi, celui avec qui vous avez joué au foot... » Je lève les bras en l'air, je tire la langue, j'exulte toute cette peur qu'ils avaient réussi à faire germer en moi, les salauds, regardez-le, votre Gérard, et regardez-moi, et fuyez, je suis un mort vivant, un mort vivant !

Le torrent des motos a roulé sur les quais, j'ai couru pour fuir, moi aussi, à m'en faire éclater les poumons, j'ai traversé le premier pont venu, les larmes aux yeux, en courant toujours, paniqué à l'idée qu'on me suivait. Je me suis retrouvé près de l'entrée des caves de Bercy. Une cabine de téléphone.

— Passez-moi Étienne... Mais si, vous le connaissez ! C'est le plus vieux de tous... Il doit être au bar...

Tout de suite après j'ai éclaté en sanglots, je ne sais pas comment il a fait pour reconnaître ma voix, j'ai voulu me calmer, reprendre mon souffle hors de la cabine, mais j'ai continué à sangloter sans pouvoir prononcer un mot.

— T'es où ?...

— Je sais pas... Viens...

— Arrête de chialer, qu'est-ce qui s'est passé ?

— Je sais pas... Gérard est crevé... Et je suis plein de pisse...

Une vague de sanglots m'a submergé à nouveau.

Un peu plus tard, une Datsun Sherry, grise, aux ailes rouillées. J'ai demandé à Étienne de m'emmener loin. Il a répondu que personne n'a envie d'aller loin avec une espèce de souillure qui braille à ses côtés.

*

En sortant de la douche, je l'ai vu affalé dans un fauteuil, un verre plein dans une main, une boîte de Tranxène dans l'autre. À son geste, j'ai compris qu'il me demandait de choisir. Je me suis descendu le bourbon d'un trait et lui en ai demandé un autre. Des fringues propres m'attendaient. Un tee-shirt à l'effigie de Jim Morrison, un sweat aux rayures horizontales orange et noires, un caleçon avec des conneries écrites dessus, un jean hyper blanchi avec un accroc au genou, et ces insupportables baskets rouges qu'on ne peut lacer qu'après un stage dans la marine marchande. Mon beau costume tout neuf est roulé dans un coin comme une boule de fiente avec la chemise.

— Les flics vont faire une enquête, dis-je, prêt à rechialer.

— Bien sûr. Et alors ?

Silence. Pas un iota d'inquiétude dans ses yeux. Rien.

— T'as peur qu'ils remontent jusqu'à toi ? Si ça peut te rassurer, je peux te jurer sur ma propre tête qu'ils ne remonteront jamais jusqu'à toi. Ton Gérard il pue déjà l'affaire classée. Un mec avec un pedigree gros comme ça, retrouvé dans un hangar près des quais, la nuit, tu crois que ça va faire pleurer un commissaire de quartier ?

— Qu'est-ce que t'y connais aux flics, toi ?

Après un temps et un haussement d'épaules, il a dit :

— Va savoir…

C'est la première fois qu'Étienne m'invite chez lui. Il a dû sentir l'urgence, sans doute. Malgré mon état, dès qu'il a ouvert la porte, j'ai cherché des indices qui me mettraient sur la piste de son mystère. Je n'y ai trouvé qu'un petit studio miteux, un vieux canapé et des posters de hard rockers scotchés, un gant de base-ball, l'album *Rock Dreams* de Guy Peellaert, un walkman, un ghetto blaster. C'est tout.

— Il voulait ta peau et tu t'en sors plutôt bien, non ?

— Et les bikers ?

— Ils vont porter plainte ? Ils vont toucher à un cheveu de ta tête, après avoir vu Gérard dans cet état-là ?

— T'en parles comme si t'y étais.

En disant ça, un vague doute m'a traversé l'esprit. J'ai essayé de comprendre quel jeu il jouait, de quel bord il était.

— Non, je n'y étais pas. Je veux bien te donner un coup de main, mais je suis plutôt du genre à pas me créer d'embrouilles. Ma spécialité, c'est plutôt les embrouilles des autres.

— T'es flic ou t'es voyou ?

Il a ricané et s'est versé un verre.

— Sans doute un peu des deux.

— C'est pas une réponse.

— Si. Et si tu veux de la précision, j'irai jusqu'à dire que je me partage fifty-fifty.

Ça m'a énervé sans que je le montre. Jusqu'à maintenant, je pensais que le jour il récupérait de ses folies de la veille, qu'il émergeait pile à l'heure des happy hours, qu'il était rentier, qu'il nous a pris sous son aile, Bertrand et moi, pour notre innocence mal cachée. Je pensais que nous nous étions croisés au milieu du parcours, celui qui nous restait à faire, celui qu'il faisait à rebours. Brutalement il m'est apparu comme un monsieur de cinquante ans. Pas un oiseau de nuit qui se déplume, pas un alcoolique dans sa fuite en arrière, pas un teenager qui a l'âge de ses mythes. Rien, juste un monsieur. Un monsieur qui jadis a su faire les nœuds de cravate et commander un vin, qui avait l'oisiveté coupable, qui avait un parler clair et confortable, qui réservait sa part de fantaisie pour des moments trop bien choisis pour arriver un jour. Et je lui en veux pour la confiance qu'il ne me fait pas, parce que dès qu'il devient adulte, je redeviens un gosse, en jean troué, tout juste capable de se fourrer dans un merdier dont il faut le sortir. Toutes ces grandes personnes commencent à m'emmerder sérieusement. Même Bertrand est passé de leur côté. Je sens qu'elle est déjà loin, l'époque où il s'appelait encore Mister Laurence.

— Le gars de la photo, tu le connais ?

— Non.

— Tu fais la gueule, Antoine ?

— Non.

Il a ricané. Un jour viendra où je saurai dire des non qui tomberont comme des couperets.

— Il est pas encore deux heures, on peut se faire la tournée des boîtes avec la photo. Et si on continue à avoir de la chance, qui sait, on peut même tomber sur les vrais. Après ce qui s'est passé tout à l'heure, t'as tout intérêt à retrouver tes vampires. Parce que depuis ce soir, on vient d'apprendre quelque chose.

— Quoi ?

— T'es protégé.

— Hein ?

— Quelqu'un te protège. Gérard était un obstacle, on balaye Gérard, mieux : on en fait une mise en scène grotesque pour décourager les fâcheux. On te protège parce qu'on veut que tu retrouves Jordan.

— C'est le vieux.

— Peut-être. Il en a les moyens et il sait ce qu'il veut. C'est pas le genre de gars à s'encombrer d'une mort d'homme. Alors, on se la fait, cette tournée ?

— Je viens de te raconter toutes ces saloperies et tu crois que c'est le moment d'aller en boîte ?

— Ouais... t'as peut-être raison, j'aime pas sortir le vendredi...

En temps normal, avec Bertrand, on essaie d'éviter les nuits de week-end, elles ne nous appartiennent pas, on les laisse aux banlieusards en bordée et aux midinettes qui se sont pomponnées toute la journée pour la fièvre du samedi soir. La seule chose à faire est de trouver une fête privée, et le vendredi et samedi, c'est l'idéal. Faute de quoi, on se fait héberger, de préférence chez quelqu'un qui a un magnétoscope.

— Mais ça serait bien qu'on tourne un peu. On va sûrement crawler pour rentrer aux Bains-Douches, mais c'est aussi bien, on trouvera des têtes qu'on voit jamais d'habitude.

— Ce qui m'ennuie c'est plutôt les fringues. Tu me vois rentrer sapé comme ça dans un bar ? On va me demander si j'ai l'âge.

— On dira que t'as la permission de minuit.

William, le videur des Bains-Douches, était à 2 heures du matin au sommet de son art. Dans l'attitude caractéristique de sa fonction : dos contre la porte, bras croisés, regard impassible face à une meute de gens qui essayaient de comprendre pourquoi ils ne faisaient pas partie de l'élite. La semaine dernière, déjà, ils n'avaient pas pu entrer. La semaine prochaine, ils n'entreront pas. Mais ils essaieront à nouveau. Je ne me doutais pas encore que je faisais partie de ceux-là. William, muet comme une carpe, a pointé le doigt vers Étienne pour l'inviter à grimper les marches. Quand je lui ai emboîté le pas, William nous a fait comprendre qu'il n'était pas question que je suive. J'ai rougi d'humiliation.

— Cet imbécile ne sait pas ce qui est arrivé au dernier videur qui m'a interdit une entrée.

— T'es blacklisté à vie, faut t'y faire. William est solidaire de la profession, Gérard voulait que tu sois interdit de séjour partout, c'était pas une menace en l'air. Prends ça comme une volonté posthume...

Il a haussé les épaules.

— Les boîtes, pour toi, c'est fini. Maintenant t'es juste bon pour les kermesses, les bals popu, et le patronage.

— Pourquoi il te laisse entrer, toi ?

Il a ricané.

— Parce que j'ai connu cet endroit bien avant sa naissance, c'est ici que je venais me laver.

Il y a eu quelques sifflements dans la meute quand il est entré sans faire la queue.

Rien. Jordan n'a pas mis les pieds aux Bains-Douches depuis le soir où il a mordu Jean-Louis, et pour cause, William a pour consigne formelle de lui faire embrasser le trottoir s'il ose réapparaître après un coup comme ça. Personne n'avait vu le gars de la photo avant ce soir-là, personne ne l'a revu depuis. Tout Jordan qu'il est, à force de planter ses crocs un peu partout, il finit par se griller dans ses propres repaires. Ça prouve qu'il ne choisit ni le lieu ni le moment, mais qu'il peut péter les plombs d'une seconde à l'autre, et mordre, toujours pour la même raison. Jordan n'est pas un vampire. C'est juste une bête caractérielle qui répond à l'agression. Et encore, ce n'est même pas sa propre peau qu'il protège. Le saxo et ce salopard de Jean-Louis n'auraient jamais eu l'empreinte de ses mâchoires dans le cou s'ils n'avaient pas fouiné du côté de Violaine. Une sorte d'alter ego fragile aux allures de pute, il l'aime jusqu'à mordre pour elle, et si j'ai cette plaie violette sur la poitrine, c'est parce qu'elle l'aime jusqu'à mordre pour lui. Un amour malsain, névrotique. Jordan et Violaine, une dépendance, l'incube et la succube, deux malades qui veillent l'un sur l'autre. Deux fous qui s'aiment à en mordre la terre entière. Un jour, il faudra que je sache pourquoi.

Étienne est ressorti du Harry's bar avec un hot dog. Là non plus on n'a pas revu Jordan, et personne ne connaît le troisième larron. Mon pote ne se décourage pas, au contraire, il fonce droit vers Pigalle.

— Mange au moins une saucisse.

Voyant que je ne me décide pas, il se descend le hot dog entre deux changements de vitesse. Je ne sais plus ce que je fais dans cette voiture, dans mes baskets rouges, avec un monsieur qui en a des blanches et qui se goinfre comme l'ado qu'il est redevenu. C'est comme s'il voulait que la fête continue. Je ne sais plus vraiment à quoi ça sert, Bertrand est là où il veut être, et Jordan et Violaine, les maudits, n'ont pas besoin d'être dérangés.

5 h 00. Fatigue. Nous avons tourné dans des quartiers où je ne vais jamais, des coins sans boîtes ni bars, il a parlé avec un tas de mecs que je n'avais jamais vus. Je ne suis pratiquement pas sorti de la voiture. Il a fait ses allers-retours un peu partout, frais comme une rose, et pas une fois il n'a manifesté un signe de découragement.

— Qui c'est, ces gens ?

— Des contacts.

Encore une réponse énervante, il le fait exprès, mais je suis trop fatigué pour jouer à ça.

— J'en ai marre, Étienne. Arrête de t'acharner, tu vois bien que ça donne rien.

— On passe au 1001, Jean-Marc a peut-être quelque chose.

Bonne idée. Un verre au 1001, tranquille.

Le Chinois est assis sur la voiture garée devant l'entrée, cinq ou six mecs discutent le coup autour de lui en attendant que les derniers danseurs ne se résignent. D'ici une demi-heure, le disc-jockey enverra une valse viennoise sur la piste afin de la vider pour de bon. Ça nous laisse le temps de siroter un mescal. Jean-Marc me met une petite claque sur la joue.

— Tu sais que normalement je devrais pas te laisser rentrer. C'est le mot d'ordre dans tout Paris.

— Tu vas pas me faire ce coup-là toi aussi, merde !

Des filles dansent, seules, avec un bon temps de retard sur la musique, mais elles dansent quand même, jusqu'au bout. On s'installe au bar, le parfum fumé du mescal me revient en mémoire, Étienne commande une margarita. Je sens l'heure bleue arriver. Des Américains, au bar, s'amusent gentiment entre eux, parlent fort, ils cherchent la conversation, et c'est bien la dernière chose dont j'ai envie. Jean-Marc nous rejoint. Je lui montre la photo.

— Vous m'auriez demandé directement, au lieu de traîner dans la rue... Ce mec-là, c'est un naze, il zone dans la figuration, sur les plateaux de tournage, il vend un peu d'herbe, on lui laisse faire des panouilles rien que pour ça. C'est le genre à vendre des trucs tombés du camion, c'est un pousse-mégot, le roi de la petite gratte. Je vois pas comment il peut être pote avec quelqu'un comme Jordan. Je le connais pas mais je l'ai vu sur le tournage de mon film.

Il dit *mon* film pour parler d'un truc pour la télé où il jouait le rôle d'un méchant dealer d'héroïne dans le Chinatown du XIIIe. Ils l'avaient arrangé, le Jean-Marc, tout en cuir, bandeau rouge sur la tête, cran d'arrêt pour goûter la poudre, trop beau pour être vrai. Ensuite il a fait deux pubs en lutteur de sumo et une en pistolero mexicain juché sur un âne. À la suite de quoi, il a renoncé à l'idée de jouer Hamlet un jour.

— Où est-ce qu'on peut le trouver ?

— J'en sais rien, je connais même pas son nom. Mais rien qu'avec ça tu peux te débrouiller, non ?

— Si.

Les deux Américains rigolards se retournent vers Jean-Marc en poussant des petits cris, ils lui tapent sur le ventre et sur les épaules, une saine camaraderie de vestiaire, tout ce qu'il déteste en temps normal.

— Comment il va le big man !

— Hey big chief !

Jean-Marc se prête au jeu avec une bienveillance que je ne m'explique pas. Il se retourne vers moi et me dit à voix basse :

— Je les claquerais bien, ces deux crétins, mais ils viennent tous les jours, et je vais à New York en juillet.

— Et t'aimerais éviter de payer l'hôtel.

— On sait jamais. Ils sont hospitaliers, les Ricains. Et tu sais ce que ça coûte, une piaule là-bas ?

Jean-Marc nous présente les deux zigotos. Bonjour Stuart, hello Ricky. Dès qu'on leur dit nos prénoms, ils nous appellent immédiatement Steven et Tony. Ils sont complètement bourrés, l'un d'eux me demande :

— Vous êtes dans quelle branche ?

Et pourquoi pas mon poids en dollars, hein ? Encore un qui n'est pas habitué à la nuit et aux gens qu'on y croise.

Les noctambules sont discrets sur ce qu'ils font le jour, sans doute parce que la plupart d'entre eux ne font pas grand-chose. Mister Laurence répond systématiquement « rien », comme s'il en était fier. Parfois il s'amuse à jouer les consuls ou les attachés culturels, et pas pour frimer, juste pour voir combien de temps il peut tenir le rôle avant que son interlocuteur ne se mette à douter.

— So what, t'es dans quel business, my friend ?

Le couplet de Bertrand me revient en mémoire, toute une démonstration pour dire que les diplomates sont au zénith du parasitage mondain et qu'ils vivent à plein temps le rêve absolu : représenter la France, un verre à la main, dans les réceptions officielles sous les tropiques... N'ayant pas autant d'imagination, je donne toujours la même réponse. En général ça ne soulève aucune curiosité.

— Je suis chômeur, je ne sais pas comment ça se dit, dans votre pays...

Ceux qui travaillent n'ont pas forcément envie qu'on le sache non plus. Je me souviens d'une espèce d'esthète qui s'appelait Rodrigo, grand, brun, fines moustaches, toujours avec des chapeaux excentriques et des habits de lumière, un accent hispanisant qui intriguait les filles. Le roi du Palace, Rodrigo. On l'a croisé à la Salpêtrière, le matin où Mister Laurence s'est foulé la cheville. Il portait une blouse blanche, poussait des chariots de bouffe et se faisait engueuler par l'infirmière en chef. Autre cas célèbre : Arnaud qui organise des fêtes grandioses tous les mercredis soir, sur une péniche amarrée vers le pont d'Austerlitz. Il porte des chaînettes enroulées autour de l'épaule droite, il danse et boit plus que ses clients, et le lendemain matin, personne ne se doute qu'il a à peine le temps de se changer pour réintégrer son bureau du ministère des Finances où de très hautes fonctions l'attendent.

Pour nous, la face cachée des gens, leur double vie, c'est le jour.

L'Américain ne cherche pas vraiment à discuter, il chahute, la cravate de travers, et continue de picoler. Jean-Marc leur tient le crachoir avec une rare complaisance. En tant que parasite, je ne peux pas lui jeter la pierre.

— Tu connais quelqu'un dans le cinoche ? me demande Étienne.

— Oui, un critique, pas une grande pointure, c'est plutôt le genre fanzine destroy, mais il est gentil.

Les deux Ricains nous demandent ce qu'on boit pour nous commander la même chose, comme si on avait encore envie de boire, comme si on avait envie de boire la même chose. On ne refuse pas. L'alcool passe plutôt bien et me brûle doucement l'intérieur.

— You know what ? tu sais à qui tu me fais penser, big man ? Au chef indien dans...

— *Vol au-dessus d'un nid de coucou*, je sais. T'es jamais que le deux millième à me le dire.

Celui qui s'appelle Stuart a une vraie gueule d'Américain, des dents saines, un buffet gonflé aux vitamines, le genre qui aime la piscine et la défonce. Son pote parle fort. J'ai bâillé et demandé à Étienne ce qu'il avait envie de faire. La tête posée sur ses bras croisés sur le comptoir, il n'a pas répondu.

La salle est complètement vide et, toutes les lumières éteintes, le club des irréductibles vient d'ouvrir dans la petite salle du bas. Jean-Marc a été récompensé de sa patience quand le prénommé Ricky lui a donné son adresse dans l'East Side. Beau travail. Tout de suite après, il a dit : « On peut se tirer, je croquerais bien un truc. » J'ai réveillé Étienne d'un coup de coude dans les côtes. Surpris, hagard, il m'a demandé ce qui s'était passé durant son sommeil.

— Oh ! pas grand-chose. Celui qui s'appelle Stuart a dit cinq ou six fois qu'il aimait les gens sains, il a brûlé un billet de dix dollars pour nous prouver à l'esbroufe que l'argent n'a pas de valeur, puis il a instauré une certaine paranoïa dans la conversation, il a dit que les barmen sont de formidables indicateurs, que c'est chose courante chez lui. Il a dit qu'il aurait aimé être flic, un bon flic de base, un peu pourri, comme dans les films, mais qu'il a le sentiment d'avoir raté quelque chose en bossant dans l'import-export. Ricky a dit qu'il n'aimait pas les mots qu'il ne comprenait pas car il a peur d'être pris pour un con, et à un moment, il a proclamé que les États-Unis n'avaient rien à envier à la France et que les Parisiens se prenaient pour les intellectuels de l'Occident. Ensuite... Attends voir... Ah ! oui, ils sont tombés d'accord sur le fait que leur vin était devenu meilleur que le vin français, que les plants originaux de cabernet sont américains, et que bientôt ils auront les années, que nos hamburgers sont toujours aussi dégueulasses, que le seul souci des Français est de passer pour des Américains, et plein d'autres choses comme ça. Ce en quoi il n'avait pas tout à fait tort, compte tenu de cet accoutrement que je porte depuis cette nuit. Après... Je crois que c'est tout, depuis tout à l'heure ils se refont des scènes de films avec des flics et des gangsters, et je ne comprends rien. Tu veux savoir autre chose ?

— Non.

Stuart, bourré à mort, vise la tête de son pote, le pouce et l'index tendus pour évoquer un revolver. Et en ne remuant que la lèvre supérieure, il dit :

— This is the forty four magnum, the most powerful handgun of the world, so go ahead, punk ! Be my guest. Take your chance and make my day.

L'autre répond :

— O.K. ! you got a piece ? You carry a piece ? This is a secret signal for a secret service ?

Ça se tape sur les cuisses. Stuart lève le doigt en l'air et fait :

— I want you to sweat, I want you to give some sweat, I want you to sweat.

J'en ai marre. Je fais signe à Jean-Marc et Étienne que je pars.

— Are you talking to me ? Are you talking to me ? me dit Ricky en se frappant la poitrine avec la main.

— Comprends pas, don't understand, moi pas comprendre la langue de Shakespeare, et moi pas persuadé que ce soit la langue de Shakespeare, moi juste savoir dire fuck ! fuck you man ! yeah man ! Après, je bloque.

— J'ai faim, a dit Stuart.

— Nous, on va se coucher, j'ai dit, radical.

Une demi-heure plus tard on s'est retrouvés tous les trois devant des frites, près de la station de métro Chevaleret, dans le petit restau des livreurs du Sernam. C'est le moment que j'ai choisi pour décrire à Jean-Marc le corps de son ex-collègue du Moderne. Ça a produit l'effet escompté, j'ai récupéré sa part de frites et l'ai engloutie avec bonheur.

*

Chez Étienne, je n'ai pas tergiversé longtemps sur la question du sommeil, son bien-fondé, son urgence, j'ai juste perdu connaissance pendant que je réglais le réveil pour 9 h 30. Quarante-cinq minutes de voyage intérieur où j'ai intensément rêvé de mon propre corps, j'ai vu mes os reprendre leur taille réelle, mes neurones passés au peigne fin et mon cœur émerger des entrailles pour retrouver sa place originelle. Sans réveiller Étienne, j'ai fait un café serré qui a fait le reste du boulot et j'ai téléphoné chez Sébastien, le critique de ciné.

Je l'avais connu à la fac, à l'époque où il avait la ferme intention de devenir producteur et racheter Hollywood. En attendant, il a survécu, comme nous tous, grâce aux tickets de restau-U. Ensuite il a fait deux courts métrages underground qu'il se démenait pour imposer dans les festivals, puis il a trouvé ce job de journaliste. Sa fiancée m'a dit qu'il était en projection, dans une salle des Champs-Élysées, sans savoir où il allait ensuite.

Une avant-première de film. La projection de presse en présence de toute l'équipe, suivie d'une espèce de buffet dînatoire, vers midi, avec tout ce qu'il faut de champagne pour s'attirer les bonnes grâces des critiques. Ça m'a rappelé des souvenirs agréables. On a toujours aimé ça, Bertrand et moi, c'était une des rares occasions de commencer la soirée à midi. On arrivait vers dix heures du matin, on s'affalait dans des fauteuils en s'amusant du spectacle de la profession qui se retrouve et s'embrasse, et puis, c'était au choix : on en profitait pour s'abandonner à une rare qualité de sommeil pour écluser un reste de ténèbres. Ou bien on regardait le film, juste pour en parler en société des mois avant tout le monde. Ensuite on bâfrait. On congratulait. L'après-midi passait en un clin d'œil et nous étions déjà bien chauds et fin prêts pour attaquer la soirée. Je me souviens de l'époque où une chaîne de télé laissait ses studios ouverts au public pendant l'enregistrement des jeux à la con où des gens répondent à des questions pour gagner des objets. Trois jours par semaine de 10 heures à 18 heures. On y passait pour une petite sieste, pour une tournée de rigolade, pour rien du tout. Mais, pas chiens, on leur faisait une claque enthousiaste. À cette époque, notre seule occasion de regarder la télé, c'était en salle.

Pathé Marignan, 10 h 05. Le film a commencé pile à l'heure. Je dis à l'attachée de presse que je suis le pigiste de l'info cinéma pour une chaîne câblée, lui donne mon nom, le vrai. Elle me laisse entrer en me donnant un tee-shirt de promotion avec le titre du film imprimé sur la poitrine et dans le dos. Je me serais bien passé de la séance mais comment jouer le critique crédible en arrivant pour le générique de fin. Mes yeux s'habituent à l'obscurité, j'inspecte les derniers rangs au cas où Sébastien aurait eu la bonne idée de s'y coller mais j'abandonne très vite. Deux heures à perdre, coincé. En m'installant sur un strapontin, j'ai pris la grave décision de me laisser aller à une fiction clinquante en espérant qu'elle m'entraîne le plus loin possible.

Les applaudissements m'ont réveillé, suivis des claquements feutrés des sièges qui se rabattent. Le flux des spectateurs hagards m'emporte avec lui, un cortège silencieux, encore habité par des images qu'on chasse en se frottant les yeux. J'ai dû rater un bon film. Sébastien m'attrape par le bras et allume sa clope.

— Comment t'as trouvé, Antoine ?

— Je suis encore dedans, je peux pas dire. En fait, c'est plutôt toi que je venais voir.

— T'as le temps de boire un coup ?

— Non.

— Me dis pas que t'as des horaires et que t'as laissé tomber les petits fours.

Il serre la main à des collègues, échange quelques bons mots à usage interne.

— Alors juste un... dis-je.

Formule stupide qui m'a échappé. Je me suis fait l'effet d'un pauvre bougre qui se sent glisser sur la pente coupable des soirs de paie. *Alors juste un...*

Deux coupes qu'il confisque à d'autres mains, moins rapides. Encore quelques embrassades obligatoires. Je ne peux pas l'accaparer pendant qu'il fait son boulot. Je me laisse tenter par une seconde coupe qui m'est apparue sans que je la cherche, et la descends en deux traits. Est-ce que cela voudrait dire que je suis définitivement guéri. Ou définitivement foutu. J'essaie de l'emmener dans un endroit discret pour lui montrer la photo, mais il se laisse happer par ses collègues, prend des notes et s'assure toutes les cinq minutes que j'ai bien de quoi boire et manger pour me faire patienter. Et ça m'énerve. Le fait d'être systématiquement réductible à un gentil parasite qui a le gosier en pente commence à me peser. Surtout depuis que le cloporte s'est mis à fréquenter les sangsues. Je l'attrape par le bras, à bout de patience.

— Je t'envie, Antoine... rien à penser qu'à faire la fête. C'est bien toi le plus heureux, tiens... Tu m'excuses mais moi j'ai du travail.

Il a sournoisement appuyé sur le dernier mot.

Travail.

Je l'ai laissé repartir vers ses collègues.

Travail.

J'ai accusé le coup et me suis assis sur les marches du cinéma, comme sonné, une coupe vide en main.

Travail ?...

C'est bien ce qu'on dit des parturientes prêtes à expulser la vie ? C'est ce truc qui passe avant même la famille et la patrie ? C'est bien ce machin qui rend libre, d'après les nazis ? C'est bien ça, le travail ? Et c'est toi, petit homme, qui vas me faire tout un catéchisme sur le principe de réalité ? Rien qu'en deux syllabes ?

Le travail ? Quand, dès l'enfance, les cours de lettres contredisent ceux de mathématiques. Quand le rêve n'est pas une science exacte. Quand on ne sait plus comment aimer la vie quand on va au cinéma. Quand il ne reste plus qu'à attendre les petits matins plutôt que les grands soirs.

Travail.

Ça durera le temps que ça durera, mais je continuerai à m'immiscer dans les sécrétions huileuses de la machine, les parois graisseuses du système, en pensant que le champagne est la réponse à toutes les questions et que la fête est le dernier rempart contre le travail.

Ce que tu ne soupçonnes pas, petit homme qui se fout de ma gueule, c'est qu'à l'instar du labeur, la fête ne s'arrête jamais non plus. Que si l'on a du mal à cerner l'essentiel, il nous reste une chance d'essayer avec le futile. Comment te raconter qu'un soir plein de flonflons et de folie ébrieuse, j'ai vraiment cru, juste quelques secondes, posséder l'être du monde. Ces rares moments de grâce où tout s'imbrique sans qu'on sache vraiment quoi, peut-être un riff de guitare, un sourire inconnu, le regard d'une belle, deux coupes qui s'entrechoquent, une petite phrase impeccable, la brutale évidence d'avoir un ami. Ça arrive sans prévenir, ça dure le temps d'une étincelle, et ça s'oublie au réveil. C'est pour la retrouver, chaque soir, que je furète. En sachant mieux que personne que le piège du lendemain m'attend déjà, béant, les mâchoires grandes ouvertes.

Les gens s'en vont, on remballe. Sébastien me dit qu'il a une autre projo, qu'il est pressé. Je lui montre la photo. Il ricane :

— C'est pas en te faisant copain avec des zozos comme ça que tu vas grimper au box-office.

Il m'a proposé de rappeler chez lui en fin d'après-midi.

En entrant dans le Hard Rock Café, sur les coups de 21 heures, je n'ai toujours pas trouvé de réponse à la question : comment déjouer la vigilance d'un sumotori sans bousculer son centre de gravité ? Il est là, tout seul, sans les habituels compagnons de route dont il aime s'entourer, devant un cappuccino et un bouquin. Point de mire des curieux qui chuchotent aux tables voisines. Ses cheveux fins et noirs, dénoués, lui tombent sur les épaules et lui donnent l'air d'un Sitting Bull fatigué de la folie des visages pâles qui le verraient bien dans une réserve.

Mezzo voce, Jean-Marc a remis Gérard sur le tapis. D'après lui, personne n'est encore au courant de sa disparition.

— Encore heureux que t'as quinze témoins barbus pour dire que t'as pas fait le coup, au cas où on saurait qu'il t'avait menacé de mort et que tu lui as pété sa meule.

Il a envie d'en parler, moi pas. Durant toute la conversation j'ai cherché une monnaie d'échange contre le service que j'allais oser lui demander. Nous ne sommes pas assez copains pour que je joue l'affect, pas assez étrangers pour lui proposer le fric qu'il n'accepterait pas.

Depuis bientôt cinq jours que je m'abîme dans cette embrouille, il me regarde tomber, presque en voyeur, et ce soir je dois lui demander de faire un petit bout de chute avec moi.

— J'ai l'adresse perso du type sur la photo, j'ai essayé d'appeler à son boulot mais ça n'a rien donné.

— Et alors ?

— J'ai plus le temps, demain j'ai rendez-vous à midi avec un vieux qui va me demander des comptes sur Jordan, et moi sur Bertrand. Le vampire a disparu et son hystérique aussi, il sait que je le cherche, il se planque, plus question d'écumer les rades en espérant le cueillir pendant qu'il descend son bloody mary, j'ai plus que ce gars-là.

— Et alors ?

— Et alors... Tu prendrais pas un cheesecake, ou un brownie ?

— Pas faim, et faut que j'ouvre la boîte dans trois quarts d'heure.

— Et si le brownie t'allais te le taper là-bas, 42e Rue ? Le vieux me donnera du fric, et demain, je file à la Panam pour réserver un vol, et je te prends une chambre au Chelsea juste pour un week-end.

Il s'est laissé le temps de la réflexion, avec, dans ses yeux bridés, quelque chose comme une insulte. Je ne sais pas manier la carotte, mais lui sait manier le bâton.

— Tu t'y prends mal, Antoine. J'aime pas ça. T'es demandeur, alors accouche, et fais-la courte.

— Je dois rendre visite à ce mec et j'ai besoin de toi comme...

— Comme argument de persuasion.

— De dissuasion, plutôt.

— Merci. T'es pas le premier qui me demande, mais d'habitude ça serait plutôt une bagnole à récupérer ou un magnétoscope.

Silence.

— Tu connais ma réputation, Antoine. C'est quoi ma réputation, Antoine ?

— «L'homme qui n'a jamais eu besoin de coller une seule baffe de sa vie. »

— Exact. Et compte pas sur moi pour foutre dix ans d'image de marque en l'air.

— T'auras rien à faire. Juste être là.

— New York, j'y vais pas avant juillet, et j'ai déjà mon bifton, et j'irai squatter chez les deux Ricains bourrés de ce matin. T'es mal barré.

— Déconne pas, Jean-Marc. Tu me vois faire peur à qui que ce soit, avec mes petits poings nerveux ?

— La violence, tout de suite... Propose-lui du pognon, avec un peu de bol c'est peut-être un vénal. Remarque, t'as de la chance dans ton malheur, c'est pas le genre à appeler les flics, avec les trafics qu'il fait. Et peut-être qu'il est pas vraiment pote avec Jordan. Propose-lui un billet pour New York.

— T'es con.

— Vas-y avec Étienne, il t'aime plus que moi. Lui aussi, il a des arguments. On sait pas trop lesquels, mais ça marche toujours.

— J'ai évité de lui en parler, il aime pas ça.

— Quand est-ce que tu te démerderas tout seul, Antoine ?

Il se lève en grognant puis se met un élastique dans la bouche et rassemble ses cheveux.

— Tu me lâches ?

— Non, je vais passer un coup de fil à un pote qu'a les clés du 1001.

*

Un septième étage près de la mairie du XIXe, pas loin des Buttes-Chaumont. Le gars n'est pas là et ça fait presque une heure qu'on l'attend dans la cage d'escalier en gardant une main sur la minuterie qui découpe le temps en tranches de lumière de trois minutes. Jean-Marc a eu tout le loisir de me raconter ce qu'il allait faire pendant ce week-end bonus à New York City. Il m'a extorqué un jour de plus, un vol en classe affaire, et un petit peu d'argent de poche pour faire la tournée des boîtes, parce que là-bas, il paye son écot, comme tout le monde, et ça le dépayse. Malgré tout, je me plais à penser qu'il n'aurait pas rendu ce service au premier venu. Et qu'il le fait, aussi, parce que je suis un peu moi, une espèce d'Antoine qui joue les méchants par procuration et les détectives aux petits pieds.

À force d'attendre dans le silence de cet escalier en béton, tout près du vide-ordures, on finit par oublier l'heure et le dehors, on chuchote des trucs en essayant de se calmer, de penser à autre chose. Jean-Marc est là, vautré sur les marches qui lui cassent les reins.

— Tu sais, Antoine... New York, c'est un truc spécial, pour moi.

C'est la seule ville qui fasse des pantalons à ma taille. Quand je rentre dans un magasin on me regarde comme un client, quand je me balade dans la rue on me regarde plus du tout, et ça repose. Ils laissent une place aux bizarres, à tous les hors-gabarit. C'est leur côté king size. Des comme moi, ils en ont.

— Tu dis ça mais t'aimes bien le petit air inquiet du quidam qui traverse la rue pour te laisser le trottoir entier.

— Tu crois ?...

On a parlé, longtemps. Puis on s'est murés dans le silence, par ennui, j'ai même cessé d'appuyer sur la minuterie. J'ai gardé une oreille vers l'ascenseur.

Pour m'évader de cette cage d'escalier froide et nue, je repense à tout ce confort qui m'attend, cet été. Qui nous attend, Bertrand et moi. Notre combine pour partir en vacances sans quitter Paris. Durant l'exode estival, des gens nous laissent les clés de leur appartement. Et pas par grandeur d'âme, non, ils se sentent sécurisés à l'idée qu'on relèvera le courrier, qu'on le réexpédiera, qu'on nourrira les chats, qu'on sortira les chiens, qu'on aérera, qu'on s'occupera des plantes avec amour, et qu'on répondra au téléphone, soit pour transmettre les messages urgents, soit pour éloigner d'éventuels cambrioleurs qui bossent dur pendant la période. Tout le monde est content, l'été dernier nous avons même eu du mal à satisfaire la demande, on s'est partagé le boulot. Le parasitage utile. On assure nos prestations avec un zèle inouï, et on se vautre dans les lits, on se repose, on tape dans les congélateurs qu'on nous laisse pleins, on fait des économies, et avec nos points de chute disséminés un peu partout, on ne prend plus un seul taxi. En attendant le second mois chaud de l'année, septembre et ses inaugurations, ses réouvertures. De quoi faire le plein de champagne en attendant les heures noires et la bise automnale.

Brusquement, vers les 2 heures du matin, il s'est massé les côtes, furieux, en disant que sa nuit de boulot était foutue. J'ai cru à nouveau qu'il me lâchait.

— Y en a marre ! Mais qu'est-ce qu'il fout ce con !

Sans comprendre, je l'ai suivi sur le palier, il a toqué de nouveau à la porte avec une rare violence. J'ai eu peur que le bruit ne réveille le locataire d'en face. Jean-Marc a tâté vers les gonds de la porte en bois puis vers la serrure.

— Arrête tes conneries, Jean-Marc, on n'a qu'à repasser.

— Ta gueule.

C'est ce que j'ai fait, tout de suite. Dans l'état où il s'est mis, je pourrais bien recevoir la première baffe de toute sa vie, ruiner sa légende, et il s'en fout totalement. De taureau assis il s'est métamorphosé en taureau furieux, comme ça, sans prévenir. La porte fléchit en haut et en bas quand il y appuie le poing. Il prend son élan et fait craquer la serrure dans un bruit sinistre, puis m'attrape par le col et me pousse à l'intérieur. Pas eu le temps de le dissuader. Il a allumé la lumière et bloqué la porte avec une chaise. Puis il s'est mis à soupirer d'aise.

— C'est ce qu'on aurait dû faire tout de suite, bordel.

Il a soupiré encore, soulagé, quelque chose comme un sourire lui est revenu aux lèvres.

— C'était sa porte ou sa gueule. J'ai fait le bon choix, non ? On n'est pas mieux, ici, hein, mon p'tit Toinan ?

Le ici est un ramassis de bordel qui traîne par terre, sur deux pièces. Des cartons pleins, un canapé en cuir, un répondeur, des disques en pagaille, une bibliothèque encastrée dans le mur, un coin kitchenette. Jean-Marc passe un coup de fil à son collègue pour lui dire qu'il ne viendra pas cette nuit. Puis va faire un tour dans la chambre, d'un pas léger qui slalome entre les cartons, sans se douter une seconde que la violation de domicile est un truc que le sens commun réprouve. C'est bien fait pour ma gueule. Moi, le parasite, qui aime s'insinuer chez les gens par le biais, sous leur nez, je me retrouve devant le fait accompli, avec une serrure fracassée sur la conscience. Qu'est-ce que j'avais imaginé ? Qu'en faisant appel à Jean-Marc j'aurais la garantie que ça se passerait façon gentleman agreement ?

Sans savoir quoi faire, je m'assois un instant sur le canapé. Jean-Marc ne revient pas et ça finit par m'inquiéter. Je me relève, tourne en rond, fais des gestes en l'air, comme si je parlais avec mon avocat. Tout à coup, j'entends des cliquetis bizarres et une espèce de musique à faible volume venant de la chambre. Je m'y précipite en imaginant le pire. Plus besoin de l'imaginer, il est là, sous mes yeux.

Le gros Cheyenne, affalé sur un matelas recouvert de draps noirs. Les bras croisés sous la nuque. Les yeux rivés sur une télé géante où défile le générique d'un western.

— Ce mec a une de ces vidéothèques... il dit.

Je reste là, consterné.

— Hé ! Toinan, tu peux regarder dans le frigo ? Je me ferais bien un Schweppes. N'importe quoi, un jus de fruits. Fait une chaleur d'enfer, ici.

Henry Fonda, sur l'écran.

Je ne sais pas si c'est la chaleur, mais je me mets à transpirer, à trembler. C'est bien fait pour ma gueule. On pense connaître les gens, on leur demande un service, et on ne se doute pas une seconde qu'on va déclencher des phénomènes imprévisibles et terrifiants. Jean-Marc, je ne l'ai jamais connu que dans l'encadrement d'une porte de boîte de nuit, peinard, en plein boulot, inspirant le respect au tout-venant. Et je le vois là, tout aussi peinard, après une intrusion en règle.

— Tu veux pas ouvrir la fenêtre ?

— ... Excuse-moi de te dire ça mais... tu... tu crois pas qu'on charrie un peu...

— Qu'est-ce que t'as, encore ? C'est pas le roi de l'incruste qui va se mettre à freiner maintenant. Il est trois heures du mat', s'il arrive ton zozo, c'est pas parce que je mate une cassette qu'il va choper les plombs. Putain ce qu'il fait chaud, ici...

Terence Hill sur l'écran.

— J'suis sûr que si tu fouilles bien tu vas trouver une enveloppe d'herbe planquée quelque part. Roule-toi un joint, ça va te détendre.

Je retourne vers le canapé sans prendre la liberté de m'y asseoir.

— Et tu penses à mon Schweppes, t'es gentil.

4 h 20. Une bouteille de vodka, un verre. Je n'ai pas osé bouger du canapé, en sursautant les deux ou trois fois où l'ascenseur s'est mis en marche. Mais quelque chose s'est calmé, à l'intérieur. La vodka m'y a aidé. Jean-Marc continue de se goinfrer d'images et

de lait frais. Avant de changer de film, il s'est même tartiné un sandwich au peanut butter. Pour tromper mon angoisse j'ai fouillé dans les cartons et je n'ai rien trouvé que des bibelots, des gadgets dans leurs boîtes d'emballage, des vêtements en cuir, neufs, avec leurs étiquettes et tout un bocal de barrettes magnétiques blanches qui font bip-bip en sortant des magasins. Pas de trace de dope. Pas d'agenda ni de carnet d'adresses. Dans la bibliothèque, j'ai feuilleté des livres d'art reliés cuir, que personne n'avait jamais ouverts avant moi. Au-dessus, trente exemplaires immaculés du Larousse du cinéma. Et puis, au milieu de tous ces rutilants volumes, une vieille chose à la tranche jaunie.

Une sorte de vieux manuscrit tapé à la machine, avec une couverture en carton couleur pisseuse, relié par des pinces. Une odeur de papier presque moisi. Celui-là avait été lu, relu, corné et épluché à travers les âges. En page de garde, j'ai lu :

FIGURES DU VAMPIRISME DANS LE SCHÉMA DES NÉVROSES.

Ça m'a vrillé les entrailles, d'un coup.

Sous le titre, le nom de l'auteur de la thèse : Robert Beaumont. Une date : 1958. Sur la page suivante, des remerciements à plein de gens, des professeurs, des universitaires, et le directeur de l'école freudienne. Juste en dessous, une citation en italiques tirée de *Dracula* de Bram Stoker.

J'en ai oublié tout le reste.

Je me suis passé la main sur ma cicatrice.

Et j'ai lu.

*

J'ai lu sans comprendre, je n'ai pu que percevoir çà et là le sens de certaines phrases qui s'échappaient de l'imbrication du raisonnement psychiatrique. Un langage de spécialiste, méticuleux, sentencieux souvent, un langage qui vous regarde de haut et qui se donne avec peine. J'ai lu avec la sensation d'avoir raté les épisodes précédents, que ça n'avait pas été écrit pour moi. Une autre violation de domicile où je me suis retrouvé coincé à l'intérieur, pris au piège, sans pouvoir en sortir. J'ai lu avec rage.

Globalement j'ai compris que l'auteur prenait des phénomènes tirés de l'imagerie classique du vampire pour établir des analogies avec une variété choisie de maladies nerveuses. Nosferatu version Freud. Loin de cerner le détail, je me suis raccroché à quelques points précis qui m'ont plus parlé, à commencer par le *non-regard* dans le miroir.

Le refus de sa propre image. Ça semble être un symptôme presque banal chez des sujets traumatisés par l'abandon. N'ayant pas été reconnu, il ne se reconnaît pas non plus, et il a besoin du regard de l'autre pour comprendre qu'il existe. Violaine et ses yeux fixes.

Puis, tout un chapitre sur la symbolique de la morsure, sur le désir de l'autre dont on se nourrit. Le toubib a brodé sur le thème, en s'amusant parfois, avec des envolées lyriques et des métaphores sanguinolentes. Ça m'a fait l'effet d'un onguent sur la plaie de ma morsure, Jordan et Violaine sont redevenus humains, tarés mais humains, et ça fait du bien de les voir sortir du fantastique pour tomber dans le médical, même violent. Parce qu'on a beau aimer le mystère des gens et les personnages à clés, on se sent pourtant soulagé de ne trouver qu'un peu de poussière dans leurs tiroirs, comme dans tous les tiroirs. Des vieilleries dans leurs armoires. Et, dans leurs placards, des vieux trucs enfouis qu'ils n'ont jamais réussi à fourguer. Jordan et Violaine, le vampire et la vamp, des perturbés parmi tant d'autres, mais qui en jouent, qui ont pris le parti de s'en amuser, des poètes désaxés ou des chiens qui ont peur et qui s'évanouissent dans la nuit après avoir mordu.

Le toubib avait gardé le meilleur pour la fin, tout un laïus habile sur le refus névrotique du jour. Là, j'ai vécu un petit moment de bonheur, j'ai fêté ça à la vodka. Elle était là, *la maladie,* celle que j'avais moi-même perçue chez Grégoire et les autres, mais avec mes mots à moi, tout seul, comme un grand. Il m'avait suffi de l'approcher, de la voir naître et éclore chez les paumés du point du jour.

C'est là où j'ai eu la trouille et que le manuscrit m'a brûlé les doigts. Brusquement il m'a fait horreur. D'élixir il est devenu fiel, parce que j'ai réalisé, presque trop tard, que tout ça parlait aussi de moi.

— Espèce d'enfoiré, je te dérange ?

La chaise près de la porte fracassée est tombée à terre, et tout de suite après : les yeux du type ivre de rage. Pas eu le temps de réagir, il a gueulé fort. Moi aussi, pour appeler Jean-Marc, mais le type a vite saisi le premier truc qui lui tombait sous la main et l'a brandi en visant ma tête. Jean-Marc n'arrive pas, on m'empoigne par le col et me plaque contre le mur.

— Je vais t'éclater la gueule !

Je me suis protégé le front, et j'ai gueulé le nom de Jean-Marc.

Et puis, plus rien.

Rien.

Le blanc.

Je n'ai plus senti la pression de son poing sur ma gorge. J'ai pu voir ses bras ballants. Et ses yeux épouvantés, ailleurs, très loin, vers la chambre.

La vision.

Vision d'une créature dorée et lisse. Magnifiquement ronde. Aurifiée. Scintillante. Le halo de lumière qui en émane est du même or et irradie la pièce.

BOUDDHA.

Les yeux bridés et mi-clos, ceux d'un roi mongol prêt à toutes les cruautés. Sa natte lui caresse le cou. Juste après l'apparition, il s'est assis sur le tapis, léger comme une feuille morte, et a déroulé ses jambes avec une lenteur éléphantesque. Pour se statufier, enfin, en bonze nu.

Majestueux.

J'ai entendu le bruit métallique de la matraque en métal de notre hôte tomber sur le carrelage.

L'apparition m'a terrassé autant que lui.

Jean-Marc, en slip. À peine sorti du sommeil. Engourdi de chaleur. Immobile. Il se redresse un peu pour bâiller et s'étirer. Le slip a disparu dans les chairs. Bouddha est nu.

J'étais pourtant habitué à sa silhouette...

Juste après la stupeur, l'angoisse. Le type s'est mis à trembler, cloué au sol, il a voulu geindre quelques mots absurdes. J'ai mis un bon moment à comprendre qu'en fait il ne faisait que me supplier afin qu'Il ne le touche pas.

Jean-Marc, toujours muet et immobile, émerge mollement d'un bon petit roupillon.

— Je vais rien piquer ici. Je vais même pas tarder à me tirer, j'ai fait.

— Et... Et Lui... vous... l'emmenez avec vous ?

— Je sais pas. C'est un peu comme Il veut.

— ... Bien sûr... Comme Il veut...

— Il aimerait bien savoir comment tu connais Jordan, qu'est-ce qu'il fout dans la vie, et où on peut le trouver.

— Jordan oui Jordan Régnault bien sûr oui l'internat de la Pierre Levée dans la Somme en 1969 sortie en 78 il vit dans des hôtels je lui garde ses affaires il passe ici des fois.

C'est la première fois que je vois un mec en train de frire de peur. Il va nous péter dans les doigts si on ne le calme pas un peu.

— On va y aller doucement. Tu recommences tout, en clair, avec plein de détails.

— Peux... pas... Aidez-moi...

— Qu'est-ce que tu veux ?

— Qu'Il se... qu'Il se rhabille.

Compréhensible. J'essaie d'imaginer le gars qui rentre dans son sweet home à cinq heures du matin et qui tombe sur un lutteur de sumo à poil sortant de son lit pour se vautrer sur son tapis.

— C'est délicat. Personne ne lui a jamais dit d'aller se rhabiller.

— S'il vous plaît !

Je fais un signe de tête à Jean-Marc, doucement sorti du coaltar. Il enfile mollement son tee-shirt 4XL et son Levi's géant. On attend un moment que l'agité se calme.

— Alors, Jordan ?

— On s'est connus au pensionnat, Violaine et lui étaient orphelins.

— Violaine ?

— Sa sœur.

— Hein ?

— Sa sœur jumelle.

— Tu te fous de ma gueule ? Tu trouves qu'ils se ressemblent ?

— Vous énervez pas, pitié ! Ça va l'énerver, Lui aussi. Je vous jure de me croire ! C'est des faux jumeaux, c'est pas des monozygotes comme ils disent, mais c'est quand même vrai.

Bien sûr que c'est vrai. C'est même lumineux. Comment un truc aussi évident a-t-il pu m'échapper !

— Ils viennent d'une famille bourge, leurs parents sont morts quand ils avaient six ans, on les a collés dans une pension chicos.

— Parce que toi, t'as vraiment l'air de sortir d'une pension chicos.

— Mais je vous jure que c'est vrai !

— Continue.

— Les garçons et les filles étaient séparés. Violaine était déjà bien déjantée à l'époque, on la montrait à des spécialistes, elle voulait voir que son frère, et lui, il la protégeait comme un furieux, déjà tout môme il piquait des crises quand on lui laissait pas la voir. Toutes les nuits il faisait le mur pour aller la retrouver, ça m'avait frappé, et moi je l'enviais d'être assez gonflé pour faire des trucs comme ça. Toutes les nuits, entières. Il récupérait pendant les récrés, il dormait en classe. Il avait pas vraiment besoin d'écouter, c'était une tronche, Jordan, on était des débiles mentaux à côté de lui. Avec moi, il parlait, mais pas beaucoup, sorti de sa sœur il cherchait pas vraiment à communiquer, paraît que ça arrive, avec les jumeaux. À la majorité, les tauliers ont pas été fâchés de les voir partir.

— Et depuis ?

— Ils zonent la nuit, je les ai plus jamais revus en plein jour. Pas d'emmerdes de fric, ça doit être la rente familiale, ils ont des thunes, les Régnault, mais ils sont discrets dès qu'on touche à ces trucs-là. On se voit de temps en temps. Ils changent d'hôtel souvent, toujours sans bagages. Il m'a demandé de lui garder des affaires.

— Ce manuscrit, c'est à lui ?

— Ouais. Il y tient. C'est ça qu'a dû lui monter à la tête, ces histoires de Nosferatu j'y pige rien, des fois je les entends dire des trucs sur les morts vivants. Je savais bien qu'à force de mordre des gens, ils finiraient par s'attirer des histoires. Déjà que la frangine est du genre à coucher facile, ça en fait des mecs à mordre dans Paris. Dès qu'il la laisse toute seule elle fait une connerie. Elle m'a toujours foutu la trouille, Violaine. Et lui il fait tout pour pas qu'on l'interne pour de bon. Il y a cinq ou six ans, il l'a sortie de l'hosto psy par tous les moyens, depuis il fait gaffe, ils sont toujours un peu clando. Seulement des fois, la provo va un peu loin, et ça dérape. Je peux rien dire de plus... Il va me croire ?

— Cette pension, elle est où ?

— Elle est rasée depuis dix piges, ils ont même plus d'archives si c'est ce que vous pensez. Je sais même pas où sont les grands-parents, s'ils vivent encore.

Jean-Marc se passe le visage sous le robinet. Après ce que je viens d'entendre, je devrais en faire autant.

— T'oublies le principal. Ton pote Jordan, tu vas nous le livrer comme un paquet cadeau. Et quand je dis nous c'est surtout Lui qui veut.

— Leur dernière adresse, c'était l'hôtel de France, vers République. Ils ont peut-être changé, j'y suis pour rien... Je sais plus quoi vous dire...

Sans qu'on lui demande rien, il a ouvert des cartons avec des objets, des bouquins, des affaires de gosses, rien d'écrit, aucun renseignement précis.

— Tu connais les fêtes de la rue de la Croix-Nivert ?

— Non.

Il fait jour. J'ai le sentiment qu'il a balancé tout ce qu'il savait et qu'on ne pourrait plus rien en tirer.

— Qu'est-ce que vous... comptez faire ?

— À propos de quoi ?

— De moi...

— J'hésite entre donner ton adresse aux flics et Lui demander de rester ici avec toi des fois que Jordan ferait signe, ou des fois que t'aies dans l'idée de le prévenir. T'as une préférence ?

— Oui.

Pas besoin de demander laquelle. Jean-Marc a éclaté de rire, l'autre a sursauté.

*

L'heure bleue s'étire. C'est dimanche. La voiture balaie en douceur des bordées de trottoirs vides avec çà et là quelques percées ocre. Un jogger tenace nous rattrape de feu en feu, l'odeur chaude des croissants de Jean-Marc nous maintient éveillés, elle appelle le café qui nous attend au 1001. Aucun de nous ne se risque à la moindre parole, j'allume une cigarette en essayant d'imaginer Bertrand, et je le vois, bondissant du lit, sous une douche bien chaude, ravi à l'idée de me revoir d'ici quelques heures et de reprendre la vie d'avant. Juste un rêve dans mes yeux gonflés de fatigue. J'en saurai plus sur les coups de midi. Pour l'instant, j'ai besoin d'une petite heure. Rien qu'une petite heure d'oubli au 1001, sur un tabouret, avec mes potes, le temps de me retrouver et de faire le tri.

L'heure bleue. C'est l'heure où les vampires rentrent dans la tombe, l'heure idéale pour les cueillir, à peine endormis. Il me suffirait d'entrer avec un crucifix brandi haut, paré d'un collier d'ail, d'ouvrir grands les rideaux et les faire griller au soleil, les asperger d'eau bénite, les achever avec un pieu dans le cœur.

On se réfugie dans le club des irréductibles, Jean-Marc se renseigne sur les affaires courantes, sa nuit d'absence. Étienne m'attend avec un cintre posé sur le bar. Mon costume neuf, propre, ma chemise. D'un geste éloquent, il me fait comprendre qu'il subit la conversation de Stuart et Ricky, hilares. J'aurais pu me passer de l'accueil de ces deux loustics increvables qui ont décidé de prendre pension ici. Ils me tapent dans le dos, familiers, intempestifs, prêts à faire les cons jusqu'à midi. Mon seul désir étant de les expédier d'un coup de pied au cul par-dessus l'Atlantique, genre Concorde, afin qu'ils aillent perturber la journée des fêtards yankees. Ces mecs sont encore réglés sur leur fuseau horaire.

— D'où tu viens, imbécile, ça fait trois heures que je vous attends.

— Je sais où est Jordan.

— Quoi ?

Stuart gueule : « Mescal ! Mescal for Tony ! » Il ajoute, avec l'accent chicano : « Check it out ! Check it out ! » Je grimace un sourire, ils ne comprennent pas que j'ai envie de les mordre, je prends le cintre et pars me changer dans les toilettes. Au passage, je m'asperge le visage et le torse avec de l'eau glacée. Je balance ma paire de baskets et passe la chemise qui sent le frais.

Mais les Ricains m'attendent, un verre à la main, ils sifflent en me voyant apparaître, tout neuf, en noir et blanc : « Hey Docteur Jekyll ! » ils gueulent. Le patron du 1001 les regarde, énervé, et j'ai bien l'impression qu'il va les virer lui-même.

— Je dois parler à mon copain, mon copain Étienne, I've got to talk to him, you understand ?

Ça les dégèle d'un coup, fini la rigolade. Je commence à réaliser que dans ma vie d'avant, ma vie de mortel, il m'est arrivé d'être aussi chiant qu'eux, insouciant, cherchant à tout prix que ça continue, et que ça continue, pour ne plus en voir le bout. Que j'ai usé les gens qui avaient une vie et des choses à faire. Comme vexés, ils s'éloignent et commandent d'autres verres au comptoir. C'était ça ou les explications en règle, à coups de baffe, et au point où j'en suis, je n'aurais pas vu d'inconvénient à me farcir deux petits golden boys en goguette dans la vieille Europe. Étienne m'agrippe par la manche et me tend une tasse de café.

— Dans un hôtel, à République, je dis.

J'empoigne le manuscrit qui traîne sur un tabouret.

— Tout gosses ils étaient déjà noctambules, des mômes traumatisés par la mort des parents, Jordan a lu ce truc, c'est à ce moment-là qu'il s'est mis à jouer les vampires. C'est tordu mais ça colle.

— Et qu'est-ce que le vieux vient faire là-dedans ?

— À mon avis, il m'a embobiné dès le départ en disant que Jordan voulait le buter. Et je me demande si ça ne serait pas plutôt l'inverse. J'ai rencard avec lui à midi.

Quelqu'un vient de mettre un petit solo de trompette triste à mourir, un truc qui sent la dernière cigarette et le manque de perspectives. Je demande à Jean-Marc s'il n'a rien d'autre en stock.

— Mais, entre-temps, je vais faire un tour à l'hôtel de France.

Jean-Marc s'assoit devant un grand bol de café, les deux Américains viennent lui tapoter le ventre. Pour se tirer de leurs pattes, il va mettre une cassette de blues dans le magnéto. Une mélopée de l'aurore qui dit : « *Woke up this morning...* » J'ai l'impression que tous les blues commencent par ça : « *Me suis levé, c'matin...* »

Et moi qui demandais un truc moins morbide...

Me suis levé ce matin, et un tas de merdier m'est tombé dessus...

Comme si tous les ennuis du monde venaient de là, rien que parce qu'on commet l'erreur quotidienne de sortir du lit. Les deux Ricains semblent connaître, ils déchiffrent les paroles qui nous étaient inconnues à ce jour.

Woke up this morning...

Ne jamais se lever. Ou ne jamais se coucher. Au choix.

Bizarrement ça me rappelle des souvenirs de lycée. Pas le blues, plutôt les lettres classiques. Il me semble bien qu'Hamlet en personne évoquait la question, déjà. Le doute le plus célèbre du monde. Est-il noble de se lever le matin en sachant déjà tous les emmerdements qui vont suivre. Est-il lâche d'aller se coucher, de dormir jusqu'à en crever, et dire au revoir à tout ce qui nous bouffe l'existence ? C'est là la question.

Woke up this morning...

— Remarque, on peut juste passer faire un tour. Histoire de voir s'ils y sont vraiment, tes vampires. Sinon t'auras l'air fin avec ton pétard mouillé, fait Étienne.

— Ça veut dire que tu m'accompagnes ?

— J'attendrai en bas avec la tire.

— Je sais que tu ne me répondras pas aujourd'hui, mais promets-moi qu'un jour tu m'expliqueras.

— Quoi ?

— Pourquoi tu me suis. Pourquoi tu me précèdes, même.

— *Post mortem*. Mais d'ici là, va pas t'imaginer des trucs abracadabrants, la réalité est toujours plus simple qu'on ne pense, et toujours plus décevante que ce qu'on avait en tête.

On se tape la paume des mains, on se lève synchrones, en riant presque. Ricky interrompt d'un coup la longue liste rauque des malheurs du bluesman. Stuart nous demande si l'on a trouvé du fun, ailleurs qu'ici. J'ai répondu oui, mais qu'on se le gardait.

*

Étienne coupe le contact, je prends le manuscrit et descends.

— Tu vérifies qu'ils sont là, c'est tout.

— J'ai pigé.

— C'est pas de la violation de domicile mais tu fais gaffe quand même.

— O.K. !

— Et si tu restes plus d'un quart d'heure, je monte.

J'arrive devant le veilleur, à moitié endormi, il trie des caisses de croissants. Je demande une chambre en bâillant, la plus calme possible dans ce qui lui reste, il cherche.

— Et si vous aviez des rasoirs...

Il me sort un sachet avec brosse à dents et rasoir jetable, quarante balles.

— J'ai pas eu le temps de me raser dans l'avion.

— Vous arrivez de loin ?

— New York.

Je regarde ma montre, saisis le remontoir.

— J'ai 1 heure du matin, c'est une bonne heure pour aller se coucher. Il est quelle heure, ici ?

— 7 h 20.

Je trifouille les aiguilles et lui demande un réveil à 16 heures. Il note, me dit qu'il faut payer d'avance quand on n'a pas de bagages, je sors mes billets.

— J'ai eu l'adresse de l'hôtel par M. Jordan Régnault, il a pris une chambre ici, on a rendez-vous à 17 h dans le hall.

— Je ne suis que le gardien de nuit.

Il vérifie dans son bouquin.

— Ah ! oui, le couple... Je les ai vus passer tout à l'heure.

— On peut appeler, de chambre à chambre, ou je dois passer par le standard ?

— Non, directement par le 2, et vous composez le 43. Je vous conduis ou...

— Je vais me débrouiller.

— Hep... vous oubliez votre clé...

L'ascenseur me laisse au quatrième. Étienne sait que je n'ai pas pu m'empêcher d'aller fourrer mon nez là-haut. Il n'a pas cherché à m'en dissuader. Je me demande même s'il ne m'y a pas un peu poussé. J'avale ma salive avant de cogner à la 43, mon cœur s'emballe. Tout un spectacle refoule brutalement dans mes yeux, des cercueils, des canines gluantes, j'essaie de chasser les images, des portes qui grincent et me vrillent les oreilles, des corps qui fument, chasser toutes ces conneries, le vampire c'est moi, c'est le vieux, c'est tous les autres, pas lui, il s'appelle Jordan, sa sœur s'appelle Violaine, ce ne sont pas des monstres, juste des écorchés, des malades. Ne toucher à aucun des deux, ça rendra fou l'autre, ne pas les brusquer, leur dire que j'ai compris, que rien n'est de ma faute. Calmer le jeu. Être rationnel. Le dialogue. Le bon sens. Montrer le manuscrit. Tout expliquer. Leur dire que tout ça m'a fatigué, que leur histoire n'est pas la mienne. Parler.

De la main gauche, j'ai tapé trois coups discrets. De l'autre je n'ai pas pu m'empêcher de rabattre les maigres revers de ma veste vers le cou en serrant bien. Avant qu'il n'ouvre, j'ai eu le temps de répéter une énième fois mon entrée en matière, une phrase courte, douce, sincère.

Et j'ai foncé tête baissée dans cette faille noire qu'on m'offrait, comme happé, tout mon corps s'est choqué contre la silhouette endormie qui a roulé à terre, j'ai fait claquer la porte d'une talonnade. Noir absolu. Je ne sais même pas lequel des deux j'ai fait tomber, une voix a hoqueté à terre, j'ai tâtonné vers l'interrupteur sans le trouver. Nom de Dieu, c'était quoi, cette putain de phrase courte et sincère ? Une voix venue d'ailleurs a émis un « Jordan ? » à peine audible, suraigu, dans une pièce voisine.

Silence.

— Ils ne nous laisseront jamais en paix, petite sœur...

Une voix trop faible pour parvenir jusqu'à elle. Une légère lueur rosée nous vient de la chambre d'à côté. J'ai pu discerner le corps de Jordan, à terre, en caleçon, avec une chemise à col cassé ouverte sur un torse glabre et rachitique. Malgré sa tenue et sa posture, j'ai retrouvé ses yeux de poisson mort, sa peau blanche, et ce petit regard en coin qui se veut plus intelligent que les autres. Violaine est apparue, s'accrochant à la porte de sa chambre. Sans nous voir vraiment, elle a porté une main à son front pour retomber, étourdie, à terre. Il s'est relevé pour la prendre dans ses bras et lui caresser la tête. J'ai eu l'étrange impression de n'être plus dans la pièce. Invisible. Inutile. Oublié, déjà.

Il a sorti une boîte de pilules d'une table de chevet.

— Rendors-toi, petite sœur.

Elle avale le comprimé avec une gorgée d'eau. Je reste là sans savoir quoi faire de ma peau.

— Où on va ? elle a dit.

Sa tête tombe par à-coups, elle s'efforce de la redresser, les yeux mi-clos. En ramassant le manuscrit j'ai dit :

— Je suis venu pour vous ramener ça.

Il revient vers moi, tout près, et me dit à voix basse :

— Surtout ne parlez pas de lui.

— C'est dimanche… Hein ? C'est dimanche… On va venir nous chercher, hein ?

— Oui, Violaine. Il est trop tôt, encore.

Il chuchote :

— Dans deux minutes elle dormira. Deux minutes. Vous me les accordez ?

— T'oublieras pas de me réveiller, hein ?

Il la relève, la couche dans le lit de la chambre voisine. J'entends qu'il la berce. Deux minutes. Je regrette. Je regrette tout.

Il réapparaît en robe de chambre de satin bleu, ça fait drôle de le voir enveloppé là-dedans.

— Violaine aurait dû vous déchiqueter comme un morceau de barbaque.

— Elle… elle fait une dépression ?

Il rit, comme forcé.

— Une dépression ? Elle est complètement frappée, vous voulez dire. Avant qu'il ne revienne, je réussissais encore à négocier, avec des hauts et des bas, on maintenait un semblant d'équilibre, mais depuis qu'il nous fait rechercher, elle rechute. Elle l'a senti, elle est folle mais pas conne.

— Qui « il » ?

— Celui qui vous paie.

— Il est quoi, pour vous ?

— Il ne vous l'a pas dit ? C'est notre père. Géniteur serait le terme adéquat.

— On m'a dit qu'il était mort.

— Hé non ! Remarquez, j'ai songé à réparer l'erreur mais cette vieille ordure est difficile à approcher. Et j'ai un handicap : je ne l'ai jamais vu, je ne sais pas à quoi il ressemble. Tiens, pourquoi pas, ça serait drôle… vous pourriez me le dessiner ?

J'ai tout fait pour garder mon masque d'indifférence. Je sens qu'il veut négocier avec l'ennemi, ou son médiateur. Si sa sœur avait été transportable, il aurait peut-être joué différemment. Depuis mercredi, je n'ai eu qu'un seul mérite, celui de ne pas me perdre en suppositions et en hypothèses, ça m'aurait empêché de foncer tête baissée et me retrouver ici, ce dimanche matin, avec l'intime conviction que plus rien ne me concernera dimanche soir. Tenir jusque-là, quoi qu'il arrive.

— Je dois le voir tout à l'heure. Il ne vous veut aucun mal, j'en suis sûr. Pourquoi le fuyez-vous ?

— Qu'est-ce que ça peut vous faire ?

— Votre histoire de famille ? Rien. Seulement voilà, votre papa garde en otage un de mes amis, qui compte sur moi.

Silence. Il a longuement regardé le plafond.

— Je savais bien que vous n'étiez pas un pro, comme tous ces crétins qu'il nous a collés aux fesses. Ah ! ceux-là... Un vrai plaisir... Ils brillaient comme du phosphore. Des lucioles pas discrètes, pas dangereuses, mais terriblement agaçantes. Avec vous, en revanche, ça n'a pas traîné. Il a senti en vous le parasite qui connaît mieux que personne la ligne directe entre l'évier et l'égout. Il est fin psychologue, mon papa. Et il n'a pas de mérite, c'est son métier.

Contre toute attente, il éclate de rire, s'interrompt en regardant du côté de chez Violaine. Baisse d'un ton.

— Tout ce qu'on sait de lui, c'est ce que la famille nous a raconté. Surtout la nourrice qui s'est occupée de nous avant qu'on nous mette en pension. J'ai très peu de souvenirs de ma mère, on ne nous laissait pas la voir beaucoup. Elle ne nous recherchait pas vraiment non plus.

— Si vous commenciez par le début... Parce qu'avec tout ce que je viens de me farcir depuis quelques nuits, j'ai peur de m'emmêler. Les parasites sont plus connus pour leur ténacité que pour leurs facultés mentales.

Il marque un temps, soupire.

— Vous voulez quoi, la version gore, le retour du médecin fou contre les vampires ? Ou bien le genre psychodrame familial, trauma originel et tout le toutim ?

— Par le début, j'ai dit.

— C'est toujours le plus difficile. Allez savoir quand les choses commencent.

Brusquement, une idée lui traverse l'esprit, il replace les oreillers de son lit, s'étend de tout son long, regarde dans le vague.

— Bien, docteur... Installez-vous dans le fauteuil, histoire de respecter la procédure. Vous voulez de la psychanalyse de conte de fées, vous allez en avoir.

Comme pour jouer le jeu, je m'installe près de lui, hors de son champ de vision, et croise les doigts.

— Il était une fois, il y a trente ans, une grande famille bourgeoise qui vivait dans un bel hôtel particulier à Bougival. Les Régnault. Tout irait pour le mieux si, dans cette belle bâtisse, une jeune fille, leur fille unique, ne s'y étiolait. Elle a vingt-deux ans, on lui promet un bel avenir, un mariage confortable avec un jeune homme de son rang. Mais la fille se rebelle, elle a d'autres projets, elle fait des fugues, mais aussi des études, elle va même jusqu'à militer pour scandaliser la famille. En gros, tout ce qu'une jeune fille rangée doit faire dans un cas pareil. Les parents ont tôt fait de lui dire qu'elle est perturbée, de le lui répéter. Ils veulent la soigner. C'était en 1960.

Je sens qu'il improvise, mais que tout est vrai. Discrètement je regarde l'heure, il s'en aperçoit, Dieu sait comment.

— Si je ne sens pas une meilleure qualité d'écoute, je ne me laisserai jamais aller, docteur... Surtout qu'on en arrive à un point important : l'arrivée du Prince Charmant. Parce qu'il en a, du charme, il s'appelle Robert Beaumont, il est plutôt pas mal, il a un peu moins de quarante ans, il sort de l'école freudienne, il a une consultation en médecine psychiatrique dans un hôpital et un cabinet d'analyse où se croisent une poignée de patients. Le jeune Beaumont vient même de terminer une thèse brillante, saluée par ses pairs, et qu'il est sur le point de faire publier. Celle qui traîne vers votre chaussure gauche.

Cette fois, je me trahis.

— Vous voulez dire que c'est votre père qui a écrit ce truc-là ?

— Lui-même. Regardez le nom de l'auteur.

— Attendez une seconde... Le vieux qui me crée des emmerdes depuis le début, qui fait des fêtes démentes, qui s'entoure de gardes du corps, qui séquestre mon pote, ce mec-là est un psychiatre ?

— Bouclez-la, docteur, ça me fait tellement de bien d'en parler. On lui demande s'il ne voudrait pas s'occuper d'une petite princesse de vingt-deux ans un peu trop turbulente. Elle fréquente son cabinet pendant plusieurs mois. Et c'est là que...

Temps mort. Rien ne sort, et plus ça bloque plus c'est clair. J'essaie de l'aider :

— Et c'est là qu'ils ont... une histoire ? Comme dans tous les contes ?

— Pas une histoire d'amour. Je ne peux pas le croire. Et même, même s'il l'avait aimée, il n'avait pas le droit... Tout le monde sait ça, hein docteur ?

Il veut continuer à jouer, mais sa voix devient hésitante, il cherche comment faire l'impasse sur ce point précis.

— Bref, elle tombe enceinte. Et en dépression. Les Régnault l'apprennent, ils paniquent, ne font rien pour étouffer le scandale, au contraire, ils ont des relations, un parent député qui a des connexions avec le ministère de la Santé. Le père Régnault n'a plus qu'un seul but : ruiner la carrière du fringant toubib, et ça ne traîne pas, on le chasse de l'hôpital. Plus personne ne veut de sa thèse. Discrédit total, réputation ruinée. Ma mère se met à le haïr. Robert Beaumont n'a plus aucune perspective en France, il fuit aux États-Unis. Personne n'a su ce qu'il est devenu durant toutes ces années. À mon avis, il a continué à semer des gosses à moitié tarés, je ne sais pas, j'imagine... Ça me plairait bien, d'ailleurs. En tout cas, il n'a jamais cherché à reprendre contact avec nous. Jusque très récemment.

J'ai regardé ma montre, à nouveau. Étienne risque de monter et tout foutre en l'air, je n'ose pas l'interrompre, il y met du cœur, dans sa litanie, et je pense être le premier individu au monde à y avoir droit.

— Ma mère a essayé de se débarrasser de ce qu'elle avait dans le ventre, toute seule. Et ça s'est mal terminé.

— C'est-à-dire ?

— On est nés. Coup double. Des jumeaux. C'était sans doute la dernière fois qu'elle nous voyait d'aussi près. Les Régnault s'occupent de tout. Ils embauchent une nourrice à demeure. La seule image qui me reste de ma mère, c'est cette femme sèche, toujours à cran, toujours la cigarette à la main, pleurant et riant à la fois, recluse dans la propriété parentale. Tout ce qu'elle voulait fuir. Un jour, elle se suicide. On avait six ans.

Il essaie d'y mettre toute la distance du cynique qui regarde ça de haut. Et ça ne ressemble pas le moins du monde à la saynète classique du poivrot qui dégueule le drame de sa vie.

— C'est grave, docteur ?

— C'est là qu'on vous envoie en pension.

— Plus personne n'arrive à nous tenir, on reste des vilains petits canards qui inspirent la compassion, on atterrit dans une pension huppée pour gosses de riches un peu dérangés. Les Régnault ont assez vite espacé les visites. Violaine n'avait plus que moi.

— Je connais la suite.

— Sûrement pas. Quelques détails, peut-être, mais personne à l'époque ne pouvait se douter de ce qu'on vivait. Violaine avait des syncopes si je n'étais pas à ses côtés. On a dit que cela faisait partie des liens étranges qui existent entre les jumeaux, mais c'était faux, ça arrangeait tout le monde. En fait, c'était plutôt une espèce de symbiose qui nous unissait, le retranchement de ceux dont on a nié l'existence dès le départ. Mais nous n'avions pas la même stature, elle et moi. Fragile, Violaine. Elle faisait des cauchemars toutes les nuits. Je la veillais. J'étais le gardien de ses songes. Nos nuits clandestines. Et vous savez, malgré tout, malgré nos échecs, malgré les crises et les dérives, je crois que je l'ai empêchée de sombrer totalement dans la folie. Avec mon amour. Peut-être.

Sans doute.

Ça valait bien quelques morsures, çà et là, sur des poitrines pas vraiment innocentes. Ils auraient pu faire bien pire.

— Et vous ?

— Moi ? Il a fallu que je me débrouille tout seul, comprendre seul, sans pouvoir partager le travail avec ma sœur. Il fallait que je sache d'où je venais, ne rien oublier, pour subsister, pour prendre une revanche, un jour, sans savoir encore laquelle. À seize ans, pendant une visite que nous faisions aux Régnault, j'ai trouvé ce manuscrit dans les affaires du grenier.

— Le seul héritage de votre père.

— Bravo, docteur. Je m'y suis accroché, j'ai essayé de tout comprendre, et de lire tous les bouquins qui me permettraient de comprendre. Je n'ai plus pensé qu'à ça, décrypter cette thèse improbable, m'en imprégner à fond, pour savoir enfin d'où on venait. J'ai vite abandonné les théories psychiatriques pour ne garder que l'image du vampire et ne plus la lâcher. J'ai voulu pousser à fond ce que mon père prenait comme simple postulat de départ, une grille de lecture née du fantastique, des symboles bon marché, presque ludiques. Mais moi, je suis allé jusqu'au bout, j'y ai senti quelque chose de fort, comme une manière de survie. J'ai compris que nous n'étions pas nés, Violaine et moi, et que finalement, il était plus doux de prendre la vie comme ces créatures de légende, qui errent, la nuit, au milieu des vivants. Vous saviez que les Bantous coupaient les pieds de leurs morts afin qu'ils ne reviennent pas ? On leur ressemblait tellement, déjà. Ça s'est fait naturellement, on ne nous avait pas laissé le choix.

— C'est là où vous avez commencé à jouer les Nosferatu.

— À dix-huit ans, on nous a mis à la porte. Les Régnault nous versaient une espèce de rente, bien grasse, ça tombe tous les 12 du mois, ça met d'accord tout le monde. On ne les a pratiquement jamais revus. Et on a commencé à vivre. La nuit. C'est là où, malgré que vous soyez le docteur et moi le malade, malgré que vous soyez vivant et moi mort, malgré toutes nos différences, c'est là où j'ai une chance que vous me compreniez vraiment. La nuit...

Un mot, juste. Le seul no man's land où nous pouvions nous croiser.

— La moitié de la vie, son envers, là où nous avions droit de cité. La nuit est un monde sans enfants. Sans vieillards. La nuit est un monde sans amour. Sans les douleurs de l'amour. Elle m'a permis de m'oublier et d'entraîner Violaine avec moi, jusqu'à ce que ça dure, jusqu'à aujourd'hui. Dix ans. Dix années sans passé, sans aucune prise sur la mémoire, on ne fait que traverser, on vit avec ses fantômes puisqu'on en est un soi-même, on passe de l'autre côté, et tout le reste s'évapore au petit jour. Les vampires ont tout compris.

Peut-être. Mais je n'en suis pas là, et je me jure de ne jamais aller aussi loin. Je n'ai pas passé le même contrat. Mes démons ne sont pas aussi méchants.

— Notre vie a changé quand on a su qu'il était revenu. On a appris du même coup qu'il était toujours vivant. La nourrice nous a prévenus qu'elle avait reçu sa visite, qu'il nous cherchait. Et pour quoi faire ? Pour réparer ?

Temps mort.

— J'ai eu peur. Dès ce jour-là j'ai compris que si Violaine le voyait maintenant, après toutes ces années... J'ai eu peur que tout ce que j'avais réussi à préserver jusqu'à maintenant ne tombe en ruine si elle rencontrait le Diable en personne. Depuis sa dernière sortie d'hôpital, elle allait mieux.

Elle allait mieux... Va comprendre ce qu'il entend par là...

— On a déjoué les plans des abrutis qu'il avait mis à nos trousses. C'était notre territoire, après tout. Lui, il débarquait d'on ne sait où, sans connaître les règles. Quand Violaine m'a appris qu'on me cherchait dans le Café Moderne, j'ai compris qu'il avait fait appel à un vrai rat de la nuit.

Au moment où il m'a traité de rat, j'ai regardé l'heure et lui ai coupé la parole.

— Écoutez, on va passer un marché, tous les deux. Je vois votre père dans moins de trois heures. Vous mettez Violaine à l'abri, je trouve un terrain neutre, et j'organise la rencontre. Vous n'allez pas courir comme ça tant qu'il sera en vie. Il relâchera mon pote, et vous saurez à quoi vous en tenir.

— Jamais. Jamais, vous m'entendez ?

J'ai entendu, oui. Et tout de suite après, le silence. Le temps. Le temps d'un soupir, d'une idée furtive. Une image, celle d'un ami. D'un vieil homme. De deux gosses malades qui ne veulent plus qu'on les persécute.

Et j'ai perçu un autre bruit, bien réel, cette fois. La poignée de la porte d'entrée que j'ai vue tourner, toute seule. Malgré la poussée d'adrénaline, j'ai dit :

— C'est Étienne, un ami, il m'attendait dehors et...

Jordan s'est précipité vers le couloir. Je l'ai vu lâcher la poignée pour lever les bras en l'air, par réflexe.

Figé.

Un pas en arrière.

— ... Jordan ?

Le canon du revolver est venu doucement se coller sur son front.

Une main, un bras.

Et d'un coup, deux silhouettes vives, l'une prête à faire exploser la tête de Jordan, nous donnant l'ordre de nous taire d'un geste. L'autre fermant la porte, inspectant, revolver au coin de l'œil, ça dure à peine trois secondes. Jordan panique quand il le voit ouvrir la porte de Violaine, mais reçoit une baffe du revers de la main et s'étale à terre. Mais ce fou veut se relever, il reçoit un coup de pied dans la poitrine qui le fait rebondir contre le mur, il n'a pas pu crier pour se libérer de la douleur, l'autre s'est jeté sur son visage pour écraser ses deux mains sur sa bouche, ils sont restés comme ça jusqu'à ce que les jambes de Jordan aient cessé de battre l'air.

Et moi, cloué, assistant à tout.

Deux silhouettes.

Stuart et Ricky...

J'ai d'abord ressenti comme une collision de réel, une erreur de réglage.

Besoin de tout recaler. Le temps de fermer les yeux.

Ça arrive, parfois, quand on a trop veillé. La nuit dissout tout. Perte du passé immédiat, confusion dans l'horloge interne, on répond brutalement à une question posée la veille, il n'y a plus qu'un seul hier et tout plein d'aujourd'hui. On rêve l'instant présent et on se réveille dans le déjà-vu.

Ricky. Stuart. Ils ont craché quelques mots que je n'ai pas su comprendre.

— Hey, Tony, où est la sœur ?

— Elle... elle est là... dit Jordan dans un hoquet. Je vous en supplie...

Il s'est mis à implorer, agrippé au pantalon de Stuart qui l'a envoyé valdinguer d'un coup de genou. Puis il range son arme et passe la tête dans la chambre pour s'assurer que Violaine est bien là, referme la porte doucement pendant que Stuart nous tient en joue. Jordan me regarde, les yeux gonflés, un rictus de haine à la bouche.

— ... Et j'ai failli vous faire confiance.

— Ferme ta gueule... you monster, shut up !

Ricky hurle, on sent que ça lui fait du bien, il gueule pour se délivrer et se fout bien du bruit que ça peut faire.

Monster ! Monster !

— So, you're the fucking son ?

— Tu es le fils, hein ? traduit Ricky.

Jordan acquiesce, terrorisé. Les deux Américains se rapprochent l'un de l'autre, tout près, se dévorent des yeux, se sourient comme des déments, ils poussent le même sifflement étrange comme pour évoquer un vent lointain et, au ralenti, se collent la paume des mains l'une contre l'autre.

Un rite. Une danse. Je ne comprends rien et j'ai peur.

— Where's the book ?

— ... Quel livre ? je demande.

— On veut le livre, Tony.

Il s'est approché de moi, je me suis protégé la tête. Qu'il a tapotée comme pour récompenser un brave chien.

— We love you, Tony. T'es le meilleur. Good job.

Pendant ce laps de temps, Stuart a attrapé Jordan par les cheveux et posé le silencieux du flingue le long de son oreille. Il a tiré, sans hésiter. En hurlant, Jordan a plaqué ses deux mains contre son tympan éclaté et s'est écroulé à terre. La balle s'est fichée dans le matelas.

De là où je me trouve, je n'ai entendu qu'un claquement de fouet.

Ricky m'a mis quelques petites gifles sur les joues.

— T'as bien travaillé, Tony. Good guy. Maintenant, on veut le livre.

Sans comprendre, je leur montre le manuscrit qui traîne à terre. Il se jette dessus, le feuillette. Et en déchire une bonne moitié, de rage, et me l'envoie à travers la gueule.

— Piece of shit ! Qu'est-ce que c'est que cette merde !

D'un coup de talon, il écrase une table basse en bois qui craque à mes pieds. Il se jette sur moi, je ne peux plus me débattre, il plonge ses doigts dans ma bouche, je n'ai pas eu le temps de le mordre, le canon du revolver s'enfonce dans ma gorge, Stuart lui gueule d'arrêter, il ressort son arme dans la seconde. Je tousse à m'en faire péter la poitrine, les larmes aux yeux.

— Excuse me, Tony, we love you. On a encore besoin de toi, Tony...

En disant ça, il refait exactement la même manœuvre dans la gorge de Jordan.

J'ai cru qu'il tirait, il a juste laissé fuser entre ses lèvres le bruit du silencieux. Puis il a éclaté de rire. Un rire de soulagement. De délivrance.

— You got some job, Tony... Encore du travail, pour toi, Tony...

Le canon de son revolver vient se pointer sur moi, à nouveau.

Sur moi.

*

J'ai descendu l'escalier en tremblant, dans le hall, je n'ai vu que le va-et-vient des clients autour des tables du petit déjeuner. Et le gardien de jour qui avait du mal à servir, énervé, au milieu des touristes mal réveillés et surpris de tant de mauvaise humeur. 8 h 30, à ma montre.

Le desk vide. Les larmes me viennent aux yeux quand mes bras ne sont plus assez forts pour pousser la porte vitrée du hall. J'y mets l'épaule, tout mon poids, rien à faire, elle ne cède pas d'un millimètre. Mes coups d'épaule ne valent rien. Je sens venir une nouvelle bouffée de larmes et réussis à la contenir. Je sors, par miracle, en effleurant à peine la vitre.

La rue. Le soleil...

Étienne a dû partir.

Ou bien on l'a chassé. Ils l'ont éloigné quand il a voulu me prévenir.

Non, la Datsun est là, sous mon nez, trop près, en fait elle n'a pas bougé d'un pouce. Il tourne lentement la tête vers moi quand je fais claquer la portière. Une envie de rentrer dans la boîte, et exploser en pleurs, les nerfs. J'ai plaqué les mains sur mes yeux pour avoir le noir total, pour ne pas montrer ma rage. Ma peur. Besoin de porter un masque. Il a attendu, silencieux, que je me reprenne.

— Tu les as vus monter ?

Pas de réponse, la gêne. J'attends.

— Réponds Étienne. Tu les as vus monter ?

— Oui.

J'ai préféré garder mes mains jointes sur mon visage, pour éviter de le mordre. Il en faut bien un pour cristalliser tout le dégoût et la rage que j'ai dans le cœur.

— Et... t'as pas bougé. T'as eu la trouille... T'as pas compris, et t'as pas bougé. Rien...

Un sanglot s'est étouffé dans mes paumes.

— Tu pourrais pas me croire, Étienne... J'arrête tout, tu m'entends... Bertrand peut bien crever... Qu'ils crèvent tous...

Une constellation d'étoiles m'est apparue à force de me presser les yeux, et j'ai eu peur du collapse si je me risquais à regarder le jour et le dehors.

— Quand je les ai vus entrer dans la chambre, j'ai cru... J'ai cru que le vieux m'avait doublé... qu'il avait mis deux dingues sur mon dos, jusqu'à ce que je retrouve ses gosses... et que... qu'ils prenaient les choses en main, désormais, comme des vrais pros... qu'ils assuraient eux-mêmes la livraison... Et je me suis gouré, encore une fois... je me goure depuis le début, tu m'entends Étienne ?

— Oui.

Brutalement je me rends compte que l'autoradio hurle tout ce qu'il peut. Il hurle depuis toujours et je ne l'entends que maintenant. Du rock, qui s'échappe par les fenêtres ouvertes.

— Baisse ça, bordel... T'entends ce que je dis ? C'est les deux Ricains qui ont descendu Gérard, ils se contrefoutent de Jordan et de moi, ils veulent le vieux, ils le suivent depuis les États-Unis, t'entends ? Ils viennent de là-bas, c'est trop loin pour nous...

— Ils ont dû lui en faire baver, au Chinois...

J'ai redressé la tête, ouvert les yeux, et attendu que le brouillard se dissipe.

— ... Jean-Marc ?

Étienne a le regard fixe, devant lui, les bras crispés sur son blouson.

— Ils ont dû le cuisiner sérieux, le gros, pour qu'il leur crache où on était...

Un petit rire fuse entre ses lèvres.

— Essaie d'imaginer... L'homme qui n'a jamais mis une baffe de sa vie... en train de chialer tout ce qu'il sait... le nez dans les chiottes du 1001...

Quelque chose m'a glacé quand il a dit ça. La fixité de son regard, sa voix qui s'éclaircit peu à peu. Son ton presque désuet.

Il a poussé un petit soupir, ses bras se sont décroisés d'eux-mêmes, tout doux.

J'ai vu la nappe de sang gagner lentement ses cuisses.

— Les seules détonations que tu connaisses c'est celles des bouchons de champagne, hein Antoine...

J'ai mis la main sur son épaule. Je n'ai pas eu le temps de me laisser aller, je n'ai senti que l'urgence.

Et le calme étrange qui l'accompagne.

— Reste là, bouge plus, je vais demander de l'aide à l'hôtel, dans deux minutes ils viennent te chercher en ambulance...

— J'aime autant pas. Reste...

Il a toussé, râlé, j'ai détourné les yeux pour ne pas voir comment le ventre réagissait.

— Coupe pas la musique surtout, hein... Mets plus fort... C'est l'anesthésie.

J'ai retrouvé le masque de mes mains.

— En partant tu prendras les clés de chez moi. Tu gardes ce qui te plaît.

— Arrête de parler. Dans trois minutes le SAMU est là, je peux pas rester à te regarder, tu piges ?

— Fouille dans les placards... y a des papiers... des lettres... tu trouveras peut-être là-dedans...

Sans savoir pourquoi, j'ai compris qu'il me faisait un cadeau.

Il a essayé de ricaner. Moi aussi. Le rock me casse la tête.

J'ai voulu improviser, inventer quelque chose pour qu'il s'accroche. Mais je n'ai pu me résoudre à le laisser seul pour foncer vers l'hôtel. Peur de ne pas faire assez vite. Qu'il s'ennuie trop en attendant mon retour.

J'ai ri, à moitié ivre, sans rien comprendre. Le rire hystérique qui se transforme en sanglots. Ma gorge s'est bloquée. Nausée. J'ai entrouvert la portière pour vomir.

— Écoute, Antoine... Fais-moi plaisir...

En m'essuyant la bouche, les yeux, j'ai trouvé la force d'écouter. Quoi faire d'autre.

— Prends le volant... Conduis... On se casse d'ici... Fais-moi voir des trucs...

Oui. C'est ça. Le conduire moi-même à l'hôpital, si j'en ai la force. Je vais la trouver.

— Où tu veux aller ?

— Sais pas... Cherche une idée... Un bel endroit... Un endroit qui bouge...

— On est dimanche.

— Un endroit qui bouge...

— T'es marrant, toi... un dimanche... Une sortie d'église ? Un supermarché ? La pyramide du Louvre ?... Un P.M.U... avec des pastis en terrasse et des coupons de tiercé par terre... Aide-moi, Étienne.

Je me suis tenu le ventre, comme lui. J'ai souffert, j'ai serré fort.

— Tu te fous de ma gueule ? Fais un effort, je sais pas, moi... Un endroit qui bouge.

Après tout, ça bouge tout le temps, un hôpital.

Je l'ai aidé à passer de mon côté et j'ai pris le volant, sans savoir où aller. Sans savoir lequel de nous deux écouter.

*

Étienne m'a lâché, trois rues plus loin, des rues moyennement laides, quelconques, tout juste parisiennes. Par hasard, on a longé quelques secondes le marché de Richard-Lenoir, j'espère qu'il a vu les cabas débordants, les gens en survêtement, les maraîchers qui hurlent leurs tomates. Ça a dû suffire. J'avais dans l'idée de prendre les grands boulevards, faire simple, sans effort d'imagination, j'en manque. Quand il s'est affaissé, ça a tout de suite empesté la mort, dans l'habitacle, une putain d'odeur qui est arrivée sans prévenir, il a fallu que je m'extirpe de là dans l'instant. Le pantalon poissé par le siège humide. Devant le rideau de fer d'une papeterie, j'ai claqué la portière au nez du cadavre affalé. J'ai dû penser que ce n'était plus Étienne, que je n'avais pas besoin d'avoir de respect pour ça. Ni lui fermer les yeux, ni lui dire au revoir. J'ai laissé la musique. Fallait pas m'en demander plus.

Après tout, c'est lui qui a insisté. Il s'est bien marré toute la semaine. Ça avait même l'air passionnant, la chasse aux vampires. Un bain de jouvence. Je ne l'ai pas forcé.

Plus rien à vomir. Plus rien à pleurer, j'ai traîné un moment. Un long moment.

De neuf heures à midi.

Le dimanche est une mauvaise journée pour les parasites. Qu'est-ce que je faisais, dimanche dernier ? On avait les clés de l'appartement d'un copain parti en week-end, on s'est occupés du chat, on a vu toute la série des *Rocky* en vidéo, presque huit heures de télé en continu, Bertrand nous a fait des tortellini, ensuite on a joué au Frisbee dans le square d'en face. Le soir, on savait où aller, aux Bouchons, vers les Halles, Grosjacot nous avait donné des cartons pour un petit concert de piano, et de la sangria, mais on est restés, douillettement, devant le petit écran.

Étienne est mort.

*

Le vieux m'attendait, impatient, excité. J'ai fait signe à ses deux sbires de dégager de la voiture, ils m'ont obéi à la seconde sans attendre l'aval du patron. J'ai demandé où était Bertrand, par principe. Et uniquement par principe. Parce qu'à cette seconde-là, Bertrand était bien le sujet de conversation le plus inintéressant du monde. Comme une espèce de concept un peu brumeux. Un prénom, ni plus ni moins. Une vague idée.

— Il n'a pas voulu venir.

J'ai haussé les épaules et lui ai demandé de démarrer sans s'occuper des deux crétins qui nous épiaient du coin de l'œil, assis au bord de la fontaine de la place du Châtelet. Ils se sont précipités, le vieux les a rassurés d'un geste et la voiture s'est embourbée dans le trafic du boulevard Sébastopol.

— Deux fois quarante-huit heures, pour vos deux gosses, je suis dans les temps. Ce matin ils allaient encore bien, ils dormaient. Ils vous haïssent, j'ai essayé de dire à votre fils que vous n'aviez pas l'air si méchant, mais il pense que la Violaine morflerait sérieux si elle revoyait son papa après tant d'années, et ça, après tout, je préfère ne pas me prononcer, non seulement c'est du linge sale de famille, mais en plus ça se complique avec des œdipes et des traumas, des images du père, du sexe et tout et tout, ça c'est votre boulot, pas le mien.

J'ai reçu la baffe pendant que je jetais un œil curieux dans la boîte à gants, ma tête a cogné contre la vitre. Une baffe de vieux, mais bien placée. J'ai attendu qu'il freine, j'ai respiré profondément, et lui ai éclaté sa petite gueule d'une douzaine de coups de poing, et c'est seulement vers la fin que le plaisir de cogner m'a calmé le cœur. On a klaxonné, derrière, puis déboîté, ils ont retenu leurs insultes en voyant le visage du conducteur qui pissait le sang par le nez et les arcades.

— C'est pas sérieux, Robert, avec la gueule que t'as, tu crois que tes gosses vont te reconnaître ? T'as intérêt à te faire beau pour ce soir.

— Je ne les ai pas abandonnés, dit-il en s'épongeant avec sa manche.

Du sang coule sur son collier de barbe, il ne sait plus comment s'essuyer le visage. Je suis prêt à remettre ça quand il veut.

— Prenez la rue de Rivoli et arrêtez-vous au McDonald's.

Il repère l'enseigne et stoppe la voiture.

— Donnez-moi du fric.

— ... Combien ?

— Tout ce que vous avez.

Et ça faisait une belle somme, au bout du compte. Je suis ressorti du fast-food avec un café dans une tasse en carton. Dégueulasse, mais j'avais envie de quelque chose de chaud, et tout de suite. Il a repris le volant en direction de la Concorde.

— Vous n'êtes pas sans savoir qu'on vous recherche depuis les États-Unis, c'est quand même extraordinaire... À chaque fois que vous changez de continent ça crée des drames. On dit que les psys sont tous un peu... mais vous, vous faites grimper la moyenne.

— Qu'est-ce que vous voulez dire ?

— On va y aller doucement, on a jusqu'à 22 h. Des Américains vous recherchent, mais vous le savez déjà. Ils sont rusés, extraordinairement bien renseignés, armés, patients, et même rigolos, ils nous ont bien baisés, mes potes et moi. Des artistes, ces mecs.

— Comment vous ont-ils trouvé ?

— Ça fait plusieurs semaines qu'ils cherchent une occasion de vous coincer. Ils savaient que vous faisiez une fête, rue de la Croix-Nivert. Ils ont vu vos hommes de main nous escamoter, Bertrand et moi. Ils ont attendu qu'on sorte, ils n'ont vu que moi et m'ont suivi jusqu'à mon Q.G., une boîte vers Pigalle. Et ensuite, la grande classe, ils deviennent des habitués, ils se branchent, occupent le terrain, ils me laissent faire, ils me protègent, un soir ils vont même jusqu'à flinguer un videur qu'avait pas la carrure de ses ambitions. Ce matin, ils embrayent à la bonne vitesse, au bon moment, ils tabassent mon copain sumo pour qu'il balance tout ce qu'il sait, et prennent en otage vos deux petits. Ces mecs sont forts, je ne sais pas ce que vous leur avez fait, je ne sais pas si ce sont des flics ou des gangsters, mais ils sont vraiment bons. On a rendez-vous ce soir, échange standard, checkpoint charlie, les gosses contre le père. Ça sentait la résolution et l'élimination physique. Si j'étais vous, je n'irais pas. Les retrouvailles risquent d'être courtes.

Silence. Il encaisse tout. Tout ce que je dis est vrai, mais moi, je dis tout. Comme ça me vient. À l'heure qu'il est, Étienne n'a plus son rock, on lui a supprimé, c'est sûrement ça qui l'a tué, l'autopsie ne va pas donner grand-chose, ils vont conclure à une mort par balle, les cons.

— Je sais qui les envoie. J'étais trop bien protégé pour qu'ils m'atteignent directement. Pour m'avoir, il leur fallait Jordan et Violaine.

— Ah ! oui, j'oubliais, ils veulent aussi ce qu'ils appellent « The book ». Mais vous pouvez ne pas me dire ce que c'est, je me ferai une raison.

— Mes mémoires.

Mémoires... Mémoires... J'ai laissé le mot flotter dans ma tête, un instant.

— Ils les auront aussi... Je m'y préparais, de toute façon. Ils m'avaient prévenu, là-bas.

— Ça, je m'en fous, voyez, vous faites comme vous le sentez. Je faisais juste la commission.

J'ai senti qu'il allait se mettre à chialer, encore chialer, j'ai eu envie de le battre pour qu'il arrête de penser à ses petits soucis, sa vie, ses gosses, sa condamnation à mort, et pour lui faire entrer dans la tête que ce vieux con d'Étienne est en panne de musique. Et que j'avais encore besoin de plein de fric pour le billet de Jean-Marc. J'attends qu'il renifle, qu'il respire normalement.

J'ai eu beau prendre un air détaché, je n'ai pas pu m'empêcher de lui demander, à la dérobée :

— Qu'est-ce qu'ils ont de si formidable, vos mémoires ?

Je n'ai réalisé qu'un moment plus tard pourquoi je lui demandais ça.

Rien que cette seule petite question lui a éclairé le visage, il m'a attrapé la main pour la secouer avec un bonheur insensé.

— Vous lisez vite ? Je n'osais pas vous le proposer...

— Calmez-vous. Faites-moi un petit résumé de vive voix.

— Impossible. On ne peut pas résumer, on ne peut pas faire le tri, surtout pas moi. J'ai trop besoin que vous les lisiez. Il le faut, vous comprenez ?...

— Non.

— Si je les ai écrits, c'est pour mes enfants. Sans savoir s'ils vivaient encore. Sans connaître leur visage, leur vie. Sans même savoir qu'ils étaient deux. Il faut qu'ils sachent, quoi qu'il arrive. Vous allez me refuser ça ?

— Passez-leur une copie en douce, ce soir, entre deux revolvers.

— Il faut que vous les lisiez, on ne sait pas ce qui peut se passer, Antoine... Vous n'allez pas me refuser ça...

Non. J'ai dit « non ». Il m'a souri, heureux. Il a pris le chemin qui menait jusqu'à son bouquin, j'ai laissé faire.

S'il savait à quel point je me fous de ce qui peut arriver à ses gosses et à lui. Si j'ai accepté, c'est parce que j'ai l'intime conviction que tout est dans ce manuscrit. Tout. Le début et la fin. Il y a la souffrance et la douleur, il y a Paris et New York, il y a la folie et le cynisme, des coups de revolver, il y a même mes morsures, le cachot de Bertrand et la mort d'Étienne. Tout.

*

J'y ai trouvé plus encore. Page 6 :

... et ces trente-six années-là n'ont plus aucune importance, quand je les regarde aujourd'hui, je ne suis même plus très sûr qu'elles aient compté dans mon devenir, elles n'ont servi qu'à me mettre sur le bon chemin, le sien, et je ne suis pas certain qu'il y en ait eu un autre, et je ne veux même plus croire que nous nous serions rencontrés autrement, elle et moi. Dès le premier rendez-vous, je le sais, je me souviens, j'ai voulu qu'elle me parle d'elle, et pas là, mais n'importe où ailleurs, dans un café, en bas, dans une fête foraine, un square, mais pas là, dans ce fauteuil encore chaud qu'un autre venait de quitter. Le cabinet de la rue Réaumur m'est apparu tel qu'il était, vieux, hiératique, d'une tristesse infinie, tel que je l'avais toujours voulu. Mais il était trop tard, je l'ai accueillie, et n'ai pu que l'installer dans notre silence. Et dans ce fauteuil. Ce fut ma première erreur.

Plus rien à voir avec la thèse ampoulée du brillant praticien. Le contraire, rien que de l'émotion, de l'instantané. Pas une seule ligne où il parle de théorie, une envie de nier son métier, de l'accuser. Un homme qui se raconte, qui regrette parfois, mais qui cherche. Il l'évoque un peu plus loin, cette thèse, et l'expédie en quelques lignes.

... J'avoue que l'idée m'avait paru amusante, plus provocatrice que réellement porteuse, mais je me suis amusé comme un fou. Je ne connaissais absolument rien, ou presque, à l'histoire du vampirisme, mais la seule imagerie traditionnelle, celle des séries B, me suffisait. Le copain chirurgien avec qui je partageais la chambre de garde — Michel ? Mathieu ?... — m'avait prêté sa machine à écrire et passait son temps à relire mes pages en hurlant de rire. Pour me mettre en condition, il déployait des trésors d'imagination : dentiers sous l'oreiller, bouteilles de plasma dans le frigidaire, crucifix cloué sur ma porte, cadavres au cou percé empruntés à la

morgue et gisant dans mon lit, sans parler de ses apparitions nocturnes, le visage tartiné de blanc d'Espagne, les yeux rouges et la lèvre gluante. Saine ambiance de salle de garde que je n'ai jamais regrettée depuis.

Les mémoires se partagent en deux parties, la première se déroule sur moins de cent pages et se termine avec sa fuite aux États-Unis. Elle est presque entièrement consacrée à sa rencontre avec Mademoiselle R. Ça ne parle que d'elle, de son amour pour elle. De longues pages d'aveux, de doute. Puis de trahison et de violence. La haine qu'elle a pour lui. Il la décrit brisée. On la cloître. Il souffre, mais l'étau se resserre déjà autour de lui. Le paria, la honte. Il fuit. Dernières lignes :

... Si c'était à refaire ?... Comment ne pas se poser la question. Les mémoires sont faits pour ça, après tout. Je sais que je ne referais rien, car ça n'en valait pas la peine, j'ai brisé une vie, peut-être une autre, et la mienne ne sera pas suffisante pour expier. Tout ce que je sais, c'est que j'ai aimé cette femme. Je l'ai vraiment aimée.

Justification un peu lapidaire et tardive. Un remugle de bonne conscience, pour pas cher. Je ne sais pas si ces lignes suffiront à atténuer la rancœur de Jordan. S'il va enfin réaliser qu'il est l'enfant de l'amour. Mais là encore, j'ai laissé à l'auteur le bénéfice du doute. J'avais surtout envie de me jeter dans la seconde partie.

Une page blanche pour passer l'Atlantique. D'emblée on sent une rupture de ton, une sorte d'ironie qui s'insinue dans les méandres de son parcours, on ne retrouve plus cette distance bon enfant de ses années estudiantines. Plus étonnant encore, on ne trouve plus une once de ce lyrisme qui faisait les rares bons moments de la première partie.

Je pensais rester à New York, avec l'espoir d'y faire mon trou, je l'avais choisi par manque d'imagination, j'en gardais un souvenir agréable depuis le Congrès de Psychanalyse de 61. Un délicieux séjour, au Waldorf Astoria, avec un badge de congressiste au revers, j'y avais relu les pages où Freud racontait son douloureux passage dans la Grande Pomme. J'y avais noué des relations qui auraient pu m'être utiles, un an plus tard, si je n'étais pas devenu ce type infréquentable. L'argent m'a vite manqué, j'y ai appris le calcul et la sueur. J'ai tenu moins d'une année, juste le temps de me procurer cette Green Card qui me ferait sortir des cuisines à hamburgers et des vaisselles clandestines. Je suis parti à San Francisco, comme un exil dans l'exil. Tout ce qu'on me disait sur la Californie m'attirait, une nouvelle culture, la naissance de divers mouvements idéologiques, le foisonnement intellectuel, les universités. Et j'avoue qu'aujourd'hui, presque vingt ans plus tard, pendant que j'écris ces lignes... J'avoue que j'avais eu là une brillante idée. Si j'étais resté à New York... Qui sait ? Je ne me serais sans doute pas autant amusé. En tout cas, jusqu'en 1981.

Il décrit un endroit irréel, d'abord le désert, puis une Californie de légende qu'il découvre, à la bonne époque, avec tout ce que ça comporte de soleil, de surf, de campus et d'universités. C'est dans l'une d'elles qu'il va trouver un job de lecteur. Il fait la connaissance de « T.L. », le pape du L.S.D., et s'attarde avec une rare complaisance sur les soirées et les expériences qu'il vit au sein d'une bande d'allumés. C'est en lisant ce passage précis que j'ai senti que les prétendus mémoires basculaient vers autre chose. Il abandonnait la confession pour se lancer dans le témoignage racoleur, la peinture sensationnaliste d'une période chaude, par le biais de l'anecdote et du voyeurisme. Un petit côté « j'y étais ». En 66, il obtient la nationalité américaine grâce à un mariage blanc qu'il boucle en deux lignes. Simple étape, vague relation de cause à effet, car il rencontre un « J.D. », dont il parle comme d'un gourou, et qui lui offre la possibilité de partager un cabinet de psychanalyse. Là encore, il ne se fait aucune illusion sur sa vocation retrouvée.

J'avais le sentiment de ne savoir faire que ça. Et ça, on pouvait le faire partout dans le monde, et surtout là, en Californie. En fuyant la France, les mains vides, j'emmenais avec moi mes instruments de travail. Comme un pickpocket. Si je ne m'étais pas installé là, à Beverly Hills, je l'aurais fait ailleurs, dans le Nevada, au Canada, n'importe où. J'ai retrouvé des réflexes. En 68 je m'étais refait une clientèle choisie, pleine aux as, comme un authentique charlatan, celui que je devenais ou celui que j'avais toujours été. Je n'ai jamais réussi à savoir. Money. Money. Dollars. Était-ce le seul but recherché quand je voyais ces grandes dames de Beverly Hills, engourdies d'ennui, sortir de mon cabinet pour grimper dans des Pontiac ? Sans doute, ça n'était plus important, le pire était fait, et il était loin, là-bas, sur un autre continent, l'Europe, la France, dans une petite banlieue paisible de la région parisienne. Le reste...

Il revient sur sa faute, sa très grande faute. *Mon crime*, comme il l'écrit lui-même. Sans doute sa volonté de tout mettre sur la table, mais à un point tel qu'on ne sait plus si c'est un *mea culpa* ou une justification.

Dans ce pays, le problème du rapport sexuel entre thérapeutes et patients atteint des sommets. D'augustes prédécesseurs comme Jung et Rank ont connu ça bien avant moi. Je me suis penché sur les chiffres de l'American Psychiatry Association, ils disent que 7 % des psychiatres hommes ont avoué une « affair » avec une patiente, idem pour 3 % des psychiatres femmes. Dans le même ordre d'idée, 65 % des praticiens disent qu'ils ont soigné au moins un patient qui avait eu ce genre de problème avec un précédent analyste. Plus d'une centaine de ceux-là ont été traduits en justice. Ici, mon histoire d'amour devient mon crime. Passible de prison. À partir de ce moment-là, j'ai eu peur des connexions possibles avec mon passé.

S'ensuit tout un laïus sur son arrivisme forcené, il insiste beaucoup sur ce point, on sent qu'il veut noircir son amour du fric, il s'amuse même à l'interpréter. Comme s'il ne pouvait plus exercer que par cynisme, pour se punir, pour se venger de son boulot. Il se plaît à décrire la façon de négocier son nouvel univers relationnel, il parle du choix de ses patients avec une ironie rare, il en cite quelques-uns sous leurs initiales, ne perd pas une occasion de suggérer des noms connus pour les clouer net avec un adjectif qui tue. Le récit devient vite putassier, et je me suis rendu compte, enfin, que j'avais entre les mains un gros best-seller à scandale, avec tout l'étalage de mondanités sordides que ça comprend. Le cabinet marche fort, celle qu'il appelle « F.D. », actrice célèbre, vient s'allonger sur son divan. Elle en parle à son entourage, la clientèle se raffine de plus en plus, il aime dire que l'on vient chez lui comme on passe au garage. En deux ans il devient le psychanalyste du tout Beverly Hills. On l'invite, souvent, il fréquente le gratin, *son charme naturel, son adorable accent français* (sic), et surtout le fait qu'il soit au courant de tant de secrets, tout ça contribue à en faire une espèce de V.I.P. qu'on aime avoir à sa table.

Un soir je reçois un carton d'invitation pour une fête, ce n'est rien de moins que le fameux H.H. qui me propose une soirée dans son Wonderland, avec toutes ces filles splendides, ces rock stars et tout ce qui peut être à la mode sur la côte Ouest. Fidèle à sa légende, il me reçoit en pyjama, me fait visiter, me présente à des playmates, et m'isole dans son bureau pour me poser cette étrange question : Dites-moi, docteur, est-il normal d'être obsédé par l'idée qu'en chaque femme il y a un lapin qui sommeille ?

On survole la décennie 70 au travers de quelques anecdotes sans intérêt, il multiplie les activités pour devenir un businessman émérite. Il faut attendre 81 pour que le brûlot se remette à crépiter. Il est contacté par celui qu'il appelle « le secrétaire », un individu qui s'entoure de la plus grande discrétion et qui le sollicite pour une première entrevue avec son « boss ». Pendant tout le reste du récit, il ne l'appellera jamais par son vrai nom. Beaumont est intrigué, après une longue série d'entretiens téléphoniques, un rendez-vous est pris et on vient le chercher en jet privé pour le conduire à Seattle. Le « boss » est un homme d'affaires extrêmement puissant, retiré dans une tour d'ivoire d'où il dirige un empire industriel. Beaumont s'en amuse presque.

Pourquoi moi ? Ma réputation, sans doute. On m'a accueilli en disant : Nous voulons le meilleur pour le Meilleur. Le « boss » m'attend dans sa villa, un palais extraordinaire, une espèce de Xanadu dans lequel on imagine les grands de ce monde. Je ne savais pas encore que le « boss » ÉTAIT *un grand de ce monde. Après une fouille en règle, on me présente un homme encore jeune, presque timide, effacé, surprotégé par un service d'ordre incroyable, des gardes du corps le suivant pas à pas où qu'il aille. Je me souviens même avoir vu l'un d'eux vouloir absolument nous suivre dans le bureau pour assister au premier entretien…*

Le « boss » en question vit un vrai calvaire, le climat dans lequel il baigne, ses « affaires » et sa retraite forcée le plongent dans un état d'anxiété incroyable, il a besoin d'aide. Dès les premiers contacts, Beaumont est tout de suite intrigué par cette espèce de prince obscur et reclus. Qui ne tarde pas à se dévoiler.

Le toubib se débrouille plutôt bien pour entretenir un léger suspens à propos de ce nouveau client. Un vocabulaire aseptisé, des phrases ambiguës où l'on sent les points de suspension. D'abord il en parle comme d'un patient comme les autres, écrasé sous le poids de sa tâche, on imagine un haut décisionnaire stressé, mal dans sa peau. Mais bien vite on commence à se douter que le client, plus que n'importe qui au monde, a enseveli un monstrueux pathos sous une chape de béton.

Car son empire industriel est une façade qui en cache un autre, bien plus redoutable. Le « boss » est un héritier. L'héritier d'un empire tentaculaire qui contrôle tous les secteurs du crime organisé en Californie. Drogue, prostitution, jeux et racket.

J'ai marqué un temps dans la lecture. Les mémoires basculent à nouveau et deviennent ceux d'un autre, trahis, bafoués. J'en ai regretté les cancans et les coucheries d'Hollywood. Beaumont n'ironise et ne joue plus. Il sait qu'un engagement de sa part sera un point de non-retour.

Le Prince n'est pas né dans la rue, il n'a pas gravi les échelons, il n'a jamais eu à prouver sa détermination à coups de flingue. Tout lui est tombé dessus, en bloc, à peine préparé par ses aînés à devenir le N° 1 de son territoire. Beaumont et lui ont le même âge.

On le sentait écartelé entre la loi du silence et le désir de parole, son extraordinaire pouvoir et sa vulnérabilité. Une torture qui peu à peu l'asphyxiait, qu'il cachait de moins en moins bien aux yeux des trois ou quatre autres pontes de l'Organisation. Il m'a laissé le choix, je n'avais qu'à passer la porte, j'étais libre de partir. J'ai pris peur, j'en savais déjà trop, mais il m'a juré sur son honneur que jamais je ne serais inquiété.

J'ai mis un bon mois avant de prendre une décision. Perdu dans un paradoxe inextricable, hésitant entre l'homme qui tend la main et le gangster tout-puissant. D'autres paramètres rentraient en ligne de compte et rendaient mon choix plus complexe encore. Une réelle fascination pour l'individu et pour l'aventure dans laquelle nous nous lancions, lui et moi. La possibilité d'être l'unique témoin de toute une infrastructure invraisemblable, d'être au cœur d'une des inventions les plus monstrueuses de l'âme humaine. Pour, peut-être, en cerner quelques rouages.

Un mois de vertige.

Il accepte. Pendant quatre ans, il se rendra plusieurs fois par semaine chez le « boss », et cette relation prend le pas sur toutes ses autres activités. Une forte dépendance se crée entre les deux hommes, un travail pénible, pour tous les deux, mais en même temps fascinant, le patient veut aller jusqu'au bout, il déballe tout, de la prime enfance à l'âge adulte, pour franchir toutes les étapes de l'horreur. Durant ces quatre années, Beaumont consigne par écrit tout ce qu'il entend, il veut garder intact tout ce matériau, par réflexe, et voit déjà se dessiner l'idée d'en faire quelque chose un jour.

Mais, brusquement, en janvier 1985, tout s'arrête. Le choc. Beaumont rentre d'un congrès à Washington et trouve son appartement mis à sac. Il panique, cherche en vain à joindre le « boss », il est impossible de lui parler. Il se terre dans un hôtel de Los Angeles et apprend trois jours plus tard la mort de son client dans la presse. Beaumont sait qu'il s'agit d'un renversement de pouvoir au sein de l'Organisation. Il comprend tout aussi vite que la fin de son client sera la sienne.

Une nuit. Dix ans, en une seule nuit. J'en avais presque l'habitude... Mon cabinet de Los Angeles avait été saccagé aussi, on y avait retrouvé toutes les notes ultra-confidentielles concernant l'ex-patron, mais aussi ses homologues, ceux qui avaient décidé sa chute. J'ai réuni le maximum d'argent possible et j'ai rejoint Mexico City en moins de vingt-quatre heures. Le point 0. Nul. Je venais de passer la cinquantaine. Mais j'étais encore vivant.

Il s'envole pour l'Asie et se fait tout petit pendant plusieurs mois dans un hôtel de Kuala Lumpur, se présente comme écrivain et ne sort pratiquement jamais de sa chambre. La peur au ventre, il ne reste jamais longtemps au même endroit et se déplace en Asie du Sud-Est. Il décrit son oisiveté forcée, finit par s'y habituer et devient une espèce de contemplatif aigri mais toujours terrorisé à l'idée de rejoindre l'Occident. Il se sait condamné à l'exil, jusqu'à sa mort, l'Organisation ne le lâchera plus. Il reste trois ans dans un bungalow à Kho Samui, sur une plage du sud de la Thaïlande. Son seul interlocuteur est un attaché de l'ambassade de France qui vient passer des vacances là-bas. Il s'attarde sur cette amitié naissante, elle semble sincère, mais Beaumont ne cache pas son espoir d'en tirer un profit, il a toujours dans l'idée de regagner la France un jour. En reculant sans cesse l'échéance. Jusqu'en 88, année où il décide d'écrire ses mémoires.

Au début, j'ai juste cherché à me souvenir. Éprouver ma mémoire, décrire les visages oubliés, et affronter les spectres qui m'ont hanté jusqu'à aujourd'hui. Désormais, au fil des pages, je comprends que si j'écris ces lignes, c'est pour ceux que j'ai laissés là-bas, leur transmettre ma vérité. Et s'ils doivent me haïr, qu'ils sachent vraiment pourquoi.

*

— Il est quelle heure ?
— Bientôt 18 h.

Durant tout l'après-midi, il est resté à la terrasse ombragée d'un café des Champs-Élysées, à attendre que j'aie fini de lire, affalé à l'arrière de la voiture. À deux reprises, le serveur est venu me porter une boisson fraîche, j'ai vu Beaumont se coller des sparadraps sur le visage sans cesser d'épier ma lecture, comme s'il attendait des réactions violentes. Je ne lui ai pas fait ce plaisir. Il m'a demandé de l'argent pour régler les consommations.

J'ai cherché mes mots, après tous ceux que je venais d'absorber. Mais tout ce que j'aurais pu dire était bien en deçà. Il démarre, contourne l'Arc de Triomphe. Je reste à l'arrière, il attend une réaction.

— Ça porte un titre, votre truc ?

— Non, pas encore, j'avais envie d'appeler ça « Le miroir sans tain ».

— Appelez ça plutôt « Le stade du mouroir ». Il me manque une dernière pièce, le retour.

Il aurait préféré qu'on en reste là.

— Je me suis enfin décidé à rentrer en France, pour savoir ce que j'y avais laissé. C'était irrésistible. Et je n'abandonnais toujours pas l'idée de publier mes mémoires.

— Les publier ? C'est une plaisanterie ?

— Qu'est-ce que j'avais à perdre ? Ce bouquin, c'était ma voix, celle que mon enfant entendrait peut-être un jour, c'est pour lui que je l'avais écrit. Et du même coup, j'aimais l'idée de me venger des truands qui m'avaient condamné à la paranoïa pour le reste de mon existence. Je pensais que le bouquin me mettrait à l'abri.

— Jurez-moi que vous n'avez pas pensé au fric.

— J'y ai pensé aussi. Ça pouvait se compter en millions de dollars. Mais ça aussi, c'était pour ceux que j'avais laissés en France. C'était la dernière chose que je pouvais leur léguer. De toute façon, il était hors de question de publier ça, aucun éditeur n'en aurait jamais eu le courage.

Il hausse les épaules en disant ça.

— Bref, je suis rentré en France, grâce à mon ami de l'ambassade de Thaïlande qui s'est occupé de tout, il m'a prêté la maison où je vis, il m'a même proposé de m'aider à retrouver les miens et j'ai refusé. C'était à moi de le faire. Dès mon retour, je suis allé chez les Régnault, c'est là que j'ai appris que j'avais deux enfants, et j'ai eu peur pour eux.

— Peur ?

— En six ans, les Américains avaient eu le temps de se

renseigner, de remonter jusqu'à la France. Et si par malheur ils retrouvaient Jordan avant moi...

Silence.

— La suite, vous la connaissez, et elle m'a donné raison.

— Vous avez engagé des privés, et voyant que ça n'aboutissait pas, vous avez eu l'idée d'organiser des fêtes, rien que pour eux. C'était votre dernier espoir de piéger les gosses.

— Et je n'ai pas eu tort, hein Antoine ? Sans cette fête, je ne vous aurais pas rencontré...

J'ai eu envie d'éclater de rire, à cause d'une image : une toile d'araignée, un petit parasite qui s'y laisse prendre. Des gangsters en pagaille, des secrets de la pègre, des milliers de kilomètres parcourus, des décennies aussi, des morts. Et au bout de tout ça, un petit voleur de champagne.

— Je l'ai payée chère, cette soirée. Beaucoup de boulot pour un pauvre parasite comme moi. J'aurais tout lâché si Bertrand n'avait pas insisté. Ce con.

— Je sais.

En un seul jour, je viens de rattraper les années perdues. Ce matin encore, sur les coups de 7 heures, j'étais encore un jeune homme.

*

Quand les Américains m'ont donné leurs instructions, je n'étais pas en état de faire des commentaires. Ils ont choisi un coin de boulevard entre Bastille et République, pour 10 heures du soir. Leur voiture nous attend, la nôtre arrive à leur portée, en sens inverse. Beaumont s'énerve, transpire, c'était prévu, c'est pour ça que j'ai préféré prendre le volant. Depuis tout à l'heure j'essaie de le faire parler, de le calmer, sans doute pour me calmer moi-même et atténuer cette espèce de dégoût qui ne me lâche plus.

— J'ai vu quelqu'un crever, aujourd'hui.

Il n'a rien entendu. Les yeux lui sortent du visage, il cherche ses mômes sur la banquette arrière. Pour la première fois. Il devient fou. J'essaie de trouver les mots à sa place, quelques phrases, pas plus, on ne lui laissera pas le temps d'étoffer. « Chair de ma chair, mon fils, ma fille, je ne suis pas celui que vous croyez, je suis pire que ça, mais je vous aime, faut pas croire, la vie a fait de vous des moribonds et de moi une belle ordure. »

— Hé ! Beaumont, vous voyez le gars un peu frisé, derrière, avec sa tête de clown blanc ? Et à côté, cette fille qui a le visage bouffi par les pleurs, à tel point qu'on ne se doute pas qu'elle est jolie ? C'est le petit et la petite.

Il n'entend rien et fait des gestes incohérents, un tic lui mange le visage, un rictus lui déforme la joue. Je devais sans doute ressembler à ça le matin où j'ai supplié Bertrand de me laisser sortir.

Stuart me fait signe de garer la voiture tout de suite, en face.

— À vous de jouer, Beaumont. Ils tiennent en respect les petits, il est prévu que vous alliez les rejoindre, vous montez à l'arrière, ils font sortir les mômes. Et c'est fini. Improvisez, tentez une petite embrassade, placez une phrase ou deux, vous ne les reverrez plus.

Il tremble, il ne voit rien et ne m'entend pas, il est hypnotisé, je le retiens par la manche. Il veut se donner, se rendre, se livrer une bonne fois pour toutes. Avec l'espoir d'une étreinte avec ceux qu'il va enfin découvrir.

C'est là, au moment où il a quitté la voiture, que j'ai réalisé qu'il y avait un léger détail, un tout petit, qu'on avait laissé de côté.

— Vous vous foutez de ma gueule ? Vous n'allez pas vous en tirer comme ça, dites-moi où est Bertrand. L'adresse exacte…

Il est fou, ivre, il tire sur sa manche, je ne lâche pas, il a envie de me tuer, je retarde sa confrontation avec le passé qui l'attend et l'avenir qu'on lui réserve, et ça ne durera pas une minute. Juste quelques secondes. Je ne suis plus rien, rien qu'une espèce de parasite qui interfère.

Mais je ne le lâcherai pas, je m'agrippe et deviens fou, moi aussi.

— Dites-moi où il est, merde ! Ça faisait partie du deal ! Étienne a crevé pour ça, espèce d'ordure, vous…

Il s'est débattu, j'ai gueulé, il a repris son bras pour se jeter dans la rue, des voitures ont pilé à ses genoux, les klaxons hurlent plus fort que moi.

Nom de Dieu…

Je sors, ça ne va pas se passer comme ça, j'ai payé trop cher, il va cracher, ce salaud. Le trafic me barre la route, bande d'enfoirés, tous, laissez-moi passer, plus rien ne me fait peur, surtout pas vous, j'ai payé, j'ai vieilli, et vous voulez m'écraser comme un parasite, je ne suis plus un parasite. Par-delà le flot des bagnoles je les vois parlementer, personne ne sort de la voiture, Beaumont se penche, tend son manuscrit, je distingue la tête de Stuart, j'en ai marre, toute cette mascarade, le sang me monte aux yeux, je hurle le nom de Bertrand, une voiture s'arrête, le chauffeur m'insulte. Je traverse, Stuart met le contact, le vieux est à l'arrière, je m'acharne sur sa portière fermée, toute cette bande de salopards va filer droit devant et me planter là, eh bien non, pas question, c'est moi qui me plante là, devant le capot, j'envoie des coups de pied dans la calandre en gueulant. Ricky sort la tête.

— Get out you fucker ! I'm gonna kill you !

— L'adresse ! Nom de Dieu l'adresse !

Je gueule, je vais faire exploser la bagnole, il n'y a plus que moi sur le boulevard, ma rage, Stuart avance par à-coups, au prochain je serai sous les roues, il fait hurler le moteur, je grimpe sur le capot, colle le front et les mains contre le pare-brise, je vois tout ce qui se passe à l'intérieur, la consternation, tous ces yeux exorbités, tournés vers moi, sauf ceux de Beaumont, à l'arrière, vautré sur ses gosses.

— L'adresse, enfoiré ! Où il est ?

J'ai cessé de crier quand j'ai vu Ricky sortir le revolver. Violaine s'est débattue, Stuart l'a maîtrisée d'un coup de poing. Je me suis figé net, une seconde, incapable de décrocher mes paumes.

Il a hésité à tirer à travers le pare-brise, puis il a descendu sa vitre pour sortir le revolver et le pointer sur moi.

— As you like, Tony…

J'ai voulu me laisser rouler à terre, mais j'ai vu la main de Jordan agripper les cheveux de Ricky et tirer un coup sec en arrière. Stuart a sorti son flingue, trop tard, en une fraction de seconde Jordan a ouvert ses mâchoires comme un fauve et a planté ses dents dans la gorge de Ricky qui a lâché le revolver sur le trottoir.

J'ai gueulé, le front contre le pare-brise, les yeux écarquillés.

Violaine, juste derrière Stuart, ne lui a pas laissé le temps de viser Jordan, elle lui a griffé les yeux et Stuart, aveuglé, a vidé au jugé son chargeur vers l'arrière de la voiture. J'ai vu des giclées de sang jaillir de la gorge de Violaine, Jordan relever la tête, les lèvres gluantes et les dents mâchant encore un lambeau de peau.

Beaumont, terrorisé, a pris le visage de sa fille dans ses mains, Jordan n'a pas eu le temps de voir le regard criblé de sa sœur, Stuart s'est servi de la crosse de son arme pour lui marteler le crâne, de plus en plus fort, jusqu'à le fêler de part en part et voir apparaître des taches de sang inonder la chevelure. Jordan s'est affaissé entre les deux sièges avant.

Lentement, la tête de Ricky est venue cogner le tableau de bord.

Stuart est sorti de la voiture et m'a contourné pour retrouver le revolver de Ricky, à terre. Beaumont, geignant, prostré sur le corps de ses deux enfants, n'a pas entendu sa portière s'ouvrir. Stuart a tiré trois balles à bout portant, le corps de Beaumont a réagi sous les impacts pour se figer, un instant, assis, droit, les yeux ouverts. Stuart a collé son canon contre la tempe du vieux et lui a fait exploser la tête. Une fois. Puis deux.

Une seconde de latence.

Ne restait plus que moi.

Collé au pare-brise.

J'ai vu l'arme pivoter de mon côté au moment où je glissais à terre, la balle m'a brûlé la jambe gauche, Stuart a crié mon nom. En rampant à terre, je l'ai vu tirer à nouveau dans ma direction, des coups muets, vides, puis il a jeté le revolver dans l'habitacle en gueulant et a fait démarrer la voiture, j'ai rampé de toutes mes forces dans le caniveau, puis sous un banc pour m'y rouler en boule. J'ai pu le voir pousser les trois corps inertes au-dehors, claquer les portières et diriger la voiture lentement vers moi.

J'ai vu ma jambe morte, oubliée, à portée de sa roue. En hurlant de douleur, je l'ai saisie des deux bras pour la ramener *in extremis* sous le banc que l'aile de la voiture a heurté.

Ma vue s'est brouillée, mais j'ai cru discerner, derrière le volant, une main bien ouverte balayant l'air pour me dire au revoir.

Le silence est revenu, j'ai serré les dents pour ne pas m'évanouir.

J'ai vu des silhouettes, debout, autour de moi.

J'ai rampé, et rampé encore jusqu'aux trois cadavres, en oubliant la douleur, en oubliant tout, tout sauf Beaumont, là, à quelques mètres.

J'ai traîné en m'agrippant au macadam, poussé par mon idée fixe, mon obsession.

Des voitures s'arrêtent, des gens me suivent sans oser me toucher, je les vois à peine. Je m'en fous. J'ai poussé un ricanement grotesque quand je me suis retrouvé nez à nez avec Beaumont, mes mains ont glissé sur la nappe de sang qui s'échappait de tout son corps. Mais ça ne m'a pas découragé, j'ai sincèrement pensé à cette seconde-là que des gens avaient survécu à cinq trous dans la peau. J'ai réussi à m'asseoir et à l'attraper par les revers de sa veste pour le secouer.

— Hé ! Beaumont...

Son bras s'est déroulé pour cogner à terre, j'ai cru qu'il lui restait encore un petit souffle. Le visage en bouillie. La boîte crânienne en miettes.

— Hé ! Beaumont... Tu vas me la donner cette adresse, enfoiré. Tu vas me la cracher, dis ? Où t'as foutu mon pote ?

J'ai même élevé la voix, persuadé que ça allait le réveiller.

— Juste un mot, merde ! Un seul...

J'ai levé les yeux vers l'attroupement. Au loin j'ai entendu une sirène.

— Tu vas me la donner, bordel...

Il manque deux sièges de ce côté-ci de la carlingue. Une fille en sari nous a donné des bonbons, j'ai cru qu'il s'agissait d'une coutume de bienvenue, en fait ça servait surtout à lutter contre la décompression. Par le hublot, la mer. Ou l'océan, qui sait ?

L'avion est bourré à craquer. J'ai hérité, à ma gauche, d'un type qui grommelle à propos de tout et de rien, un habitué de la ligne qui se plaît à dispenser son savoir au néophyte que je suis, un fuseau horaire par-ci, un bulletin météo par-là, un point géographique toutes les dix minutes, un souvenir d'escale, ça n'en finit plus, il dit même, pour gentiment m'inquiéter, que nous avons tous pris un sérieux risque en grimpant dans un coucou de la Bangladesh Airline.

J'avoue que ça m'avait paru curieux quand la fille m'a cité ladite compagnie, à l'agence. Je pensais que le pays n'existait plus. C'est dire si j'ai l'étoffe du baroudeur. Avec un peu plus de fric j'aurais choisi autre chose.

Je suis redevenu pauvre depuis le soir où le vieux Beaumont est mort. Durant les cinq nuits qui ont précédé, je n'ai pas eu le temps de m'habituer aux facilités pécuniaires, j'ai vite retrouvé les réflexes du sans-le-sou, les choix cornéliens, les conversions mescal/sandwich. Et puis, quand les assedic m'ont coupé les fins de droits, adieu les choix cornéliens, adieu le mescal, à moi les sandwichs. Depuis presque un an déjà. Ça m'est tombé dessus sans prévenir. J'ai même été obligé de travailler. Deux mois. Entiers. Comme animateur dans un service de Minitel rose. Pour me payer le billet aller-retour.

Il paraît que je vais tomber dans la saison des moussons. Paris était gris, ce matin, et c'est le comble, pour un 12 juillet.

— Qu'est-ce qui se passe, là ?

— On arrive à Athènes.

— Ça va durer longtemps ?

— Une demi-heure, ça dépend du nombre d'atterrissages. Il vient déjà d'en rater un.

Je porte le jean et les baskets d'Étienne. Tenue de voyage, j'ai pensé. Le touriste moyen, à l'aise, prêt à découvrir un continent à la force du mollet. Comme si j'avais envie de traîner mes semelles ailleurs que sur la rive droite de la Seine. Paris me manque déjà. Au décollage, j'ai essayé de m'y repérer, je n'ai pas vu grand-chose. Je n'étais même pas sûr que c'était Paris.

Contre toute attente, Étienne avait bel et bien tenu sa promesse : il a répondu, *post mortem*, à toutes mes questions. Pendant nos deux années de dérive, j'avais passé en revue tous les chocs affectifs qui pouvaient pousser un bonhomme de cinquante ans à retomber en adolescence. Pour réaliser, en moins d'une heure, en fouillant dans une malle aux souvenirs cachée dans son studio miteux, que jamais Étienne n'avait été le monsieur respectable que j'avais imaginé. Toute une vie en vrac, au hasard des documents amassés, sans aucune chronologie. Des pièces de puzzle qui se sont vite imbriquées les unes dans les autres.

Une photo prise au Golf Drouot, avec banane et gomina, la première fois qu'il a eu ses seize ans. Une autre en petit costard rigolo, il conduit un Vespa avec une fille coiffée d'une choucroute. Un vieux casier judiciaire qui mentionne un coup minable pour lequel il a écopé de deux ans avec sursis. Dans son armoire, une collection de fringues formidable, tout y passe, le perfecto, les boots à plate-forme, les pattes d'éléphant, jusqu'aux tee-shirts à fermeture Éclair des punks. Une lettre de son frère aîné qui lui reproche de fréquenter d'un peu trop près les flics après leur casse raté. Une photo où il a les cheveux longs, une barbe et une écharpe indienne autour du cou. Un gros livre de comptes qui couvre les vingt dernières années, avec des colonnes impeccablement remplies. Une page par mois, les noms de tous les inspecteurs qui le contactent, les heures de rendez-vous, les endroits, les sommes qu'on lui verse. Une énième et dernière lettre de son aîné, datée de 77, qui ne supporte plus l'idée d'avoir une saloperie de petite balance pour frère. Une photo où nous dînons tous les trois, avec Bertrand, lors d'une fête au bois de Boulogne.

Étienne n'a jamais quitté ses seize ans. Il n'a jamais été rentier, ni grand voyageur, ni aventurier, ni flic, ni tueur ni gangster. Juste un indic. Un indic professionnel. Son seul boulot consistait à passer sa vie en boîte et à rencarder les flics sur tout ce qui concerne les mœurs et la dope. Il avait appris le métier à la longue, et presque sans le vouloir. Il avait suffi de quelques ratés dans le démarrage, une envie furieuse d'aller jusqu'au bout de la fête, un orgueil à vitesse variable, et une rare propension à la cosse. Il vivait, chichement, de sa science de la nuit et des fous qu'on y croise.

Étienne avait attrapé *la maladie* bien avant tout le monde.

— C'est plutôt bon, cette petite barquette de poulet au safran.

— C'est pas du poulet. C'est pas du safran non plus.

Je lui offre ma salade de fruits et allume une Lucky Strike achetée en duty free. La vétusté de la carlingue m'amuse. J'ai cru que ce revêtement bizarre autour des hublots était du papier peint. Sans le vouloir, j'en ai arraché un petit bout, un coin de rosace orangée. C'est effectivement du papier peint.

J'ai mieux compris d'où Étienne sortait son carnet d'adresses, son talent à faire valser le bakchich et son excitation à l'idée de traquer le vampire dans Paris. Ça m'a rappelé le passage où Beaumont explique dans ses mémoires son envie de replonger dans le business, bien des années plus tard, malgré les cadavres qu'on laisse derrière soi, malgré le fait que tout ait changé. Je me suis demandé ce qui se passerait si, dans vingt ans, je m'arrêtais par hasard devant un vernissage. Aurai-je à lutter contre un vieux truc qui refoule, trop fort pour y résister ?

Moi qui d'habitude attends la nuit avec une certaine impatience, pour la première fois, je ne l'ai pas vue tomber. Le zinc s'y est enfoncé d'un bloc, j'ai aimé cette étrange sensation de la traverser physiquement, entre deux songes, persuadé que le soleil allait réapparaître dans la minute.

— C'est l'escale à Dubaï, vous n'allez pas voir grand-chose.

— On va sortir ?

— Une petite heure, laissez votre blouson, gardez juste un tee-shirt.

En descendant la passerelle j'ai reçu une baffe de chaleur inouïe, le truc imprévisible, j'ai cru qu'elle émanait d'un réacteur brûlant. Comme les autres je me suis précipité dans la navette réfrigérée où des gouttes glacées venaient couler sur les parois intérieures. Un chaud et froid comme je n'en connaîtrai jamais plus. La salle de transit était plus supportable, je me suis assis près d'une vitrine d'artisanat local, en imaginant la vie des autochtones condamnés à lutter contre le climat. Des images encore récentes me sont revenues en mémoire, des fins de soirées frileuses où l'on se réfugiait dans une boîte, avec le réflexe de tendre les mains vers la piste de danse pour se les réchauffer, et l'instant d'après, le verre de vodka glacé qu'on se passe sur le front en sueur, le manteau éternellement sous le bras pour ne pas payer le vestiaire, puis la pluie, dehors, à la fermeture, le métro déjà bondé, et la dernière cigarette avant le sauna de la place d'Italie, ou encore les trois coussins d'un canapé dépliable qu'une bonne âme va nous offrir, en nous priant de ne pas abuser du radiateur. Tout ça paraît tellement étrange quand on cherche son souffle au beau milieu d'un désert.

Deux heures plus tard, je réintègre ma place et attache ma ceinture.

— Prochaine escale ?

— Dacca. Il fera jour.

— On pourra au moins profiter du paysage.

— Oh ! ça, j'ai essayé souvent, sans jamais le trouver.

Il n'y a pas eu d'enquête. D'enquête officielle. Il n'y a pas eu de morts, pas d'instruction, pas de procès, pas de remous. Absolument rien. Juste quelques milliers de questions auxquelles j'ai répondu, docile. D'abord aux flics, qui m'ont visité dès le lendemain matin, à l'hôpital. Je les ai sentis un peu dépassés par le témoignage que je leur servais. Quand j'en suis sorti, deux semaines plus tard, des gens sont venus me confisquer, des gens sérieux, d'une autre trempe que ces petits inspecteurs de quartier. Les types d'Interpol m'ont fait subir une espèce de debriefing qui a duré des jours et des jours. J'ai cru qu'on remettait ça, l'angoisse de la séquestration et tout. Ils m'ont passé au scanner, ils voulaient de la transparence, et je n'avais rien à leur cacher, ou presque, j'ai rejoué ces cinq jours-là en frôlant le cabotinage, je n'ai rien oublié, même les détails qui n'offraient aucun intérêt, les baskets rouges, la gousse d'ail de chez Dior, le gâteau d'anniversaire de Fred, si bien qu'à la fin ils m'ont demandé de faire l'impasse sur les garnitures de petits fours et le nombre exact de verres de mescal éclusés. Ils ont recoupé mes dires avec ceux de Jean-Marc, en attendant ceux de Jordan.

Le mort vivant avait survécu. Il a fallu plusieurs jours avant qu'il ne sorte du coma et plusieurs mois avant qu'il ne daigne desserrer les lèvres. On ne m'a pas laissé le loisir de le visiter. Je n'en aurais pas eu le courage, de toute façon. Un jour, peut-être, si nos routes se croisent à nouveau, je lui raconterai tant bien que mal les mémoires de son père.

Le plus curieux, durant les interrogatoires, ça a été la manière dont j'ai dû me raconter, moi, dire qui j'étais et comment je vivais. J'ai dû justifier mon parasitage, mes moyens de subsistance. Ils ont essayé de me ranger dans diverses catégories, de m'estampiller, j'ai eu un mal de chien à leur expliquer que je n'étais ni un truand ni un dealer, ni un clochard, ni rien, juste un petit profiteur au jour le jour, et rarement le jour. Les gars se regardaient, incrédules. Je leur ai dit qu'en province je ne tiendrais pas deux nuits, c'est la seule fois où je leur ai soutiré un ricanement. Ensuite ils m'ont demandé si j'avais lu les mémoires du vieux, et je leur ai menti, pour la seule et unique fois. J'avais beau être terrorisé, j'ai cru qu'ils ne me lâcheraient plus. Je ne saurai sans doute jamais s'ils ont intercepté Stuart ni comment ils se sont débrouillés avec les autorités américaines. Mais à voir la mollesse des moyens mis en œuvre, j'ai cru comprendre que personne n'avait intérêt à fouiller dans tout ce merdier vieux de vingt ans. À la fin du séjour, j'ai bien senti qu'ils se demandaient ce qu'ils allaient faire de moi. Je n'ai pas cherché à les contrarier quand ils m'ont suggéré de me faire oublier. La triste fin de Beaumont à la suite de tant d'indiscrétions était plus explicite encore que leurs vagues injonctions au silence. Message reçu. Affaire classée.

On me pose sur la tablette une barquette verdâtre avec des boulettes de riz gluant, ça dégage une odeur plutôt bonne.

— Encore de la bouffe, à cette heure-ci ?

— Toutes les quatre heures, c'est tout ce qu'ils ont trouvé pour nous empêcher de gamberger.

La chaleur m'endort. Je ne suis réveillé que par les allers-retours réguliers de mon voisin aux toilettes.

Ma sœur m'a hébergé quelques semaines, en attendant de me voir remarcher normalement. Je me suis occupé de ses gosses et des pique-niques en forêt. J'ai freiné sur les clopes et n'ai pas bu une goutte d'alcool. Ensuite, j'ai fait ce qui était prévu pour le reste de l'été, on m'a confié les clés de sept appartements où j'ai assuré les prestations habituelles, jusqu'en septembre. Deux mois de cocooning, avec pour seule compagnie celle des chats lascifs, devant la télé. J'ai lu plein de bouquins, sans penser à mettre le nez dehors après huit heures du soir. J'ai cru que *la maladie* avait disparu et qu'il était encore temps de penser à mon avenir, avant la grande rentrée.

Une dernière affaire à régler, d'abord.

*

L'aéroport de Dacca ressemblerait à un vieux squat derrière la gare Montparnasse. Autour, deux ou trois carlingues où des types en short charrient des cargaisons de bagages, de la terre aride, des buissons secs à perte de vue. Et un soleil qui ne donne pas l'impression de vous faire un cadeau. Au contraire. J'ai passé huit heures sous un ventilateur, assis sur une banquette en bois, au milieu des voyageurs engourdis. De retour dans l'avion, j'ai vu une hôtesse s'évanouir avant le décollage. Pas démontée, sa collègue nous a servi la bouffe.

Jean-Marc est à New York avec de quoi tenir au moins six mois ; les appointements royaux pour une pub où il joue un touriste japonais. Il a dit qu'il s'offrirait un crochet par le Vietnam, histoire de faire connaissance avec la branche paternelle de sa famille. Jamais il n'a reparlé de la manière dont Stuart et Ricky l'avaient contraint à la confidence, un revolver sur la tempe. Tout ce que j'ai pu lui extorquer, c'est une phrase laconique qui m'a rassuré sur sa réputation : « Je ne leur ai pas collé la moindre baffe. »

Quelques heures de somnolence et de paysages miniatures pour arriver à Rangoon. Ça avait l'air joli, la Birmanie, du haut de la passerelle. Une jungle colorée, des arbres géants, des frondaisons humides.

— On n'a pas le droit de descendre de l'avion.

— Dommage.

— Moi je pourrais, voyez. J'ai le visa pour sept jours, mais en ce moment j'ai pas trop le temps. Je peux vous raconter, si vous voulez.

— Non, merci.

Durant les interrogatoires, je n'ai pas cessé de parler de mon copain, un certain Bertrand Laurence. Disparu corps et âme. Personne à part Beaumont ne savait où il était. Ou bien, on n'a rien voulu me dire, et j'avais bien l'impression que tout le monde s'en foutait.

Il avait bien de la famille, ce salaud-là. De temps en temps, il évoquait ses origines vendéennes. Ça ne m'amusait qu'à moitié de rejouer au privé et compulser des annuaires à n'en plus finir pour retrouver des tonnes de Laurence. Pourtant je m'y suis attelé, au risque de tomber sur les bons, pour peut-être m'entendre dire au bout du fil qu'on avait retrouvé son corps dans un trou, quelque part. Mort de faim. Et que tout ça c'était de ma faute. J'ai vite abandonné.

Les gens commencent à s'agiter, dans la carlingue.

— Qu'est-ce qui se passe ?

— On arrive.

— Vous voyez bien qu'il n'y avait pas de quoi s'inquiéter.

— On n'est pas encore au sol.

Il est 17 heures. Il paraît qu'il va faire nuit dans peu de temps. Dans le hall de l'aéroport, je vois une meute de types agglutinés derrière la vitre en attendant qu'on sorte. Des taxis. Après les contrôles d'usage, on m'a tamponné un visa valable un mois. Un mois…

Il fait déjà presque noir. J'ai chaud. J'entre dans un taxi pour rejoindre la capitale, malgré les conseils de Blaise : « Dès que vous êtes là-bas, prenez plutôt un car, on ne sait jamais où ils vous embarquent, ces gars-là. »

Blaise est un drôle de gars. Un parasite, comme moi, mais toujours très jaloux de ses plans, et pas une fois il ne m'en a lâché un. Il avait ses rabatteurs, nous les nôtres, et jamais il n'a voulu fusionner et partager les adresses. Je me souviens même qu'un soir, lors d'un cocktail, nous nous étions réciproquement demandé si nous avions une fête prévue pour la suite. J'ai répondu « non », et je mentais. Il a répondu « non », et je savais qu'il mentait. Dix minutes plus tard, nous nous sommes retrouvés en train de faire la queue pour une fête de publicitaires vers la rue du Louvre. J'ai toujours cru qu'il me détestait.

Il a pourtant cherché à me contacter, vers le mois de février. À tout prix. Ça m'a paru bizarre. Il a battu le rappel partout et m'a retrouvé en deux heures. J'étais au 1001.

— Vous allez avoir du mal à me croire.

— Essayez toujours.

— Je viens de passer une semaine à Bangkok. Le dernier soir j'avais une invitation pour une soirée à l'Alliance Française. Au moment où j'y entrais, j'ai vu votre ami en sortir, dans une voiture officielle.

— Quoi ?

— Cette tête de bellâtre, avec son nez en lame de couteau, l'air toujours très affecté.

— Ça pourrait lui correspondre mais… C'est impossible.

— Je ne pense pas me tromper. À moins qu'il ait un sosie parfait, en Thaïlande. C'est tout ce que j'avais à vous dire.

— Ploenjit jitlom ?

Le chauffeur ne comprend pas une traître syllabe. J'avais répété, pourtant, dans l'avion. J'essaie de varier les intonations. À bout de patience, je fais ce que j'aurais dû faire tout de suite, je lui ai mis sous les yeux l'adresse de la guest house écrite en thaïlandais de la main délicate de Blaise. Il y a ses habitudes et passe l'hiver à Bangkok dès qu'il a un peu d'oseille. Ou pour en faire. Parasite migrateur.

Vingt kilomètres pour rejoindre le centre-ville. Je suis calme, je profite même du paysage de banlieue qui se découpe dans le noir. Des groupes d'hommes qui discutent autour des réverbères, en chemises à manches courtes, des terre-pleins éclairés et vides, des immeubles de trois étages, des vendeurs de soupe ambulants, une affiche géante de cinéma, des petits canaux chargés d'herbe grasse qui s'échappent des artères. Je m'attendais à autre chose. Mais il est sans doute là, l'exotisme.

Je lui laisse un bon pourboire. Le double de la course. Je n'ai pas le sentiment que c'est de l'argent. Le trafic est dense, incroyablement dense, bien pire qu'à Paris, les voitures foncent. Une odeur de gasoil me cueille dès que je sors du taxi. La touffeur m'enveloppe. Je passe devant un petit restaurant qui propose une carte en anglais, je ne vois que des Occidentaux à l'intérieur. Je repère la guest house. À l'entrée, deux solides gardes en uniforme vert avec des machettes accrochées à la ceinture. J'ai connu des gardiens de nuit plus avenants, même quand on les réveille. Ils parlent quelques mots d'anglais, me laissent passer, une jeune fille prend le relais, me propose une chambre, je la suis. Au troisième étage, j'entends le son des télés, toutes les portes sont ouvertes, il y a un vendeur de bière. Elle me montre la mienne, je comprends mieux ses gestes que son accent. Elle passe en revue tout ce dont je pourrais avoir besoin, le ramassage du linge sale tous les deux jours, un coiffeur au cinquième, un tailleur au second, et tout le reste. Chaque chambre est fermée par deux portes. Pour dormir, elle me conseille de laisser ouverte celle en bois mais de fermer la porte andalouse en fer forgé. C'est ce que tout le monde a l'air de faire, ici. Je paie ce qu'elle me demande.

J'allume le ventilateur du plafonnier et retrouve un peu mon souffle sous cette chape d'air frais. J'ai lu dans le guide qu'il ne fallait pas le laisser pour dormir, on risque d'attraper vite fait une grippe terrible qu'on ne peut soigner qu'en clinique. J'ai lu aussi qu'il ne fallait pas chercher à écraser les blattes, même quand on aime le sport. J'ai vu un truc énorme courir dans la salle de bains. J'ai salué le cothurne.

Ma fenêtre donne sur un de ces petits ruisseaux parcourus d'herbes vertes. Des gens mangent de la soupe sans dire un mot. Il y a peut-être une ville, là, tout autour, mais elle est bien trop opaque. J'y jetterai un œil demain.

J'ai réussi à m'asperger d'un peu d'eau froide au petit filet de la douche, je n'en demandais pas plus. J'ai hésité à en boire. Ensuite je me suis fait beau. Mon costume noir. Ma cravate rouge brodée.

La fille d'en bas, gentille, m'a emmené jusqu'au bord de la route pour héler elle-même un triporteur à moteur qui sert de taxi, et lui donner l'adresse où j'allais. Elle m'a aussi indiqué le tarif à payer, et pas un baht de plus.

C'est quand il m'a lâché devant la bâtisse que mon cœur s'est mis à battre, et pas avant. L'ambassade de France. Toutes bannières dehors. En bouquet de feu d'artifice.

Le plan de Blaise était de loin le meilleur : le 14 juillet. Il m'avait conseillé d'arriver pour ce soir-là, et pas un autre. À tout hasard, je lui ai demandé comment je pouvais le remercier. À tout hasard, il m'a donné une adresse où je pouvais lui trouver une fausse Rolex qu'il savait à qui revendre, à Paris. Je n'en ai pas douté.

On ne me demande pas d'où je viens, ça se lit sur ma gueule, le planton n'est pas un physionomiste, juste un aboyeur chic en queue-de-pie qui compte les invités avec un petit appareil discret qu'il fait cliquer dans sa main. Je ne lui donne pas mon nom et traverse la passerelle qui mène au corps de la fête. J'ai senti l'Asie à ce moment-là, contre toute attente. D'emblée je ne reconnais rien des fêtes qui ont fait mon ordinaire, et surtout pas les 14 juillet qui guinchent vers Bastille.

Une impression d'avoir fait un saut dans le temps. Je ne lis aucun malaise, aucune attente sur les visages, même pas une envie frénétique de s'amuser. Mais plutôt des sourires un peu las, des gestes doux, une élégance naturelle, et l'ensemble serait une sorte de grammaire nostalgique pour tous ceux qui se retrouvent entre semblables, perdus sur un îlot d'outre-mer, à mille milles de toute fête nationale. Des boys se faufilent. Je reste en retrait, le dos contre la rambarde en osier d'une coursive qui surplombe un bassin autour duquel le gros des convives s'est massé. Je préfère avoir un peu de hauteur pour voir sans être vu. Des gens dansent sur une musique bien comme il faut, je n'ai jamais entendu ça, un rythme qui rassemble les générations et les continents. Rien à voir avec la course à la tachycardie des pistes parisiennes. Le champagne, en revanche, a le goût de là-bas. J'essaie d'entendre les bribes de conversations d'un groupe de femmes, toutes plutôt jolies. On sent que c'est le raout de l'année pour tous les Français en poste ici. De magnifiques rideaux jaunes et peints claquent dans mon dos, je risque un œil dans la pièce, un couple chic, excité à mort, s'acharne sur un jeu vidéo qui pousse des bzi bzi bzi comme dans les cafés. Un boy me tend un plateau rempli de boulettes bleues, blanches et rouges. Je goûte. Vaguement sucré, avec un arrière-goût de cumin. Une jeune femme, pas loin, sourit en me voyant mâcher.

— Vous venez d'arriver, vous.

— Dix bonnes minutes.

Elle s'esclaffe gentiment.

— Non, je voulais dire, à Bangkok.

— Quatre heures.

Elle rit encore. Une superbe étoffe bleue l'enveloppe d'une seule pièce, à l'inverse des autres elle n'a pas joué la robe de grand couturier.

— Il fait quel temps, à Paris ?

— Comment savez-vous que je viens de là ?

— Aucun doute là-dessus, on a l'impression que vous sortez du métro.

— George-V ?

— Porte-de-Pantin.

Là, c'est moi qui rigole.

— Dites, c'est quoi ce grand dôme, là-bas, vers la gauche.

— C'est le Lumphini Stadium. Je vous conseille d'aller voir les combats de boxe thaï, c'est quelque chose.

— Et le Bouddha en or, il est où ?

— Trop loin pour vous le montrer.

— Et le marché flottant ?

— Vous avez lu le guide du routard, ou quoi ?

J'ai failli lui demander si son mari était en poste ici, si elle-même y avait son job, si elle vivait à l'année en Thaïlande. Mais j'ai eu trop peur qu'elle dise oui à tout et j'ai préféré rester dans le flou. Dans le rêve.

Tout à coup, j'ai eu comme une bouffée de chaleur, et pas à cause du climat ni du jet lag. Un truc qui est parti du ventre pour remonter jusqu'aux joues.

— Ce jeune homme, en bas, celui qui discute avec un journal sous le bras, c'est qui ?

— Lequel ? Celui qui pose sa coupe contre l'arbre ? Il s'appelle Laurence, c'est le secrétaire de l'attaché culturel.

— Ah oui ?

— Un type plutôt sympathique, peut-être un peu pincé, ça fait moins d'un an qu'il est là, mais il a l'air d'assez bien s'acclimater.

Un costume blanc. Un large bloc-notes qui sort de sa poche gauche. Il serre toutes les mains qu'on lui tend sans interrompre la conversation que lui fait un jeune type. Il s'éclipse un instant avec élégance, rejoint un monsieur d'âge mûr attablé devant des convives, lui glisse quelques mots à l'oreille, lui lit une note, l'homme hoche la tête, puis il revient vers son interlocuteur en happant un verre au passage.

Il est beau comme tout, Mister Laurence. Je souris quand son surnom me revient en mémoire. Mister Laurence... Quand je le vois là, en bas, rayonnant, sûr de lui, dans toute la raideur de sa fonction, comment pourrais-je l'appeler autrement, désormais. Mister Laurence.

J'ai repensé à Beaumont. Et lui ai rendu un bel hommage posthume. Car plus jamais je ne rencontrerai un manipulateur de ce calibre. Ça flirtait avec le génie. Il fallait que je le voie pour le croire.

Ne sachant comment faire courir Antoine, il a fait rêver Bertrand. Et seul Bertrand a su faire courir Antoine.

Bien joué.

Je suis resté là, longtemps, à le contempler. Mister Laurence.

Enfin à sa place.

C'est la fille, qui m'a tiré par la manche. Peut-être pour que je la regarde, elle.

— Vous êtes dans quelle branche ?

— Oh ! ça, il n'est surtout pas question d'en parler ce soir. Parce que ce soir, vous allez me faire tourner la tête dans Bangkok by night. Je veux tout voir, le sordide et le magnifique, je veux le royaume de Siam et les ruelles de la débauche, je veux les senteurs d'Orient et les nuits chaudes de la capitale du vice.

— D'accord.

Au réveil, je n'ai pas hésité une seconde, j'ai foncé à l'aéroport pour attendre le premier vol. Pendant les deux heures de transit à Moscou, je me suis fait pote avec un cadre japonais qui s'ennuyait ferme sous son walkman. Il avait des dollars et m'a invité au buffet pour descendre des verres de vodka et des toasts au caviar. Avant d'atterrir à Roissy, la nuit, je lui ai laissé mon hublot pour qu'il voie, au loin, la ville aux dix milliards d'ampoules rosées qui nous attendait. Il m'a demandé si c'était Paris.

TROIS CARRÉS ROUGES SUR FOND NOIR

À Mosko, le peintre

Juan Gris, ayant persuadé Alice Toklas de poser pour une nature morte, entreprit de ramener son visage et son corps à des formes géométriques de base ; mais la police arriva à temps et l'embarqua.

WOODY ALLEN

Le triste registre d'appel des vrais suicidés de l'expressionnisme abstrait ? Le voici : Gorky, pendaison, 1948 ; Pollock et, presque tout de suite après, Kitchen, conduite en état d'ivresse et pistolet, 1956... et pour finir Rothko, couteau, travail salopé comme c'est pas possible, 1970.

Barbe-Bleue
KURT VONNEGUT

1

Trente-cinq toiles, pratiquement toujours la même, d'indescriptibles griffures noires sur fond noir. Une obsession. Un malaise.

Le jour où elles sont arrivées à la galerie, je les ai déballées une à une, de plus en plus vite, en cherchant la surprise et la tache de couleur. Au premier regard, tout le monde les avait trouvées sinistres. Même Jacques, mon collègue. Il est accrocheur, et moi, je suis son arpète.

— On est à la bourre, petit. Ouverture des portes dans vingt-cinq minutes !

La directrice de la galerie ne nous a donné que quatre jours pour monter l'expo, l'ensemble des toiles et trois sculptures monumentales qui ont bien failli lui coûter un tour de reins, à Jacques. Des déchirures d'acier soudées les unes aux autres sur quatre mètres de hauteur. Deux jours entiers pour les positionner, à deux. Je me souviens de la gueule des déménageurs qui sont venus nous les livrer. « Y pourraient pas faire des trucs qui rentrent dans le camion, ces artistes à la noix ! » Les déménageurs ont souvent du mal, avec les œuvres d'art contemporain. Nous aussi, avec Jacques, malgré l'habitude. On ne sait pas toujours comment les prendre, ces œuvres. Au propre comme au figuré. On a beau s'attendre à tout, on ne sait jamais ce qui va surgir des portes du semi-remorque.

Dix-sept heures quarante, et le vernissage commence officiellement à dix-huit. Le champagne est au frais, les serveurs sont cravatés et la femme de ménage vient tout juste de finir d'aspirer les

450 mètres carrés de moquette. Et nous, on a toujours le problème de dernière minute. Ça rate jamais. Mais il en faut plus pour paniquer mon collègue.

— Où est-ce qu'on la met ? je demande.

Il est là, le problème. Accrocher trente-cinq toiles noires, apparentées, homogènes, c'est facile. Mais parmi elles il y a une orpheline, perdue. En la déballant, j'ai d'abord cru qu'elle s'était glissée là par erreur, et que je l'avais déjà vue, ailleurs, dans une autre collection. À l'inverse des autres, celle-là est très colorée, beaucoup de jaune vif avec quelque chose de fulgurant, le dessin académique d'une flèche d'église qui émerge de la couleur. Un truc plus clair, plus gai, on peut dire. Joyeux, même. Mais je ne pense pas que ce soit un terme agréé par les sphères supérieures de l'Art.

On l'avait gardée pour la fin. La directrice de la galerie, une spécialiste des années soixante, l'éminente Mme Coste, est passée en coup de vent sans nous tirer d'affaire.

— Cette toile-là c'est un problème, je sais, elle cohabite mal avec les autres. Trouvez-lui une petite place discrète où elle pourra respirer. Allez, je vous fais confiance, à tout à l'heure.

Une place discrète... Comment cette petite chose jaune peut-elle s'en sortir, au milieu de ces grands machins noirs. Assez beaux, du reste, mais redoutablement agressifs.

Jean-Yves, le restaurateur, n'arrête pas de se marrer en nous regardant tourner. Il est allongé par terre, avec ses gants blancs, en train de retoucher un coin de toile endommagée. Il a presque fini, lui.

— Plus qu'un quart d'heure ! il gueule, pour nous énerver un peu plus.

Des visiteurs, carton d'invitation en main, collent leur front contre la porte vitrée.

— Essaie du côté de la fenêtre, fait Jacques.

Je présente la toile à bout de bras. Il prend un peu de recul pour voir si ça fonctionne.

— Bof...

— On n'a plus que dix minutes, je dis.

— C'est quand même bof.

Il a raison. Un mauvais contraste entre les spots et la lumière du jour. Il est question que le Ministre passe au vernissage. Et si on nous trouve là, bêtes, avec une toile sur les bras, la mère Coste va en faire une histoire. Ça me rappelle le soir où nous avions reçu une œuvre d'Australie deux heures avant l'ouverture. Dans la malle en bois on découvre quinze bouteilles plus ou moins remplies d'eau, l'œuvre s'intitule : Requin. Pas de photo, pas de mode d'emploi, et l'artiste est à la Biennale de São Paulo. Les visiteurs commencent à gratter à la porte. Jacques, dans un terrible effort de concentration, essaie de se glisser dans la tête de l'artiste. Déclic : agencés dans un certain ordre, les niveaux d'eau dessinent un requin de profil, avec mâchoire, aileron et queue. On finit in extremis. Tout le monde admire la pièce en question. Et moi, j'ai admiré Jacques.

Il tourne sur lui-même, furieux et calme à la fois. Jean-Yves a terminé ses retouches et ricane de nouveau.

— Hé, les duettistes, vous êtes bons pour amuser la galerie...

— Toi, ta gueule, fait Jacques, serein.

Ceint de son holster à marteaux, il en dégaine un et sort un crochet X de la poche de son treillis.

— J'ai trouvé, petit...

Il se précipite, je le suis tant bien que mal avec la toile dans une salle où quatre tableaux sont déjà en place. Il en décroche deux, en remet un, tourne en rond, décroche les autres, tout est à terre, je sens que ça tourne au massacre, il en échange deux puis revient sur sa décision, fébrile. Liliane, la gardienne des salles, clés en main, nous prévient qu'elle ne peut plus retarder l'ouverture. Jacques ne l'écoute pas, il continue sa valse dans une organisation qu'il ne comprend pas lui-même. Un pan de mur vient de se dégager, il plante le clou du crochet sans mesurer la hauteur.

— Vas-y, accroche-la, il me fait.

Je pends la toile et jette un coup d'œil panoramique sur la salle. Tout est au mur, les noires sont alignées par le haut, et la jaune est sur un mur de « retour », on ne la voit pas en entrant, mais uniquement en sortant. Isolée, et pourtant là. Je n'ai même pas besoin de vérifier avec le niveau à bulle.

Coste arrive, pomponnée et frétillante dans sa robe du soir.

— C'est bien, les gars, vous méritez un petit coup de champagne. Mais allez vous changer d'abord.

Avec nos treillis et nos marteaux, on fait un peu désordre. Jean-Yves s'approche de la toile jaune et la scrute de très près.

— C'est un vrai problème, cette toile, il dit.

— On est déjà au courant.

— Non, non, il y a autre chose... Je ne sais pas quoi... Un mélange huile et acrylique... ça tiendra jamais le coup. Et il y a un truc qui déconne sur la flèche, je sais pas quoi...

— On a le droit de peindre avec ce qu'on veut, non ?

Les premiers visiteurs investissent la pièce, lentement.

— Elle porte un titre, cette toile ? me demande Jean-Yves.

— J'en sais rien.

— Bizarre...

Coste nous prie de sortir avec son sourire ferme. On obéit.

Dix minutes plus tard, frais et propres, nous nous retrouvons, Jean-Yves, Jacques et moi, près du bureau d'accueil où Liliane distribue frénétiquement des catalogues aux journalistes. En lettres blanches sur fond noir, on lit « Rétrospective Étienne Morand ». Un serveur nous tend des coupes. Je refuse.

— Pourquoi tu bois jamais ? demande Jacques.

Le hall se remplit d'un brouhaha typique. Les gens s'agglutinent autour de l'énorme sculpture de l'entrée.

— J'aime pas le champagne.

Et c'est faux. J'adore ça. Mais passé dix-huit heures, il faut que je sois le plus clair possible. La soirée va être longue. Pas ici, mais pas loin. À quelques centaines de mètres. Mais ce serait trop long de leur expliquer.

Jean-Yves lève le nez d'un catalogue et le referme.

— La toile jaune s'intitule *Essai 30*, et c'est la dernière œuvre de Morand.

— Pourquoi, la dernière ?

— Il est mort pas longtemps après, d'un cancer. Et aucune autre ne s'intitule « Essai ». C'est bizarre de ne peindre que du noir et finir par du jaune.

— Oh ça, c'est les insondables mystères de la création, je dis.

Va savoir ce qui se passe dans la tête d'un peintre. À fortiori, s'il a entendu parler de son cancer. Ça ne l'a pas empêché de faire des sculptures au chalumeau, alors, pourquoi pas le jaune…

Mais Jean-Yves a raison. La toile est bizarre. Ce qui m'intrigue plus encore que la couleur, c'est le dessin. Tout le reste de la production de Morand est purement abstrait, hormis cette flèche d'église d'une incroyable précision… J'ai vraiment l'impression d'avoir déjà vu cette incidence entre la couleur et l'objet. C'est drôle, on a l'impression que le peintre a voulu conclure son œuvre en niant tout ce qu'il avait fait précédemment, avec une touche de… une touche de vie… Mais je n'ai pas le temps de m'attarder là-dessus. L'heure tourne.

— Tu restes pas ? fait Jacques.

— Je peux pas.

— Tu restes jamais. Après six heures tu files comme un lapin ! On te voit plus ! Un jour tu me diras ce que tu fais après six heures. T'es amoureux ?

— Non.

— Alors quoi ?

Je commence ma vie, c'est tout. Ma vie est ailleurs. Elle débute après dix-huit heures et finit tard dans la nuit.

Je prends mon manteau et salue tout le monde à la cantonade. De toute façon, je m'ennuie toujours aux vernissages. Liliane me demande de venir demain pour remplir ma fiche horaire et passer à la caisse. Un gros bisou à toute l'équipe et un long au revoir à l'Art contemporain. Maintenant je m'occupe de mon art à moi.

M. Perez, le concierge, me voit filer.

— Alors, la jeunesse ! On court retrouver les copains !

— Eh oui ! À demain ! dis-je pour écourter, comme d'habitude.

Et c'est parti…

Je sors de la galerie et fonce vers la rue du Faubourg-Saint-Honoré. Les jours rallongent, les réverbères ne sont pas encore allumés. Vive février, surtout la fin. Un bus passe, je traverse au vert. Je coupe l'avenue Hoche en relevant le col de mon manteau, l'hiver est tenace. Place des Ternes, le marché aux fleurs embellit de jour en jour, les écaillers de la brasserie jettent des poubelles de coquilles, c'est encore la saison. Ce soir, je suis de bonne humeur. Et je vais casser la baraque.

Avenue Mac-Mahon. Une R5 me klaxonne, je ne prends jamais les clous, tant pis.

J'y suis.

Je lève la tête avant d'entrer, juste pour voir l'enseigne géante du temple. Mon temple.

ACADÉMIE DE L'ÉTOILE

Je grimpe les escaliers, deux étages pour arriver à la salle. Je respire un grand coup, essuie mes mains aux revers du manteau, et entre.

Les lumières, le bruit, l'odeur, le va-et-vient. Je suis chez moi. Benoît et Angelo poussent un cri de bienvenue, les joueurs perchés sur la mezzanine baissent les yeux vers moi, je brandis la main très haut, René, le gérant, me tape dans le dos et Mathilde, la serveuse, vient prendre mon manteau. Ça joue, ça fume, ça rigole. J'ai besoin de ça, tous ces éclats de vie, après mes heures de concentration sur des clous et des crochets X. Le public n'est pas le même que celui des vernissages. Ici, il ne pense à rien, il oublie même le jeu, il chahute, il peut rester muet pendant des heures. Et moi je suis un drogué qui redevient lui-même après la première dose, à la tombée de la nuit. Avec le bonheur en plus. Tous les néons sont allumés au-dessus des billards, sauf le N° 2. Il est réservé. Je repère un gamin qui se lève timidement de sa chaise pour venir vers moi. Je ne sais pas pourquoi il me fait penser à un gamin, quand il a au moins mon âge. La petite trentaine. Il ouvre à peine la bouche et je le coupe d'emblée, en restant le plus courtois possible.

— On avait rendez-vous à dix-huit heures, hein ? Écoutez... je suis très ennuyé, ce soir il y a une partie avec le vice-champion de France, je ne joue pas mais je ne veux pas la rater. Je vous ai fait venir pour rien...

— Heu... c'est pas grave, on peut remettre le cours à demain, il dit.

— Demain... ? Oui, demain, pour la peine je ne vous ferai pas payer. Vers dix-huit heures, comme aujourd'hui.

— C'est O. K... Mais pour ce soir, je peux rester ? Je veux dire... je peux regarder ?

— Bien sûr ! Profitez-en plutôt pour louer une table et entraînez-vous, faites une série de « coulés ».

Pour plus de clarté je positionne les boules que vient d'apporter René.

— Pas plus de vingt centimètres entre les blanches, et pour la rouge vous variez la largeur, au début une main d'écart avec celle que vous tapez. Pour l'instant vous ne vous occupez pas du rappel.

— C'est quoi, le rappel ? Vous me l'avez déjà dit mais je...

— Le rappel c'est jouer le point en cherchant à réunir les boules le plus possible, pour préparer le point suivant. Mais ça, on verra plus tard, hein ?

Je joue le point lentement et garde la position pour qu'il mémorise le mouvement.

— Le plus important c'est de rester bien parallèle au tapis, j'insiste là-dessus, un tout petit peu d'angle et c'est foutu, O.K. ? Vous tapez le haut de la bille avec un tout petit peu d'effet à gauche et vous coulez.

Je n'ai pas envie de répéter une fois de plus tous les phénomènes qui se cachent derrière le mot « couler ». Au dernier cours ça m'a pris une bonne heure. Et puis il y a un moment où la formulation ne sert plus à rien, on le sent ou on ne le sent pas, et ça vient petit à petit. Le gamin, pas vraiment à l'aise, s'empare de sa queue de billard toute neuve, passe un trait de craie bleue au bout du procédé, et remet les billes en place. Je regarde ailleurs pour ne pas le gêner.

À la table n° 2 tout semble prêt. René vient d'enlever la bâche et brosse le velours. Langloff, le champion, visse sa flèche d'acajou dans un coin de la salle. Il habite en lointaine banlieue et ne vient que très rarement à Paris, juste pour le championnat de France ou les parties d'exhibition, et parfois, comme ce soir, pour visiter ses anciens copains. Il a un jeu un peu austère, pas de fioritures, mais une technique qui lui a fait gagner le titre à trois reprises. Il avait trente-six ans, à l'époque. À chaque fois que je le vois jouer je lui vole quelque chose. Un tic, un geste, un coup. Il me faudra encore des années de boulot avant d'atteindre ce niveau, c'est ce que me dit René. Mais il sent que ça vient.

En fait, je ne suis pas venu juste pour voir. Je sais que Langloff aime jouer à trois, et René a promis de me proposer, pour la partie de ce soir. J'y pense depuis une semaine. C'est pour ça que j'avais le feu aux fesses, en sortant du vernissage.

René discute avec Langloff. Je repère son manège, il lui parle de moi, je croise les bras, assis sur la banquette en regardant le plafond. C'est pas évident de jouer avec un jeune. Je comprendrais tout à fait qu'il refuse.

— Hé, Antoine ! Viens par là...

Je me lève d'un bond. René fait les présentations. Langloff me serre la main.

— Alors, c'est vous l'enfant prodige ? René me dit que vous avez la dent dure, pour un gamin.

— Il exagère.

— C'est ce qu'on va voir. Ça vous dit, une partie en trois bandes ?

Tu parles si ça me dit !

Ce soir, j'ai intérêt à ne pas décevoir les copains. Je serre la main à un vieux monsieur tout le temps fourré ici et qui ne joue plus depuis deux ans. « L'arthrite ! », il répond, quand je lui propose un petit frottin. Il a soixante-neuf ans, et je suis sûr qu'il se défendrait encore bien. Et quand je regarde son parcours, je me dis qu'avec ma trentaine, j'en ai encore pour quarante ans. Quarante ans de science. Quarante ans de plaisir, de jubilation chaque fois que le point est fait. Un jour ou l'autre, je m'inscrirai au Championnat. Tout ce que je veux c'est faire des points, je veux des prix de beauté, je veux pouvoir faire des trucs qui défient les lois de la physique, je veux que la flèche d'acajou soit le prolongement de mon index, je veux que les billes prennent des angles impossibles, qu'elles obéissent aux ordres les plus tordus, qu'elles soient téléguidées par ma main et ma volonté. Le billard est un univers de pureté. Tout devient possible. Et simple. On ne fera jamais deux fois le même point dans toute sa vie. Trois sphères dans un rectangle. Tout y est.

Ma vie est ici. Autour de ce rectangle.

Quarante ans de bon.

Angelo joue avec nous. Il vient de placer les billes afin de déterminer lequel de nous trois va ouvrir. Et comme dit le rital : « quand ça roule sour dou vélour, cé dou billard ». J'enlève ma montre et demande une petite minute d'échauffement, histoire de voir comment mon bois répond. Pour les mains, ça va, elles travaillent toutes seules. Mes yeux s'habituent à la lumière qui glisse sur le tapis sans sortir du périmètre de la table. On peut y aller.

Dans un flash de souvenir, je repense à mon oncle, le vieux Basile. J'aurais aimé qu'il me voie, ce soir, celui qui m'a appris à jouer, à Biarritz. J'avais dix-huit ans, je courais vite, je tapais fort, je voyais loin. Lui, il frôlait le gâtisme, portait des doubles-foyers et mettait dix minutes pour traverser la salle du café. Mais dès qu'il prenait sa queue de billard, c'était pour me montrer comment on pouvait flirter avec la perfection géométrique. Avec la beauté des sphères qui s'entrechoquent. Les boules dansaient.

J'en ai vraiment pris pour quarante ans.

*

Durant les six dernières parties je ne me suis levé que onze fois. Angelo nous a laissés en tête à tête, Langloff et moi, les deux dernières heures. Ma plus belle série m'a fait faire vingt-quatre points de suite. Langloff m'a regardé d'un drôle d'œil. Pas inquiet, non. Intrigué. On savait tous qu'il nous donnerait une leçon, mais je me suis accroché à ses basques avec une hargne de jeune chien. À un moment j'ai même refait une variante d'un coup qu'il avait joué l'année dernière. J'avais trouvé ça tellement beau que je m'étais entraîné des heures durant pour le réussir. Il s'en est souvenu et ça l'a fait marrer. J'ai à peine entendu le bruit des queues qu'on tape à terre pour souligner les beaux coups. C'est notre manière d'applaudir. J'étais hypnotisé. Ce soir, tout m'a réussi, surtout les « rétros ». Quand j'ai rouvert les yeux, les néons étaient éteints, hormis le nôtre, et une douzaine d'aficionados nous regardaient, silencieux. Angelo, craie en main, notait mon score avec une joie non dissimulée. René avait baissé les stores, comme il fait d'habitude après onze heures. Langloff a superbement conclu sur un point avec pas moins de cinq bandes. Histoire de sortir en beauté.

On a tous crié. René a éteint les néons de la table n° 2. Langloff m'a pris par le bras pour nous mettre un peu à l'écart.

— Tu m'as fait peur, gamin.

— Vous plaisantez ! Vous m'avez mis trois sets dans la vue...

— Non, non, je sais de quoi je parle. René m'a dit que tu n'avais pas d'entraîneur.

— Ben... Oui et non... J'ai René, Angelo et Benoît.

— Faut passer à la vitesse supérieure. Cette année c'est mon dernier Championnat, et après je veux m'occuper d'un jeune. Et toi, t'as le truc. Fais-moi confiance.

René nous rejoint, il me tapote la joue, je ne sais pas quoi dire. Il est d'accord avec Langloff. Je suis leur espoir à tous, ici.

Le champion met sa pelisse chinée grise.

— Réfléchis, gamin. En fin d'année on peut se revoir. Réfléchis...

Dès qu'il quitte la salle, René et Angelo me collent des petites baffes dans la nuque.

— Si tu refuses t'es un nul. Avec lui comme entraîneur tu seras prêt dans deux ans pour le Championnat.

Je suis un peu perdu. Ça me tombe dessus sans prévenir. Il faut que je sorte pour repenser à tout ça, tranquille, dans mon lit.

J'ai rangé ma flèche de bois dans sa housse et salué tout le monde.

— À demain...

En bas j'ai pris un taxi.

Dans mon lit, les yeux clos, la valse des billes a tournoyé encore un long moment.

*

En ce moment je récupère mal, peut-être à cause de la literie. Avec ma paye d'aujourd'hui, je vais pouvoir m'offrir un nouveau matelas. La galerie vient d'ouvrir, Liliane est toute fraîche. C'est vrai qu'il est déjà onze heures du matin.

— Jacques est déjà passé, à neuf heures. Il te fait une bise.

À demi réveillé je m'assois près du bureau d'accueil où une coupe de champagne vide traîne encore.

— Ça s'est fini tard ?

— Minuit, elle dit. Un monde fou. Et toi, ça s'est fini à quelle heure ? Vu la gueule que t'as, t'as fait la bringue ?

Pour toute réponse, je bâille.

— J'ai préparé ta fiche de paye, t'as plus qu'à vérifier les heures et j'irai la faire signer à Coste. Et l'Antoine, hop, le fric en poche, il disparaît, et on le voit plus jusqu'au décrochage, hein ?

Il est vrai que je ne mets jamais les pieds ici entre le montage et le démontage d'une expo. C'est Jacques qui s'occupe de la maintenance, une fois par semaine.

— Elles appartiennent à qui, les œuvres ? je demande.

— Au patrimoine national. Morand a fait une donation à l'État.

Au patrimoine national... À tout le monde, en fait. Un peu à moi aussi. Coste nous a expliqué qu'elle avait rencontré Morand à son retour des États-Unis et que son travail lui avait beaucoup plu. Elle tenait absolument à faire cette rétrospective.

— Le Ministère de la Culture a prêté les œuvres pour un mois, fait Liliane. Au décrochage elles repartiront toutes au dépôt. T'aimes bien le dépôt, hein Antoine ?

Sûr, que je l'aime. C'est un gigantesque réservoir à œuvres où est stockée une partie du patrimoine. J'y travaille en été, quand la galerie est fermée, pendant les vaches maigres. C'est Coste qui m'a pistonné pour avoir ce job.

— C'est quand, au fait, la prochaine expo ?

— Le 22 mars, vous aurez quatre jours pour la monter. Et vu les œuvres, va y avoir du sport.

— C'est quel genre ?

— Des installations, des objets sur des socles.

Mauvaise nouvelle... Je redoute le pire. J'ai horreur de ça, les objets, les statuettes africaines avec des walkmen, des brosses à dents sur des parpaings, des ballons de basket dans des aquariums, et d'autres choses encore. C'est la tendance post-Emmaüs. Depuis trois ans, l'Art contemporain s'est mis à concurrencer la brocante. C'est le culte du practico-inerte. On regarde un ouvre-boîtes sur un socle et on se pose toutes les questions qu'on ne se poserait pas dans sa propre cuisine. Je veux bien... On a pas fini de rigoler, Jacques et moi. Combien de fois ai-je répondu à des visiteurs que le cendrier et le porte-parapluies ne faisaient pas partie des œuvres exposées.

— Tu me gardes la boutique un petit quart d'heure. Je reviens avec ton chèque.

C'est la procédure habituelle. J'aime bien jouer au gardien de musée, ça me réveille en douceur. Mais ça représente un boulot de titan. Il faut une vraie science de l'inertie. Les gardiens de musée, ça fait toujours marrer, on se demande à quoi ils pensent, on raconte qu'ils sont amoureux d'une œuvre, qu'ils passent leur journée à rêvasser, assis, pendant trente ans, les yeux à la fois vagues et fixes sur la même nature morte. Le plus souvent, un faisan déplumé et deux pommes bien mûres sur un panier d'osier. Mais ici, ce serait plutôt un faisan d'osier et un panier bien mûr sur deux pommes déplumées.

Par curiosité, je pose les yeux sur le livre d'or pour lire la liste des éloges, insultes et graffitis laissés par les visiteurs, hier soir. En le parcourant, dès le lendemain du vernissage, on sait si l'expo va marcher ou pas. Et pour la rétrospective Morand, c'est mal barré. « *Nullissime, et c'est le contribuable qui paie* » ou encore « *Très belle exposition. Bravo* » ou « *J'en fais autant et voilà mon adresse* » ou même « *30 ans de retard. Le contemporain ne s'arrête pas aux années 60 !* »

Je l'aime bien, ce gros bouquin blanc, c'est le seul moyen qu'a le public de donner un avis, anonyme ou signé, sur ce qu'il vient de voir. L'expo Morand ne fera pas dix visiteurs par jour. Ils sont pourtant conscients de prendre un risque en entrant dans une galerie d'art moderne, ils ne s'attendent pas forcément à voir du beau, du propre. Sinon ils iraient au Louvre. Et ceux qui, comme moi, n'y connaissent pas grand-chose, et qui osent trois petits pas timides vers ce qu'il y a de plus difficile à approcher, ceux-là ont bien le droit de griffonner un petit mot sur le livre d'or.

Un type entre, et sourit.

— On peut visiter ?

— Oui.

— C'est gratuit ?

— Oui. Allez-y.

Il ne jette pas même un œil sur la sculpture du hall et s'engouffre dans une des salles. Rapide, le gars. Il porte toute la panoplie du gentleman-farmer, si j'avais du fric je m'habillerais comme ça, un costume en chevron, sûrement un Harris tweed, une chemise beige, une cravate d'un brun luisant, de grosses chaussures anglaises, et un Burberry's froissé, sur l'épaule. On verra à ma prochaine paye...

Si Liliane avait la bonne idée de revenir avec un café... Je repartirais en pleine forme avec un chèque et un long après-midi de farniente devant moi. Pour tromper l'ennui je prends un catalogue et le feuillette en cherchant la biographie du peintre.

« *Étienne Morand naît à Paray-le-Monial (Bourgogne) en 1940. Après avoir suivi les cours de l'école des Beaux-Arts, il part à New York en 1964, attiré par le mouvement expressionniste abstrait. Il s'intéresse de très près aux techniques de...* »

Je cesse de lire, tout net.

Un bruit...

Quelque chose a crépité.

Liliane ne revient toujours pas.

Ce n'est peut-être pas grand-chose, un spot qui a cramé ou une corde qui se détend sous le poids d'une toile, mais je suis obligé de me lever. À moins que ce ne soit ce visiteur qui, comme tant d'autres, cherche à rectifier l'alignement d'un cadre avec un petit coup de pouce. Si c'est le cas, je vais devoir passer derrière avec le niveau à bulle.

Je dois faire un petit tour vite fait dans la salle du fond, en douce, malgré une sainte horreur de jouer les suspicieux. À mesure que j'avance le crépitement augmente. Je débouche dans une salle et le type se retourne. Je pousse un cri...

— Mais...!!! Vous... Vous êtes...

Je cherche un mot, une insulte peut-être, mais je ne sais pas ce qu'on dit dans un cas pareil...

Il donne un dernier coup de cutter pour détacher la toile du cadre béant. La toile jaune.

Les mots restent bloqués dans ma gorge.

Il finit calmement son boulot.

Je voudrais réduire la distance entre nous mais je ne peux faire le moindre pas, je piétine devant un mur invisible et infranchissable.

Trouille...

Par deux fois, je me penche en avant sans pouvoir bouger les jambes, il faudrait percer dans les briques mais mes semelles restent clouées. Il s'embrouille lui aussi, chiffonne la toile et ne réussit qu'à la rouler en boule sous son Burberry's. Pour sortir il est forcé de passer par moi, me contourner ou me foncer dessus, il hésite, le même mur lui interdit de prendre une initiative, il secoue la tête et brandit le cutter.

— Écartez-vous... Ne vous mêlez pas de ça ! il crie.

Je ne sais pas me battre, je devrais lui sauter à la gorge ou bien... ou bien courir vers la sortie et bloquer les portes... l'enfermer...

Il faudrait que j'avance, ne pas lui montrer que je suis paumé, vide... Mes bras sont creux, j'ai du mal à les passer au-dessus de ce mur de trouille.

— Écartez-vous... Nom de Dieu... écartez-vous !

J'ai crispé les poings avant l'élan et j'ai plongé sur lui, mes deux mains se sont accrochées à son col et j'ai tiré comme un fou pour l'entraîner à terre, j'ai basculé avec lui, il s'est débattu, les genoux au sol, mon poing gauche s'est fracassé sur sa gueule, j'ai recogné, j'ai tourné la tête et la lame du cutter s'est plantée dans ma joue. J'ai hurlé, relâché mon étreinte, il a enfoncé la lame plus loin dans la chair et j'ai senti la joue se déchirer jusqu'à la mâchoire.

Je suis resté une seconde sans bouger. Une nappe de sang a glissé dans mon cou.

J'ai crié.

Des postillons de sang ont fusé entre mes lèvres. Puis un flot entier m'a interdit le moindre râle.

Du coin de l'œil je l'ai vu se lever et ramasser son imper.

Lent.

J'en ai oublié la douleur, une montée de rage m'a hissé sur mes pieds. Il s'est mis à courir. Je l'ai suivi, cahotique, une main sur la joue cherchant à retenir on ne sait quoi, du sang qui ruisselle sur ma manche, des lambeaux de chair, je ne sais pas, je n'ai vu que lui, son dos, j'ai couru plus vite et me suis jeté en avant pour le plaquer. Il a tournoyé puis s'est écroulé à terre, au pied de la sculpture de l'entrée, il m'a talonné le visage, quelque chose a craqué pas loin de la morsure de ma joue et mon œil droit s'est fermé tout seul.

De l'autre j'ai pu le voir reprendre l'équilibre sur ses genoux et s'agripper au socle de la sculpture. Sa main s'est accrochée à une des branches métalliques, il a tiré dessus pour mettre tout le bloc de ferraille sur champ, en équilibre. Il m'a envoyé un dernier coup de pied au visage, j'ai gueulé comme un animal, j'ai ramené mon bras vers mes yeux et tout est devenu noir.

Je me suis forcé à relever la tête.

Je me suis senti partir, lentement, à la renverse. J'ai senti l'évanouissement monter comme un hoquet. Un seul.

Mais avant il y a eu une petite seconde au ralenti.

J'ai tout perçu en même temps, le silence, la chaleur, la coulée de sang sur mon torse.

Et cette avalanche argentée qui doucement s'est mise à osciller vers moi quand j'ai sombré dans l'inconscience.

2

Chaud.

J'ai la gorge sèche, ici. En soulevant le menton je pourrais peut-être le tirer de sous le drap. Mon cou pourra respirer un peu. Il n'y a pas que ça qui gêne, ici. En voulant ouvrir les yeux, j'ai bien compris qu'un seul réagissait, et encore, pas beaucoup, juste un rai. L'autre refuse de se détendre. Et puis, il y a aussi cette lisière piquante le long de mon front, une bande aigre qui adhère à ma sueur. J'ai beau bouger la tête de droite à gauche, impossible de la faire glisser.

Tout à l'heure j'ai essayé d'ouvrir la bouche mais je n'ai pas insisté. Pas question de desserrer les lèvres comme ça. Maintenant, j'ai pigé. Sur le nez, ça, je suis sûr, il y a un pansement collé d'une oreille à l'autre, il va de la lèvre supérieure à la paupière de mon œil ouvert. Ça ne sent rien.

J'entends du bruit, dehors. Ça bouge. J'aimerais bien bouger aussi. En forçant un peu sur la nuque je pourrais voir le reste de ma carcasse.

Tu parles... Jamais vu un lit bordé aussi serré. Histoire d'en sortir une minute, je lévite un peu vers le plafond, doucement, je m'évade, je plane, et regarde en bas, en cherchant à quoi je peux bien ressembler.

Une œuvre d'art... Ça fait drôle d'être dans la peau d'un portrait cubiste. Le profil écrasé dans la face, avec un œil qui pend et une joue striée aux couleurs chaudes. Jamais je n'aurais imaginé connaître un jour ce que peut ressentir un portrait de Picasso. Et c'est pas joli, l'envers du tableau.

J'ai dû rêver beaucoup. En fermant l'œil je peux retrouver les dernières images. Une tribune, avec des gens, debout. J'ai la gorge trop sèche, ça va m'empêcher de me rendormir. Ils se sont tous levés en même temps. L'arbitre s'est levé aussi, pour vérifier que la boule blanche pointée a bien touché la rouge. C'est vrai que si on ne met pas le nez dessus on ne peut pas être sûr que le point est fait. Moi je le sais. J'ai fait rouler le long de la bande avec juste assez d'effet pour la faire tourner un poil dans l'angle. Avec un petit coup de pouce de Dieu. J'ai du mal à décoller ma langue du palais et mes papilles réclament. C'est sûrement la première fois de ma vie que je souffre de la soif. C'est rare. À l'académie je ne me permets pas la moindre bière, j'ai peur de me brouiller la vue, même un tout petit peu.

Quelque chose vient me rafraîchir le haut du front. Une main qui s'échappe déjà, je dresse la tête en cherchant à ouvrir mon œil au maximum.

Une femme.

Un rai de femme. Sa bouche s'articule.

— ... réveil !... surtout pas... doucement...

Je n'entends presque rien. Mon oreille droite est bouchée et l'infirmière parle du mauvais côté. Et pas fort. Mais celle-là, je ne dois pas la rater.

— Eau... Ooooooh... !

Rien que ce son me fait mal aux lèvres, ou à la joue, mais je ne sais plus très bien où s'arrête quoi. Elle approche un verre.

— Ne bougez pas.

Je peux boire seul mais je la laisse faire. C'est bon. Je vais me remettre à rêver dès que cette fille sera sortie.

Je sais bien pourquoi je suis dans ce lit, ça m'a sauté à la conscience comme un chat énervé dès que j'ai ouvert l'œil. J'ai fait le tour des douleurs et aucune ne manque à l'appel, surtout celles qui me tiraillent le visage. Combien de temps avant de retrouver mon acuité visuelle ? Hein ? Le reste, je m'en fous, même si je ne parle pas ou si je n'entends rien. Rien de tout ça ne m'est vraiment indispensable.

Un visage d'homme avec un demi-sourire. Il faudrait que lui aussi me serve à quelque chose.

— ... Grasssheu... ronnnn.

— Ne vous agitez pas. Dormez un peu, vous êtes encore sous l'effet de l'anesthésie. Vous voulez voir quelqu'un ? On a demandé à votre travail s'il y avait quelqu'un à prévenir en cas d'urgence mais ils n'ont rien trouvé. Dès que vous pourrez parler on essaiera de faire quelque chose.

Quelle anesthésie ? La joue ? Et ce crétin n'a pas compris que ça me démangeait terriblement sous le pansement du front, et qu'avec un simple geste il pourrait relever la bande et essuyer la sueur. Il va falloir que je le fasse moi-même. Mon bras droit est immobilisé et seule la main gauche a suffisamment de ressources pour effleurer mon crâne. Mais c'est pénible. L'homme me reprend le bras presque de force et le repose.

— Ne bougez pas, s'il vous plaît. Quelque chose vous gêne ? Le pansement est trop serré ?

En trois secondes il réalise d'où vient mon énervement et m'éponge le front et les tempes avec une compresse froide. Je soupire d'aise.

— Dormez, je repasse dans quelques heures. On pourra discuter un peu.

On bavardera par gestes. L'anesthésie dont il parle, c'est celle de la joue, j'ai tout le pan droit de la gueule qui ne réagit pas. Ils ont dû me recoudre. Bientôt je sentirai les agrafes. Ça doit faire mal, ces conneries. Je suis peut-être défiguré. Les gars de l'académie vont se marrer. Et à la galerie, ça va être le musée des horreurs. Quel jour sommes-nous ? Ça s'est passé hier ou ce matin ? Je n'ai rien entendu, pas de sirène, pas de cris. Je n'ai aucun souvenir d'un choc, j'ai dû m'évanouir juste avant la chute de cette énorme chose. Toutes les douleurs au visage se réveillent, doucement. Elles s'accordent, à l'unisson, pour ne faire qu'une seule plaie. Ma langue vient de parcourir l'intérieur de la joue et j'ai reçu un coup de jus. J'ai la gueule à vif. Mais tout ça c'est rien. La douleur veut me faire crier et je ne peux pas, j'aimerais voir les dégâts de mon visage dans un miroir mais je ne peux pas ouvrir les yeux, j'aimerais passer mes doigts sur chaque écorchure mais mes deux bras sont plombés sur les bords du lit. J'ai besoin de toute ma carcasse. J'ai besoin de m'entraîner tous les jours, Langloff va me trouver moins bon. Il ne voudra plus s'occuper de moi.

Ma vie est ailleurs.

*

— Personne à prévenir ?

— Honnnn !!!

— Ne vous énervez pas.

S'il dit ça encore une fois, je lui crache à la gueule. Au besoin j'arracherai le bandage. Ma main gauche est revenue, j'ai pu me gratter plusieurs fois, mais la droite est enrubannée dans une pelote de gaze. Et ce con en blouse blanche cherche à tout prix à ce qu'on vienne pleurer autour de moi. Je suis fils unique, mes parents sont à Biarritz, et je ne veux pas les inquiéter avec toutes ces histoires. Ils sont vieux, ils seraient capables de faire le voyage rien que parce qu'un salaud a cherché à me défigurer. Mon père, c'est pas le genre solide, et ma mère c'est une mère, voilà.

— Pas de famille, une compagne ? Un ami ? Ça pourra peut-être vous aider. Je vous donne un papier, écrivez un numéro de téléphone.

M'aider à quoi ? À hurler ? À tout casser ici ?

Tout en cherchant dans sa blouse il détourne les yeux et me demande, à la dérobée :

— Vous êtes gaucher ?

Surpris, j'ai grogné un non, instantanément.

— Bon. Je vais prendre votre main gauche et vous aider à écrire.

Avant que je puisse réagir, il est déjà en position et me glisse un crayon entre le pouce et l'index. La rage me monte à la gorge, je pousse des grognements de plus en plus graves, il rapproche le papier de mon œil. Je ne vois presque rien, je n'ai jamais rien écrit de la main gauche et je ne veux prévenir personne. Et lui, j'ai envie de l'étriper. Le crayon n'y suffira pas. Comme un forcené je plante la mine dans le papier et griffonne avec une incroyable lenteur des zigzags qui m'échappent, qui dérapent hors de la feuille, qui s'arrêtent sans que je le veuille. Je n'ai encore jamais dessiné un mot avec ma main débile. C'est de l'abstraction pure.

Quand j'ai l'impression d'avoir terminé, le crayon glisse et tombe à terre. J'espère que ça ressemble à ce que je voulais. Il lit :

J'AI MAL

— Oui, vous souffrez, c'est le réveil, mais je ne comprends pas ce que vous avez écrit, juste après, un C un P et le reste… un A, non ?

Après, j'ai voulu écrire CRÉTIN mais j'ai abandonné. Je secoue la main pour éluder la question.

— J'appelle l'infirmière qui va vous donner quelque chose. Essayez de ne pas trop bouger.

Oui, j'ai mal et je ne connais personne à Paris qui puisse s'en inquiéter. C'est si étrange que ça ?

— Écoutez, je ne veux pas vous ennuyer, je vous pose la question une dernière fois pour être sûr que vous ne voulez voir personne, alors voilà, vous allez cligner de l'œil, une fois pour oui, deux fois pour non, O.K. ?

Pour en finir avec cette histoire je cligne deux fois de suite. Voilà, c'est terminé, maintenant on s'occupe de ma peau, j'ai le crâne en feu, j'ai même l'impression que toutes les dents du côté droit ont décidé de s'en mêler. Je ne sais plus comment échapper à ce masque de douleur. Piquez-moi, endormez-moi ou je vais crever !

L'infirmière entre, peut-être pour me sauver. Ils échangent un regard, je ne vois pas grand-chose, il semble dire non de la tête.

— Doublez la dose d'antalgique, mademoiselle.

Elle tend la main vers un appareillage que je n'avais pas vu, une bouteille suspendue en l'air. Je pousse un hoquet de surprise. Un goutte-à-goutte… Le tuyau est planté dans mon bras droit depuis des heures et je n'ai rien senti jusqu'à maintenant.

— C'est un calmant et un reconstituant sanguin, il dit.

Je tente de sortir le coude droit et immédiatement ils le plaquent contre le lit, tous les deux en même temps. La fille a même laissé échapper un « hé ! ». Ils se regardent à nouveau, sans rien dire, et pourtant j'ai bien l'impression qu'ils se parlent. Ma main droite a l'air de répondre, malgré les bandages. J'aimerais bien qu'on la laisse libre. Je ne me souviens pas à quel moment elle s'est blessée.

— Appelez M. Briançon, mademoiselle.

Le toubib me prend la tension, un autre arrive tout de suite, comme s'il attendait derrière la porte. Ils échangent deux ou trois mots que je n'entends pas, et le premier sort sans me regarder. Le nouveau est plus jeune et ne porte pas de blouse. Il s'assoit sur le bord du lit, tout près de moi.

— Bonjour, je suis le docteur Briançon, je suis psychologue.

Un quoi... ? J'ai dû mal entendre.

— Vous serez sur pied dans peu de temps, tout au plus une semaine. On vous a recousu la joue. Dans deux jours on pourra vous enlever le bandage sur les yeux et vous verrez normalement. Dans cinq ou six on enlèvera les agrafes et vous pourrez recommencer à parler. En tout vous resterez une quinzaine de jours pour que tout cicatrise bien. Au début nous avons eu peur d'une commotion cérébrale mais l'électroencéphalogramme est bon.

Quinze jours... Encore quinze jours ici ? Pas question. Il n'en est pas question une minute. S'il le faut j'irai à l'académie momifié, sourd et muet, mais j'irai. Je braille un coup, comme ça, mais je sens bien que l'argument est faible. J'aimerais lui poser des questions, lui expliquer mon cas, lui dire que j'ai besoin de tous mes réflexes. Le billard, c'est spécial, on peut perdre beaucoup en peu de temps. Je grogne à nouveau et soulève les bras, il se lève et change de côté. J'agite la pelote pour qu'il comprenne ce qui me préoccupe vraiment. La main droite.

— Queeee... larrr... atttt...

— N'essayez pas de parler. Reposez votre bras. S'il vous plaît...

J'obéis.

Et quelque chose se met à me mordiller l'estomac. Une nouvelle douleur, inconnue, blanche. C'est quand il a dit « s'il vous plaît », j'ai compris qu'il y tenait vraiment.

— Nous n'avons rien pu faire.

Mon visage se refroidit. Je n'ai plus mal nulle part, sauf au ventre. Comme une colique brûlante. Un trop-plein d'urine. J'ai besoin d'un peu de silence.

— En tombant, la sculpture a sectionné net le poignet.

Quelque chose m'échappe, il dit « la » sculpture et « le » poignet, tout ça m'a l'air très précis. Et clair. Sectionné net le poignet. Sectionné. Sectionné net. Net. Le poignet, sectionné, net.

— Je suis désolé...

Tout mon corps vient de se vider. De la lave a coulé sur mes cuisses.

L'œil gauche s'est fermé, tout seul. Puis s'est rouvert.

Il reste là, sans un geste.

J'ai senti un picotement dans le nez, j'ai respiré par la bouche.

— Votre main était en trop mauvais état... Impossible de tenter la greffe.

Il attend.

Il se trompe.

Je ne suis pas médecin... Mais il se trompe. Et j'ai besoin de silence.

Ma main gauche a tâtonné à l'aveuglette sur la table de chevet et a rencontré le crayon. Puis elle l'a pointé en l'air.

Il réagit, ramasse le bloc de papier et le présente sous la mine.

Elle a crayonné en tremblant, d'autres gribouillages, anarchiques. Cette main n'en fait qu'à sa tête, comme si elle se foutait de la mienne, ma tête, cabossée, incapable de transmettre un ordre simple, un mot, juste un seul, et cette main, ingrate, en profite, elle refuse de me traduire, elle n'ira pas, c'est elle qui décide, ce mot-là, c'est son premier, elle tient sa revanche et je tremble un peu plus.

À bout de forces, je la laisse retomber.

Lui, il a suivi des yeux notre combat.

Il lit.

SORTEZ

La porte se ferme sans bruit. Le picotement a cessé dès que mon œil a pu enfin relâcher ses larmes.

*

Je me suis dressé d'un bloc, dans la nuit. Je n'ai rien senti que la sueur chaude et glacée plaquée sur tout le corps, et puis, très vite, un tiraillement aigu vers le nombril. Une braise entre les reins. Je n'ai pas pu retenir mon urine. De ma main folle j'ai tapé un peu partout vers la table de chevet, des choses sont tombées, la carafe d'eau, sûrement, au bruit, mais je n'ai pas réussi à avoir de la lumière. Et pourtant il faut que je voie clair, il faut que je la voie, il faut que je la touche. Elle est là, je la sens tout près, elle veut s'approcher de mon visage, le caresser pour retrouver la forme du nez et sécher mes yeux. D'un coup sec du bras je la sors d'un bracelet en tissu qui retenait le poignet. Le ventre me brûle, le pansement est serré, je grogne, je ne vois rien, ma main gauche ne suffit pas à défaire l'épingle et le nœud, je perds patience, j'ouvre la bouche sans tenir compte de la blessure, plus rien n'est important, je mords, je griffe dans la pelote, j'arrache tout ce que je peux, je hurle de rage, je déglutis un crachat de sang, je vais enfin la voir, elle écarte les doigts au maximum pour me venir en aide, de l'intérieur, elle travaille comme elle peut, le bandage se détend et la pelote se déroule à terre. J'agite les bras comme un damné, l'aiguille du goutte-à-goutte est arrachée, ça y est, la main est à nue, je vais pouvoir la prendre dans ma bouche et lécher mes doigts, fermer le poing et taper contre le mur, écrire tout ce que je voudrais hurler, dans le noir, elle m'effleure le torse, elle remue comme une araignée folle qui grimpe le long de mon cou...

Mais je ne la sens pas contre ma peau.

La lumière est revenue. Deux femmes en blanc se sont jetées sur moi, mais j'ai crié comme une bête pour ne pas qu'elles approchent.

Et j'ai vu. Enfin.

J'ai vu cette grosse araignée fébrile, impalpable, invisible. Jonchée sur un moignon mal découpé. Une araignée que moi seul pouvais voir. Et qui n'a effrayé que moi.

3

Pour éviter la place des Ternes je suis sorti à Courcelles. En traversant le parc Monceau j'ai croisé des rangées de gosses en costume bleu, et j'ai réalisé que nous étions presque au printemps. Dans une allée, j'ai senti que j'allais perdre l'équilibre et me suis assis sur un banc. Ça m'arrive chaque fois que je marche dans une aire dégagée, sans murs. Dans le vide je me sens bancal. Je ne sais pas vraiment pourquoi mais ça ne dure pas longtemps, quelques secondes, le temps de reprendre mon souffle.

J'ai froid aux pieds. J'aurais dû m'acheter des bottes au lieu de cette paire de mocassins qui ne couvrent pas même les chevilles. Les bottes pourraient m'éviter de perdre du temps avec les chaussettes. Je me suis mis à haïr les lacets, et ce n'est même pas le premier geste du matin.

Avant, il y en a un tas d'autres.

Je n'ai appris ça que très récemment. Il y en a tant que je suis obligé de choisir. Le lever est pourtant moins pénible que le réveil. C'est au moment où j'ouvre les yeux que le plus gros du travail de la journée est passé.

En remontant l'avenue de Friedland j'ai regardé l'heure à un horodateur. 10 h 30. La convocation disait 9 heures.

Rien ne presse. Depuis ma convalescence je sais prendre le temps. En sortant de l'hôpital Boucicaut j'ai pensé descendre à Biarritz, chez mes parents, pour y passer un mois de restructuration physique et mentale, mais j'ai reculé devant le premier obstacle : me montrer à eux. Je n'ai même pas téléphoné pour leur annoncer que mes chances de devenir le type que j'aurais aimé être étaient compromises. Alors, rien, j'ai attendu, lâchement, chez moi, que le moignon cicatrise. J'y ai appris à ravaler mon orgueil et à admettre que je ne faisais plus partie du peuple rapide. J'ai rejoint la catégorie des disgracieux, des pénibles et des maladroits. Il me faut fournir un gros effort mental pour me convaincre de cette idée, qui s'estompe immédiatement dès la première somnolence, où je me revois entier.

3 avril. L'hôpital est déjà loin. Coste et Liliane m'ont rendu visite, elles m'ont dépiauté quelques bonbons et j'ai attendu, patiemment, qu'elles partent. Jacques n'en a pas eu le courage et je lui en rends grâce.

Par réflexe je m'arrête devant la loge de M. Perez au lieu de monter directement dans la galerie. Il ne m'a pas vu depuis plus d'un mois mais fait comme si j'avais rendu les clés la veille. Son sourire se termine mal, ses yeux fuient et passent furtivement sur mes poches.

— Antonio... Beaucoup de monde dans la galerie... Ça va, Antonio... ?

— Et vous ?

Une voiture entre dans la cour d'honneur et Perez se précipite.

— Ils se garent n'importe où... bah...

Les gens que je croise se partagent désormais en deux catégories, ceux qui ne tardent pas à comprendre et ceux qui font comme si de rien n'était. Les premiers ne savent pas comment ranger leur poignée de main, les seconds, rusés, inventent un autre bonjour. Ils innovent. Et je ne connais personne dans Paris qui oserait me faire une bise.

Par trois fois j'ai réussi à retarder la reconstitution sans raison valable. La semaine dernière j'ai compris qu'il ne fallait pas abuser en recevant une vraie convocation. Pendant mon mois de convalescence, je me la suis faite tout seul, ma reconstitution.

Reconstitution...

Si j'avais perdu ma main dans un casse auto, sous une épave de R 16, on n'aurait pas fait tout ce ramdam. Mais si on la retrouve broyée sous un quintal d'Art contemporain, à la suite du vol étrange d'une toile étrange, un bien public, on se pose forcément des questions. Le flic, à l'hôpital, m'a dit que j'avais bel et bien réchappé d'une tentative d'homicide, parce que j'aurais vraiment dû la recevoir de plein fouet, cette sculpture. Et j'aurais tellement préféré l'épave de R 16.

Ça veut dire quoi, au juste, une reconstitution ? Je ne sais plus très bien si on a convoqué la victime ou le témoin. On va m'obliger à mimer ? À simuler un mur de briques que personne ne verra ? À suggérer une araignée invisible ? Je la sens encore, ma main. Elle pend, dans ma manche ballante. On m'a dit que ça pouvait durer un an, l'illusion. Les culs-de-jatte essaient de marcher et tombent, surpris. Les manchots s'accoudent et se cognent le nez. Moi je renverse les tasses de café quand le moignon bute dedans. Encore faut-il que j'aie réussi à en faire, du café. Et ce n'est que le troisième geste d'une interminable journée.

Je reconnais le flic qui est venu me voir à l'hôpital. J'ai déjà oublié son nom et quelques bribes de sa spécialité, je ne savais même pas que ça existait, le machin Central des Vols d'Œuvres et trucs d'Art. Il n'y a guère que lui pour énoncer sa fonction en entier. Sur mon lit, engourdi d'ennui, je lui ai demandé s'il considérait l'assassinat comme un des Beaux-Arts. Et il m'a proposé de passer quand je serais tout à fait réveillé. Le lendemain il a cherché à me faire parler de l'agresseur, et la seule description que j'ai pu fournir est celle d'un gentleman poli et lent. Mon seul souvenir.

— Commissaire Delmas, nous vous attendions.

Sous-entendu : depuis une heure et demie. Je crois que je deviens de plus en plus témoin et de moins en moins victime. Liliane est là aussi, à côté de Mme Coste, qui pour une fois ne passera pas en coup de vent. Deux autres flics traînent dans les salles en regardant la nouvelle expo. C'est moi qui étais censé l'accrocher. Jacques a dû se débrouiller seul au milieu de cette forêt de socles blancs.

Depuis ce matin, personne ne m'a tendu la main. Ils ont tous appréhendé ce moment, et tous se sont juré d'éviter les gaffes. Seule Liliane a tenté une approche, bras tendus vers mon col.

— Tu veux enlever ton manteau ?

— Non.

— Tu vas avoir chaud.
— Et alors ?

On ne m'a pas demandé de faire l'acteur. Delmas m'a posé les mêmes questions qu'à l'hôpital, mais en mouvement, cette fois. Ici, non là, un peu plus vers la gauche, et l'imper, il l'avait sous le bras et pas sur lui, et les empreintes ? Vous en trouverez sur la moquette, j'ai dit, avec la main en prime, pour faciliter le boulot. Où est-elle, d'ailleurs, cette main ?

La sculpture, en revanche, on sait ce qu'elle est devenue, elle est rangée au dépôt, là où s'entassent les milliers d'œuvres qui attendent d'être choisies par un musée de province ou une mairie. Celle-là ira sûrement garnir le parc d'une piscine municipale, quelque part en France. La revoir là, droite et menaçante, m'aurait sans doute gêné. Je n'aurais pas pu m'empêcher de scruter la branche qui m'a amputé. J'aurais vraiment préféré la R16. Mais le pire, c'est que ces bagnoles-là on les compresse et ça fait des œuvres d'art, aussi. Sans parler des artistes extrémistes qui s'amputent eux-mêmes, dans des galeries d'avant-garde, au milieu de quelques privilégiés. Le Body-Art, je crois que ça s'appelle. J'avoue que je m'y perds un peu, au milieu de toutes ces formes d'expression...

Les traces ont été nettoyées, des carrés de moquette neufs jurent un peu avec les vieux, le mur droit du couloir est repeint par endroits.

Après une bonne heure de mascarade et de détails pinailleurs, le flic s'est adressé à moi, mais j'ai bien cru qu'il cherchait plutôt l'oreille de la big boss.

— Nous avons son signalement. Si c'est vraiment quelqu'un du milieu de l'art, qui plus est de l'Art contemporain, il nous reste des chances. Mais à mon avis c'était une commande pour un collectionneur. Quelqu'un voulait la dernière toile de Morand, on la lui a procurée, c'est tout. Si l'œuvre avait été d'une grande valeur marchande on aurait pu partir sur d'autres suppositions. Mais là... Morand... qui le connaît ? Quelle est sa cote ? Je vais demander à nos experts de se renseigner sur les demandes, les collections éventuelles autour de l'artiste, mais je ne pense pas que ça intéresse beaucoup d'acheteurs.

Il regarde distraitement vers Coste et lui demande ce qu'elle en pense. Et après tout, il a raison. Car moi, la cote de Morand, je m'en fous autant que de l'avenir de l'art.

— La plus grosse partie de son œuvre nous vient des États-Unis. J'ai choisi de faire cette rétrospective parce que je trouvais intéressant de montrer l'œuvre d'un émigrant, comme n'importe quel émigrant qui cherche du travail dans un pays autre, ce en quoi Morand a tout de suite saisi, je veux dire dès 64, que la plupart des évolutions viendraient des États-Unis. J'ai choisi les œuvres dans son dernier atelier de Paray-le-Monial que j'avais visité de son vivant, un an après son retour.

Je m'ennuie. Je veux rentrer chez moi. Mes yeux s'arrêtent sur un des socles où est posée une espèce de chose particulièrement laide.

— Quand, à son décès, il a fait don de son travail à l'État, j'ai pensé qu'il fallait le montrer, c'est tout. Dans son fonds d'atelier j'ai pris ce qui correspondait le plus à la ligne générale de son travail, les toiles noires, puis trois sculptures qui pour moi sont un peu le pendant de son œuvre graphique mais qui s'éloignent radicalement de l'influence américaine.

Je détaille un à un tous les éléments qui composent cette œuvre d'une terrible prétention. Coste continue son laïus, sérieuse comme une papesse. Elle aimait vraiment l'expo Morand, mais je me demande sur quels critères elle a choisi la nouvelle.

— Et puis, cette toile, unique, intitulée *Essai 30*... Pour moi c'était une énigme : la toute dernière recherche, un travail où l'objet a sa place, un travail de dénégation, je pense. Je l'ai choisie pour ça, pour ce point d'interrogation que Morand laissait. Un amateur d'art, et un amateur d'art très renseigné, aurait pu être intéressé par la décennie 65/75, c'est là où Morand a fourni un condensé de ce qu'on trouvera plus tard. Mais là... avec cette toile... j'avoue ne pas comprendre.

Delmas prend des notes. La boss sait parler en public. Une fois elle a même fait un cours sur la nouvelle figuration à un ministre qui ponctuait avec des « oui oui » de temps en temps. Nous, avec Jacques, on avait martelé plus fort que d'habitude.

Tout le monde se met à bouger, Liliane, la boss, les flics récupèrent leurs dossiers et leur manteau, je sens un mouvement flou vers la sortie, personne ne m'adresse plus la parole, à part le commissaire qui tient à être prévenu si un détail éventuel revenait à la surface. À l'hôpital il m'a dit qu'en ce moment il avait beaucoup d'ennuis avec les Post-Impressionnistes. Je n'ai pas su pourquoi mais, bêtement, j'ai fait l'intéressé.

Voilà.

Fin de la reconstitution.

Seul, surpris de ce silence, j'ai fait quelques pas dans les salles pour retrouver mes esprits et pour commencer à me faire à l'idée que mon misérable cas n'intéresse plus personne. Dans un coin j'ai vu une sorte de construction à base de gouttières emboîtées les unes dans les autres. Des masques vénitiens sont accrochés sur les tubes et pendent un peu partout. Un cartel posé à la base précise : SANS TITRE. 1983. Plastique et plâtre.

Une seconde j'ai failli hurler à cette imbrication de bêtise. Pendant ce court instant j'ai pu sonder toute l'absurdité de ce qui m'est arrivé, à quelques mètres de là.

En regardant vers le parc, je me suis souvenu de cet amas de feuilles mortes et rousses qui le recouvrait l'été dernier. Un artiste avait trouvé intéressant de créer une petite ambiance automnale en plein mois de juin. Aucun visiteur ne s'en était aperçu. Hormis le jardinier qui s'est éloigné un peu plus, lui aussi, de l'Art contemporain.

Le mot « vol » semble satisfaire tout le monde. Un instant j'ai eu envie de leur dire que tout ça me semblait trop simple. Cette toile n'avait pratiquement aucune valeur, si on l'a volée c'est qu'elle montrait autre chose. C'est Coste qui l'a dit, et ça crève les yeux. C'est le boulot d'un spécialiste de lire ce qu'il y a dans une toile, d'en déceler le mystère. C'est à cause de ça que j'ai perdu une main. Si on ne retrouve pas mon agresseur je mourrai sans savoir ce qu'elle cherchait à dire, cette toile.

En descendant les marches je m'aperçois que j'ai transpiré. Je dois me résoudre à ôter mon manteau plus souvent si je ne veux pas attraper tous les chaud et froid. Malgré mon orgueil.

— J'ai à vous parler, Antoine. On peut se voir dans mon bureau... ?

Je suis au seuil du portail et Coste hausse la voix. C'est la seconde fois qu'elle m'appelle par mon prénom. La première c'était en me remerciant d'avoir bricolé le transfo d'un caisson mobile qui refusait de s'éclairer. Je n'ai pas envie de la suivre dans les étages et me refaire une suée. J'ai besoin de sortir et le lui fais comprendre par un hochement de tête un peu disgracieux.

— J'aurais préféré vous recevoir dans mon bureau mais je comprends que vous soyez fatigué de toutes ces questions pénibles... Voilà, heu... N'y allons pas par quatre chemins, vous n'accrocherez plus...

Je réponds non. Sans savoir si c'est vraiment une question.

— Je vais trouver un remplaçant pour aider Jacques. Mais je ne veux pas vous laisser en plan.

Des blancs entre les phrases. Je ne vois rien, mais vraiment rien pour les combler.

— Vous ne pourrez plus garder votre job d'été au dépôt, je suppose. Vous avez d'autres sources de revenus ?

— La sécu m'a pensionné.

— Je sais bien mais... Vous n'allez pas rester comme ça... Sans travail... J'ai pensé que... Enfin, voilà, je vais avoir besoin de Liliane pour le secrétariat, et je me proposais de vous embaucher comme gardien.

— Comme quoi ?

— Comme gardien, à plein temps.

Je ne dis rien. Je m'en fous. J'attends. J'ai froid.

— Merci.

Je ne sais pas quoi dire d'autre. Elle ne comprend pas. En passant sous le porche je m'essuie le front et quitte l'enceinte de la galerie.

Un peu plus loin, en tournant le coin de la rue, je sors le catalogue que j'ai pris soin de glisser dans une poche de mon manteau. Je le pose à terre et le feuillette pour y trouver la bonne page.

Essai 30.

Je la prends entre mes lèvres, la déchire d'un coup sec et la fourre dans ma poche. Le reste, au bord du caniveau, intriguera bien un clodo. On trouve toutes sortes de clodos, même des amateurs d'art, même des peintres incompris.

*

Gardien de musée, à vie... Comme si ma vie avait été là, ne serait-ce qu'une seule seconde. Ça partait d'une bonne intention, pourtant. Mme Coste s'est dit que garder un musée, c'est l'un des seuls boulots au monde où l'on n'a pas besoin de ses mains. C'est tout. À une époque il y avait même des éclopés au Louvre, la manche bleue repliée par une grosse épingle à nourrice. C'est pas nouveau. Ça entre dans le cadre des 5 % d'invalides obligatoires.

Mais ce n'est pas important. L'important c'est ce que j'ai sous les yeux, épinglé là, devant mon lit. Sur le chemin du retour je me suis arrêté dans une boîte de photocopie, boulevard Beaumarchais, pour un agrandissement couleur. Ils m'ont tiré l'*Essai 30* en 21/27. Le jaune bave un peu mais ça ira.

Le téléphone sonne, tout près du lit, et j'ai encore le réflexe de tendre le mauvais bras.

— Allô... ?

— Bonjour, c'est le docteur Briançon. Ne raccrochez pas. Est-ce que je peux venir vous voir, ce serait plus simple.

C'est son coup de fil hebdomadaire depuis ma sortie de Boucicaut. Il veut me retenir une place dans un centre de réadaptation.

— Écoutez, je vous remercie d'insister comme ça, mais je ne comprends pas pourquoi. Ce que vous appelez de la rééducation, pour moi, c'est... c'est...

— Il ne faut surtout pas avoir peur de ça, au contraire. Il suffit de...

— Je ne veux pas apprendre à devenir manchot. Je ne retrouverai pas ce que j'ai perdu. Vous ne pourriez pas comprendre.

— Écoutez, ce que vous ressentez est tout à fait normal, vous allez traverser un désert, un désert de rancœur, c'est évident, mais vous en sortirez.

Un quoi ? Quand les toubibs font dans le lyrisme... Pourquoi pas une montagne d'amertume ou une mer de douleur ? Docteur Briançon et sa métaphore qui tue... Vaut mieux entendre ça qu'être manchot. Si je le laisse poursuivre je vais avoir droit à du catéchisme médical, comme à l'hôpital.

En raccrochant je fais chuter les deux gros bouquins qui tenaient sur le bord de la table. L'un d'eux, le plus cher, a quelques pages cornées. 360 francs pour un gros pavé sur les trente dernières années de l'Art contemporain en France. Il est bien gentil, le docteur, mais je n'ai rien à foutre de ses séances. Je débranche la prise du téléphone. Il va s'épuiser, à la longue. Personne ne pousse l'apostolat trop loin. Qu'est-ce que j'irais faire à Valenton, dans le Val-de-Marne, avec des éclopés partout ?

Morand n'est cité que comme un « *exilé de la crise artistique française des années 60* ». C'est moins clair que ce que disait Coste, mais ça exprime la même idée. On ne lui consacre qu'une dizaine de lignes en tout et pour tout. Dans l'autre bouquin, moitié moins, à part une note bibliographique qui renvoie à une étude américaine où, apparemment, on en dirait plus long. J'ai trouvé aussi la reproduction d'une toile noire de 74 qui était exposée à la galerie. Je suis obligé de lire sur le ventre, vu le poids des volumes, et ça fait mal aux reins. Mes lombaires ne vont pas s'arranger. Le catalogue de la rétrospective est en fait le seul ouvrage relativement complet sur Morand, c'est-à-dire une préface quasi incompréhensible de Coste sur « l'espace mental d'un artiste en transit » et une biographie qui commence à exister à New York et meurt en deux lignes à Paray-le-Monial. Rien que je ne sache déjà.

Et quand bien même.

J'ai au fin fond de la conscience une ou deux certitudes qui se façonnent de mieux en mieux, qui gagnent du terrain, lentement, et je les laisse croître à leur rythme. Et cela fait déjà un mois qu'elles mûrissent. Bientôt je pourrai me les formuler à haute voix.

Ça pourrait rentrer dans le cadre de ce que le flic appelle « les détails qui reviennent à la surface ». Oui, on pourrait l'énoncer comme ça. Mais s'il savait vraiment ce qui me remonte à la surface, je pense que ça lui créerait de nouveaux soucis.

La toile volée, d'abord. Elle et moi, nous nous sommes déjà croisés. Peut-être pas exactement celle-là mais quelque chose de fidèle, né du même esprit ou du même système. Une copie ? Une reproduction grandeur nature ? Je ne sais pas encore, pour l'instant ce n'est qu'une réminiscence, une présence qui prend tous les jours un peu plus de matière. Un mouvement, une couleur, ce jaune uniforme, clair. Et puis, cet objet, la flèche d'une église, peinte avec précision à la pointe et dont la base est barrée de grands coups de pinceau. Elle ne fait qu'émerger d'une couche jaune, on a l'impression qu'elle pousse encore, et avec peine. Autour, encore du jaune, mais plus agressif, un magma, l'imminence d'un bang, quelque chose va jaillir, peut-être que c'est déjà fait, peut-être que c'est la flèche elle-même. Et j'ai déjà vu cette irruption quelque part. J'en suis sûr et pourtant je n'y connais rien. La toile est déjà problématique pour une spécialiste comme Coste, et en toute logique elle devrait totalement échapper à un béotien comme moi. Je n'ai jamais visité d'autres galeries, pas même Beaubourg, je connais à peine le Louvre, et la peinture en général ne m'a jamais inspiré qu'une sombre méfiance. Je n'étais pas disponible. En arrivant à Paris je n'ai pas eu envie de me goinfrer de patrimoine. Mon grand-oncle, à Biarritz, m'avait donné l'adresse de l'académie de l'Étoile, et j'y suis allé direct. Parfois, pendant les accrochages, je me suis inquiété de ce non-investissement, de ce manque d'émotion, ce truc dont les catalogues parlent avec sentence. Je me suis cru stérile et loin de toutes ces recherches plastiques, de cet art, avec un grand A, parce qu'on dit artiste pour dire simplement peintre et œuvre pour dire toile. J'ai toujours refusé de dire « œuvre », je trouvais ça indécent, exagéré, alors j'ai dit « pièce », plus technique, plus neutre. Mon art à moi, je le sentais bouillir dans les tripes, une quête de la beauté dans trois billes qui s'effleurent, rien qui n'ait besoin de regard ou de discours, et aucune Coste au monde n'aurait pu comprendre ça. Les gens qui aiment la peinture parlent beaucoup et je ne suis pas bavard.

Oui, j'ai eu d'autres désirs en tête, mais sans les questions, sans recherche névrotique du sens.

Aujourd'hui je me retrouve amputé de tout, et c'est maintenant que les questions apparaissent. Car rien ne va se terminer comme ça. Je ne fais que commencer. Seul. Sans les experts et les commissaires. L'urgence, pour moi, c'est de comprendre, même sans le moindre espoir de rétablir, un jour, l'ordre des choses. Personne ne peut soupçonner le préjudice que j'ai subi, et tout ça à cause d'une toile jaune qui en dit plus qu'on ne le pense. Mes quarante années de promesses ont été réduites à néant dans une éclaboussure de jaune citron.

Cette toile, je l'ai vue. Et, à bien y réfléchir, mon inculture crasse dans ce domaine ne peut être qu'un atout. Il n'y a pas mille endroits dans Paris où j'ai pu la voir. Ce n'est sûrement pas dans un bouquin, celui qui est sous mes yeux est bien le premier que j'ouvre. Toute toile ou sculpture n'a pu apparaître que dans le cadre de mon boulot, et depuis quelques jours je pense au dépôt. Le réservoir de l'art. J'y ai passé les deux derniers mois de juillet à faire le ménage et inventorier des vieux machins dont personne ne veut et qui n'ont plus aucune chance d'être exposés un jour. Là-bas, j'en ai manipulé des centaines, couverts de poussière. Tout à l'heure j'irai y faire un tour, à tout hasard. Sinon je trouverai bien ailleurs, ça prendra plus longtemps mais je finirai par savoir où j'ai vu cette toile.

Vers midi je suis sorti pour acheter une machine à écrire. Au début j'ai pensé la louer mais j'ai très vite réalisé que cet objet ferait désormais partie de ma vie. Ce n'est pas cette saloperie de main gauche qui va m'aider à faire une lettre. Alors j'ai payé comptant. La vendeuse m'a posé des questions pour tenter de définir quel outil était le mieux adapté à mes besoins et, après quelques secondes de flottement, en voyant le moignon que je laissais en évidence sur le bord du comptoir, elle a dit qu'elle était nouvelle et que sa chef saurait mieux me satisfaire. En effet, la chef était meilleure, et elle m'a vendu un truc électronique, tout simple, avec un retour automatique et une touche qui corrige le dernier caractère. J'ai commencé à me familiariser avec la machine. J'ai même cru pouvoir l'utiliser tout de suite.

La lettre aux parents.

J'avais déjà mis au point quelques formules. Mais le plus dur c'est d'enclencher le papier. Et je rate souvent. Pour l'instant j'en suis à l'en-tête, « Chers vous deux », un peu de travers, mais c'est mon meilleur résultat jusqu'à présent. Tant pis, ce sera une lettre pas nette, un peu froissée, avec des fautes de frappe impossibles à corriger. Le plus dur reste à faire. Toutes mes formules ne disent rien, je ne sais pas comment appeler un chat un chat. Ils sont fragiles, mes parents. Ils m'ont eu tard.

J'ai appelé Jean-Yves, de nouveau. Il ne m'a rien dit de plus que la dernière fois sur la toile jaune. Je lui ai demandé de faire un effort, de se souvenir de ce qu'il avait dit sur la texture de la peinture. « Juste une impression, vieux, désolé... » Il m'a conseillé de laisser tomber, j'ai demandé quoi, il n'a pas su répondre.

J'ai un peu mieux réglé le problème des vêtements en retrouvant un sac de vieilles fringues, et notamment deux sweat-shirts qui s'enfilent une bonne fois pour toutes. Une vieille veste en laine peignée qu'un type énorme avait oubliée à l'académie. Trois tailles de trop, je la passe en un clin d'œil. D'ici demain j'aurai une paire de bottines et un pantalon à fermeture Éclair. J'ai juste l'air un peu plus débraillé que d'habitude. Il faudrait que je fasse réparer la porte d'entrée, jusqu'à maintenant je la fermais en la maintenant bloquée, mais avec les beaux jours qui reviennent le bois va gonfler, comme l'été dernier. Heureusement que je suis patient.

*

La première fois que je suis entré au dépôt remonte à deux ans. Avant d'y pénétrer je m'en faisais une image parfaitement sacrée, une sorte de sanctuaire. Je pensais qu'il fallait mettre des gants blancs pour approcher religieusement la collection d'œuvres contemporaines que l'État se monte depuis un bon siècle. Des experts en Arts plastiques, des critiques, des conseillers se réunissent régulièrement depuis 1870 pour acquérir ce qui va constituer le patrimoine français d'Art contemporain. 60 000 œuvres, pour l'instant. En fait les trois quarts des pièces, et les meilleures, sont distribuées aux organismes nationaux, les mairies, offices publics, ambassades, etc. Chacun se sert depuis cent ans et qu'est-ce qui reste ?

5 000 machins dont personne ne veut, pas même le moindre maire du plus petit hameau, de peur d'effrayer ses trois électeurs. 5 000 petits morceaux d'art abandonnés, mal-aimés et pas fiers. Des toiles, des sculptures, des gravures, des dessins roulés, des objets « arts-déco », et quantité de trucs mystérieux et inclassables. Toiles et sculptures sont entreposées dans des salles différentes, mais c'est parmi les secondes que j'adorais me perdre. Le mélange des époques et des styles en fait une jungle poussiéreuse et baroque. Les premiers jours j'ai tourné des heures durant dans les allées hautes de plusieurs mètres et dans les rayonnages métalliques regorgeant de statuettes, je me suis promené dans l'amalgame des formes et des couleurs. La statue en bronze patiné, grandeur nature, d'un zouave qui fait face à une main géante aux doigts en résine rouge, pas loin d'un grille-pain incrusté de cailloux. Des dizaines de bustes et de visages figés qui regardent dans tous les coins, impossible de leur échapper. Des cartons empilés d'où émergent des fils électriques, des serpents de cuivre, des pieuvres aux alvéoles bleus, des châssis vides. Une moto, dans un coin, montée sur trépied, conduite par une femme en bois verni. Une table où sont agencés couverts et assiettes, comme si les dîneurs venaient juste de fuir. Des êtres hybrides, mi-homme mi-machine, sous des linges bariolés. Un hussard qui s'ennuie, assis en face d'une chose verte.

Elles sont 5 000. Incompréhensibles. Attachantes. C'est au beau milieu de cette cruelle abondance, ce cagibi de l'histoire de l'art, que j'ai commencé à réaliser deux ou trois petites choses sur le sublime et le dérisoire. Ce qui reste et ce qu'on préfère oublier. Ce qui résiste aux années et ce qui tombe en désuétude en moins d'une décennie.

Les vivants ne sont pas plus de deux. Véro et Nicolas, perdus dans une grande salle aménagée en bureau, au seuil des hangars. Depuis des années, Véro passe le plus clair de son temps à répertorier ce qui est dedans, et surtout « dehors », comme elle dit, les 55 000 œuvres dispersées un peu partout sur la planète. En théorie tout devrait être inventorié sur les registres, mais chaque fois qu'elle en ouvre un datant d'avant 1914, il tombe en poussière. Le Ministère a créé un service informatique pour tout rentrer sur ordinateur mais en attendant, il faut bien passer par les archives, et comme dit Véro : « y'a des manques ». Pour l'instant, l'ordinateur, c'est Nicolas. En dix ans de boulot il est devenu la mémoire du dépôt. Son âme. Il peut reconnaître une estampe à plus de dix pas et dire où se trouve le buste de Victor Hugo acheté en 1934, en général planqué entre un bronze du XIXe et une toile cinétique de 55. Ce que j'ai tout de suite aimé chez lui c'est le mélange subtil de respect pour le matériau et d'irrespect total pour l'œuvre.

Véro, de dos, se sert un café.

— Où est le Matisse acheté en 53 ? je lance.

Elle sursaute, me voit et soupire un grand coup.

— À l'ambassade d'Alger... Tu m'as foutu la trouille !

Elle sourit puis arrête de sourire puis recommence, autrement.

— Ça va, Antoine ?

— Ouais.

— On a su pour ce qui s'est passé à ta galerie et... Tu veux un café ?

— Non, merci, Nicolas est là ?

— Oui, il fait visiter les salles à un type, un préfet, ou un truc comme ça... Il veut décorer le hall de sa préfecture. Il a demandé un Dufy, t'imagines ? Un Dufy ! Ici ! Il va repartir avec un chou-fleur à la gouache, je sens ça d'ici.

Il y a un bon stock de choux-fleurs à la gouache, comme elle dit. C'était le contemporain des années 20. Impossible de les fourguer, même au plus kitsch des adjoints.

Je m'assois comme une masse dans le fauteuil près de son bureau jonché de paperasses.

— Vous avez reçu des trucs bien, récemment ?

— Bah... Ils ont acheté des gravures assez marrantes et une série de sept bidons en acier remplis de deux cents litres d'eau chacun, tirés des sept mers. Et c'est vrai.

— Vous savez où les mettre ?

— On a pas la place, tu connais le cagibi comme moi. Parle-moi de toi, plutôt... Tu vas continuer à bosser à la galerie ?

— On verra... Et toi ? L'inventaire, ça avance ?

— Ça fait des années que je réclame une stagiaire. À part Nico et moi personne s'y retrouve, ici. On est comme qui dirait indispensables, dans cet océan de bordel.

Nicolas arrive en grognant.

— Font chier... Il m'a demandé si j'avais pas un Braque... Non mais quoi encore... ?

Il me voit et continue de grogner.

— Ah t'es là, toi !

Avec les années, Véro et lui commencent furieusement à se ressembler. Ils s'adorent. Ils s'engueulent. Ils ne se font pas la moindre bise, ni le matin ni le soir. Ils s'adorent.

— Il est parti avec quoi, le Préfet ?

— Que dalle... Si, un rhume. Et toi, tu veux quoi, l'ami ?

— Je voulais faire un petit tour dans les réserves. Tu viens me faire la visite ?

Sans comprendre il me suit dans le hangar des sculptures.

— En fait j'aurais besoin d'un renseignement. Enfin... ce serait plutôt une bouteille jetée dans cet océan de bordel. Et je préfère t'en parler seul à seul.

J'ai confiance en Véro mais je préfère ne pas la mêler à tout ça. Un peu inquiet, il me regarde tourner autour d'une Vénus de Milo en polystyrène.

— Vas-y, explique... J'aime pas les mystères.

— Est-ce que vous avez déjà eu dans le dépôt des trucs de Morand, enfin, à part ceux de la rétrospective.

— Comprends pas.

— Le Ministère n'a jamais rien acheté de Morand, avant la donation ?

— Rien. Moi j'ai entendu parler de ce mec au moment de sa rétrospective, c'est tout.

C'est ce que j'attendais. S'il y avait autre chose de Morand, Coste en aurait parlé tout de suite.

Je sors ma page de catalogue.

— Parce que voilà, je me demandais si vous n'aviez pas ici un truc qui ressemblerait à ça. Je sais que ça peut paraître bizarre mais j'ai l'impression qu'une toile du même genre traîne ici. Y'a tellement de fatras qu'on ne sait jamais.

Dans le fatras, il y a, par exemple, une dangereuse sculpture où il ne fait pas bon laisser un bout de soi-même.

— On a jamais rien eu de lui avant.

— Je ne sais pas si c'est vraiment une autre toile de Morand que je cherche. J'ai juste fait un rapprochement avec la toile qui a été volée. C'est juste un rapport visuel, peut-être la couleur, ou un mouvement.

— Un mouvement ?

— Oui.

— Tu te fous de ma gueule ? Un mouvement ? Avec le tas que j'ai ici ? C'est comme si t'allais aux puces de Saint-Ouen pour demander si par hasard ils auraient pas vu une craquelure.

Je sais, c'est un peu ça. Je réattaque par le biais.

— Oui mais toi, c'est pas pareil, tu pourrais même dater une toile par ses strates de poussière, tu pourrais définir le taux de jaunissement d'une litho, t'es le seul à pouvoir faire la différence entre une sculpture de Caillavet et une stalagmite.

Il sourit malgré lui.

— Ouais, ouais, et toi t'es le seul à pouvoir dire autant de conneries. Je vais réfléchir à ton truc. T'es toujours au même numéro ?

— Oui. Et puis, je voulais vous dire aussi... Ces histoires, ça me regarde... Je veux dire par là... c'est personnel... et moins on est au courant, mieux c'est.

— Te fatigue pas. Tu veux pas que j'en parle, c'est ça ? Même pas à Véro ? Mais mon pauvre garçon, qui tu veux que ça intéresse, ta merde jaune... ?

*

L'*Essai 30* et sa flèche qui pousse. J'ai l'impression de vivre cet effort avec elle. En la déballant, je l'ai regardée plus précisément que les autres, les désespérément noires, et puis, je suis passé à la suivante, sans prendre le temps, et l'ensemble n'a fait que grossir le stock poussiéreux et anonyme de ma mémoire. Le dépôt qu'il y a dans ma tête. Ma collection inutile. Je ne m'étais douté de rien, mais maintenant je sais que la flèche est en train de naître, il suffisait de s'y attarder. Et ça crée une sensation bizarre de penser qu'elle n'en finit pas de percer depuis le premier jour où Morand l'a conçue de quelques jets de pinceau. Combien de temps de travail pour suggérer cette pression ? Moi je dirais très peu. Un crachat. Mais je me trompe peut-être, aux yeux d'un spécialiste qui sait jauger le travail véritable on saurait que ça a pris des semaines entières. En même temps, par-delà toutes ces questions, je refuse de penser que je suis passé à côté de plein de choses, à la galerie, que j'ai gaspillé des heures entières à mettre en valeur des pièces sans me douter qu'elles en avaient déjà une, intrinsèque et pertinente.

J'ai préféré me concentrer sur ce qui allait être ma vraie vie, celle d'après dix-huit heures. Là je maîtrisais tout, les heures de travail et les cent façons de faire le point. En général il n'y en a que deux ou trois, pour mille façons de le rater. Et entre ces deux-là il y a souvent le choix entre beauté et technique, et l'on choisit selon l'humeur, le score, ou la présence d'un public. Et j'aimais bien les hourras et les bravos.

La lettre aux parents.

Comment dire qu'on a une main en moins à ceux qui vous en ont donné deux. Je n'imagine même pas le regard de ma mère sur ces lignes. Elle s'est sentie rassurée quand je lui ai annoncé que j'avais trouvé une place fixe, à la galerie ; elle n'aimait pas me voir partir avec son frère aîné pour aller traîner dans un café où l'on jouait au billard. Mon père s'en foutait, toujours plongé dans les grands textes de la langue, toute sa carrière durant il a cherché à transmettre son amour du langage à des étudiants plus ou moins passionnés.

Cette lettre, j'aimerais l'écrire en évitant les mots compliqués. En évitant les mots, tout court. Dire sans écrire. Le mot « amputé » m'apparaît comme un coup de poignard. Invalide, manchot, sectionné net, et bien d'autres me sont interdits. En fait, cette lettre, il me faudrait la peindre, si j'en avais le talent et les outils. Il n'y a guère que la peinture pour signifier les choses qu'on ne peut pas exprimer par le verbe. Un simple dessin pourrait m'épargner toute une romance qui finirait à coup sûr par s'écouter mentir.

Il me faudrait faire un tableau sans concessions, sans espoir, avec des couleurs crues, qui montre la détérioration de tout ce qui m'entoure désormais. Le manque de perspective. Rien d'optimiste ni de bucolique. La violence intérieure. L'expressionnisme.

Chers vous deux

Je ne jouerai plus au billard désormais, et, maman, ça devrait te faire plaisir, parce que tu as toujours dit qu'on ne pouvait pas gagner sa vie dans les arrière-salles de cafés. J'ai envie de vous hurler ma main. Tu te méfiais de Paris, papa, tu me disais que c'était la ville du trouble. Cet après-midi je suis allé dans un magasin près de la Bastille pour acheter un hachoir. Un vrai hachoir de boucher, j'ai pris le plus gros qui puisse tenir dans une poche. Pour l'instant, personne ne sait que j'ai cet objet en ma possession. En espérant que ma main débile ne me trahira pas, le jour où je m'en servirai, je vous embrasse...

On toque à la porte. Je sors le nez de ma machine et laisse passer un moment avant d'ouvrir.

Le poing brandi, il s'apprêtait à frapper de nouveau. J'aurais dû me douter que le docteur Briançon viendrait un jour ou l'autre constater de visu l'étendue de mon désarroi.

— Heu... Bonsoir. Vous me laissez entrer ?

Il a eu mon adresse dans le dossier de Boucicaut.

— Si vous voulez.

Il jette un œil circulaire sur ma cagna. Un œil de psychologue ?

— Vous voulez vous asseoir ?

Je lui tends une chaise vers le coin cuisine.

— Je n'ai rien à vous offrir. Ou si, un verre de vin, ou du café.

Il hésite un peu.

— Du café, mais je peux le faire, si vous n'avez pas envie...

— Non, ça va, mais moi je veux du vin. On échange, je fais le café et vous débouchez la bouteille.

Il sourit. Comme si j'avais cherché à faire preuve de bonne volonté. Il fait fausse route. Pourquoi moi ? Il y a sûrement plein de types bien plus défavorisés ou plus fragiles que moi. Des soutiens de famille, des enfants, des hémiplégiques, des paraplégiques, des traumatisés en tout genre. Pourquoi moi ? C'est pour me parler de Valenton ?

— J'aime bien votre quartier. Quand je suis arrivé à Paris j'ai cherché un truc dans le coin, mais le Marais c'est hors de prix.

Je ne réponds rien. Il a beau être celui qui sait écouter les réponses, c'est tout de même lui le demandeur. Et je ne vais surtout pas ouvrir le débat à sa place. Je verse délicatement le café dans le filtre et appuie sur le bouton, comme un vrai petit gaucher.

— Vous avez joué au billard ?

Hein ?

Je tourne la tête d'un coup brusque.

Il montre la queue posée à terre contre le lit.

— Elle est à vous ? Je n'y connais rien mais elle est superbe. C'est de l'érable ?

Il l'a trouvée, son ouverture. Avant de répondre je respire un grand coup.

— Érable et acajou.

— Ça doit coûter cher, non ?

Je ne comprends pas sa méthode. Un mélange de curiosité sincère et de provocation. C'est bizarre, dès que je cesse d'être agressif c'est lui qui le devient.

— Assez, oui. Mais c'est ce qui fait le charme de beaucoup d'œuvres d'art. Beau et cher.

— Et inutile.

En une fraction de seconde je me suis vu saisir la bouteille et la fracasser sur son front. Et lui vient juste de la happer pour y piquer le tire-bouchon.

— Tout compte fait je regrette, dit-il en regardant l'étiquette. Si j'avais su que vous aviez du margaux...

J'éteins la machine à café et sors un autre verre. Il verse.

— Vous avez raison. Quitte à boire, autant prendre ce qu'il y a de meilleur.

— Dites donc, docteur, vous réagissez comme un type qui traverserait un désert de rancœur. On abrège ?

— Bon, vous avez raison, on ne va pas tourner autour pendant des heures, mon boulot c'est la réadaptation des handicapés psychomoteurs, et dans votre cas il y a mille choses à faire au lieu de vous laisser enfermer dans une coquille. Des choses simples mais qui demandent du travail. Si vous fournissez l'effort nécessaire, tout vous sera ouvert, vous pourrez revivre normalement, vous deviendrez gaucher.

Silence. Je le laisse terminer. Plus vite il sera dehors.

— Il existe des phénomènes de compensation chez tous les handicapés, et votre travail doit se porter sur la main gauche afin de retrouver une totale habileté. Inconsciemment nous avons tous le même schéma corporel, ce qui explique que dans les rêves vous vous verrez entier pendant encore quelques années et...

— Foutez le camp.

— Non, laissez-moi parler, vous ne devez pas laisser échapper cette occasion, plus vous tarderez, plus...

— Pourquoi moi ? Mais dites-le, bordel !

J'ai élevé la voix. Il le voulait sans doute.

— Parce qu'il y a quelque chose chez vous qui m'intrigue.

— Ah oui...

— Je sens un traumatisme plus fort que chez tous les autres sujets. Quelque chose de... de violent.

— Quoi donc ?

— Je ne sais pas encore.

Après une seconde de surprise, j'éclate de rire. Un rire qui s'étrangle dans ma gorge.

— Rien que votre accident, par exemple... Perdre sa main sous une sculpture...

— Un accident de travail comme un autre, je dis.

— Oh non, et vous le savez mieux que moi. C'est le premier cas jamais répertorié à Boucicaut. Et puis, votre séjour à l'hôpital, vos réactions inattendues, comme le jour où l'on vous a enlevé les points de suture. Vous aviez déjà changé de visage, mais ce qui m'a surpris c'est votre tranquillité, votre sérénité, presque. On aurait dit que rien ne s'était passé, pas de douleur, pas de râle pendant qu'on vous extirpait les agrafes, pas de rejet en voyant ce qu'allait être votre moignon, pas de question sur l'avenir, pas de désarroi, pas de rébellion. Rien, un regard effacé, un masque, une étrange docilité à tout ce qu'on vous demandait. Sauf la rééducation. Vous allez trouver ça étrange mais vous réagissiez plutôt comme un grand brûlé... Une recherche d'immobilité, je ne sais pas comment vous dire...

Ne rien répondre. Ne pas l'aider.

— Je suis sûr d'au moins une chose : vous ressentez beaucoup plus durement la perte de votre main que n'importe quel individu que j'ai soigné. Et je veux savoir pourquoi. En fait, c'est pour ça que je suis venu voir l'endroit où vous vivez.

Il se lève, comme s'il avait senti la pulsion de violence qui monte en moi.

— Méfiez-vous, Antoine. Vous vous trouvez à la frontière de deux univers... comment dire... D'un côté l'occupation et de l'autre, la zone libre. Et pour l'instant vous hésitez...

Ça semble être le point final. Que pourrait-il bien ajouter à tout ça ?

— C'est fini ?

Il acquiesce, comme pour calmer le jeu. En s'approchant de la porte, j'ai bien vu qu'il a détaillé ma piaule une dernière fois. Comme un con, je me suis aperçu que j'avais laissé traîner le hachoir flambant neuf, bien en évidence, posé sur son papier d'emballage. Il ne l'a pas manqué, c'est sûr, rien qu'à voir la manière dont il m'a dit au revoir, de ses yeux, traînant dans les miens.

Tant pis.

La barbe commence à me piquer. Je ne dois pas passer le cap des trois jours sans rasage, sinon... Avant d'aller dormir je me regarde dans la glace, avec ma tenue de clown et ma gueule en friche. Je me suis vu comme un de ces petits êtres idiots, posant toujours de face, et terriblement présents, qui peuplent les toiles d'un jeune artiste dont le nom m'échappe toujours.

*

Ce matin, à demi réveillé, je me suis précipité sur ma queue de billard, pour la toucher, la visser, la voir. J'ai réalisé que je dormais encore et que la tête me tournait de m'être levé si vite. Le téléphone a sonné et, dans la brume du sommeil j'ai reconnu la voix de Nico sans comprendre grand-chose. Je me suis écroulé à nouveau sur le lit.

Deux heures plus tard, j'ai l'impression d'avoir rêvé tout ça.

Je n'ai même pas attendu la monnaie du taxi pour filer droit au bureau. Véro, toujours son café à la main, regarde Nico emballer des gravures sous verre.

— T'es un rapide, il dit.

— Toi aussi, je réponds.

Il m'entraîne dans les salles. Je me demande ce que Véro pense de notre manège.

— J'y ai passé la nuit, sur ta connerie jaune. Parce que moi aussi, quand tu me l'as montrée, j'ai... Suis-moi.

Des déclics comme celui-là, on lui en demande trois par semaine. Le plus souvent ça tombe pendant le casse-croûte ou la pause de quatre heures.

Dans la troisième salle, celle où sont stockées les toiles roulées, sans châssis, il s'agenouille à nouveau. J'ai bien senti qu'il a hésité, une seconde, à me demander de l'aide.

— Ça ne pouvait être qu'une roulée, les autres je les connais. Et les roulées je mets jamais le nez dedans, ça me fait éternuer.

Certaines ont facilement plus d'un siècle, et chaque fois que j'en prenais une je toussais dans un nuage de poussière. Je comprends mieux pourquoi il attendait juillet pour me faire mettre un semblant d'ordre là-dedans.

— Je me suis repéré à la taille. Celle de Morand et celle d'ici font huit figures.

— Je ne sais pas compter en figures.

— 46 centimètres sur 38 de large.

Je la regarde, posée au sol. Et ma pointe de douleur au ventre me relance d'un seul coup.

— Alors ? Qu'est-ce que t'en dis ? Beau boulot, hein ?

Pirouette de la mémoire.

Hypnose...

Il attend, anxieux, ma réaction.

Du rouge clair. Traité exactement de la même manière que le jaune de l'*Essai 30*. J'arriverais même à retrouver le moment où je l'ai vu, ce rouge. C'était pendant mon premier séjour ici, au début je ne résistais pas à dérouler tout ce que je touchais, rien que pour me marrer devant toutes ces vieilleries. L'idée absurde de tomber sur un chef-d'œuvre oublié m'amusait. La caverne d'Ali Baba a tourné très vite au terrain vague. Je me souviens du rat qui avait surgi d'un rouleau.

— Ça ressemble, hein ?

Je ne peux pas en décoller les yeux. La peinture est un peu craquelée mais on y trouve exactement le même académisme dans le dessin de l'objet, ce n'est plus une flèche mais le chapiteau d'une colonne. Tout a changé, le motif et la couleur, et pourtant on retrouve le même système, la même extraction. Nico grogne un coup en voyant que je la chiffonne sans scrupule. Derrière la toile, une inscription. « *Essai 8.* »

Tous les deux, hébétés, nous restons accroupis dans un halo poussiéreux.

— Et ça, t'as vu ? dit-il.

— Ben, oui, c'est le huitième de la série.

— Mais non, ça, en bas. Au dos.

En petits caractères, en bas à gauche de la toile, il y a une autre inscription qui nous avait échappé. À cet endroit-là, il pourrait s'agir de la signature.

— «Les Objec... »

— Là, c'est quoi ? C'est un T ?

— «Les Objec... tifs », non ? On dirait...

Je pense avoir déchiffré la signature complète. C'est ce qui est écrit, mais est-ce seulement la signature ?

— «Les Objectivistes. »

— Oui ! fait Nico. « Objec-ti-vistes. » Mais c'est quoi... ?

Avant toute chose il faut comprendre comment cette toile a atterri là. Je m'assois à terre, le dos contre le montant métallique d'un présentoir. Et je respire un grand coup.

— C'est un achat ? je demande.

— Bien sûr que oui, qu'est-ce que ça pourrait être d'autre ? 110 0225, y'a même le numéro d'inventaire, dit-il en lisant l'étiquette qui pend au bout d'un élastique.

Je ferme les yeux un moment. Le temps de me remettre, et de poser de nouvelles questions.

— Bon, Nico, tu pourrais me dire, en gros, ce qu'on peut tirer comme renseignement sur un truc qui traîne ici.

— Bah... ça dépend à quelle date il a été acheté. Dans ce cas précis je peux te dire tout de suite ce qu'il y a sur l'étiquette. Titre de l'œuvre : *Essai 8*, Nom de l'artiste : Les Objectivistes, Taille, Type, Date : 1964. Si je cherche dans les registres par rapport au numéro d'inventaire je pourrais peut-être donner d'autres détails.

Il est fier de sa trouvaille. Mais moi, en revanche, je ressens un truc étrange. Comme un point de départ.

Je peux encore reculer.

J'éprouve le besoin de sortir, un moment, pour retrouver l'air libre, et surtout pour faire l'acquisition d'un polaroïd, histoire de garder avec moi la preuve que je ne fais pas complètement fausse route.

Une heure plus tard j'ai la photo dans la poche. Nico n'a pas l'air d'apprécier vraiment ce genre de précautions.

— Bon, très bien, maintenant on va pouvoir discuter sérieux. Véro et moi on est responsables du dépôt, on doit tout savoir et surtout on doit rendre compte de tout ce qui se passe ici. Et, à dire vrai... on veut pas d'emmerdes. C'est pas facile à dire mais, en gros, tu prends ta photo, tu prends les renseignements que tu veux aujourd'hui et basta, je roule la toile, je la remets où je l'ai prise, et je la boucle. Maintenant si qui que ce soit me demande de retrouver la pièce 110 0225, je la lui sors dans la minute. O.K. ? Je ne veux pas savoir ce qui se passe, pourquoi tu cherches tout ça et ce que tu comptes en faire. Je sais bien que... que t'as morflé, là-bas... Mais ça me regarde pas. Je veux pas inquiéter Véro. La prochaine fois que tu viens au dépôt c'est pour nous dire un petit bonjour, et c'est tout. Pigé ?

Un point de départ. Nico vient de me le confirmer.

— Pigé.

*

La minuterie vient de s'éteindre entre deux étages et ça me déséquilibre. Je m'accroche comme je peux à la rampe et grimpe au ralenti, courbé en avant, le bras gauche me barrant le torse. Des bruits de clés, la lumière revient, mon voisin de palier descend.

— Vous voulez de l'aide ?

— Non.

— Si vous avez besoin de quoi que ce soit, vous pouvez toujours cogner chez nous.

— Merci.

J'ai une sale façon de dire « merci », ça sonne comme « m'en fous ». Il faudra que je surveille ça. Je ne veux pas que le toubib ait raison. Je n'en veux pas à ceux qui n'y sont pour rien.

La date de l'œuvre et la date d'achat sont la même. 1964. Ça ne m'évoque rien hormis le départ aux États-Unis de Morand. Sur le registre de cette année-là, Nico n'a rien trouvé de plus, hormis le mois de l'achat, septembre. Quel mois a-t-il quitté le sol français ? Pour le nom de l'artiste on a seulement enregistré « Les Objectivistes ». Il m'a expliqué qu'on ne trouvait pas toujours le vrai nom si l'artiste tenait à signer de son pseudonyme. En l'occurrence il s'agirait d'un groupe, sans pouvoir préciser le nombre de membres. Là encore rien n'est sûr, c'est peut-être une pure invention de peintre. Avec eux, il faut se méfier de tout. Le nom de Morand n'apparaît pas. Je ne sais pas s'il a pu être membre des Objectivistes ou s'il a tout bonnement repris un de leurs thèmes, ou encore s'il a voulu leur rendre hommage. Ou s'il les a tout simplement créés. Avec l'Art contemporain il faut faire gaffe. D'après ce que j'ai lu sur la question on trouve tous les cas de figure, des types qui ne signent jamais leurs travaux, des types qui signent pour les autres, des groupes qui se font connaître en cherchant à rester anonymes. On ne sait pas vraiment où s'arrête la profession de foi et où commence le coup de pub. J'ai relu, mais sous un angle différent, les pages où l'on parle plus précisément des groupes, et c'est pas triste. On commence à en trouver vers 66 ou 67, avec des noms bizarres : les Malassis, Supports-Surfaces, B.M.P.T., Présence Panchounette. Mais on ne mentionne jamais ces Objectivistes, et ça ne m'étonne qu'à moitié, parce que s'ils avaient été des figures notoires, ou même mineures, Coste en aurait parlé tout de suite, elle aurait fait le lien avec Morand. Mais non, on ne sait rien de sa vie entre le moment où il sort des Beaux-Arts et son départ aux États-Unis. Et pourtant, ces Objectivistes, l'État leur a acheté une toile.

Combien de temps s'est-il écoulé entre l'*Essai 8* et l'*Essai 30* ? 22 jours, 22 ans, ou simplement 22 essais ? Chacun d'une couleur différente, avec un nouvel objet à chaque fois, peut-être un escalier entouré d'orange, peut-être une poignée de porte prise dans une flaque blanche. Moi, j'aurais fait une queue de billard sur fond vert, avec deux touches de blanc. Mais je ne suis pas artiste. Personne ne m'a demandé mon avis. J'aurais quand même trouvé ça beaucoup plus chatoyant que le reste. Le plus dur aurait été de créer le mouvement, et ça ne s'improvise pas.

4

Des touristes s'émerveillent des tubulures bariolées et des échafaudages apparents de Beaubourg. Moi, en sortant de la bibliothèque du deuxième étage, je regarde Paris. Les mêmes touristes sont heureux de repérer Notre-Dame, pas loin. Demain, de là-bas, ils repéreront Beaubourg, avec la même joie. À force de grimper sur des citadelles ils vont peut-être finir par trouver un point de vue. Dans la bibliothèque, au rayon Art contemporain, j'ai feuilleté d'autres ouvrages mais mon épluchage manquait de vigueur, comparé aux étudiants affamés de notes, agglutinés autour de la table. Les Objectivistes ont traversé l'Histoire sans la moindre anecdote de postérité, sans le plus petit *nota bene*. Je finis par penser qu'ils n'ont pas existé, et que la toile du dépôt est un canular d'étudiant des Beaux-Arts, peut-être Morand lui-même. L'histoire pourrait être celle-ci : Morand passe six ans dans son école du quai Malaquais à apprendre son boulot. Pour brouiller les pistes il s'invente un groupe et un concept, histoire d'impressionner les autorités en la matière, il peint un *Essai*, et ça marche, il bluffe tout le monde, on lui achète une toile qu'il signe « Les Objectivistes ». Ensuite il part à New York parce qu'à Paris on rêve de Soho. Il oublie la France pendant vingt ans, puis il retourne aux sources, la Bourgogne, où il se distrait avec un chalumeau. En fin de parcours il repeint un *Essai*, souvenir d'une époque où tout restait à faire. Ça pourrait être la vie d'Étienne Morand, artiste fouineur, exilé, et qui se souvient.

J'ai aussi cherché les bouquins d'un dénommé Robert Chemin,

ex-inspecteur de la création artistique, aujourd'hui retraité. J'ai trouvé *Chroniques d'une génération spontanée*, que j'ai vaguement parcouru, histoire d'avoir quelque chose à dire avant notre entrevue. Il m'a donné rendez-vous chez lui, à midi trente. Il a bien insisté sur la ponctualité en ajoutant que : les gens qui n'ont rien à faire de la journée sont les plus en retard. Pour avoir son nom je suis passé par Liliane, qui ne peut rien me refuser depuis quelques semaines. Elle m'a retrouvé la liste complète des inspecteurs qui votaient à la commission d'achats de l'État en 64. Sur les douze noms du jury, sept bossent encore au Ministère, les autres sont à la retraite, et il m'en fallait un de ceux-là pour tenter d'éviter les connexions directes avec les voies officielles. Personne ne doit savoir que je fouine du côté du patrimoine. On ne sait jamais. Delmas pourrait s'inquiéter d'autant d'initiatives.

En descendant les escalators, je me souviens du bordel médiatique au moment de l'inauguration du centre Pompidou. Pour ou contre ? Avènement ou scandale ? Personne ne pouvait échapper à la question. Les forts des Halles ont préféré se tirer vite fait à Rungis devant une question aussi angoissante. Moi aussi, comme tout le monde, je m'étais empressé de me faire un avis. Que j'ai oublié depuis.

Onze heures vingt. Chemin habite rue Saint-Merri, à deux pas d'ici. J'ai le temps de traîner un peu dans le Musée National d'Art Moderne, pour la première fois depuis mon arrivée à Paris. J'ai le choix entre l'expo permanente, au quatrième, et la rétrospective de la Figuration narrative, à l'entresol. Au rez-de-chaussée, derrière une pancarte « Expo en cours de montage », j'aperçois deux accrocheurs, hilares, manipuler une toile pour tenter de différencier le bas du haut.

Je me suis approché d'eux, par curiosité. Le plus vieux a dit à son pote : pour gagner ma croûte, j'en accroche !

Ça m'a rappelé des bons moments.

En montant l'escalier, je trafique un peu ma manche droite en l'enfouissant dans la poche. Ceci afin de ne pas passer pour ce que je suis : un manchot, tout en risquant de passer pour ce que je ne suis pas : un malpoli. J'ai réalisé un peu tard que mon infirmité était la meilleure carte de visite à laisser dans les mémoires, un signe particulier de tout premier ordre. Sans parler de ma gueule, déjà inquiétante à mes propres yeux, ou même mon allure générale de fripier qui aurait perdu les trois quarts de son poids. Tout tend à me rendre inoubliable.

D'un geste presque simultané je sonne et fléchis les jambes pour m'empoigner la cheville gauche. La porte s'ouvre, je lève les yeux, il est là, surpris de devoir baisser les siens.

— Je me suis un peu tordu le pied en montant… c'est rien…, dis-je en me massant la cheville.

— Heu… Entrez, asseyez-vous… Vous voulez de l'aide… ?

— Non non, ça ira, j'ai juste eu peur, c'est tout.

L'entrée est une sorte de salon, comme une salle d'attente, avec un canapé et des fauteuils vieux rose disposés en cercle. Je boitille légèrement vers l'un d'eux et m'y installe sans ôter ma veste.

— Ah ces escaliers… Ils sont redoutables ! Et je n'ai plus vraiment envie de les affronter, avec mes vieilles jambes, dit-il. Faites attention en redescendant.

La pièce est puissamment chauffée, presque oppressante. Je vois un secrétaire, dans un coin, avec trois mâchoires moulées en plâtre servant de presse-papiers. Une table basse envahie de magazines, des *National Geographic,* des *Géo,* il en a même par terre, ouverts, retournés, béants. Des coupures de journaux punaisées sur un panneau de liège, des photos de reportage, je suis trop loin pour voir de quoi il s'agit.

Il s'assoit juste en face de moi, sur le canapé. Distraitement je croise la jambe gauche sur le genou droit, et ça me donne l'impression de mettre à l'abri tout mon mauvais flanc.

— Je vous remercie de me recevoir, c'est très gentil à vous…

J'attends une seconde un « je vous en prie » qui ne vient pas.

— Et… Enfin voilà… j'ai lu récemment vos *Chroniques d'une génération spontanée,* et, pour plus de précisions, j'aurais voulu savoir si les groupes qui se sont formés dans les années 60 ont réellement…

Il me coupe d'entrée.

— Vous les avez lues ?

— Les *Chroniques ?* Oui.

— Vous êtes étudiant ?

— Oui.

— Vous ne prenez pas de notes ?

Je sens que ma visite va être plus courte que prévu.

— Je m'intéresse aux groupes, je voudrais axer ma thèse sur la décennie 60 vue à travers l'éclosion des groupes qui annoncent à leur manière 68. Vous avez écrit un bouquin là-dessus, je voulais que vous m'en parliez, j'ai une excellente mémoire, c'est simple.

Silence.

— Oui... Je vois... Des groupes comme les « attentistes », en 63, ou plutôt les « Bleu-vert » qui sont arrivés un peu plus tard.

— Par exemple.

Silence.

— Vous vous foutez de moi ? Vous confondez Rock'n Roll et Art moderne... Ces deux groupes n'ont jamais existé. Qui êtes-vous ?

— ...

J'ai l'impression d'avoir déjà fui. Mes yeux restent fixés un instant sur la pile des *National Geographic,* puis glissent sur les murs. Je me lève ? Je reste ? Avant je serais sorti en regardant mes pieds. Mais maintenant...

— Alors ?

Je me souviens de certaines parties dramatiques, à l'académie. Ces quarts d'heure noirs où l'on reste cloué sur son siège pendant que l'adversaire réussit à imposer le silence, patiemment, et au moment où il consent à vous laisser le tapis on se lève pour faire quelque chose de très laid et on le lui rend immédiatement.

— Bon, d'accord, je ne suis pas étudiant, et je me fous de l'art moderne. Pour moi vous n'êtes pas l'auteur de ces chroniques, vous êtes un ancien inspecteur de la création artistique, et vous avez siégé aux commissions d'achats en 64. Je m'y suis mal pris, je voulais vous faire parler de quelques généralités, et puis vous faire glisser sur les commissions d'achats, mine de rien, pour ensuite vous soutirer des renseignements sur une ou deux choses précises qui m'intéressent vraiment. Le reste, je m'en fous.

— Et qu'est-ce qui vous intéresse vraiment ?

Alterner les silences et les embrayages du tac au tac, j'aimerais pouvoir faire ça. Ça devait discuter serré, à l'époque.

— Un groupe, les Objectivistes, ils ont proposé une toile qui ressemble à ça.

Au lieu de m'évertuer à la lui décrire, je montre le polaroïd. Ce qui me vaut une contorsion peu gracieuse de tout le côté gauche. Il tend la main vers le secrétaire pour saisir ses lunettes et s'en sert comme d'une loupe au-dessus de la photo. Il reste penché là un bon moment, immobile, les yeux plissés. Mon regard s'échappe à nouveau, j'en oublie presque ma présence ici, mes mensonges désuets, mon bras mal caché dans le dos, et j'aperçois au loin, dans l'entrebâillement de la porte donnant sur la pièce attenante, une petite toile accrochée au mur. Pas plus grande qu'une marine, peu colorée, mais, dans l'obscurité, il m'est impossible d'en discerner le dessin.

— D'où sortez-vous ça ?

Au lieu de répondre je lui tends la reproduction de l'*Essai 30*, pour qu'il puisse comparer. Il ne lui faut pas plus d'une minute.

— Aucun doute là-dessus, c'est le même artiste, ou bien on s'en est fidèlement inspiré. Et celle-là, vous la sortez d'où ? Répondez au moins une fois, ça m'aiderait...

— D'un catalogue sur Étienne Morand. Je veux juste savoir s'il a fait partie des Objectivistes. La photo vous rappelle des trucs, ou pas ?

Son geste tournoyant de la main peut signifier plusieurs choses.

— C'est étrange... de revoir ça aujourd'hui. C'est plus qu'un souvenir. Les Objectivistes, vous dites... ? J'ai tôt fait d'oublier un nom aussi stupide. Mais ça, là, cette pièce, la rouge, je m'en souviens parfaitement.

Je ne sais pas si ça me rassure.

— Nous étions méfiants envers les jeunes turbulents, les brûleurs d'icônes. Ils auraient été prêts à tout pour bousculer les valeurs, et surtout les instances de légitimation, comme on disait à l'époque. C'était nous, le ministère, les critiques, les marchands. Tout ce que j'explique dans mes chroniques, si vous les aviez lues. Mais quand cette toile est arrivée à la commission, nous avons tous été un peu... inquiets.

— Inquiets ?

Il semble ailleurs. Tombé dans l'abîme du souvenir.

— Eh bien oui... Ça me fait drôle de... Oui, inquiets... Il y avait là quelque chose de fort, de spontané. Il y avait une énergie. Je ne vois pas comment appeler ça autrement. J'ai oublié au moins 80 % de ce qu'on nous présentait, mais pas cette toile. En général nos délibérations étaient interminables, mais ce jour-là, aucun de nous n'a essayé de nier cette force, cette urgence qu'il y avait devant nos yeux. Nous avons voté à l'unanimité.

— Et les peintres, vous les aviez vus ?

— Non, et pour cause. Deux d'entre nous ont cherché tout de suite à les contacter, visiter leur atelier, comprendre leur système et leur démarche. Nous étions sûrs qu'ils étaient tout jeunes, qu'ils avaient sûrement besoin d'être appuyés. Nous étions prêts à faire des choses pour eux, c'était notre rôle, après tout. Mais ils n'ont rien voulu savoir.

Il reprend son souffle. À moins que ce ne soit un long soupir.

— Vous les aviez vus ? Morand en faisait partie ?

— Je viens de vous dire non. Et le Morand dont vous parlez est à peine connu aujourd'hui, alors imaginez, à l'époque. En revanche nous avions entendu parler d'eux avant qu'ils ne représentent leur toile. Trois mois plus tôt ils avaient fait une... prestation... une intervention, au Salon de la jeune peinture. Je n'y étais pas et je le regrette. Ils sont arrivés le soir du vernissage du salon où ils n'étaient absolument pas invités, ils ont accroché leurs toiles n'importe où, ils ont distribué des tracts parfaitement insultants sur le milieu pictural, et personne n'était épargné. Après avoir copieusement injurié l'assistance, ils ont repris leurs toiles et sont partis. Et, entre nous, ce genre de coup d'éclat est devenu presque une coutume, par la suite, mais eux avaient créé un précédent. Leur nom n'était donc pas tout à fait inconnu le jour de la commission. Nous étions même relativement intrigués quand nous avons su qu'ils se présentaient. Inquiets, oui c'est bien le mot. Ils refusaient de signer de leur propre nom ou même d'avoir des rapports avec une quelconque institution. C'était la grande mode de « L'Art pour l'Art » et du refus du star-système, de la spéculation sur les cotes des artistes. Enfin vous voyez, toutes ces apostrophes que l'on retrouvait quelques années plus tard. Mais nous n'étions qu'en 64.

— Justement… Vous ne trouvez pas un peu bizarre que ces rebelles aient refusé d'être récupérés par l'art marchand, tout en proposant une toile à l'État ?

— Si.

J'attends un peu plus d'éclaircissements qu'il n'a sans doute pas envie de me donner. Il agite les mains, comme pour dire « oui, je sais, mais… qu'est-ce que vous voulez… ça fait partie des redoutables contradictions artistiques ».

— Il y a bien une raison, non ?

Il semble énervé de ne pas pouvoir répondre, il fait d'autres gestes, il grogne légèrement mais rien de clair, je répète de nouveau la question, telle quelle. Et là, j'ai senti que j'allais trop loin.

— Moi, mon jeune ami, j'aimerais bien savoir pourquoi vous vous asseyez d'une fesse sur le bord du fauteuil en reposant entièrement sur la cheville qui vous faisait mal tout à l'heure.

Je n'ai pas réfléchi, je n'ai pas eu le temps d'hésiter et, sans savoir pourquoi, mon bras est parti tout seul. Il a surgi comme un cran d'arrêt. Le moignon à nu, sous son nez.

Il s'efforce de ne montrer aucune surprise.

— C'est pire que ce que je pensais, dit-il du bout des lèvres.

Il se lève.

— Il serait temps de partir, vous ne croyez pas ?

Oui, je crois. J'ai sans doute abusé. En me levant j'ai rentré mon moignon dans la poche. Pourtant, quelque chose m'intrigue.

— Juste le temps de vous poser une dernière question. Tout à l'heure vous vous êtes très vite rendu compte que je disais n'importe quoi et pourtant, vous n'avez pas hésité à fouiller dans vos souvenirs. J'aimerais bien savoir pourquoi.

Il m'a gratifié d'un ricanement, pas trop méchant.

— Ça, mon jeune ami, c'est très simple. Je vous ai répondu avec un certain plaisir dès que vous avez avoué que vous vous fichiez bien de l'Art contemporain. Car voyez-vous, malgré les apparences, vous ne pourrez jamais vous en ficher autant que moi. Ça fait du bien, de temps en temps, de pouvoir le dire.

— Je ne comprends pas.

— J'ai passé trente ans de ma vie à discourir sur des œuvres de plus en plus dépouillées, minimales… invisibles. À tel point que je les ai vues disparaître. Je me suis perdu. Je n'ai plus su qui défendre et pourquoi, le simple geste de mettre de la couleur sur une toile devenait de plus en plus suspect, on ne parlait plus que de concept. Et on a fini par oublier l'émotion. Un beau jour, je n'ai plus trouvé passionnant de guetter un art qui cherche à créer, avant tout, sa propre Histoire. À l'heure actuelle, les peintres ne peignent plus, ils composent, ils conceptualisent, ils affirment qu'on ne peut plus peindre, ils posent des objets courants sur des socles en hurlant la fin des hiérarchies artistiques, ils théorisent la mort de l'art. Ils attendent, simplement, que quelque chose se passe. Et j'ai attendu, avec eux, longtemps, celui qui allait ouvrir une voie. Vos Objectivistes, par exemple, avaient sûrement quelque chose à dire, malgré un nom aussi absurde, mais ils ont disparu aussi vite qu'ils s'étaient manifestés. Moi, j'ai perdu patience et désormais, je m'en fous. Comme vous.

— Plus rien ne vous intéresse ?

— Oh, vous savez, je ne connais pas le monde et ses paysages. Et c'est important, les paysages, la terre, la matière. Je ne me suis jamais promené dans du beau, je n'ai jamais pris le temps de me balader dans la couleur. Ou bien j'ai dû passer à côté. J'ai commencé par le contraire. Le camaïeu avant la chlorophylle.

— Vous regrettez ?

— Pas vraiment. Vous savez, j'ai beaucoup mieux compris Turner en feuilletant un reportage sur Venise. J'aurais dû y aller quand mes jambes en avaient la force. Aucun peintre, pas même Van Gogh, n'a réussi à retrouver un jaune aussi perçant que les champs de colza de haute Provence. Et je n'y suis jamais allé non plus.

Il me raccompagne à la porte.

— Vous prétendez ça mais... J'ai vu, dans la pièce à côté, une toile accrochée. Si plus rien ne vous intéresse, il reste encore quelques centimètres carrés de peinture qui valent encore la peine d'être regardés.

Il ricane en ouvrant la porte et me pousse dehors. Avant de refermer, il ricane encore.

— Ce que vous avez vu est magnifique, c'est le portrait de ma mère peint par mon frère. Et c'est une toile inestimable. Mais, entre nous, il a bien fait d'arrêter là sa carrière.

*

Une fois dehors je me suis précipité dans le métro, comme s'il y avait une urgence et j'ai passé le reste de l'après-midi au Bureau des archives de la Biennale de Paris. Une autre bibliothèque de l'Art contemporain située dans un renfort du Grand Palais. J'y ai trouvé tout ce qui concernait l'année 64, et notamment le service de presse du 14e Salon de la jeune peinture. Dans un article, le nom des Objectivistes était effectivement mentionné. Je n'ai pas pu juguler un accès de nervosité qui m'a empêché de me concentrer sur une question grave : voler ou dupliquer les documents ? J'ai hésité un peu devant la photocopieuse, puis devant la bibliothécaire. Elle m'a à peine regardé en face et n'a absolument pas remarqué que j'étais manchot. J'ai attendu que mon voisin de table s'en aille pour chiffonner tout ce dont j'avais besoin dans la poubelle de ma poche gauche.

Sur le coup de dix-neuf heures, j'ai refait une tentative à la machine à écrire. J'ai l'impression de régresser, il me faut un temps fou pour que la feuille soit bien parallèle au chariot, et en fait, c'est surtout mon énervement qui me fait perdre du temps. La patience me manque. Mon père a choisi ce moment pour appeler et me reprocher mon silence. Je n'ai rien dit de spécial, tout en cherchant à mentir le moins possible. Ça m'a incité à commencer une nouvelle lettre dans l'espoir d'y mettre un point final avant qu'ils ne s'inquiètent vraiment. J'ai un peu peur qu'ils viennent un jour à l'improviste, et là, je n'aurai pas le courage de tendre le bras en l'air, comme cet après-midi. C'est bien ce qui me manque, en fait, la netteté d'un tel geste. Une vue d'ensemble qui aurait la précision d'une photo. Une vision froide et clinique. Une toile hyperréaliste.

Chers vous deux.
Imaginez une partie du corps humain qui n'existe pas, une extrémité ronde et lisse qu'on jugerait à s'y tromper parfaitement

naturelle. Mettez-la exactement à l'endroit où habituellement on trouve une banale main. C'est mon moignon.

Entre une légère somnolence et une soupe à peine tiède, je me suis laissé surprendre par la nuit. Mais, pas question de dormir avant de dépiauter intégralement les papiers froissés dans ma poche. Le téléphone a sonné et j'ai failli ne pas répondre, persuadé que Briançon remettait ça.

— Antoine...

— Nico... ?

— Je sais, il est tard, je suis encore au dépôt, et j'ai quelque chose pour toi. Quelque chose de gros, emmène ton polaroïd. Tu commences à me courir, avec tes histoires...

Est-ce la nuit, le fait que je n'aie jamais parlé à Nico après vingt heures, ou la perspective de me retrouver nez à nez avec ce quelque chose de gros, mais je n'ai pas démarré aussi vite qu'il le désirait.

— Ça peut attendre demain ?

— Impossible, demain ça sera plus la peine, et dépêche-toi, j'ai envie d'aller me coucher, ma môme m'attend et on ne me paie pas les heures sup. Et prends avec toi la photo que t'as faite, hier, parce que là, c'est moi qui vais en avoir besoin. Tu vas piger tout de suite en arrivant. Salut.

Juste le temps de saisir mon appareil, dévaler les escaliers et coincer un taxi vers la place des Vosges. Pour faire tout ça je n'ai pas eu besoin de ma main droite. Mais j'ai pu oublier, juste dix minutes, qu'elle me faisait défaut.

Il a pensé à laisser la porte ouverte. Le lampadaire est éteint, je n'ai jamais su où l'allumer, mais les spots du hangar des sculptures, au loin, m'aident à avancer. Dans le noir je bute contre une petite caisse et rattrape par miracle une sorte de vase, je ne sais pas si c'est une œuvre qui cherche sa place ou un vulgaire broc pour arroser les plantes. Si je savais où est l'interrupteur... J'enjambe un rouleau de papier bulle qui traîne à terre, à côté d'un cadre prêt à être emballé. Nico a tellement peu de place dans le hangar qu'il squatte le bureau de Véro pour faire ses envois. Je traverse la petite cour qui donne accès à l'entrepôt des sculptures qui, lui, regorge de lumière, comme si on attendait un haut fonctionnaire. Une odeur de vieux bois et de résine fermentée me revient. Je braille le nom de Nico. Je n'oublie pas qu'il fait nuit, ça ne change rien mais ça ajoute une dimension, un air de décadence, je fais quelques pas timides au milieu d'une forteresse en déperdition. Un Xanadu.

— Nico... ? Nico ! Qu'est-ce que tu fous... Merde ! Les visages de pierre n'ont plus du tout l'air de s'ennuyer, au contraire, ils menacent celui qui vient troubler leur repos. Une vierge blafarde me regarde avancer de ses yeux vides. « Après sept heures du soir je dérange plus les œuvres », dit toujours Nico, quand il veut partir. Et c'est vrai, passé les heures ouvrables elles exigent de rester entre elles. Plus rien n'est laid, plus rien n'est inutile, chacune atteint enfin son seuil d'inertie maximale, comme si seul le regard des visiteurs les obligeait à poser.

Je m'engage dans une allée perdue hors du champ de lumière.

Là, au détour d'une énorme chose en bois, j'ai mis du temps à comprendre qu'un rayonnage de bustes est renversé à terre. Une marée de têtes arrive à mes pieds, des joues en terre cuite, des dizaines de femmes en bronze vert-de-gris, plus ou moins grosses, plus ou moins fissurées. Et au bord de la vague, un autre visage, plus éteint encore que les autres.

— Nico ?

J'ai porté la main à ma bouche.

Pas loin, derrière moi, j'ai entendu un ordre.

— La photo...

Je ne me suis pas retourné tout de suite.

La voix, la tempe défoncée de Nico, la peur à en vomir, j'ai cru revivre cette seconde qui a fait basculer ma vie.

— Donnez-moi la photo...

La photo... Je sais bien que ce soir il ne se contentera pas d'une photo. La dernière fois il m'a pris une main. C'est le moment de savoir si je peux vraiment compter sur celle qui me reste.

Je ne me suis pas retourné, j'ai sauté en avant pour agripper un autre rayonnage et le détacher du mur de toutes mes forces, je n'ai pas regardé derrière mon épaule mais le fracas m'a fait l'effet d'une décharge électrique. J'ai foncé vers la sortie en enjambant tout sur mon passage, j'ai grimpé sur des caisses et sauté sur les tables, je me suis souvenu d'une rangée d'œuvres qui donne accès à une porte d'où je pourrais rejoindre le bureau, je ne sais pas s'il me suit ou s'il prend l'accès principal pour me couper la route. Après un trop-plein de lumière et de flashs colorés, je suis retombé dans la pénombre du bureau. J'ai senti qu'il était là, lui aussi, et j'ai refermé la porte pour faire le noir complet. Il doit se tenir vers la sortie, en train de chercher l'interrupteur. Au corps à corps je ne résisterai pas longtemps, j'ai retenu la leçon de la dernière fois. Il est peut-être armé, je ne sais pas, je ne me suis pas retourné, il me tenait peut-être en joue, je ne sais pas. Le bureau est grand, à tâtons j'arriverais peut-être à retrouver quelque chose, je ne sais pas quoi, le temps que mes pupilles se dilatent. Les siennes, aussi, ne vont pas tarder à y voir plus clair.

— Je vous conseille de me donner cette photo.

Oui, ça vient de la porte blindée, celle qui donne sur la rue. Il ne sait pas comment allumer. C'est ma seule chance. Pour le cas où il trouverait l'interrupteur, je balance un coup de pied dans le lampadaire et tout de suite après je glisse vers une rangée de toiles.

— Vous n'aurez pas autant de chance que la dernière fois, j'entends.

S'il était vraiment sûr de lui il me foncerait dessus direct. Encore faut-il me débusquer. Même moi qui connais l'endroit, je suis perdu.

— Et votre ami, le gardien d'ici, m'a appris que vous étiez... diminué.

Il savait déjà que Nico allait y passer, à peine aurait-il raccroché. Il a dû le cuisiner un bon moment avant de l'achever. Il était venu récupérer l'*Essai 8*, Nico le lui a sorti sur-le-champ et a tout balancé, ma visite, la photo. Une autre trace des Objectivistes, sans compter toutes celles qu'il y a dans ma mémoire. C'est pour les détruire, toutes, qu'il a fait téléphoner Nico.

— Vous êtes un coriace, mais je finirai par vous avoir.

À grand-peine j'arrive à discerner les objets qui m'entourent. Je ne pense pas qu'il y voie beaucoup mieux.

— Dites, je n'ai pas fait attention, tout à l'heure. Vous avez un crochet ?

Un quoi ?

Un crochet, c'est tout ce qui me manque pour t'arracher la gueule. En même temps que le scratch d'une allumette, une petite boule de lumière a créé un léger halo clair-obscur autour de lui. Ça m'a tout juste permis de revoir sa gueule et sa cravate de gentleman. Il cherche ma silhouette, prostrée entre deux meubles.

La flammèche s'éteint.

— Vous êtes coriace.

Second scratch. Je ne vois plus que ses jambes. Il a déjà progressé de trois bons mètres.

— Vous et moi, au milieu d'œuvres d'art... Nous avons la nuit pour nous.

Je sens ses pas de chat effleurer quelque chose qui craque, comme de la paille. En rampant je parviens à changer d'angle mais le polaroïd, ballant sur mon épaule, s'est cogné contre un pied de table.

Nouvelle allumette, mais cette fois je ne vois presque rien.

Un froissement de papier... La lumière devient beaucoup plus vive. Il a dû enflammer quelque chose. Une torche improvisée, une gravure, peut-être.

Une odeur de grillé ? Ça crépite. De vraies flammes, ça brûle pour de bon. Il est à plus de dix mètres de moi, je peux relever la tête pour voir ce qu'il est en train de foutre.

Avec sa torche il tente d'enflammer un rouleau.

L'*Essai 8*.

Il risque surtout de mettre le feu à la baraque. Je vais griller comme un poulet. Pour lui ce serait une solution plus qu'hypothétique. Avec tout ce qu'il y a dans l'entrepôt, il faudrait peut-être deux nuits de brasier avant que je ne sois inquiété. Ça serait l'incendie le plus grandiose qui soit.

C'est déjà fini, les flammes ont presque totalement mangé la toile.

— J'ai envie de boire quelque chose. Du whisky...

Qu'est-ce que ça veut bien pouvoir dire ? Rien, peut-être... Ou tout simplement qu'il a envie de boire du whisky. Je n'ai pas vu d'arme. La main me manque. Avec elle j'aurais pu lui lancer une table entière sur la gueule, je m'en serais servi comme bouclier. Ou bien c'est dans la tête, qu'elle me manque. Il a raison, je suis diminué, et il le sait. Diminué... c'est le mot. Impotent. *Tous vos efforts doivent se porter sur la main gauche.* J'aimerais bien que Briançon me voie, à cette seconde.

— La seule chose que je regrette, ici, c'est la qualité des œuvres. Je pensais trouver des merveilles.

En me repérant à sa voix je sens qu'il tourne, qu'il arpente autour des tables.

— C'est étonnant de constater quel pouvait être le contemporain de nos grands-pères. Est-ce que l'art va aussi vite que ça ? Peut-être que ce n'est que ça, après tout, une simple question de temps. Les graffiteurs de métro entreront peut-être au Louvre, un jour. Qu'est-ce que vous en pensez ?

Je le perds. Dans ses paroles, et, plus grave encore, dans l'espace. L'odeur de brûlé s'estompe peu à peu. Cette mascarade ne va pas durer, il va perdre patience. Il raconte toutes ces conneries pour me faire craquer.

— Donnez-moi cette photo.

J'avale des nuées de poussière. À cette seconde il peut être n'importe où. Je sais où se trouve le bureau de Véro. Je tâtonne, au-dessus, je fais du bruit. Il a dû entendre, je saisis un crayon puis un objet fin et métallique. Un coupe-papier.

— Votre main ne vous manque pas trop ?

Je suis sûr d'une chose, ordure, c'est que je vais finir par t'égorger. C'est pour toi que je fais tout ça. Si j'avais su qu'on se croiserait ce soir j'aurais emmené mon hachoir. Il m'aurait peut-être donné courage. De toute façon il me faut une main. Peut-être pas la tienne, mais une main. Tu as fait de moi un monstre physique et le mental a suivi. Logique. Je ne sais pas ce que tu leur veux, à ces Objectivistes, mais moi, désormais, je n'ai plus qu'eux.

Il doit se tenir vers la porte de sortie. Je n'aurais jamais assez de force dans le bras, ni assez d'adresse pour le planter avec ce coupe-papier de merde. Il a peut-être un rasoir gros comme ça dans la main. Il va se régaler.

Des petits éclats... Il marche du côté du papier bulle, à l'opposé de ce que je pensais... Il est tout près. À ma droite... tout près... C'est maintenant ou jamais.

Je grimpe sur la table et me jette sur lui en essayant de le crever, je tape comme je peux mais mon bras est vide, je frappe sur sa poitrine mais ça ne rentre pas, il fait noir, mon bras est creux, un roseau, cassant, la lame glisse sur lui comme une caresse, ou bien elle racle le bitume. Avec un peu de lumière je pourrais le voir sourire de toutes ses dents. Je ne peux ni trancher ni même couper, avec une lame de merde au bout d'un bras exsangue…

Pas la moindre petite entaille. Ce soir, je n'aurai pas sa main. Je lui ai assené un dernier coup pour le maintenir encore quelques secondes à terre. Et j'ai fui. En renversant tout ce que je pouvais sur mon passage. Une fois dehors j'ai couru, n'importe où, longtemps, avec le visage mort de Nico pour seul horizon.

*

Je n'ai pu reprendre mon souffle que chez moi, là-haut. Je me suis senti cuit. J'ai tenté de ramener mes pensées vers moi. Essayé de me comprendre. Savoir comment je pouvais passer à côté d'un cadavre, le cadavre de quelqu'un que j'ai connu, et quelques minutes plus tard, ne désirer qu'une seule chose : percer dans la chair d'un vivant. Briançon a sûrement raison : je ne suis plus dans la zone libre.

*

Au réveil, je me suis retrouvé à Biarritz, essayant de justifier on ne sait quoi à deux muets. Je ne me suis pas mieux débrouillé à l'oral qu'à l'écrit. La distance était trop grande. J'ai fait de mon mieux pour chasser leur visage de mon esprit.

Neuf heures trente, Véro arrive au bureau, la porte est ouverte, une odeur de brûlé, un cadre calciné par terre, des meubles renversés, les spots allumés dans l'entrepôt, les rayonnages par terre, les bustes étalés au sol, et puis, le reste. Je me lève pour boire un peu d'eau, des crampes dans la nuque m'obligent à tourner la tête dans tous les coins. La machine à écrire, avec un inamovible « chers vous deux » enroulé dedans. La cafetière. Ma queue de billard. Les papiers froissés étalés sur la table. Je ne sais pas où est l'urgence. Si : ranger le hachoir dans un placard. Je me rassois, me relève, tourne autour de la douche. Je passerais bien un coup de fil, sans savoir à qui. Je ne connais personne suffisamment proche de moi pour supporter la complainte du manchot vengeur. Tout ça c'est à cause du billard. J'ai manqué de patience pour tout le reste. Allongé, j'ai pensé à ce pianiste qui s'est retrouvé manchot, comme moi. Ravel lui a écrit un concerto pour la main gauche. Voilà ce que c'est d'avoir des copains.

Bientôt, Delmas va chercher à me contacter. Il faut que je m'y prépare. Elle est peut-être là, l'urgence. Il va me parler de Nico et d'un « agresseur ». Ça sonne comme un métier. Et justement, en ce qui concerne le gentleman, je n'arrive toujours pas à comprendre la manière dont il travaille. Avec méthode, ou par simple improvisation ? Pas d'arme, hormis sa patience, et un vague cutter.

Je suis resté couché, plusieurs heures, sans pouvoir m'accrocher à quelque chose de cohérent. Les documents attendent, et c'est tant pis. Véro doit être mal, à l'heure qu'il est. Je suis condamné à passer la soirée ici, dans le même état de fébrilité.

En fin d'après-midi, Delmas m'a prié de passer le voir sans me laisser le temps de discuter le délai, et j'ai pris ça comme une délivrance. « Dans une heure ce serait le mieux, et ne soyez pas trop en retard... » À sa formulation, j'ai compris que nos rapports venaient imperceptiblement de glisser.

Et pour la peine, j'ai fait exprès de traîner. Mais avec des excuses : en glissant le ticket de métro dans la fente je me suis rendu compte que le monde n'était définitivement pas conçu pour les gauchers. Après la somme de petits détails dans ce style, c'est la conclusion qui s'en dégage. Rien de contraignant, non, juste un peu trop systématique. Un ticket, ça se glisse à droite, comme quand on ouvre une porte ou que l'on met un disque. Des petits riens. Et on tombe juste à chaque coup. Avant je ne me serais jamais rendu compte de la manière dont on avait pensé les objets. J'ai eu beaucoup de mal à enfouir ma carte orange dans la poche intérieure. Parce que les droitiers mettent leur portefeuille côté cœur. Le temps de sortir de ces considérations et de boire un demi, j'ai fait mon entrée dans le hall de la Brigade des Recherches et Investigations, puis dans le bureau de Delmas. Cet homme n'a pas encore compris qu'il ne pourrait pas traiter avec moi comme avec n'importe qui.

À ses joues rouges et ses lèvres un peu tordues j'ai compris qu'il venait juste d'évoquer mon nom. Mais il ne s'est pas senti le droit de hausser le ton. Pas encore.

— Vous ne savez pas arriver à l'heure ?

— Si, mais le moindre geste me demande le double de temps qu'à vous. Autrement dit, pour moi, une heure en vaut deux.

Ça me va bien, tiens, de jouer les idiots. Je me tais, une seconde, pour qu'il m'annonce la mort de Nico.

— Je vous ai demandé de venir parce qu'il s'est passé hier une chose qui pourrait bien être en rapport avec ce qui vous est arrivé. Vous connaissiez M. Nicolas Daufin ?

Daufin... Dofin... Dauphin ? Si j'avais su ça quand on bossait ensemble...

— Nico... Oui, il travaille au dépôt.

Je n'ai pas relevé son imparfait.

— Il est mort, hier, dans des circonstances presque similaires à celles de votre agression.

— ...

Rien ne me vient. Et s'il a l'impression de ne rien m'apprendre, tant pis. Pour les reconstitutions, même émotionnelles, je suis nul.

— Quel genre de... de circonstances ?

— On l'a retrouvé dans son dépôt sous des rayonnages de sculptures, mais il était déjà mort quand on a renversé les étagères sur lui, on a d'abord tenté de l'étrangler avec un lacet, ensuite il a été frappé avec un buste, au front. Il y a aussi des traces de lutte dans le hall. Vous savez comment est fait le dépôt...

— Oui, j'y ai travaillé.

Je n'ai pas vu le lacet, hier. Juste les marbrures bleuies au coin de son visage. Delmas ne parle pas de la toile brûlée.

— Vous y retournez souvent ?

— Très rarement, quand je suis dans le quartier, et je ne vais jamais dans le quartier.

— Et la dernière fois, ça remonte à quand ?

Danger.

De deux choses l'une : Véro lui en a parlé, ou non. De toute façon Delmas est un vicieux. Je ne peux que la jouer bille en tête, bande avant, avec un effet à droite.

— ... Longtemps. Plusieurs mois.

— Avant ou après votre accident ?

— Bien avant, ça au moins, question chronologie, c'est un bon point de repère.

— Vous n'aviez pas de contacts, même téléphoniques, avec M. Daufin ou Mlle Le Money ?

— Véro ? Vous connaissez aussi Véronique ?

— C'est elle qui a découvert le corps. Elle était très... très attachée à M. Daufin ?

— Je n'ai jamais su. Ils s'entendaient bien, à l'époque. Comment elle va ?

— Mal.

— À ce point-là ?

— Elle a très mal supporté. Elle est sortie dans la rue, un passant l'a vue s'effondrer et il a prévenu le commissariat.

Allez savoir ce qui se passe vraiment entre les êtres... Ils n'étaient ni frères, ni mariés. Juste des collègues de bureau. Des copains. Lui fermait le dépôt et elle l'ouvrait, le matin. Rien d'équivoque dans leur comportement, impossible de savoir s'ils avaient été amants ou s'ils l'étaient encore. Nico disait « ma môme » pour parler de sa vie privée. Allez savoir...

— Vous avez travaillé ensemble, Daufin et vous, et tous les deux on vous retrouve sous des sculptures, à deux mois d'écart. Vous avouerez que ça suffit pour faire le lien.

— Oui, ça on est obligé de le reconnaître. Sauf que j'ai eu plus de chance que lui.

— C'est bien Mlle Le Money qui s'occupait de l'inventaire de la collection.

— Ça lui a déjà pris dix ans, sans compter les dix à venir.

— Sûrement pas, je me suis chargé de faire accélérer le processus. Personnellement je n'avais jamais vu un capharnaüm pareil. Dès la semaine prochaine on va placer une équipe pour répertorier le moindre grain de poussière de l'entrepôt. Il faut savoir exactement ce qui intéressait l'agresseur.

Tu parles... Depuis le temps qu'elle les attendait, Véro, ses stagiaires... Je leur souhaite bon courage, aux petits nouveaux. Il leur faudra plusieurs mois avant de réaliser qu'une misérable toile roulée a disparu. Même Véro n'a jamais entendu parler des Objectivistes.

Un de ses sbires entre et lui demande s'il veut un café. Delmas refuse et me le propose. J'accepte.

— Dites... Vous faites quoi, en ce moment ?

J'ai compris que c'était la question la plus importante. Qu'il m'a fait venir juste pour ça. Il me faut un petit instant avant de retrouver un peu de naturel, juste le temps de casser le sucre en deux, coincé entre mes doigts. Un geste dont je m'acquitte de mieux en mieux. Histoire de montrer au commissaire que, dans mon cas, les lois les plus pénibles sont celles de l'ergonomie. Parce que les autres, celles qui justifient son exercice et déterminent ma liberté, celles qu'on applique sans savoir et qu'on viole sans plaisir, celles qui généralisent les cas d'espèces, toutes celles-là me concernent à peine.

— Pas grand-chose. J'essaie de devenir gaucher.

— C'est difficile ?

— C'est long. Vous êtes quoi, vous ? Droitier ?

— Oui.

— Eh bien vous faites partie des neuf dixièmes de l'humanité, et ça vaut mieux, parce que vous connaissez comme moi les problèmes des minorités. Moi, en ce moment, j'essaie de me faire une petite place chez le dixième qui reste. Mais je sais déjà que je ne bénéficierai jamais du circuit court des gauchers.

Il n'a pas l'air de savoir ce que c'est. Même pas le temps d'expliquer, il embraye. Cet homme se contrefout du circuit court. Ce centième de seconde de rapidité dans le temps de réponse, ça suffit pour trouver cinq gauchers sur six dans l'équipe de France d'escrime, et trois gauchers sur cinq dans le classement mondial des tennismen. Et je n'en jouirai jamais, de cet infime petit avantage. Il faut être né avec. Mais ça, il s'en fout, le commissaire...

— Vous allez retravailler à la galerie ?

— On verra. Pour l'instant je veux évacuer un peu tout ça.

Après un petit silence agacé, il s'est tourné vers la fenêtre, calmement. Ça m'a gêné de ne plus voir ses yeux.

— Je vais le retrouver.

Inutile de demander qui. Ça a sonné comme une gageure. Un rendez-vous. Il l'a dit pour moi ? Contre moi ? Impossible de savoir.

— Je ne vais m'occuper que de lui. Les Post-Impressionnistes peuvent attendre.

J'ai souri à cette dernière phrase qui, hors contexte, résume tout le drame de Van Gogh. Ça m'a permis de trouver une ouverture pour lui poser une question qui m'intrigue depuis notre première entrevue.

— Mais vous... Vous aimiez la peinture avant la police, ou bien l'inverse ? Je veux dire... comment c'est venu, cette spécialité ?

Après un long silence il s'est retourné, toujours calme, un peu ailleurs.

— On n'atterrit pas dans ce bureau par hasard.

J'ai cherché des yeux un indice quelconque, sur le bureau, sur ses murs. Et je n'ai rien trouvé, pas même une affiche.

— Vous devez vous tenir au courant de ce qui se passe dans Paris, non ?

— Je n'ai pas le temps, je rate toutes les expos que j'ai envie de voir... Avant de rentrer dans la police je voulais... En 1972 j'étais allé voir une expo de Francis Bacon... J'étais déjà flic... Vous connaissez Bacon ? Il paraît que l'envie de peindre lui est venue presque par hasard, en voyant des Picasso...

Et la chaîne s'est arrêtée là, j'ai pensé.

— Ça doit être bien, comme boulot.

— Parfois oui, mais le gros c'est le recel, les faux, les vols, enfin, vous voyez, quoi.

— Vous devez voir de sacrés trucs, non ?

En disant ça j'ai réalisé que je posais exactement la même question aux taxis de nuit, histoire de parler d'autre chose que du temps.

— Ouais... Des fois... Il y a des obsédés partout mais dans le domaine des arts c'est vrai qu'on est servis.

Si je demande des détails il va couper net et redistribuer les vrais rôles.

— Une fois j'ai pisté un type étonnant, grand spécialiste de

Picasso, et son seul signe particulier, c'est qu'il avait « Les Demoiselles d'Avignon » tatoué sur le haut de l'épaule. Vous imaginez les vérifications auprès des suspects, quand on veut faire une enquête discrète ? Il n'y a pas longtemps on a coincé un Rembrandt dans le métro. Oui, un Rembrandt, roulé dans un tube en carton. Répertorié nulle part. Des comme ça on n'en a pas tous les jours... Bon, bref, je vais suivre de très près tout ça et j'aimerais bien que nous restions en contact, je peux avoir besoin de vous. Il se peut qu'il n'y ait aucun rapport entre votre affaire et la mort de M. Daufin mais je n'y crois pas beaucoup. Je ne vous retiens pas plus longtemps.

— À qui je peux demander des nouvelles de Véro ?

— À l'hôpital Beaujon, mais il est impossible de la voir pour le moment. Elle y restera quelques jours, je pense. Avec les dépressions nerveuses, on ne peut pas savoir.

Un peu abasourdi, je suis sorti de son bureau et l'ai remercié, bêtement.

Delmas m'a traité comme une personne normale, pas comme une victime, et ça change de la gêne bienveillante à laquelle j'ai droit depuis mon accident. Ça prouve que le monde ne s'arrête pas au bout de mon poignet gauche.

*

J'ai terminé une bouteille de chablis trop fraîche, un peu âpre, et je suis retourné à ma table où tout le butin de paperasse froissée est étalé. Pas grand-chose, en fait, mais rien que du bon. Le Salon de la jeune peinture s'est déroulé en mars, dans le dossier de presse on trouve quelques articles sur les tendances générales, mais trois d'entre eux font état de l'intervention sauvage datant du 27, de quatre individus incontrôlés et sans scrupules. Le papier le plus intéressant est celui d'*Art libre* de juin, un canard qui n'existe plus. Et c'est dommage.

(...) Et puis, dans le ronronnement général qui semblait être le révélateur immédiat du contexte pictural parisien, nous avons connu la fracture. Quatre garçons ont fait irruption dans les salles en fin de soirée. Quand maîtres et élèves s'abandonnaient

au satisfecit, ces quatre-là ont balancé un pavé dans la mare du consensus et du bon aloi. Ils ont hurlé la mort des galeries et de leurs chiens de garde, les « petits patrons de l'art ». Ils ont décroché des toiles pour exposer les leurs, ils ont distribué des tracts et insulté copieusement les exposants. (...)

Une autre revue reproduit le tract en question.

Puisque l'art est mort, faisons-lui de vraies funérailles !

Nous, les Objectivistes, nous proclamons que l'art a été tué par les petits patrons, galeristes, critiques et autres instances de légitimation.

Les Objectivistes n'iront pas se couper la moindre oreille.

C'est trop tard.

Les Objectivistes ne revendiqueront jamais rien, ils n'existent pas, ils ne spéculeront JAMAIS sur le nom d'un de leurs membres.

Le Salon de la jeune peinture n'est qu'un mouroir de l'esthétique.

C'est les Beaux-Arts qu'on assassine.

Et c'est tant mieux.

Dans le troisième on trouve le compte rendu de la fin de soirée. Scandale chez certains et vif intérêt chez d'autres.

Un des exposants, se voyant insulté plus encore que les autres, a tenté de prévenir la police mais les organisateurs ont réussi à juguler le climat de violence qui menaçait de plus en plus leur salon. En revanche, Edgar Delarge, propriétaire de la galerie Europe, bien connu pour être à l'affût de nouveaux talents — on ne sait trop s'il confond talent et provocation — s'est déclaré intéressé (!) par les jeunes pseudo-révolutionnaires. Les quatre individus, dont le seul mérite est d'être fidèles à leurs prises de position, l'ont renvoyé bruyamment à ses « marchandages nauséeux de la fiente sur toile » (sic).

J'avais tellement besoin qu'ils aient existé.

À quatre ils ont réussi à foutre ce bordel. Chemin a beau perdre ses dents, il a encore une solide mémoire. Tout y est : le berceau des Beaux-Arts, la rébellion, le crachat à la gueule des petits patrons, le mépris pour les fonctionnaires en place, l'anonymat et la non-revendication de leurs propres œuvres. Morand était là avant qu'il ne soit Morand.

Et puis il y a ce galeriste, Delarge, un « petit patron », comme les autres, mais celui-là n'a pas eu froid aux yeux en se « déclarant intéressé ». Il fallait vraiment être cinglé ou aimer le scandale, ou aimer les Objectivistes pour défier leur insolence. C'est là où je peux continuer à fouiller, parce que, mine de rien, leur agression du 27 juin a porté ses fruits, ne serait-ce qu'au niveau de la commission d'achats. Et pourquoi n'auraient-ils pas fait une seconde entorse à leur prétendue intégrité ? Delarge se souvient sûrement, il pourrait me raconter sa confrontation avec eux, ou même me les décrire physiquement, il a peut-être vu leur atelier ou suivi le reste de leur production. Il me dirait en tout cas ce qui lui a tant plu chez ces jeunes terroristes. Et quand je pose les yeux pour la millième fois sur l'*Essai 30*, j'aimerais qu'un autre, plus précis, plus passionné, me dise avec des mots simples ce que je ressens. Chemin aurait pu être celui-là, mais son regard a fui depuis longtemps dans un chromo des Everglades. Et je dois tout savoir, parce que derrière cette toile, il y a un fou, une âme tordue qui écrase les souvenirs, un coupeur de main et un fracasseur de crâne. Un gentleman au cutter. Un dément qui parle dans le noir. Et je le trouverai avant Delmas.

*

Sans doute pour me prouver que j'étais encore capable de sentiment pour des êtres vivants, et surtout pour tenter de resserrer des liens qui n'appartiennent qu'à moi avec des gens qui n'appartiennent qu'à moi, je me suis remis à la machine à écrire. Je me suis senti inspiré par un style pouvant traduire une langueur douce et délicatement pastel, sans négliger pour autant un fort degré de réalisme. À savoir : l'impressionnisme.

Chers vous deux

Je ne vous ai pratiquement jamais écrit, et le sort a voulu que, si j'en prends la peine, aujourd'hui, ce n'est que d'une seule main.

Je traverse des zones troubles, où vous êtes, malgré l'éloignement, mes seuls points de repère. Il faut laisser un peu de temps s'écouler, avant d'y voir plus clair. Je regrette le soleil, la mer, que vous n'avez jamais cherché à quitter.

*

Une voix d'homme.

— Galerie Europe, bonjour.

— Je voudrais parler à M. Delarge.

— C'est pour... ?

— C'est pour un entretien.

— ... Vous êtes journaliste ? C'est pour Beaubourg ?

— Non, pas du tout, je cherche des renseignements sur le Salon de la jeune peinture de 1964 et je crois qu'il y était. Vous pouvez me le passer ?

Léger flottement. S'il n'avait pas été là, on me l'aurait tout de suite fait savoir. Je me suis même demandé si...

— ... Heu... il ne reçoit que sur rendez-vous mais en ce moment il a beaucoup de travail. Qu'est-ce que vous voulez savoir, au juste... ?

J'ai senti le réflexe de défense. Aucun doute, il a beau parler de lui à la troisième personne...

— C'est difficile de s'étendre au téléphone. Je peux prendre un rendez-vous et venir à la galerie ?

— Vous ne le trouverez pas. Qu'est-ce que vous voulez savoir sur le Salon de la jeune peinture ?

— Le plus simple serait que je passe.

— Pas en ce moment ! Comment vous appelez-vous ?

— Je rappellerai plus tard.

J'ai raccroché avant qu'il ait le temps de refuser une troisième fois. Je pensais bien manœuvrer en téléphonant d'abord, et je me suis gouré. Je ne peux pas prévoir toutes les erreurs tactiques. Il ne me reste plus qu'à foncer illico là-bas, histoire de le cueillir à chaud, sans qu'il ait eu le temps de se retourner. Sa galerie est située dans le Marais, rue Barbette, pas trop loin de chez moi. C'est bien le comble, mais la tendance picturale gagne de plus en plus de terrain dans mon quartier. Beaubourg a fait des petits.

J'y suis en moins de cinq minutes, il n'a pas pu partir entre-temps. Au 59 il n'y a qu'une plaque « Galerie Europe », il faut passer sous un porche pour accéder à la salle d'expo. Dans la cour, au milieu de vieux immeubles, on reçoit en pleine poire le bleu très clair des deux étages qui jouxtent l'entrée C. La porte de la galerie est superbement conçue, verre et métal, une demi-tonne par battant, mais il suffit de l'effleurer pour l'ouvrir. À l'intérieur, presque rien. C'est la mode. On privilégie le vide, on garde la pierre d'origine, à nu mais impeccablement remise à neuf, un sol gris éléphant, on dirait un glacis versaillais, une patinoire. Et puis, au loin, tout de même, quelques pièces accrochées avec élégance. Le bureau d'accueil est encastré dans un mur pour ne pas gêner la perspective. J'ai l'impression d'être absolument seul sur un îlot de modernité. Un naufragé baroque et mal fagoté dans un océan de dépouillement. Je feuillette le livre d'or et reconnais quelques signatures, les mêmes qu'à la galerie de Coste, la faune des vernissages. À côté il y a la liste de l'écurie Delarge, son catalogue d'artistes, et en parcourant les noms de ses poulains je comprends mieux pourquoi il n'a pas besoin de faire dans le tape-à-l'œil. Sa collection réunit au moins quatre ou cinq artistes parmi les plus cotés du moment. Il est évident que cet homme a autre chose à faire que perdre du temps avec des fouineurs de mon espèce. Et quand on a dans son écurie des types du genre de Lasewitz, Béranger ou Linnel, pour ne citer que ceux qui m'évoquent quelque chose, on fait la pluie et le beau temps dans les cotations. J'ai déjà accroché une pièce de Lasewitz, des cadres vides superposés pour suggérer un labyrinthe. Dix minutes pour les accrocher, trois heures pour comprendre l'ordre... Béranger fait des caissons lumineux, il photographie ses pieds, son nez, son ventre grassouillet, il en tire des agrandissements géants et les éclaire dans des boîtes bourrées de néons. La photo passe de 15 grammes à 120 kilos, et il faut six hommes pour la positionner avec des sangles. Linnel est aussi un nom qui me dit quelque chose, sans vraiment savoir ce qu'il fait. À priori j'ai l'impression qu'il fait partie des rares qui utilisent encore des couleurs et un pinceau.

— Je peux vous renseigner ?

Elle a surgi de derrière trois colonnes de parpaings qui font office de communication avec un bureau annexe. Une très jolie jeune femme aux cheveux roux clair et aux yeux bleus. Elle n'a pas le physique idéal pour éloigner les fâcheux.

— J'aimerais rencontrer M. Delarge.

Elle range les quelques dossiers sur le bureau, juste pour s'occuper les mains.

— Vous avez rendez-vous ?

— Non, mais on peut en prendre un tout de suite.

— En ce moment ce n'est pas possible, il prépare une exposition à Beaubourg, il est en plein accrochage.

À d'autres... Je regarde derrière les parpaings sans douter une seconde que Delarge y est planqué. Avec ce système de colonnes vaguement biseautées on peut contrôler les allées et venues dans la galerie en évitant de passer son temps dans la salle s'il n'y a personne.

Delarge m'a vu entrer. Je le sens là, pas loin, tapi. Qu'est-ce qu'il a à craindre ? J'ai été trop direct ? Je n'aurais peut-être pas dû parler de l'année 64. La trouille ? Ces stratégies commencent à devenir pénibles, impossible d'avoir un renseignement sans déclencher tout un processus de suspicion. Et moi je finis par entrer dans cette peur paranoïaque du trop dit et du pas assez.

— Repassez dans une quinzaine, et téléphonez d'abord. Il aura peut-être un moment.

Téléphoner ? Non, merci. Maintenant je ne préviens plus.

— C'est quoi, comme expo, à Beaubourg ?

— Linnel, un de nos artistes. Du 8 au 30 avril.

— Trois semaines ? C'est la gloire... Ne va pas à Beaubourg qui veut...

En disant ça je revois bien la pancarte « Expo en cours de montage » aperçue hier, à Beaubourg, et les deux accrocheurs sens dessus dessous.

Avec une petite nuance de satisfaction, elle laisse échapper un : « eh non... ! »

C'est vrai. Pour un artiste vivant, c'est le Panthéon. Après Beaubourg on ne peut plus espérer que le Louvre, quelques siècles plus tard.

— Laissez votre nom et vos coordonnées sur le livre d'or, je lui parlerai de votre visite...

Elle me tend le stylo et je ne peux pas m'empêcher de penser que c'est un geste malin.

— Je ne signe jamais les livres d'or.

Elle lance le stylo sur la table avec un ostensible mépris.

— Tant pis pour vous...

— En revanche je prendrais bien une invitation pour le vernissage de Beaubourg. Il faut absolument une invitation, non ?

— Désolée, j'ai tout donné...

— Ce sont des œuvres de Linnel, ça ?

— Non, ce sont des œuvres qui font partie de la collection personnelle de M. Delarge. Il tient à les montrer au public, de temps en temps, au lieu de les enfermer dans un coffre. Elles sont faites pour être vues, n'est-ce pas ?

Si j'avais lu les signatures au lieu de poser des questions idiotes... Une petite toile de Kandinsky, un collage de Braque, je ne connais pas le troisième, et c'est sans doute normal pour un type incapable d'identifier les deux premiers.

*

Je n'ai pas vraiment le choix. Ce vernissage de Beaubourg est pour après-demain soir et je ne dois pas espérer coincer Delarge avant. Ni même après, il se débrouillera comme un chef pour m'éviter s'il en a envie. Quelque chose l'inquiète, et pour savoir quoi je dois lui demander, de visu, c'est tout. Il a réussi à placer un poulain à Beaubourg, et pour un marchand c'est plus qu'une victoire, c'est une apothéose. Sans parler de la mine de fric que ça va lui rapporter. Il y sera dès l'ouverture, à ce vernissage, vu que c'est lui qui invite. Ça va parler tarif, il y aura des dizaines d'acheteurs potentiels, ceux qui ont déjà et ceux qui n'ont pas encore de « Linnel » dans leur collection. Delarge ne pourra pas m'éconduire au milieu de tous ces gens.

— Allô, Liliane ?

— ... Antoine... Mais... Ça va ?

— Coste est dans la galerie ?

— Non.

— J'ai besoin d'une invite pour l'expo Linnel, après-demain soir.

— On l'a reçue y'a deux jours, mais c'est celle de...

— De la patronne, je sais. Et je la veux. Je la veux vraiment. T'as qu'à jouer le retard de courrier. Elle l'a déjà vue ?

— Tu fais chier, Antoine.

— Elle rentrera de toute manière, c'est pas le genre à rester bloquée à la porte de Beaubourg, la grande Mme Coste.

— Tu disparais, on entend plus parler de toi, et t'appelles quand t'as besoin.

— J'ai besoin.

— Tu passes la chercher ?

— Tu me l'envoies ?

— T'es vraiment con.

— Je t'embrasse... Et ça fait longtemps que je n'ai pas embrassé quelqu'un...

*

Deux jours d'attente. Non, même pas. De recul. Avec la trouille de recevoir un coup de fil de Delmas m'annonçant un truc capital, un sérieux progrès dans son enquête. Rien ne serait plus dramatique pour moi. Je ne suis pas sorti beaucoup. L'espace d'une heure j'ai cru pouvoir retourner à l'académie, persuadé de leur devoir une explication, à tous, Angelo, René, Benoît et les autres. Mais je n'ai pas osé.

Nous sommes mardi, dix-sept heures, et je reviens de chez le voisin qui m'a fait un nœud de cravate. Il n'a pas paru surpris. Pour le vernissage j'ai pensé que ma tenue habituelle serait un peu déplacée. Dans ce genre de réceptions on parle moins facilement à un clochard, moi-même je me méfierais d'un type qui porte une veste qui bâille à mi-cuisse sur un pantalon informe en velours vert. Ce coup-ci j'ai fait des efforts en ressortant ma panoplie des vernissages de chez Coste. Je me suis rasé avec une vraie lame, j'en avais envie. Sans me couper une seule fois.

On entre par la rue du Renard pour éviter les va-et-vient du parvis. Je montre mon carton à deux types habillés en bleu qui me souhaitent une bonne soirée. Je repense à tous les vernissages que j'ai fuis, chez Coste, sans même goûter au plaisir du travail accompli. Jacques m'en voudrait s'il me voyait ici, avec une cravate. Une espèce d'hôtesse me donne un dossier de presse puis m'indique les escaliers pour accéder à la salle d'expo. En haut, une trentaine de personnes, certains sont déjà en plein commentaire, comme s'ils avaient déjà fait le tour des murs. C'est logique, le public des vernissages ne vient pas pour voir de la peinture, parce qu'il est presque impossible de visiter une expo dans un pareil brouhaha, avec des silhouettes qui obturent le champ de vision et des verres de champagne vides sur les rebords de cendriers.

En attendant le coup d'envoi des festivités, je vais me balader un peu dans le show, non pas pour voir ce que fait Linnel, non, ça je m'en fous un peu. Mais juste pour admirer, voire critiquer, le travail de l'accrocheur.

Des toiles de 1,50 m sur 2, des huiles. Gants blancs obligatoires. Beau boulot, excepté une pièce qu'il aurait fallu relever de 20 centimètres à cause de la plinthe un peu trop voyante. Et puis une autre, plus petite, qui aurait mérité d'être à hauteur des yeux. Dans une des salles je sens une urgence au niveau de la lumière, un spot qui fait une ombre un peu dégueulasse sur un bon morceau de toile. Autre détail fâcheux, mais inévitable : les malheureuses tentatives de camouflage des extincteurs. Aucune couleur au monde ne peut rivaliser avec le rouge vif de ces délicats instruments, c'est le drame des galeristes. Les cartels avec le titre et la date sont cloués trop près des toiles, Jacques s'arrangeait toujours pour les faire oublier. Sinon, rien à dire, belle exhibition. Avec mon collègue, il nous aurait fallu trois jours, maximum. On préférait la difficulté, à raison d'une astuce par œuvre, les bulles de verre qui tiennent en équilibre sur une pointe, les mobiles suspendus sans attaches apparentes, les chaînes de vélo au mouvement perpétuel, les fresques aux effets d'optique, tout ce qui est fragile, cassant, sibyllin, délirant, drôle et pour tout dire, inaccrochable.

Le bar est ouvert, je le sens au subtil reflux qui s'amorce alentour. Je m'insinue dans la vague. Dans la salle du buffet, le bruit.

Un concert loghorréen ponctué d'interjections et de rires discrets. Quelques têtes connues, des critiques, des peintres pas bégueules, un détaché du Ministère. Très lentement je pivote sur moi-même en branchant mon sonar. Et à quelques mètres du magma agglutiné autour des verres, je perçois un indubitable bip-bip. En parcourant le dossier de presse je tombe sur une photo prise à la Biennale de São Paulo, une brochette d'artistes posant en photo de classe avec un Delarge trônant debout à droite, comme l'instituteur. Il est là, en chair et en os, à quelques mètres, avec deux autres types un peu plus jeunes. Linnel est à sa droite. Il joue son rôle d'artiste au vernissage : serrer les mains qu'on lui tend, remercier les enthousiasmes divers sans se soucier de leur teneur en sincérité. Un artiste à l'honneur peut ne pas sourire et ne pas parler, c'est un de ses rares privilèges. Il doit cependant accepter les rendez-vous des journalistes mais préfère éviter les acheteurs, d'autres sont là pour ça. Alain Linnel semble jouer le jeu, mollement, un peu grave, un peu affecté, un peu ailleurs. On leur apporte des verres, je m'approche et stationne à un mètre d'eux, de dos, les oreilles grandes ouvertes, en faisant mine de me frayer une place vers le buffet.

J'ai de la chance. Très rapidement je saisis la situation, je ne m'étais pas trompé, le plus âgé c'est Delarge, il présente son poulain à un critique d'art, le dénommé Alex Ramey. Sûrement l'un des plus redoutés sur la place de Paris, le seul capable de ruiner une expo avec deux ou trois adjectifs, je me souviens d'un de ses papiers sur une expo de Coste. L'article était tellement incendiaire qu'un bon paquet de visiteurs étaient venus juste pour confirmer l'étendue du désastre.

Mais le critique aime, ce soir, et manifestement, il veut le dire à l'artiste, et bientôt, à ses lecteurs.

— Demain, pour l'interview, ça vous arrange ?

Légère hésitation, rien ne vient. Delarge, bourré de bienveillance et toujours radieux, insiste gentiment.

— Alors, Alain ! Tu vas bien trouver un moment, demain...

Toujours rien. Même pas un bafouillement. Je me retourne pour jeter une œillade sur une situation qui semble pour le moins tendue. Et là, je me rends compte que je me suis, aussi, un peu trompé.

— Non. Je ne trouverai pas un moment pour ce monsieur.

Je dresse la tête en essayant d'imaginer celle d'un marchand comme Delarge aux prises avec un artiste capricieux qui s'offre le luxe de refuser une interview dès le lendemain du vernissage.

— Tu plaisantes, Alain...

— Pas du tout. Je ne répondrai pas aux questions d'un individu qui m'a traité de « décorateur » il y a quatre ou cinq ans. Vous vous souvenez, monsieur Ramey ? C'était une petite expo à l'ancienne galerie, dans l'île Saint-Louis. Et toi aussi tu t'en souviens, mon bon Edgar, fais pas celui qui a tout oublié maintenant que je suis à Beaubourg. À l'époque tu l'avais traité de salaud, fais pas semblant...

Dans mon dos, ça pèse des tonnes. J'en profite pour saisir une coupe bien pleine. Que je descends en trois gorgées. Ramey est toujours là.

— Écoutez, ne me faites pas le procès de la critique, on connaît la rengaine... Votre peinture a évolué et le regard sur votre travail aussi.

— C'est vrai, Alain... On ne va pas entrer dans un jeu de susceptibilités, reprend Delarge.

— Qui « on » ? Tu as toujours dit « on » pour dire « tu ». Ce monsieur peut me traîner dans la merde demain matin, il peut « nous » traîner dans la merde, ça me ferait plutôt plaisir. Sur ce, je vais me chercher une autre petite coupe.

Delarge emmène Ramey par le bras et se lance dans une explosion d'excuses. Je saisis un autre verre et le vide cul sec. Après un coup pareil, Delarge ne supportera pas la moindre question venant d'un emmerdeur de mon espèce. Le brouhaha s'accentue, le champagne continue à couler, la cohue s'agite sensiblement, Linnel serre d'autres mains en riant franchement, il n'a pas que des ennemis, je ne le quitte pas des yeux, un type un peu bedonnant lui tape sur l'épaule, il se retourne, lui serre la main et reprend sa conversation sans se soucier du nouveau venu qui reste comme deux ronds de flan. Et je connais cette tête, comme tout le monde ici, apparemment. Un peintre ? Un critique ? Un inspecteur ? J'ai envie de savoir, et sans la moindre gêne je demande à ma voisine de champagne si elle connaît l'individu. Franchement à l'aise, déjà éméchée, elle me répond comme si je débarquais d'une autre galaxie.

— C'est Reinhard... Vous avez vu passer du sucré ?

— Reinhard... Le commissaire-priseur ?

— Bien sûr ! Chez Dalloyau je préfère le sucré.

— Écoutez, je vois un plateau, vers la gauche, si vous pouvez me ramener des pains de mie au saumon, on passe un marché.

Elle sourit, nous faisons l'échange, elle commande deux autres coupes pour faire passer le reste.

— Belle expo, elle me fait.

— Je ne sais pas, dis-je, la bouche pleine.

Elle éclate de rire. Ma manche droite est bien enfouie dans la poche. Au milieu de tous ces mondains ça peut passer pour une pose un peu snob. Un genre. Elle enchaîne fébrilement les mini-éclairs au café et j'en profite pour m'esquiver. Reinhard discute avec Delarge, encore fumasse. Ce coup-ci, je décris une parabole dans l'espace pour finir ma course devant la toile située le plus près d'eux. Je me souviens d'une conversation avec Coste sur la lignée des Reinhard, commissaires-priseurs de père en fils depuis que la profession existe. Il authentifie, estime et vend une bonne partie de ce qui défile à la salle des ventes de Drouot. Quel beau métier que celui-là. Donner des coups de marteau à dix mille balles... De quoi faire douter Jacques et toute sa boîte à outils.

Delarge, agacé, lui parle à mi-voix et je ne saisis qu'une phrase sur deux.

— Il fait chier, tu comprends... deux ans que je prépare Beaubourg... et la commande publique, avec tous les emmerdes qu'on a... !

Bon, résumons-nous, Delarge a des soucis avec un poulain qui a l'air de facilement se cabrer. Reinhard, autre pur-sang, mais dans un autre champ de courses, est dans la confidence. Tout ça ne fait pas avancer mes affaires d'une seule longueur. Il faut que je me décide à coincer le marchand avant que son vernissage ne parte à vau-l'eau, lui faire cracher ce que je peux, et rentrer chez moi. Le champagne m'a un peu chauffé les tempes et la patience ne va pas tarder à me faire défaut. Reinhard s'éloigne en direction de Linnel, c'est le moment ou jamais pour entreprendre Delarge. Je lui tapote le haut du bras, il se retourne et accuse un léger mouvement de recul. L'alcool, bizarrement, m'a facilité la tâche.

— Vous ne me connaissez pas et je ne vais pas vous ennuyer longtemps, j'ai essayé de vous joindre à votre galerie pour parler avec vous d'un truc qui remonte à 1964. Le Salon de la jeune peinture. J'ai lu dans un dossier de presse que vous y étiez, et je voudrais savoir...

Il détourne le regard, ses joues rougissent comme celles d'un gosse, ses mains tremblent comme celles d'un vieillard. Il m'a déjà cent fois envoyé rôtir aux enfers.

— Je ne peux pas vous... J'ai beaucoup de gens à voir... je...

— Vous avez parlé avec un groupe, ils étaient quatre, « Les Objectivistes », vous vous êtes intéressé à leur travail. Je voulais juste avoir quelques souvenirs, essayez de chercher...

— ... Les quoi ?... 64, c'est loin... Peut-être... Il y a vingt-cinq ans... je commençais à peine... Le journaliste a sûrement dû confondre... De toute façon je n'allais jamais au Salon de la jeune peinture, ni même à la Biennale de Paris... Je ne peux pas vous être utile...

Je le retiens par la manche mais il se dégage et file sans rien ajouter. Il retourne vers Linnel et Reinhard. Ils ont cessé de me fixer quand je les ai regardés. Seul Linnel garde les yeux rivés sur moi et me détaille de pied en cap, j'ai la sale impression qu'il s'arrête au bout de mon bras droit, enfoui. Il ricane ? Peut-être... Je ne sais plus sur quoi poser les yeux, une crampe me mord l'avant-bras, mais maintenant je sais que quelque part, dans cette cohue, il y a ce que Delmas appellerait : un foyer de présomptions.

Tout à coup je me sens petit, infirme, j'ai peur de perdre ce qui me rendait fort, le bonheur d'éradiquer un coupable. Tout ce monde me dépasse, rien ne m'appartient, ici, ni la peinture ni les cravates, ni les mots compliqués ni le champagne, ni le bruit qui pérore, la moiteur parfumée et les molles poignées de main, ni les douleurs de l'art et ses conflits obscurs. Moi j'étais fait pour les poussières de velours, le silence qui effleure l'ivoire, les doux carambolages, l'exaltation d'Angelo, l'odeur du cigare, les vieillards à bretelles, la craie bleue et la lueur sereine, éternelle, au fond de mes yeux. C'est pour la retrouver, peut-être, un jour, que je dois rester encore un peu au milieu de ce fatras absurde.

On me bouscule, je n'ai même pas le temps de grogner, la fille fonce droit vers Delarge et se plante devant lui. De face, je ne sais pas, mais de dos on perçoit une détermination féroce. Elle parle fort, les trois types ne s'occupent absolument plus de moi. Belle diversion. Le visage de Delarge se décompose à nouveau. Mauvaise soirée. Linnel éclate d'un tel rire que, cette fois, les conversations alentour ont cessé. Je m'approche à nouveau du buffet pour écouter, comme le reste de l'assistance.

— Votre vernissage ne m'intéresse pas, monsieur Delarge, mais puisqu'il faut venir ici pour vous avoir en face !

Pardon ? Combien on est, en tout, dans le même cas ?

— Je vous en prie, mademoiselle, choisissez votre moment pour faire un scandale, dit Delarge.

— Scandale ? C'est vous qui parlez de scandale ? Mon journal publiera un dossier entier sur votre escroquerie !

— Attention à ce que vous insinuez, mademoiselle.

— Mais je n'insinue pas, je le crie à tous les gens qui sont ici !

Cette cinglée furieuse place ses mains en porte-voix et hurle à la cantonade.

— Que tous ceux ici qui ont acheté une œuvre de Juan Alfonso, le célèbre cubiste, commencent par se faire du mouron !

— Et c'est bien fait ! ajoute Linnel, plié en deux.

Delarge lui jette un œil noir, il repousse la fille et fait des gestes vers les deux sbires de l'entrée qui ont rappliqué ventre à terre.

— C'est une folle, mon avocat va s'occuper de tout ça ! Fichez le camp d'ici !

Les deux types la soulèvent presque et la traînent vers la sortie. Je ne sais plus si je rêve ou si j'assiste à un happening du meilleur effet. Elle se débat et continue ses incantations infernales.

— La vérité sur Juan Alfonso, dans *Artefact* du mois de mai ! En vente partout !

La cohue s'est figée net, dans une seconde d'éternité. Les bouches béantes et muettes ne se referment plus, les coupes restent posées sur les lèvres, les bras en l'air, raides de surprise, ne retombent plus. Une fresque de Jérôme Bosch, en trois dimensions.

Le seul qui sait encore parler, c'est Linnel.

— Formidable... Formidable... C'est formidable...

Sa provo n'a pas l'air de plaire. Surtout à Delarge en qui on sent une redoutable envie de lui coller une baffe et de le traiter d'ingrat. Une nouvelle vague de gens s'étire doucement vers le buffet. On me sert une coupe d'office, sans doute parce que le consensus général en a besoin. Un scandale... Et, vu de ma fenêtre, un épisode formidable, comme dit Linnel. Delarge semble avoir plus d'une casserole au cul. Jamais entendu parler de ce cubiste dont le nom m'échappe déjà, ni de l'affaire sulfureuse qui l'entoure. Je me prends d'une certaine compassion pour cet homme, ce marchand d'art qui aurait dû triompher, ce soir, et qui n'arrête pas de se faire agresser par la presse, par son propre artiste, et par des fouineurs de mon acabit. J'aurais dû rester plus souvent aux vernissages.

Les conversations reprennent peu à peu. Des plateaux de petits fours regarnissent les tables.

— Formidable, hein, cette fille ? Transformer Beaubourg en musée Grévin, chapeau...

Ça s'est glissé dans mon oreille, et je me suis retourné d'un bloc. Linnel, hilare.

Ce type est sûrement un peu atteint mentalement.

— Oui... Ça sentait le coup de pub, non ? Un coup de pub marrant, mais quand même, dis-je.

— Peut-être, mais j'aime bien les gens malpolis. On s'ennuie tellement dans ce genre de raouts. Et encore... moi je viens parce que je suis obligé — c'est moi qui ai fait tous ces trucs que vous voyez sur les murs — mais les autres ?

— Les autres ? Ils aiment bien ces trucs-là, c'est tout.

— Et vous, ça vous plaît ?

— Je sais pas. Si je devais en parler ce serait un peu malpoli.

Il rit, moi aussi, mais j'étrangle mon rire quand il passe son bras sous le mien. Le mauvais.

— Venez avec moi, je vais vous faire une petite visite perso.

Avant de nous engager dans les salles il fait le plein des coupes, m'en tend une, et je reste là, comme un con, coincé entre un verre tendu et une main étrangère nichée dans mes côtes.

Il m'oblige à trinquer, j'obéis et perds un peu l'équilibre. Il m'arrête devant une toile.

— Regardez celle-là, c'est une vieille, de 71.

Je ne sais pas ce qu'il me veut, si c'est une manœuvre mûrement réfléchie ou une nouvelle frasque d'artiste éméché. Il sait en tout cas que j'ai fait des misères à son marchand, et c'est peut-être ce qui lui plaît. En fait, c'est la première fois que je jette un œil sur son boulot. Je suis allé trop vite, et, tout à l'heure, je n'ai rien vu. J'ai toujours tendance à préférer les cadres à ce qu'il y a dedans. De longs coups de pinceau d'un vert un peu sale, on sent que les jets ont été tirés droits et cassés en bout de course. Ensuite il a recouvert le tout d'un blanc qui scelle toute la surface. Je ne sais pas vraiment quoi en penser. C'est de l'abstraction pure. C'est tout.

— Ça vous parle ?

— Un peu, oui... Vous savez, je n'y connais rien...

— Tant mieux, les spécialistes me gonflent. Et justement, j'aimerais bien qu'un type comme vous me dise, ce soir, ce qu'il en pense. Alors, ça vous évoque quelque chose ?

— Adressez-vous à quelqu'un d'autre. Moi je ne me fie qu'au plaisir primaire et rétrograde de la rétine. C'est ce que disent tous les frileux, et j'en suis. En gros, voilà, je ne sais pas différencier un bon tableau d'un mauvais. Vous avez un tuyau ?

— Oui, c'est simple, il suffit d'en avoir vu quelques milliers avant, c'est tout. Alors, ça vous évoque quelque chose ?

— Bah... En cherchant bien... Ça pourrait me faire penser à une mère qui protège sa fille sous son manteau parce qu'il pleut.

— ... ?

Je l'ai dit avec un tel accent de vérité qu'il ne rit même pas. Ça m'est venu comme une impulsion.

— Bon, O.K., chacun y voit ce qu'il veut. Moi je ne pensais pas à ça en le faisant mais... bon... j'ai rien à dire. Et vous savez combien ça coûte ?

— Si vous êtes un type qu'on présente à Beaubourg, ça doit coûter la peau du cul.

— Plus que ça. Celle-là, 125 000. Une nuit de boulot, dans mon souvenir.

Raté. Ça ne m'impressionne pas. Une fois j'ai vu entrer à la galerie un monticule de canettes de bière vides pour le double.

— Et combien pour le marchand ?

— Trop. La règle c'est fifty-fifty, mais nous, on a un arrangement spécial.

— Et vous travaillez la nuit ?

— Ah ça oui, et je suis l'un des seuls peintres au monde à aimer la lumière artificielle. Ça me fait la surprise, au petit jour...

Au passage il hèle un type en veste blanche qui revient une minute plus tard avec du champagne. Il veut trinquer de nouveau. Un couple s'approche de nous, la femme embrasse Linnel et l'homme en fait autant. L'artiste prête ses joues sans enthousiasme.

— Oh Alain, c'est génial, t'es content ? C'est vraiment fort, on sent un souffle, tu vois, les pièces dialoguent vraiment bien, c'est splendide.

Il les remercie, comme s'il avait une pince à linge sur le nez, et m'entraîne ailleurs. Ce type est fou.

— Qu'est-ce que ça veut dire, « les pièces dialoguent » ? je demande.

En fait je le sais mieux que personne, c'était le terme qu'employait Coste. Mais c'était juste histoire de le faire parler.

— Rien. Si on se met à écouter ces conneries...

— N'empêche... Ça m'impressionne, les gens qui possèdent le code verbal. Sans ça, on arrive à rien.

— Ah vraiment ? Moi je hais tous les jargons. André Breton disait : un philosophe que je ne comprends pas est un salaud ! Il m'arrive souvent de rire aux larmes en lisant les doctes articles sur ce que je barbouille. Vous savez, la peinture s'y prête beaucoup mieux que la musique, par exemple. Qu'est-ce qu'on pourrait bien dire sur la musique, hein ? Les critiques d'art ne parlent pas de ce qu'ils voient, ils cherchent à rivaliser d'abstraction avec la toile. Ils le disent eux-mêmes, d'ailleurs.

J'en ai lu un paquet, de catalogues incompréhensibles.

— N'empêche... ça m'impressionne.

— Eh bien, rien de plus facile, on se balade en douce au milieu des visiteurs et je vous fais une traduction simultanée, O.K. ?

Le champagne me fait ricaner. Mon cerveau doit commencer à ressembler à une émulsion de brut impérial.

— O.K.

J'ai beau être un peu ébrieux, je n'oublie rien. Ni Delarge ni mon moignon. Quoi qu'il ait en tête, Linnel est peut-être un joker à mettre de mon côté.

Sans vraiment chercher nous passons à portée de deux femmes passablement âgées, dont l'une est particulièrement en verve. La fumée d'un clope au coin du bec lui ferme l'œil gauche.

— Tu sais, Linnel c'est souvent le jeu des équivalences chromatiques, enfin... on cherche l'implosion...

Aparté de Linnel :

— Celle-là, elle veut dire que j'emploie toujours les mêmes couleurs, et « implosion » ça veut dire qu'il faut regarder les toiles longtemps avant qu'il se passe quelque chose.

La vieille reprend :

— On sent toute la matité de la surface... Et y a une émergence, là... elle crève le voile...

Linnel :

— Elle dit que le blanc cassé est une couleur fade et qu'on voit ce qu'il y a au travers.

J'ai l'impression que l'expo se remplit de plus en plus. Les deux vieilles s'éloignent, mais d'autres les remplacent, un couple dont la femme n'ose rien dire avant que le mec n'ait parlé. Il hésite, comme s'il était résolument astreint à émettre un avis.

— C'est... C'est intéressant, il dit.

Linnel, saumâtre, se retourne vers moi.

— Lui, c'est pas compliqué, il veut dire que c'est nul.

Il a un style qui me plaît bien, celui de l'artiste désabusé qui se fout du décorum et du carnaval prétentieux qui gravite autour de tout ce qu'on érige en dogme. Tout sauf ce qu'il fait, seul, chez lui. La barbouille. Le sacré dont il ne parle pas. Ces moments que j'ai connus où l'on se sent l'auteur, l'acteur et le seul spectateur.

— Et si on allait se déchirer la trogne ? me demande-t-il, parfaitement sérieux.

— On y va ! j'ai dit, sans même m'en rendre compte.

Je me demande bien où il a pêché ce vocabulaire, j'ai l'impression d'entendre René. Linnel serait-il un fils de prolos qui aurait commencé à peindre avec de l'antirouille des paysages de terrain vague de banlieue et des natures mortes de mobylettes pétées ? Je ne sais pas si c'est le champagne ou l'ironie de ce mec, mais je me sens beaucoup mieux qu'en arrivant.

On trinque.

— Ton marchand, il a une commande publique sur le dos ? C'est peut-être indiscret...

— Indiscret ? Tu rigoles... C'est dans tous les journaux, une putain de fresque qui va faire la façade d'un ministère. Et puis c'est pas lui qui a une commande publique sur le dos, c'est moi.

Je siffle un grand coup.

— ... Toi ? Mais c'est l'année Linnel ! Beaubourg plus une commande publique ! C'est la gloire ! La fortune !

— Tu parles, trente mètres carrés... et je sais vraiment pas quoi leur mettre... Ils veulent inaugurer en 90.

— Tu t'y es mis ?

— Oui et non... J'ai une vague idée... Ça va s'appeler « Kilukru », une bitte de 80 mètres qui sort de la façade, dans les tons rose et parme. Mais serai-je bien perçu par le Ministre ?

Pendant une seconde j'ai cru qu'il était sérieux. Delarge a de quoi se ronger les sangs avec un dingue pareil. Je crois comprendre un peu mieux ce qui se passe, le pauvre marchand est tributaire d'un artiste qui, en pleine gloire, peut se permettre de faire le con. Si ses toiles d'un mètre sur deux sont déjà sur-cotées, je n'ose imaginer le prix de la fresque.

— Je vais chercher à picoler, tu m'attends ?

Je fais oui de la tête. Dans mon oreille gauche vient claquer un « Bonjour ! » qui m'assourdit.

Coste.

— J'arrive un peu tard, on m'a fait des difficultés à l'entrée, j'ai égaré mon carton... Comment allez-vous ? Je ne savais pas que vous veniez aux vernissages de Beaubourg. Vous connaissez Linnel ? Je veux dire... Vous le connaissez personnellement ?

Ça doit l'intriguer, Coste, que l'ex-accrocheur de sa galerie trinque avec un artiste de Beaubourg.

— Je ne le connaissais même pas de nom avant d'arriver ici. Et vous aimez ses toiles ? je demande, avant qu'elle ne le fasse.

— Oui, beaucoup. Je suis son travail depuis quatre ou cinq ans et j'ai...

Je suis ivre, il faut se rendre à l'évidence. Et donc peu patient. J'attends qu'elle ait fini sa phrase pour embrayer sur un autre sujet. La mère Coste est une encyclopédie vivante, et je ne dois pas louper cette occasion.

— Vous connaissez Juan Alfonso ?

Surprise que je passe du coq à l'âne, elle fronce les sourcils.

— ... Heu... Oui, vaguement, mais je n'ai pas beaucoup d'informations... C'est un cubiste dont personne n'a entendu parler jusque très récemment. 150 pièces de lui ont été vendues à Drouot, c'est tout ce que je sais. Vous vous intéressez au cubisme ?

— Non.

— Quand viendrez-vous retravailler avec nous ?

— J'ai une ou deux affaires à régler d'abord, ensuite je verrai.

— Vous êtes au courant de ce qui s'est passé au dépôt ?

— Oui, j'ai vu le commissaire Delmas.

Linnel revient avec une bouteille et serre la main de Coste. Ils échangent quelques politesses, rapides, et elle s'éloigne vers les salles en s'excusant de ne pas avoir vu l'expo.

— Tu vois cette nana-là, fait Linnel, c'est un des rares individus vraiment sincères dans ce milieu. Elle n'a pas attendu que je sois ici pour aimer mon boulot.

Je suis content qu'il le dise. Je m'étais toujours douté que mon ex-patronne aimait vraiment son domaine.

— Bon, assez déconné, on a pris du retard, sers-nous un verre ! dit-il en me tendant la coupe et la bouteille.

— Je ne... Je préférerais que tu serves...

Pour clarifier la situation, je sors la manchette de ma poche et lui montre le moignon. Ce geste est devenu malgré moi l'estocade de ma dialectique.

— Ça doit être pratique pour tomber sur les gens à bras raccourci...

— ... ?

Delarge attrape son protégé par l'épaule.

— Alain, on a besoin de toi pour des photos, vous nous excusez, me dit-il avec un sourire qui ferait passer le baiser de Judas pour une petite tendresse.

— J'ai pas le temps, Edgar, tu vois bien que je discute avec mon ami. Et mon ami est un amateur d'art éclairé ! Un vrai de vrai !

Delarge se mord la lèvre.

— Arrête, Alain... AR-RÊ-TE... Tu vas trop loin...

— Occupe-toi de tes invités, tu as toujours su faire ça mieux que moi...

— Ton... ami peut se passer de toi une minute. Et ça lui évitera de poser trop de questions.

Dans mon esprit embrumé, j'ai trouvé que c'était une phrase de trop. Les salles m'ont paru vides, je n'ai pas vu le temps passer. J'ai fermé les yeux et j'ai aperçu quelques nuages noirs et informes courir dans mes paupières. Lentement j'ai levé les bras, et mon poing a terminé son arabesque dans la gueule de Delarge. Il fallait que ça sorte. Je l'ai empoigné par le col pour cogner ma tête contre la sienne, deux, trois fois, son nez a éclaté mais mon cri a couvert le sien, puis des coups de genou, des coups de pied, je me suis libéré d'une hargne accumulée depuis trop longtemps. Il est tombé, pas moi, j'ai trouvé ça plus commode, j'ai visé la tête avec la pointe de ma pompe, juste un dernier, définitif...

Pas eu le temps, deux types m'ont écarté de lui pile à ce moment-là, et j'ai hurlé de ne pouvoir assouvir ça. Le plus proche de moi a reçu le coup, dans le tibia, il s'est plié, l'autre m'a agrippé et m'a plaqué à terre, le moignon a dérapé et ma gueule s'est écrasée contre la moquette. Un coup de poing dans la nuque l'a écrasée un peu plus. On m'a empoigné par les cheveux et on m'a forcé à me relever.

Quelqu'un a parlé de police.

Dans un coin, j'ai vu Linnel se verser un verre.

Delarge, encore à terre, a hurlé un ordre.

Celui de me foutre dehors.

Les deux types, ceux qui gardaient l'entrée, m'ont pris chacun un bras, tordu dans le dos, et m'ont traîné jusque dans la rue du Renard. L'un des deux, dans un dernier soubresaut, m'a tiré par les cheveux pour faire pivoter ma tête.

J'ai vu une grande bande de nuit avant de recevoir le tranchant de sa main en pleine gueule.

*

Il a fallu attendre longtemps, je ne sais plus, vingt bonnes minutes, pour qu'un taxi héroïque s'arrête devant cette loque en cravate, assise, la tête dans les étoiles, en attendant que son nez veuille bien se tarir. Avant d'ouvrir la portière, il m'a tendu une boîte de Kleenex.

— On va dans une pharmacie ?

— Pas la peine.

— Où, alors ?

J'ai déjà réfléchi à ça pendant que je dessaoulais, allongé sur les grilles d'aération de la station Rambuteau. Dans mon étui de carte orange j'ai retrouvé l'adresse du seul type de ma connaissance qui sache vraiment faire les pansements. Mon nez me fait mal, et je ne le laisserai qu'entre les mains d'un médecin. À cette heure-ci, j'espère qu'il n'est pas marié.

— Rue de la Fontaine-au-Roi.

— C'est parti.

Je jette la petite boule rouge et gluante qui ne retient plus rien et arrache une nouvelle poignée de mouchoirs.

— Je fais attention aux sièges, dis-je.

— Oh je suis pas inquiet, ç'aurait été de la gerbe je vous aurais pas chargé. Le vomi, je supporte pas.

Durant tout le trajet il n'a pas cherché à savoir pourquoi mon nez pissait et m'a laissé au seuil du 32. J'ai apprécié la qualité de son silence.

Briançon 4e gauche. La cage d'escalier sent la pisse et la minuterie ne marche pas. Derrière sa porte j'entends une faible musique, du hautbois, peut-être. Je sonne.

— Antoine... ?

Mon plastron rougeâtre m'évite de parler, j'entre.

— Mais qu'est-ce que... ! Asseyez-vous.

Je garde les yeux en l'air, il me fait asseoir, tourne un peu dans la pièce et revient avec tout ce qu'il faut pour me nettoyer la figure.

Une compresse m'enflamme le nez.

— Il est cassé ? je demande.

— S'il était cassé vous le sauriez.

— Il résiste bien, avec tout ce qu'il a reçu cette année...

— Vous vous êtes battu ?

— Oui, et ça m'a fait du bien. Vous aviez raison, docteur, avec un peu de volonté on peut vraiment surmonter un handicap, j'en ai étalé deux, comme de rien. Comme si j'étais entier. Et quand j'étais entier je n'étalais jamais personne.

— Vous vous croyez drôle ?

En attendant que mon nez soit colmaté nous sommes restés silencieux, un bon quart d'heure. Ensuite il m'a enlevé veste et chemise pour me rhabiller avec un sweat-shirt propre. J'ai tout accepté, docile, sauf le verre d'alcool.

— J'attendais que vous passiez me voir, dit-il, mais dans d'autres circonstances.

— Mais je pense à vous souvent. Je fais des progrès.

— Si vous voulez vraiment faire des progrès, venez plutôt me voir à Boucicaut. Là-bas vous avez tout un appareillage de rééducation, il vous suffirait de trois mois.

— Jamais. Ça viendra tout seul, c'est comme l'amour. On vient juste de faire connaissance, et pour l'instant, entre ma gauche et moi, c'est le flirt, timide. Ensuite viendra la confiance, l'entraide, et un jour le couple sera soudé et fidèle. Faut le temps.

— Du temps perdu. Vous avez trouvé un travail ?

— Un flic m'a déjà posé la question.

Il marque un temps d'arrêt.

— On a retrouvé votre agresseur ?

— Pas encore.

— Et il y a un rapport avec ce qui s'est passé, ce soir ?

Pendant un court instant j'ai hésité à tout lui déballer, en bloc, pour me défouler. Si je ne m'étais pas fait casser la gueule je lui aurais sûrement déversé tout le fiel que j'ai dans le cœur.

— Pas du tout. J'étais ivre et j'ai abusé de la patience de gens plus forts que moi. Mais je n'aurais raté ça pour rien au monde.

Long silence. Le toubib me regarde autrement et secoue doucement la tête.

— Vous encaissez trop bien, Antoine.

— Je peux dormir ici ?

— ... Heu... Si vous voulez. Je n'ai que ce canapé.

— Parfait.

Après m'avoir sorti draps et oreiller, nous nous sommes salués.

— Vous claquez la porte en partant, je sortirai sûrement avant vous. Venez me revoir bientôt, et n'attendez pas d'avoir le visage en sang.

Je n'ai rien ajouté. Quand il a fermé la porte de sa chambre, j'étais sûr de ne plus jamais le revoir.

*

Le sommeil a mis du temps à venir, pour s'enfuir très vite. Vers les cinq heures du matin je suis parti sans même prendre la peine d'écrire à Briançon un mot de remerciement. J'ai pensé que l'air de la nuit me ferait du bien et que mon nez avait besoin d'un peu de fraîcheur. En traînant le pas, je peux rejoindre le Marais en une demi-heure en remontant la rue Oberkampf. Plus qu'il n'en faut pour imaginer comment je vais vivre la journée à venir. Le toubib a raison, je me sens plutôt bien, presque tranquille, et je ne devrais pas. J'ai déjà oublié les coups, ceux que j'ai donnés et ceux que j'ai reçus. Un jour j'y perdrai mon nez et ça ne me fera pas plus d'effet que ça. Une main, un nez, une santé mentale, au point où j'en suis...

Delarge est une ordure et Linnel, un fou. Mais, à choisir, j'ai bien fait de cogner sur le premier. Et je vais sûrement recommencer, bientôt, s'il ne me dit pas ce qu'il sait sur les Objectivistes. C'est la différence entre Delmas et moi. Delarge aurait toujours moyen d'amuser un flic, avec ses avocats et ses relations. Il faudrait qu'il soit sérieusement dans la merde pour se sentir inquiété. Et moi, contre lui, je n'ai que ma main gauche. Mais, apparemment, elle répond de mieux en mieux.

J'ai monté l'escalier, en nage, essoufflé, les jambes lourdes. Il n'y a pas que mon bras qui s'atrophie. Dans un coin de mon bureau j'ai vu une feuille blanche enroulée dans le chariot de la machine, et je me suis senti inspiré. Cette fois, après le trop-plein absurde que je venais de vivre, j'ai eu envie d'images brutales et disparates. Une juxtaposition arbitraire d'éléments qui finissent par créer une violence non sensique. Le surréalisme.

Chers vous deux

Désormais ma vie est belle comme la réunion d'une coupe de champagne et d'un moignon sur une toile brûlée. Viva la muerte.

Je me suis allongé, juste pour un moment, mais le sommeil m'a cueilli à chaud et j'ai glissé dans l'oubli.

En buvant une tasse de café j'ai parcouru le dossier de presse que l'hôtesse m'a donné. Rien de très nouveau, excepté un petit paragraphe sur l'historique des rapports entre le marchand et l'artiste. On y croirait presque :

« *Edgar Delarge s'intéresse au travail d'Alain Linnel dès 1967, et c'est plus qu'une découverte : une passion. Il fera tout pour imposer le jeune artiste. C'est aussi l'histoire d'une amitié de vingt ans. Alain Linnel a prouvé, lui aussi, sa fidélité, en refusant les propositions des plus prestigieuses galeries.* »

Le téléphone a sonné. Ma mère. Elle veut faire un tour à Paris, seule. Ça tombe mal, j'ai prévu de partir quelques jours à Amsterdam avec un copain. Ce serait dommage de se louper. Elle va remettre ça pour le mois prochain. Je t'embrasse et je t'écris.

Et pour l'instant, je n'ai toujours que l'en-tête.

Depuis hier, Delarge peut me compter parmi ses ennemis. Linnel en est un autre, à sa manière, mais ce n'est rien en comparaison de l'acharnement de cette fille, la journaliste d'*Artefact*. Elle m'a presque volé la vedette, hier, avec son réquisitoire public. J'ai passé une bonne partie de la journée à essayer de l'avoir au téléphone, à son journal, et manifestement je n'étais pas le seul. En fin d'après-midi elle a daigné répondre, dans le même état d'agressivité que la veille.

— Bonsoir mademoiselle, j'étais au vernissage, hier soir et...

— Si vous faites partie du clan Delarge vous pouvez raccrocher tout de suite, deux avocats dans la même journée, ça suffit, je sais ce que c'est que la diffamation...

— Non, pas du tout, je voulais...

— Vous faites partie des pigeonnés ? Vous avez acheté un Alfonso et vous vous posez des questions ? Achetez l'*Artefact* du mois prochain.

— Non plus, je vous...

— Alors qu'est-ce que vous voulez, dites-le ! J'ai pas que ça à faire !

— Vous pourriez la boucler une seconde ? Moi aussi on m'a traîné dehors, hier soir, et je pissais le sang, et Delarge aussi ! Ça vous suffit ?

Elle s'est raclé la gorge, une ou deux fois.

— Excusez-moi... J'étais venue avec un copain du journal à qui j'ai demandé de rester jusqu'au bout. Il m'a raconté la bagarre... C'est vous ?

— Oui.

— C'est à propos du cubiste ?

— Non. Enfin... je ne pense pas...

— On peut se voir ?

Deux heures plus tard nous sommes assis face à face dans un bar situé pas loin de chez moi, Le Palatino, le seul endroit du quartier où il fait bon se perdre après minuit. Elle s'appelle Béatrice, et hier, elle ne m'a pas laissé le temps de voir son beau visage de brune piquante, ses formes arrondies et encore moins son sourire. Pour qu'elle le garde le plus longtemps possible, j'ai coincé mon mauvais bras le long du torse.

— Je suis contente que vous m'ayez appelée, j'ai regretté de ne pas pouvoir le faire quand on m'a raconté la fin du vernissage. Tout ce qui peut nuire à Delarge me concerne.

— Heureusement que les critiques d'art ne sont pas tous comme vous.

— Ce n'est pas vraiment mon boulot, je laisse ça aux plumitifs. Vous avez déjà compris quelque chose, vous, à la critique d'art ?

Depuis hier, oui, un peu plus, et grâce à Linnel. Mais je réponds non.

— Moi non plus. La seule chose qui m'intéresse, c'est le fric. L'Art contemporain n'existe pas sans fric, je me suis toujours demandé pourquoi une toile qui représente trois ronds bleus sur fond beige pouvait passer de 0 à 100 briques d'une année sur l'autre. Enfin... je schématise... Je me suis spécialisée dans les cotations, et c'est passionnant. J'adore mon boulot.

— Comprends pas...

— Vous avez déjà lu *Artefact ?* J'ai une pleine page tous les mois, je fais une sorte d'argus où j'essaie de parler de tout ce qu'on cache habituellement, et ça m'attire pas mal d'ennuis, les arnaques, la flambée des cours, les estimations un peu douteuses, les fluctuations selon les modes.

— Alfonso ?

Je suis allé trop vite, elle l'a senti.

— Je parle, je parle... Mais vous ne dites rien. J'ai mis un an à monter mon dossier sur Alfonso, ce n'est pas pour me le faire souffler quinze jours avant de le publier.

— Avec moi, rien à craindre, je ne suis pas journaliste et la peinture me désintéresse profondément.

— Alors, quoi ? Pourquoi Delarge ?

J'ai senti qu'on s'engageait dans un jeu de méfiance, à celui qui en saurait le plus en disant le moins. Et ça risquait de nous retarder.

— Delarge cache des choses qui n'ont peut-être rien à voir avec votre histoire de cubiste. On fait donnant-donnant, je vous raconte mon histoire et vous me parlez de votre dossier. On se rejoindra peut-être quelque part. Je commence, si vous voulez...

Et elle m'a laissé terminer, silencieuse, grave. Je n'ai rien oublié, je crois. Le gentleman au cutter, l'hôpital expédié en deux phrases, Delmas, le dépôt, les Objectivistes dont elle n'a jamais entendu parler, la mort de Nico, le tract, et Delarge. Je n'ai pas parlé du billard et de mon avenir perdu, elle n'aurait pas compris. Je n'ai pas pensé aux conséquences. Pour conclure, j'ai ostensiblement posé mon bras sur la table et ses yeux ont cherché les miens.

Pour marquer un temps, je lui ai proposé un autre verre de saumur champigny.

Et tout à coup j'ai réalisé que je parlais avec une fille. Une jeune femme, même. En détaillant à nouveau ses courbes et son visage lisse, des réflexes me sont revenus. Une sorte de retenue, une gestuelle policée et parfaitement hypocrite vu que, une seconde plus tard, elle s'est levée pour prendre un paquet de cigarettes au comptoir, et que j'ai tout fait pour regarder ses jambes. Toutes les contradictions y sont, je me reconnais, enfin. Nous avons bu, sans un mot, en attendant que l'autre se décide à parler.

Ce fut elle.

— Je vais avoir l'air bête, avec mon histoire de cubiste...

Elle s'est mise à rire, gentiment, et j'ai reposé mon bras sur le genou. Pudeur à la con.

— Vous avez entendu parler de Reinhard ? demande-t-elle.

— Le commissaire-priseur ? Il était là, hier.

— Je sais. Il y a presque deux ans, Delarge a proposé à la vente la production quasi complète d'un dénommé Juan Alfonso, peintre cubiste parfaitement inconnu. Pour ce type de vente on est forcé de passer par un commissaire-priseur qui est censé authentifier, définir les mises à prix et présenter les œuvres aux acheteurs de Drouot en publiant un catalogue. Reinhard s'en est occupé avec tellement de talent et de professionnalisme que 150 pièces ont été vendues en deux jours.

Coste n'était pas trop mal renseignée.

— Des collages, des toiles, des petites sculptures mignonnes comme tout, typiquement cubistes, plus cubistes que cubistes, vous voyez ce que je veux dire. Le catalogue est, à lui seul, un petit chef-d'œuvre d'ambiguïté, on ne donne aucune date précise sur la carrière d'Alfonso, on ne sait qu'avancer des hypothèses, tout au conditionnel. Et ça suffit pour bluffer une clientèle plus mondaine qu'autre chose. Tout le monde est content, sauf Juan Alfonso, qui n'a jamais existé.

— Pardon ?

— Alfonso est un attrape-gogo tout droit issu de l'imagination d'Edgar Delarge. C'est beaucoup plus habile et plus lucratif qu'une simple affaire de faux. Il fait faire les œuvres par un spécialiste du cubisme, et cinquante ans plus tard je vous assure que ce n'est pas une gloire. Reinhard fait monter la sauce et le tour est joué. Dans mon dossier, j'ai des témoignages d'experts et la reconstruction exacte du scénario qui leur a servi à monter leur coup. Delarge et Reinhard sont deux escrocs. Avec ce que j'ai là, ils vont tomber.

— Vous ne craignez rien ? Et si vous vous êtes trompée depuis le début ?

— Impossible. Vous ne devinerez jamais comment a démarré mon enquête, c'est en lisant le catalogue avec un copain, il y avait la reproduction de deux collages, l'un daté de 1911, l'autre de 1923, et on retrouve dans les deux le même papier peint, à douze ans d'écart ! Et il y a d'autres bourdes de ce style. Ce qu'il me manque, c'est le nom du faussaire.

— Vous pensez qu'un de ses artistes a pu lui rendre ce service ?

— Franchement je ne sais pas.

J'ai pensé à un individu, cynique et fielleux, celui qui passe son temps à ricaner de son bienfaiteur.

— Ça pourrait être Linnel ?

— Je ne pense pas. Ce serait trop beau, pour mon dossier. Quand on fait une expo à Beaubourg on ne se mouille pas dans une histoire pareille.

Je lui ai posé cent questions, désordonnées et fébriles, j'ai tenté par tous les moyens de mêler nos histoires, Morand, Alfonso, les Objectivistes, et tout s'est embrouillé dans ma tête.

— Ne vous énervez pas, les deux affaires n'ont peut-être rien à voir.

— Je vous propose un marché. Vous me fournissez des renseignements et moi, je m'occupe de Delarge.

— Hein ?

— On peut faire équipe, tous les deux. Vous êtes journaliste, on vous laissera entrer là où je n'ai pas accès. Vous cherchez toutes les connections possibles entre Linnel et Morand.

— Vous êtes marrant. Qu'est-ce que j'y gagne, moi ? Et je vais où, d'abord ?

— Aux Beaux-Arts. Ils en sont issus, tous les deux, et apparemment à la même époque.

— Et vous, vous faites quoi, en attendant ?

— Moi ? Rien. J'attends gentiment. Mais s'il y a le moindre rapport entre votre histoire et la mienne, vous aurez tout à y gagner. J'irai négocier avec Delarge.

— Négocier quoi ?

— Une interview. Le genre d'interview que vous ne ferez jamais.

La jeune journaliste fonceuse commence à émettre de sérieux doutes sur mon état mental. Je l'ai enfin trouvée belle, peut-être un peu vulnérable, et ça a remis un brin de normalité dans la conversation. Elle a réfléchi, à toute vitesse.

— Et qu'est-ce qui me prouve que vous ne m'oublierez pas ?

Elle n'a pas attendu de réponse. Elle a juste continué en baissant d'un ton.

— Je veux connaître le nom du faussaire. Fouillez partout, faites-lui cracher une preuve, une preuve écrite, quelque chose que je pourrai publier. Après la parution du dossier il y aura un procès, on me l'a assez promis, et ça sera une pièce de plus à montrer à la justice. Une preuve irréfutable. Mais ce n'est pas tout, je veux encore autre chose.

Là, c'est moi qui l'ai regardée d'un autre œil.

— Je veux l'exclusivité de votre affaire. Tout. Je veux être la première à en parler. Je sens déjà le dossier de septembre. J'irai aux Beaux-Arts demain. Appelez-moi, chez moi.

Je l'ai quittée sans savoir lequel de nous deux était le plus acharné.

*

Je n'ai pas eu besoin de donner le rituel coup de pied dans ma porte, elle s'est ouverte dès le premier tour de serrure, et ça m'a fait froid dans la main. Je ne ferme plus au verrou mais je n'oublie jamais le second tour du bas. J'ai attendu, sur le seuil, que quelque chose se passe. Du couloir j'ai allumé le plafonnier à tâtons en risquant un œil à l'intérieur.

Rien. Aucun bruit, aucune trace de visite. Le désordre qui couvre la table ressemble au mien, les placards sont fermés. Ma main tremble encore et des frissons me parcourent le dos quand j'entre dans le studio. J'allume toutes les lampes, j'ouvre la fenêtre, je parle haut. La montée d'adrénaline m'a un peu étourdi, je m'assois sur le bord du lit. Il n'y a rien à voler ici, à part quelques feuilles chiffonnées qui prouvent que j'ai des idées derrière la tête. J'oublie un tour de clé et toute mon arrogance s'envole, je redeviens l'infirme du premier jour, avec la hargne en moins. Quand celle-là m'abandonne je suis le plus vulnérable des hommes. Une bouffée d'angoisse s'arrête dans mes yeux, le désir de vengeance n'est rien qu'un cancer, une gangrène qui contamine mes pensées les plus intimes et se nourrit de ma volonté. Rien qu'une maladie. Certains soirs je maudis ma solitude plus que tout le reste.

J'ai claqué la porte d'un coup de pied mais ça n'a pas suffi, j'ai shooté dans la table, dans les chaises, des objets sont tombés, et je ne me suis arrêté que quand mon pied était brûlant de douleur. Ça m'a calmé, un peu. Bientôt je trouverai de quoi décharger toute mon énergie négative sans que j'aie à en souffrir. Ce soir, entre le parfum évaporé d'une jeune femme et l'indigence de mon orgueil, je vais avoir du mal à trouver le sommeil. J'ai frappé mon moignon contre le rebord de la table, j'ai fait ça sans le vouloir, en pensant peut-être que la main allait réagir. Et je me suis allongé, habillé, en pleine lumière.

À cette seconde précise j'ai senti que je n'étais pas seul.

À peine le temps de me redresser, de tourner la tête, et la silhouette a surgi sur un flanc du lit, bras en l'air, j'ai hurlé. Un fantôme. Dans un battement de cils j'ai retrouvé son visage au moment où la statue a basculé sur moi, ses mains ont tourné autour de mon cou, son poids m'a écrasé sur le lit et le lacet m'a interdit de crier, j'ai tendu mon bras droit pour lui arracher le visage mais rien n'est venu, d'un geste sec il a tiré vers lui et la corde est rentrée dans ma chair, ma gorge a éructé un bruit sourd, mon bras gauche s'est dégagé sans pouvoir atteindre ses yeux, il a plaqué sa main sur mon front, ma vue s'est brouillée de blanc, le nœud du lacet a changé d'angle pour s'enfoncer dans la trachée. Je me suis senti partir, étouffé, d'un coup.

Évanoui dans l'étau.

Les yeux écarquillés...

Et j'ai vu, tout près, dans le brouillard, la queue de billard à portée de bras.

J'ai donné un coup de reins pour me hisser vers elle, il l'a vue aussi et a cherché à retenir mon bras, le lacet s'est à peine desserré, il s'est déséquilibré et a basculé à terre avec moi. J'ai toussé à m'en faire éclater la gorge, il a eu le temps de se relever et agripper le lacet à nouveau, presque aveugle j'ai saisi la flèche, et le manche a cogné contre son front, sans force, il a à peine tourné la tête, le lacet m'a serré de nouveau et j'ai fait tournoyer la queue en l'air pour la fracasser de toute ma rage contre sa gueule. J'ai toussé à en vomir mes entrailles, j'ai trouvé la force de taper encore, quatre, cinq fois, mais le souffle m'a vite manqué, mes jambes ne m'ont plus soutenu et je me suis assis.

Le souffle m'est revenu par hoquets, j'ai posé la main sur ma trachée brûlante en me forçant à respirer par le nez. J'ai dû attendre en suffoquant, immobile, le cou vrillé de douleur, que mes poumons se gonflent. Je l'ai vu ramper, groggy, vers la porte, avec une incroyable lenteur. J'ai éructé un son impossible, j'aurais voulu lui dire, je n'ai pu que geindre comme un muet, alors j'ai pensé, très fort, en espérant qu'il m'entende. Il faut que ça s'arrête, toi et moi... Qu'est-ce que tu fais... ? Reviens... Il faut qu'on en finisse ce soir... Où tu vas... ?

Ses mains n'ont quitté son visage que pour s'accrocher aux pieds de la table, elles ont glissé, gluantes de sang, et je n'ai rien pu faire quand il s'est mis debout. Un voisin a appelé, dehors. Entre ma toux rauque et mes larmes, le lacet pendant à mon cou, je n'ai pas su me déclouer du lit.

Il a titubé dans les meubles. Je ne l'ai pas regardé partir. J'ai juste suivi, à terre, le parcours sinueux de ses traînées de sang.

Et je me suis mis à pleurer, et suffoquer de plus belle, et pleurer encore.

Je ne sais pas combien de temps ça a duré mais j'ai vu, des siècles plus tard, le voisin d'en face glisser un regard blême dans l'entrebâillement de la porte. Il a parlé de bruit, de sang et de police. J'ai voulu répondre mais la douleur dans la gorge s'est ravivée, et ça m'a rappelé l'hôpital, les agrafes dans la bouche, et la privation de la parole. Lentement j'ai secoué la tête, mon doigt a pointé vers la sortie puis j'ai doucement penché la joue sur le dos de la main pour lui faire signe d'aller dormir.

Dans le halo de violence qui vibrait encore dans la pièce, il a senti qu'il n'était surtout pas question de troubler mon calme retrouvé. Il a fermé la porte sans bruit.

5

J'ai failli partir sans nettoyer le sang. À genoux, j'ai joué de la serpillière sur les taches encore fraîches. J'ai juste anticipé sur mon retour et sur la triste surprise de revoir le studio souillé de croûtes. J'ai repris mon sac en y fourrant quelques affaires et me suis engagé, dehors, dans la douceur de l'aube, sans vraiment savoir où mon envie de rien allait me conduire. Désir de vengeance, désir de paix, descendre ou remonter la rue, je suis un peu paumé.

Il aurait dû y rester. Quel con j'ai été de ne pas envisager une prothèse. Je regrette après chacune de nos rencontres. Un bon crochet bien démodé et bien pointu. Car en fait, si je réfléchis bien, ce genre d'appareillage me servirait désormais bien plus qu'une main.

En allant vers République j'aurais plus de chances de trouver une chambre. Deux, trois jours, peut-être plus, sûrement pas moins.

Le gentleman voulait ma peau. Il en voulait à ma mémoire pleine de souvenirs tout neufs, au dernier exemplaire de l'*Essai 30*, à ma parole de bavard et à mon nez qui résiste. Il doit penser à moi, parfois. Je donnerais cher pour savoir comment il me voit.

La gorge me rappelle à l'ordre chaque fois que je déglutis. Mais la voix revient. Je fais jouer mes cordes vocales des graves aux aiguës.

Je me sens cuit de partout. C'est peut-être cette sensation de grand brûlé dont parlait Briançon.

Hôtel du Carreau du Temple. Le premier qui garde l'enseigne

allumée. À six heures du matin je vais faire lever le veilleur. Non, même pas, je le vois, dans le hall, au milieu de paniers de croissants.

Il s'approche. Une chambre ? Il n'en reste qu'une, avec un grand lit, je la prends et paye deux jours d'avance. À quelle heure, le réveil ? Pas de réveil, non. On ne sert plus le petit déjeuner après 10 h 30. Tant pis, merci.

Chambre 62. J'ai pris une douche chaude, dans le noir, pour éviter de me retrouver dans la glace, avec des traces noirâtres autour du cou. La nuque me fait encore mal. Je me suis perdu dans le grand lit. Il aurait été impossible de m'y retrouver.

*

La blanche et la rouge viennent s'épouser dans un angle du tapis... J'ai peur de ne plus jamais trouver le repos sans qu'elles viennent me hanter. Je fais toujours le même point, le même rêve. Aucun symbole, aucun mystère, pas la moindre clé. Tout est tristement prosaïque et le réveil est d'autant plus cruel.

Avant de me rhabiller, j'ai osé me regarder dans le miroir de l'armoire. De dos, de face. C'est la première fois que je me vois entièrement nu depuis mon amputation. Ma gueule est un peu boursouflée, mais je ne sais plus si ça date de la veille ou l'avant-veille. J'ai grossi, un peu. Je ne sais pas si c'est un effet d'optique mais je crois que mon bras droit s'est légèrement rétracté par rapport à l'autre. L'atrophie, sans doute. Bientôt ce sera une aile de poulet, si je ne fais rien. Mon cou n'est ni violet ni noir, mais tout simplement rouge, avec des poussières de peau qui restent collées aux doigts quand je touche. On voit bien l'anneau rosé laissé par le lacet. Sur les épaules et les cuisses, des bleus qui virent au jaunâtre. Le tout ressemble à du Mondrian mal digéré... Briançon ne pourrait rien arranger. Seul un restaurateur pourrait intervenir. Jean-Yves. Il arriverait avec sa petite mallette et se pencherait sur moi avec des gants et un compte-fils pour isoler la fibre abîmée. Ensuite, dans un coin, allongé par terre, il chercherait des heures durant l'exacte nuance du pigment, et de la pointe du pinceau il retoucherait avec une patience d'ange les zones malades.

Je l'aimais bien, Jean-Yves, avec ses petites lunettes rondes et ses moustaches. À la longue il s'était spécialisé dans les blancs, on l'appelait de tous les coins d'Europe pour réunifier un fond de toile. Je ne m'étais jamais douté qu'entre le blanc et le blanc, il y avait une variété incroyable de blancs.

*

Vers les seize heures, à bout de patience, j'ai appelé Béatrice en lui proposant de nous voir au Palatino, au cas où elle aurait quelque chose pour moi. Elle m'a plutôt proposé de passer chez elle et j'ai fini par accepter. Avant de raccrocher elle m'a tout de même demandé pourquoi j'avais hésité. « Pour rien », j'ai répondu.

Elle habite dans un autre monde, rive gauche, rue de Rennes, et je ne m'y hasarde jamais.

— Qu'est-ce qui vous est arrivé !

Elle a porté une main à mon cou et j'ai relevé mon col.

— Vous en parlerez sans doute un jour. Vous y êtes allée ?

— Si vous preniez le temps d'entrer avant de poser des questions...

Je m'attendais à un petit intérieur cossu et clair, avec de la moquette, des meubles Ikéa et des stores vénitiens. Et je me retrouve au milieu de deux téléviseurs, un minitel allumé, un traitement de texte à l'écran vert, des piles de quotidiens, avec des murs tapissés de bouquins et des fresques de coupures de journaux, des collages de photos, des couvertures de magazines scotchés à même le mur, l'affiche d'une expo Cremonini qui représente des enfants sans visage et nus. Une table avec des cendriers dégueulant de mégots, une pizza dans son carton d'emballage. Pas de désordre ni de laisser-aller, non, plutôt une sensation de vitesse, une boulimie de sur-information, une envie de dire que le monde est là, partout.

— Rien ne vous échappe, j'ai dit.

— Asseyez-vous où vous pouvez, tenez... là...

Un bout de canapé, près du téléphone et du répondeur. Elle revient avec deux tasses et une bouilloire à thé, sans me demander mon avis, et s'assoit à mes pieds. Quand elle se penche pour remplir les tasses je peux entrevoir ses seins. Elle me tend une soucoupe en gardant un œil sur un bout de journal qui traîne à terre. Une fille aussi frénétique, il faut vite vite vite l'épouser, j'ai pensé.

— Les Beaux-Arts, un jeu d'enfant ! Un boulot de pigiste. J'ai prétexté un papier sur les glorieux artistes issus de chez eux, à commencer par Linnel, rapport à Beaubourg... J'ai eu un coup de pot, une vieille secrétaire, ravie d'être interviewée, trente ans de paperasses, la synthèse d'un I.B.M.P.C. et d'une mère poule.

— Qu'est-ce qu'elle vous a dit, sur Linnel ?

— Aaaaaah Linnel, le p'tit Alain, quel talent ! Et farceur avec ça, si vous saviez ce qu'il nous a fait subir ! D'année en année il sophistiquait les bizutages avec une imagination qui a bien failli nous créer des ennuis avec la police ! Il paraît qu'il avait obligé les nouveaux à...

— C'est vraiment important ? j'ai coupé.

— Non, mais c'est drôle. Enfin bref, il a fait ses six ans dans la boîte, les profs lui passaient tout, malgré les conneries. Le prototype même de l'étudiant qui ne fout rien et qui sait tout faire. Ça agace et ça séduit, ça démoralise les copains de promo. Sauf Morand, son inséparable pote, plus effacé, plus studieux. « Gentil mais pas causant », m'a dit la vieille dame. « Il s'intéressait à des petites choses, des marottes, la calligraphie, les miniatures, mais les cours de dessin académique ne l'inspiraient pas vraiment. » C'était le plus discret de la bande des quatre.

Elle a laissé un blanc, exprès, pour me faire mordre à l'appât. Quatre... Quatre... Les frères James, les Dalton. C'est le bon chiffre, pour un gang. J'en ai déjà deux. J'ai peur d'en avoir trois. J'en connais un qui a le talent d'apparaître là où on ne l'attend pas. Vu son âge et ses obsessions, ce pourrait être le troisième. Le gentleman. Mon duelliste attitré.

— Claude Reinhard, elle dit.

— Hein ?

— Oui, le commissaire-priseur. Lui, c'est autre chose. Il n'y est resté que trois ans, fils d'Adrien Reinhard, de la fameuse étude Reinhard, la plus...

— Je sais, je sais, et alors...

— Il s'est essayé aux Beaux-Arts par gageure, une manière de narguer l'autorité paternelle. Papa brasse des toiles qui coûtent des milliards, il veut que je reprenne sa chère étude, eh ben non, moi je ferai des toiles qui coûteront des milliards et qu'il sera obligé d'expertiser un jour. Il se pointait quand même avec une décapotable au quai Malaquais. Il s'est très vite acoquiné avec les deux anciens. Ils ont tous les trois quitté l'école en même temps, fin 63. La dernière année, ils étaient indécollables, la bande des quatre s'est vraiment soudée cette année-là.

J'ai encore une chance, un joker pour le numéro quatre.

— Ça vous dirait de dîner ici ?

— Le quatrième ?

— J'ai préparé un gratin de courgettes.

Elle sent bien que je m'en fous. Et moi, je me demande si je m'en fous vraiment, je me demande si le quatrième est bien celui que je pense, si ce gratin, elle l'a fait pour moi, si je ne vais pas précipiter nos fiançailles, si je retourne à Biarritz, ou si elle a choisi les courgettes parce que ça peut se manger d'une seule main et sans couteau.

— Votre histoire m'intrigue, je dis, continuez... s'il vous plaît.

— Non, à partir d'aujourd'hui c'est votre histoire qui m'intrigue. Ce sera le dossier de septembre. Le quatrième s'appelait Bettrancourt, Julien Bettrancourt. Et malgré Reinhard et son fric, malgré Linnel et ses brillantes turpitudes, c'était bien lui, le chef de la bande. La vieille a cherché à éluder la question, un mauvais souvenir pour elle et pour toute l'école. « Vous n'avez pas besoin de parler de lui dans votre journal, mademoiselle... »

Je me suis rapproché un peu plus de son visage pour tenter de capter son odeur. Elle l'a compris et ne s'est pas rétractée.

— Orphelin de père. Un obscur. Un malingre qui proclamait la terreur aux Beaux-Arts et ailleurs. Un jusqu'au-boutiste que la direction a toujours soupçonné d'avoir vandalisé les locaux, les fresques, avec des slogans sibyllins et parfaitement terrorisants. Un orateur de génie, paraît-il, qui tétanisait les pauvres élèves, avec leur dérisoire carton d'aquarelles sous le bras.

J'ai repensé au tract.

— «Il a eu une mauvaise influence sur les trois autres, ça faisait peine à voir... » Tu parles... ils étaient tous les trois amoureux de lui, plutôt. Ils l'ont choisi comme mentor, comme gourou. Ça devait être un type vachement séduisant, non ?

— Vous lui auriez fait un gratin ?

— Non, des steaks grillés.

Je ne sais plus, en fin de compte, si je vais l'épouser. Elle passe la main dans ses cheveux sans cesser de me fixer de ses yeux verts. Vert clair.

— Linnel avait une bonne chance d'avoir le prix de Rome, mais quand Bettrancourt a plaqué le bahut, les trois autres ont suivi. Linnel le chouchou, Morand le lunatique, Reinhard le fils à papa, et Bettrancourt le terroriste, une année de blanc dans leur biographie, de 63 à 65. Candides, ambitieux, insolents. Les voilà, vos Objectivistes.

Oui. Aucun doute. Les copains de promo, 1963, tous les rêves possibles, une décapotable, des chemises blanches, les après-midi au café La Palette, les soirées au Select, les discussions à n'en plus finir sur les peintres américains. Un jour on décide de franchir le pas, on quitte le berceau pour brûler les faux espoirs. S'ils avaient été plus vieux ou plus patients ils auraient appelé ça « le vieux monde ». Ils sont arrivés et repartis trop tôt. Les Objectivistes n'ont duré qu'un été. Morand s'est envolé outre-Atlantique, Reinhard est rentré dans le rang, et le jeune Alain Linnel est devenu « Linnel », tout court.

— Du haut de nos trente ans, vous croyez qu'on peut comprendre ça ?

— Oui et non, dis-je. À cette époque-là je grimpais sur une chaise pour voir les gens du café d'en face jouer au billard. Mon seul souvenir de soixante-huit, c'est les jeux Olympiques de Mexico.

— Moi en 64, j'ai gagné un prix de babillage, à la maternelle. Je peux vous jurer sur ma carte de presse que c'est authentique.

— Vous avez quel âge ?

— Vingt-sept ans, elle dit.

— Bravo... Si vous continuez comme ça, à vous acharner au boulot, dans trois ans vous jetez Anne Sinclair à la porte, dans cinq, Christine Ockrent, ensuite vous passez rédacteur en chef, et dans dix ans vous gagnez le prix Pulitzer.

— C'est ça, et dans vingt on me retrouve à la nécro de *Jours de France*. Arrêtez de vous foutre de moi.

Depuis combien de temps n'ai-je pas vu une fille d'aussi près ? Ça doit se compter en années, je crois. Un an, au moins. Une visiteuse, à la galerie. Elle n'arrivait jamais à me voir le soir. J'allais chez elle après minuit, ou bien le week-end, avant d'aller jouer. Elle a fini par se lasser.

— J'aime bien votre côté aboyeuse.

J'ai failli l'embrasser quand elle s'est levée pour ranger le plateau. Dommage. J'avais envie de savoir si ça me ferait quelque chose, et si quelque part, en dedans, ça aurait tremblé un peu.

— Pas moyen de savoir ce qu'est devenu le meneur ? j'ai demandé.

Je ne perds toujours pas espoir d'y reconnaître cette ordure de gentleman.

— Non, elle n'a jamais su, et ça ne lui manque pas. En insistant bien elle a retrouvé dans les archives son adresse de l'époque. Je peux vous la donner, et par le journal j'ai eu celle de Linnel. Pour Delarge, impossible, on ne peut le joindre qu'à sa galerie. Démerdez-vous. Voilà ma récolte de la journée.

— Et vous avez eu le temps de faire un gratin ? j'ai dit.

— Vous en voulez ou pas ?

Je ne réponds pas. Elle s'agenouille près de moi et tire sur ma manche droite pour ramener le bras vers elle. Elle me fixe des yeux comme si elle voulait hypnotiser un naja, je ne sais pas ce qu'elle va faire de mon bras malade. Tout à coup j'ai la trouille.

— On peut dîner..., je dis.

Elle rentre le bout de ses doigts dans la manche. Et caresse l'extrémité osseuse et arrondie.

— C'est lisse...

Je n'ai pas bien compris, j'ai voulu retirer mon bras mais elle m'en a empêché en agrippant le moignon à pleines mains.

— Vous... vous aimez vraiment l'interdit, j'ai fait.

En réponse elle a juste posé, une seconde, ses lèvres sur les miennes. Ensuite, tout le poids de son corps sur mon ventre.

Ça va trop vite.

Je ne suis pas préparé.

Qu'est-ce que ça va donner, quand nous serons nus, un Rubens sur un Mondrian ? Mes couleurs primaires et ses formes antiques. Pourquoi fait-elle ça, je ne peux ni la rejeter ni saisir ses hanches comme il le faudrait.

Tout se confond, sa drôle de reptation contre ma poitrine, le regard brillant et la peau mate, mon amputation surréaliste glissant contre son aisselle, et mon troisième œil, là-haut, qui regarde le tableau. C'est bien la preuve que je n'en ai pas envie. Je ne me doutais pas que le dysfonctionnement pouvait aller jusque-là. Elle a ôté sa robe pendant les quelques secondes où j'ai fermé les yeux, où j'ai vu bien d'autres choses, des contrastes violents de noirceur et de pureté, des paradoxes de réel et de non-sens. Sa nudité m'a sorti de ce cauchemar informe, elle m'a offert sa matière, sa chair brute, prête à être remodelée des pieds à la tête. Quand elle a pris ma main pour la poser sur le dessin de ses reins, j'ai compris que le travail était déjà fait, qu'un autre que moi était l'auteur de ce superbe paysage tactile. Mais je n'ai pas résisté à l'envie de tout reprendre au début. Un aveugle et un tronc d'argile. À mon tour je me suis couché sur elle, pour que rien ne m'échappe, ni le lisse ni le rugueux, ni les courbes ni les angles. J'ai vite réalisé que ma seule main pouvait suffire. Mieux encore, sa seule caresse devenait peut-être plus tendre et plus précise.

— Attends… Je préfère le lit, elle a dit.

Je l'ai suivie. Nous nous sommes couchés. Et là, tout ce qui manquait est revenu. L'odeur des corps, le souffle, les soupirs, la faim de l'autre et les innombrables réflexes de désir. D'amour. Mon troisième œil a disparu et toute forme d'abstraction avec. Je n'ai plus pensé qu'à elle.

*

— Demain ? elle a demandé.

— … Quoi, demain ?

— Delarge.

— Je ne sais pas. Sûrement…

Nous avons attendu qu'il fasse bien jour pour sortir de chez elle.

Dans la rue, elle m'a glissé un dernier mot à l'oreille.

— Une preuve écrite…

En attendant qu'elle tourne le coin de la rue j'ai crispé fort mon poing fantôme.

6

Temps perdu, gâché. Calé derrière l'escalier de l'entrée B du 59, rue Barbette, je n'ai vu que la tête rousse de la secrétaire passer du bureau pour disparaître dans l'arrière-salle. Delarge a fini par émerger de ses trois colonnes de briques vers vingt-deux heures, ils ont rassemblé leurs petites affaires, ensemble, pour sortir. Il a mis en marche le système électronique qui déclenche la sécurité et fait baisser le rideau de fer. Elle a fermé la galerie à clé, et tous les deux me sont passés sous le nez. Je suis retourné à l'hôtel en maudissant la rouquine cerbère et son paquet d'heures sup. Je me suis même mis à chercher un moyen radical de la clouer au lit pendant les jours à venir.

J'ai trouvé absurde de dormir une nuit de plus à deux cents mètres de chez moi, sans me décider pour autant à réintégrer le studio. Delmas va avoir du mal à me joindre, si besoin est.

Le lendemain, plutôt que d'attendre gentiment le soir pour une seconde tentative, je me suis aventuré en banlieue sud, à Chevilly-Larue, histoire de rôder autour de l'ancienne adresse de Bettrancourt. Dans le Bottin j'ai trouvé une Hélène Bettrancourt mais je n'ai pas cru bon de m'annoncer, ni de passer un coup de fil anonyme. C'est une petite baraque coincée entre un hypermarché et un casse auto au trottoir noirâtre et puant le diesel. Je me suis demandé si un gentleman pouvait habiter là. J'ai dû conclure que non, vu que j'ai sonné sans tenter on ne sait quelle circonvolution autour de la masure.

Un visage fripé derrière le rideau, un moteur rauque qui hurle dans le casse, un berger allemand que la vieille dame rappelle à elle. Le chien obéit aussi sec.

— Je voudrais des nouvelles de Julien !

J'ai vite compris qu'il n'y avait rien de plus facile et de plus infâme que de baratiner cette vieille. Maman Bettrancourt. Mais comment entrer, sinon ?

Elle ne paraît ni surprise ni effrayée. Elle m'a proposé de la suivre à l'intérieur, parce que ça sera plus commode, parce qu'il y a trop de bruits de voitures, parce qu'elle s'ennuie, et parce que c'est toujours agréable de recevoir un ami de Julien. Un ami, n'est-ce pas ? Oh oui madame, vous pensez, depuis les Beaux-Arts, ça remonte au moins à...

— 63, elle dit, sèchement.

Le chien me flaire les mollets, la salle à manger n'a pas dû bouger depuis cinquante ans, Mme Bettrancourt en a bien soixante-dix, et hormis elle il ne doit pas y avoir grand monde ici. Elle me fait asseoir à la table, sort une bouteille de liqueur et deux verres, et tout ça ressemble au rituel le plus rodé que j'aie jamais vu. Je me suis mis à penser à son jeune irréductible de fils. Tout ce que je vois ici ne cadre pas vraiment avec le personnage décrit par Béatrice. Un rugissement de moteur, de nouveau, avec, aux commandes, un mécano qui se prend pour Karajan.

— Je déteste les voitures, mais je ne peux pas quitter la maison. Tout ce qui me reste de Julien est ici. Alors... Vous aussi, vous êtes un vrai peintre ?

Que répondre ? Non, forcément, je fais de l'import-export. Je suis sûr qu'en sortant d'ici, elle n'aura toujours pas vu que j'étais manchot.

— Vous êtes déjà venu ici, non ? Il me semble vous reconnaître. Il avait tellement de copains, à l'école. Et ça défilait, et ça discutait, si son père avait pu voir ça...

— Je me souviens de quelques copains, Alain Linnel, Étienne Morand, et d'autres...

— Vous vous souvenez d'Alain... ? On peut lui téléphoner si vous voulez, oh oui, il serait si content de revoir un copain de classe...

Je suis obligé de me lever quand elle agrippe le téléphone.

— Non, non, je ne peux pas rester longtemps.

— Alors revenez demain soir, on sera justement vendredi, vers six heures. Il n'arrive jamais avant...

— C'est gentil de venir vous rendre visite. Il vient souvent ?

— Oh, c'est même trop, il doit bien avoir d'autres choses à faire... Il s'inquiète. Il a vraiment tenu à ce que Bobby me tienne compagnie... C'est lui qui me l'a acheté. Il veut m'installer à la campagne, mais je ne peux pas laisser tout ça. Il est tellement gentil. C'est tellement difficile, la peinture... Il faut combien d'années avant que ça devienne un vrai métier ? Et Alain, je suis sûr que c'est un vrai peintre, et qu'un jour, il les vendra, ses tableaux. J'ai confiance.

— Et Julien aussi, à l'école, il faisait de belles choses.

Elle pousse un petit râle, presque amusé.

— Vous pensez vraiment ?

— Oui.

— Peut-être... Remarquez, je n'ai jamais rien dit contre, il faisait ce qu'il voulait. Je respectais tout, vous savez. Même si je ne comprenais pas, je savais qu'il aimait vraiment ça, qu'il était sincère... Il avait l'air tellement concentré sur ce qu'il faisait. On avait l'impression que c'était grave. Mais pourquoi il faisait des choses aussi... aussi tristes... Ce n'était pas un garçon triste, vous savez... Alors pourquoi il faisait ces... ces choses ? Moi, vous comprenez, je pensais qu'un artiste devait faire des sculptures qui vous font oublier la misère... une manière d'optimisme... Des peintures qui font du bien... Je ne sais pas comment dire... Mais j'ai tout gardé. C'est tout ce qu'il me reste depuis l'accident. Vous voulez les voir ?

— Oui.

— C'est mon musée à moi. À part Alain, il n'y a pas beaucoup de visiteurs...

Elle a dit ça pour me faire sourire. Je la suis dans une chambre du rez-de-chaussée, avec une fenêtre qui donne sur le casse auto.

— C'était son atelier, il disait.

Une odeur totalement différente, un soupçon de graisse et d'huile de vidange qui persiste avec les années, et ça n'a rien d'étonnant quand on jette un œil sur l'ensemble. Des dizaines de kilos de ferraille, des mobiles suspendus au plafond, des petites architectures de métal tressé, soudé et collé sur des plaques de bois. C'est ce qu'on repère le plus vite. Toutes du même format, des rectangles de bois de 30 sur 60 centimètres. Ce qui frappe avant tout, c'est un sentiment de précision, l'agencement des pièces métalliques obéit sûrement à un ordre bien défini. Le contraire de l'aléatoire.

— Il appelait ça ses portraits. Qu'est-ce qu'on pouvait bien leur apprendre, dans cette école des BeauxArts...

Des portraits.

Je ne résiste pas à la curiosité d'en disposer un, droit, contre le mur. Puis un autre, puis tous. C'est comme ça qu'on les regarde, si l'on se fie aux flèches tracées au crayon, derrière le bois. Et pas seulement ça. Elles s'accompagnent toutes d'un prénom, au crayon toujours. Mon cœur se met à battre, mais ce n'est ni la peur ni l'angoisse.

« Alain 62 ». « Étienne 62 ». « Claude 62 ». Et d'autres, que je ne connais pas.

« Alain 62 ». Un faciès prend forme, petit à petit, au milieu de cette minuscule jungle de métal. L'œil gauche est une petite spirale, une pièce d'horlogerie, une boîte de coca éventrée et martelée suggère le front, et tout un enchevêtrement méticuleux de chaîne de vélo, un sourire rouillé. Par endroits, il y a de la graisse de moteur qui fait luire des traits. Une sensation de plein, une joue arrondie en fer forgé, un nez impeccablement ciselé dans une lame de couteau rongée par la rouille.

Plus je le regarde, et plus...

— Faites attention... Surtout avec les choses qui sont sur la table.

Des objets posés. On comprend pourquoi il faut faire attention. Ce sont des objets hostiles. Une timbale en aluminium incrustée de lames de rasoir. Il est impossible de la saisir sans avoir la main en sang. Un combiné de téléphone hérissé de piquants rouillés. Un panier dont l'anse est une serpe aiguisée.

— Combien de fois il s'est blessé...

Par la fenêtre, je vois le grillage éventré qui séparait jadis la maison du casse auto, et au milieu, deux carcasses de voitures à la verticale, enchevêtrées l'une dans l'autre.

Une étreinte.

— Le patron d'à côté le laissait jouer avec des épaves. J'avais un peu honte dans le quartier, mais ça lui faisait tellement plaisir... Et puis l'année dernière, le patron a voulu faire le ménage, et Alain lui a racheté ça. Ce que vous voyez en bas. Je déteste les voitures.

Elle tient à me ramener vers le salon. Et c'est dommage. Je serais bien resté une heure de plus à faire un bout de chemin avec tout ça, découvrir d'autres visages, et risquer ma dernière main à l'approche des objets impossibles.

— Et vous avez revu Morand, après l'accident ?

— Le petit Étienne... Non, je crois qu'il est parti en Amérique, et l'autre non plus n'est jamais revenu, j'ai oublié son nom, celui avec la belle voiture rouge. Je déteste les voitures. Toujours fourrés ici, ces trois-là, et ça discutait, et ils se disputaient, même, des fois.

Elle laisse passer un instant. Je me mords la lèvre.

— Et ce soir-là, ils sont partis avec la 4L. Il a pas eu de chance, mon Julien. Les autres en sont sortis indemnes. Repassez un vendredi soir. Alain sera là, ça lui ferait tellement plaisir.

*

La galerie semble close et je n'ai pas vu le moindre mouvement à l'intérieur. Seule l'absence de rideau de fer m'a donné espoir, et cette fois j'ai changé mon poste de vigie. À l'entresol de l'escalier B il y a un atelier de confection typique du quartier, et pour l'instant je n'ai pas eu à m'exposer au moindre va-et-vient. En attendant qu'on daigne bien se manifester.

Delarge, seul, les clés en main, est apparu aux alentours de vingt-trois heures. J'ai dévalé les escaliers sans penser à rien d'autre que le cueillir de plein fouet avant même qu'il puisse réagir. Je cours le plus vite possible dans la petite cour vide, il se tient courbé en avant, la main tournant la clé du système de sécurité. Le rideau était baissé d'un tiers, et je passe mon bras sur son épaule, comme pour surprendre un vieil ami. La pointe en triangle du cutter arrive juste sur sa carotide.

— Vous ouvrez, s'il vous plaît, j'ai demandé d'une voix calme.

Il braille de surprise. Il me reconnaît, éberlué, il bafouille, tout se passe très vite, il se relève et tourne la clé dans l'autre sens.

— Vous pouvez baisser le rideau, de l'intérieur ? dis-je en pressant la lame un peu plus dans sa gorge.

Il ne résiste pas et pousse un oui hystérique. La peur déforme son visage et il tremble en manœuvrant la serrure. Mon cœur bat à peine plus vite, je sens mes deux bras pleins de force, le métal reste fiché sous son menton sans dévier d'un millimètre. Le fait d'avoir attendu vingt-quatre heures n'a fait que décupler ma haine. Hier je ne connaissais pas cette petite dame qui vit sur l'autel rouillé du souvenir. Je ne supporte plus qu'on assassine la douceur et la gentillesse. Hier j'aurais peut-être été hésitant et brouillon.

Il a éclairé la galerie avant même que j'en émette le souhait.

— Ne me... ne me faites pas de mal !

Je le sens là, au bout de ma lame, perclus de trouille, et ça me facilite la tâche. Tant qu'il geint comme un môme je peux la jouer facile. Coincé entre la lame et ma poitrine, il avance, droit devant, jusqu'au bureau d'accueil. Je vais pouvoir jouir, enfin, d'une impunité totale, protégé par un rideau de fer.

— Allongez-vous sur le ventre, par terre !

Il obéit. Je passe le nœud coulant du lacet à un pied de la table en la soulevant avec mon épaule. Je dois m'y reprendre à deux fois, et avec les dents, j'ouvre grand la boucle du second nœud, à l'autre bout du lacet.

— Relevez la tête... Approchez-vous du pied, merde !

Je passe doucement sa tête dans la boucle et je tire un coup sec. Il ne crie pas. Il n'y a pas plus de dix centimètres de corde entre le pied de la table et son cou. Je le regarde, prostré à terre, retenu par une laisse trop courte, comme un clebs terrorisé, à la merci du premier coup de pied.

— Vous voyez, j'utilise les mêmes armes que votre tueur, un cutter et une corde, et tout ça d'une seule main.

— Ne me faites pas de mal...

— C'est à vous que je le dois, ce moignon, hein... ?

— ... Qu'est-ce que vous voulez ?

— Une interview.

Il écarquille les yeux, c'est le regard de la folie, ou de celui qui regarde la folie.

— Celui qui m'a tranché la main, celui qui est venu chez moi pour finir le boulot, c'est un type à vous, non ? Répondez. Vite.

Il a braillé un son qui pourrait signifier un oui comme son contraire.

— Ce n'est pas clair.

Il déglutit plusieurs fois et tente de s'agenouiller, mais la corde le lui interdit.

— Je ne dirai rien.

Il enfouit la tête dans ses épaules et ferme les yeux très fort. Un caprice de gosse. De morveux mal embouché. Têtu.

— Je... Je ne vous dirai rien...

J'ai accusé un mouvement de surprise. Je n'ai pas su quoi faire. Il répète lentement sa phrase, il ne le dira pas, il ne le dira pas.

C'est bien ma veine. Tout partait si bien, et je me retrouve avec une boule de peur sous la table. Il a encore plus peur de laisser échapper un aveu que d'une démonstration de violence. Et cette violence, j'en suis parfaitement incapable. Je ne me fais aucune confiance dans ce domaine. Avec le gentleman, pas de problème, au contraire, j'aurais aimé en faire beaucoup plus. Mais avec un homme de trente ans mon aîné, agenouillé, je suis perdu. En fait, le soir du vernissage, j'aurais dû taper sur Linnel. J'étais saoul.

Le temps et l'hésitation jouent contre moi, je commence à sentir qu'il m'échappe, qu'il ne me craint pas.

Je ne dois pas le rater.

Dans deux secondes il va presque sourire.

Je me suis assis, par terre, près de lui. Je me suis efforcé de penser que cet homme a brisé le reste de ma vie, et qu'hier encore il voulait me voir mort.

J'avise, au mur, les toiles, et m'approche pour mieux les voir.

— L'art, c'est vraiment une passion ? je demande à haute voix.

Pas de réponse.

— C'est votre collection personnelle, hein ?

Pas un mot.

— Une vraie passion ou un bon placement ?

Silence.

Je sors un briquet, acheté pour l'occasion. Une idée piquée au gentleman, comme le reste de mon arsenal.

Je ne vais pas mettre cette ordure en sang. Question de santé mentale. Mais je sais, comme n'importe qui, que la gamme des tortures est presque infinie. Il le sait aussi, et une nouvelle lueur d'inquiétude lui éclaircit l'œil. Je saisis le briquet et approche la flamme du Linnel.

— Ça ne... ça ne vous servirait à rien ! dit-il de sa voix cassée.

— Une passion ? Ou rien qu'une mine de fric ?

— Arrêtez... Je ne dirai rien !

La flamme mord le centre de la toile, un rond noir se forme et la langue de feu commence à percer.

— Arrêtez ! Vous êtes... Vous êtes fou ! Ne faites pas ça ! Nous n'avions rien... contre vous... spécialement... Nous voulions juste l'*Essai 30*.

La toile se consume, tout doucement.

— Vous vous êtes interposé, il a... il a réagi... Personne ne savait que vous... que vous cherchiez à en savoir plus... vos questions... Vous saviez que les Objectivistes avaient existé... Et nous cherchons tous à les oublier...

Il me supplie, une fois encore, d'éloigner la flamme. À quoi bon. Ce truc racorni est devenu invendable. Ou bien c'est juste sentimental. Il a choisi une toile qui lui plaisait dans l'atelier de son poulain et ami.

— Continuez... dites-moi ce qui s'est passé après le Salon de 64.

— Je voulais m'occuper d'eux... Les faire travailler... Oh et puis... Faites ce que vous voulez, je ne dirai plus rien.

Le Linnel n'est plus qu'une cavité noire. Je ne dois pas lâcher maintenant, Delarge est à bout, il est revenu sous mon emprise. À qui le tour, maintenant ? J'ai le choix.

— Lequel je crame en premier ? Le Kandinsky ou le Braque ?

Delarge se prend la tête dans les mains, il me supplie, il tire comme un âne sur son licou et déplace le bureau.

— Ne bougez plus, Delarge, dis-je en agitant le briquet.

Il se fige, les yeux remplis d'horreur.

— Ils avaient un meneur... un raté qui avait besoin du groupe pour cacher sa médiocrité ! Il ne m'intéressait pas mais ce crétin tenait sous sa coupe les trois autres, je voulais Linnel et Morand, ce sont eux qui m'intéressaient vraiment, j'avais visité leur atelier,

Linnel avait tout ce qui fait un grand artiste, et Morand avait une dextérité et une précision qui auraient pu m'être utiles un jour. Rien à voir avec ce que faisait leur meneur ! De l'art pauvre ! Mais voilà, ils ne faisaient rien sans lui, sans sa parole d'évangile ! Des jeunes cons influençables. Ne faites pas ça, je vous en supplie, éloignez cette flamme ! Je vous donnerai tout ce que vous voulez...

En poussant ses jérémiades il vient de répondre à ma question. Passion ou fric, les deux sont totalement compatibles. J'ai éteint le briquet.

— Qu'est-ce que vous avez fait de Bettrancourt ?

Son regard qui me balaye des pieds à la tête veut tout dire. Avec une question pareille j'étais sûr de lui donner une idée de l'avance que j'avais acquise sur l'oublieuse Histoire de l'Art contemporain.

— C'est lui qui a fondé le groupe, c'est lui qui a toujours refusé mes propositions... mais j'ai fini par les avoir. Les trois autres n'ont pas tardé à comprendre, un groupe ne dure jamais très longtemps, je leur ai expliqué qu'ils n'iraient pas loin en refusant de vendre, que leur petite rébellion d'adolescents allait tourner court, et puis, l'argent... Linnel a été le premier à mordre, Reinhard n'en avait pas besoin mais il a suivi, et Morand a résisté encore un peu.

Il tente de desserrer le lacet avant de poursuivre.

— Bettrancourt n'aurait jamais fléchi, il devenait gênant. Il aurait préféré crever, par éthique, oui, par éthique... Un fou. J'ai convaincu les autres de présenter une toile à la commission d'achats sans qu'il soit au courant, pour leur prouver que leur peinture valait cher. Et ce n'était qu'un début. Quand l'État a payé, ils ont enfin compris. La parole d'évangile a commencé à s'émousser, Bettrancourt perdait son autorité, les ambitions de chacun se révélaient petit à petit. Et vous voulez vraiment savoir ? Je suis fier d'avoir fait ça. Ils ont peint, grâce à moi, au lieu de finir dans l'oubli.

Le tourbillon de ses phrases me donne un peu le vertige. La sensation que le brouillard s'est dissipé au-dessus du ravin, et que je peux enfin m'y pencher. J'aurais tellement de choses à lui demander qu'aucune ne me vient spontanément, et nous restons muets, un moment, tous les deux.

— C'est moi qui vais vous raconter la suite. Contrairement à ce que vous avez dit, vous savez très bien ce qu'est devenu Bettrancourt. Vous avez poussé les trois autres à se séparer de lui, d'une manière ou d'une autre. Le groupe était promis à une grande carrière, et après tout, pourquoi ne pas travailler à trois, au lieu de quatre, vu que l'idée et le système étaient trouvés. Vous leur avez fait miroiter bien plus qu'un jeune étudiant ne peut imaginer. Et tout ça si vite. Et si aujourd'hui on tient tellement à oublier les Objectivistes, c'est que la fin de leur histoire a été radicale. Bettrancourt vous faisait peur, il aurait été capable de beaucoup. Ils ont éliminé le chef de file, un accident de voiture, tout bête. Octobre 64. N'est-ce pas ?

Il relève la tête et ricane d'étonnement.

— Vous saviez... Vous m'avez forcé à dire ce que vous saviez déjà ?

— Je m'en doutais un peu. Ce que je ne comprends pas c'est pourquoi ils n'ont pas continué le groupe.

— Oh ça, moi non plus. Après l'accident ils ne savaient plus eux-mêmes s'ils étaient coupables ou pas. Morand a très mal vécu la suite, le remords, une bêtise de ce genre... Un matin il a annoncé aux deux derniers qu'il partait aux États-Unis, que les Objectivistes existeraient sans lui. Reinhard a eu peur, il a lâché les pinceaux pour reprendre le cabinet de son père.

— Et Linnel a continué en solo, sous votre protection. Ça explique vos rapports troubles. Une collaboration bâtie sur un cadavre, un beau début... Mais, vingt ans plus tard, Morand revient, mort, mais présent. On lui consacre une expo, et on glisse sans le vouloir une toile objectiviste, un souvenir. Ça fait resurgir des trucs oubliés, et qui tombent mal, juste au moment où Linnel vient à Beaubourg, avec une commande publique, en plus.

— Plus personne ne savait ce qu'il était devenu, et voilà que Coste le fait renaître. Cette toile ne devait pas être exposée, elle recelait des preuves, nous avons paniqué. Ensuite il fallait continuer le travail, la toile vendue à l'État. Et tout était terminé, plus aucune trace de ce groupe de malheur. Et puis...

— Et puis il y a eu moi.

Je laisse échapper un soupir de fatigue. Je suis éreinté. Et j'en ai marre. J'ai envie de partir et le laisser là, pendu à sa laisse. Je ne vois pas comment faire autrement. J'ai envie d'être tranquille.

Seul.

Mon désir de vengeance s'arrête là.

— Qu'est-ce que vous allez faire de moi... ?

— Moi, rien.

En disant ça je repense à la journaliste, et à sa preuve écrite. En menaçant de réduire le Braque en papillotes j'ai obtenu le nom du faussaire. J'ai regretté que ça ne soit pas Linnel. Un nom qui ne m'a rien évoqué.

— Dites voir, monsieur Delarge, votre faussaire, il a d'autres talents, non ?

— Qu'est-ce que... qu'est-ce que vous voulez dire ?

— Il vous rend pas mal de services. Et il porte un costume en tweed et un Burberry's, hein ?

— C'est vrai... mais vous pourriez brûler ma collection entière, je ne pourrais pas vous en dire plus. Il n'a rien à voir avec les Beaux-Arts. Je ne connais presque rien de son passé. Je crois qu'il peignait, avant. Il a déjà eu des histoires avec la police mais ça ne me regarde pas. On ne l'exposera plus jamais nulle part. Je m'arrange pour le faire travailler.

Un artiste à sa manière, j'ai pensé. En fouillant dans le bureau annexe je n'ai trouvé qu'une lettre de Reinhard où il est fait allusion à une commande de 150 pièces. Je crois que ça fera l'affaire. À Béatrice de se débrouiller. Ça ne me concerne plus.

— Je vous propose de tout arrêter là. J'en sais trop sur vous, sur Reinhard et Linnel, je suis un danger vivant, je sais... Je ne veux plus vivre dans l'attente d'une visite de ce gentleman qui cette fois ne me ratera pas. Sachez que s'il m'arrive quoi que ce soit, la journaliste d'*Artefact* publiera un dossier complet sur ce qui m'est arrivé. Elle est capable de tout, non ?

— Cette... cette garce...

Je n'ai pas apprécié. Non. Encore un mot de trop.

Ni une ni deux je décroche l'aquarelle de Kandinsky et la pose à terre. Je rallume le briquet, il hurle à la pitié et j'aime ça.

— Vous ne pouvez pas faire ça ! Vous ne savez pas, vous ne pourrez pas !

Et brusquement je me dis qu'il a raison. Que ça ne servirait à rien de brûler bêtement une œuvre d'art d'une telle envergure. Je ne me rends pas bien compte de ce que représente un Kandinsky. Je n'y connais rien. Je suis un béotien crasse. Je sais juste que c'est un nom qui impose le silence quand on le cite, qu'il est à l'origine de l'abstraction, et qu'il l'a découverte en tombant raide d'admiration devant un de ses propres tableaux accroché à l'envers. Alors moi, brûler une pièce comme ça, j'ai trouvé ça mesquin. Que ça manquait foncièrement de plaisir, un geste pareil.

Alors je change d'idée, ou plutôt, de supplice. Près du livre d'or il y a des stylos, des feutres et un gros marqueur. Et je me suis dit : Vas-y Antoine, ça ne t'arrivera qu'une seule fois dans ta vie.

J'ai décapuchonné le marqueur avec les dents et l'ai brandi haut, dans le coin gauche de la toile. Derrière moi, j'ai entendu un cri déchirant qui n'a fait que m'encourager.

— Taisez-vous ! Il ne s'agit pas de défigurer votre toile, mais juste de lui rajouter deux ou trois bricoles.

Fond bleu, ronds verts barrés de traits, des figures géométriques qui se superposent, des triangles dans des losanges et des croix dans des ovales de toutes les couleurs.

D'un trapèze, j'ai fait sortir trois marguerites noires. Près d'un croissant de lune j'ai peuplé toute une zone d'étoiles à cinq branches. Ma main gauche est formidable. Elle retouche un Kandinsky. Il m'a suffi d'avoir confiance en elle. Devant un rond, je n'ai pas pu m'empêcher de redevenir enfant, et j'ai fait une bouche et des yeux, avec iris et pupilles.

Je lâche le marqueur à terre et me retourne.

— Eh ben voilà, c'est pas mieux comme ça ?

7

Quitter Paris.

Un jour ou l'autre il me faudra bien passer par Biarritz. Mes parents méritent mieux qu'une lettre. De toute façon ils seraient venus. Un siècle de peinture ne m'est pas venu en aide pour le croquer, ce billet. Rien que des petites ébauches désuètes. Mais maintenant je peux faire la nuance entre manchot et gaucher, je saurai leur expliquer, et dédramatiser peut-être.

Encore une ou deux choses à régler, téléphoner à Béatrice, mettre au point un dossier en béton sur mes derniers jours passés à Paris, avec en prime l'instantané de l'*Essai 8*. Ça servira d'illustration. Est-ce vraiment la peine de repasser chez moi ? Ou même de prévenir Delmas ? Non. Il saura bien me retrouver si je devenais indispensable. Tout ce que je souhaite c'est qu'il continue de piétiner, longtemps, qu'il laisse tout le monde en paix, je n'ai pas envie de parler, de témoigner et de justifier tous mes agissements. Ça me vaudrait sûrement pas mal d'emmerdements, entre les dissimulations de preuves et les agressions physiques, sans parler de l'obstination à faire justice moi-même.

La justice... On ne me rendra jamais ce que j'ai perdu, et le pire, c'est que je vais finir par m'en accommoder. Et oublier le billard. Bientôt. Tout ce maelström de hargne m'a épuisé.

J'ai dormi plus d'une journée entière. Un ordre du corps. Un besoin physiologique de solitude. Le veilleur m'a préparé un sandwich, j'ai bu une bière avec lui, au petit matin, et je suis remonté dans ma piaule. J'ai attendu encore une nuit en essayant de repenser à cette histoire dans sa totalité, et j'ai tout remis en place. Paisible. Je me suis restauré tout seul, je reprends peu à peu ma couleur initiale. J'ai réussi, pour la première fois depuis longtemps, à faire coïncider mon réveil avec le matin. Mon horloge organique s'est remise à l'heure d'elle-même, et elle m'indique qu'il est grand temps de sortir d'ici.

Béatrice doit s'impatienter, j'aurais dû appeler en sortant de chez Delarge, mais j'avais trop envie de me retrouver seul en attendant que la fièvre tombe.

Il n'est que dix heures du matin. Le gardien de jour a changé, je ne le connais pas. Quatre cents francs pour trois nuits, il me rend la monnaie sans cesser de fixer ma manche droite et ne daigne pas, ne serait-ce qu'une seule fois, me regarder en face.

— Je peux téléphoner, à Paris ?

Il pose l'appareil devant moi et sort de derrière son desk. Et moi qui commençais à perdre mon agressivité, je me demande si je serai un jour en adéquation avec les autres.

J'ai d'abord fait le numéro du journal, mais, en tombant sur le répondeur, j'ai compris que nous étions dimanche. Et quand on ne s'en doute pas, ça fait un choc. Dimanche...

J'essaie chez elle.

— Béatrice ? C'est Antoine.

— ... Oui, une seconde...

Ça dure bien plus que ça. Je m'attendais à un râle de surprise, d'énervement, voire même une engueulade à cause de mon retard.

— Tu vas bien ? elle demande.

— Je ne sais pas. Je vais partir en province, et je voulais te...

— Où tu es ?

— Heu... à l'hôtel, mais je ne vais pas rester long...

— On se donne rendez-vous ?

Étrange. Je ne sais plus très bien qui j'ai au bout du fil. J'aurais pensé qu'elle me ferait cracher déjà beaucoup de choses au téléphone.

— Qu'est-ce qui se passe ? Je dérange ?

— Mais non, non. Tu passes chez moi.

— Pas le temps, je veux me tirer d'ici. On se retrouve à la gare de Lyon dans une demi-heure. Au buffet.

Elle attend une seconde avant d'accepter. Et de raccrocher, comme ça...

J'ai la sale impression qu'elle n'était pas seule. La fièvre remonte, d'une seule flambée. Quelque chose a dû m'échapper pendant mon sommeil. Un truc qui réveille ma paranoïa, juste au moment où je commençais à refaire surface.

Je sors, vite, et tourne en direction du boulevard Beaumarchais. Elle avait la frousse, c'est évident. Delarge lui a foutu la trouille ? Il n'a pas du tout intérêt à se plaindre auprès de Delmas, il a un passif beaucoup plus lourd que le mien. Ou bien il a joué un truc, il a brodé une histoire qui me fout dans la merde.

Qu'est-ce qui lui arrive, à ma Galatée ?

En passant devant un kiosque je demande *Artefact* mais celui du mois est épuisé. Je prends trois quotidiens, deux d'hier et le *Journal du dimanche*. Un petit encart en première page me renvoie en page trois. Les feuilles me glissent des mains.

Assassinat d'un grand amateur d'art.

La tête me tourne, je suis obligé de poser le journal sur le trottoir pour le feuilleter.

La nausée m'est venue.

Le célèbre marchand d'Art Edgar Delarge, bien connu dans le milieu de l'Art contemporain, a été retrouvé mort étranglé samedi matin dans sa galerie, rue Barbette dans le quatrième arrondissement. Son agresseur lui a tranché la main droite, que la police a retrouvée à quelques mètres du corps. Les enquêteurs n'ont pu constater aucun vol dans les quelques pièces de valeur qu'il gardait exposées dans sa galerie. Deux pièces pourtant ont été endommagées, une toile calcinée d'Alain Linnel, grand ami du marchand, et une autre de Kandinsky saccagée. À l'annonce de sa mort, et après une brève enquête, une journaliste de la revue Artefact *s'est immédiatement présentée aux autorités pour...*

Des passants se retournent sur moi, amusés de voir un type par terre, en train de retenir les feuilles de son journal en plein vent.

... livrer des informations concernant le meurtre. Les enquêteurs n'ont eu aucun mal à faire la jonction avec un dossier ouvert par le commissaire Delmas de la brigade de répression du banditisme...

Je m'essuie le front avec la manche. Mes yeux sautent des lignes et passent d'un mot à l'autre sans rien comprendre au sens.

Un jeune homme aurait été directement désigné comme l'auteur du meurtre. Ancien assistant technique de la Galerie Coste, il...

J'ai chaud.

... et se serait vengé de l'agression où il a perdu la main en mutilant l'homme qui pour lui était responsable de son amputation.

Les phrases se brouillent, les mots sont vides, je dois m'accrocher à une fin de ligne pour rattraper la bonne, en dessous.

La jeune journaliste travaillait à un dossier compromettant qui devait révéler, en mai, une escroquerie du marchand. « Je voulais juste des renseignements sur "l'affaire Alfonso", et je connaissais son désir de se venger de Delarge, mais en aucun cas je n'aurais pu imaginer qu'il en viendrait là », a-t-elle déclaré aux policiers qui l'interrogeaient. Le jeune homme avait fait sa propre enquête afin de retrouver lui-même le coupable. Avec l'aide de la journaliste à qui il avait proposé de faire « front commun » contre Edgar Delarge, il avait réussi à remonter jusqu'aux origines d'une histoire remontant à plus de vingt-cinq ans, dans laquelle le marchand était déjà impliqué. En 1964, lors d'un Salon...

Tout y est. Je me suis forcé à aller jusqu'au bout. Toute mon histoire est étalée là, sur quatre grosses colonnes. Elle n'a rien oublié de leur dire. La seule chose qui manque, c'est la fin. Ou le tout début. Le complot des trois artistes pour éliminer Bettrancourt. Le seul élément qu'elle n'avait pas.

Le corps d'Edgar Delarge sera inhumé, mardi, au cimetière de Ville-d'Avray...

Des gouttes de sueur me glacent le dos.

D'après le commissaire Delmas, l'arrestation du suspect est imminente...

Je ne devrais pas rester là, presque allongé par terre, le nez au vent. Boulevard Beaumarchais.

On recherche un manchot.

Qui a tué.

Qui a coupé une main. Il est impossible que je ne sois pas celui-là. Ça ne peut être que moi. Après tout, je l'ai peut-être achevé, là-bas, au bout de sa laisse. Et j'avais tellement envie d'avoir une deuxième main. Je l'ai sans doute tranchée, et puis, j'ai oublié... Béatrice l'a vu partir, ce fou de vengeance, vers celui qui l'avait rendu invalide. Et avant ça, au vernissage, tout le monde l'a vu, ce manchot, s'acharner sur le même homme. Et il a sûrement laissé des traces, là-bas, dans la galerie. Vu qu'il y était, cette nuit-là. Sa culpabilité est même plus évidente que la mort de Delarge.

Et son arrestation est imminente.

Il est temps de remonter sur mes jambes, marcher, tourner le coin de la rue, partir. Pas vers la gare de Lyon, pas vers la rue de Turenne, ni le dédale du Marais. Nulle part. Arrestation imminente. Je vais fuir le regard des passants, je vais cacher mon bras, mon bras de manchot, un manchot qui ne connaît que la justice du talion, œil pour œil, main pour main. Les journaux disent que je suis passé de l'autre côté, je croyais bien m'être arrêté in extremis à la frontière, en limite de la zone libre. C'est Briançon qui avait raison depuis le début, avec ses images et ses métaphores.

Ne pas quitter Paris.

Mes parents auraient préféré me savoir manchot qu'assassin. Ça aurait été tellement facile de leur dire que j'avais une main en moins, comparé à cette inacceptable vérité. La police de Biarritz les a sûrement visités, déjà. Ce sont mes seules attaches au monde, mon seul abri possible. « *Quelqu'un à prévenir* », disait le médecin, à l'hôpital. « *Personne ? Vraiment ?* »

Comment ai-je pu me débrouiller pour vivre comme un étranger, avec mes deux demi-vies, celle du jour et celle du soir. Même Paris m'apparaît comme une menace d'exil.

Place Saint-Paul, une bouche de métro, deux directions, Pont de Neuilly, pourquoi pas, ou Château de Vincennes, pourquoi pas, un kiosque à journaux bourré de journaux, une cabine de téléphone, des gens en promenade du dimanche, une voiture-pie qui file vers Bastille.

Je ne tiendrai pas longtemps.

J'entre dans la cabine en pensant que la cage de verre m'isolera, un instant, du va-et-vient. Je n'ai pas d'agenda, juste un petit carré de papier avec l'essentiel de mes connaissances, plié dans mon étui de carte orange. Il faut que je parle à quelqu'un, lui crier mon innocence, il faut que j'arrive à en convaincre au moins un, un seul, et je n'en vois qu'un.

Il m'aime bien. Je n'ai jamais su pourquoi. Il m'a déjà hébergé.

— Docteur Briançon ? C'est Antoine. Il faut qu'on se voie, il faut qu'on parle...

— Non... Impossible...

— Vous avez lu les journaux ?

— En fouillant chez vous la police a trouvé des billets que je vous avais laissés. Ils m'ont demandé des choses sur vous, un avis de thérapeute, les répercussions psychologiques de votre accident.

— Et qu'est-ce que vous avez dit ?

— Ce que j'ai toujours pensé. Ce sur quoi je vous ai toujours mis en garde, votre violence refoulée, votre démission... Et tout ce que ça peut engendrer comme troubles du comportement. Pourquoi ne m'avez-vous pas écouté ?

— Mais...

— Allez les trouver, Antoine. C'est le mieux à faire.

— Je n'ai tué personne.

— Écoutez, ils m'ont demandé de les prévenir au cas où vous me contacteriez. Je ne cherche pas à savoir où vous vous trouvez en ce moment, je ne leur dirai pas que vous avez appelé, mais si vous venez ici je n'hésiterai pas une seconde. C'est le meilleur service à vous rendre. Alors, allez-y de votre propre initiative. C'est important.

Dans sa voix je sens toute la pondération de qui parle à un psychopathe. Une espèce de phrasé docte et précis qui vous pousse à en devenir un, si ce n'est déjà fait. Je ne dois pas me laisser avoir par ça. Il faut que je reste concentré sur cette dernière image, le marqueur qui tombe à terre et mon départ cynique, mon sourire satisfait après l'opprobre jeté sur un chef-d'œuvre. C'est comme ça que ça s'est passé. J'ai attendu un long moment avant de raccrocher.

— Vous savez, docteur... J'ai eu raison de refuser vos séances. Quand on a dévalé la pente, quand on est passé de maître à esclave, il n'y a plus que l'épreuve du quotidien, lente et fastidieuse, pour sortir du désert. Je ne me suis jamais senti aussi gaucher qu'aujourd'hui.

Je suis sorti de la cabine, le carré de papier écrabouillé dans la main.

Des gens m'attendent, au buffet de la gare de Lyon. Je les imagine. Béatrice, assise, morte de peur, un ou deux types, pas loin, assis devant un café en faisant semblant de regarder le panneau des départs, et Delmas, pas loin non plus, planqué dans le bureau des douanes, et d'autres encore, à chaque sortie.

Devant une nouvelle cabine, près du pont de Sully, j'ai essayé à nouveau, et je m'en veux d'avoir pensé à Véro... Ça n'a duré que quelques secondes, juste le temps de l'entendre bafouiller de surprise et de peur, elle aussi, « tu es... tu es... », elle n'a pas su trouver le mot, je n'ai pas eu le loisir de l'aider, elle a coupé. Et je me suis pris à penser à sa place en imaginant toutes les hypothèses qui s'offraient à elle, et notamment une : je suis un assassin, j'ai toujours voulu la toile du dépôt, Nico ne me l'aurait jamais donnée, j'ai tué Nico. Pourquoi pas ?

Île Saint-Louis.

Ciel ouvert.

J'ai besoin de m'emmurer vivant. Avant que d'autres ne le fassent. Je repense aux années qui viennent de s'écouler, aux individus avec lesquels j'ai échangé des paroles. Dans les derniers, il y a Liliane, Jacques, Coste. Ceux-là racontent déjà la triste histoire de l'accrocheur sanguinaire et secret qu'ils ont côtoyé chaque jour sans s'apercevoir de rien. « On ne savait jamais ce qu'il faisait après dix-huit heures. »

Qu'est-ce qui le faisait bondir hors de la galerie, comme si on le libérait du cachot, après dix-huit heures ?

Si. Moi je sais.

*

Il m'a fallu une heure, à pied, pour rejoindre la place des Ternes. Sur le trajet, en longeant le plus possible la Seine, j'ai essayé de marcher comme un innocent. Et je me suis égaré. Jusqu'au pont de l'Alma j'ai sincèrement pensé qu'un type en cavale avait des techniques bien au point, et que je n'étais qu'un novice, incapable de regarder autre chose que ses pieds, et qui blêmit à la moindre sirène alentour.

Et pourtant. Au fin fond de ma conscience lourde de tous les maux de la terre, une petite bouffée d'espoir est venue me sauver de la noyade.

Il y a eux. Trois, quatre, pas plus, et c'est énorme. J'étais leur junior, leur héritier, leur enfant prodige. Ils ont cru en moi. Ils se foutaient bien de savoir ce que je faisais avant dix-huit heures, du moment que j'étais là, à leur faire des tours de passe-passe avec la rouge et les blanches.

Ils m'ont vu grandir, timide, attentif aux conseils des vieux. Ils s'y sont mis à tous pour me faire travailler la gamme des coups, selon leur spécialité. Angelo m'a dit tout ce qu'on peut connaître sur le « massé », taper dans la bille pour lui faire faire deux choses à la fois, jusqu'à la rendre cinglée. René, avec sa science du « rétro », m'a appris comment on faisait reculer une bille, comme si, en pleine course, elle changeait brusquement d'avis pour revenir à l'exact point de départ. Benoît, dit « la marquise des angles », qui m'a livré tous les secrets du jeu en trois bandes. Et le vieux Basile qui m'a montré toutes les choses interdites, le saut périlleux des billes, les carambolages, les coups plombés, tout ce qui ne sert à rien mais donne du bonheur aux foules.

Tout ce qui, maintenant, est mort écrasé sous un quintal de ferraille.

Je n'ai plus qu'eux, désormais. S'ils me ferment la porte de l'académie on m'ouvrira toute grande celle de la taule. Et je ne leur en voudrais pas, je me suis sauvé comme un voleur et je reviens comme un assassin. C'est beaucoup demander.

En attendant la fermeture officielle, vingt-trois heures, je me suis interdit les cafés. Le parc Monceau m'a semblé être le seul endroit possible alentour. J'aurais voulu m'allonger sur un banc mais je me suis efforcé d'être le plus convenable possible, le plus anonyme des badauds, un type qui prend le frais en mangeant un sandwich, en lisant de très près le *Journal du dimanche*, et en cherchant quelle espèce d'ordure avait bien pu lui mettre un crime sur le dos. Sur ce dernier point je n'ai pas tergiversé longtemps. Un nom m'est venu très vite.

Au loin j'ai vu un homme en costume bleu prier les promeneurs de bien vouloir sortir. Sans attendre qu'il vienne à moi j'ai quitté mon banc sans faire d'histoire. Entre dix-sept et vingt-trois heures j'ai marché, encore et encore, sur les Champs-Élysées et autour de la place de l'Étoile. Je ne tiens plus debout. René doit empoigner ses clés, maintenant. Il a rangé les billes dans les compteurs en criant la fermeture à la cantonade. Angelo se demande si sa femme l'a attendu, devant la télé, et Benoît propose à qui veut bien, un dernier petit frotin. En bas, l'enseigne verte est toujours allumée. Mon cœur s'emballe, peut-être à cause de ma dérive, peut-être à cause d'eux, là-haut, qui ne m'attendent pas. J'ai tourné en rond en n'oubliant aucun feu vert, en faisant des détours pour traverser dans les clous. Avant de m'engager dans les escaliers je respire un grand coup. Jamais je ne les ai montés aussi lentement. Trois adolescents descendent, encore excités, et surpris qu'il fasse déjà nuit. Au seuil des portes battantes, je colle mon front contre la vitre pour voir si l'extinction des lumières a déjà commencé, ou bien s'il reste encore un ou deux piliers qui n'ont définitivement plus envie de rentrer.

Le lampadaire rose de la table 2 est encore allumé. Angelo regarde par la fenêtre, une bière à la main. René étale les bâches sur les tables. Benoît joue, seul, en faisant un peu de cinéma, mais personne ne le regarde frimer. C'est l'ambiance moite du dimanche soir. J'ai presque envie de fuir pour ne pas troubler leur tranquillité. Leur lenteur. Ils m'ont peut-être déjà oublié. S'il n'y avait pas cet avis de recherche qui me colle aux talons je serais déjà loin. Il est des jours où l'on a beaucoup de mal à respecter ses décisions.

René a aperçu une silhouette, derrière la porte. « Fermé ! », il gueule. J'entre. Ils lèvent tous les trois le nez vers moi. La manche dans le dos, je m'arrête au bord de la première table.

J'attends.

Angelo glousse.

René cherche quelque chose à dire.

— C'est à cette heure-là qu' t'arrives...

Benoît s'approche de moi, Angelo ricane :

— Aaah... c'est toi, Pomponnette ! Salope ! Et lé pauvre Pompom, tout seul, là, il se fézé du souci...

Je le retrouve intact, avec sa gueule de rital et son imitation de

Raimu. Il y a des choses immuables, en ce bas monde. Et Benoît, planté devant moi, qui me pince l'épaule pour voir si c'est pas du toc.

— C'est toi, Antoine ?

— Bah... ouais.

— Et ben si c'est toi, t'es qu'un bel enfoiré.

Il a lu les journaux ? Non, ça m'étonnerait, il a déjà du mal à acheter *L'Équipe.*

— Enfoiré, va... T'as honte de nous ? T'es parti jouer à Clichy ? Et Langloff, hein ? Il a téléphoné dix fois.

Le trio m'a entouré lentement. Pour me casser la gueule ils ne s'y seraient pas pris autrement. Je n'ai pas su quoi répondre, aucun mot n'aurait pu expliquer quoi que ce soit. J'ai simplement remonté ma manche pour découvrir le moignon. J'ai su que, comme excuse, ça suffisait.

— Regardez vite, parce que je vais le ranger.

René, feignant l'assurance, a cherché quoi dire, encore.

— C'est pas une raison.

Ils n'ont pas osé m'embrasser. Ça, on ne l'a jamais fait. Tour à tour, ils m'ont serré contre leur cœur. Comme un con, j'ai dit que j'allais chialer, et ils se sont foutus de moi.

Qu'est-ce qu'il fallait que je dise ? J'ai avoué mon boulot à la galerie. Rien que ça, ils ont eu du mal à comprendre. J'avais l'impression de parler une autre langue. Le seul rapport que René ait jamais eu avec la peinture, c'est en scotchant au mur un couvercle de boîte de chocolat à l'effigie du *Clown* de Buffet. Benoît m'a demandé si « contemporain » voulait dire « moderne ». Quant à Angelo, il a juste tenu à préciser que la Joconde appartenait à l'Italie, et pas au Louvre. Comment leur expliquer que des gens pouvaient s'entre-tuer pour trois carrés rouges sur fond noir, ou trois bassines renversées sur des boîtes de conserve ? À mesure que j'avançais dans mon histoire, en jaugeant leur scepticisme, j'ai compris comment la raconter. La main. Ils n'ont vu que ça. La main. Je l'avais perdue, je ne pourrais plus jamais jouer, je voulais retrouver celui qui m'avait fait ça. Simple. Point final, tout le reste, c'était du bla-bla, des histoires de fric, comme partout ailleurs.

En parcourant l'article me concernant dans le journal, ils ont compris le principal : je suis sérieusement dans la merde. Contre toute attente, ils ont cru immédiatement à ma version des faits concernant l'autre main, celle de Delarge.

— Le gars qu'a fait ça... il a voulu se faire passer pour toi, à tous les coups ! a fait Benoît.

— Et c'est une vache de bonne idée ! a ajouté René.

— Mêmé si moi zé soui flic, z'en doute pas una minoute.

— Et tu vas vivre où, maintenant ?

J'ai béni René pour cette question.

— Je ne sais pas. J'ai cherché toute la journée. Je dois trouver un endroit pour quatre ou cinq nuits. Je sais qui a fait ça.

— Et t'en feras quoi, si tu l'alpagues ?

— Je ne sais pas encore.

— Ma qué ! Faut pas déconné hé managgia ! Célui qui mé fé ça y'é lui fé bouffé la mano in ossobuco !

Bonne idée, Angelo. À retenir...

René, ferme et définitif, pointe l'index vers moi.

— Tu vas arrêter de faire le con, tu resteras ici, un point c'est tout. Je t'ouvre le débarras et tu dors sur les bâches, tu te démerdes. Aux heures d'ouverture je t'enferme à clé, y'a pas beaucoup de curieux ici mais on peut toujours tomber sur un fouille-merde. Le soir, je ferme un peu plus tôt et t'iras respirer sur le balcon, avec nous.

Ce cagibi, c'est le havre de paix, le palace des cachots, le George V du cavaleur. De quoi retarder l'imminence. René, l'homme aux clés d'or, celui qui prend vraiment le risque d'abriter un criminel, n'a pas l'air de soupeser tous les risques. Loin de moi l'intention d'éveiller sa méfiance. Ce n'est pas une aubaine, qu'il m'offre, c'est ma dernière chance. Dehors je n'aurais pas tenu deux nuits. Je ne suis pas fait pour ça, je n'ai pas l'étoffe d'un slalomeur, et je n'ai jamais su foncer entre les gouttes pendant un orage. Ça demande de la dextérité, et je ne suis plus dextre, je suis gauche.

Au milieu de la nuit, ils ont levé le camp. J'ai bien vu que René, sans en rajouter, a laissé un boîtier de boules ouvert, bien en évidence. Il n'a ni éteint ni recouvert la table 2. Je ne sais pas ce qu'ils espèrent. Vraiment pas. Ils savent comme moi que c'est foutu.

Dans le silence de la nuit, la salle retrouve la majesté de la toute première fois. Sans la ronde des joueurs et la valse des billes, les tables ressemblent à des lits vides et presque accueillants. Mes pas font craquer les lattes de bois. Assis au comptoir, je sirote une bière. Sans penser à rien. Je traîne. Un peu à contrecœur, je prends les trois boules et les jette sur la table 2. Je retrouve le délicieux bruit du choc. Avec la main j'en fais glisser une vers la bande opposée, pour la voir revenir, et recommencer, encore une fois, et une fois encore, pour faire passer le temps, le temps du souvenir. J'ai continué un bon moment, en attendant la douleur.

Qui n'est pas venue me tirailler le cœur.

C'est sûrement une bonne nouvelle.

Je suis presque guéri du billard.

La nuit a été trop brève, la journée interminable et le sandwich de René plus étouffant encore que son cagibi. Entre une paillasse de bâches vertes, une forêt de queues ébréchées et une caisse d'ampoules mortes, j'ai attendu que le brouhaha des parties s'estompe. Le plus petit geste déclenche une pluie de poussière et je me bouche les narines pour ne pas éternuer. Les journaux n'ont rien ajouté, hormis une vague mise au point sur l'histoire avortée des Objectivistes. Je me demande bien où ils auraient pu trouver ma photo. J'avais peur de ça, en fait. Angelo, avec le sourire du trappeur, est venu me libérer du piège vers dix heures du soir. En passant du noir blafard au noir bleuté je me suis précipité au balcon, comme en apnée. Je ne sais pas si c'est la claustration, le quatrième étage, la fausse faim, l'air libre, ou le simple fait que Benoît ait disposé les boules sur la table 2, mais j'ai été pris de vertige. Les boules m'attendent, les joueurs me regardent, le refus et la déception vont saper l'ambiance.

— Je ne jouerai pas, les gars. Commencez pas, je dis, entre deux bouffées d'air.

René s'approche de moi.

— Te braque pas... J' suis sûr qu'avec le temps... Bon, d'accord, c'est pas évident de plus avoir de main directrice, mais avec un bon appareil tu pourrais refaire des petites choses.

Je vois... Le futur champion est mort mais le copain reste. Après tout, on vient à l'académie pour passer de bons moments, et pas forcément pour atteindre les cimes éternelles du jeu le plus parfait du monde. C'est louable, comme intention. Mais je me suis tout de même mordu la lèvre afin de ne pas l'insulter.

— C'est bien ce qui me fait peur, les petites choses. Pour l'instant ça va, j'ai presque plus envie de jouer, mais si vous insistez vous allez me faire beaucoup de mal.

Benoît s'est mis à jouer et Angelo a cessé de regarder vers moi.

— Tu veux manger un bout ? me demande René.

— Non, une petite bière, j'aimerais bien.

— Moi yé sais pourquoi il réfouse dé jouer, l'Antonio. C'est parcé qu'il a perdou la main.

J'ai dû mal entendre. Benoît a presque fait une fausse queue.

— Tu devrais pas dire des trucs comme ça juste quand je vais jouer, crétin !

— Ma c'est vrai, no ? L'Antonio il a pas eu la main heureuse.

Qu'est-ce que je fais ? Je ris ou je lui casse la gueule ? Un sourire se dessine sur les lèvres de Benoît.

— Faut dire qu'avant il jouait de main de maître, Antoine.

René s'est remis à taper dans la bille, avec les autres.

— Il pouvait garder la main plusieurs parties de suite.

Je ne comprends plus ce qui se passe. Ils n'ont pas vraiment l'habitude de faire dans la dentelle, mais là...

— D'ici deux ans, il aurait eu la mainmise sur le Championnat.

Benoît, très sérieux, remet ça.

— Ah ça, on peut dire qu'il faisait main basse sur les points.

— C'était du cousu main ! hein, les gars ?

Hébété, je les écoute, sans défense. Ce sont mes copains ou ce ne sont plus mes copains ? Ils ne me laissent pas une demi-seconde pour riposter.

— Il a eu la main lourde, là-bas, chez les marchands de peinture.

— Bah tiens... et les flics ont failli le prendre, la main au collet.

Les éclats de rire fusent et je reste là, comme un con.

— Il veut rémettre la main sour lé coupable, tout seul.

Le rital essaie de retenir son rire au maximum. Pas longtemps, juste le temps d'ajouter :

— Ma pour lé biliardo, il a passé la main !

— Mais... Vous avez révisé avant de venir, ou quoi ? je demande, stupéfait.

— On voulait juste que tu te refasses la main sur des petits points, c'est tout...

— Bande d'enfoirés.

— Mais si tu veux pas, on peut pas te forcer la main, hein !

Benoît se tient les côtes, les deux autres redoublent de spasmes.

— Et lé coupable, il veut sé lé faire mano a mano...

Je regarde le sol, dépité. Et malgré moi, un petit gloussement m'échappe.

— Vous voulez ma main sur la gueule ? j'ai dit.

— Non ! Jeux de main, jeux de vilain !

C'est le coup de grâce. Benoît s'affale sur la banquette, les bras croisés sur le ventre. René, pris de convulsions, ne peut plus s'arrêter. Angelo s'essuie une larme au coin de l'œil.

À moitié étourdis ils s'approchent de moi.

— Tu nous en veux pas, hein ? On est cons, hein ?

— Y'a pire que vous, j'ai dit.

Le silence revient, lentement. Les abdominaux en feu, je retourne sur le balcon. Un rire nerveux, soit, mais qui dédramatise. J'aurais aimé que Briançon me voie, deux secondes plus tôt. J'ai accepté l'idée que je ne jouerai plus et je peux rire de moi-même, sans amertume, sans cynisme. Bientôt je saurai si j'ai un avenir quelque part. Une dernière petite chose à faire et les flics feront de moi ce qu'ils voudront. Dès demain soir je quitterai mes amis. Loin de moi l'intention d'abuser de leur hospitalité. Dans mon clapier, aujourd'hui, j'ai reformulé mon droit moral à la vengeance, et cette fois-ci, avec le meurtre dont je viens d'hériter, je ne dois plus me priver de rien. Aucune raison d'avoir de scrupules. Quand j'ai vu Delarge, à terre, en train de vomir ses dernières haines, j'ai fait machine arrière. J'ai eu pitié de lui et non plus de moi. Mon stock de fiel s'était asséché au fil du temps. Mais je vais bien en retrouver une dernière petite giclée. C'est comme l'adrénaline, sans rien dire, on en sécrète.

*

René est venu me délivrer à la même heure que la veille. Les trois compères savent que je vais partir et plaisantent peu.

— T'as des trucs à régler, on sait. Tâche de revenir, un jour, sans trouille. Si on doit lire des canards pour avoir de tes nouvelles...

Qui sait quand reviendra... Je ne reviendrai pas en hors-la-loi, c'est trop inconfortable, trop poussiéreux. J'aurai quitté cette peau de criminel qui me va encore plus mal que mon propre accoutrement de clodo. Je reviendrai tranquille, douché, rasé, l'âme en paix.

J'ai demandé à René de passer un coup de fil chez celui qui ne m'attend pas, ce soir. Celui qui travaille la nuit, pour changer la couleur de ses couleurs. Je savais bien qu'il répondrait, j'en ai eu l'intime conviction au moment où je suis sorti de mon cachot pour aller respirer l'air de la nuit.

— Excusez-moi, j'ai fait un faux numéro, a dit René.

— Bille en tête ! a crié Benoît, sans savoir vraiment pourquoi.

Je suis parti sans dire au revoir, Angelo m'a suivi dans l'escalier. Hier, déjà, j'ai refusé qu'il m'accompagne.

— Non fare lo stupido, grimpe dans la voitoure, imbecille...

J'ai posé mon sac sur le siège arrière et me suis assis à côté du rital Angelo. L'angelot. Pour éviter la place de l'Étoile il a pris la rue de Tilsitt. Une prudence qui m'a étonné.

— Au fait, c'était quand la finale du Championnat ?

— La sémaine dernière. Bella partita, c'est le Marseillais qui a lé titre. Langloff a fini quatrième.

Une place correcte, pour un baroud d'honneur.

— Et toi, tu t'es jamais inscrit, Angelo ?

— Zé souis pas franchésé, d'abord. Et poui, zé mé féré sortir au premier tour. Moi zé zou pas al billiardo per la compétizione.

— Alors pourquoi tu joues, alors ?

— Ah ça... Ma... Perché lé vélour il est vert, les boules elles sont blanches et rouze. C'est les couleurs dé mon drapeau ! Ammazza !

Nous sommes restés silencieux tout le reste du trajet. Aux abords du parc Montsouris, pas loin de la rue Nelson, il a arrêté le moteur et j'ai pris mon sac sur les genoux.

— Qu'est-ce qué zé po faire, maintenant ?

— Rien. Tu ne peux plus m'aider.

— Zé po attendre en bas ?

— Ne dis pas de conneries. Tu ne sais pas encore ce que je vais faire.

— Tou é sour qu'il est seul ?

— Parfaitement sûr.

— Et tou a bésoin de traîner cé sac ?

Après tout, non, c'est vrai. Il n'y a guère qu'un objet qui m'intéresse, dedans. Je fouille entre les vieilles fringues et les paperasses pour l'en sortir. Je l'ai fait ostensiblement devant lui, pour qu'il arrête de vouloir m'aider. Quand je l'ai en main, Angelo tressaille.

— Qu'est-ce qué tou va féré avec cé trouc ? Arrête-toi dé déconner, Antonio. Tou né va pas té servir dé cette salopérie.

Inquiet, Angelo. C'est ce que je voulais.

— Zé t'emmène, va, laisse tomber tout ça... Zé dé la famille, in Italia, ils té trouvéront un endroit pour quelqué mois, et après on verra, tou pourras partir... Zé sé pas... Lâche ce trouc...

— Tu veux toujours m'accompagner ?

Il n'hésite plus.

— Si tou é dévénou fou, zé préfère pas.

À grand-peine je parviens à enfouir l'objet dans la poche intérieure. Il n'y restera pas longtemps. Je l'avais acheté après ma convalescence.

— Tu rentres chez toi, maintenant, Angelo ?

— Non, zé rétourne all'accademia. Quand zé zoue ça mé calme, et zé pense à rien d'autre.

Il a démarré, comme ça, sans rien ajouter. J'ai remonté la rue

Nelson qui n'est rien de plus qu'une impasse où sont alignés des pavillons chics tous hauts de trois étages, avec jardin et haie de roses. Au numéro 44, presque au bout du cul-de-sac, l'aspect général est un peu différent. Le jardin est à l'abandon, avec un buisson aux fleurs séchées et un tuyau d'arrosage rouillé près de la grille. Rien n'est allumé aux étages, mais, au rez-de-chaussée, un peu en contrebas, je devine une lueur, au fond, sur la façade arrière. La grille m'arrive à la taille, avec les deux mains je l'aurais escaladée comme un rien, sans faire de bruit, et sans m'accrocher aux piques. Comme un chapardeur de pommes. Je suis gaucher sans en avoir l'histoire.

Elle n'a pas trop grincé mais j'y ai laissé un pan de ma veste. Une petite allée de gravier longe le flanc droit de la maison et conduit à l'autre jardin, derrière, encore plus délabré que le premier. Le chiendent et le lierre sauvage entourent une énorme baie vitrée aux portes coulissantes qui remplacent le mur du rez-de-chaussée. Dans l'arête de l'angle, j'ai mis longtemps à me décider avant de regarder à l'intérieur.

Et j'ai vu, enfin.

Deux puissants spots convergent sur un mur. Leur insoutenable lumière blanche éclaire un marasme. Une tranchée creusée dans des dizaines de boîtes de peinture échafaudées en quinconce, la plupart fermées et toutes dégoulinantes de croûtes sèches aux couleurs brouillées. Des pots vides, retournés, des couvercles entassés et collés entre eux depuis des lustres, des tubes écrasés, une myriade de petits verres pleins du même bouillon verdâtre, avec des pinceaux oubliés, dedans, ou posés à terre. Une jatte de cuivre contenant d'autres pinceaux, près de plein d'autres verres et d'éclaboussures, j'en découvre toujours de nouveaux jetés çà et là dans la pièce. Une jungle de journaux a envahi le moindre recoin, un tapis de papiers maculés et déchirés par les pas. Des planchettes couvertes de peintures mélangées, il est impossible d'en reconnaître une seule. Une énorme toile encastrée entre le plancher et les poutres du plafond prend l'exacte dimension du mur. On jurerait une fresque. Elle n'est déjà plus blanche, sur le côté gauche je retrouve les coups de pinceau que j'avais vus à Beaubourg.

Accroupi, devant, figé comme un animal qui va mordre, je l'ai enfin repéré. Lui. Linnel. À pied d'œuvre. Il a presque fallu qu'il bouge pour que je puisse identifier un corps humain au milieu de ce cataclysme bariolé. Il l'est jusque dans le cou, lui aussi, avec son tee-shirt blanc et son jean suintants de vert et de noir. J'ai bien compris, il cherche à se confondre avec le reste. Tactique de caméléon. Il a cru m'échapper, camouflé, immobile, perdu dans la luxuriance de son travail. Il reste accroupi, totalement seul, à des milliers de kilomètres de mes yeux, tout tendu et aimanté vers l'espace blanc.

Tout à coup il s'allonge entièrement dans la mélasse des journaux et renverse un verre d'eau, sans y prêter la moindre attention. Et se relève, d'un bloc, pour tremper un pinceau dans un pot bavant de jaune. Le pinceau dégouline jusqu'à une planchette et plonge dans une grasse couche de blanc. Linnel se met face à la toile, bras tendu.

Et à cette seconde-là, sa main s'est envolée.

Je l'ai vue tournoyer dans l'espace et piquer comme une guêpe, çà et là, faisant surgir des touches claires et disparates, je l'ai vue butiner partout, loin du reste du corps, en créant une géométrie anarchique et évidente. Je l'ai vue effleurer, aérienne, une zone oubliée, puis changer d'avis, brusquement, pour retourner prendre de la couleur. Plus fébrile que jamais elle est revenue par saccades, lâchant des arcs noirs partout, la plupart brisés au même endroit, en revenant sur certains pour les rendre plus lisses ou plus courbes.

Linnel est revenu à lui, son regard a glissé partout pour débusquer un autre pinceau, plus épais. Même mélange, même rapidité, d'autres bavures par terre. De retour à la toile, sa main s'est écrasée dessus pour tracer une longue bande jusqu'à l'épuisement du pinceau. Furieuse, coulante de jaune, elle s'est mise à claudiquer en longeant la ligne, dérapant par endroits et se rattrapant à l'horizon qu'elle venait juste de créer.

Je me suis assis dans l'herbe froide. J'ai posé la tête sur un montant de métal sans quitter des yeux la main qui, quelques secondes, est retombée, fatiguée, ballante, avec le pinceau.

Linnel l'a lâché, n'importe où, puis a retourné le pot de blanc presque vide. Avec un tournevis il s'est agenouillé près d'un autre, gros et neuf. Le couvercle arraché, il a mélangé la pâte avec un bâton et y a trempé une large brosse qui s'est gorgée de blanc. Des deux mains, cette fois, il a balayé toute la toile d'un voile presque transparent. J'ai assisté, en direct, à la métamorphose. Tout le travail précédent s'est mis à renaître sous le voile. Les touches encore humides ont éclos, les arcs se sont rejoints d'eux-mêmes, la trame de la bande sombre s'est figée dans l'unicité ambiante, et les zigzags, en bordure, ont tous dénivelé dans le même sens, comme pour s'échapper du cadre.

Linnel s'allonge sur le ventre, en bégayant un râle absurde. Je pose mon front contre la vitre. De ma vie je n'ai vu un spectacle aussi bouleversant.

Mais ça va passer.

J'ai fait coulisser une porte vitrée mais le bruit a mis un temps fou à lui réveiller la conscience. Il a daigné relever la tête, pourtant. Ses yeux vides m'ont toisé. J'ai pensé qu'il fallait profiter de sa prostration pour l'immobiliser à terre, mais j'ai compris qu'il n'avait aucune envie de se relever.

— Déjà ? il demande, à peine surpris.

Il se redresse vaguement, sur un coude.

— Je suis un peu dans le coaltar. Permettez que je reprenne mes esprits, trois secondes, il dit.

J'ai souri en pensant qu'à notre première rencontre, il m'a tutoyé.

— Vous seriez arrivé un quart d'heure plus tôt vous m'auriez dérangé. Vous êtes venu pour brailler, hein ? Pour faire du bordel...

— La seule façon de faire du bordel ici serait de remettre un peu d'ordre dans tout ce merdier par terre.

— Quel merdier ?

J'ai oublié que c'était un fou. Mais cette fois, plus d'alcool, plus d'ironie. Nous sommes en tête à tête, sans public. Ce soir il n'a pas la vedette, pas de fans, pas de journalistes, pas d'acheteurs. Rien que moi.

— On va s'expliquer entre nous, sans drame. J'ai horreur du drame, dis-je.

— Le drame, il est là, sur le mur, dit-il en montrant la toile. Le seul drame qui en vaille la peine. Ce soir j'ai eu ma dose. Qu'est-ce que vous voulez. Qu'est-ce que vous voulez vraiment ?

En premier lieu, qu'il quitte sa superbe, son air détaché, son visage détendu. Et je sais comment m'y prendre : il suffit de répondre vraiment à sa question. Sans mentir. Rien qu'avec un geste. J'ai sorti le truc qui faisait tant peur à Angelo. Une fois bien en main, j'ai avisé une planchette en bois à équidistance de Linnel et moi. Je me suis agenouillé aussi. Et d'un coup sec, j'ai planté le hachoir dedans.

Il l'a fixé, bêtement, comme s'il voulait se regarder dans le miroir de la lame. Peu à peu, il s'est reculé doucement du hachoir en glissant sur ses fesses. J'ai repris le manche pour le décoincer.

— Ne bougez plus. Sinon cette horrible chose va s'abattre n'importe où, au petit bonheur, et ce n'est pas la main que vous risquez de perdre.

— Vous n'êtes pas allé jusqu'au bout, avec Delarge, alors... pourquoi maintenant ?

— Je m'étais calmé, ça n'en valait plus la peine. Et puis, prendre la main de Delarge n'aurait servi à rien, elle était juste bonne à serrer celle des critiques et à signer des chèques. Autant dire, rien. Il faisait partie des neuf dixièmes de l'humanité qui ne s'interrogent pas sur l'extraordinaire outil qu'ils ont au bout du bras. Le vôtre m'a offert la plus belle démonstration du monde. Un peintre au travail.

— Vous avez vu... ?

— J'ai adoré ça. Vous avez la main du pendu, la clé magique, celle qui ouvre toutes les portes. Celle que je n'ai plus. Quel bonheur pour ma pauvre gauche de tenir votre droite. Pendant que, de l'autre, encore malhabile, vous téléphonerez au samu.

Il a compris. Sans me demander de répéter.

— Téléphoner, je peux le faire tout de suite... À Delmas... Je peux encore lui avouer la vraie version...

— Et alors ? Vous iriez en taule ? Et vous continueriez à peindre. Pas question. Dites-moi plutôt comment vous avez fait, avec Delarge, parce que moi, je n'ai encore jamais tranché la moindre main de ma vie, et j'ai besoin de conseils.

Il écarte deux ou trois verres pour mieux s'allonger. J'ai compris que ce soir, je vais avoir beaucoup de mal à lui foutre la trouille.

— C'est simple, vous savez... Pendant vingt ans j'ai cherché l'occasion de me défaire de lui et de son chantage. Ce soir-là il m'a appelé au secours, vous veniez juste de partir, et en le voyant pleurer par terre, avachi dans sa galerie, j'ai compris que c'était enfin la chance à ne pas rater. Il suffisait de l'amputer et tout le monde penserait forcément que c'était vous. Vous êtes un con fini d'avoir défiguré le Kandinsky. Vous ne réalisez pas ce que vous avez fait. Quel crétin irresponsable... On ne peut pas faire ça à la mémoire d'un homme pour qui la peinture représentait tout.

Il marque un temps.

— Et puis, vous êtes gonflé, quand même, vous auriez pu brûler le Braque au lieu de ma toile !

— De quel chantage vous parlez ?

— Oh ça, là-dessus il n'a pas dû s'étendre, j'imagine... Après la mort de Bettrancourt il a été clair : je travaille pour lui, à vie. Mille fois on m'a fait des ponts d'or dans les plus grandes galeries françaises.

— Et vos deux complices ?

— Étienne a eu le meilleur réflexe, il s'est envolé vite fait vers la Babylone de l'art qu'était devenu New York, le contemporain avait changé de continent. Mais moi je n'avais aucune intention de quitter Paris. Je voulais peindre, chez moi, malgré tout, Delarge m'en a offert la possibilité. Claude, en revanche, était dans le même bain que moi. Delarge s'est félicité en le voyant reprendre l'étude de son père. Un jour ou l'autre ça lui servirait aussi. La preuve : Claude n'a pas pu refuser l'escroquerie des Alfonso. Tant pis pour lui, jamais il n'a pensé que ça lui tomberait dessus. Vingt-cinq ans plus tard.

Il semble satisfait d'avoir dit ça.

— De nous deux, c'est vous le dingue, Linnel. Pourquoi avoir copiné avec moi, le soir du vernissage ?

— Quand on a vu un manchot débouler à Beaubourg, on a compris très vite. Celui qui vous avait fait ça était un homme de...

— Homme de main, oui, dites-le. Il y en a plein, comme ça, dans la langue française.

— Un sbire de Delarge, disons. Il nous a raconté sa prestation, chez Coste. Je voulais savoir quel genre de mec vous étiez, et ce que vous aviez dans le ventre. Quand vous avez cassé la gueule d'Edgar ça m'a donné confiance. J'étais de tout cœur avec vous. Et puis, j'ai attendu, tranquillement, que vous lui rendiez visite, en solo.

Je me suis approché de sa toile en restant à distance raisonnable de son crâne. L'odeur de peinture m'a picoté le nez.

— Et la toile de Morand. L'*Essai 30*. Elle était aussi dangereuse que ça ?

— Delarge, Claude et moi étions d'accord pour la retirer au plus vite de la circulation. Vous voulez la revoir ?

— Elle n'est pas détruite ?

— Edgar voulait, mais je n'ai pas pu. Vous savez... j'ai compris pourquoi Étienne l'a faite. Pour se souvenir de nous, d'abord, de ce que nous étions. Et pour expier. Regardez, elle est presque à vos pieds, dans un linge.

Elle traîne au sol, enveloppée dans une serviette blanche. Je la déroule avec deux doigts, sans me défaire du hachoir. Je la reconnais.

— Aux Beaux-Arts, Étienne était déjà fasciné par les anamorphoses et les miniatures. Il pouvait passer des semaines entières à étudier la calligraphie chinoise. Il avait même un projet de thèse sur les mouches perdues dans les toiles des primitifs hollandais. J'ai gardé ici même des petits chefs-d'œuvre, comme une reproduction de la *Cène* de Léonard de Vinci sur un timbre-poste. C'est un joyau authentique. Une fois, pour reprendre une vieille tradition chinoise, il nous a prouvé qu'il pouvait écrire un poème sur un grain de riz. Il voulait même en faire une spécialité, les détails cachés, invisibles. Il adorait cette toile de maître qui représente une coupe de vin pleine, avec une goutte qui glisse sur un bord.

— Connais pas.

— Il a fallu longtemps, très longtemps avant de découvrir que, dans la goutte, pas plus grosse qu'une tête d'épingle, le peintre avait fait son autoportrait.

— Quoi ?

— C'est la pure vérité. Une visiteuse l'avait regardé plus

précisément que tout le monde. Maintenant, si vous vous penchez sur l'extrémité de la flèche d'église, vous y verrez. Mais je n'ai pas de loupe, je suis désolé...

— J'aurais vu quoi ?

— Le visage de notre honte. Les traits de notre propre remords.

— Le portrait de Bettrancourt ?

— Oui. Incroyablement fidèle. Et ce n'est pas tout. En scrutant bien la couleur on comprend qu'elle recouvre un texte. Je suis étonné que Coste n'ait pas vu ça.

— Un testament ?

— Un aveu. Détaillé, mais un aveu tout de même. Un jour ou l'autre, il est évident que tout cela aurait émergé. Sous les écaillures on aurait pu lire à livre ouvert. En jouant avec différents types de peinture, il avait tout prévu. Un alchimiste, Étienne. Un magicien. Vous comprenez qu'il valait mieux ne pas laisser cette chose traîner entre toutes les... les mains.

Je n'ai pas relevé. Il ne l'a pas dit avec intention. En ce qui concerne les mystères de la toile et l'urgence de la soustraire aux regards pointilleux, je comprends mieux le regard intrigué de Jean-Yves, et ce, trente secondes après qu'elle soit accrochée.

— C'est Bettrancourt qui a conçu le premier *Essai*, non ?

Il sourit.

— Julien disait toujours : il n'y a que trois arts majeurs : la peinture, la sculpture et la barre à mine. Il nous parlait déjà de Rothko et de Pollock, de l'expressionnisme abstrait, pendant que nous, nous en étions encore à nous pâmer sur les délicats mystères du *Déjeuner sur l'herbe* de Manet. Il invectivait les petits studieux de notre espèce, fallait voir... « Les Objectivistes » c'était lui, et personne d'autre. Il a tôt fait de nous embrigader.

— Et Delarge est venu foutre la merde.

— Oh ça, c'est le monde réel qui nous a tout de suite ramenés au concret et au palpable. Julien l'a tout de suite senti venir. Mais nous, c'était facile de nous embobiner, il était venu visiter notre atelier, à Étienne et moi. Il a tout fait pour que nous laissions tomber Julien. Et à la longue, on a fini par se poser des questions, surtout quand on a vu les moyens qu'il mettait à notre disposition. Il nous a présenté Julien comme une sorte de fasciste qui nous empêcherait à jamais de nous exprimer. C'est lui qui nous a suggéré l'idée de l'accident.

— Ce que vous appelez pudiquement un accident est un meurtre en bonne et due forme. Ne jouez pas sur les mots. Ensuite il y a eu le remords de Morand et la trouille de Reinhard.

— Le plus étrange c'est la manière dont cette mort s'est répercutée dans notre peinture, à Étienne et moi. Lui, c'était le noir, et moi, tout le reste.

— Le vert de l'espérance.

— Non, celui de la moisissure.

— Comme quoi, une main peut servir à un tas de choses différentes, peindre, bricoler une voiture, tuer un copain.

Il trempe ses doigts dans un gobelet et continue de jouer avec la toile humide. Ça dégouline de plus en plus.

— Vous savez, ce n'est pas nouveau, en cherchant bien on peut mêler l'histoire de la criminalité à celle de la peinture. Au début, on peignait comme on tue, à main nue. L'art brut, on pourrait dire. L'instinct avant la technique. Ensuite est intervenu l'outil, le pinceau, le bâton, on s'est aperçu de la redoutable efficacité d'avoir ça au bout du bras. Et puis, on a sophistiqué le matériel, on s'est mis à peindre au couteau. Regardez le travail d'un Jack l'Éventreur. Ensuite, avec l'avènement de la technologie, on a inventé le pistolet. Peindre au pistolet apportait quelque chose de nouveau et de terriblement dangereux. Pas étonnant que ça ait plu autant aux Américains. Et maintenant, à l'ère terroriste, on peint à la bombe, dans la ville, dans le métro. C'est une autre conception du métier. Le graffiti anonyme, qui saute au coin de la rue.

Il essuie ses doigts en jetant un œil sur le hachoir.

— C'est pour ça qu'avec votre engin, vous faites un peu... Un peu passéiste. Un artisan du dimanche.

J'ai souri.

— Dites, vous... vous n'allez pas vous en servir...

Je me suis déjà posé la question, deux secondes avant lui.

— À mon avis vous ne vous en servirez pas, parce que vous savez ce qu'est une main. Vous aussi, vous aviez une main en or.

— D'où vous tenez ça ?

— Ça crève les yeux, vous l'avez dit, vous-même.

Personne ne sait, personne n'a jamais su.

— C'est le billard. Le gentleman, comme vous l'appelez, m'a raconté comment il avait bien failli y passer, en recevant votre canne sur la gueule.

— Une queue, on dit.

— J'ai mieux compris votre acharnement. Mais vous ne me ferez pas ça.

D'un coup sec j'éventre un pot de couleur tout neuf. Une nappe bleue et grasse se déverse jusqu'à ses genoux.

— Si j'étais devenu sourd-muet, ou même unijambiste, je n'aurais jamais cherché à me plonger dans une histoire qui ne me regardait pas. Manque de chance pour nous tous, c'est la main qui y est passée. Mettez la vôtre sur la planche.

— Si vous voulez, je n'hésite pas une seconde.

Et il le prouve. Il fait de la place autour de lui, ramène la palette à sa portée et pose son poignet dessus. Tranquille.

— Allez...

Bien joué.

Disons que ça m'a fait du bien de traîner ce hachoir avec moi. C'est tout.

En revanche, il y a bien un truc que je préférerais ne plus traîner avec moi, c'est une escouade de flics et l'imminence d'une condamnation pour meurtre.

— Reprenez-la, elle vous occupera, à Fleury. Téléphonez à Delmas tout de suite, il est tard, c'est vrai, mais il a envie d'en finir autant que moi.

— Mais qui va s'occuper d'Hélène ?

Il a dit ça sans fougue, sans hargne. Sans malice. Oui, c'est vrai, qui va s'occuper d'Hélène...

Pour la première fois depuis ce soir, je sens naître la crainte en lui.

— Delmas ira l'interroger, dit-il, on va chercher à lui expliquer que le jeune Alain, celui qui vient la réconforter tous les vendredis soir, celui-là a fait crever son fils dans un accident de voiture. Elle ne survivra pas longtemps à cette image. Elle ira rejoindre Julien dans la tombe dix minutes après.

— Ça me paraît couru d'avance, je dis. Vous l'aurez tuée en deux temps, à vingt ans d'écart.

Je dis ça exprès. C'est plus violent qu'un coup de hachoir. Un peu à lui de souffrir.

— Sans m'épargner, moi, épargnez-la, elle.

— À savoir ?

— J'ai besoin de temps. Cela fait des années que je veux la sortir de ce trou de banlieue. J'ai peur qu'il lui arrive quelque chose. Et je sais où l'installer, un coin de soleil pour elle et pour son musée. Personne ne saura où elle est. Il me faut juste la convaincre. Pour tout ça, en comptant le déménagement, il me faudrait une semaine.

— Quoi ? Non mais vous êtes cinglé ? Moi aussi j'ai une mère, et elle pense aussi que je suis un assassin.

— Donnez-moi le temps d'aller la trouver. Je veux qu'elle puisse me voir. Je ne peux pas fuir une chose pareille. Juste huit jours...

Il se relève, change de tee-shirt et passe des coups de chiffon sur son jean.

— Vous plaisantez ou quoi ? Vous vous êtes imaginé que j'allais vous laisser trouver une planque aux Seychelles ? Je rêve...

— Qui vous parle de ça ? Je veux juste huit jours pour m'occuper d'elle. Je ne peux pas la laisser derrière moi. Une semaine.

— Pas même deux minutes.

— Je m'en doutais. C'est trop demander, hein ?

*

J'ai attendu qu'il se nettoie au white-spirit. Le hachoir bien en main, j'ai épié le moindre faux mouvement. Il n'a pas prononcé un mot.

Il cogite comme un dément. Le dément qu'il est.

— Et si on les jouait, ces huit jours ?

— Hein... ? Qu'est-ce que vous entendez par « jouer ».

— Les jouer au billard.

— Vous n'êtes pas en position de vous foutre de moi.

— Je n'ai jamais approché une table de billard de ma vie, je n'y connais rien, même pas les règles. Mon seul atout, c'est la main. Vous, vous avez la science, mais pas l'outil. À mon avis, ça s'équilibre bien. Ce serait sûrement la partie la plus laide du monde. Mais pourquoi pas ?

Je n'ai jamais rien entendu d'aussi absurde.

Obscène.

Et pourtant j'arrive à comprendre comment une telle idée a pu germer dans le cerveau de ce demi-fou. Il aime jouer avec le feu, il a dû sentir que j'avais un truc à régler avec le billard. En plus, ça flatte son côté intempestif et détaché. Son cynisme. Il n'a rien à perdre. Sa proposition en devient presque logique. La logique des fous. Et j'ai toujours dit qu'il fallait laisser aux fous leur part de mystère.

— Si l'on fait un bref rapport de force, lequel d'entre nous a une chance ? il demande.

Je ne peux sincèrement pas répondre.

— Vous êtes dingue… C'est comme si je peignais avec les pieds.

— Oh ça, vous seriez surpris, il y en a eu. Il y a même des aveugles qui peignent, je ne plaisante pas.

— Vous croyez ?

— Sûr.

Je turbine tous azimuts.

— En dix points et en jeu direct. Sans bande. Ça sera la partie la plus laide du monde, vous avez raison. Mais je ne sais pas si ça va arranger nos affaires.

— Mais si. Vous allez voir. J'en mettrais ma main à couper…

*

Il a conduit, sans me demander où nous allions. Arrivés rue de l'Étoile j'ai jeté un œil en haut, vers le balcon. J'ai prévenu de notre arrivée, sans rien expliquer. Angelo nous guette. Il m'a fait un signe quand je suis sorti de la voiture. René n'a pas cherché à comprendre quand j'ai dit que je venais jouer. Linnel ne bronche pas. Linnel se fout de tout, pourvu qu'il peigne. Pourvu qu'Hélène puisse couler ses derniers jours tranquilles, sans souiller son souvenir, sans être à nouveau confrontée à l'horreur. Et pourquoi j'accepte sa joute ? Il a juste su réveiller des choses en moi. C'est tout. Oui, ce sera la partie la plus laide du monde, un nul contre un éclopé, chacun son handicap. Un sale compromis. Une misérable équité. Cette laideur me plaît, mon irrespect pour le velours vert va peut-être faire la preuve que désormais il a perdu tout son éclat, que je peux l'écorcher sans scrupules. Si la perfection n'est plus au bout de mes phalanges, autant désacraliser ce qui me reste de regrets. Pour vivre sans fantôme, une bonne fois pour toutes.

Et je veux gagner, c'est le pire. Le reste, c'est de la rigolade.

— Bel endroit, il dit, en pénétrant dans la salle. Y'a comme une petite odeur de solennel voyoutant. Belle organisation de l'espace. Lumière rose sur fond vert.

René a fermé les volets et toutes les portes, même celle d'en bas. Il ne cherche pas à comprendre. Il veut me voir reprendre la flèche en bois, comme Benoît et Angelo. Les boules sont déjà disposées sur la table 2, on donne une queue à Linnel. J'en choisis une dans le râtelier, n'importe quoi fera l'affaire.

— Le principe, c'est de taper une des boules blanches pour qu'elle touche les deux autres. C'est tout.

— Aïe... Les jeux qui s'énoncent en une seule phrase sont toujours redoutables. Il faut combien d'années avant de pouvoir faire un point ? Sans faire d'accroc, j'entends.

— Ça dépend des points, certains prennent dix minutes, d'autres cinq ans. Regardez.

Je me retourne vers Angelo.

— Montre-nous le coup de la bouteille.

— Hé... ? Ma no... ça fé longtemps qué zé né lé pas fait...

— Fais pas ta diva. Montre-lui. Montre-nous.

Je sais qu'il n'en faut pas beaucoup pour le convaincre. Il adore faire ça, surtout quand on le sollicite. Linnel le regarde poser sa canette de bière sur le velours, bien au milieu, et sur le goulot, la boule rouge. Puis il place la blanche pointée sur le tapis, contre la bouteille, et l'autre blanche dans un angle de la table. Il positionne le bout de sa flèche vers le bas, parfaitement perpendiculaire au velours. Une seconde de concentration, et il pique un coup sec dans la pointée. Un coup plombé, pour être précis. L'effet donné à la boule est tellement fort qu'elle tourne sur elle-même et escalade la bouteille en une fraction de seconde, vient déloger la rouge, redescend, et va toucher la troisième, dans l'angle.

Dans ces murs, il n'y a que le rital qui sache faire ça.

Linnel, éberlué, regarde Angelo comme une créature satanique.

— Vous vous foutez de moi, là... Y'a un truc... Vous avez déjà fait venir des physiciens ici ? Il faudrait refaire ça sous contrôle scientifique.

— Ma ché, zé soui pas oune cobaye dé laboratoire !

— Hé, l'artiste, c'est vous qui avez voulu jouer au billard, non ? Rassurez-vous, je ne pourrai plus faire des coups comme ça. On est à force égale. René ! apprends-lui comment on tient la queue...

Pendant que le taulier lui inculque les rudiments de base, je saisis la mienne. Le problème à résoudre, c'est maintenir le procédé à peu près rectiligne. Je passe un peu de talc dans la saignée du bras droit et coince le bois dedans, pas trop fort, pour qu'il puisse aller et venir. Chaque coup m'oblige à m'allonger jusqu'aux hanches sur le tapis. Une position disgracieuse, oppressée, tout le contraire du billard. Les coups sont forcément plus courts, je dois taper plus fort pour rectifier le tir. Je suis écrasé sur le tapis, bancal, mais ça fonctionne. Juste assez pour jouer en direct. Benoît, tout près de moi, détourne les yeux. C'est pas beau, je sais... Il comprend mieux pourquoi j'étais réticent à l'idée de rejouer.

Linnel revient mollement en tenant son engin comme une épée.

— Avant de jouer j'aimerais bien prendre quelques précautions, pour les jours à venir. Soyons clairs, vous allez me signer un papier devant témoins, mes copains le garderont au chaud pendant exactement huit jours. Si je gagne la partie vous vous constituez prisonnier un quart d'heure après. Mes potes et moi on vous accompagnera, soyez tranquille, pour éviter les entourloupes. Si je perds, je file chez Delmas et je la boucle pendant une semaine, le temps que vous installiez la vieille. Je ne vous conseille pas d'être en retard.

— De toute façon je ne resterai pas longtemps en taule.

— Ah bon ? Tous ceux qui disent ça écopent généralement de cinq ans de rab.

— Moi c'est pas pareil. Regardez ce qui est arrivé au Douanier Rousseau. Un vrai naïf, le Douanier. En 1900... 1907, quelque part par là, il fait confiance à un escroc, ce qui lui vaut directement la cabane. Fier de son talent et de sa peinture il tient absolument à montrer ses toiles à ses geôliers et au directeur de la prison. Et on l'a immédiatement relaxé comme irresponsable.

— Non ?

— Si.

— Je vous le souhaite. En tant qu'irresponsable vous avez vos chances. Une partie en dix points, pas plus. À chaque point on a le droit de rejouer. N'oubliez pas l'enjeu. Commencez.

René s'approche, Angelo reste près du tableau d'affichage, craie en main. Benoît ne se décide toujours pas à regarder et fuit doucement vers le balcon. Linnel tremble un peu et avoue qu'il est totalement perdu.

— Fléchissez un peu les jambes, il faut que le poids du corps se répartisse sur les deux, lui lance René.

Il tape une fausse queue, d'entrée, la flèche dérape sur la boule et finit sa course sur le velours, à un centimètre de l'accroc. Et moi, arc-bouté vers les billes, je fais pratiquement la même chose.

— Vous croyez qu'il est utile de continuer ? me demande Linnel.

— Plus que jamais.

Un quart d'heure plus tard, aucune amélioration visible. Nous en sommes toujours 0 à 0. Je ressemble à ces vieillards qui essaient de marcher comme avant. Brusquement, Linnel, après avoir réfléchi un bon moment, joue son coup. Un coup facile, soit, les deux billes à toucher sont presque collées. La sienne part tant bien que mal mais va effleurer les autres, tout doucement. Un point simple mais qui a l'avantage d'être le premier. Il laisse échapper un petit cri, et rate le second, encore plus facile. René s'approche un peu plus et cherche mon regard. Au loin, dans le noir, Benoît tourne la tête vers nous. Angelo inscrit le chiffre un dans la colonne de Linnel. J'en marque un autre, juste derrière.

3 à 6 pour moi. Linnel me rattrape, il prend de plus en plus d'assurance mais je vois bien ce qui pèche dans ses coups. Il tape pleine boule et vraiment trop fort.

— Celui-là, vous n'y arriverez pas en frappant comme un sourd. Effleurez juste la rouge et la vôtre ira toute seule.

Angelo ne tient plus en place et René s'agenouille, la tête à ras du velours. Jamais je ne les ai vus aussi nerveux.

Linnel me demande.

— Vous irez voir Hélène, là-bas, dans sa campagne ?

— Jouez...

7 pour lui.

— Cette fois vous mettez un tout petit peu d'effet sur le côté gauche, la bille va prendre la bande et va toucher la rouge à droite. Ne vous occupez de rien d'autre.

Il respecte à la lettre mes indications. Sa boule vient mourir sur la rouge. Il ferme les yeux. C'est comme si je rejouais, moi, pour la première fois. Les autres, habitués à des parties de maîtres, trouvent ça magnifique. La partie folle devient une ode au surpassement. L'éclopé qui lutte, le profane qui découvre.

— Allez, un deuxième, à chaud, il est pas dur.

Je lui montre comment s'y prendre. Sa main détient toutes les promesses. Benoît, subjugué, nous épie, de loin.

Linnel essaie d'imiter ma position du mieux qu'il peut. Il se met à ressembler à son portrait ferrailleux de 62.

Le point est fait.

Il hurle de joie.

— Dites, Linnel. Dites-moi qui est vraiment ce gentleman. Et si j'ai la chance de le revoir un jour.

Il est ailleurs, dans d'autres sphères.

— Personne ne sait qui il est vraiment. Delarge n'aurait pu vous renseigner non plus. Il servait de faussaire, à l'occasion, mais je crois qu'il avait d'autres ambitions. Un jour, il a été forcé de choisir l'ombre, l'anonymat, le faux. Tout ce que lui offrait Edgar. La seule chose que j'ai réussi à savoir, c'est qu'il a « Les Demoiselles d'Avignon » tatoué sur le haut de l'épaule gauche. Dites, où est-ce que je mets l'effet, ce coup-ci ?

— Faites comme vous le sentez.

Une reproduction de Picasso sur l'épaule...

Je ne pense pas qu'il échappe à Delmas une seconde fois. C'est pas un interrogatoire qu'il va lui faire subir, au gentleman. C'est une expertise.

8 partout.

Sa boule part, droit vers son objectif.

Nous sommes tous là, hypnotisés.

Je ferme les yeux pour mieux entendre la collision.

8

J'ai cessé d'écouter, un instant, la musique du ressac.

L'océan m'a ramené à la vie après sept jours de taule. La vieille Hélène est à l'abri, désormais. Linnel a été ponctuel. En attendant le 3 septembre à neuf heures pour la suite de l'instruction, on m'a accordé quelques semaines d'oubli, entre le bleu outremer et le bleu azur. Mais la chaise longue n'a pas tardé à me jouer sur les nerfs. Avant l'arrivée de la belle saison je me suis baigné une fois ou deux, entièrement seul. Préoccupé. Et pourtant serein. Presque. J'ai vite ressenti une certaine inquiétude à la perspective de toutes ces lentes journées à venir. Mais c'est aussi pour ça que j'aime Biarritz.

J'occupe la chambre du haut. La véranda s'est subtilement transformée au fil des semaines. Elle est devenue une sorte de no man's land que même mon père n'ose pas franchir.

— Tu viens le boire ce thé, oui ou non...

— J'arrive ! dis-je, sans la moindre intention de le faire.

J'ai mis trop de temps à me concentrer sur ce truc. Et juste maintenant, après une bonne heure d'atermoiements, je sens quelque chose venir. Pas du drame, non, juste une petite porte qui vient de s'ouvrir, dans le coin droit de la toile. Quelques traînées de lavis qui m'ont suggéré une organisation. Je ne dois pas la rater. Ma main gauche s'y applique du mieux qu'elle peut. Patiente, elle aussi. Je la sens de tout cœur avec moi. Ma partenaire.

J'ai tellement de temps. J'ai tellement envie de couleurs claires et de gestes doux. Et peut-être, un jour, d'habileté. Qui sait ?

— Héo, ta période verte elle peut attendre encore un quart d'heure, le thé va refroidir.

Il a envie de causer, le père. Mes barbouillages l'intriguent. Il n'a pas bronché quand j'ai réquisitionné un bout de véranda pour entreposer une toile, puis deux, puis un broc d'eau et une bâche, et deux pinceaux, puis trois. Il ne vient jamais me déranger. J'aime pas l'inabouti, il dit. Ils sont contents de savoir, les parents, que je ressemble encore à celui qu'ils ont connu naguère. Mais ils ont quand même gardé les coupures de journaux.

Le vieux s'approche de la toile sans même chercher à jeter un regard dérobé sur les coulures transparentes qui bavent de mon pinceau.

Lavis. Lavis. Lavis...

Il pose la tasse et s'éloigne. De retour sur sa chaise longue il me demande :

— Tu fais quoi ? Tu cherches ? Tu t'amuses ? T'es sérieux ?

— Oui, je m'amuse. Oui, je cherche. Non, je ne suis pas sérieux. C'est pas créatif, c'est pas artistique, c'est pas symbolique, c'est pas chargé de sens, c'est pas compliqué, c'est pas spécialement beau ni spécialement nouveau.

Il ne semble pas convaincu.

— Ouais... N'empêche que tu peins quand même.

Oui. Peut-être. En tout cas, ce qui est sûr, c'est que je ne lui montrerai jamais ce qui est sous mes yeux, là, à cet instant précis.

Je l'entends rigoler, pas loin.

— À ton avis, papa, c'est de quelle couleur, le doute ?

— Blanc.

— Et le remords ?

— Jaune.

— Et le regret ?

— Gris, avec une nuance de bleu.

— Et le silence ?

— Va savoir...

LA COMMEDIA DES RATÉS

À Cesare et Elena
Giovanni
Clara
Anna
Iolanda
et tutti quanti

Les Italiens ne voyagent pas.
Ils émigrent.

PAOLO CONTE

— Tu viens dimanche à manger ?

— Peux pas... J'ai du boulot.

— Même le dimanche... ? Porca miseria !

J'aime pas quand il s'énerve, le patriarche. Mais j'aime encore moins venir le dimanche. C'est le jour où la banlieue fait semblant de revivre, à la sortie de l'église et au P.M.U. Les deux étapes que j'essaie d'éviter, quitte à faire un détour, pour ne pas avoir à tendre une main gênée à des gens qui m'ont connu tout petit, et qui se demandent comment je m'en sors dans la vie, désormais. Les ritals sont curieux du devenir des autres.

— J'essaie de venir dimanche...

Le père hoche la tête pour signifier qu'après tout il s'en fout. Il doit partir en cure bientôt pour soigner sa jambe, pendant un bon mois, comme chaque été. Il aimerait bien que je passe avant son départ. Comme n'importe quel père.

La mère ne dit rien, comme d'habitude. Mais je sais qu'à peine aurai-je franchi le seuil de la baraque, elle ne pourra s'empêcher de me lancer, tout haut, dans la rue :

— Mets du chauffage si t'as froid, chez toi.

— Oui m'ma.

— Et va pas trop au restaurant, à Paris. Et si t'as du linge, tu l'emmènes la prochaine fois.

— Oui, m'ma.

— Et fais attention le soir dans le métro.

— Oui...

— Et puis...

Et puis je n'écoute plus, je suis hors de portée. Le chien des Pianeta m'aboie dessus. Je m'engage dans la petite côte qui mène au bus, et le bus au métro, et le métro chez moi.

À Paris.

En haut, au premier pavillon de la rue, j'entends un son aigre qui me rappelle des choses avec plus de force qu'une odeur qui vous saisit à l'improviste.

— Tu me passes à côté comme l'étranger, Antonio...

À l'odeur, je n'aurais pas pu le reconnaître, il sent désormais le délicat parfum d'un after-shave de grande classe. Ça fait drôle de le voir là, plus raide que le réverbère auquel il s'adosse, celui qu'on essayait de dégommer à coups de cailloux, le jeudi, après le catéchisme.

— Dario... ? j'ai demandé, comme si j'en espérais un autre.

Avec les années il a gardé sa belle gueule d'ange amoureux. Il a même embelli. J'ai l'impression qu'il s'est fait remettre les dents qui lui manquaient déjà à dix-huit ans.

— Ta mère elle m'a dit que tu viens manger des fois.

On ne se serre pas la main. Je ne sais plus si sa mère est morte ou non. De qui pourrais-je bien lui demander des nouvelles ? De lui, pourquoi pas. Alors, Dario ? Toujours aussi... aussi... rital ? Que lui demander d'autre...

De la bande de mômes que nous formions à l'époque, il était, lui, Dario Trengoni, le seul à avoir vu le jour là-bas, entre Rome et Naples. Ni les deux derniers frères Franchini, ni le fils Cuzzo ni même moi ne pouvions en dire autant. Mes parents m'ont conçu en italien, mais dans un autre Sud, celui de Paris. Et trente ans plus tard, ils n'ont toujours pas appris la langue. Dario Trengoni non plus d'ailleurs, mais lui, il l'a fait exprès. La commune de Vitry-sur-Seine avait bien cherché à l'intégrer, notre Dario : l'école, les allocs, la carte de séjour, la sécu, tout. Mais lui, c'est la France entière qu'il refusait d'intégrer. Il a préféré cultiver tout ce que je voulais fuir, il a réussi à faire de lui-même cette caricature de rital, ce vitellone d'exportation comme on ne peut même plus en trouver là-bas. Sa vieille déracinée de mère s'était beaucoup mieux acclimatée que lui à notre terre d'asile.

— À Paris tu vis ?

Je ne sais pas quoi répondre, je vis à Paris, ou à Paris, je vis. Les deux sont vrais.

Silence. Je fournis si peu d'effort que c'en est presque pénible. Il fait comme si nous vivions un bon moment, un bon moment de retrouvailles.

— Tu te rappelles Osvaldo ?

— Ouais... Il est... Il est marié ?

— Il faisait l'Américain, là-bas, à la Californie, tu sais... Et il est retourné ici, je l'ai vu, et il est plus pauvre que nous ! Il se construit la maison, ici... Il a toujours eu les idées petites...

La fuite me tarde déjà. Je ne peux pas partir comme ça, il est planté là depuis longtemps, c'est sûr. Cette rencontre de coin de trottoir n'est pas vraiment due au hasard. À l'époque il pouvait attendre des matinées entières que l'un de nous sorte pour acheter une baguette, et nous, on savait où le trouver si on s'emmerdait plus que d'habitude. Il servait de copain de rattrapage au cas où les autres étaient occupés ou punis. Osvaldo, par exemple, celui qui avait honte de s'appeler Osvaldo. Et ça lui fait plaisir, à Dario, qu'un ancien copain de quartier ne s'en sorte pas. Et ça m'énerve, moi, que les anciens copains de quartier s'épient les petits bouts de destin.

Dario, il fait froid, j'en ai marre d'être planté là, dans le vent, en proie à des souvenirs que j'ai tôt fait d'oublier, à portée de bus, le sixième, au moins, je les ai comptés. Tu vaux mieux qu'Osvaldo, toi ? Tu fais toujours autant marrer le quartier, avec ta chemise ouverte sur la croix et la cornette rouge ? Tu as trouvé de quoi te les offrir, les costards Cerruti et les pompes Gucci dont tu as toujours rêvé ? Tu t'agenouilles toujours avec autant de facilité quand une fille passe dans la rue ? Tu as toujours la chansonnette facile ? T'as toujours la foi en ton dieu Travolta ?

Dario Trengoni a laissé tomber ses rêves de crooner, moi j'ai laissé tomber le quartier, et on se retrouve là, près du réverbère où l'on gravait des cœurs aux initiales des voisines. Les Françaises. Sous la peinture noire apparaissait l'antirouille. Un rouge sale. Des cœurs rouge sale.

Il me sert une nouvelle anecdote, mais celle-là, je crois qu'il l'invente. Si Dario ne parle pas bien le français, on ne peut pas dire qu'il maîtrise mieux l'italien. À l'époque il s'exprimait dans une sorte de langage étrange que seuls les gosses du quartier pouvaient comprendre. Le corps de la phrase en patois romain, deux adjectifs d'argot de banlieue rouge, des apostrophes portugaises et des virgules arabes, piquées dans les cités, un zeste de verlan, et des mots à nous, inventés ou chopés à la télé et dans les bandes dessinées. À l'époque ça me donnait l'impression d'un code secret aux résonances cabalistiques. Et j'aimais cette possibilité de nous isoler en pleine cour de récré. Aujourd'hui il ne lui reste que le pur dialecte du pays, mâtiné d'un français de plus en plus dépouillé. Le dialecte, c'est le Ciociaro, celui de la grande banlieue romaine. Celui des films de De Sica. Moi j'ai tout oublié, je ne parle plus cette langue, je n'aime pas les langues qui étirent la romance.

Quand je pense que nos pères ont parcouru 1 500 kilomètres, de banlieue à banlieue...

— Ça m'a fait plaisir de te voir, Dario... Faut que je rentre...

— Ashpet' o ! Tu peux ashpetta un peu, pourquoi je dois te parler...

En italien pour dire *pourquoi* et *parce que*, on emploie le même mot. Si Dario utilise parfois la bonne grammaire, c'est toujours avec la mauvaise langue.

— Pourquoi toi, Anto', t'as fait gli studi, et moi j'ai pas fait gli studi, et toi t'es allé dans les grandes écoles, à Paris. T'es intelligento...

Mauvais pour moi, ça. Si Dario Trengoni tient à me dire que je suis intelligent, c'est qu'il me prend pour un con. Ce qu'il appelle « les grandes écoles » c'est deux années de fac poussives qui m'ont précipité sur le marché du travail, comme ça, en traître. Mais ma mère s'en était vantée dans le quartier.

— Anto', tu dois me faire une belle lettre, bien propre.

— Pour qui ?

— Pour l'Italie.

— T'as encore quelqu'un, là-bas ?

— Un paio d'amici.

— Tu le parles mieux que moi, l'italien, moi j'ai oublié, et puis, ils parlent le patois tes amis, et va écrire le patois, tiens... Demande à mon père, il est capable, et ça l'occupera, il s'emmerde, le vieux, ça va l'amuser.

— Pas possible. J'ai le respect pour lo Cesare, il est tranquille, je veux pas lui donner à penser, et pis... J' t'attends depuis neuf jours que tu passes. Neuf jours. T'es l'unique à qui je peux demander. L'unico.

Irrésistible accent de vérité. Je n'apprécie pas beaucoup. Je veux bien être l'unique de quelqu'un mais pas d'un type dont je ne croise plus la route. S'il a attendu neuf jours, ça peut vouloir dire que je suis cet être rare. Ça peut vouloir dire aussi qu'il n'y a pas l'ombre d'une urgence.

— Elle doit dire quoi, cette lettre ?

— Le bloc et l'enveloppe je les ai, on va acheter le timbre au tabac, si tu veux je te paye l'heure.

— Elle doit dire quoi, cette lettre ?

— In mezzo alla strada ?

Au milieu de la rue ? Oui, après tout, c'est vrai qu'on est au milieu de la rue, la rue qui mène au bus, mais qui passe devant le tabac, et je ne rentrerai plus jamais dans ce tabac toute ma vie durant. Je sais que Dario y va encore.

— Où on va ? je demande.

— Pas chez moi, pas al tabaccho, trop de gens. Je prends le bus avec toi, à Paris.

— Non.

— No ?

— Je reviens dimanche.

— Trop tard. La lettre, on la fait juste maintenant, ta mère elle dit que des fois elle fait les tagliatelles et tu viens même pas. Alors moi je sais, on va à *casa 'l diavolo*.

Longtemps que je n'avais pas entendu ça. À la maison du diable. C'est l'expression qu'employaient nos mères pour dire, tout simplement : au diable, au bout du monde... Mais les Italiens mettent des maisons partout, même en enfer. Un vrai terrain vague, comme on n'en trouve qu'ici, une aire en friche et boueuse derrière l'usine de bateaux. Un bon petit carré de jungle qui servait et sert encore de cimetière pour coques de hors-bord. Le bonheur de Tarzan et du Capitaine Flint. Deux cerisiers. Un lilas. Une odeur de résine qui persiste autour des épaves.

— Je vais me salir, dis-je, en passant sous le grillage.

Dario n'entend pas, il veille à ce que personne ne nous voie entrer, mais pas comme avant, il n'a plus cette tête d'espion trop vite repéré.

Je n'arrive pas à voir si tout a changé. Les terrains vagues ne sont sûrement plus ce qu'ils étaient. Dario grimpe dans la coque d'un huit-mètres, et je le suis.

— Ici, on peut s'appuyer.

Il sort un bloc de papier et un stylo à bille bleu.

Dario ne pense pas à la quantité de résine qu'il a fallu pour lui donner une forme, à ce moule de huit mètres. Il a oublié que son père est mort d'avoir inhalé quinze ans d'effluves de cette merde qui bouffe les poumons. Mon père avait refusé d'emblée, il préférait les emballer dans des sacs de paille, les bateaux. Peut-être que ça lui rappelait les moissons. Maintenant les syndicats ont imposé les masques à gaz. À l'époque on faisait boire du lait aux ouvriers à raison d'un berlingot par jour. Il en a bu des piscines entières, le père Trengoni, pour lutter contre les vapeurs toxiques.

J'avais oublié ça.

Dario s'installe dans le recoin où nous imaginions la barre et la radio. Et moi vers le côté le moins attaqué par la mousse. Bâbord.

— C'est long ce que tu dois dire ?

— Un peu quand même... T'es bien installé ? Tu mets en haut à gauche... Non... Un peu plus haut... Tu mets trop de vide, un peu moins... Voilà... Tu fais une belle boucle... Chère Madame Raphaëlle, en haut, avec un beau R.

— En français ?

— Oui.

— Et tu m'as dit que c'était pour des amis de là-bas.

— Bah, c'est pour une femme, une femme qu'est une amie, dit-il, l'air gêné comme un môme, un vrai.

Je renonce, pour l'instant, à comprendre. Pourquoi chercher, d'ailleurs. Comment refuser une lettre d'amour à un analphabète ? Mon père ne lui aurait effectivement été d'aucun secours. Si c'est vraiment une lettre d'amour, neuf jours, c'est sûrement trop long. Il est même fort possible que je sois le seul, l'unique individu autour de Dario qui sache à peu près où mettre des points de suspension dans une lettre d'amour à une Française.

— Là, il faut lui dire que je dis pas toujours la bugìa... la bugìa... ?

— Le mensonge.

— C'est ça... Dis-lui que des fois j'ai dit le vrai, spécialement à la fin. Au début, on s'est pas rencontrés par fortune, je savais bien qu'elle venait dans le club des fois toute seule. Allez, marque...

Tu ne te rends pas compte de ce que tu me demandes, Dario. Écrire sans comprendre, sans que tu ne me racontes l'histoire, ni son début ni sa fin.

— Allez, marque... mais écris bien, avec un peu de... un poco di cuore, andiamo, va...

Je commence à griffonner, l'encre bleue vient tout juste d'humecter la pointe du stylo.

— «*Chère Madame Raphaëlle, je n'ai pas toujours été un menteur. Notre première rencontre n'était pas due au hasard.* » Ça te va ?

Il scrute le plus petit délié comme s'il avait peur de la trahison. Traduttore Traditore.

— Bene, bene, andiamo, c'est pas la peine pour le club. Mets que je lui dis merci pour le billet et l'argent pour l'Amérique, et pour tout le reste.

— T'es allé aux États-Unis, toi ?

Il baisse les yeux vers un pneu de remorque.

— Une fois, c'est tout.

— T'y as travaillé ?

— Marque !

Je reprends, presque mot à mot, le corps de sa phrase sans oublier ses zones floues, mais ma version semble le satisfaire.

— Après tu marques que je vais rembourser le plus que je peux, si j'ai quand même le temps.

— Tu veux dire, si tu « trouves » le temps, ou si on t'en « laisse » le temps ?

— C'est pas pareil ?

— Ben non.

— Alors mets que je fais le plus vite possible, mais peut-être que les autres vont aller plus vite que moi, marque... Elle comprendra a menta sua, dans sa tête à elle...

Quelques ratures.

— T'en fais pas, je recopie après...

Il sent que je peine. Je commence de mieux en mieux à réaliser que j'étais bien l'unique.

— Dis-lui que c'est pas fini. Il faut croire aux miracoli et que il miracolo... si svolgera...

Le miracle se produira...

Lyrisme de chansonnette. Ridicule. Il a pêché ça dans une chanson de Gianni Morandi, ou un truc comme ça, je me souviens même de l'air.

— C'est presque fini, Anto'. Maintenant tu mets le plus important. Fais-lui comprendre que la mia strada è lunga, proprio lunga... Et qu'elle et moi on se retrouvera a qualche parte della strada.

Là, j'ai réfléchi une seconde. Et j'ai recapuchonné le stylo. *Ma rue est longue et on s'y retrouvera bien quelque part...* Je refuse d'écrire un truc pareil. Il y a des limites. J'ai bien peur qu'il ait mis la main sur une métaphore à faire perler un stylo à bille. Mais cette fois dans une mélopée à la Celentano.

— Qu'est-ce que tu veux dire, au juste ? Que la « route » est longue... comme si tu voulais dire, je sais pas... le chemin de la vie, ou un truc comme ça... ?

Il me dévisage.

— Ma sei pazzo... ? T'es fou, Antonio ! Moi je te parle de la rue, la nôtre, la rue où t'es né, celle-là derrière, là où ils habitent tes parents et ma mère, la rue Anselme-Rondenay à Vitry-sur-Seine. C'est celle-là qu'il faut mettre dans la lettre !

— T'énerve pas ou j'arrête. Et pourquoi tu veux dire qu'elle est longue, on voit bien que t'en es jamais sorti. T'es sûr d'être allé aux États-Unis ?

— Mets ce que je dis, notre rue, c'est presque la plus longue du monde, va... Et toi, Anto', t'es le seul du quartier qu'a pas compris ça, c'est pour ça que t'es parti à Parigi. Allez, marque ça...

Muet, brouillon, paumé, je suis. La plume ne se décide pas à écrire la plus simple de toutes les phrases qui dérivent sur la blancheur du papier. Qu'est-ce qu'elle va y lire, cette Mme Raphaëlle ? Quatre petits mots que je ne sais pas comment prendre.

Et j'essaie de me persuader que le message que tous les poètes du monde ont essayé de crier sur des milliers de pages, au fil des siècles, cette sagesse ultime et désespérée, il faut que ce soit un abruti de petit rital inculte qui veuille le faire tenir en quatre misérables mots.

Ma rue est longue.

*

Je lui ai tendu la lettre, il l'a recopiée en s'appliquant comme un gosse, bien nette, comme il la voulait, et il me l'a prise des mains sans un merci. Ensuite il l'a cachetée sous une enveloppe où il a noté une adresse en se détournant le plus possible de moi. À tribord toute.

— Vas-y, Anto', prends-le, le bus. Et ne parle de ça à personne, jure-le sur la tête de ta mère.

J'ai sauté à pieds joints dans la baille où flottaient des parpaings recouverts de chiendent. Dario attendait que je m'éloigne avant de retrouver la rue.

— T'as fait des conneries, Dario ?

D'en bas je ne voyais plus que sa main, agrippant le bastingage.

— Réponds-moi, t'as fait des conneries ?

Je suis sorti de la jungle sans attendre la réponse qu'il ne me donnerait pas, et j'ai retrouvé la rue Anselme-Rondenay.

En haut de la butte je l'ai reconsidérée, en perspective. Deux cents, deux cent cinquante mètres, à tout casser. Une petite trentaine de pavillons gentiment manufacturés à l'italienne, avec moulte patience et briques de chantiers nocturnes. Cette rue, je suis né dedans. Que je le veuille ou non, j'y suis forcément inclus.

Je ne reviendrai pas dimanche.

Dario Trengoni n'a plus du tout intérêt à me demander quoi que ce soit.

Je rentre chez moi.

À Paris. Et la route est longue.

Perché sur mon balcon, je fouillais le paysage en essayant de discerner la flèche de Notre-Dame au travers des antennes. Quand j'ai emménagé, l'ancien locataire m'avait assuré l'avoir vue, par temps dégagé, sur les coups de dix heures du matin. J'habite en vis-à-vis des Salons Laroche, un endroit festif qu'on loue pour y faire des soirées à tout casser, à commencer par les oreilles des voisins, et je suis le seul riverain à ne pas m'en plaindre. J'allais grimper sur un tabouret quand une femme de ménage sur la terrasse d'en face, traînant dans une poubelle les reliefs de la nuit, a essayé de m'en dissuader.

— Ça serait idiot, à votre âge. Pensez qu'on va vers l'été.

Dans un bruissement de paillasson j'ai compris que j'avais du courrier et j'ai attendu un moment que la concierge s'éloigne. Le téléphone a sonné à l'instant où j'ouvrais la porte. Mais j'ai eu le temps de voir cette chose inerte, si blanche et si noire, qui m'a griffé les yeux au moment où j'allais y tendre la main.

La sonnerie insiste.

À l'autre bout, la voix d'une de mes sœurs, je l'ai appelée Clara mais il s'agissait de Yolande. Mon père aurait dit Anna. Une chance sur trois, mais on perd toujours.

— Antoine... Tu sais quoi ?

— Quelqu'un est mort.

— Tu sais déjà... ?

Je lui ai demandé de patienter un moment. Mon cœur s'est emballé et je suis retourné prendre la chose au liseré noir. Il y avait un mort dedans, il me suffisait d'ouvrir l'enveloppe pour y débusquer son nom. Je me suis demandé s'il valait mieux le lire ou se l'entendre dire. J'ai hésité, une seconde, avec le téléphone dans une main et le faire-part dans l'autre. Le lire ou se l'entendre dire ? L'un et l'autre me donneraient la nausée, sans trop savoir pourquoi.

En fait, non, je sais bien pourquoi. C'est parce que le défunt et moi, on est déjà morts mille fois sur des champs de bataille, on s'est donné le coup de grâce chaque fois que la cavalerie n'arrivait pas à temps, on s'est provoqués en duel, à dix pas, face à face, et chacun son tour. On se figeait net, trois secondes, le visage déchiré d'une grimace, avant de s'écrouler à terre.

Et dire qu'on allait vers l'été.

— C'est Trengoni, j'ai dit, vers le combiné.

— J'ai vu sa mère hier, en passant chez les parents. Tu vas y aller, à l'enterrement ? Elle aimerait bien que tu sois là, la mère Trengoni.

— Pourquoi ?

— ... Comment pourquoi ? T'es un peu salaud de demander ça... T'étais son pote, non ?

Ensuite elle m'a dit comment Dario était mort. Mais je n'ai pas voulu y croire. Ce n'est pas comme ça que meurent les amis d'enfance.

*

Des mères, en pagaille. La sienne, pas loin du trou et du prêtre, et la mienne, à bonne distance dans la hiérarchie des douleurs, et toutes les autres, avec ou sans leurs rejetons, des garçons, pour la plupart. J'ai l'impression de relire le faire-part : *Monsieur et Madame cosi, cosa, coso, cosello, cosieri, cosatello, et leurs enfants...*

Pratiquement tout le monde, sauf mon père, à cause de sa patte folle. La mère Trengoni n'a pas fini de le visiter, ce cimetière, avec un mari, et désormais, son fils unique. Elle doit se demander si ce départ en France était une bonne opération. Telle qu'on la connaît, elle ne trouvera plus jamais l'occasion d'y retourner, au village, pour ne pas les laisser seuls, ses deux hommes.

Mes sœurs ne sont pas venues, ni mon frère, personne ne le connaissait vraiment, Dario. Juste une figure folklorique du quartier. Ils ont tous pensé que j'étais le seul d'entre nous à avoir une place légitime dans le cortège. Avec Dario, en sortant de l'école, on se cachait pour rire comme des bossus en voyant passer des cercueils vers le cimetière du Progrès. Parce que situé dans la rue du Progrès, derrière la cité de H.L.M. Du même nom.

J'ai un grand-père dans la division voisine. Pour me soustraire à ce bloc de silence je cherche des yeux sa croix en fer forgé que mon père avait ramenée de l'usine. Celle de Dario est toute simple, juste son nom et ses dates. Dans l'attroupement j'essaie de repérer toutes les têtes que je ne connais pas, et j'en trouve quatre ou cinq. Quelques nuages arrivent par le nord. Manquerait plus qu'il pleuve, en plein été.

Le prêtre va bientôt cesser de nous sermonner. Arrive le moment le plus redouté, le défilé devant la mère, où les plus peinés la prendront sur leur cœur, et les plus inspirés se fendront d'une petite phrase où il est question d'ici-bas, de là-haut, et bien sûr de là-bas, une vraie connerie bien sentie qui ne réconfortera personne, mais rares sont les occasions, dans le coin, de faire un peu de métaphysique. Certains s'emparent du goupillon, mais ce sont les autres qui m'intéressent, ceux qui restent en retrait, ceux qui n'osent pas et qui pourtant sont venus jusque dans ce cimetière du Progrès, perdu au fin fond d'une banlieue rouge. J'y vais ou j'y vais pas, au goupillon ? Il y a bien cette femme dont le visage est caché par un voile, tout près, sur ma gauche. Elle renifle bruyamment, sûrement trop, je déteste ce genre de démonstrations méridionales. Pour pleurer avec autant de cœur, on en a certainement le droit. Je sens déjà chez elle toute l'étoffe d'une mater dolorosa. Pourtant je ne vois presque rien d'elle, ni ses yeux ni ses jambes, et une intuition me dit que cette femme ne pleure pas en italien mais en bon français. Avec ses paumes devant sa bouche on ne sait pas si elle pleure ou si elle prie.

Dario ? Dario ? C'est qui, cette nana ? Ne me dis pas que tu avais réussi à agripper une Française pour clôturer ta carrière de latin lover de sous-préfecture ? T'as entendu le curé parler de toi ? Ça te semble juste, quand il parle de ta gaieté et du souvenir que tu laisseras en nous ? Tu veux que je t'en fasse une, moi, d'oraison funèbre ? T'étais rien de plus qu'un beau gosse qui attendait que le monde s'en aperçoive, t'étais trop feignant pour devenir un voyou, trop fier pour malaxer de la pâte à pizza. Ce que tu avais de bien à toi ? Pas grand-chose, à part tes idées lumineuses pour tenter de *cavarsela* comme tu disais, se faire une place au soleil, faire son trou. Mais sans creuser. D'autres s'en sont occupés, aujourd'hui, du trou, et t'auras au moins réussi ce coup-là. Le curé qui prononce toutes ces belles paroles ne soupçonne pas qu'il a été ta première victime, t'avais pas dix ans. Les faux billets de tombola de sa kermesse. Tout ce fric, tu l'avais joué au tiercé. Et qui se souvient de ton passage au radio-crochet de la Fête des Lilas ? T'avais fini deuxième, après un groupe de rock du plateau. T'avais chanté, la main sur le cœur, un vieux truc de Bobby Solo : *Una lacrima sul viso*... Mon père y était allé aussi de sa petite larme, tellement il riait. Et toi, la reine d'un jour, t'as pensé que ça y était. Voilà ce que tu laisseras dans nos mémoires, une succession de combines invraisemblables dont le seul mérite est de ne jamais t'avoir coûté la taule.

C'était pas une raison pour te retrouver étendu là-dedans si vite. Je n'ai parlé de ta lettre à personne, mais je n'ai pas réussi à l'oublier entièrement. On dit que tu es mort d'une balle dans la tête, qu'on t'a retrouvé sur les quais de la Seine, à la limite d'Ivry. Tu crois que ça m'a surpris ? Je me refuse à admettre que tu n'as pas fait une grosse connerie, après toutes celles que tu m'as fait écrire. Je ne peux pas m'empêcher de penser que tu la méritais peut-être, cette balle, comme tu as mérité toutes les raclées que t'as reçues étant môme. C'était quoi, cette somme à rembourser « si on t'en laisse le temps » ? La promesse d'une culbute qui t'aurait fait devenir adulte ?

Et celle-là, sur ma gauche ? Elle pleure comme une fille qui s'appellerait Raphaëlle. Elle a trouvé en elle toutes les larmes que je n'ai pas su chercher. On ne mesure pas le chagrin à la même aune. Et la mienne n'est pas si grande.

Mais je ne suis pas le seul. Deux types postés à une dizaine de mètres de nous, l'un en bras de chemise et l'autre en blouson, assistent aux adieux, adossés à des platanes. Quelque chose me dit que ces gars-là ne vibrent d'aucun chagrin. Combien sommes-nous dans le même cas ? J'ai évité le goupillon de justesse mais j'ai embrassé la mère Trengoni. C'est pas que j'en avais vraiment envie mais j'ai le même âge que son gisant, et avec ma gueule de petit brun aux yeux noirs, je me suis dit qu'elle voulait peut-être sécher ses joues sur les miennes, un instant.

Quand elle m'a étreint si fort, je me suis senti prisonnier de sa douleur.

*

L'après-midi fut terriblement long. Ma mère m'a donné l'ordre formel de rester dans le quartier aussi longtemps qu'il le faudrait, sans pour autant me donner une raison valable. Mon père, moins vindicatif, m'a tout de même demandé de faire un effort. J'ai senti que c'était sérieux quand il a abandonné le dialecte pour un italien clair et pur, un toscan qu'il n'emploie que pour parler grave. Comme s'il abandonnait son parler paysan pour devenir un monsieur, un *signore*, bref, quelqu'un de crédible. Dans ces moments-là, rien ne m'inquiète plus que son passé simple, et sa troisième personne de politesse me cloue de trouille. La mère nous a servi un expresso à frôler la tachycardie, et il m'a expliqué ce qu'on attendait de moi.

On ne laissera pas la mère Trengoni souffrir en paix. La police ne sait pas trop comment procéder, avec une vieille femme brisée qui ne parle qu'un jargon déjà incompréhensible pour les « étrangers » vivant à un jet de pierre de son village natal. Ils n'ont pas encore réussi à l'interroger depuis qu'on a découvert le corps, à chaque fois ils provoquent une tragédie antique et se retrouvent trempés de larmes. J'ai tenté d'imaginer la tête de deux flics aux prises avec une grosse dame qui pleure dans une langue inconnue et qui refuse l'idée d'une balle dans la tête de son fils unique. Ils ont besoin d'un interprète qui aurait, du même coup, bien connu le défunt. L'interlocuteur idéal, quoi... Elle n'a pu citer qu'un seul nom.

Dario m'avait demandé de la version, désormais les flics veulent du thème, et moi je ne sais plus comment me défaire de cette langue que j'ai longtemps cherché à oublier. Personne ne se doute à quel point il m'est pénible de jongler avec les nuances chaloupées d'une langue qui ne m'inspire plus vraiment de respect. La version, passe encore, mais le thème... Je peux transformer *E così sia* en *Ainsi soit-il*, mais l'inverse me demande des heures. Et si je me méfie autant du thème c'est parce que j'ai déjà connu ce calvaire, poussé à son extrême, au centre de cancérologie Gustave-Roussy. En passant voir un ami je m'étais arrêté une seconde devant cette pancarte qui demandait des bénévoles bilingues français-italien, pour les 40 % de malades débarqués de tous les coins de la péninsule. Les ritals font plus confiance à leurs garagistes qu'à leurs médecins. Naïf, je m'étais dit que je pouvais être utile, au hasard de mes visites, à des malades angoissés qui ne comprenaient pas un traître mot aux terribles révélations des toubibs. Des petits services simples, gentils, sans conséquence.

Funeste erreur.

Ma candidature s'était répandue comme une traînée de poudre dans tout l'étage, des femmes sont arrivées, seules, entièrement chauves, ou avec des entants, chauves, dans des chaises roulantes, et des hommes tenant des goutte-à-goutte à bout de bras. Les nouveaux arrivants, les émigrants du cancer, tous pleins de comment, de pourquoi, et de combien de temps. Une avalanche de mots, une tornade d'espoirs, un magma d'angoisse, et tout ça retenu au fil fragile de la langue. Tous m'accaparant, me racontant leur histoire, me forçant à l'urgence de la confidence. Je m'en suis plutôt bien tiré, les infirmières ont pu répondre aux premières questions, les plus simples, les chambres, les repas, le fonctionnement de l'hôpital, les papiers à remplir. Un médecin m'a prié de l'accompagner dans une chambre, juste quelques minutes, pour une malade qu'il venait d'opérer la veille d'une tumeur au visage. Le nœud encore lâche dans ma tripe s'est resserré d'un coup. Comment on dit « tumeur », déjà ? Quand j'ai vu cette femme, la tête enrubannée de gaze, j'ai senti que le plus dur restait à faire. Le thème. Le toubib me demandait d'expliquer à la malade comment elle allait vivre la suite de son existence. Pas question de se tromper d'adjectif ou de choisir le mauvais adverbe, chercher un maximum d'exactitude dans une langue autre que la sienne. Restituer la précision du bilan glacé d'un chirurgien.

— Dites-lui que l'opération s'est bien passée, et que toutes les cellules malades sont parties.

Je traduis comme je peux, elle comprend, elle hoche la tête, je souffle.

— Dites-lui qu'on lui enlève les pansements dans une dizaine de jours. Dites-lui en revanche que la tumeur était plus importante que prévu, et que malgré une bonne chirurgie plastique, on ne pourra jamais rattraper cette cavité dans la joue gauche.

Depuis ce jour, j'ai dit adieu à la traduction.

Une chemise blanche, un blouson, je n'ai pas été surpris en les revoyant là, attablés autour d'une nappe cirée jaunâtre maculée de brûlures de cafetière. L'un d'eux scrute le calendrier des postes posé sur la table en écartant du bout des doigts la branche de rameaux qui perd ses feuilles sur le mois de mars. La vieille est là, un peu à l'écart, le voile noir rabattu derrière le front. Elle a voulu que je m'assoie près d'elle, ma main droite pétrie dans les siennes, et les inspecteurs ont fait semblant de trouver ça naturel. Je me suis présenté comme ex-copain de Dario, nous avons convenu de la difficulté de communication avec la vieille, ils m'ont remercié d'emblée pour le service, avant même la première question. Les flics de la commune de Vitry-sur-Seine, avec ses 35 000 immigrés de partout, sont confrontés à ça tous les jours. Discrets, compréhensifs, ils ne m'ont fait traduire que des questions simples et claires qui auraient pu se résumer à une seule : qui était Dario ? Le portrait qu'en avait fait le curé le matin même n'avait pas dû leur servir à grand-chose. Activités, moyens de subsistance, fréquentations, salaire. La vieille n'en a quasiment jamais rien su, c'est là le drame. Mais pourtant, il vivait ici, avec vous… ? Il sortait le matin, il revenait parfois le soir, il n'a jamais rien fait de mal. J'ai expliqué aux flics que pour une mamma italienne, voir son fils rentrer avant la nuit était la garantie formelle de son honnêteté.

— Il avait des ennemis ?

— Aveva nemici ?

— No ! No !

Énervé, j'ai sorti une cigarette et j'ai attrapé un briquet en plastique bleu qui traînait sur la table.

Après une bonne heure de ce petit jeu de questions sans réponses, le flic en blouson, lassé, a fait glisser l'interrogatoire sur moi, mine de rien. J'ai dit tout ce que je savais de Dario, peu de chose en vérité, et j'ai cru bon d'omettre notre dernière rencontre et l'histoire de la lettre. Pourquoi j'ai fait ça ? Pour deux raisons, toutes simples, toutes bêtes : mon serment à Dario de la boucler pour le restant de mes jours. J'ai surtout redouté que le simple fait d'évoquer cette somme d'argent à rembourser d'urgence et cette madame Raphaëlle faisait de moi à coup sûr la piste numéro un de leur enquête. Et moi, je n'ai surtout pas envie d'être une piste.

— Est-ce qu'elle se souvient de la soirée du 22 juillet ? Il a mangé ici, il est sorti vers quelle heure ?

Elle a cherché, longtemps, les larmes aux yeux. Elle avait préparé le dîner, il n'a touché à rien, il est sorti vers vingt heures pour ne plus jamais rentrer, et c'est tout.

— Vous êtes sûre qu'il n'a pas touché à son dîner ? Qu'est-ce que vous aviez préparé ?

J'ai trouvé la question parfaitement anodine, au regard des précédentes.

— Pasta asciutta.

— Ce sont des pâtes sans sauce ou presque, j'ai dit.

Les deux inspecteurs se sont regardés, sceptiques. L'un d'eux m'a expliqué que dans le cas d'un meurtre on fait obligatoirement une autopsie du corps. Avec ce qu'on a retrouvé dans l'estomac de Dario on sait que, deux heures avant de mourir, il a ingéré une ration de pâtes. Et, apparemment, rien d'autre. J'ai failli leur demander quel type de pâtes c'était, mais j'ai pu visualiser un instant le magma gluant qu'on y avait trouvé.

— Il semblerait qu'il les ait mangées ailleurs qu'ici, on a retrouvé aussi du maïs, et une herbe qui pourrait bien être de la menthe.

— Et des pissenlits, aussi, a ajouté l'autre.

— Ouais, des pissenlits. C'est pas ça, la pastachutta, hein ? Demandez-lui si son fils aurait pu trouver ça dans le frigo, un reste, je ne sais pas...

Quand j'ai évoqué le maïs, les pissenlits et la menthe, la vieille m'a regardé comme si je parlais de cyanure. Non, la mère Trengoni n'a jamais préparé ça de sa vie. Aucune Italienne au monde ne mélangerait une horreur pareille. Comment Dario a-t-il pu avaler ça ? Je suis presque sûr que ni l'un ni l'autre de ces ingrédients n'entre dans aucune recette de pâtes. Quelque chose m'échappe.

— Demandez-lui si son fils possédait une arme.

Je connaissais déjà la réponse.

— Et vous, monsieur Polsinelli, il ne vous a jamais montré d'arme à feu, un revolver ? La balle qui l'a tué était une neuf millimètres.

— Je ne l'ai jamais vu avec ça en main, j'ai fait. Et j'y connais rien.

La mère Trengoni en a eu subitement assez, elle m'a dit, dans son patois : « dis-leur d'aller se faire foutre ».

Je n'ai jamais eu de chance, avec cette langue.

Comme s'ils avaient compris, ils sont partis en me disant en aparté que la vieille ne facilitait pas les choses. Ils m'ont remercié à nouveau, ont pris note de mon numéro de téléphone et sont partis vers onze heures du soir. J'allais leur emboîter le pas quand la mère Trengoni m'a retenu par la main rouge et moite qu'elle n'avait cessé de triturer durant tout ce temps. En tête à tête, elle avait envie de me parler de lui dans un jargon qui sonnait de façon de plus en plus naturelle à mon oreille.

— Tu me le donnes à moi aussi, ton téléphone, Antonio... ?

Comment refuser ? Je n'en aurais pas eu le temps, elle m'a tendu un bout de papier et a ouvert le tiroir de la table où j'ai pu voir un monticule de stylos à bille, tous identiques, du même bleu marine que le briquet dont je m'étais servi tout l'après-midi. En y regardant à deux fois, j'ai compris que le stylo que Dario m'avait donné pour écrire la lettre sortait du même tiroir. Elle m'en a tendu un et j'ai griffonné mon numéro. Sur les deux objets, j'ai repéré la même publicité en caractères gothiques : Le Up. Club Privé. Avenue George-V. Le genre d'adresse qui ressemble plutôt au fils qu'à la mère. J'ai rangé le stylo dans ma veste de deuil.

— Dario aurait dû rester avec toi. T'étais un bon copain. Il aurait dû partir à Paris et trouver un métier, plutôt que rester ici, à traîner. Trois mois de ça il m'a dit qu'il voulait retourner chez nous, à Sora, cultiver le petit terrain de vigne qu'on avait. C'était le mieux pour lui. À Paris ou à Sora, mais pas ici. *In questa strada di merda...*

Je suis repassé chez mes parents pour un rapport en bonne et due forme. Ma mère avait préparé un plat de fanes de navets cuites et un reste de petites pâtes en forme de plomb dans un bouillon de poule. Pas eu le courage de faire une vraie sauce, elle a dit. J'ai siroté le bouillon à même la casserole posée sur le poêle à mazout, et mon père a baissé le son de la télé pour ne pas perdre une miette de ce que je racontais. J'ai pris mon mal en patience, j'avais le sentiment que tout Paris m'attendait, que mon costume et ma cravate noirs allaient finir au feu, que j'allais bientôt fermer la parenthèse de cette journée de deuil banlieusard, triste à en crever moi-même.

J'ai raconté sommairement l'entrevue, j'ai demandé au vieux ce qu'était un calibre neuf millimètres, au cas où il s'en souviendrait, mais il n'a pas daigné répondre.

— Le plus marrant c'est que Dario a dit qu'il voulait cultiver la vigne, il paraît que les Trengoni ont un bout de terrain, là-bas ?

— La vigne vers Sant'Angelo ? il a demandé, nerveux.

— Je sais pas.

— Cretino...

J'ai parlé de ces pâtes retrouvées dans l'estomac du mort, et là, le père s'est dressé sur sa jambe valide et a claudiqué jusqu'à moi. Il a ravalé sa surprise, comme si de rien n'était, et m'a demandé de répéter.

— Répéter quoi ?

— Le maïs.

— Bah... oui. Avant de mourir il a mangé un plat de pâtes avec du maïs.

— Et quoi d'autre ?

— Ils ont parlé de menthe... Et de pissenlits.

Il est resté un moment silencieux, concentré, puis il a demandé une chaise et s'est assis face à moi en me donnant l'ordre de cesser une seconde d'avaler cette soupe.

— Maïs, pissenlits et menthe... ? C'est sûr... ?

— Bien sûr... J'avais jamais entendu parler de ça. Hein m'ma ? T'as jamais fait ça, toi ?

Ma mère, inquiète, a juré devant Dieu qu'elle n'avait jamais mis en présence ces trois ingrédients dans une casserole. Elle ne sait même pas ce qu'est la menthe. Elle a tout de suite voulu savoir quel genre de pâtes on avait retrouvé.

— Pasta fina o pasta grossa ?

J'ai répondu ce qu'aurait dit un médecin légiste : va savoir...

Et, brusquement, le père a commencé à marmonner des syllabes sans origine, comme saoul, puis s'est remis à boiter vers le petit buffet pour en sortir la bouteille de grappa. Ma mère n'a pas eu le temps de riposter, il a bu quelques gorgées à même le goulot et s'est figé une seconde pour laisser passer la brûlure. Cette bouteille-là lui est interdite, il le sait, mais ma mère a dû sentir que, ce soir, il ne supporterait pas l'ombre d'une remontrance. Et moi, ça ne me regarde plus vraiment, malgré une réelle curiosité quant à cette subite envie d'avaler quelque chose de fort.

En rangeant la bouteille, il n'a dit qu'un mot.

— Rigatonis...

— Qu'est-ce que ça veut... Pourquoi tu parles de rigatonis ?

— Parce que c'est ça qu'il a mangé. Des rigatonis.

— Comment tu le sais ?

— Parce que c'est moi qui te le dis.

Le genre d'arguments formels qu'il affectionne.

— Explique-toi, porco Giuda !

Les rigatonis sont des pâtes larges, trouées et striées afin de mieux s'imprégner de sauce. Un calibre assez gros pour diviser une famille en deux, les pour et les contre, et chez nous, mon père à lui seul se chargeait du contre. Il a toujours détesté les pâtes qu'on mange une à une et qui remplissent la bouche. Il est fervent défenseur des capellinis, le plus fin des spaghettis, cassés en trois et qui cuisent en quelques secondes. Est-ce pour le geste agile de la fourchette slalomant dans une entropie frétillante, ou bien cet étrange sentiment de fluidité dans le palais, mais il n'en démord pas. Il masque quand la mère nous en fait, des rigatonis. De là à leur imputer la mort de Dario, il abuse.

— Mais qu'est-ce que c'est que cette histoire ? je demande, la voix haut perchée, avec un demi-sourire.

Pour toute réponse il rallume la télé et s'installe dans le fauteuil.

La musique d'orgue de Barbarie du ciné-club de la deuxième chaîne nous plonge dans un drôle de climat.

— Laissez-moi, je regarde le film.

Ma mère, avec un geste discret de la main, me demande de laisser tomber. Après tout, elle le connaît mieux que moi.

Je ne dois pas louper le dernier bus. Avant de partir, j'embrasse mon père qui ne devrait plus tarder à aller soigner sa jambe.

— C'est quand, la cure ?

— Domani mattina, dit ma mère. Et ça me tarde… elle ajoute, sans qu'il l'entende.

Je suis sur le seuil de la porte et pourtant j'hésite, moi qui ne me fais jamais prier pour quitter cet endroit. Il faut que je reparte à la charge. Une dernière fois.

— Dis, c'est quoi, cette histoire de rigatonis… ?

Il s'est levé d'un bond, pour hurler, et j'aurais pu m'attendre à tout sauf à ça, il a gueulé en me traitant de crétin, et en me donnant l'ordre de partir, de rentrer chez moi, à Paris, en hurlant que je n'avais rien à foutre dans cette maison.

Ma mère est sortie de la pièce, peut-être pour fuir sa colère, et il a remis ça, en disant que c'était déjà assez pénible de partir en cure, et que personne n'était là pour l'aider. Il a conclu en disant qu'un jour ou l'autre je pourrais bien faire la même fin que Dario.

Un grand numéro. Une représentation exceptionnelle.

Pendant tout ce déferlement de hargne j'ai regardé du côté de la télé. Histoire de ne pas baisser les yeux à terre. Quand il m'a flanqué dehors, je n'avais toujours pas pigé pourquoi il m'avait pris pour cible. En revanche, j'avais compris pourquoi il tenait tant à le voir, ce film. *La marche sur Rome*. L'histoire de deux apprentis fascistes qui s'endoctrinent pour un plat de polenta.

Ça ressemblait à un souvenir de guerre.

*

Agité, chiffonné dans les draps, la nuit a fini par me donner un peu de fièvre. Avec les souvenirs de Dario qui m'ont brûlé le front en attendant l'aube. Il lui a fallu être sous terre pour venir hanter mon sommeil. Dans une demi-somnolence j'ai mis en scène le moment de sa mort, au ralenti, avec le duel de deux acteurs dont l'un a le visage mal éclairé et l'autre, avec force trucages, grimace du mieux qu'il peut en réalisant que son cervelet vient de s'écraser contre un mur. Très mauvaise fin, ça m'a énervé, j'ai ouvert les yeux d'un coup et me suis dressé sur mes jambes pour aller voir ce qui se tramait sous mes fenêtres. Pas grand-chose, les habituels fêtards sur la terrasse d'en face, le camion de la voirie, une voiture qui démarre, une légère clarté qui vient brouiller les ténèbres. Quatre heures trente, trop tôt pour tout, surtout pour me mettre au boulot, même si on a la chance de bosser à domicile. Je regarde cette maquette en polystyrène qu'un architecte m'a commandée pour fin septembre. J'ai le temps. J'en ai trop. Il est trop tôt pour tout.

Pas pour un peu de café bien serré. J'ai voulu en faire un bon, un de ceux que je ferais goûter à une fille pour l'épater. Sans doute ma manière à moi de célébrer l'enterrement d'un petit rital. Certains auraient pris une cuite, moi je fais un café qu'il aurait bu en connaisseur. De l'eau minérale, avec juste une toute petite pincée de sel. Le café, un mélange colombien, que je mouds assez gros, à cause du temps chaud. Je pose le filtre dans le réservoir et visse le couvercle. Qu'est-ce que tu dis de ça, Dario ? Ça t'étonne que je sois aussi méticuleux avec le café. Tu penses qu'un bon seau de lavasse me suffirait ? Tu ne vas pas me croire, mais l'expresso, c'est la dernière chose qui me rattache au pays. Phase délicate : déposer une larme d'eau dans le réservoir pour que les toutes premières gouttes de café qui vont sortir — les plus noires — ne s'évaporent pas sur le métal brûlant. Dès qu'elles apparaissent je les verse sur un sucre posé dans une tasse, et mélange très fort pour avoir une belle émulsion brune. Quand le reste du café est sorti je remplis une tasse entière et y dépose l'émulsion qui reste en suspension et donne ce goût introuvable de ce côté-ci des Alpes. À la tienne, Dario.

Encore endormi, j'ai siroté un bon quart d'heure le nectar, en repensant à cette mort invraisemblable dont j'étais le seul, hormis le tueur lui-même et les deux flics chargés de le débusquer, à connaître le détail. J'ai fouillé dans les souvenirs que j'avais de cette lettre étrange qui a précédé sa mort. J'ai évalué un bon nombre d'hypothèses avec le plus de sérieux possible, quand, tout à coup, à propos de rien, un mot, un seul, s'est imposé dans mes pensées, et a martelé avec violence tous les recoins de ma mémoire. Une saloperie de mot qui a pris tant d'importance en quelques secondes. Et brusquement, tout le reste est tombé au plus bas dans mes centres d'intérêt. Le mot a resurgi pour ne plus me quitter, et j'ai compris à ce moment-là que mon vrai réveil s'opérait avec lui.

Rigatonis.

Rigatonis, rigatonis, rigatonis... Qu'est-ce que ce cinglé de père avait voulu dire, avec ces rigatonis. Quand je lui ai parlé de l'autopsie il a eu quelques secondes de vertige et s'est repris vite fait, puis il s'est refermé comme une huître, comme il sait si bien le faire, et ce matin je me retrouve avec ça en tête et le reste n'a absolument plus aucune importance. L'urgence, elle est là, les rigatonis, et c'est tout, point final. Le patriarche aime bien plaisanter mais il ne l'aurait sans doute pas fait autour de la mort d'un môme qu'il a pratiquement vu naître. Il n'était pas saoul mais a bien cherché à le devenir, juste après. Il m'a presque insulté, à propos de rien, puis s'est réfugié dans sa télé et m'a encouragé à déguerpir, et ça c'est mauvais signe.

J'ai attendu pour ne pas les réveiller, et c'est ma mère qui a répondu.

— Il est déjà parti, Antonio. De se disputer avec toi, ça lui tirait encore plus la jambe.

— Combien de temps il va rester là-bas ?

— Bah... un mois, comme tous les ans.

— Je passe te voir bientôt, ciao...

Le pater a préféré fuir. C'est ce que j'en ai conclu. Fuir quelque chose ayant trait à la mort de Dario. Il a préféré repartir à Perros-Guirec pour se faire triturer l'aine gauche, plutôt que répondre à une seule de mes questions ou affronter on ne sait quoi qui nous a empêchés, tous les deux, de dormir. Moi, c'est pas trop grave, mais lui, il a soixante-douze ans et il traîne la patte. Sans parler d'une sérieuse tendance à ricaner quand un médecin lui propose de freiner sur l'alcool et le tabac. Mon père est une joyeuse ruine qui ne voit aucune raison pour que ça change. À moins qu'il ne se soit mis lui-même hors de portée... Comment savoir ?

Le jour se lève et je me pose la même question que les flics banlieusards : qui était Dario ? Le Dario moderne, celui d'il y a trois mois. Celui que j'aurais pu être si ma curiosité naturelle ne m'avait pas poussé hors de la rue Anselme-Rondenay.

En fin de soirée je suis passé chez ma sœur pour lui emprunter sa voiture. Vers minuit j'ai rôdé du côté de l'avenue George-V sans savoir si j'allais m'y arrêter ou pas. Le Up, club privé. Enseigne bleu marine, une porte noire, une sonnette. Dario y avait fait allusion dans sa lettre. Deux mots a priori détestables : club et privé. Sans parler du nom. Ça sonne comme un bar à entraîneuses. La déco intérieure doit être terrible. Et le videur borné. Et les filles tristes. Et les clients ringards. J'ai déjà fait l'état des lieux. Du sur mesure pour Dario.

À tout hasard j'ai gardé mon costume de deuil et ma cravate. C'est le genre. J'ai sonné. Les yeux du videur m'ont étudié quelques secondes. Ces gars-là savent à qui ils ont affaire avant même qu'on ait franchi le seuil. Il a juste ouvert, sans un sourire, sans prononcer un mot, et je n'ai pas eu besoin de lui servir la petite phrase que j'avais concoctée. Un vestiaire où je n'ai rien laissé. Un premier bar, avec deux ou trois types dans le même costume que moi, sans doute la direction, ou des habitués. La déco est effectivement terrible. La musique vient d'en bas. Faible ronron de variétés. Les mains dans les poches, je déboule dans la cave tapissée de rouge, avec des banquettes et des fauteuils, un autre bar, des Japonais, des filles pas plus belles que la moyenne, pas plus sexy. Je pensais que pour donner soif il fallait d'abord donner chaud. Dans un coin un peu reculé je vois cinq ou six quinquagénaires discuter, sans verres et sans filles. Seconde idée reçue, personne ne vient à moi, je pourrais rester planté là longtemps avant qu'on vienne me proposer quelque chose. Je m'assois sur un tabouret du comptoir, le serveur met un bon moment avant de me parler.

— Un bourbon. Sans glace.

— Jack Daniel's, Wild Turkey, Four roses, Southern Comfort.

Ils sont tous à cent quinze balles le verre, autant prendre le meilleur. J'ai descendu la dose en un rien de temps, j'en ai même regretté les glaçons. Puis un second. C'est à la fin du troisième que j'ai fait le calcul : moins trois cent quarante-cinq francs, trente minutes de silence, et je ne sais toujours pas si j'ai bien fait de venir. Entre-temps, des gens sont arrivés, des couples, des touristes, d'autres filles, impossible de dire si elles travaillent ou pas. Personne ne veut m'adresser la parole. Je suis transparent. Invisible. Je n'existe pour personne. L'alcool me monte un peu à la tête, la salle s'anime. Je fais un geste au serveur pour qu'il vienne tendre l'oreille.

— Vous connaissiez un certain Dario Trengoni... ?

Léger mouvement de recul, il regarde dans la salle, pose le verre qu'il essuyait.

— Je ne suis pas ici depuis longtemps. C'était un client ?

— Je ne sais pas.

— Attendez une seconde.

À la réflexion, je me demande si j'ai bien fait, il sort de son bar et se précipite vers les cinq bonshommes assis. Cinq regards synchrones, vers moi. Le barman revient.

— On va se renseigner, bougez pas. En attendant, un petit bourbon ?

— Oui.

Triple dose. Je desserre un peu mon nœud de cravate.

— Regardez à votre gauche, il va y avoir un petit numéro, dans deux minutes.

Un rideau rouge derrière lequel on devine une petite estrade bordée de spots et incrustée de fragments de miroirs. Juste le temps de descendre mon verre et le rideau s'ouvre. Avec l'œil égrillard du barman, j'ai tout de suite pensé à un strip-tease, ringard comme le reste. Et je me suis encore trompé quand le jeune gars est apparu dans le halo d'une poursuite jaune, sous de faibles applaudissements épars. Smoking. Micro. Regards ténébreux. Obscurité dans la salle.

Il y mettait du cœur, le gosse. En commençant par un morceau qui avait su tirer des larmes à ma sœur cadette il y a dix ans, un truc qui disait *Ti Amo Ti Amo Ti Amo...* et pratiquement que ça pendant trois minutes. Ensuite il a embrayé sur *Sei Bellissima...* et j'ai compris à ce moment précis qu'il s'agissait d'un vrai rital, à sa manière de faire traîner le *Bellisssssima*... On s'est retourné vers moi d'un air mauvais quand j'ai éclaté de rire sans le vouloir. Le temps de me reprendre et de voir mon verre plein. Que j'ai séché d'un trait. Quand il a entonné *Volare ooooho Cantare*, j'ai enfin compris ce que Dario faisait ici. Barman, impossible. Client, improbable. Chanteur. Il avait réussi ce coup-là, jouer le crooner au charme désuet et chanter des standards vibrants, usés jusqu'à la corde, dans un bar à putes. À nouveau j'ai hurlé de rire en essayant de l'imaginer. Je l'ai même remercié tout haut d'avoir poursuivi son rêve de pâmoison, et d'être resté le rital d'opérette qui faisait marrer le quartier.

Dario, je regrette tout ce que j'ai pu dire, t'es allé jusqu'au bout, et moi seul le sais. Tu aurais dû me dire tout ça la dernière fois que je t'ai vu vivant. T'as eu peur d'avoir l'air d'un con. Et tu te trompais...

Une main s'est posée sur mon épaule et ça m'a fait redescendre d'un coup. Un type plus âgé que les autres s'est penché à mon oreille et m'a demandé de le suivre. C'est quand j'ai voulu descendre du tabouret que j'ai réalisé dans quel état j'étais. Deux gars m'ont soutenu par les coudes et je me suis laissé entraîner derrière un rideau. J'ai bien cru que c'était pour m'aider. Ils m'ont assis sur des caisses de bouteilles. Des coulisses, la voix du chanteur résonnait encore plus fort.

— Qu'est-ce que tou loui veux, à Dario... ?

J'ai écarquillé les yeux pour tenter de voir son visage. Les deux autres m'ont lâché.

— ... Rien... Il est... Il est mort...

Le trop-plein d'alcool a commencé à bouillonner dans mon estomac.

— Je cherche une... Une madame Rapha... Raphaëlle...

Mes yeux se fermaient tout seuls, mais je me suis efforcé de ne rien rater.

— Pourquoi ?

— Qu'est-ce que ça peut te foutre...

La baffe est partie aussi sec et je n'ai pas su lequel des trois me l'avait mise. Le plus vieux a fouillé dans ma veste, a sorti mon portefeuille et s'est tiré avec. J'ai vomi des gerbes de fiel sur le tissu rouge. On m'a traîné vers un robinet et fourré la tête sous le jet d'eau froide pendant un temps fou. À la longue, ça a refroidi la lave en fusion que j'avais dans le crâne. Ne restait plus qu'un seul de ces types à mes côtés.

— T'es pas un flic. T'es pas de l'autre bord non plus. Qu'est-ce que tu veux ?

— J'étais un copain de Dario.

— Ce gars-là... Un copain... ? Mon cul, oui... C'est moi qui l'ai repéré au dancing Montparnasse, il faisait le taxi-boy, ici on avait besoin d'un gars pour pousser la chansonnette, le patron adore ça, surtout la guimauve ritale. Il s'est pas fait prier, le Dario.

Il a parlé si vite que la moitié m'a échappé.

— Taxi-boy ?

— T'es sûr que t'étais son copain ? Un danseur mondain, si tu préfères. Il aurait peut-être dû y rester, d'ailleurs. Il gagnait plus là-bas en un seul week-end.

— Danseur... ?

— Tu viens d'où toi... ? Ah ça, il avait une belle clientèle, faut dire... Ça se pressait au portillon pour valser avec le Dario, et pas que des rombières. Et on se pressait encore mieux à l'heure de fermeture.

— Comprends pas...

— Chanter et danser, c'était les relations publiques, la publicité, la façade. Avec les dames, le Dario, il aurait pu s'offrir aux enchères. Tu sais ce que ça gagne, toi, un mec comme ça ?

— Dario... Un gigolo ?

— Il aurait pas aimé qu'on dise ça. Quand on a appris sa mort, ça nous a fait un coup, c'est vrai. On aime pas ça. Il avait pas de copains. Ce gars-là n'en voulait pas, tout ce qu'il voulait, c'est du fric, du fric. Comme tout le monde, d'accord, mais chez lui ça laissait pas de place aux bavardages.

— Pourquoi avait-il besoin d'autant d'argent ?

— Sais pas. Beaucoup et vite. Avec la gueule qu'il avait, et la voix, il aurait eu tort de se gêner, tiens. J'aurais bien aimé être foutu comme lui.

— Et madame Raphaëlle, c'est qui ?

Trop tard. Le vieux revient et son sbire la boucle instantanément. Au loin j'ai entendu le crooner entamer *Come Prima.*

— Ça plaît à votre public, ce genre de chansons ? Même mon grand-père trouvait ça démodé.

Avec des gestes posés il a remis mon portefeuille en place, a défroissé ma veste avec quelques balayages des mains, puis il a resserré mon nœud de cravate.

— Ça mé plé à moi, et ça souffi. Capisch ?

Il m'a pris sous son bras pour me raccompagner vers la sortie. Les gens s'écartaient sur notre passage, et j'ai eu l'impression d'être un type important.

— Tou sé chanter, Antonio Polsinelli ?

— Non. En tout cas, pas comme Dario.

— Personne pouvé chanté comé loui. Ma toi, si tou as bésoin dé travail, tu po vénir mé voir. T'as la gueule d'oun gosse dou pays. Ciao, ragazzo...

Je me suis retrouvé dehors, un peu sans le vouloir. Avec un mal de tête qui commençait à poindre. Avant de rejoindre ma voiture je suis resté un bon moment immobile, adossé à la porte du club, en essayant de maintenir les yeux ouverts afin de ne pas chavirer totalement. Je me serais même allongé une petite heure dans le caniveau en attendant que ça passe.

C'est là que j'ai vu la voiture garée sous mon nez. Une Jaguar gris métallisé, énorme, silencieuse, avec une silhouette au volant et une autre à l'arrière. Je n'ai pas eu le temps de réagir, le conducteur est sorti et a ouvert la portière arrière, côté trottoir, sans un mot. Le passager s'est penché au-dehors. Dans la pénombre je n'ai pas pu voir son visage.

— Monsieur Antonio. J'ai besoin de vous parler.

À la manière dont elle a dit ça, pas une seconde je n'ai pensé à un traquenard. Même si le patron du Up y était pour beaucoup dans ce rendez-vous. Au contraire, je me suis senti plutôt attiré vers cette voiture et sa mystérieuse occupante. Hier elle portait un voile noir, et ce soir, c'est la nuit tout entière qui la protège des regards.

*

Rien qu'à la voix j'aurais dû me douter de quelque chose. Une superbe voix de gravier, une tonalité travaillée par le tabac et les boissons corrosives, une onde sablonneuse qui crisse dans l'oreille. Cette voix-là sortait d'une gorge érodée par le temps et de lèvres striées aux commissures. Une dame, quoi.

Madame.

Un âge ? Cinquante ? Cinquante-cinq ? Soixante peut-être. Mais paraissant avoir gardé ce visage-là, intact, depuis des lustres. Le chauffeur a filé droit vers un immeuble chic de l'avenue Victor-Hugo et a patienté en bas. Sans échanger la moindre parole, le moindre regard, je l'ai suivie jusqu'au premier étage et nous sommes entrés dans un appartement plus petit que je ne l'imaginais.

— Installez-vous...

Peut-être que je ferais bien de l'appeler madame, moi aussi. A-t-elle été une très belle femme avant aujourd'hui ? Ou l'est-elle devenue maintenant, après tant d'années ?

— Je ne cherche pas à vous retenir, vous savez. Il était tellement sauvage que je ne me serais jamais douté qu'il avait un ami, un vrai ami.

Au mot « ami » j'ai failli faire un petit rectificatif, mal à propos et sans aucun intérêt.

— Il m'a souvent parlé de vous.

— Pardon ?

— Vous semblez surpris... Antonio, ça voulait dire quelque chose, pour lui. Antonio il réussissait à l'école, Antonio il me faisait mes devoirs, Antonio il m'a empêché de faire plein de conneries... Si vous vous étiez fréquentés à l'âge adulte il n'aurait peut-être pas...

— Il aurait, de toute façon.

Sans bouger du fauteuil j'ai vite fait le tour de l'appartement. Le petit salon où ils ne devaient pas s'asseoir longtemps, tous les deux, une table basse où l'on jette les clés, pas le moindre appareillage de cuisine, un réfrigérateur dans un recoin servant uniquement aux glaçons et à l'eau gazeuse, et son pendant direct, un peu plus loin, le bar, rempli de bouteilles ocre et ambrées. Et la chambre, juste en face de moi, avec le grand lit dans ma ligne de mire. Une salle de bains attenante. Rien qui ne rappelle le quotidien mais uniquement l'extra, le momentané, la parenthèse.

— On ne venait là que pour coucher, si vous voulez savoir. Parfois le matin, souvent l'après-midi, en fait, dès que je pouvais.

— Ça ne me regarde pas.

— On rentrait, le plus souvent il me déshabillait dans l'entrée et on faisait l'amour, il ne me laissait pas tranquille une seconde. Après, il venait me regarder, sous la douche.

— Ça ne me regarde pas, j'ai insisté, gêné, en fuyant son regard.

Mais j'ai vite compris qu'elle ne cherchait ni à se confier ni à me choquer. Elle voulait juste parler de leur fièvre perdue et de son corps qui savait encore embraser celui d'un beau brun de trente ans. Elle m'a proposé un verre, une cigarette, la voyant s'évertuer à m'être agréable j'ai accepté la seconde.

— Je vous ai reconnu tout de suite, hier, au cimetière. Vous lui ressemblez, Antonio...

— Physiquement ?

— Oui, bien sûr, vous avez les mêmes cheveux, le même port de tête, et vous mettez aussi les mains dans vos poches pour monter les escaliers. Une question d'allure générale. Mais ça s'arrête là, Dario ne pouvait pas maintenir un silence de plus de dix secondes, il était brouillon et sans manières, il ne pouvait pas vivre un moment sans être obsédé par celui à venir. Il savait briser les instants de quiétude en deux mots, parce qu'il fallait que ça bouge, parce qu'il ne devait plus attendre que ça vienne sans rien faire, parce qu'un jour le monde apprendrait à le connaître. Quand il s'emportait, son italien revenait par flots dans nos conversations et je perdais le fil... Il disait souvent qu'un jour se produira un miracle qui...

— Il vous a coûté combien ?

On ne pose pas une question aussi malveillante, mais elle a fini par m'échapper. Si Mme Raphaëlle a les rides de son âge, elle en a aussi les privilèges. Elle a ri.

— En argent ? Je n'ai jamais compté. La première fois que je l'ai vu, c'était au dancing, et j'y suis retournée le lendemain, et tous les jours, jusqu'à ce que nous devenions plus...

— Plus intimes.

— Si vous voulez. À cette époque-là je payais, comme toutes les autres, et le prix fort. Dario, en bon professionnel qu'il était, a compris tout de suite que j'avais beaucoup d'argent. Quand le patron du Up lui a proposé de chanter, j'ai insisté pour qu'il accepte, et j'ai même voulu lui payer son manque à gagner. J'aurais tout fait pourvu qu'il se sorte des pattes de toutes ces...

Comment une femme comme elle a pu se fourvoyer dans une histoire pareille... L'oisiveté. L'ennui. Le stupre. Le jeu avec le feu. Le refus de vieillir. Quoi d'autre ? Comment Dario a-t-il pu se vendre avec autant de facilité ? La romance du crooner, je trouvais ça encore drôle, mais le gigolo vénal, c'est trop pour moi.

— Je sais bien ce que vous pensez... Mais cet argent n'était pas un salaire. Pour moi, Dario n'était pas un gigolo. Vous croyez qu'il m'aurait écrit une lettre pareille s'il n'y avait eu qu'une question de commerce ?

Elle l'a sortie de son sac pour que je la lise, et j'ai fait semblant de la parcourir. Ça m'a fait un drôle d'effet de reconnaître ici et là des bribes de phrases que j'avais essayé de tourner au mieux, dans une épave de bateau amarrée dans un terrain vague. Désormais je ne sais plus si c'est Dario ou moi qui l'a écrite, mais Mme Raphaëlle a raison sur ce point, on n'écrit pas une telle lettre à une cliente qu'on besogne en ravalant son dégoût.

Une fois encore j'ai posé mon regard sur son étonnante beauté, les rides au coin des yeux qu'elle ne cherche pas à gommer, les cheveux gris qu'elle refuse de teindre, et la même question m'est revenue : a-t-elle toujours été belle ou bien l'est-elle devenue, à la longue ?

— Mon mari est plus riche et plus puissant qu'on ne peut l'imaginer, dans cette pièce il y a au moins quatre objets qui sortent de ses usines, et tous les autres de son portefeuille. On ne se parle plus depuis dix ans mais à mon âge on ne tient plus à risquer son silence ailleurs.

— Il n'a jamais rien su de ce qui vous liait à Dario ?

— Non, impossible, il ne m'aurait pas laissée le voir par peur de me perdre.

Elle s'est levée pour reprendre un verre d'alcool.

— Dario avait besoin d'argent. Je dois reconnaître qu'au début il avait la ferme intention de me soutirer une belle somme en peu de temps. 140 000 francs, exactement.

Combien de fois faut-il multiplier cinq à sept pour réunir ça ?

— À nos premiers rendez-vous j'ai joué le jeu, deux, trois fois, et puis...

Et puis, pas besoin d'en rajouter. Cupidon a décoché ses dernières flèches et une douce rengaine s'est élevée.

Mon pauvre Dario... Quand je repense avec quelle ferveur, durant nos jeunes années, tu cherchais la femme. On voulait tous te voir avec celle qui aurait porté le fils dont l'Italien est si fier. Elle t'aurait amadoué, tu l'aurais amusée, vous auriez construit. On aurait fêté. Et tu as gardé tes dernières pensées pour cette dame, digne, française, si racée, si loin du quartier et de notre enfance. Je suis choqué, l'ami. Choqué de cette histoire d'amour qui vous est tombée dessus, à vos âges. Votre fin de parcours à tous les deux. Le gigolo et la douairière.

— Antonio, si j'ai voulu vous retrouver ce n'est pas pour parler de lui des heures durant, mais pour une raison bien plus précise. Vous saviez pourquoi il avait besoin de cet argent ?

Elle s'est penchée pour saisir une sorte de dossier posé sous la table basse, juste à ses pieds. En l'ouvrant, elle a disposé des pages dactylographiées, agrafées par blocs de quatre ou cinq, toutes ornées de cachets et de tampons qu'il m'était impossible d'identifier.

— Ce que vous avez sous les yeux, c'est tout le rêve de Dario...

Énoncé comme ça, j'ai tout fait pour me concentrer.

Des contrats, des papiers officiels, mais j'ai marqué un petit temps de surprise en les voyant tous libellés en italien. Un vrai italien de là-bas, avec des termes techniques, des mots pompeux et sentencieux, et j'ai préféré attendre les explications.

— Vous comprenez sûrement, non ?

— Non.

— Ce sont des actes de propriété. Quatre hectares de terrain dans sa ville natale. Vous êtes né à Sora, aussi... ?

Elle a dit ça avec un gentil sourire, comme si le mot Sora allait déclencher chez moi une tendre mélancolie sur fond de mandoline. J'ai plutôt ressenti une curieuse inquiétude à propos de ce retour à la terre. La mère Trengoni l'avait évoqué aussi, et là encore, malgré les documents, je ne parviens pas à imaginer son crooner de fils rentrer au pays et chausser des bottes en caoutchouc pour crapahuter dans une merde boueuse en espérant un jour y voir surgir quoi que ce soit. Un danseur mondain avec la main gauche sur le cœur et la droite sur une serpe. Je commence à penser que j'étais réellement le seul à connaître Dario. S'il a pu embobiner ses femmes sur des velléités paysannes, moi, il n'aurait jamais pu. Il les a bernées toutes les deux, ça ne fait aucun doute.

— Il voulait faire construire quelque chose ? Qu'est-ce qu'il y a, sur ces terres ?

— De la vigne. Un bout de terrain situé entre Sora et Santo Angelo. Je prononce bien... ?

— Non, il faut faire la liaison, Sant'Angelo, mais ce n'est absolument pas grave, parce que ce saint, tout le monde s'en fout, les gens du cru ne l'utilisent que pour blasphémer.

— Pardon ?

— C'est la vérité, quand on n'ose pas invoquer le Christ ou la Madone, c'est Sant'Angelo qui trinque, c'est moins grave. C'est le bouc émissaire du calendrier, celui qui ponctue toutes les injures de la région. Alors, liaison ou pas, on s'en fout.

— Calmez-vous...

Sa main s'est posée sur mon genou. Ses yeux m'ont fixé, sans comprendre.

— Vous êtes tellement différent de lui... Il était si proche de tout ça... Il m'en parlait avec tant de... Sa terre, son peuple, son nom... Et je trouve ça normal, non ? Vous, on a l'impression que ça vous écorche. D'habitude, les gens venus d'ailleurs sont si...

— Les immigrés, vous voulez dire ? Eh bien, quoi, les immigrés ? Ils sont comment ?

— Ils sont... fiers et vulnérables...

Un petit rire est venu me gratter la gorge mais je l'ai réprimé très vite.

— Et Dario est brusquement devenu fier et puissant en étant propriétaire de quatre hectares de vigne ?

— Il ne les a pas obtenus en claquant des doigts. Le terrain se partageait entre trois propriétaires. Deux hectares lui venaient de sa mère.

— La mère Trengoni ?

— Ça vous surprend ?

Non. Dario parlait du terrain de son père, comme si enfin quelque chose de vrai leur appartenait, ici-bas. Tous les ritals ont un vague bout de terrain qu'ils n'ont pas su vendre ni rendre rentable au point de s'y accrocher et nourrir les bambini. Depuis toujours mon père nous rebat les oreilles avec sa forêt, comme si c'était Brocéliande. En fait, d'après les souvenirs, il s'agit d'une espèce de dos-d'âne avec quelques noisetiers épars où les bergers vont parfois chercher un peu d'ombre. Le père n'a jamais tenté de le vendre, il sait bien que la somme couvrirait à peine les frais de déplacement, de notaire, et de pizza. Et à ce prix-là, il préfère garder dans un coin de rétine, le souvenir flou d'un patrimoine frais et boisé. Pas fou, le père. Celui de Dario avait fait le même calcul.

— Les deux autres hectares se partageaient entre un type installé aux États-Unis, dans le New Jersey, et un autre qui vit toujours en Italie, à Sant'Angelo. Je l'ai bien dit, cette fois ?

— Dans le New Jersey ?

— J'ai payé le voyage de Dario, l'ancien propriétaire avait même oublié ses quelques arpents et les lui a concédés avec grande facilité, et pour presque rien. Le plus dur, ce fut l'Italien, il voulait garder son bout de terrain pour en faire un dépôt de bois. Dario a discuté avec lui, sur place, et a réussi à le convaincre. En réunissant les trois actes de cession, il est devenu propriétaire de toute la vigne. Voilà.

— Je vais sûrement poser une question bête, mais, cette vigne, au juste, il voulait en faire quoi ?

— Du vin.

— Du quoi ?

— Du vin.

C'était la réponse la plus improbable.

— Il voulait quitter la France et faire son vin, là-bas, et en vivre. Un projet plus fort que tout. Plus fort que moi. Et quand on aime, surtout à mon âge, les rêves de l'autre paraissent toujours plus authentiques.

— C'est impossible. Dario n'aurait jamais travaillé la terre. Il n'y connaissait rien en viticulture. Essayez un peu de l'imaginer... ?

— Il aurait appris, avec le temps. Avant que Dario ne soit

propriétaire, c'était un paysan du coin qui s'occupait des vignes, sans jamais en tirer un grand bénéfice. J'ai donné à Dario de quoi l'embaucher comme vigneron pour les trois prochaines récoltes, et l'homme a accepté tout de suite. Personne n'en veut, de cette vigne. À croire qu'elle n'attendait plus que Dario pour venir la sauver...

En se laissant doucement tomber sur le canapé, elle a un instant fermé les yeux. Ma curiosité fouineuse m'a laissé les imaginer là, tous les deux. Lui, les bras au ciel, tournoyant dans la pièce en parlant de lui, de lui, de lui, de là-bas, de ses rêves, et elle, écoutant, amoureuse, et goûtant à l'infernale candeur de son amant. Je n'ai pas vraiment d'intuition pour ces choses-là, mais cette fois j'ai la certitude qu'il s'agissait d'amour. Même si tout ça a des relents d'arnaque et de vil intérêt, rien ne se serait fait sans un peu d'amour brut. Il faut être aussi bégueule que moi pour en douter et jouer les choqués.

— Antonio... Je ne vous ai pas dit le principal. Je ne sais pas pourquoi on m'a enlevé Dario. Mais je sais que, depuis toujours, il gardait au fond de lui-même une incroyable peur. Une peur que tout cela tourne mal. Il ne m'en a jamais parlé mais il a fini par me l'écrire. S'il lui arrivait quelque chose, il voulait que ses terrains reviennent aux seuls êtres qui avaient su lui tendre la main.

J'ai baissé les yeux en sentant le tour de démarreur dans mon moteur cardiaque. Avec une envie de me tirer d'ici en trombe.

— Moi, qu'est-ce que j'en ferais, de ce terrain ? Ma vie est ici... Votre pays semble si magnifique... Il vous appartient. C'est votre terre et je ne saurais qu'en faire.

Je me suis levé.

— Dario le savait. Il disait que sa mère ne reviendrait jamais au pays et qu'après moi, il n'avait plus que...

— Taisez-vous.

— Il vous aimait, Antonio... Que vous le vouliez ou non... Devant le notaire il a tenu à rajouter un nom sur les actes de cession.

— Arrêtez de dire des conneries.

— Si vous les refusez, elles reviendront à la commune de Sora. Mais acceptez-les, c'était son dernier souhait...

— Maintenant ça suffit !

La table basse a frémi quand mon pied a buté dedans, par mégarde. Elle a fouillé dans les papiers pour me prouver que tout était déjà écrit, en règle, tamponné, et conforme. Mon nom, écrit en toutes lettres.

Le cauchemar.

— C'est pour ça que je vous cherchais, Antonio. Pour vous transmettre ces papiers. Et ses dernières volontés.

Sans même le vouloir j'ai repoussé cette femme qui me bloquait le passage. En lisant mon nom frappé à la machine j'ai failli crier. Un sentiment d'emprise sur moi. Une étreinte carcérale. Un harcèlement.

— C'était son dernier rêve, Antonio...

Je me suis rué vers la sortie. Elle m'a forcé à prendre le bloc de papiers.

Et j'ai fui, sans rien dire, sans chercher à comprendre.

Et le plus loin possible.

*

Tous les efforts fournis pour mettre des kilomètres et des années entre ma jeunesse banlieusarde et moi se sont évaporés en quelques jours. Je pensais bien m'en être tiré, comme un ex-taulard qui a décidé d'oublier, ou un drogué qui revient de loin. Eh bien non, la force d'attraction de la rue Anselme-Rondenay est bien plus tenace encore, on ne peut pas en sortir comme on veut, c'est peut-être ça que voulait dire Dario par *la rue est longue*. Il me faudrait changer de nom, me teindre en blond et quitter la France, et tout recommencer, ailleurs, émigrer, et replonger dans le cercle vicieux. Pour que la communauté italienne m'oublie, il va falloir payer le prix fort. Moi qui ai toujours refusé de mettre les pieds sur la terre de mes ancêtres, voilà qu'une parcelle de celle-ci m'appartient de droit. Comment ne pas y voir la preuve de l'existence d'un dieu cynique. Sans parler du fantôme de Dario qui me colle aux pompes mieux encore qu'à l'époque où nous rabotions le macadam.

Deux heures du matin. Dans les salons d'en face, la fête n'en finit plus. J'ouvre grande la fenêtre pour tenter de m'aérer. Si je parviens à m'endormir, je sens que je vais rêver de lui.

Dario... T'es qu'un beau salaud. Tu avais apposé mon nom auprès du tien sur les papiers du notaire bien avant le jour où tu m'as fait écrire cette lettre. Tu as préféré m'insulter plutôt que m'avouer une chose pareille. M'avouer que tu pensais toujours à moi comme à un ami. Et tu savais que ce n'était plus réciproque depuis longtemps. À la réflexion, je me demande si c'était bien à Mme Raphaëlle que tu l'adressais, cette lettre. Tu as peut-être été encore plus machiavélique que ça. En fait, c'était peut-être à moi que tu l'écrivais, en me la faisant traduire. Salaud. Tu aurais dû me parler de ce vin. Du vin... ? Comment imaginer un feignant comme toi en viticulteur ? T'en as jamais bu. J'ai toujours entendu dire que le vin de Sant'Angelo était une redoutable piquette, mon père n'en aurait même pas voulu. Comment imaginer que tu aies pu vendre d'abord ton corps et ensuite ton âme pour une vinasse qui a donné des aigreurs à toute la région ? Le désir d'en faire, enfin, quelque chose de buvable, et réussir là où tout le monde a échoué ? Ou bien t'as senti vibrer en toi l'appel de la terre natale, tu t'es dit que c'était l'Éden perdu, et qu'il était toujours temps de rattraper toutes ces années ?

Conjectures débiles. Dario, roi du système D, le système Dario, ne se serait pas fourvoyé dans un aussi mauvais coup. Il y a quelque chose de pourri autour de ce terrain, et pas seulement son raisin. De pourri ou de doré. Mon père me manque déjà. Lui seul aurait pu me parler de ce lopin de terre où il emmenait ses dindons. Il aurait pu me raconter l'histoire de cette terre, de ce pinard, réunir des anecdotes parmi lesquelles j'aurais pu puiser une idée, un indice. Dans tous les villages il y a des querelles ancestrales entre clans bardés de fusils qui se disputent une concession pour l'éternité, mais quel rapport pourrait-il y avoir avec un Franco-Italien mal embouché qui a autant l'air d'un propriétaire terrien que Frank Sinatra d'un bedeau en retard pour l'angélus.

Je me suis assis à mon bureau pour lire et étudier les documents, et j'ai même sorti le dictionnaire Garzanti, au cas où.

D'abord les noms des ex-propriétaires.

Giuseppe Parini, Trenton, New Jersey, U.S.A. Un hectare Nord-Nord-Est, cédé pour neuf millions cinq cent mille lires.

Disons cinquante mille francs, autrement dit, un cadeau.

Mario Mangini, Sant'Angelo, Lazio, Italie. Un hectare. Sud. Dix-huit millions de lires.

L'Italien a demandé presque le double. Logique. Mais pas exorbitant. Avec les deux hectares de la vieille Trengoni concédés gracieusement, ça nous fait une vigne honorable de quatre hectares obtenue pour une bouchée de pain. On fait mention d'une cave, d'une grange et d'une remise à outils. Le tout généreusement offert par une dame amoureuse qui n'a pas hésité à puiser en douce dans l'escarcelle maritale.

Brusquement, toute cette mascarade m'a énervé, comme si je sentais Dario me manipuler d'outre-tombe, et d'un geste du bras j'ai tout envoyé balader à terre. Ma maquette a failli tomber avec. J'ai allumé toutes les lumières de mon studio. La chaleur de ce début juillet m'a chauffé les joues.

Tout à coup j'ai perçu un bruit sourd et en même temps j'ai senti la brûlure dans mon cou, et je n'ai pas compris tout de suite. Je me suis baissé, la tête sous la table, à genoux, surpris. J'ai porté une main à ma nuque, et mes doigts ont glissé, visqueux, jusqu'à mon épaule. Je me suis mis à plat ventre sans savoir pourquoi, comme un mort qui ploie déjà, quand en fait je me suis senti à peine secoué. Intrigué, hors d'atteinte, là, sous ma chaise, j'ai cherché à comprendre, la main crispée autour de mon cou. Deux, trois images m'ont traversé l'esprit en une fraction de seconde, des frelons d'été qui sifflent juste avant de piquer, un coup de rasoir chaud et invisible, une plaie mal cicatrisée qui suinte sans qu'on le sache. Prostré, incrédule, j'ai d'abord cherché le silence parfait, j'ai tourné la tête vers la fenêtre béante et n'y ai trouvé que des étoiles éparses et, bien en dessous, un halo de lumière orangée parvenant de l'immeuble en vis-à-vis. Un bruit diffus, de vagues tintements, des voix qui s'entrecroisent et peut-être, en fond, un peu de musique volatile. En rampant jusque dans la salle de bains j'ai vu le sillon de gouttelettes que mon cou laissait à terre et enfin, comme un retour au réel, j'ai pris peur. La peur de me vider par litres, d'être submergé en un clin d'œil par un flot de sang, on imagine vite un torrent, et puis, plus grand-chose. J'ai lutté pour ne pas m'évanouir avant d'avoir bouché le trou, avec une serviette d'abord, et ensuite, après avoir renversé toutes les étagères, une longue bande de coton qui s'est résorbée trop vite au contact de mon précieux sang. J'ai attendu longtemps avant de me regarder dans le miroir, avec l'intime conviction que la source ne se tarirait jamais. Qu'est-ce qu'on peut bien avoir comme veine dans la nuque pour pisser autant, j'ai pensé. Et ça s'est calmé. Sans oser ôter le coton j'ai senti que le jet avait bien diminué, que j'avais encore assez de jus en moi pour rester conscient. La bouteille d'alcool à 90 ° en main, j'ai hésité longtemps avant de la vider par à-coups désordonnés en direction de l'écorchure. Les cris de martyr que j'ai poussés à ce moment-là n'ont rien rattrapé à toute la stupidité de ce geste.

Sur la terrasse d'en face, une fin de cocktail, un couple de noceurs regardent les étoiles et rient encore un peu. Un serveur éteint les lumières et débarrasse les derniers verres. Quatre étages plus bas, une cohorte de joyeux drilles poussent quelques éclats de voix avant de s'éparpiller autour des voitures. Le tout ressemble à la fête de fin d'année d'une boîte d'informatique, avec speech optimiste du P.-D.G. et plaisanteries autorisées des subordonnés un peu saouls. En maintenant la serviette roulée en écharpe autour du cou, j'ai cherché aux alentours de la chaise où j'étais assis dix minutes plus tôt. La balle qui m'a râpé la nuque s'est fichée dans le tissu du mur. J'ai trouvé un second impact dans un montant en bois de la bibliothèque. Pour l'instant je n'en vois pas d'autre et ça correspond aux bruits que j'ai entendus. Pas de détonation. Une pleine ligne de mire de la terrasse. Sans avoir la moindre notion de balistique je peux imaginer que les balles ont été tirées de là-bas, chez les fêtards.

J'ai dévalé les escaliers avec la sale impression que l'hémorragie allait reprendre. Adossés à la voiture de ma frangine j'ai vu deux oiseaux de nuit s'embrasser avec fièvre. La fille a eu peur quand elle a vu mon visage bouffi de sueur, enveloppé dans la serviette sanguinolente, et je n'ai pas eu besoin de les prier de se pousser. En brûlant quelques feux j'ai rejoint le quinzième arrondissement et me suis engagé dans la rue de la Convention en conduisant comme un damné. J'ai évité de déglutir, tousser, ou simplement bouger la tête, persuadé que la plaie n'attendait qu'une secousse pour se rouvrir. Là-bas, j'ai réveillé une copine infirmière qui ne m'a pas posé trop de questions sur l'origine de la plaie. Vu mon état, elle m'a d'abord fait avaler un cachet sans me dire qu'il s'agissait d'un Tranxène. Elle a refait un pansement en me jurant que les points de suture étaient inutiles. Sur le chemin du retour j'ai conduit harnaché dans ma ceinture, sans dépasser le 45. Comme si j'avais enfin réalisé que j'étais encore vivant. Je me suis garé devant l'entrée de l'immeuble en face de chez moi, j'ai monté les escaliers jusqu'aux Salons Laroche sans attendre l'ascenseur. Les trois derniers serveurs ont tenté de m'empêcher d'accéder au balcon.

— Qu'est-ce que ça peut vous foutre, votre soirée à la con est finie, non ? Et vous laissez entrer n'importe qui, ici, non ? Il suffit de passer en bas et voir de la lumière, et on entre comme on veut. N'importe qui peut le faire, je suis prêt à parier. Je vous le dis, un jour ou l'autre, vous laisserez entrer un tueur !

Médusés, ils n'ont pas cherché à s'interposer longtemps. Du haut de la terrasse, j'ai pu voir mon bureau encore éclairé et une bonne partie de la chambre. J'ai même cru pouvoir sauter pour la rejoindre. Deux minutes plus tard je me suis écroulé dans mon lit après avoir tiré les stores.

Pas la peine d'aller chercher trop loin, cette vigne est maudite. Dario ne lui a pas résisté longtemps, et moi, j'ai failli en crever deux heures après qu'on me l'a léguée. Quiconque entre en possession de ces arpents est voué à une mort inéluctable. D'un certain point de vue, ça ne fait que renforcer mes doutes sur la soi-disant vocation agricole de Dario. L'enjeu est beaucoup plus fort que veut bien le penser Mme Raphaëlle, et Dario avait flairé quelque chose de juteux autour de ce lopin, sinon il n'aurait pas fait la pute pour l'acquérir avec autant d'urgence. L'urgence, pour moi, c'est de m'en défaire le plus vite possible. Ce salaud de Dario ne m'a pas laissé le mode d'emploi. Il savait déjà qu'il y avait un piège. Merci du cadeau. Je ne crèverai pas à cause de ça. Quelqu'un me cherche. C'est sans doute celui qui a tué Dario. Il peut être n'importe où, dehors, au coin de la rue. Il peut m'attendre en bas de chez moi. Il est peut-être encore là. Et le pire c'est que, pour l'instant, le temps de débrouiller ce sac de nœuds, je vais devoir quitter Paris.

*

Porte de Choisy. En passant la ceinture du périphérique, j'ai senti que je m'enfonçais dans un bloc de tristesse et d'ennui. J'aurais aimé fermer les yeux pour éviter de voir se dérouler ces six kilomètres de ruban en perpétuelle ondulation qui me séparaient de la rue Anselme-Rondenay.

Tu fais de la peine, banlieue. Tu n'as rien pour toi. Tes yeux regardent Paris et ton cul la campagne. Tu ne seras jamais qu'un compromis. T'es comme le chiendent. Mais ce que je te reproche le plus, c'est que tu pues le travail. Tu ne connais que le matin et tu déclares le couvre-feu à la sortie des usines. On se repère à tes cheminées. Je n'ai jamais entendu personne te regretter. Tu n'as pas eu le temps de t'imaginer un bien-être. Tu n'es pas vieille mais tu n'as pas de patience, il t'en faut toujours plus, et plus gros, t'as toute la place qu'il faut pour les maxi et les super. La seule chose qui bouge, chez toi, c'est la folie des architectes. Ce sont eux qui me font vivre, avec toutes ces maquettes qu'ils te destinent. Ta mosaïque infernale. Ils se régalent, chez toi, c'est la bacchanale, l'orgie, le ténia. Ils se goinfrent d'espace, une cité futuriste ici, tout près de la Z.U.P., à côté d'un gymnase bariolé, entre un petit quartier plutôt quelconque des années cinquante qui attend l'expropriation, et un centre commercial qui a changé de nom vingt fois. Si d'aventure un embranchement sauvage d'autoroute n'est pas venu surplomber le tout. T'as raison de te foutre de l'harmonie parce que tu n'en as jamais eu et que tu n'en auras jamais. Alors laisse-les faire, tous ces avant-gardistes, tous ces illuminés du parpaing, ils te donnent l'impression de renaître, quand, en fait, tu ne mourras jamais. T'iras chercher plus loin, tu boufferas un peu plus autour, mais tu ne crèveras pas. C'est ça, ta seule réalité. Il est impossible de te défigurer, tu n'as jamais eu de visage.

J'ai surpris ma mère en train de chantonner pendant qu'elle préparait la carbonara. Nous avons déjeuné en tête à tête, sans télé ni sauce tomate, sans vin, et presque sans paroles. Ma mère aurait pu faire une grande carrière de célibataire. Ça m'a fait plaisir de la voir comme ça, loin de tout, goûtant au plaisir de la solitude, sans se douter une seconde de ce que je vivais.

— Pourquoi t'as le pansement dans le cou... ?

— Une espèce de torticolis. Comment tu dis torticolis, en italien ?

— Torticollo. Ton père nous envoie des cartes postales.

Une vue aérienne de Perros-Guirec. Une autre montrant la cure thermale. Les mêmes que l'année dernière. Il ne dit rien, ou presque. Il a l'air content.

J'ai embrayé vite fait en lui posant des questions sur la façon d'occuper tout le temps dont elle dispose depuis le départ de son conjoint. Elle va visiter la mère Trengoni, elle reste de longues minutes sans parler, puis elle essaie de lui faire prendre l'air mais n'y réussit pas toujours. Les flics ne se sont plus manifestés, les commères du quartier ont déjà cessé de dégoiser sur la mort de Dario, tout semble reprendre son cours normal.

— Rajoute du parmesan, Antonio. Ça va bien avec la carbonara.

Elle ferait tout pour éviter de se coltiner une sauce tomate. Dès que son mari est parti elle en profite pour changer l'ordinaire, comme aujourd'hui. Œuf, parmesan, lardons, le tout mélangé aux spaghettis. Rapide et succulent.

— Tu sais pourquoi ça s'appelle la carbonara ? je demande.

— Parce qu'il faut toujours rajouter du poivre en dernière minute, et le noir sur le blanc, ça donne ce côté « à la charbonnière ». Même les lardons frits, ça ressemble à du charbon.

Elle sourit. Je crois qu'elle a tort mais je ne veux pas la détromper. En fait, cela vient des Carbonari qui formaient leur société secrète dans les bois. En bons conspirateurs, ils ont inventé cette recette express afin de ne pas s'éterniser pendant leurs réunions. Mais elle n'a pas la moindre idée de ce qu'est un secret ou une conspiration.

En jetant un coup d'œil sur la pendule, elle a dit que le téléphone allait sonner et ça n'a pas loupé, elle a décroché sans la moindre précipitation. À l'autre bout, le vieux ne devait pas se douter que je tenais l'écouteur. Il semble avoir retrouvé une sérénité perdue. En fait, après quarante ans de mariage, il éprouve autant de bonheur que ma mère à vivre un peu en solo avec des copains. Je lui ai demandé, au passage, s'il connaissait le vin de Sant'Angelo.

— Pourquoi, t'en as bu, fils ? Dès que je suis loin faut que tu fasses des conneries…

Il a éclaté de rire, je me suis forcé à badiner un peu, et j'ai raccroché.

Pendant quatre ou cinq jours j'ai arpenté le quartier à la recherche de petites choses, des impressions, des renseignements, des souvenirs. J'ai fait le tour de tous les anciens copains, des fils de Sora et Sant'Angelo, j'ai discuté le coup avec les parents, parfois même les rares grands-parents. Certains m'ont parlé de la vigne, et de la légende de Sant'Angelo qu'on se raconte au fil des générations. Sora est un bled qui se distingue par trois points : primo, des souliers folkloriques fabriqués à base de pneus de camion et lacés comme des spartiates. Secundo, une apparition fin XVIIIe d'un saint, devenu le protecteur de la vigne. Tertio, la plus forte émigration, dès 45, de tous les hommes valides revenus de la guerre. Mon père faisait partie de ceux-là, comme presque tous les autres installés à Vitry. La famille Cuzzo m'a renseigné sur leur cousin américain, Giuseppe Parini, qui détenait un hectare de la vigne. Rien à dire, hormis qu'il a totalement oublié l'Europe et qu'il se contrefout de ce qui s'y passe. Il est propriétaire de deux ou trois usines et d'une chaîne de fast-food, et il a déjà fort à faire avec les Italiens de là-bas. Ça veut tout dire. J'ai préféré ne pas insister. La mère Trengoni m'a laissé entrer dans la chambre de Dario, où je n'ai rien trouvé, hormis une photo un peu floue de Mme Raphaëlle, bien cachée dans une pochette de quarante-cinq tours.

J'ai croisé Osvaldo qui posait les premières briques de son palais, son édifice, son xanadu. Un pavillon bien à lui. Nous avons discuté un moment. Il mettait du cœur à l'ouvrage. Entièrement seul. Tout juste aidé par le regard de son gosse d'à peine trois ans. Qui attend la casa, lui aussi. J'espère seulement qu'Osvaldo se construira une petite place bien à lui, entre la cuisine, le salon et les chambres d'enfants. Parce que entre le culte de la mère et celui de l'enfant, les pères italiens ont un peu tendance à s'oublier, malgré leur grosse voix. Je n'ai su que lui souhaiter bon courage.

J'ai dormi dans la maison parentale, et ça m'a gêné de retrouver un vieux lit, une vieille chambre, une vieille lampe de chevet, et cette vieille télé qu'on ne m'a jamais interdit de regarder. Une chose est sûre, celui qui m'en voulait l'autre nuit ne m'a pas suivi jusqu'ici. À croire que même les tueurs craignent la banlieue. Je commence à comprendre ce que Dario voulait dire par *Ma rue est longue*. Il parlait sans doute de la diaspora italienne qui s'est réfugiée partout où l'on pouvait faire tenir un toit. Rien que dans la rue Anselme-Rondenay j'ai recensé des connexions directes avec trois continents. Il suffit de discuter avec un gars qui a un frère dont le meilleur ami s'est installé là où on pourra s'échouer un jour, si l'envie nous prend. Dario le savait. Il aurait pu élever des bœufs dans un ranch en Australie, ou même repeindre les murs de Buenos Aires ou bien vendre des fromages à Londres, travailler à la mine en Lorraine ou encore fonder sa petite entreprise de nettoyage à Chicago. En attendant mieux, il a préféré faire le gigolo à Paris.

Mieux. Mais quoi ? Désormais, je sais que c'est à moi d'y répondre.

Ma décision est prise depuis longtemps, déjà. Il faut que je sache ce qu'il a vu dans ce lopin de terre. C'est sans doute le tribut à payer si je veux me sentir libre un jour. Si je veux comprendre ce que mon père cachera toujours. C'est mon compte à régler avec la terre natale. Mes maquettes peuvent attendre encore un mois. On m'a déjà obligé à fuir Paris. Demain je fuirai la France.

Mais je saurai.

Avant de partir j'ai demandé à ma mère si cela lui ferait plaisir si je retournais à Sora.

— Pour vivre ? elle a demandé, surprise.

— Oui.

Elle s'est tue un long moment, désemparée après une question aussi inattendue. J'ai même cru qu'elle allait s'énerver.

— Pour quoi faire... ? On est ici, maintenant... Y a plus personne à nous, là-bas... T'es français. Tu vas pas tout recommencer ce bordel avec le voyage et chercher la maison, et faire les papiers, et chercher la fiancée là-bas, et le travail, et t'accorder avec les voisins, tout... Même la langue que tu parles, ils la comprendront pas. Reste ici, va. Moi je veux pas y aller, même pour des vacances.

Le lendemain matin, je l'ai laissée à son insouciance.

*

Le Palatino. Départ à 18 h 06. Le plus célèbre des Paris-Rome. Une véritable institution pour les ritals, tous ceux qui ont élu domicile autour de la gare de Lyon. Ils en parlent comme d'un vieux cheval usé mais qui ramène toujours à bon port. Pour moi, la dernière fois remonte à mes onze ou douze ans, j'avais trouvé l'aller terriblement long, et le retour plus encore.

— À quelle heure on arrive à Rome ? je demande.

Le jeune gars en blazer bleu, un petit brun un peu mal fagoté, toujours de mauvaise humeur, avec un badge wagons-lits au revers, me lance le regard exaspéré de celui qui répète deux mille fois la même chose.

— À 10 h 06, si les Italiens ne prennent pas de retard.

— Ça arrive ?

Là, il ricane, sans répondre.

— Ça doit être marrant de travailler dans les trains de nuit, non ? je demande.

— Quand vous en serez à quatre fois le tour de la terre sur rails on en reparlera, hein ?

Il sort du compartiment en haussant les épaules.

Nous sommes cinq, un couple d'Italiens qui rentre de voyage de noces, un couple de Français qui part en vacances pour la première fois à Rome. Et moi. Mes compagnons de route sont charmants, les deux couples se comprennent par gestes et sourires, avec quelques tentatives de phrases que la partie adverse parvient toujours à comprendre. Parfois il y a le mot sur lequel on bute, mais ça, pas question de le leur donner, ça me priverait d'un peu de rigolade. De temps en temps je m'assoupis, bercé par le train, j'oublie que j'ai quitté le pays et la ville que j'aime. Pour un temps indéfini. Je me persuade que ce n'est pas grand-chose, trois fois rien en comparaison de ce qu'ont vécu mon grand-père et mon père. L'exil est une sale manie de l'Italien. Je ne vois pas pourquoi j'échapperais à la règle. Des souvenirs d'enfance me reviennent en mémoire. La mémoire de tous les départs que je n'ai pas vécus. La voix du paternel remonte en moi, comme les soirs où, d'aventure, il avait envie de causer de lui.

... Partir... ? Avant même que je naisse, mon père partait en

Amérique pour ramener des dollars. Ensuite c'était mes frères. Quand c'était mon tour, l'année 39 est arrivée, et je suis parti quand même, mais pas pour faire fortune, juste pour apprendre comment on tenait un fusil sous les drapeaux. À Bergame, dans le Nord, et ça parlait tous les dialectes. Heureusement que j'ai retrouvé un gars de ma région pour parler en cachette, parce que le patois était interdit. On est devenus des Compari, et c'était un mot qui voulait dire quelque chose, comme une promesse d'amitié. Et le soir, on traînait dans la ville haute, le Compare et moi, et on regardait les troupes fascistes se foutre sur la gueule avec les Alpins, ceux avec la plume au chapeau. C'était les seuls à tenir tête aux gars de Mussolini. Pour les chemises noires tout était gratuit, ils entraient dans un cinéma ou dans un bar et ils disaient : C'est le Duce qui paye ! C'est peut-être la première raison qui m'a fait détester ces salauds-là tout de suite... Et c'était rien comparé à la guerre, la vraie. En 41 on m'a même pas laissé le temps de rentrer voir ma fiancée. Ils nous ont envoyés, le Compare et moi... Tu devineras jamais où... Un pays qu'on savait même pas que ça existait... C'est là que j'ai vraiment compris ce que c'était que partir...

On me secoue par l'épaule. 10 h 34. Roma Termini. Avant même de descendre du train je ressens quelque chose, je ne sais pas encore quoi, une chaleur d'été, une odeur bizarre, une odeur de chaleur d'été, une lumière bien blanche, je ne sais pas. La cohue sur le quai. Je regarde tous ces bras qui se croisent du haut du marchepied, la rampe est presque brûlante, le soleil fait briller la coque verte du train d'en face. Je remonte le quai. Au loin, le hall est presque gris, caché à l'ombre de la marquise. Il ressemble à un aquarium parfaitement rectangulaire, énorme, un peu sale, il bourdonne et fourmille de touristes agités, lourds et transpirant déjà. C'est encore la zone franche, interlope et bordélique. Après avoir changé quelques billets je me décide à sortir de l'aquarium. À gauche et à droite, deux voûtes de lumière, je ne sais pas laquelle choisir pour, enfin, entrer dans ce pays.

J'ai pris la sortie de gauche, la plus proche, celle qui mène au terminus des cars, Via dei Mille. Je reste un instant immobile au seuil de la gare sans oser traverser la rue. Rome est déjà sur le trottoir d'en face, je la reconnais sans l'avoir vraiment connue.

Des murs à l'ocre vieilli, le sillon du tramway, un Caffè Trombetta où deux vieux sont assis, les pieds dans la lumière et la tête cherchant l'ombre du store, des petites autos nerveuses qui se croisent dans le tutoiement des klaxons. Pour rejoindre les cars je passe par la Via Principe Amadeo et, curieux de tout, je scrute la moindre échoppe pour savoir si tout ça ressemble au vague souvenir qu'il me reste. Un barbier sans client, renversé dans un fauteuil en position shampooing, lit le journal dans la pénombre. Je croise deux bohémiennes, deux *zingare*, qui tendent la main vers moi. Sous l'enseigne Pizza & Pollo il y a des ouvriers qui mangent des cuisses de poulet tout en s'engueulant dans un dialecte pas trop éloigné de celui de mes parents, mais je passe trop vite pour comprendre le litige. Je traverse la rue, côté soleil. Une enfilade de cars se profile au loin, le mien part vers onze heures, j'ai encore un peu de temps. Des familles bardées de valises et d'enfants sont agglutinées autour du piquet de départ vers Sora. « Dieci minuti ! Dieci minuti, non c'è furia ! Non c'è furia ! » crie le chauffeur à la meute qui cherche à s'engouffrer par tous les moyens dans son véhicule. En face du terminal je repère un autre barbier tout aussi inoccupé que le premier. Je passe la main sur ma barbe naissante.

Il lève le nez vers moi. C'est le moment de savoir si je peux donner le change et éviter de passer pour un touriste. Son italien est cristallin. Pas un soupçon d'accent.

— Pour la barbe ou pour les cheveux, signore ?

— La barbe.

— À quelle heure il part votre car ?

— Dix minutes.

— C'est bon.

A priori je me suis assez bien tiré de ces premiers mots prononcés sur le territoire transalpin, avec un peu de chance il n'a même pas dû sentir que j'étais français. Il me passe une serviette chaude sur le visage, affûte son coupe-chou, me badigeonne le visage de mousse. La lame crisse sur ma joue. C'est la première fois qu'on me rase. C'est agréable. Sauf quand il descend jusqu'à la pomme d'Adam. C'est chaud, c'est précis.

Un souffle de vent nous a envahis d'un coup, un courant d'air a fait claquer la porte, un bloc de revues posées sur un rebord du bac est tombé à terre. La lame n'a pas dévié d'un millimètre.

Flegmatique, immobile, il s'est contenté de dire :

— Per bacco... Che vento impetuoso !

« Par Bacchus, quel vent impétueux. » Dans ce pays, je n'ai pas fini d'en entendre.

Deux minutes plus tard j'ai la gueule plus lisse que du verre. Le barbier me sourit et me demande, à la dérobée :

— Vous êtes de Paris ou de L'Haÿ-les-Roses ?

En masquant un peu, j'ai répondu Paris. Il a sûrement un vague cousin, dans la seconde.

Je paye, honteux d'avoir été découvert. Je ne sais pas combien de temps je vais rester ici, mais il aurait mieux valu qu'on me prenne pour un vrai natif. Avant de sortir de la boutique, le barbier me gratifie d'un « au révouare méssiheu », histoire de dire qu'il a voyagé, lui aussi. Dehors, la meute a disparu autour du piquet et les vitres du car s'embuent. Il reste un strapontin près du chauffeur. Il démarre et, ruisselant de sueur, jette une œillade vers moi en disant :

— «Attenzion, nous passar davant le Coliséo ! »

Effectivement. Et après le Colisée, la campagne. Le vieux bahut a traversé des bleds et des bleds, déchargeant peu à peu tous ceux qui avaient pris le même Palatino que moi, pour prendre des paysans, des femmes avec d'énormes paniers, des gosses rentrant de l'école. Le tout plongé dans une joyeuse cacophonie de bavardages, chacun changeant de place pour faire le tour des connaissances, comme si tout le village se retrouvait là, dans ce car. Une femme, juste derrière moi, riait aux éclats en racontant quelque anecdote de basse-cour qui a mobilisé l'attention quasi générale durant les dix derniers kilomètres. J'ai ri aussi, sans comprendre vraiment, et je me suis mis à imaginer ce qui se serait passé si mon père n'avait pas pris la décision de quitter la région. Ma mère aurait pu être cette femme au cou cuivré, au geste débordant et au rire contagieux. Et moi j'aurais pu être ce jeune gars en maillot de corps jaunâtre qui lit *Il Corriere dello Sport* en faisant tournoyer un cure-dents dans sa bouche sans prêter la moindre attention au bordel ambiant. Pourquoi pas, après tout. En ce moment même, mon père serait dans sa forêt en train de surveiller le travail des jeunes, en attendant son plat de macaronis. En revanche je ne m'imagine pas une seconde porter des débardeurs en laine, je n'aime pas le football et j'ai toujours trouvé les cure-dents vulgaires.

Je suis descendu au terminus, à Sora. Sant'Angelo est un petit hameau qui dépend d'elle, situé trois kilomètres au nord. Le seul souvenir que j'ai de Sora, c'est un fleuve qui s'appelle le Liri, quatre ponts pour le traverser, et trois cinémas qui, à l'époque, changeaient de film chaque jour. Pour moins d'habitants que de fauteuils disponibles. On pouvait fumer au balcon, mais en revanche un panneau interdisait formellement de manger de la pizza. Une des salles ressemblait au grand Rex, une autre s'était spécialisée dans les péplums série B et la petite dernière dans le porno et l'horreur. Je me souviens d'une séance de *La nièce n'a pas froid aux yeux* où le projectionniste s'était fait lyncher par un public hystérique à cause d'une panne de lumière au moment où la nièce en question allait faire preuve de courage face à un grand gaillard qui lui donne à choisir entre sa queue et sa hache. On n'a jamais connu la suite. En rentrant en France je n'avais plus de mots pour expliquer à mes camarades ce dont la race humaine était capable sur grand écran. Seul Dario parvenait à corroborer mes dires. Le cinéma faisait partie de la vie du petit provincial, du paysan même, du quotidien. Aujourd'hui je ne vois plus que des antennes paraboliques sur les toits, les trois salles ont disparu, la plus grande est devenue un magasin de motoculteurs, et je me demande comment les mômes du coin font désormais pour goûter aux images interdites.

Il fait déjà trop chaud. Mon sac pèse des tonnes. Je suis habillé comme à Paris, et on me croise comme un touriste, sans comprendre ce qui cloche. C'est écrit sur ma gueule. Je le lis sur celle des autres. La ville est plus agréable que dans mon souvenir. Plus de variété dans les couleurs des murs, dans l'architecture, dans l'agencement des échoppes. Je ne m'étais pas rendu compte de tout ça étant môme. Les mômes ne remarquent jamais rien, hormis les marchands de glaces et les cinémas. Je transpire. J'ai faim. Je sens un parfum de farine chaude devant une pizzeria. Tout à côté, une odeur de saumure. Des montagnes d'olives jaunes. Et sur Piazza Santa Restituta, le vendeur de pastèques décharge son camion en faisant rouler ses fruits sur une large planche. Un peu paumé, incapable de prendre une décision, manger, boire, dormir ou repartir aussi sec d'où je viens, je m'assois près d'une pièce d'eau, entièrement seul. Personne n'ose encore affronter le soleil.

Pensione Quadrini. On m'a dit que j'y trouverais de quoi loger. Une porte cochère qui ouvre sur un minuscule patio où sont garés des vélos rouillés et une mobylette. Au bout d'un petit escalier sombre on aboutit direct dans une cuisine où une jeune femme est en train de faire frire des fleurs de courgettes dans une poêle tout en regardant la télé. Elle s'essuie les mains à son tablier et, surprise, me demande ce que je veux. Comme si j'étais là pour manger des beignets de fleur. Une chambre ? Ah oui, une chambre ! J'en ai quatre... J'en ai quatre ! Voilà tout ce que je réussis à comprendre. Malgré cet enthousiasme, je sens qu'elle n'est pas à l'aise, elle rougit et évite de me regarder de face, l'odeur de friture nous envahit, elle n'a pas l'habitude du touriste. On se demande qui elle peut bien héberger en plein mois d'août. Tout se passe assez vite, en fait. Même pas le temps de discuter. J'ai l'impression qu'elle veut précipiter le mouvement. Pour un peu je rebrousserais chemin. Pas envie de troubler la tranquillité de quelqu'un dès mon arrivée. Je la suis dans une petite chambre rudimentaire mais propre, avec un missel sur la table de nuit et une image pieuse au-dessus du lit. Mlle Quadrini pose une serviette près du lavabo et parle d'eau chaude, elle en manque à certaines heures de la journée, puis elle fouille dans une poche de son tablier pour me tendre une clé, au cas où je rentrerais après onze heures du soir. Je pensais qu'elle allait me parler des tarifs et de la durée de mon séjour mais, toujours aussi inquiète, elle est retournée dans la cuisine pour continuer sa friture.

Dans quelle étrange contrée suis-je tombé ? Les vrais ritals sont-ils si différents de nous autres, les renégats ?

Le lit craque autant que toute ma carcasse encore engourdie après une nuit de couchette. Personne ne sait que je suis dans ce bled. Moi-même je n'en suis pas si sûr. Il va falloir que je m'habitue à tout ça si je veux comprendre quelque chose.

Les actes de propriété sont étalés par terre, et je les étudie pour la centième fois. L'extrait du cadastre, le plan du géomètre, et mon nom, mon nom, et encore mon nom. C'est à cause de ces trois papiers que Dario est mort et que je suis passé tout près du cimetière du Progrès. J'ai la photocopie mentale de mes terres depuis plusieurs jours, et maintenant qu'elles sont si proches, à un jet de pierre, j'ai encore un mouvement de recul chaque fois que je pense avoir réuni le courage suffisant pour m'y rendre. Les mille cinq cents bornes entre Rome et Paris ne sont rien en comparaison de ça. L'orée de mes terres. Mes terres. Parfois il m'arrive de les accepter, de me les approprier, de faire comme s'il y avait de la fierté là-dedans. Quand je n'éprouve que peur et dédain.

Les réflexes méditerranéens reviennent vite. Après une courte sieste, je suis sorti vers six heures du soir, au meilleur moment de la journée. C'est l'heure où l'on ose faire un pas dehors, où l'on a envie de se mêler aux autres, de discuter en place publique, en terrasse, un verre de rouge bien frais à la main. On supporte le tissu d'une chemise, on n'hésite plus à bouger, on flâne. J'ai bu un café juste devant la pièce d'eau où toute la jeune génération est agglutinée. Les filles assises sur des rambardes se font chahuter par des garçons en mobylette. Les hommes mangent des glaces. Tout cela n'est pas si différent de ce que j'ai connu étant gosse. Je me sens moins intrus qu'à mon arrivée.

Pris d'une impulsion subite, je me suis mis à marcher sur le bas-côté de la route qui mène à Sant'Angelo. J'en ai eu brutalement envie, comme si le courage m'était revenu et que tout allait s'éclaircir, enfin. Sur la route j'ai encore fait le tour des suppositions en ce qui concerne le terrain. Mais il y en a plus de cent. Plus de mille.

Sous ce terrain, il y a quelque chose de caché, d'enfoui, un trésor, des milliards, de l'or, des objets précieux, des lingots qui datent de la guerre, le Saint-Graal, les cadavres de trente personnes disparues, des preuves irréfutables sur la culpabilité de plein de gens, des choses qu'il ne vaudrait mieux pas déterrer. Voilà pourquoi j'ai failli me faire plomber.

Mais s'il y avait vraiment quelque chose dans cette terre, pourquoi ne pas avoir fait une simple expédition nocturne, avec des pelles et des pioches, et le tour était joué. À moins que ça ne soit trop gros pour être déterré discrètement. Tout est possible. Et s'il y a vraiment quelque chose, ce quelque chose m'appartient de plein droit. Je suis peut-être milliardaire sans le savoir. Et qu'est-ce que ça peut bien me foutre si ça doit me coûter une balle de neuf millimètres dans la tête ?

Encore quelques mètres. L'extrait de cadastre en main, je quitte la route et m'enfonce dans une toute petite forêt. Il fait doux, je flaire des odeurs que je ne connaissais pas, je contourne des buissons aux baies étranges. Mon cœur se met à battre. Entre deux chênes je vois, au loin, une espèce de clairière qui pourrait bien m'appartenir. Le soleil est encore bien haut. Je n'ai pas rencontré âme qui vive depuis une bonne demi-heure.

C'est bien elle.

Ordonnée. Modeste. Pas interminable, non, je peux en voir les limites et les contours en bougeant à peine la tête. Elle s'arrête au pied d'une colline. Les piquets bien droits, les grappes apparentes, encore vertes. Une sorte de vieille grange, pas loin. Et bien sûr, pas la moindre grille pour emprisonner tout ça. Qui s'en fout, après tout, de ces quatre hectares à découvert, qu'on peut entourer d'un seul regard, qu'on peut boucler d'une courte promenade ? On la remarque à peine si l'on n'est pas venu expressément pour elle. Elle est encerclée par un champ de blé beaucoup plus vaste, lui. Combien faut-il d'hommes pour s'en occuper ? Deux, trois, pas plus, et pas tous les jours. Trois jours par-ci, dix jours par-là. Pas plus. Je m'approche de la grange en faisant attention à ne pas marcher dans la terre, comme si je craignais plus pour elle que pour mes chaussures. La grange n'est même pas fermée. Elle abrite le matériel de pressage et quelques fûts, manifestement vides. Ce vin est-il aussi terrible qu'on le dit ? Comment peut-on faire du mauvais vin avec un paysage et un soleil pareils ? Et pourquoi personne n'a jamais essayé de l'améliorer, d'en faire quelque chose de buvable ? Parce qu'il paraît qu'avec un peu de bonne volonté, un peu d'enthousiasme, un peu de science et un peu d'argent, on peut transformer le vinaigre en quelque chose de correct. J'ai l'impression d'être un intrus que les paysans vont bientôt chasser à coups de fusil et livrer aux carabiniers. Quand, en fait, je suis bel et bien chez moi, et j'ai tous les papiers pour le prouver. En entrant dans la grange, je découvre au beau milieu d'un monceau de paille, une barrique bouchée qui pue la vinasse et semble pleine à craquer. Je ne sais pas comment m'y prendre pour en tirer une simple gorgée sans en répandre des litres au sol. Une louche à proximité, un marteau, une large pierre plate. Il faudrait que je mette le fût à la verticale, mais il doit peser un bon quintal.

Au moment où je me suis approché du tonneau j'ai entendu un râle d'outre-tombe.

Un cri qui a résonné partout, et j'ai eu peur, j'ai rampé comme un rat en retournant sur mes pas. Le cri a repris une fois ou deux pour se transformer en grognements rauques. Quelque chose d'à peine humain. Mais j'ai pu y reconnaître un mot ou deux.

— Chi è !!!! Chi è ? Chi è ?

Si ce quelque chose demande qui je suis, c'est qu'il n'est pas vraiment dangereux. Je suis revenu jusqu'à la barrique pour y découvrir une petite boule joufflue et ruisselante de vinasse, des lunettes noires, épaisses et bien rondes, un corps replet enseveli sous la paille. L'homme est vautré entre des bonbonnes vides. L'une d'elles est couchée près de lui, au quart pleine, à portée de sa bouche. Il la tétait au moment où je suis venu le déranger. Je cherche son regard mais ses drôles de lunettes noires ne laissent rien passer, il se redresse vaguement mais ne se lève pas. Il est hirsute et porte une barbe sale, une veste immonde, des godillots troués. Jamais je n'aurais pu imaginer qu'il y avait des clodos ici. Il a fait une succession de gestes ratés, comme se dresser sur ses jambes, empoigner un objet perdu dans la paille, et surtout, regarder dans ma direction. J'ai compris qu'il était ivre mort, ses genoux ont heurté la chose enfouie et quelques couacs ont vibré pas loin. Il a éclaté de rire, a tâtonné à terre pour y débusquer ce truc qui couine. Un banjo. Après l'avoir posé sur ses genoux il a regardé vers moi, la bouche grande ouverte, heureux. Le sourire du ravi, riant vers le néant, effaré et triste. Mais j'ai eu l'étrange impression que ses yeux se trompaient de trois bons mètres dans leur ligne de mire.

— Je m'appelle Antonio Polsinelli.

— Jamais entendu ce nom-là, signore. Mais c'est pas grave ! C'est tant mieux ! Vous êtes de passage ?

— Oui.

— C'est tant mieux !

Il a grattouillé les cordes en guise d'introduction et a dit :

— Vous n'avez jamais entendu ça, je vais jouer un morceau que j'ai écrit moi-même, le morceau de toute ma vie, c'est une complainte, c'est une chose triste, ça s'appelle « *J'ai acheté les couleurs* ».

En secouant un peu la barrique il a bu quelques goulées en en renversant des litres entiers par terre, puis s'est mis à entonner sa chanson.

Le champ de blé est noir
Le ciel du jour est noir, le ciel de nuit aussi
Que c'est triste de voir tout en noir
Le vent, le soleil et la pluie.
Suis allé au marché pour trouver les couleurs
Mais le marchand a dit « il faut de l'argent pour ça » !
L'argent c'est quelle couleur ? Même ça je le sais pas
Un jour un homme est venu, il était noir aussi,
Et il m'a dit bientôt, tu verras tout en or
Avec tous ces deniers je voulais un arc-en-ciel
J'attendais les millions,
Mais depuis il est mort
Et pour me consoler j'ai joué de mon instrument
Et les passants gentils m'ont donné quelques pièces
Alors pour oublier, le noir et tout le reste
Suis allé au marché pour acheter du vin rouge
« Le rouge j'en ai plus, m'a dit le marchand
T'as qu'à boire du blanc.
Quelle différence ça fait
Pour un aveugle comme toi,
La couleur de la bouteille. »

Un coup de feu a retenti dans la grange et m'a arraché un nouveau cri de surprise.

L'aveugle s'est tu. À genoux. Raide. J'ai cru qu'il avait été touché.

Vers la porte, une silhouette plantée, le fusil encore en l'air. Nous sommes restés figés, stupides, l'aveugle et moi.

L'homme s'est approché lentement et, dans un accès de rage incroyable, a frappé l'aveugle dans les côtes avec la crosse de son fusil. Râles de douleur. Je n'ai pas fait un geste.

Peur de la violence, des coups de feu, de tout, de ce pays, de l'aveugle et de sa chanson, de cet homme frappant avec plaisir sur un handicapé prostré à terre.

Des insultes, des coups de pied. Je me suis haï de ne pas savoir arrêter ça.

Ensuite il a précipité l'aveugle hors de la grange et a jeté le banjo le plus loin possible. Il a brisé sur son genou une longue branche qui devait faire office de canne. Puis s'est retourné calmement vers moi.

— Il est le nouveau patron des terrains ?

Un italien châtié, un peu trop académique, un peu trop marqué. On aurait dit mon père dans un grand jour. Et cette troisième personne de politesse, déférente, un peu trop précieuse, qu'on utilise en général avec un interlocuteur plus âgé que soi pour marquer le respect. Un instant sans voix, j'ai baissé les bras sans savoir quoi répondre, sans savoir s'il s'adressait vraiment à moi ou à un autre, caché dans mon dos.

— L'aveugle n'est pas mauvais garçon, mais ça fait mille fois que je le chasse des vignes, il renverse toutes les barriques, et Giacomo, le vigneron, n'est pas là tous les jours pour surveiller.

— Il ne fallait pas le battre comme ça.

— Bah... Si je ne l'avais pas fait il revenait dans deux heures.

— Et alors ?

Il tique, énervé par ma réponse. Sans doute qu'un vrai « padrone », comme il dit, doit savoir se faire respecter. Puis il reprend son sourire insupportable.

— Il doit s'imposer tout de suite, sinon il n'aura que des problèmes. L'aveugle, il me connaît bien, allez... Le dimanche je lui donne mille lires, au marché... Si maintenant on écoute ce que raconte l'aveugle...

— Vous êtes qui ?

— Signor Mangini Mario, j'habite à côté. J'ai vendu un bout de terrain dont il est le patron, maintenant.

Il tend la main vers moi. Encore sous le choc, je tends la mienne.

— Il le connaissait bien, le mort, monsieur Polsinelli ?

— Vous êtes au courant de tout, non ? Même de mon nom.

Il s'est lancé dans un petit topo explicatif, pas vraiment surprenant. Dario avait fait le voyage de Paris pour venir lui acheter cash un lopin dont il n'avait plus besoin. Sans discuter trop longtemps du prix, ils sont allés chez le notaire. C'est ce même notaire qui a été prévenu par téléphone, sans doute par Mme Raphaëlle, que l'acte de propriété allait changer de nom, suite au décès, et la nouvelle s'est répandue chez les gens concernés par le terrain. Mangini a terminé son speech en disant qu'un jour ou l'autre il finirait bien par voir apparaître « le nouveau patron ».

— Dario vous avait sûrement expliqué pourquoi il voulait racheter ? je demande.

Il ricane.

— J'ai bien essayé de comprendre, au début. Parce que cette vigne, Signor Polsinelli, même un vieux paysan comme moi qui est né dessus n'a jamais réussi à en faire quelque chose de bon, alors... avec le respect que je dois aux morts, je peux dire que c'est pas un petit Français qui allait en faire un coup de canon, de cette vigne...

Il dit ça avec le petit air fier du natif irréductible, celui qui n'a jamais quitté le sol natal, celui qui ne s'est jamais rabaissé à demander l'aumône aux pays étrangers. Sans doute y a-t-il un honneur à ne pas fuir. Je ne sais pas. Profitant d'un peu de silence il passe son fusil en bandoulière et se redresse, droit comme un I, à la manière du soldat en faction. J'essaie de lui donner un âge sans vraiment y parvenir. Le port altier, le geste précis, une vigueur hors du commun quand il a tabassé l'aveugle. Beaucoup de rides, le visage tanné de soleil, le regard fatigué. Soixante ans, peut-être.

— Polsinelli, c'est un nom italien. Et il le parle bien, presque comme nous. Comment ça se fait ?

— Mes parents sont du coin.

— Je m'en doutais un peu, va... Les Polsinelli, y en a pas mal, ici... C'est comme moi, les Mangini, c'en est bourré, dans au moins trois familles différentes... Vous savez ce qu'on dit de l'Italie ? Que c'est le pays des sculpteurs, des peintres, des architectes, des oncles, des neveux et des cousins...

Nous avançons vers le seuil de la grange. Le jour a décliné brutalement, à moins que notre entretien ait duré plus longtemps que ça. Une fois dehors, Mangini fait un geste panoramique du bras pour me désigner les contours de la propriété.

— Et la petite maison qu'il voit là-bas, c'est la remise d'outils, je ne lui conseille même pas d'y rentrer, elle est tellement vieille qu'elle pourrait s'écrouler sur lui. Y a rien à récupérer de bon. Même pas de quoi acheter des cigarettes.

Quand j'ai jeté un coup d'œil sur ce qu'il appelle la remise, j'ai cru à une hallucination.

— Une remise... Ça ? Vous plaisantez... ?

Plutôt un mirage. Une petite chose circulaire, en pierre et en bois sculpté. Coiffée d'un dôme fissuré. Une ruine, belle et incongrue au milieu d'un champ. Un instant interloqué j'ai cherché le terme adéquat pour ce type de bâtisse, sans le trouver, ni en français ni en italien.

— Mais... On dirait un... une...

— Une chapelle, oui. C'est bien une chapelle. On ne l'avait pas prévenu ?

Mangini s'est foutu de moi comme un collégien, en me montrant du doigt.

— Il est propriétaire d'un lieu saint, signor !

Et son rire repart de plus belle.

Comme un zombi j'ai avancé vers elle, la main tendue. La porte n'attendait qu'une pression pour tomber en poussière.

— Qu'il fasse quand même attention, signor !

La poussière m'a fait tousser. J'ai marché sur des outils, des hottes, des sécateurs posés sur un dallage de marbre ébréché. Une mosaïque rose et noire, passée et cassante. En relevant la tête j'ai eu un hoquet de surprise en le voyant, lui. Debout, les mains en l'air, sur un socle en pierre. La tête en bois écaillé, des joues creusées et poreuses. Mais les yeux sévères. Intacts. Inquisiteurs. Sa tunique blanche part en poussière, elle est mitée et trouée. La cape devait être bleue, il y a un siècle. Un saint de brocante. Seul le regard perdure à travers le temps. Un regard qui persiste à faire peur. Comme pour le déjouer, l'annihiler, on a suspendu une série de serpes et de crochets sur tout un bras. Mais ça ne parvient pas à le rendre ridicule. L'homme qui jadis a sculpté ce regard devait avoir une vraie trouille du sacré.

— Pas de dégâts, Signor Polsinelli ? crie Mangini, du dehors.

Je ressors, un peu assommé.

— Vous pouvez m'expliquer ce que cette chapelle fait là ?

— On verra demain, ça fait plus de cent ans qu'on parle plus de lui, notre bien-aimé Sant'Angelo, notre protecteur. Il peut bien attendre encore une nuit hein ? Et bonne promenade...

Il s'engage droit vers la colline dans le jour qui décroît.

— Et encore bienvenue, Signor Polsinelli...

Bientôt, je ne vois plus que le bois luisant de sa crosse au milieu des feuillages. Et je me retrouve seul dans cette contrée perdue, sans désir, sans repères. Et je suis du genre, où que je sois, à avoir le mal du pays dès que je sens la nuit s'installer. Il m'en faut peu. Quand je pense à tous les déracinés du monde.

... Un pays que si on m'avait dit qu'il existait, j'aurais déserté... Ils avaient besoin de dix volontaires par district, et on m'a choisi pour partir en Albanie. J'en avais jamais entendu parler. Encore aujourd'hui, je pourrais pas te dire où ça se trouve. Quelque part entre la Yougoslavie et la Grèce. On a entendu dire que c'était justement une plate-forme pour envahir la Grèce. Y en a même un parmi nous, un gars plus au courant que les autres, qui a dit que Mussolini avait fait un caprice, il voulait la Grèce mais Hitler était pas d'accord, et le Duce n'a rien voulu savoir. Un caprice... Ouais... On était là à cause d'un caprice. C'est tout. J'ai voulu leur expliquer qu'il y avait d'autres gars mieux que moi pour jouer les envahisseurs. Les fascistes, eux, ils demandaient que ça. Et puis, il y en avait pas, des envahisseurs, parmi nous, les soldats de Victor-Emmanuel III. On était tous pareils, à se faire tout petit pendant l'appel, à raser les murs, à trouver le fusil trop lourd. Les Italiens sont pas vraiment des guerriers, tu sais... Quand une garnison d'Italiens entend l'ordre : Tous aux baïonnettes ! *ils comprennent :* Tous aux camionnettes ! *et ils retournent à la caserne. Tout le monde sait ça. On avait autre*

chose à penser qu'à écouter les leçons de courage. N'empêche qu'il nous a fallu vingt-huit jours de bateau, au Compare et moi, pour arriver à Tirana.

*

La télé de la logeuse pétaradait de coups de mitraillettes, de sirènes, et de pots d'échappement. Les yeux rivés sur une américanade, la jeune femme m'a tout de même montré son saladier de beignets au cas où j'aurais un petit creux. Un seul m'a suffi pour me plomber l'estomac pour le reste de la soirée, et comme si elle avait deviné ce que je voulais, elle a sorti une bouteille de vin d'un placard sans quitter des yeux le gros flic noir lisant ses droits au jeune loubard qu'il vient d'appréhender. Un instant je me suis demandé ce qu'elle pouvait bien piger à tant d'exotisme. J'ai pris place à côté d'elle, sur le canapé, la bouteille à portée de main. Nous avons bu en silence. Elle, regardant la fin du feuilleton dans un silence religieux. Moi, plongé dans la contemplation de son profil.

— En France aussi, y a des Noirs et des Chinois ?

— Oui.

— Et des histoires de police, la nuit, avec des poursuites et du bruit, et des filles.

— Heu… Paris, c'est pas New York, vous savez.

— Il doit s'y passer plus de choses qu'ici, allez… Ici, y a jamais rien.

— Ne croyez pas ça. Ça fait pas une journée que je suis là et j'ai déjà vu plein de choses bizarres.

Elle sourit sans me croire et me tend son verre pour que je le remplisse. Elle boit et se concentre à nouveau sur l'image. Peut-être par gêne. Le bronzage de ses épaules et de son cou s'arrête aux contours de sa blouse à trois sous qui se chiffonne aux cuisses. En dessous, je devine un maillot de corps dont une des bretelles menace de tomber. Lentement elle saisit les coins du tablier noué à sa taille pour s'éventer le visage. L'inspecteur de police dit quelque chose qui la fait rire mais que je n'ai pas entendu. Elle fait reposer sa jambe gauche sur un bras du canapé et fait claquer sa savate ballante sous son talon. Dans le plus grand naturel. Est-ce la même fille que celle qui m'a accueilli ce matin ? Si oui, elle m'a adopté plus vite que prévu. J'ai cent questions à lui poser, et elle, plus de mille.

— Vous vivez seule, ici ?

La réponse était toute prête. J'ai même eu l'impression d'avoir tardé à la poser.

— Oui, mes parents ne sont plus là. J'ai gardé la pension, mais je fais d'autres choses pour vivre. De la couture, beaucoup. Mais aussi de la cuisine et du ménage pour des vieilles personnes en ville.

Elle doit surtout mourir d'ennui, seule, à longueur d'année. Malgré ses vingt-sept chaînes. Quand le feuilleton est terminé, elle zappe. La R.A.I. diffuse une espèce de show avec des girls largement découvertes. Ça m'a un peu gêné. Elle a baissé le son, et j'en ai profité.

— C'est du vin d'ici qu'on boit ?

— Pouah... avec le vin d'ici je fais la salade. Celui que vous buvez c'est du Barolo, mon père adorait ça, il m'a laissé pas mal de bouteilles. Ah si Sant'Angelo voyait ce qu'on fait de sa vigne, il nous protégerait plus !

Elle éclate d'un rire un peu aigre. J'ai regardé l'étiquette de la bouteille. Un Barolo de 74.

— C'est quoi, l'histoire de Sant'Angelo ?

Sans cesser de regarder la myriade de filles en paillettes, elle se sert un autre verre et le brandit bien haut.

— Béni soit notre Saint Patron ! Sant'Angelo nous a visités, il y a des siècles, il est apparu à des bergers, et il a dit, c'est ici, sur ces terres, que vous tirerez le sang du Christ ! Voilà ce qu'il a dit ! J'ai jamais vu des jambes aussi longues, regardez-moi cette fille ! Ammazza... !

J'ai eu envie de lui dire qu'elle aussi a des jambes. Mais sans doute ne le sait-elle pas. Dans un flash de rétine je l'ai vue débarrassée de ses nippes, et l'ai rhabillée, recoiffée et maquillée comme une vraie petite Parisienne des rues. Une bombe d'épices qui ferait tourner la tête à toute la rive droite.

— Vous connaissez la petite chapelle qu'il y a au milieu de la vigne, du côté de Sant'Angelo... ?

— Bien sûr.

— Qu'est-ce qu'elle fait là ?

— Après l'apparition ils ont planté la vigne et ils ont construit la chapelle, parce que c'était la première fois qu'un saint venait jusque chez nous pour nous visiter. Ils ont fait sa statue, et un curé venait tous les dimanches pour faire la messe, pour pas plus de trente personnes. Ma grand-mère est née pas loin, Dieu ait son âme, et elle l'a connue ouverte. Un jour ils l'ont fermée, y avait plus assez de monde, ça remonte à presque cent ans en arrière. Moi je reste à Sora pour suivre l'office. J'accompagne mes vieux.

— Vous n'allez jamais à Rome ?

— Jamais. La messe de Pâques, je la regarde à la télé. Le pape on le voit tout près, et il nous fait l'*urbi et orbi*. Il a dit que c'était valable même quand on le regarde à la télé. Vous savez, je m'appelle Bianca. Dites, vous allez rester longtemps chez nous ?

— Je ne sais pas.

— Restez au moins jusqu'à la fête du *Gonfalone*, c'est le 12 août. Vous verrez, il y aura toute la région, tous les villages vont s'affronter, des milliers de gens !

Brusquement elle jette un œil sur la grosse pendule du salon, se lève et change de chaîne.

— On allait louper *Dallas*.

Une musique gluante nous coule dans les oreilles. Elle m'a déjà oublié.

Les bruits de la rue m'ont réveillé, j'ai ouvert les stores sur le marché grouillant de vie partout sur la grand-place. Le vin d'hier soir ne m'a pas cassé la tête. Au loin, j'ai vu Mlle Quadrini acheter une pastèque trop lourde pour elle, en plus d'un sac plein de légumes. Elle passe à portée de cet aveugle fou qui joue du banjo entre deux étals. Une passante lui lance une pièce de monnaie, il la remercie en chantant. Malgré l'éloignement je l'entends couiner et faire des mimiques incroyables. Un maraîcher lui lance une pomme pour le faire taire, l'aveugle la reçoit en pleine tête. Il se fige, une seconde. En tâtonnant, il récupère la pomme, la dévore, puis gueule :

— Hé crétin, la prochaine fois, essaie la pastèque !

Persuadé d'être seul dans la maisonnée, je suis allé vers la cuisine pour y débusquer un peu de café, et j'ai eu un mouvement de recul quand j'ai vu ce type assis, les bras croisés sur la table, devant une sacoche. Une trentaine d'années, élégant, le visage frais, des dents saines. Un nouveau client ? Je ne sais pas pourquoi mais, à la manière dont il m'a regardé, j'ai senti qu'il faisait partie de la conjuration des nuisances.

— Vous voulez une chambre ? j'ai fait.

— Non, c'est vous que je viens voir, monsieur Polsinelli.

Là j'ai failli m'énerver. Je ne cherche pas spécialement à rester anonyme mais j'ai la sale impression d'avoir une croix marquée au front.

— Je me présente, Attilio Porteglia, j'habite Frosinone, et je voudrais traiter avec vous. Je peux essayer de parler français, mais lequel de nous deux connaît mieux la langue de l'autre ?

— Comment savez-vous que je suis descendu ici ?

— Vous connaissez les petits villages...

J'ai haussé les épaules. Mais il est vrai que tous les gens concernés par cette vigne n'ont aucun mal à me trouver.

Clair, synthétique, il m'a exposé les deux ou trois éléments de sa vie nécessaires à la bonne compréhension de sa démarche. Fils de bonne famille, il a fait des études d'œnologie à Paris et veut désormais se lancer dans le métier.

— Je veux créer mon vin, j'ai de l'argent. Un maître de chai français est d'accord pour tenter cette aventure avec moi.

— Un Français ?

— Château-Lafite, il répond, en essayant de prononcer à la française.

— Et alors ?

— Je veux m'installer dans le coin, je me suis promené, et je suis tombé sur votre vigne, il y a un mois. C'est exactement la situation que je souhaite pour mon futur vin, la surface aussi, pas plus de 10 000 bouteilles par an, on pourrait en tirer plus mais je ne veux pas. Je l'ai goûté, et on ne peut pas dire pour l'instant que...

— Je sais.

C'est au moins le dixième palais qui me dit que ce vin est dégueulasse. Et je suis le seul à ne pas l'avoir goûté.

— Je ne peux pas en faire un grand cru. Pas un château-lafite, d'accord, mais un bon petit vin qui dira son nom.

— Je n'y connais rien. Est-ce seulement possible ?

— Il faudra repartir de zéro, se priver des trois prochaines récoltes, construire une nouvelle cave, acheter des fûts en chêne, et aussi des... Mais... Heu... Je ne vois pas pourquoi je vous raconterais le détail...

Il s'est levé et a ouvert sa sacoche.

— Je veux cette vigne.

Des liasses de billets de cinquante mille lires.

— Je vous la rachète au double du prix du mètre carré, soit cinquante millions de lires, devant le notaire. Plus, ce que vous voyez sur la table. Dix millions de lires si vous vous décidez aujourd'hui.

— Rangez ça tout de suite, la jeune personne qui tient cette maison va arriver et je ne veux pas qu'elle s'inquiète.

Surpris, il a remballé ses liasses et m'a tendu la poignée de la sacoche.

— Personne ne vous en donnera plus.

— Et si je voulais en faire, moi, du bon vin ?

— Vous plaisantez, Signor Polsinelli...

— Oui, je plaisante.

La Quadrini est arrivée et a salué l'inconnu. Je l'ai sentie inquiète, malhabile dans ses gestes. Elle nous a proposé une tranche de pastèque, puis du café. Au loin, près du canapé, j'ai vu la bouteille de la veille.

— Il vous reste du vin, comme celui d'hier ? Sans répondre elle est allée me chercher une bouteille neuve.

— Monsieur Porteglia et moi nous allons boire un petit verre, ça ne vous gêne pas, mademoiselle Quadrini ?

Elle a secoué la tête, nous a sorti deux verres. Le jeune gars a levé la main bien haut.

— Merci, pas pour moi, il est trop tôt.

Je l'ai regardé droit dans les yeux, tout en maniant le tire-bouchon.

— Vous allez trinquer avec moi ! j'ai dit, comme un ordre.

Il a tout de suite compris qu'il n'était pas question de se défiler.

Pas une seconde, la paume de ma main n'a quitté l'étiquette. J'ai posé la bouteille à mes pieds. Bianca nous a regardés.

Porteglia, de mauvaise grâce, a scruté la couleur du liquide, puis l'a senti en le faisant tournoyer dans le verre. En le portant à sa bouche, ses yeux ont croisé les miens.

Une gorgée qu'il a mâchée quelques secondes. Puis une autre. J'ai descendu le mien d'un trait.

— Alors, vous en pensez quoi ? j'ai demandé.

Porteglia ne quitte pas son verre des yeux. Son silence s'étire.

— Pas facile. Tout dépend de la manière dont il a été conservé.

— Allez… Un petit effort. Un jeu d'enfant pour un spécialiste comme vous.

— Un vin du Nord, c'est sûr…

— Mais encore, monsieur Porteglia. Précisez.

Le voir renifler son verre en gagnant du temps m'a amusé.

— Je dirais… Heu… Il n'est pas très éloquent… Il est plutôt austère, assez fruité. Il se prête bien au vieillissement.

Excité, je me ressers un verre. Toujours bien planqué sous la table.

— Celui-là s'en tire bien, mais je ne pense pas qu'il faille le conserver plus de dix ans.

Après une autre gorgée il a dit :

— Il me semble qu'il est piémontais.

— Arrêtez de finasser, monsieur l'œnologue. Dites quelque chose.

— Je dirais un Barolo. D'une année moyenne, mais qui a largement dépassé les dix ans.

J'ai arrêté net de boire.

— Allez… 74 ?

Bianca a émis un petit sifflement perçant. J'ai tapé mon verre sur la table. Porteglia est sorti sans prendre sa sacoche et m'a dit qu'il repasserait dans la soirée.

La Quadrini m'a montré le chemin de la poste. L'endroit a quelque chose d'équatorial, un ventilateur au plafond, des cabines en bois clair, un guichet en marbre rose. Le type derrière s'enfile une gamelle de pâtes en sauce, une serviette attachée autour du cou. Du haut de sa lippe grasse il me fait comprendre que je le dérange. À l'autre bout du fil, ma mère m'a demandé s'il faisait chaud, si j'avais trouvé de quoi manger et dormir. Il paraît que mon père a promis de me botter le cul dès qu'il rentrerait de sa cure pour avoir abandonné la mamma. Un comble.

L'après-midi je suis retourné à la vigne où le Signor Mangini m'attendait avec le vigneron qui avait revêtu son costume du dimanche. Un garçon impressionnable, ce Giacomo. Non seulement je devais être le premier étranger à qui il parlait de sa vie, hormis Dario, mais j'étais surtout « il padrone ». Avant toute chose il tenait à me déballer tout un baratin technique sur sa méthode de travail, le cépage, la vinification, la taille des pieds, et un tas de choses que je ne connaissais pas, mais j'ai fait mine de m'y intéresser. La vigne n'est pas son vrai boulot, mais sa propre ferme ne marche pas fort, et il essaie depuis quelques années de faire un peu de sous avec des grappes dont plus personne ne voulait s'occuper. Il parvient à en vendre quelques milliers de litres à une chaîne de restaurants d'entreprise milanais, mais il préfère de loin la proposition de salaire que Dario lui a faite. Si Dario faisait confiance à ce brave gars pour tirer le vin, c'est une nouvelle preuve qu'il se foutait totalement de la qualité. Ils m'ont emmené dans les caves creusées dans le sol de la grange, j'ai vu une enfilade de tonneaux contenant les trente mille litres invendus qui s'accumulent depuis les quatre dernières années. Pour la première fois, j'ai enfin réussi à tremper mes lèvres dans le breuvage. On m'en avait tellement rebattu les oreilles que j'ai accueilli le liquide presque en grimaçant. Ils ont attendu, inquiets, ma première réaction.

— Alors ?

Alors j'ai fait semblant. Avec un air profondément recueilli je me suis gargarisé le palais en attendant que quelque chose se passe. Je n'ai pas eu le sentiment de boire le sang du Christ. Le Barolo d'hier est un cruel point de comparaison. Mais je m'attendais à bien pire. Il est plutôt âcre, c'est vrai. Un goût de pichet, un faux air de quart de rouge à quinze balles, on devine le croque-monsieur à suivre, et on le fait passer avec un café, sinon il risque de casser un peu la tête pour le reste de l'après-midi. Je n'ai pas craché ; le pauvre garçon qui s'échine à le presser en aurait sans doute baissé les yeux.

— Alors ???

Alors j'en ai remis un peu dans l'écuelle pour m'y coltiner à nouveau. Cette fois je l'ai avalé d'un trait, comme si j'avais soif, et les deux autres ne m'ont pas suivi. J'aurais aimé trouver quelque chose à dire, un truc original, trop ceci ou pas assez cela. En fait, il n'y a rien à dire. C'est du vin. Un liquide pas assez prétentieux pour se passer d'une assiette bien garnie. Un jour j'ai entendu un maître queux dire que la cuisine italienne était la seconde du monde, parce que c'est la seconde cuisine au monde qui comprend le vin comme un aliment.

Qu'est-ce que Dario pouvait bien avoir dans la tête pour venir traîner ses souliers vernis dans cette ornière ?

— Alors, qu'est-ce qu'il en dit, hein ?

*

Trois jours où j'ai traîné et fouiné dans les terres et dans la ville, chez les gens, à la recherche d'une intuition. Le notaire qui m'a souhaité bon courage après avoir passé en revue le plus petit alinéa des actes de propriété. L'adjoint du maire aussi, le petit monde de Sora qui ne m'apprend rien. Deux nouvelles tentatives de Porteglia où je me suis amusé à doubler la somme. Avec ça je pourrais retourner à Paris et m'offrir deux ans de vacances. Dario, lui, voulait prendre sa retraite à trente ans, grâce à ce terrain. Giacomo travaille dur pour la prochaine vendange ; avec ses deux ouvriers, ils coupent les feuilles qui font de l'ombre aux grappes et épargnent celles qui protégeraient de la pluie. Mais il ne pleuvra pas, cette année. La récolte sera bonne. Des heures durant j'ai arpenté le terrain sans oublier la moindre parcelle, j'ai même remué la terre par endroits, au hasard, pour y débusquer le trésor. Espoir stupide. Mais défoulant. Plus le temps passe et plus j'ai le sentiment qu'il n'y a rien à trouver. Ici, il n'y a que du travail, rien que du travail, et Dario l'a toujours fui. Hier soir, à bout de forces, je suis allé me plaindre au vrai patron des terres : Sant'Angelo lui-même. Et si le trésor n'était pas enfoui, mais bel et bien au vu et su de tous, depuis un siècle, comme la statue ou la chapelle ? Peine perdue, la chapelle menace de s'écrouler d'un instant à l'autre et le socle de la statue est vide. Quant à Sant'Angelo lui-même, un gosse aurait déjà pu le fourguer au marché sans inquiéter personne. Dans la chapelle, j'ai pourtant repéré une chose étrange, des fissures qui semblent avoir été faites volontairement par endroits. À d'autres, elles semblent avoir été rafistolées à l'aide de tasseaux et de madriers cloués dans la charpente. Les gens du coin me prennent pour un fou. Mon père me manque de plus en plus. Parfois, j'ai l'impression d'être au front, en pays étranger, sans pourtant jamais voir l'ennemi.

... On nous a débarqués dans le port de Durrës pour faire la route jusqu'à Tirana, la capitale. Là-bas j'ai vu des fascistes, ça on était habitués, mais j'ai eu la trouille en voyant aussi des Allemands, des vrais Allemands, jusqu'à ce qu'on nous dise que ces gars-là étaient nos alliés. Nos alliés ? Eux ? Et bien d'autres conneries comme ça, comme de nous prétendre que l'Albanie était sous notre dépendance depuis 39. Et alors ? Qu'est-ce qu'on en avait à foutre, nous ? On nous a affectés dans ce qu'ils appelaient une base aérienne et pendant quatre mois on est restés à rien foutre qu'à regarder le ciel avec des jumelles, et la nuit on essayait de les repérer à l'oreille, en jouant aux cartes. Si des fois le bruit était suspect, on passait un coup de fil à la mitraillette, mais celle-là, on l'a jamais entendue tirer. Et c'est tout. Un ennemi ? Non, pas d'ennemi. Personne. Mon compère et moi on a commencé à penser qu'ici on n'avait pas besoin de nous. Un jour on nous a dit qu'il y avait quelque chose à défendre. C'était quoi ? Un puits de pétrole. Oui... 10 soldats autour d'un puits, pendant un an et demi. Que personne a jamais voulu attaquer. On était en 43, et on nous racontait qu'il se passait des choses terribles en Europe, on craignait pour les nôtres, et nous, on a dormi plus de dix-huit mois autour d'un puits. La guerre était à pas moins de 500 kilomètres de notre puits... 500... Une fois on m'a accordé 15 jours de permission. Le Compare m'a dit : refuse-la, tu vas prendre plus de risques à rentrer que nous à rester ici. Et il avait raison. 15 jours à Sora, et quatre mois entiers pour faire l'aller-retour. En Albanie, j'ai cru qu'on m'avait porté déserteur. Tu parles... Personne s'était aperçu de rien... Et comme un con je me suis retrouvé

là au milieu de tous ces endormis quand j'aurais pu rester au pays, et déserter pour de bon. Le Compare, lui, il m'attendait les larmes aux yeux. Je lui ai demandé : vous avez vu des ennemis pendant ces quatre mois ? Il a répondu non, et je suis allé m'allonger.

Bianca m'a attendu pour dîner. Sans le dire, bien sûr.

— Penne all'arrabbiata ?

Oui ! j'ai répondu, affamé. Les pennes sont des macaronis courts et taillés en biseau. Avec une sauce « à l'enragée », parce que exécutée à toute vitesse et relevée au piment.

— Quand ma mère fait une sauce, ça prend bien trois heures, dis-je.

— Normal. La vraie sauce tomate, c'est moins de dix minutes, ou alors plus de deux heures, parce que entre les deux on a toute l'acidité de la tomate qui apparaît. Demain je ferai des cannellonis, si vous voulez, Antonio...

Elle rougit un peu d'avoir dit ça, et moi, je ne sais plus où me mettre. Sur la table il y a une énorme bassine de lupins qui gonflent. J'en goûte quelques-uns.

— Vous allumez la télé, s'il vous plaît, Antonio ?

Elle ne peut pas s'en passer. Je crains que sa connaissance du monde ne s'arrête à cette boîte à images.

— À cette heure-ci, il y a rien de bien, mais ça m'aide à faire la cuisine.

— Pardon ?

— Bien sûr... Tenez, je vais vous apprendre à faire une sauce à l'arrabbiata. Il est dix-neuf heures quarante-cinq. Mettez la R.A.I.

Un jingle qui annonce une série de publicités.

— Mettez votre eau à bouillir et, au même moment, faites revenir une gousse d'ail entière dans une poêle bien chaude sur le feu d'à côté, jusqu'à la fin des pubs.

L'odeur de l'ail frémissant arrive jusqu'à moi. Les pubs se terminent. Elle me demande de zapper sur la Cinq, où un gars devant une carte de l'Italie nous prévoit 35 ° pour demain.

— Dès qu'il commence la météo vous pouvez enlever la gousse de l'huile. On en a plus besoin, l'huile a pris tout son goût. Jetez vos tomates pelées dans la poêle. Quand il a terminé la météo, l'eau bout, vous y jetez les pennes. Mettez la Quatre.

Un présentateur de jeux, du public, des hôtesses, des dés géants, des chiffres qui s'allument, des candidats excités.

— Quand ils donnent le résultat du tirage au sort, vous pouvez tourner un peu la sauce, et rajouter une petite boîte de concentré de tomates, juste pour donner un peu de couleur, deux petits piments, pas plus, laissez le feu bien fort, évitez de couvrir, ça va gicler partout mais on dit qu'une sauce all'arrabbiata est réussie quand la cuisine est constellée de rouge. Passez sur la Deux.

Un feuilleton brésilien tourné en vidéo, deux amants compassés s'engueulent dans un living.

— À la fin de l'épisode ce sera le journal télévisé, et on pourra passer à table. La sauce et les pâtes seront prêts exactement en même temps. Quinze minutes. Vous avez retenu ?

Sans m'en apercevoir, un petit monticule d'écorces de lupins s'est formé devant moi. D'un geste nerveux j'en avale encore quelques-uns. Rien de pire pour émousser la faim, ces trucs-là.

— Méfiez-vous de la malédiction des lupins, Antonio ! On dit que le Christ, poursuivi par les Pharisiens, s'est réfugié dans un champ de lupins. Mais quand on secoue une branche de lupins, ça fait comme un bruit de carillon, et les Pharisiens l'ont retrouvé tout de suite. Alors il a dit : que celui qui goûte une seule de ces graines ne puisse plus jamais se rassasier. Mangez plutôt des olives.

Je la trouve de plus en plus adorable, avec sa cuisine, ses recettes et ses contes et légendes.

— Les olives, c'est pareil, j'ai fait.

— Justement non. Car le Christ s'est réfugié un jour dans un champ d'oliviers, mais comme le tronc de l'olivier est creux, personne ne l'a retrouvé, et il a béni l'olivier.

Si tout ceci est vrai, je la demande en fiançailles, et si tout est faux je l'épouse. N'empêche que je ne pensais pas que le Christ était aussi trouillard.

— Pas mal, votre recette, mais je n'ai pas la télé.

— Alors mangez des pois chiches.

Les pâles brûlantes sont arrivées dans mon assiette. Un délice qui enflamme le palais. Je me suis toujours méfié des filles qui savaient faire la cuisine.

— Dites, vous avez quel âge, Bianca ?

— Je suis de 61.

— Je ne vous crois pas. Quel mois ?

— Septembre.

— ... Vraiment... ? Quel jour ?

— Le premier. J'en suis très fière. Et si vous voulez encore plus de précision, à trois heures de l'après-midi.

Incroyable... Je suis son aîné de quatre petites heures. À peine le temps de s'habituer au bruit du monde. La coïncidence me trouble au point que désormais je regarde mon hôtesse autrement. Premier septembre ?

Nos histoires pourtant si différentes se sont déjà mêlées tant de fois. Elle ici, moi là-bas, et tous les rendez-vous de l'enfance, les étapes, les espoirs, jusqu'à l'éclosion de l'adulte. Comme si nous avions tout vécu à rebours pour nous retrouver là ce soir. Si j'étais né ici, à deux rues de chez elle, nous nous serions sans doute croisés des milliers de fois sans jamais nous parler vraiment.

Un délicieux silence entretenu par des regards timides s'est installé entre nous. Je me suis fait le serment de la prendre dans mes bras avant de retourner en France. Mais ce soir, le courage m'a manqué. Bien vite je l'ai abandonnée devant des assiettes vides. Les yeux gonflés de solitude.

Un rôdeur. Moi. La nuit. J'aime mieux ce rôle que celui du patron. Ce soir j'ai la ferme intention de me recueillir, en tête à tête, avec cet Ange au regard dur. Il me dira peut-être ce qui cloche ici-bas.

Le ciel du jour est noir, celui de la nuit aussi
Que c'est triste de voir tout en noir...

Cette fois, l'aveugle n'a pas réussi à me surprendre. Je savais bien qu'il reviendrait. Sa chanson l'a trahi. On dit que les aveugles ont une bonne oreille. Peut-être, mais à jeun. Fin saouls, ils sont comme les autres, abrutis, gueulards et seuls au monde. Je m'approche du fût vers lequel il a élu domicile pour la nuit. Falstaff au regard mort.

Étalé, le ventre gonflé comme une outre, il s'est figé un instant quand il a senti ma présence. J'ai réussi à voir ses yeux. Il a promené son regard nu alentour, et j'ai cru qu'il tâtonnerait longtemps à terre pour trouver ses lunettes, mais en un rien de temps elles ont regagné son nez. Je me suis approché tout près de lui dans le plus grand silence. Il n'a pas tardé à repiquer dans sa jarre de vin. Le tourbillon qu'il a dans la tête l'empêcherait de repérer un bataillon de fêtards.

Je me suis approché le plus près possible, pour l'épier, pour le dominer, comme un guerrier voyant se traîner à ses pieds un écorché sur le champ de bataille. Il a vidé une bouteille en chantant encore.

Un jour un homme est venu
Il m'a promis de l'or
Et il est mort

Puis l'a jetée en l'air, d'un coup sec, et j'ai failli la recevoir en pleine gueule. Si je ne l'avais pas esquivée j'aurais un œil en moins, à l'heure qu'il est.

— C'était qui, cet homme ? j'ai crié, pour qu'il sursaute.

Comme un lombric mal écrasé il a roulé sur lui-même et s'est entortillé contre un arbre. Après quelques secondes de trouille et de grognements d'ivrogne, il m'a demandé de ne pas le battre.

— Je sais qui vous êtes ! Le Français ! Vous parlez comme le Français !

— C'était qui, cet homme qui vous a promis de l'or ?

— Je ne boirai plus jamais votre vin, c'est juré, ne me battez pas !

J'ai saisi l'écuelle qui traînait dans le coin, l'ai remplie et me suis approché de lui, doucement.

— Vous pouvez boire tout le vin qu'il y a ici, je m'en fous. C'est le patron qui vous le dit, buvez, allez…

Habitué à être dérouillé dès qu'il met les pieds ici, il ne me croit pas.

— Buvez ! j'ai dit, comme un ordre.

Il s'est exécuté dans l'instant, je ne pense pas qu'il ait pris ça comme un geste de bienvenue, et il a eu raison. J'ai seulement pensé que plus il serait ivre et plus j'aurais de chance de lui faire cracher un indice, une idée sur ce quelque chose de pourri dans mon royaume.

— C'était qui, cet homme riche... ?

— Qu'est-ce que vous cherchez sur cette terre... ? Qu'est-ce que vous voulez, les Français, vous n'êtes pas chez vous...

Il a continué à boire sans qu'on le force. Quand il a dit « les Français » j'ai senti que j'étais sur une bonne piste. Sa chanson m'avait intrigué dès la première fois. La sommaire histoire de sa vie. Une litanie ressassée comme un remords. À nouveau je lui ai posé la question sur l'homme et ses promesses d'or.

— C'était un Français, comme moi ?

Dès qu'il a hoché la tête, mon cœur s'est emballé.

— Il était mon ami, vous savez... Il vous avait promis de l'argent ?

— Trop d'argent... Et autre chose encore, de mieux... Ne me faites pas penser à ça, s'il vous plaît, donnez-moi du vin, il était la chance de ma vie...

— Qu'est-ce qu'il voulait ? Dites-le !

— Je veux du vin...

Il s'est mis à pleurer et tout à coup je l'ai senti proche de l'aveu, avec pourtant la sale impression qu'il ne dirait plus un seul mot de toute la nuit, malgré l'alcool, malgré les larmes. Et ça, il n'en était plus question. De haine, j'ai crispé le poing. Sa peur des coups m'est revenue en mémoire. En serrant les dents je l'ai frappé au visage du revers de la main. Une autre pulsion de rage m'est montée à la gorge et de toutes mes forces j'ai voulu le gifler à nouveau, mais cette fois, par un extraordinaire réflexe, il a su esquiver la tête au bon moment. Et ma main s'est écrasée sur l'arbre.

Aux premières lueurs du jour, l'aveugle s'est endormi.

Toute ma vie je me souviendrai de cette nuit-là.

J'y ai vu un homme aller jusqu'au bout de l'ivrognerie, un être tout en feu, brûlant du désir de pouvoir enfin tout dire, de lui et du monde, en ravivant la flamme à grandes rasades d'alcool. J'y ai entendu la voix d'un être poussant la révélation jusqu'à faire péter les plus ultimes barrières du secret, jusqu'à l'apothéose. On ne peut pas assister à tout ça en tendant simplement l'oreille. Personne n'aurait résisté, pas même un prêtre. Et, dans le cas présent, surtout pas un prêtre. N'y tenant plus, je me suis mis à boire aussi, pour pouvoir affronter et tenir, jusqu'au bout.

Puis il s'est écroulé dans mes bras, d'un bloc. Je ne savais pas qu'un être humain avait autant de ressources quand il s'agit de se raconter. Je me suis levé pour regagner la pension, et tout oublier. La tête me tournait de tant de paroles et de mauvais vin. Dans la terre humide j'ai cru m'enliser et sombrer sans que personne ne le sache jamais. Pour ne pas vomir j'ai crispé les poings, des images informes m'ont assailli l'esprit, l'ivresse m'a rappelé mon père, tout s'est mélangé, ma vie et la sienne, comme si j'avais besoin de me raccrocher à ses souvenirs pour ne pas sombrer.

... En novembre 43, tout a basculé. On nous a réunis au bas d'une colline pour nous annoncer un truc important. En tout, 70 000 soldats, inquiets à l'idée de se retrouver là, tous ensemble. Des fascistes et des Allemands étaient là aussi. C'est là qu'un officier a pris la parole, en haut de la colline. Il a dit : l'armistice

avec les Grecs est signé ! *On a fini par prendre ça plutôt comme une bonne nouvelle, jusqu'à ce qu'il ajoute :* Sauve qui peut ! *Au début on a pas bien compris ce qu'il voulait dire, mais quand on a vu surgir des mitraillettes de derrière la colline on s'est posé la question. Quand ils ont commencé à nous tirer dessus, on a remis les explications à plus tard. Deux ans dans ce pays, pas un seul ennemi, pas une seule bataille, et fallait que ce soit des Italiens qui nous tirent comme des lapins. N'empêche que, le pire dans tout ça, tu me croiras jamais... C'est triste à dire, mais on s'est senti comme des orphelins. Je vois pas d'autre mot. L'État italien s'était retiré de toute cette histoire et nous laissait là. C'était comme si le père de famille quittait la maison et abandonnait les petits. Exactement pareil. Exactement... On était libres, démobilisés, et à partir de là, ça a été encore pire qu'avant. On a essayé de rejoindre des ports mais on savait bien qu'aucun bateau nous attendait pour nous ramener. Les fascistes et les Allemands continuaient le combat, j'ai jamais su lequel, mais nous, on avait le droit de rentrer. Mais on pouvait pas. On a rencontré des partisans albanais, pour la première fois. On a parlé dans leur langue. On a presque sympathisé. Je leur ai donné mon fusil, parce que eux savaient quoi en faire, ils disaient. Et j'ai bien fait, parce que si j'avais hésité, je serais peut-être pas ici à te raconter ça. On avait plus d'uniforme. C'était l'hiver.*

En titubant j'ai rejoint le sentier, et j'ai marché comme j'ai pu, comme l'aveugle, mais sans son adresse ni sa fourberie. J'ai chancelé d'arbre en arbre, pendant longtemps, persuadé d'avoir fait le gros du chemin, quand quelques dizaines de mètres à peine étaient parcourus. Un instant j'ai cru ne jamais y parvenir et que malgré tous mes efforts je tomberais là, dans le fossé, en attendant que quelqu'un m'en sorte.

Je n'ai pas eu à attendre longtemps.

Malgré mes yeux mi-clos et troubles, j'ai pu apercevoir cette petite voiture presque silencieuse dévier et glisser jusqu'à moi avec une incroyable lenteur. Elle m'a cogné les jambes et je suis tombé sur le capot où j'ai tenté de me raccrocher. Je n'ai pas senti le moindre choc, la voiture s'est arrêtée, et je n'ai pas eu la force de me dresser sur mes jambes pour regagner le sol. Dans le tourbillon de mon crâne j'ai pourtant réalisé que le but du jeu n'était pas de me faire passer sous les roues.

Une silhouette est apparue. J'ai vomi sur le pare-brise.

— Il aurait été si facile de vous faucher et poursuivre tranquillement ma route.

La voix ne me disait trop rien. Il a fallu que je plisse les yeux au maximum pour tenter de le reconnaître. Je sentais confusément que j'abordais la phase critique de l'ébriété, cette zone floue qui fait transition entre l'euphorie et la maladie, ce court moment où l'on donnerait tout au monde pour s'écrouler et qu'on vous foute la paix à jamais. Ce salaud m'avait cueilli juste à ce moment-là.

— Mais ce n'est pas vous que je veux, c'est votre terrain.

En même temps, l'étrange chimie qui agit entre les vapeurs d'alcool et les méandres de l'esprit fait que l'on se sent malgré tout lucide, sûrement trop. Et l'on se fout de tout, de tout ce qui pourrait arriver. Au mot « terrain », j'ai éclaté de rire. Comme je venais de le faire pour le vin j'ai vomi des flots de paroles, mais dans ma langue, cette fois, et ça m'a fait un bien fou de retrouver le français. Geindre en français, insulter en français, ricaner en français.

— Faites encore un effort, Signor Polsinelli. Mon offre était sérieuse, et généreuse. Mais si vous continuez à refuser, vous n'en finirez jamais avec moi.

Porteglia. Je l'ai enfin reconnu. Je me disais bien que son masque tomberait plus rapidement que prévu.

— Va te faire foutre...

— Si j'étais vous, signor...

— Va te faire foutre, je suis saoul et je t'emmerde...

Il a disparu un instant pour réapparaître en tenant un truc fin et brillant dans la main.

— De gré ou de force vous allez finir par vous en défaire, de cette vigne. Mais le temps presse, il me la faut vite. Vous en crèverez encore plus vite si vous ne me la vendez pas. J'irai jusqu'en France pour vous saigner.

Il a approché son truc de mon visage et a tracé un trait avec, sur ma joue. Une sensation piquante et un peu chaude. Quand il l'a sorti de mon arcade j'ai pu voir de quoi il s'agissait. Un coupe-chou, tout simple. Comme celui du barbier, à Rome. C'était sans doute la première fois que j'en voyais un de si près. Quand les coulées de sang ont atteint mon cou, je me suis revu chez moi, rampant à terre après les coups de feu, l'odeur de l'alcool à 90 °, et tous ces fêtards sur le balcon d'en face.

— Vous refusez toujours de discuter ?

J'ai attendu un instant, avant de répondre.

— Encore moins... depuis... cette nuit...

Parce que depuis cette nuit, j'ai commencé à réaliser ce qui se tramait autour de cette terre. J'ai enfin compris qu'il ne suffisait pas de la cultiver, de la retourner, de la fouiller pour en tirer quelque chose. Il fallait, avant tout, en être le propriétaire. C'est pour ça que ce salaud ne me tuera pas, ce soir. En revanche, il sait que désormais je ne peux plus aller voir la police.

— Comprenez-moi bien, Signor Polsinelli, il ne suffit pas d'avoir son nom sur un bout de papier pour posséder ce terrain. Les gens d'ici ne vous le pardonneront pas, regardez ce qui est arrivé à votre ami Dario. Et vous finirez comme lui, et pour les mêmes raisons...

— Va fan'cullo...

Sa lame s'est posée sur mon cou.

J'ai attendu qu'il tranche.

Un instant.

Et j'ai entendu un craquement.

Porteglia s'est écroulé sur moi. Ma tête a heurté à nouveau le pare-brise, et nos deux corps ont basculé sur la route. J'ai serré les dents pour ne pas perdre conscience. Tête contre tête. La sienne ruisselait contre la mienne. Ma joue n'a pas pu se détacher de son front. Je me suis évanoui.

*

Une voûte sale et fissurée de partout. Des carrés d'herbe poussant entre les dalles. Et un saint, mains en l'air, qui me regarde de haut.

Le paradis...

Encore inconscient je me suis traîné jusqu'à la statue pour la toucher et m'assurer que nous faisions, elle et moi, encore partie du monde matériel. J'ai crié, j'ai caressé le socle en pierre.

Je suis bien dans la chapelle, et Sant'Angelo a dû veiller sur moi. Il m'a maintenu en vie. Machinalement j'ai porté les mains à mon visage, puis dans le cou. Rien. Pas la moindre entaille.

— Qu'est-ce que je fous là, benedetto Sant'Angelo ? Hein ? Il faudrait que je parle en italien pour que tu daignes répondre, hein... ? Mais moi, j'en ai marre, de parler l'italien...

Dehors, l'aveugle avait disparu. Un peu plus loin, sur le sentier j'ai cherché la voiture de Porteglia en craignant de retrouver son corps gisant à proximité, et je n'ai trouvé que quelques traînées de sang à l'endroit où nous sommes tombés. Le sien, le mien, qui saura jamais ?

Pour ne pas effrayer Bianca, j'ai tourné la tête en passant dans la cuisine. Précaution inutile, elle n'était pas encore revenue du marché, je l'ai vue du haut de la fenêtre négocier la pastèque du jour. Un mot m'attendait sur la table : « de quoi manger dans le frigo et le lit est fait ». J'ai préparé mon sac en quelques secondes et foncé dans la cuisine pour griffonner à mon tour un billet. « Je pars quelques jours mais je serai de retour pour fêter le *Gonfalone.* » Et je suis sorti.

Quatre heures plus tard j'étais dans le car, direction la capitale. Comme pour le trajet aller, je me suis assis tout près du conducteur. Mon séjour à Rome, entre autres choses, servira aussi à oublier le spectre de la nuit qui vient de s'écouler, dormir un jour ou deux avant le grand saut, et surtout, à prouver sur le papier que Dario était aussi génial qu'il le prétendait. Il faut que je sois de retour au village pour le *Gonfalone.* Tout converge vers cette date, le 12 août. Passé ce jour, je saurai si tout cela en valait la peine. Et je retournerai chez moi, le cœur heureux d'avoir au moins essayé de prolonger le rêve d'un copain d'enfance.

Au passage je jette un œil vers le Colisée puis vers le monument de Victor-Emmanuel. Les Romains appellent le premier « le camembert » et le second « la machine à écrire ». Même si chacun ressemble à son surnom, je ne suis pas sûr que beaucoup de Romains aient approché de près un camembert. Par réflexe je me suis arrêté aux abords de la gare pour y chercher une chambre, et ça n'a pas traîné. Il m'a suffi d'entrer dans le premier restaurant venu pour qu'un serveur me donne l'adresse de la meilleure pension avec les meilleurs lits et la meilleure eau chaude de tout le quartier, et comme si je n'avais pas encore compris, il m'a conseillé de venir de sa part. Au passage il a ajouté qu'il servait les meilleures tagliatelles de la rue.

Quelques heures plus tard, je me suis réveillé dans un lit *matrimoniale* où des jeunes mariés auraient pu tenir avec les témoins, ça m'a coûté 10 000 lires de plus mais je ne regrette pas. Le patron est un grand barbu d'une cinquantaine d'années, aimable et qui n'est pas contre un petit brin de causette avec les clients quand il s'agit de parler de sa ville chérie. Tout en préparant le déjeuner.

— Combien de temps vous restez chez nous ?

— Je dois être de retour le 11 au matin.

Il sort un spaghetti de l'eau bouillante, l'inspecte sans le goûter, le rejette dans l'eau et éteint le feu.

— Seulement trois jours... ? Vous savez combien il en a fallu pour construire Rome ?

— Elle ne s'est pas faite en un seul, tout le monde sait ça. Alors comment se fait-il qu'il n'a fallu qu'une nuit pour la brûler ?

— Pensez-vous... Ce sont des ragots ! dit-il en secouant l'écumoire.

— Vous ne les goûtez pas avant de servir ?

— Moi, jamais, mais chacun sa méthode. Je le regarde, et ça suffit. Mais je peux vous prouver qu'elles sont à point, mieux encore que si vous goûtiez.

Il saisit un spaghetti et le jette contre le mur.

— Tenez, regardez. S'il était cru il ne s'accrocherait pas, et s'il était trop cuit, il glisserait. Ici on peut avoir une cuisson parfaite parce qu'on est au niveau de la mer.

— Comment ça ?

— Vous ne savez pas qu'on ne fait pas les mêmes pâtes à la mer et à la montagne ? En altitude, l'eau n'atteint pas cent degrés, le bouillon est trop faible, alors il est impossible de faire cuire une pâte fine, parce qu'on doit la saisir très vite dans une ébullition maximale, sinon ça devient de la colle. Ça explique bien des choses sur les spécialités régionales. Ah... ici, vous êtes bien tombé ! Je sais tout, tout, tout ! Il ne faut absolument pas rater le plafond de Sainte-Cécile, tout près du Panthéon, et si vous êtes dans ce coin profitez-en pour…

— Je n'aurai pas le temps, je pense.

— Qu'est-ce que vous êtes venu chercher, alors ? Les restaurants ? Les petites Romaines ?

— Les bibliothèques.

— Prego… ?

— Je dois prendre des renseignements dans les bibliothèques, vous en connaissez ?

Il a hésité un instant puis s'est retourné vers le couloir en gueulant fort :

— Alfredo… ! Alfredo… ! Ma dove sei, ammazza… ! Alfredo… !

Un jeune garçon d'environ quinze ans a déboulé dans le couloir.

— C'est pour toi, a dit le père. Un intellectuel…

Le syndicat d'initiative n'aurait pas mieux fait, le petit Alfredo a tout de suite cerné ce dont j'avais besoin et m'a conseillé les deux endroits où je trouverais mon bonheur, ainsi que l'adresse de la librairie française « La Procure » au cas où l'italien me ferait brusquement défaut.

Deux jours durant j'ai compulsé, épluché et photocopié tous les documents qui m'intéressaient, et d'heure en heure j'ai vu le projet se construire avec l'impression que tout était déjà mis en place depuis longtemps. En fait, il me suffisait de marcher dans les traces que Dario avait bien voulu laisser. Le soir, je me suis enfermé avec mon dossier et les plans du terrain dessinés par le géomètre pour savoir si tout ce délire avait une chance de tenir debout. Pendant la nuit, après un long calcul de paramètres, j'ai esquissé des tonnes de croquis, maladroits et brouillons, pour aboutir enfin à quelque chose de clair. De lumineux. Et quand j'ai regardé cette étrange combination, tous ces rouages d'une mécanique improbable, je me suis demandé si un jour j'aurais droit au repos éternel. Après tout, c'est peut-être à cause de ça qu'on a puni Dario, le châtiment venait de plus haut, faut croire. Comment un plan pareil a pu germer dans une aussi petite tête ? À croire que les feignants ont du génie quand il s'agit de faire travailler les autres, et pas seulement des humains.

Tu ne m'as jamais autant manqué qu'aujourd'hui, Dario… J'ai la trouille, et c'est de ta faute. Je cours peut-être au désastre en essayant que ton plan te survive. Ça ne peut pas marcher, ton truc. C'est impensable… C'est débile, tu piges ? Pour tes petites arnaques de quartier, tes entourloupes à trois sous, t'étais le meilleur, mais ça, c'est trop gros pour toi. Pour nous. Merci du cadeau. Et je ne parle pas de la vigne mais de la boîte de Pandore qui va avec, et que je vais avoir la connerie d'ouvrir bientôt. Je suis sûr que t'es là, pas loin, et que tu te marres en regardant tout ce petit monde s'agiter. Demain tu seras aux premières loges. Tu vas l'avoir, ta vendetta, et ensuite je viendrai t'engueuler sur place, si tout ça tourne au vinaigre.

— Vous ne pouvez pas prolonger un peu, juste deux ou trois jours ? Vous n'allez pas partir sans avoir vu Saint-Paul-hors-les-Murs, Saint-Pierre-aux-Liens et sa statue de Moïse par Michelangelo, et…

Le papa d'Alfredo y met tout son cœur ; je commets un sacrilège en partant si vite, mais je lui ai promis de revenir.

— Vraiment je ne peux pas, et le seul saint qui m'intéresse, n'intéresse pas grand monde.

— Lequel ?

— Sant'Angelo.

Là, un grand silence…

— Il n'est plus coté à l'argus du Vatican, j'ai fait.

— Vous êtes sûr qu'il est de chez nous… ?

— Oh ça… C'est le plus italien des canonisés. Le plus italien du monde.

Surpris, il a haussé les épaules.

— Et pourquoi ça… ?

Je savais quoi répondre, mais j'ai préféré la boucler.

*

Vendredi 11 août, seize heures trente.

Plus qu'une demi-heure de car et je serai de retour au bled. Durant le trajet j'ai travaillé mes croquis, je les ai griffonnés encore et encore. J'ai envie de revoir Bianca. En essayant de m'assoupir, je n'ai pas pu refouler des images dont je n'étais pas, une fois encore, le seul metteur en scène.

... De novembre à janvier 44, on s'est retrouvés à cinq dans la neige, on a fabriqué une baraque dans les montagnes, j'ai trouvé un couteau pour faire des paniers pour faire du troc avec les fermiers albanais contre une poignée de maïs et des haricots, que le Compare, qui savait rien foutre que cuisiner, nous servait le soir. Trois cuillerées par tête, en gardant au coin de l'œil les cuillerées trop pleines des autres. Pas de sel, quand on en trouvait, on en mettait une pincée sur la langue avant de manger. On était sales et miteux, j'avais un gros tricot de corps avec un pou dans chaque maille. Je le savais bien qu'on était pas des envahisseurs. Trois mois à chercher des renseignements, à écouter les rumeurs sur les bateaux en partance pour chez nous. J'ai fini mendiant. Une nuit je suis parti pour rejoindre un hôpital militaire dont j'avais entendu parler. Presque cent kilomètres. J'y suis arrivé mort de fatigue et de faim. Là-bas on m'a dit que j'avais deux bras et deux jambes, et ils m'ont réquisitionné pour enterrer les cadavres pour éviter que les chiens les bouffent. J'en ai mis un sous terre, avec son nom et son matricule dans une bouteille attachée à son cou. Après tout, je me suis senti pas si mal que ça, et je suis retourné vers les autres. C'est là que le Compare m'a fait jurer de ne plus l'abandonner.

Sora, terminus. Sur la place on pend des banderoles bleues pour le départ du cortège de demain. L'aveugle, pour mettre de l'ambiance, crie « Plus haut ! Plus haut ! » en agitant sa canne en l'air, et tout le monde se marre. Des gosses déjà excités par la fête courent en brandissant des fanions bleus et jaunes, les couleurs de la ville. Des Romains tout spécialement venus pour le *Gonfalone* descendent du car avec moi. Je file direct chez Bianca, elle discute avec de nouveaux clients venus des régions limitrophes. La pension sera bourrée, ce soir. Elle s'interrompt en me voyant.

— Tu as de la chance. J'aurais pu louer ta chambre dix fois.

Des mômes qui chahutent dans la cuisine, un biberon qui chauffe, des couples qui s'installent.

— Heureusement qu'il y a qu'un *Gonfalone* par an, ammazza... Les petits vont me casser la télé.

Quand elle a parlé de sa télé, ça m'a rappelé cette émission dont j'ai appris l'existence à Rome. Une chronique comme il ne peut y en avoir qu'en Italie. Si je parviens à me frayer un chemin parmi ce tapis de marmaille agglutinée autour d'un dessin animé à la con, j'ai une chance de ne pas la rater. Bianca s'est fait un plaisir de zapper sur R.A.I. Uno pour me venir en aide, et affirmer du même coup son omnipotence sur la petite lucarne.

Onze heures du soir. La ville s'est calmée et le bon peuple prend des forces avant les joutes de demain. Qu'il dorme en paix, il aura besoin d'ouvrir grands les yeux.

J'ai minuté combien de temps il me fallait pour rejoindre la vigne, à pas lents. L'aveugle m'attend, comme prévu, à l'endroit où nous nous sommes quittés la dernière fois. Ce pochard connaît le terrain mieux que personne ne le connaîtra jamais. Il ne comprend rien à ce que je lui raconte sur la fin de cette nuit-là. Qu'on m'ait agressé ne l'étonne pas trop, mais il m'a juré sur la tête de Sant'Angelo qu'il avait totalement perdu connaissance.

— Te laisse pas impressionner, patron... Demain, on pourra plus rien faire contre toi.

Dois-je le croire ? Demain sera peut-être le début d'un autre cauchemar. En attendant, il faut mettre en place, et l'aveugle est prêt à tout pour m'aider. Nous restons là une bonne heure pour repasser tout le plan, en répétant mille fois les étapes de l'opération, à commencer par le raccourci qui mène aux vignes par les champs de blé sans emprunter le sentier. Dans la chapelle. Je braque le faisceau sur le visage du saint avec ma lampe torche et sors la bombe aérosol achetée à Rome.

— T'inquiète pas, va... C'est pour ton bien.

Je recouvre entièrement le bois rongé de la statue avec le produit transparent. L'odeur est immonde, mais on m'a assuré qu'elle s'estompera en quelques heures. Je regarde à nouveau le visage du Protecteur. Avant de le quitter je lui tapote la joue.

— À toi de jouer ! lui dis-je. L'aveugle se retourne.

— À qui tu parles ? À lui ? T'es devenu fou, patron... ?

— Le patron c'est pas moi. C'est lui.

Avant de sortir j'admire une dernière fois la façon dont la

charpente de la chapelle a été retravaillée par Dario, la vraie fissure habilement creusée parmi les fausses, les zones replâtrées et les zones mises à nu, les poutres retenues par des tasseaux fragiles. A priori, c'est encore mieux pensé que les projets des architectes qui me font bosser. On verra bien.

Nous allons boire une petite rasade de vinasse. Lui pour fêter on ne sait quoi, moi pour me donner du courage. On en profite pour régler les derniers détails de notre équipée débile. Il me parle de deux ou trois petites choses auxquelles je n'avais pas pensé. Dario, lui, y avait mûrement réfléchi. Des astuces simples mais qui consolident l'ensemble, comme le seau de vin qu'il faut remplir dès ce soir pour gagner du temps et poser tout près de la statue. J'espère que le défunt copain a pensé à tout. Il aura fallu qu'il crève pour que je m'aperçoive de son talent.

— Nous, en Italie, on a beaucoup de défauts, mais y a une chose qui nous sauve, dit-il. On est des débrouillards. Bordéliques, c'est vrai. Mal organisés, d'accord. Mais on sait improviser. Improviser ! Dario avait ça, et toi aussi, Antonio.

Je ne suis pas sûr que ce soit un compliment.

— Il faut que je rentre à Sora. Tu vas dormir où ?

— T'inquiète pas pour moi, patron.

Nous restons silencieux, un moment. Quand je pense à lui, c'est « l'aveugle » qui me vient, et je ne connais même pas son prénom.

— Comment tu t'appelles ?

— Marcello. Mais personne me l'a jamais demandé.

— Qu'est-ce que tu vas faire, après... ?

— Ah ça... Je vais vivre. Et je m'achèterai un arc-en-ciel...

Une dernière fois je me suis promené sur les terres avant de rejoindre le sentier. C'est le chemin qu'empruntait mon père pour emmener balader ses dindons. Pas loin de la ferme parentale qui aujourd'hui n'existe plus.

... Un jour, on en a eu marre de tourner en rond, de s'emmerder la vie et de rien bouffer, avec le Compare. Alors, pendant plus d'une année, on a travaillé la terre des Albanais qui voulaient nous embaucher. C'est con de travailler la terre d'un autre pays quand la sienne est en friche. Le maïs, les choux. Les plantations de tabac, aussi. Un vrai bonheur, ce tabac. Le seul réconfort qu'on avait. La

nuit, en cachette des patrons je faisais cuire les feuilles, mais le problème, c'était le papier. Un jour j'ai trouvé un livre écrit en grec, j'aurais bien aimé savoir de quoi il parlait, et je l'ai découpé en lamelles pour rouler les cigarettes, le bouquin m'a fait quinze mois. Le seul livre que j'aie eu en main de toute ma vie je l'ai fumé. La viande, y en avait, des lièvres, et des sangliers, mais les Albanais n'y touchaient pas, c'était une question de religion, ils disaient. Il fallait qu'on allume des feux la nuit pour les éloigner des récoltes, les sangliers. Les éloigner au lieu de les bouffer ! Un jour, j'ai expliqué à une bande de gosses que le lièvre avait un bon goût. Peut-être que s'ils mangent du lièvre aujourd'hui, là-bas, c'est un peu grâce à moi.

Bianca fait semblant de regarder l'écran. En fait, elle m'attend. Je l'ai compris à son sourire caché quand j'entre dans la pièce, au simple fait qu'elle soit encore là après une telle journée de travail, et surtout à sa tenue, naïve et émouvante. Elle est habillée entre dimanche et réveillon, entre noir et blanc, entre sage et coquin. Avec pas mal de rouge à lèvres.

Elle sort deux glaces du congélateur et les dispose sur un plateau près du canapé. Sorbet melon et mûres.

— Raconte-moi un peu Paris...

— Bah... c'est pas grand-chose.

Je dis ça pour ne pas la brusquer, tout en pensant le contraire.

Le volume de la télé m'empêche de réfléchir, je zappe et stationne sur un film en noir et blanc, une sorte de mélo qui repose les yeux et les oreilles. Ensuite j'ai posé le plateau à terre et l'ai prise dans mes bras pour échanger un baiser au melon et mûres. Mes lèvres sont venues rafraîchir son cou.

Elle n'a pas voulu que je la déshabille et s'est glissée dans le lit la première. J'ai aimé la pénombre qui a gommé toute la rusticité du décor, j'ai attendu que son corps ait quitté ses oripeaux d'une autre époque. En effleurant sa nudité drapée de blanc, j'ai quitté la ville et le pays tout entier pour me retrouver ailleurs, dans un rêve brut, presque familier, une sorte de chez moi, là où tout redevient simple. Et pourtant, à mesure que nos corps se pressaient et se choquaient dans le noir, j'ai deviné des regards, des gestes ébauchés, des phrases muettes, des attentes qui se frôlent, des aventures fugaces et des désirs en souffrance. De son côté comme du mien.

Longtemps après elle m'a dit, en riant :

— Même si tu ne veux pas, même quand tu te tais, tu me parles de Paris, Antonio.

Les va-et-vient dans le couloir, les petits gloussements des gosses qui chahutent, et pour finir, le réveil quasi militaire de Bianca quand elle a toqué à la porte. Tout ça a contribué à me faire ouvrir les yeux.

— J'ai attendu le dernier moment pour te lever du lit. Tu vas louper le départ.

— Tu viens à la fête, Bianca ?

— Je dois m'occuper de mes vieux, et des amis m'ont laissé un bébé. Il paraît qu'une équipe de la télé locale va venir filmer les jeux. Je ne louperai pas tout.

Sans me presser, je prends une douche, un café, je regarde la place par la fenêtre de la cuisine. Tout le village est déjà là, bourdonnant, hommes, femmes, enfants, et tutti quanti. Bianca sera sûrement la seule à veiller sur Sora. Il n'y aura rien à garder, d'ailleurs, les marlous et les voleurs seront aussi de la fête. Mon père m'en parlait souvent, du *Gonfalone*. Les cinq villages se réunissent, chacun sous ses couleurs, comme des tribus indiennes qui, une fois l'an, décident de se regrouper dans une même nation. Le cortège marche pendant presque une heure pour arriver au carrefour des cinq villes. Là, tout est aménagé, un ring géant où les hommes recrutés pour les jeux produiront des efforts insensés pour faire triompher leur drapeau. Tir à la corde, bras de fer et autres prouesses musculaires. Tout autour, des stands, des tables, une foire gigantesque, une kermesse à tout casser jusqu'à la nuit. Et quand le village vainqueur est désigné et fêté, on oublie tout, les couleurs, les villages, les drapeaux, les jeux. Ne restent que des milliers d'individus, ivres de tout, prêts à veiller jusque très tard.

La foule grossit à vue d'œil, et le maire, porte-voix en main, souhaite la bienvenue à tous. Je m'habille en pressant le mouvement pour ne pas louper le départ. Je me fonds dans une grappe de gens et cherche un peu partout où Marcello a bien pu se fourrer. J'entends son chant écorché à quelques mètres de là, il grattouille son banjo et interprète à la cantonade un vieux standard local qui fait la joie de son entourage. Ses lunettes noires me terrifient toujours autant. Mais après tout, mettre de l'ambiance, c'est son job. Le maire donne le coup d'envoi, je me retrouve coincé entre deux dames chargées de paniers. Devant, je vois Mangini discuter avec des gens, il se retourne et me salue. Marcello est guidé au bras par un jeune type qui reprend sa chanson en canon.

J'ai peur.

Il serait encore temps de mettre fin à cette farce.

Sans m'en rendre compte, je traîne le pas. Le cordon qui me suit me pousse gentiment, comme pour m'assurer qu'il est trop tard et qu'il fallait réfléchir avant. C'est seulement maintenant que je calcule les risques. Il y en a trop. Quelque chose pourrait foirer dans le plan de Dario, et là, c'est plus la taule que je risque, c'est la damnation à vie.

On s'engage sur la route qui passe près du sentier de la vigne. Nous marchons trop rapidement, je me suis trompé dans le minutage. Mon cœur se met à battre plus vite, je serre les dents. Je cherche partout la silhouette de Marcello, sans la trouver. Le jeune homme qui le guidait discute maintenant avec une fille. L'aveugle a filé en douce, comme prévu. Je regarde ma montre, dans dix minutes nous passerons à portée de ce terrain de malheur. C'est le moment ou jamais de discuter avec les autochtones. Je passe près de Mangini qui me salue à nouveau, la discussion s'engage, je n'arrive même plus à comprendre ce qu'il dit, c'est la peur, je n'entends plus rien, il sourit. Qu'est-ce que fout l'aveugle ? Je regarde ma montre trois fois de suite, les gens s'amusent, tout devient de plus en plus confus, j'ai peur.

— Vous allez rester longtemps, chez nous ?

Marcello, qu'est-ce que tu fous ? Dario, je te maudis, tout ça c'est de ta faute. La banderole bleu et jaune va passer tout près du sentier.

— Monsieur Polsinelli... ? Vous m'entendez... ?

— Hein... ?

— Je vous demandais si vous alliez rester longtemps en Italie... ?

— ...

Et si je rentrais là, tout de suite ? Machine arrière, sans prendre mon sac, sans saluer personne, marcher jusqu'à la prochaine gare, attendre le train pour Rome, revoir Paris...

— Faudra venir dîner chez moi, avant de partir, hein ? Monsieur Polsinelli... ? Vous vous sentez bien... ?

Mon cœur va exploser, ma tête va exploser, je vois les premiers plants de vigne, dans deux minutes le cortège aura passé son chemin et tout sera foutu. Marcello, Dario, et toi aussi, le Saint Patron, vous m'avez lâché...

— Allez vous reposer, monsieur Polsinelli...

Lâché.

Je vais attendre un peu avant de sortir du cortège. Dans ma tête, j'en suis déjà sorti. Je ne les suis plus. J'avance comme un zombi. Fatigué.

Déçu.

M'en veux pas, Dario.

C'était une belle idée, mais celle-là aussi est déjà tombée dans l'oubli. Je voulais faire ça pour toi, pour ta mémoire. Et pour moi aussi. Et pour mon père. Il aurait tellement aimé ça. Il aime tout ce qui bouleverse l'ordre des choses. Il aurait été fier de nous, tiens...

Tout à coup on s'agite. Les gens me bousculent. Je redescends sur terre, tout près d'eux. Le cortège serpente dans tous les sens pour se disperser, comme dans un mouvement de panique. En tête, j'entends hurler des dizaines de voix.

— Fuoco ! Fuoco !

Je redresse la tête.

Le feu...

Oui, le feu... La meute sort brutalement de la route pour déferler sur mes terres, je suis happé par le mouvement. Le feu... Ils ont vu le feu... Comme si je n'y croyais pas encore j'attrape le premier venu par la manche et lui demande ce qui se passe.

— Mais regardez devant vous, porca miseria ! Regardez !

La foule hurle et se précipite vers la vigne. En me dressant sur la pointe des pieds, je peux enfin voir...

Une boule de flammes. Seule, au beau milieu des arpents. Bien ronde. Magnifique. Je n'ai rien à faire. Rester là. Ne pas bouger dans cette vague de panique. Et admirer le tourbillon des flammes.

Dans le porte-voix, au loin, on crie déjà qu'il est trop tard. Qu'on ne peut plus rien faire pour la chapelle.

Elle a flambé d'un seul coup. Quelques hommes s'agitent, tentent on ne sait quoi pour enrayer l'incendie. Mais ils baissent les bras très vite et regardent, impuissants, le ventre du brasier engloutir intégralement la masure.

Les cris cessent eux aussi et la foule entière reste debout, figée, hypnotisée par le spectacle. Le peuple de Sora laisse brûler une partie de son histoire.

Dans quelques minutes la chapelle entière va s'effondrer. À quoi peuvent bien penser ces deux mille villageois qui se sont tous raconté l'histoire de cette bicoque, de génération en génération. Ils restent là, muets. Honteux, peut-être, pour les plus anciens. Honteux d'avoir laissé la chapelle à l'abandon. Elle était déjà morte depuis longtemps.

Soudain, les premiers craquements. Une vague rumeur s'élève dans l'assemblée. Ils attendent, émus, le cœur battant, ils veulent voir. Les flammes ont recouvert jusqu'au petit dôme. Le feu a pris en quelques secondes, il s'en est donné à cœur joie, cette chapelle ruinée, c'est une petite friandise, un bonbon qu'on lèche un instant et qu'on avale d'un trait. Aucune résistance. Au contraire, un abandon total. Une longue flamme s'élève très haut. Un craquement, à nouveau. Je reste bouche bée, les bras ballants, comme tous les autres, en attendant l'imminence.

La foule a reculé brutalement quand les murs ont commencé à ployer.

Et puis, les deux murs de côté se sont affaissés d'un coup dans un bruit sinistre, ils ont cédé et se sont écroulés vers l'extérieur, comme si on les avait tirés pour ne pas qu'ils implosent et ne s'abattent dans la masure. Le dôme a roulé loin derrière. La chapelle s'est ouverte comme une corolle et la foule a hurlé à cet instant-là.

Les murs se sont couchés et le brasier s'est répandu tout autour, juste quelques secondes, pour perdre toute son intensité.

Et puis...

Au milieu des flammes et de la fumée noire, quand tout semblait terminé...

Le Saint nous est apparu.

Droit sur son socle en pierre.

Intact.

Le regard plus mauvais que jamais.

Sant'Angelo a toisé la foule.

Une femme à mes côtés a baissé la tête et s'est masqué les yeux.

Dans les décombres qui crépitent encore, il reste là, tout entier, et pas la moindre flammèche ne s'est hasardée à venir le défier.

Son corps luit étrangement.

Dans les premiers rangs, un petit groupe d'hommes recule.

Une femme s'est évanouie, on la transporte un peu plus loin, sans le moindre cri.

À une dizaine de mètres de moi, un couple vient de s'agenouiller.

La fumée se dissipe et le brasier agonise. Le silence revient, doucement, et nous glace plus encore. Sant'Angelo, à ciel ouvert, nous nargue de sa superbe. C'est comme ça que nous le voyons, tous.

Moi aussi.

J'ai tout oublié.

Un instant, une éternité plus tard, l'un de nous a voulu rompre le silence. Un fou. Comme un pantin, il s'est avancé vers la statue, le bras en avant, et une femme près de moi a porté une main à sa poitrine. À pas lents, il est parvenu jusqu'au socle.

Sant'Angelo ruisselle et brille.

L'homme a hésité un instant, comme s'il avait eu peur de se brûler.

Puis l'a touché.

Sa main l'a caressé un instant. Incrédule, les yeux écarquillés, il s'est retourné et a dit.

— È vino...

Les chuchotements ont fusé et le mot s'est répandu jusqu'aux derniers rangs.

— È vino ! È vino... !

« C'est du vin !... » Oui, c'est du vin. Sant'Angelo ruisselle de vin, sue et pleure le vin. Son vin.

Des femmes, des enfants crient, les hommes bougent, la pression est trop forte. Celui qui a touché le saint chancelle à terre. Un autre vient le secourir.

Et puis, brusquement, un cri déchirant a couvert tout le reste. Un cri humain. Un homme.

Autour de lui, un cercle s'est formé. J'ai voulu m'approcher le plus possible en écartant les gens sur mon passage, avec violence, pour ne pas en perdre une miette. L'homme est à genoux et son râle n'en finit plus.

Il est prostré et tient ses paumes plaquées contre son visage.

Personne n'ose lui prêter main-forte. La peur. Je veux voir. Voir. Il se plaint toujours et pleure comme un enfant.

C'est Marcello.

Il rampe sur ses genoux et ses coudes, vers la statue. On s'écarte sur son passage, il pleure de plus en plus fort. La voie est libre, il foule la terre boueuse et atteint enfin le socle. Des cris fusent dans l'assistance. « Lo ciego... lo ciego ! » Oui, c'est bien l'aveugle qui souffre le martyre, au pied du saint. Il crie une dernière fois, ses mains n'ont pas quitté son visage, il tourne sur lui-même et tombe, à bout de forces.

Une chape de silence total s'abat sur nous tous.

Marcello reste figé un long moment. Et, lentement, ses mains glissent sur son visage et retombent à terre.

Il relève la tête. Regarde le ciel. Puis nous regarde, nous.

Ses yeux sont grands ouverts.

Il tourne la tête vers le saint, tend le bras vers lui. Et retombe, comme mort.

Un vieil homme s'approche de lui, le secoue. Marcello le repousse d'un coup sec.

— Ne me touchez pas… Ne me touchez pas !

Je me fraye un passage jusqu'au tout premier rang. Marcello nous toise un instant, muet, et se retourne vers le saint.

— Mes yeux… ! Les yeux me brûlent… Sant'Angelo… Et je te vois…

Ses yeux pleurent et regardent la foule.

— Je vous vois… Vous tous !!!

Vingt et une heures.

En début d'après-midi, on pouvait encore les compter. La nouvelle s'est répandue en moins d'une heure dans les villages environnants et tous ceux qui auraient dû se rendre au *Gonfalone* se sont massés ici. Deux mille, puis trois mille, puis cinq mille âmes. Certains se sont agenouillés, d'autres gardent le silence, les mains jointes, certains commentent, racontent aux nouveaux arrivants, d'autres tournent en rond, nerveux. La fête n'a pas eu lieu, cette année. Mais personne n'y a perdu au change, on se prépare pour une nuit de veille d'un autre genre.

Sant'Angelo est de retour.

Le jour décline déjà. Les buvettes se sont transférées ici, on peut boire et manger. La télé locale était là dès midi pour mettre en boîte les premières images. Puis la R.A.I. est arrivée en début de soirée pour assurer en direct au Telegiornale de vingt heures.

J'ai gardé un œil sur un moniteur de l'équipe et l'autre sur le journaliste, en chair et en os, le micro en bataille, à cinquante mètres des décombres. Curieusement, c'est par le petit écran que j'ai vraiment perçu la teneur réelle de l'événement, comme si tout ce qui s'est passé ici depuis n'avait été qu'un rêve informe, comme si on voyait mieux les choses quand on nous les montre. Le commentaire froid du speaker, les gros plans sur le visage du saint et sur les ruines de l'incendie, les inserts sur les gens agenouillés, les réactions des « témoins du miracle »...

Miracolo...

Il a fallu attendre longtemps avant que le mot ne soit lâché. Il fallait être un vrai pro comme ce speaker de la R.A.I. pour tenter de relater à l'Italie entière ce qui venait de se dérouler ici. Après avoir évoqué la première apparition du saint en 1886, il a tendu son micro vers un témoin en disant : « Ce matin, Sant'Angelo s'est à nouveau manifesté. » Le paysan au visage transi de vérité a fait de grands gestes. « Au début on a vu une boule de feu… »

Il forme une sphère avec ses dix doigts et ouvre ses paumes. « … La chapelle s'est coupée en deux, comme ça… comme une coque… »

J'ai une pensée fugace pour Bianca, rivée à son poste.

Un peu plus loin, une poignée d'hommes en tenue de ville discutent du côté technique de la chose. Intrigué, je m'approche. Pourquoi la voûte ne s'est-elle pas effondrée sur la sculpture, pourquoi cette fine pellicule de vin. Ils parlent tous en même temps, à voix basse, puis s'interrompent, sans raison apparente.

J'aimerais tant leur venir en aide, juste pour frimer, leur montrer un croquis avec le dessin de la fissure qui séparait la chapelle en deux, et tous les points stratégiques de l'édifice et de la poutre maîtresse qui ont brûlé en premier pour éviter l'implosion de la masure. Mais les croquis aussi sont partis en fumée, dans le cendrier de ma chambre. Ou leur expliquer, juste pour pavoiser, le peu que j'ai appris à Rome sur les procédés d'ignifugation du bois. Mais j'ai enterré la bombe aérosol sous cinq mètres de terre, quelque part dans les vignes. Quant à ce vin qui a suinté du corps de Sant'Angelo, je pourrais aussi dire bien des choses. À commencer par tout ce que j'ai lu sur les manifestations techniques des miracles qui ont défrayé la chronique durant ces dernières années. Les portes d'églises qui brûlent spontanément, les icônes qui exsudent de l'huile d'olive, les statues du Christ et de sainte Lucie qui pleurent, les images pieuses qui saignent, et on peut même mêler les deux, les bustes qui pleurent des larmes de sang. Alors pourquoi notre Sant'Angelo ne reviendrait-il pas parmi nous, protégé par le vin qu'il a lui-même demandé et dont tout le monde se fout, un siècle plus tard…

Mon regard fouine partout, je guette tous les types de réaction. Le prêtre de Sora, Don Nicola, est très sollicité, deux jeunes séminaristes l'accompagnent, on veut lui serrer la main, on lui demande de prendre la parole mais apparemment il n'y tient pas du tout. Le speaker de la R.A.I., hors champ, grogne quand son assistante vient lui annoncer que, définitivement, après des tentatives et des heures de pourparlers, le seul témoin qu'on a vraiment envie de voir et entendre refuse de s'exprimer. La caméra revient sur lui : « Encore sous le choc, M. Marcello Di Palma a préféré quitter les lieux, mais j'ai à mes côtés un de ses proches, qui a assisté à sa guérison. »

« Oh Marcello, tout le monde le connaît, c'est une figure locale, il vit de la charité depuis toujours... Ses yeux, c'est une maladie de famille, son père... bonne âme... il l'avait aussi, la maladie... Je me souviens du vieux, Marcello et moi on a le même âge, vous comprenez... et Marcello il est tombé aveugle aussi, comme le père, quand il avait douze-treize ans... À peu près... »

Le « proche » cherche ses mots dans un patois hermétique pour la moitié du territoire national. Tout ce qu'on sent, c'est qu'il produit des efforts prodigieux pour ne pas prononcer le mot « aveugle » en parlant de Marcello. Son histoire, à l'aveugle, je la connais déjà bien, et mieux que n'importe quel natif.

En fait, il n'a pas du tout quitté les lieux, on lui a aménagé un petit coin dans la grange pour qu'il puisse se retrouver un peu. Seuls le médecin et Don Nicola sont allés le visiter depuis son état de grâce. Dans quelques jours, c'est prévu, on lui fera passer des tests psychologiques et médicaux. Mais, qu'on le veuille ou non, il faut déjà se rendre à l'évidence. Il voit.

Le journaliste a rendu l'antenne, puis l'a reprise, un quart d'heure plus tard, et la première image sur le moniteur est un plant de vigne.

Ma vigne, à la télé...

Voix off du gars : « Nous attendons d'un instant à l'autre le témoignage du viticulteur qui, depuis plusieurs années, produit le vin de Sant'Angelo... »

Ah oui, ce brave Giacomo... Je l'avais oublié. Je ne sais pas comment il va se débrouiller devant un micro, lui qui regarde ses pieds en parlant et qui n'ouvre la bouche que pour s'excuser.

Je continue ma promenade au milieu de ce gigantesque tableau vivant, on dirait une fresque post-apocalyptique à la Giotto. Des assis, des agenouillés, des groupes d'hommes qui parlent avec une main devant la bouche. De la terre foulée et saccagée par endroits. Un crépuscule naissant, quelques points lumineux, des bougies, ou des cierges, je ne sais pas. Et tout le reste, tout ce qu'on ne voit pas mais qui pèse lourd sur nos épaules, un silence qui vient d'en haut, le souffle glacé de l'irrationnel, le recueillement du croyant, l'attente du sceptique, la peur que quelque chose se passe à nouveau. Qui sait ? Parce que c'est la foi qui fait le miracle. Sans eux et leur désir de croire, il ne se serait rien passé.

De temps en temps, quelqu'un dans la foule me montre discrètement à son entourage. Parce que ça aussi, c'était prévisible. Je les entends presque : « *Le type là-bas, c'est lui, le patron des vignes... Il est français. C'est le fils d'un gars de Sora qui vit à Paris... Le vin de Sant'Angelo... Il est à lui aussi. Oui. Lui tout seul... Ammazza !* »

Et toi, Dario ? Qu'est-ce que t'en dis ? C'est bien comme tu l'avais prévu, non ? On s'est passé le film des milliers de fois, toi et moi, hein ? J'espère que tu vois tout, de là où tu es. Parce que c'est toi qui l'as mise en scène, après tout, cette épopée. Quand je pense à tout ce que j'ai dû payer pour deviner tes messages d'outre-tombe, ah ça... T'aurais pu être plus clair, avec tes « il miracolo si svolgera ». Et le miracle s'est produit. Mais il y en a eu bien d'autres, avant celui-là, des petits miracles qui ne concernent que moi, des apparitions que moi seul ai vues, des révélations que personne ne connaîtra jamais. Tu t'es bien foutu du monde avec ton fameux retour à la terre, ta mère et Mme Raphaëlle y croyaient ferme. Il aurait été là, le miracle, te voir courbé avec une hotte pleine de grappes, un matin d'octobre. Je suis fier d'avoir senti le coup fourré dès le début. Mais j'avoue que pour un final, c'était grandiose.

Le car de la télé a plié bagage. Des familles rentrent au village, mais des troupes de curieux arrivent de toutes les provenances par voiture. Parmi eux, de vrais pèlerins sont venus prendre la place des quelques villageois fatigués et spoliés de leur fête. Le petit coup d'œil sur Sant'Angelo vaudrait cher si on essayait de le tarifer. Dans le même ordre d'idées, le timide Giacomo est venu me voir, juste après sa prestation télévisée. Je savais pourquoi avant même qu'il n'ouvre la bouche, mais j'ai joué le naïf. Aujourd'hui, j'aurai fait vivre à cet homme une étape qui fera basculer sa petite existence tranquille.

— Signor Polsinelli, tout le monde me demande, pour le vin... Les buvettes aimeraient bien nous en acheter un peu, ils ont dit. Alors moi, je sais pas quoi faire. Et je vous donne la clé de la grange.

— Avec tout ce qui s'est passé aujourd'hui, j'ai pas le cœur à m'occuper de ça, Giacomo. Demain, peut-être...

— Mais... patron. Il y en a beaucoup, beaucoup qui réclament... Vous vous rendez pas compte, patron... Je suis sûr qu'on pourrait en vendre une dizaine de cuves, en un rien. Peut-être le double...

Il se rapproche de mon oreille. La lueur d'innocence dans le fond de ses yeux vient de s'évaporer en un rien de temps. À tout jamais, peut-être.

— Et puis, on pourrait même mettre le litre à mille lires de plus, il partirait quand même.

— Vous croyez ?

— Sûr. Même deux mille.

Le monsieur timide se révèle un prodige en calcul mental. Lui qui, hier encore, aurait offert une barrique de vin à quiconque ne s'en serait pas moqué. D'un côté, ça arrange bien mes affaires. J'ai trouvé mon directeur commercial. Il va faire le reste du chemin tout seul, il suffit de lui donner un exemple.

— Pour ce soir, on ne touche pas aux cuves de la cave, mais je crois qu'il reste un tonneau à l'entrée de la grange. Faites le prix vous-même...

Il me remercie, l'air entendu, et détale le plus vite possible vers son tonneau.

Une houle de chuchotements grossit jusqu'à moi, ça fuse dans tous les coins. Moment de tension. Au loin je vois le médecin se frayer un chemin dans la foule.

— Une dame qui se sent pas bien, elle a des vertiges...

Je ne pensais pas que ça arriverait. À dire vrai, je ne l'espérais plus. Après tous les rapports que j'ai pu lire sur la question, c'est un phénomène on ne peut plus explicable, celui-là. Voire prévisible. La tension nerveuse, la fatigue, le climat, la foi, la foule, et cet ensemble de facteurs va faire naître chez certains fervents quelque chose de l'ordre du désir. Une douleur fulgurante, un bien-être subit, le sujet impressionnable peut basculer d'un côté ou de l'autre. En l'occurrence il s'agit effectivement d'une croyante qui n'a pas quitté les lieux depuis le début de la matinée. Elle a eu un malaise à la suite de violentes crampes dans les membres. On la porte jusqu'à l'ambulance. Elle ne sera pas une miraculée. Mais son malaise a ranimé le brouhaha de la foule. Le moindre signe suffit pour perpétuer l'envie de croire.

Quant à moi, je commence à fatiguer.

Je suis allé manger une côte de mouton grillée et boire une bière. Je grelotte un peu, sous ma petite chemise. Je donnerais cher pour retourner chez Bianca et assister à tout ça dans un fauteuil, devant Radio Télé Sora, au chaud.

Giacomo me cherche partout, et me trouve. Il a presque les larmes aux yeux et se demande comment je peux rester aussi serein au milieu de tout ça.

— Je ne peux plus les tenir, patron... Ils vont tout casser si je n'ouvre pas un autre fût... Ce soir, je pourrais tout vendre... Tout !

— Tu vendras tout demain.

— Mais pourquoi attendre demain ? Rien que la cuve j'en ai tiré un prix que j'ose même pas vous dire, patron...

Il me tend la liasse de billets. Sans savoir pourquoi, j'ai détourné le regard.

— Garde tout, Giacomo... Mais garde-le bien.

— Qu'est-ce que vous voulez dire, patron...

Il y a eu un moment de silence. Puis je lui ai demandé s'il n'y avait pas un pull ou quelque chose de chaud dans la grange. Il m'a parlé d'une vieille veste.

La nuit va être longue.

Hier, ils étaient sept, et je n'ai pu en décourager que trois. Les autres sont repartis à la charge ce matin même, ils sont arrivés sur les vignes avant moi. Sant'Angelo n'a repris du service que depuis dix jours, et déjà je croule sous les rafales quotidiennes de ces types qui arrivent de toute l'Italie, les bras chargés d'affaires tordues et de contrats vicieux.

— Monsieur Polsinelli ! vous avez réfléchi à ma proposition d'hier ?

— Dites, monsieur Polsinelli, vous allez avoir besoin d'une appellation contrôlée !

— On peut se voir une seconde, monsieur Polsinelli ! Vous avez pensé à l'exportation ? Bientôt l'Europe, faites attention !

— Je vous rachète trente pieds ! Juste trente ! Faites votre prix !

On me propose toutes sortes de choses, à commencer par le rachat total pur et simple, la multiplication de la production par quatre ou cinq, des labels en pagaille. Deux types en cravate en sont venus aux mains, je les ai regardés faire.

Au début il n'y avait que des marchands de vin, des commerciaux, des récoltants, des industriels du pinard. Est venue s'ajouter une cohorte de fabricants d'images pieuses et de bimbeloteries diverses, à l'effigie de Sant'Angelo. Ils veulent construire une série de petits kiosques en bordure du terrain. Les vignes n'en pâtiraient pas. Tout ce que j'aurais à faire, c'est venir toucher les loyers pendant les pleines saisons. Je ne sais pas quoi en penser.

J'ai vite été débordé. Heureusement, une espèce de comptable qui ressemble à Lucky Luciano est venu me proposer ses services, trois jours après le miracle. Giacomo l'a tout de suite appelé le *dottore*, à cause de ses petites lunettes, ses diplômes et son refus obstiné de sourire. C'est une perle. Il ne néglige aucune proposition et s'occupe des rendez-vous. Quand il me montre ses brouillons bourrés de calculs, on dirait les plans d'attaque du Garigliano.

Ils étaient pourtant simples, les comptes, dans ma petite tête. Mais seulement avant qu'ils n'arrivent. Et seulement dans ma petite tête. Les 30 000 litres d'invendus à 50 francs la bouteille de 75 centilitres nous donnent deux millions de francs. Avec une rente d'environ 500 000 francs par an, frais déduits. Avec ça je pouvais tout arrêter, me mettre au vert pour le reste de mon existence. Mais depuis que les businessmen de tous poils ont montré le bout de leur bec, mes estimations à la con sont tombées en désuétude.

Giacomo est devenu le contremaître absolu. Il a embauché six hommes pour se préparer à la prochaine vendange. En attendant, l'un des gars est délégué à l'accueil des pèlerins, en moyenne trois cents par jour. Un autre gère le parking. Un autre vend au détail, à raison d'une et une seule bouteille par personne et par jour. Giacomo supervise les travaux : les maçons qui viennent tout juste de terminer la niche qui protégera Sant'Angelo pour les siècles à venir, la restauration de la statue par un spécialiste milanais, l'accès direct au lieu saint par un passage goudronné, et la pose des clôtures électrifiées autour des terres. Je passe la journée à orchestrer tout ce bordel, à écouter les propositions de ces braves gens, et à faire le bilan avec le *dottore* qui manie la calculette comme une mitraillette Thomson à camembert. Bianca me réveille tous les matins à six heures et me voit revenir vers onze heures du soir, fourbu, harassé, mort de faim. Certains rapaces ont loué une piaule chez elle et en profitent pour me relancer jusque dans ma chambre en essayant de me faire signer des trucs hors de la présence du *dottore*. C'est comme ça que j'ai réalisé que ce gars m'était indispensable.

Sora est devenu le siège des pèlerins et des curieux. Les commerces marchent fort, les restaurants et les hôtels sont pleins à craquer. Certains ont changé de nom, une trattoria a été rebaptisée « La Table de Sant'Angelo », et on trouve un « Hôtel des vignes ». Mais on me regarde d'un drôle d'air quand je rentre le soir. Ils m'en veulent peut-être d'avoir bousculé leur fin d'été.

Le maire est venu m'inviter à une réunion du conseil municipal et je n'ai pas compris pourquoi. Le notaire me demande de passer à son étude pour commenter des points de détail. Quand je traverse le marché on me tape sur l'épaule pour me féliciter avec des rires grinçants, un vieux bonhomme est venu me dire qu'il a bien connu mon père à l'époque où il traînait ses dindons, un autre s'est fait passer pour un vague cousin, des filles de quinze ans ont sifflé sur mon passage, des mômes en mobylette ont tenté de me cracher dessus. Tout le monde m'appelle *lo straniero*. L'étranger. On m'a toujours dit qu'un émigré serait un étranger où qu'il soit, et je commence à comprendre. Mais là il s'agit d'un étranger qui a fait fructifier leur propre terre. Je sens un climat monter autour de moi, et Bianca me demande jour après jour de faire attention.

Mais tout ceci ne serait rien comparé à ce qui s'est passé le lendemain même du miracle. C'est là où j'ai eu vraiment la frousse.

À la demande de l'évêque du diocèse de Frosinone, le Vatican a ouvert un dossier et détaché deux émissaires afin d'étudier le phénomène sur place. Procédure normale. Je savais qu'ils viendraient, je les attendais presque. Mais je ne me doutais pas de ce qui allait descendre de la Lancia immatriculée à l'État du Vatican.

Deux grenades quadrillées habillées en civil. Des types silencieux et graves comme des anathèmes, polis, discrets, avec tout ce qu'il faut de détermination pour dégager le passage loin devant eux. Dès qu'ils ont mis un pied dans les terres, la foule des fidèles s'est ouverte comme deux bras de la mer Rouge devant Moïse. J'ai compris à ce moment-là que la rigolade était bel et bien terminée. Ils ont fouillé dans les décombres pour y débusquer on ne sait quoi, avec un matériel qui s'est sophistiqué de jour en jour pendant une bonne semaine. Sans prononcer un mot de trop, sans chercher à entrer en contact avec moi ou Giacomo. Deux limiers froids fouillant la pierre brûlée et reniflant la statue des pieds à la tête. Deux nonces avec une dégaine de détectives privés concentrés sur l'énigme, muets comme des pros, cherchant l'erreur, doutant de tout, même de l'évidence. À les voir fouiner comme ça, j'ai senti qu'ils avaient besoin d'un coupable. Ils ont fait une enquête dans le village au sujet de Marcello. Le médecin qui les a rejoints a fait passer des tests au miraculé pendant deux jours. Personne n'a pu lui parler pendant ces quarante-huit heures.

T'avais prévu ça, toi, Dario ? Non, bien sûr que non, tu n'avais rien imaginé des suites de ta lumineuse idée. Et maintenant, tu t'en fous bien, hein ? Tu ne savais pas que des mecs comme ça existaient ?

C'est seulement ce matin que les trois autres sont arrivés. Dans une Mercedes 600, toujours immatriculée au Vatican, qu'ils ont garée aux abords de la vigne. Trois passagers, un chauffeur. Un seul est descendu de la voiture, accompagné d'un jeune prêtre qui lui servait de secrétaire. Les deux émissaires qui traînaient dans le coin ont rappliqué ventre à terre quand ils ont vu cette ombre violette avancer lentement vers la statue du protecteur. Une vague émeute a vu une houle de pèlerins se précipiter vers lui. Don Nicola a blêmi. Ils se sont tous agenouillés pour embrasser son gant. Ensuite ils ont parlé près d'une heure, dans la voiture, sans que personne ne puisse les approcher. Longtemps après, le secrétaire est venu me présenter à l'évêque.

Je n'ai pas su comment m'y prendre, j'ai mis un genou à terre devant sa robe qui luisait au soleil. Bizarrement, c'est quand j'ai touché son gant que j'ai réalisé que tout était allé trop loin, et qu'un jour ou l'autre j'allais finir en taule.

Une messe ?

Oui, ils vont dire une messe après-demain matin, ici, en plein air. Une messe officielle. Célébrée par l'évêque. C'est la tradition. Le secrétaire et Don Nicola vont s'occuper de tout. Les terres n'auront pas à en souffrir.

— Elles nous sont trop précieuses, n'est-ce pas Monseigneur ? a dit le secrétaire, en souriant vers son patron.

Pendant tout le temps qu'a duré l'entretien, j'ai gardé un œil vers cette silhouette qui est restée assise à l'arrière de la Mercedes. Et qui n'a daigné en sortir que quand je me suis engagé dans le sentier pour quitter les terres.

*

Sur le chemin, j'ai croisé Mangini, fusil au bras. Les pattes d'un lapin pendaient de sa besace. Il a abandonné sa troisième personne de politesse pour me tutoyer. Je l'ai senti inquiet, presque à cran.

— Ne te laisse pas impressionner par tout ça, Antonio. Je les ai vus traîner, tous ces gens qui te font des promesses, et tous ces curés. Ne te laisse pas avoir, je te dis. Tu vois les lumières, là-bas, derrière les arbres ? C'est là que j'habite. Je voulais juste te dire ça... Et je sais pas pourquoi je te le dis... Mais si t'as besoin d'un conseil. Si t'as besoin de t'abriter... Tu peux passer quand tu veux.

Je n'ai pas cherché à comprendre. J'ai juste tendu la main, il m'a ouvert les bras, et m'a serré contre lui.

En passant sur le pont de Naples, j'ai vu une enfilade de vespas stationnées devant la terrasse du dernier café ouvert de Sora. Une bande de jeunes gars vautrés dans des chaises de plastique orange ont stoppé net leurs braillements dès qu'ils m'ont vu arriver. Quelques secondes de silence de mort quand je suis passé à leur niveau. Et puis, sans me retourner, j'ai entendu un concert de kicks et de démarreurs. Très vite, les mobylettes se sont mises à pétarader autour de moi, chacune essayant de me frôler, de me couper la route. Les ados, hilares, m'ont traité de *stronzo*, de *disgrazziato*, et d'un tas d'autres choses. J'ai accéléré le pas en regrettant le fusil de Mangini. Un petit frisé m'a mis une claque dans la nuque tout en accélérant, et je n'ai pas pu réagir à temps.

— Qu'est-ce que vous voulez, bande de crétins ? j'ai gueulé.

Ils ont freiné à dix mètres de moi, j'ai traversé, ils ont bifurqué vers l'autre trottoir. Le jeu a recommencé un petit moment. Je ne sais pas ce qu'ils veulent exactement, eux non plus, sans doute. Ils cherchent juste à m'agacer, par jalousie, par vengeance, j'ai suscité dans la ville entière un sentiment d'énervement, et ça aussi j'aurais dû m'en douter. Seuls les jeunes osent le manifester pour l'instant, et encore, à dix, et en pleine nuit. L'un d'eux, sans doute plus hardi, me barre le chemin et me toise d'un regard narquois.

— Hé toi, le fanfaron, si tu veux que je quitte ton bled, laisse-moi passer...

Il s'est retourné vers les autres pour leur gueuler ma phrase à tue-tête. Tous ensemble ils m'ont imité en accentuant bien les fautes de prononciation. Le fier-à-bras m'a dit, en riant :

— Toi... ? Partir ? Mais on t'aime trop pour te laisser partir, ammazza !

Il tenait en équilibre sur sa bécane, j'ai profité de ce qu'il riait vers les autres pour lui décocher une grande baffe qui l'a projeté à terre et je me suis mis à courir jusque chez Bianca sous des hurlements d'accélérateurs.

À bout de souffle, j'ai refermé le portail d'en bas qu'ils ont martelé longtemps avant de déguerpir. Bianca tremblait.

— Tu veux que j'aille dormir ailleurs ? j'ai dit.

— C'est pas pour moi que je crains, Antonio...

Elle ne m'a réveillé que vers les neuf heures. Sans doute a-t-elle pensé que j'avais besoin de dormir.

— Tu peux prendre ton temps, Antonio. Le dottore est passé pour dire qu'il s'occupait des rendez-vous de ce matin.

Rien qu'avec cette phrase elle m'a donné envie de retourner me coucher.

— Un type de la Croix-Rouge est passé pour te demander un don. Je l'ai envoyé à Sant'Angelo.

Ils veulent ma peau. Tous. Je ne sais pas si Dario aurait tenu plus longtemps que moi. J'allume la télé, c'est l'heure de l'émission. Bianca s'installe entre deux coussins.

La Chronique des miracles, sur la R.A.I., une espèce de hit-parade qui dure une dizaine de minutes et relate toute l'actualité des cultes et des phénomènes miraculeux à travers le pays. Aujourd'hui : une apparition en Sicile, un petit sujet sur le Saint-Suaire de Turin qu'on passe au carbone 14, avec Bach en fond sonore, et on embraye sur Sant'Angelo avec l'énième rappel des faits relatifs au miracle et l'annonce de la messe de demain avec l'évêque. Un véritable événement, a dit le commentateur.

J'avais pensé à tout. Sauf au violet. Bianca est ravie et ne comprend pas pourquoi je ne partage pas son enthousiasme.

Le journaliste annonce le sujet que j'attendais, une interview en différé du « miraculé des vignes ».

J'étais là quand ils l'ont tournée, ils m'ont demandé l'autorisation de filmer dans la grange. Marcello a été parfait. Bianca pousse un petit cri d'excitation dès qu'elle le voit apparaître.

— C'est tellement difficile à décrire… J'ai entendu les gens crier au feu, j'ai senti la panique partout, et j'ai eu peur. Personne n'a pris le temps de m'expliquer… Et puis il y a eu ce silence. Et j'ai commencé à me sentir mal… Quelque chose comme une brûlure qui partait du ventre et qui remontait doucement… Et puis, il y a eu cette lumière…

Calme. Serein. Presque immobile. Hormis son patois à couper au couteau, plus rien ne reste du personnage qui a fait rire et chanter toute la contrée.

Les gens ont appris à l'appeler par son prénom… La dernière fois que nous nous sommes parlé, six jours après le miracle, il était sur le point de partir dans le Nord pour claquer les vingt millions de lires que je lui avais promis sur les premiers bénéfices de la vente des stocks.

— J'en avais marre de ces lunettes, Antonio. C'est grâce à toi que j'ai pu les jeter au caniveau… Mendier, c'était plus de mon âge.

Je n'ai pas compris pourquoi cette pointe de nostalgie dans ses paroles. Peut-être a-t-il voulu dire exactement le contraire. Peut-être s'est-il senti brusquement orphelin, lui aussi. On ne peut pas lâcher quarante ans de boulot comme ça.

— Ma mère, c'était une vraie sainte, elle… Mon père était déjà aveugle quand elle l'a épousé, et personne n'en voulait de ce pauvre gars tout juste bon à tendre la main.

Un gosse naît. Il voit, et pour Mme Di Palma, c'est le seul bonheur qui pouvait lui arriver. Mais l'après-guerre est dur pour tout le monde, et qu'est-ce qu'un aveugle irait se mêler à la vague des émigrants ? Le père apprend la musique à son gosse, le banjo, l'accordéon et tous les deux font la virée des mariages, des fêtes, des baptêmes dans toute la région.

— Dès qu'une fête se préparait, le vieux et moi on faisait deux bons jours de marche pour aller jusqu'à Roccasecca, Arpino, tous ces bleds… Ça tournait pas mal, on nous aimait bien, on y mettait du cœur.

La mère meurt d'une pneumonie, Marcello a dix ans. Le père

et le fils deviennent nomades à part entière. Ils font les marchés et les sorties d'église.

— On avait notre calendrier, et le dimanche, y a pas à dire, c'était le meilleur jour, surtout l'hiver. On chantait *Pagliaccio* et *Funiculi funicula*, et des airs d'opéra, du folklore. La seule fois où le vieux est tombé malade j'étais bien obligé de travailler seul. Alors j'ai mis ses lunettes, juste pour essayer, dans un bled qui ne nous connaissait pas. Et quand le vieux a compris que je m'étais pas mal débrouillé, c'est là que l'idée lui est venue.

Le père raconte partout l'histoire de la maladie ancestrale qui les touche. Deux aveugles rapportent plus qu'un seul. Marcello chausse les lunettes.

— «De père en fils, on a le mauvais œil ! » disait le vieux, et les gens s'arrêtaient de rire à ce moment-là. Moi j'ai appris le boulot d'aveugle, la canne, les gestes, les mouvements de la tête, et personne n'a jamais rien remarqué.

Quand son père meurt, Marcello a vingt-quatre ans, il ne sait que jouer de la musique. Il est connu de partout, on l'aime bien, c'est sa vie.

— Qu'est-ce que j'allais faire, hein ? J'avais rien de mieux ailleurs. J'ai continué, seul. J'ai même oublié que j'étais voyant, je n'avais même plus honte. Quand je sentais des regards pleins de pitié se poser sur moi, je fermais les yeux... C'était tout comme.

Un jour il décide de restreindre son rayon d'action, de se fixer aux alentours de Sora.

— C'est là que je me sentais le mieux, je faisais partie du village. Je savais qu'en restant à Sora il n'était plus question de revoir. Les gens m'auraient écharpé s'ils s'étaient aperçus que je profitais de leur pitié. Normal, hein ? Et puis, ici, il y avait cette grange où personne ne m'a interdit de dormir, il y avait le vin que personne ne m'a interdit de boire, parce que personne n'en voulait. Autant que l'aveugle en profite...

Un jour, Dario prend possession de ses terres. On ne sait pas ce qu'il veut, ce qu'il bricole.

— C'est pratique de lire dans les yeux d'un gars qui ne se sent pas regardé. Et quand j'ai vu arriver celui-là, j'ai tout de suite senti qu'il avait des idées bizarres. Ah ça... le Français, on ne s'est pas fréquentés longtemps, mais je peux dire que jamais on reverra un combinard pareil... C'était un drôle de gars, un malin, un menteur. Un gars comme moi, quoi...

Dario ne le chasse pas, au contraire. Une habitude se crée, il vient tard le soir pour boire avec l'aveugle.

— Il me posait des questions sur le village, sur la vigne, sur Sant'Angelo. C'était le premier type qui voulait connaître l'histoire de ma vie. Il me servait à boire jusqu'à me voir complètement ivre. Le fourbe... J'étais en confiance. Et un jour, je me souviens même plus, j'étais complètement bourré, j'ai dû faire un truc pas naturel, pour un aveugle, je veux dire... Je me suis trahi, et ce fou-là m'a pas raté, il m'a même dit qu'il s'en était douté. Un malin, je te dis...

Une aubaine, ce faux aveugle. Plus question de faire machine arrière après une découverte pareille.

— Et c'est là qu'un soir il me dit : « Combien tu gagnes en faisant la manche ? Une misère, hein... ? Je te rachète ton job et tu soldes le fonds de commerce... Vingt millions de lires cash, et une rente à vie, indexée sur le prix du vin. T'en as pas marre d'être aveugle... ? »

Marcello ne résiste pas longtemps. Faire l'acteur durant quelques jours, raconter des boniments, improviser, pas de problème, c'est son métier. Mais juste une légère angoisse de réintégrer la vie sociale, vivre avec les autres, comme les autres.

— Regarder les gens en face ? Moi ? Est-ce que j'en serais capable, après tant d'années ? Mais en même temps, l'idée était trop belle : retrouver le droit à la vue et, du même coup, me la couler douce avec un paquet de fric, pour le reste de mes jours.

Ils mettent un plan au point. Dario choisit le jour du *Gonfalone* pour réunir un maximum de témoins, ils répètent le parcours. Puis il rentre à Paris. Pour ne plus jamais revenir.

— Le jour où j'ai appris sa mort, je me suis dit que c'était un signe du ciel. Et j'ai écrit ma chanson. Il m'avait redonné l'envie de voir au grand jour, comme il disait. C'était trop beau. Entre quitter le pays et reprendre ma vie de mendiant, tranquille, chez les miens, j'ai choisi. Ailleurs, je n'aurais pas tenu longtemps, même avec des yeux. Et puis, un soir, t'es arrivé...

Nous nous sommes tombés dans les bras, un peu avant qu'il parte.

— Tu m'as fait faire un drôle de truc, Antonio. Comment j'ai pu penser que je vivrais comme tout le monde, après ça ? On ne me regarde plus comme un aveugle, mais comme un miraculé. Je ne sais pas ce qui est pire. Je suis passé du noir à la lumière trop vite, tu sais... Le médecin de l'Église, celui qui est resté sur mon dos pendant deux jours, il m'a pris pour une bête curieuse. Ils étaient méfiants, lui et ces deux sbires du Vatican. Ils aiment pas ça, tu sais...

Je n'ai pas voulu en reparler, mais c'est faux. Il a été établi que les cas de guérisons spontanées les plus plausibles et les plus fréquentes sont les aveugles et certains paralytiques. Sous un choc violent, un sujet peut recouvrer la vue ou l'usage de ses membres. Le Bureau des Constatations Médicales de Lourdes en a homologué des dizaines sans jamais crier au miracle.

— Et ici, je sais que toute ma vie on me regardera comme ça. Moi qui ne voulais pas partir sur des terres inconnues... Je me sens chassé... des gens veulent me toucher, me parler de leurs problèmes, et je me tue à dire que je n'ai aucun don, rien, ils veulent venir quand même. Ceux du village ne rient plus sur mon passage. La vieille qui me donnait un morceau de viande a voulu m'embrasser la main... J'ai honte, plus honte que quand je voyais le monde à travers mes lunettes.

— Dis pas ça, Marcello...

— J'ai même pas le cœur à rajouter un couplet à ma chanson. À qui je la chanterais ? J'ai retrouvé la vue mais j'ai perdu la voix.

— Tu regrettes ?

— Non, même pas... Ça fait seulement quelques jours et j'ai déjà pris goût à dormir dans un lit. Je me fais vieux. Hier, un gars de *La Gazetta* m'a posé des questions pour son journal. Il m'a demandé : « Ça fait quel effet, de voir un arc-en-ciel ? » et j'ai répondu que c'était merveilleux, mais je ne savais plus si je mentais ou pas.

— Qu'est-ce que tu vas faire ?

— Rien. Attendre un petit bout de temps avant de revenir ici. Voyager. Voir. Regarder. Florence, Venise. N'oublie pas de m'envoyer du fric, ça coûte cher, tout ce qui est beau.

Il a fait ses bagages sans savoir vraiment comment s'y prendre. L'idée même d'une valise lui posait problème. Une dernière fois je lui ai demandé s'il avait compris pourquoi on avait tué Dario.

— Je ne sais pas qui a fait ça. Je ne peux pas t'aider. Mais quand on a des choses aussi tordues dans la tête...

Il est parti par le dernier train, pour croiser le moins de monde possible. Il valait mieux qu'on ne nous voie pas ensemble. Je ne l'ai pas accompagné.

Bianca éteint le poste et me secoue un peu par l'épaule.

— Ne te rendors pas, on t'attend, là-bas.

Elle sourit, plaisante. Est-ce qu'elle me laisserait partager son lit si elle se doutait que je suis un faussaire, un arnaqueur et un hypocrite.

En se préparant pour le marché, elle se penche à la fenêtre. Son jupon blanc déborde largement sur le genou. Elle rit.

Mais, tout à coup, son regard se braque sur un coin de rue. Au-dehors, je perçois le ronronnement d'un moteur quasi silencieux. Quelques éclats de voix. Et de mélodieux claquements de porte qui s'enchaînent. Bianca se retourne un instant vers moi, excitée, et tente de me dire quelque chose avec les mains.

— C'est... C'est *Dallas,* Antonio ! Viens voir ! Non... C'est pas *Dallas*... C'est *Miami Vice* !

Je n'ai pas compris ce qu'elle a voulu dire. Mais j'ai déjà mal.

Lentement je m'approche de la fenêtre. Le brouhaha de la rue s'amplifie. Le soleil tape déjà. La journée va être longue.

En bas : deux Cadillac blanches aux vitres fumées. Comme on les imagine. Plus longues et rutilantes encore. Les Fiat du coin se sont faufilées comme des souris pour les laisser se garer sur tout le tronçon de trottoir. Les mômes s'agglutinent, les vieux sortent pour voir ça de plus près.

— C'est la même que celle de l'amant californien de Sue Ellen.

L'apparition vaut celle de Sant'Angelo. J'essaie d'oublier un peu les bagnoles pour repérer leurs occupants. Pas difficile. Trois Blancs et un Noir. C'est ce dernier qui a le plus de succès. En ont-ils déjà vu un seul, dans ce bled. Les cheveux coupés en brosse, il porte un complet gris luisant et une chemise blanche. Les autres portent des lunettes et des vestes en lamé. Le plus gros des quatre sort une mallette du coffre arrière et la tend au seul barbu du groupe. Pour l'instant, impossible de savoir qui est le boss. Une bande de gosses turbulents se pressent contre une portière pour tenter de discerner des détails de l'habitacle. Des adultes fouinent vers les plaques d'immatriculation, touchent la carrosserie, parlent fort. Le barbu et le Noir, avec une lenteur incroyable, tapent deux fois dans leurs mains. La foule recule de cinq mètres. Un troisième éclate de rire. Le barbu sort un gros mouchoir blanc et frotte un petit coin de pare-brise.

Silence de plomb.

L'un d'eux enlève ses Ray-Ban, s'essuie le front avec la manche. Puis se dirige lentement vers le café le plus proche, et discute avec le tenancier qui s'est mêlé au groupe des curieux. Impossible d'entendre ce qu'ils se disent. On lui fait des courbettes, on dégage des chaises, mais le gars aux Ray-Ban refuse de s'asseoir. Au bout de deux minutes, le bistrotier semble réaliser ce qu'on lui demande, il lève le nez en l'air en fouillant du regard l'immeuble en face de lui. Il sourit, gêné. Puis tend le bras et pointe l'index vers notre fenêtre. Les quatre visiteurs tournent la tête vers moi.

*

Deux coups secs, à la porte. Pas eu le temps de réagir, ni de m'habiller. Ni celui de préparer une défense. Avant même de connaître l'attaque. C'est le réflexe du paranoïaque, mais comment ne pas le devenir avec ce tombereau d'emmerdements sous lequel je croule. Protège-moi, Sant'Angelo, tu me dois bien ça. Le peuple de Sora va s'offrir un bon moment de ce cinéma qu'ils ont perdu. Comme à l'époque, les fauteuils d'orchestre, et les attractions des pitres sur la scène, avant le grand film.

— J'ouvre ? me demande Bianca.

— Oui.

Les quatre sont entrés, l'homme aux Ray-Ban a demandé après moi. Les autres ont reniflé vers la cuisine, j'ai pu entendre leur voix. Bianca n'a pas tort, ils parlent comme dans un feuilleton américain mal doublé, surtout les ricanements qui fusent, sans violence, sans exagération, mais qui vous clouent sur place. Le

Noir soulève le couvercle d'une casserole et inhale un grand coup. Le gars aux Ray-Ban n'apprécie pas :

— Put that back, you jerk[1]...

Il s'exécute en maugréant.

L'homme aux Ray-Ban semble être le boss.

Il me tend la main.

— Polsinelli ?

— Oui.

— Parini. Giuseppe Parini. Connaissez ce nom-là ?...

Des mots mâchés, rugueux. L'accent traînaillant de l'Américain qui ne parle même pas sa propre langue et qui s'essaie à celle de Dante. Bien sûr que je te connais. Tu possédais un hectare de la vigne. Tu as une chaîne de laveries dans le New Jersey. Tu es un cousin des Cuzzo.

La cinquantaine pas trop marquée, un nez un peu trop fort pour des joues trop creuses, un sourire qui ne tient pas la route longtemps, et surtout, surtout, une petite lumière dans l'œil qui laisse supposer qu'il préfère abréger les parlotes. Il a beau s'évertuer à passer pour un Américain, quelque chose le trahit. L'estampille du rital malgré lui.

Le barbu s'installe dans le sofa, un autre sbire s'assoit à califourchon sur une chaise, une allumette entre les dents.

— La ragazza a du travail ? dit-il en me montrant Bianca du pouce.

Je vois. Inutile d'expliquer que la *ragazza* en question est bel et bien chez elle. Bianca est déjà partie. J'ai honte. Mais pour l'instant je préfère les laisser venir sans trop jouer le professeur de bonnes manières. À peine a-t-elle claqué la porte que les sbires se détendent, l'un d'eux allume la télé, un autre ouvre le frigo, le troisième inspecte une ou deux chambres.

On ne me fera pas croire que ces gars sont des livreurs de linge à domicile. Et que leur boss est venu passer un petit week-end au pays.

— Ça fait du bien de revenir ici, Polsinelli... J'avais oublié comment c'était beau, toute cette verdure. C'est la dolce vita. Ils ont de la chance, tous ces braves gens.

1. Repose ça, crétin...

Le Noir se tape sur les cuisses en regardant un feuilleton par-dessus l'épaule de son copain. Une reprise de Kojak. Le boss leur demande de se calmer.

— J'ai entendu dire, par chez moi, que les affaires marchaient bien, ici... Good Business... ?

Sa rue est longue, à lui aussi. La diaspora italienne a fonctionné à fond. En moins de dix jours, il a entendu parler du miracle et il a rappliqué ventre à terre.

Le barbu s'enfile des lampées de minestrone à la louche, les autres gloussent comme des gosses en écoutant ces drôles de voix dont on a affublé les acteurs.

Parini saisit la mallette et la pose sur la table. Un attaché-case comme j'en vois défiler des dizaines tous les jours, avec plein de bonnes choses dedans, des contrats, des sous, des promesses, des rentes à vie. J'attends qu'il l'ouvre pour savoir ce que celle-là me réserve.

— On va faire affaire, tous les deux, hein ?

Il fait sauter les deux loquets d'un coup de pouce et attend un moment.

— Gentil, le Trengoni, un bon bagout... Il m'a embobiné comme un rien. Seulement voilà, Polsinelli. C'est une honte pour moi d'avoir vendu ces terres sacrées. J'ai le respect pour les saints, moi. Mais ce qui est signé est signé, j'ai qu'une parole, Polsinelli. Elle est à toi, maintenant, cette terre.

J'ai pigé, il veut entrer dans le business avec moi et me proposer un marché. Il fait exprès de reculer le moment où il va ouvrir. Je trépigne, les yeux rivés sur le cuir.

— Mais je l'ai vendue une misère, hein ? T'es d'accord ? Et c'est un sacrilège d'avoir fait ça. J'ai honte. Ah si Sant'Angelo savait que j'ai lâché sa vigne pour quelques milliers de dollars !

Il lève les bras au ciel. Et ouvre l'attaché-case. J'écarquille les yeux.

Pour ne rien voir. Absolument rien. La mallette est parfaitement vide.

Il claque des mains, une seule fois. Les autres rappliquent toutes affaires cessantes. Et m'entourent.

— Bon, Polsinelli, mes affaires m'attendent, à New York. Business is business, non ? Tu vois cette mallette ?

— Oui...

— Je la veux bourrée à craquer avant ce soir. Je veux pas un pet d'air dedans, compris ? Et à partir d'aujourd'hui, je veux 25 % de tout ce que te rapporte Sant'Angelo. Je laisserai deux de mes gars ici. Si tu veux, tu peux même les choisir, et je te conseille Bob, c'est un bon masseur.

— Attendez une seconde, dis-je en souriant, vous plaisantez... d'abord j'ai pas un sou de liquide et puis...

— Si tu préfères, y a une autre solution pour remplir la mallette, c'est exactement le volume qui peut contenir un corps humain de ta taille après avoir passé un moment entre les mains de Bob. Je le sais par expérience, on a essayé la semaine dernière.

Je n'ai pas eu besoin de traducteur quand le Bob en question a précisé : sans les chaussures. Tous ensemble ils m'ont tiré les oreilles, pincé les joues et tapé dans la nuque, et n'ont cessé que quand ma tête a doublé de volume.

— T'es un bon gars, Polsinelli... vous faites un joli couple, avec la ragazza. Elle est gentille, cette petite.

— Qu'est-ce que vous voulez dire ?

— T'as jusqu'à ce soir pour me dire oui. C'est facile de nous trouver.

— Vous êtes... Vous êtes dans quel hôtel de Sora ?

— Tu crois que je vais dormir dans ce trou du cul de bled de merde ? Au milieu de tous ces péquenots ? On est à l'Hôtel des Platanes, à Frosinone. Mais t'inquiète pas, nous on saura où te trouver.

Ils se sont approchés de la sortie. J'ai cherché à les retenir.

— Dites donc, ça marche bien le nettoyage à sec, en Amérique. Je comprends mieux pourquoi tout le monde est si propre, à la télé.

Le boss traduit aux autres, qui éclatent de rire.

— Vous avez de la famille, dans le béton ? je demande à Parini.

— Oui.

— Vous roulez toujours en Cadillac blanche ?

— Oui.

— Vous êtes marié à une Sicilienne ?

— Oui. Comment tu sais ça ?

— Comme ça. Une intuition...

J'ai toujours entendu dire qu'il fallait réunir ces trois conditions pour entrer dans LA grande famille des Italo-Américains. Je voulais juste vérifier.

*

En marchant vers les vignes j'ai essayé de me raisonner, de me dire que tout ça, c'était de la blague. Que tout allait s'arranger avec un peu de bonne volonté. Sans parvenir à me convaincre. Ma chemise est déjà trempée de sueur, et la chaleur n'y est pour rien. Des tics nerveux me mangent le visage, je ne sais pas quoi faire de mes mains. 25 % pour les Cadillac blanches ? Combien pour les autres ? Pour l'Église, pour la ville entière, pour Dario.

Un groupe de tracteurs a pétaradé dans mon dos. Je me suis garé sur le bas-côté pour les laisser passer, mais l'un d'eux a fait hurler la sonnerie rauque qui lui sert de klaxon, les trois autres lui ont fait écho, et ça m'a cassé les oreilles. Les fermiers perchés au volant ont ri. L'un d'eux a dévié vers moi pour engager sa roue droite dans le bas-côté, les autres m'ont encerclé dans un ballet de queues de poisson qui m'a enfermé dans une prison de moteurs assourdissants et de klaxons infernaux.

J'ai plaqué les mains sur mes oreilles.

— Mais qu'est-ce que je vous ai fait merde ! j'ai gueulé, en français.

Au moment où deux machines me prenaient en étau, j'ai sauté entre deux roues et me suis retrouvé en bas d'un fossé, la gueule dans une mélasse grouillante.

Ils ont poursuivi leur chemin. Le dernier engin de la file a serpenté un bon moment sur le sentier, l'homme m'a crié quelque chose que je n'ai pas pu entendre.

On veut me faire payer. Dans tous les sens du terme. Un compte à rendre à tout le village ? Une vengeance divine ?

Mais je ne suis pas Dario.

Vous ne m'aurez pas.

Personne n'a vu que j'étais englué de boue. Tout le monde s'en fout, même le *dottore* qui ne sort pratiquement jamais le nez de ses chiffres. Il m'a demandé d'étudier la proposition de deux paysans qui possèdent les quatre hectares de champs de blé adjacents aux terres. Ils proposent de me les céder au prix fort pour agrandir la vigne. Ou à un prix raisonnable si je les intéresse aux récoltes. Le *dottore* a déjà fait les calculs et me farcit la tête de pourcentages, de bénéfices et d'un tas d'autres choses dont je me contrefous. On veut me voir crever, et toutes les additions du monde n'y changeront rien.

Le secrétaire de l'évêque, assisté de Don Nicola, veille aux préparatifs de la messe. Une télé est déjà là. Je n'ai rien demandé de tout ça. Je veux rentrer chez moi.

— Monsieur Polsinelli, je travaille pour la Croix-Rouge et...

Sans le laisser terminer je lui colle le *dottore* dans les pattes.

— Monsieur Polsinelli, je suis le clerc du notaire, si vous pouviez passer à son étude rapidement, s'il vous plaît...

— Monsieur Polsinelli ! Je suis le dessinateur, je peux vous montrer les croquis de l'étiquette de la prochaine bouteille.

— Monsieur Polsinelli, je suis entrepreneur, je vous propose mes services pour reconstruire vos caves, parce que...

Eux aussi veulent ma peau. Je vais encore avoir besoin d'un miracle si je veux tenir encore un peu. 25 % pour ces ordures ? Plutôt crever, plutôt fuir, rentrer à Paris, ou n'importe où ailleurs, dans un endroit où on ne me connaît pas, où on ne me retrouvera jamais. Je vais peut-être créer la première colonie italienne aux Galapagos.

Mais vous ne m'aurez pas.

*

Dès seize heures trente, le *dottore* m'a fait part de ses conclusions. Calculs à l'appui, après une synthèse de toutes les propositions, il était en mesure exactement de doubler les bénéfices prévus.

— Réfléchissez, Signor Polsinelli.

Réfléchir à quoi ? À de nouveaux emmerdements ? Doubler les nuisances, doubler les chantages ? Je l'ai quitté en lui promettant d'étudier la question.

Ils ne m'auront pas.

J'ai voulu changer de route, par méfiance, et prendre le raccourci que m'avait indiqué Marcello. Et je me suis demandé si c'était vraiment une bonne idée. C'est en passant à portée du champ de blé qu'il a commencé à pleuvoir. Des pierres. Une, deux, qui m'ont rasé le crâne, je n'ai vu personne, j'ai pensé à un gosse ou deux planqués dans un arbre. Et puis, un nuage entier de cailloux a explosé au-dessus de moi, je me suis mis à courir, des centaines d'autres ont jailli de partout, je n'ai pas pu voir qui les lançait, des gosses ou des adultes, perchés dans les hauteurs ou courbés dans les plantations. Une pierre m'a cogné le dos, j'ai crié, en une fraction de seconde j'ai pu voir une fermière avec un foulard blanc sur la tête se pencher vers le sol pour prendre d'autres munitions.

Qu'est-ce que je leur ai fait...

Ils m'auront, si je reste une heure de plus au village.

J'ai couru à m'en faire péter les poumons. J'ai saccagé les champs sur mon passage, j'ai rejoint la ville comme un dératé, proche de l'asphyxie, les passants m'ont applaudi, je n'ai pas ralenti jusqu'à la maison de Bianca.

Elle cousait à la machine, devant le téléviseur.

— C'est quoi, cette mallette, Antonio... ?

J'ai hésité à lui dire que cette mallette pouvait lui être aussi fatale qu'à moi.

— Je m'en vais ou je crève ici, j'ai dit, sans réussir à reprendre mon souffle.

Je dois être immonde à voir. Suffocant, couvert de boue et ruisselant de sueur. Avec ma tête de dément. Elle m'a pris dans ses bras.

— Tout le village m'a demandé des renseignements sur toi. De quelle famille tu venais, si tu comptais partir, et quand.

— Partir ? À quelle heure part le dernier car pour Rome ? Vite !

— À cinq heures.

Moins dix, à ma montre.

Je me suis dégagé de son étreinte, trop violemment sans doute, et me suis rué dans la chambre où j'ai fourré mes affaires et quelques liasses de liquide dans un sac. Bianca n'a pas dit un mot, elle s'est remise à son ouvrage en faisant semblant de ne pas me voir. Brusquement j'ai pensé que je n'existerais jamais plus pour elle. La trouille s'accommode trop bien des remords. J'ai hésité, une seconde, à lui dire au revoir. Et je suis parti.

Le car contenait une trentaine de personnes, des pèlerins pour la plupart.

— On part quand ? j'ai demandé au chauffeur, installé près du guichet.

Il m'a montré trois doigts. Au fond du car, j'ai repéré des places vides, et m'y suis affalé.

Giacomo et le *dottore* s'occuperont de tout. Ils se débrouilleront sans doute mieux sans moi pour faire fructifier les terres. Et je reviendrai quand toute la ville sera calmée, quand l'évêque aura fini sa messe, quand ses sbires auront fini leur enquête, et quand les Américains seront de retour au pressing. Je colle ma joue contre la vitre, pour jeter un ultime regard sur Sora...

Tout est redevenu plus calme.

Hormis le chauffeur qui discute, nerveux, avec deux ou trois employés de la compagnie.

Je ne sais pas si c'est ma parano montante, mais j'ai bien l'impression qu'ils me regardent. Deux commerçants rappliquent, je reconnais le patron du café. Ils jettent des œillades discrètes de mon côté. Je me trompe sans doute. Je vais devenir dingue si je me laisse avoir par la suspicion. Les trois minutes sont écoulées. Le chauffeur tarde, leur discussion s'anime, ils s'efforcent de parler bas, j'ouvre la fenêtre sans entendre pour autant, le chauffeur secoue la tête, on lui prend le bras, on le secoue un peu. Je ne comprends rien.

Il monte dans le car, sans s'asseoir, et lance à la cantonade :

— On a un petit problème de moteur. Faut réparer. Le car ne pourra pas partir maintenant. La compagnie est désolée. On va essayer d'en trouver un autre d'ici ce soir. Tout le monde descend !

Les passagers grognent, se lèvent, essaient de parlementer avec le chauffeur qui fait de grands gestes désolés.

Je reste là, stupide, pantelant, sans pouvoir réaliser ce qu'il vient de dire.

Les ordures...

Ils ne m'auront pas. Je sors et passe devant le petit groupe, le patron du bistrot tourne la tête ailleurs.

Vous voulez me ferrer, me retenir, m'empêcher de bouger... Je ne sais pas ce que vous cherchez. Mais vous ne m'aurez pas.

Je tourne le coin de la rue à l'endroit où d'habitude sont garés les trois seuls taxis de la ville. On m'attrape par le bras, je sursaute, prêt à envoyer mon poing dans la gueule de celui qui cherche à me retenir.

— Hé... Hé ! Calmez-vous, Signor Polsinelli ! C'est moi, vous me reconnaissez ?

Le notaire. Qu'est-ce qu'il fout là... ?

— Je vous cherche partout, mais on peut plus vous mettre la main dessus !

— Mais si, tout le monde y arrive sauf vous. Je suis pressé, qu'est-ce que vous voulez ?

— Je tenais juste à vous dire que... C'est délicat... Je me trompe peut-être, mais...

Il s'approche de mon oreille et lance des regards furtifs autour de nous.

— Je suis astreint au secret professionnel, signor... Mais on ne peut pas éviter toutes les fuites... Je n'y suis pour rien, je peux vous le jurer... Mais tout le village a fini par savoir qu'il y avait... la clause...

— Quelle clause ?

— Comment ça, quelle clause ? C'est la première chose dont je vous ai parlé quand vous êtes arrivé ! La clause qui dit qu'après vous vos terres reviennent entièrement à la commune...

— Comprends pas.

— Vous le savez bien, c'était le souhait de M. Trengoni. Au cas où vous refusiez les terres, elles revenaient au village entier. Même chose après votre... votre décès.

— Pardon ?

— Tout est sur le papier. Et maintenant que Sant'Angelo nous a fait la grâce de revenir, et que vous avez fait des millions avec la vigne...

Un mal de tête commence à me marteler le crâne.

— Méfiez-vous, Signor Polsinelli...

À peine supporté par mes jambes, je m'adosse contre un mur.

— Attendez une seconde... Attendez... Vous essayez de me dire que pour se partager la vigne, les villageois seraient prêts à...

— Je ne dis rien, moi. Je vous mets en garde, c'est tout. Alors bonne chance, signor...

Il me laisse tomber et me salue d'un petit geste de la main.

Les gens changent de trottoir.

La terrasse du café est pleine et parfaitement silencieuse.

On t'aime trop pour te laisser partir... avait dit le gosse, hier.

Tous ces visages muets, aux fenêtres.

Immobiles.

Un taxi débouche du coin de la rue, je me précipite presque sous ses roues, il pile.

— Vous êtes cinglé ou quoi ! gueule le chauffeur.

Il est à vide, je veux m'engouffrer à l'arrière mais il bloque la porte.

Au loin, derrière le camion des pastèques, je repère une silhouette discrète qui lui fait signe de ne pas me prendre.

— Peux pas, j'ai une course...

Je ne sais plus quoi faire, je ne tiendrai pas longtemps face à cette conjuration. Je fouille dans mon sac et sors une liasse de fric bien compacte. Je n'ai aucune idée de la somme.

— Tout le paquet si vous me sortez de la ville...

Le gars, prêt à partir, hésite un instant devant la liasse. Puis il regarde le groupe d'hommes qui approche doucement vers nous.

— Bon, montez...

J'ai à peine le temps de monter qu'il démarre comme un damné, les hommes hurlent de rage.

— Va fan'culooooo ! leur crie le taxi, avec un bras d'honneur.

Il évite de justesse deux piétons, on balance des objets sur la carrosserie, le chauffeur s'en fout, et nous, nous fonçons droit vers le Ponte di Ferro pour sortir de Sora.

— Vous avez des problèmes, signor ? me demande-t-il, en riant presque.

— Vous allez en avoir aussi.

— Moi ? Des problèmes ? Je connais pas ça, je suis napolitain.

Son accent le prouve et sa conduite aussi. Les Napolitains ne connaissent qu'une version très expurgée du code de la route, elle se résume à une seule règle d'or : « N'arrête jamais de rouler, des fois qu'on te vole les pneus. » Le taxi grimpe une petite colline, je peux voir au loin la cascade d'Isola del Liri, un petit village voisin par lequel il faut passer pour rejoindre le chef-lieu.

— Maintenant qu'on est sorti, on va où ?

— À la gare de Frosinone.

— Avec la liasse que vous m'avez montrée je vous emmène à Rome, si vous voulez...

Elle était si grosse que ça, cette liasse ? Dans la précipitation je n'ai pas eu le temps de compter.

Le taxi ralentit.

— Qu'est-ce qui se passe ?

— Regardez devant vous, signor... C'est ça que vous appelez un problème ?

Les deux Cadillac nous arrivent de front à faible allure. Côte à côte, elles sont plus larges que la route. Le taxi s'arrête.

— Hé... C'est vous qu'ils cherchent, ces gars ?

Il s'arrête en face des deux monstres blancs, et croise les bras, calme, pas le moins du monde étonné.

— Mais faites demi-tour ! On va pas rester là ! On peut retourner vers...

— Écoutez, signor, gardez votre pognon, j'évite les problèmes parce que je sais bien les repérer. Tout Sora c'est rien à côté de ces quatre gars-là. Et moi je suis qu'un Napolitain...

Joe, le barbu, est apparu en premier, Henry, le Noir, l'a suivi avec un flingue tendu. Parini est apparu, précédé de son troisième homme de main.

Trois pétards sous le nez du taxi, je regarde tout ça comme un spectateur. Presque distrait. Et déjà résigné.

— The guy is mine... dickhead[1], fait Parini au Napolitain.

— Non c'è problema... Non c'è problema ! Calma !

Pas eu le temps de dire un mot, Henry et Joe m'ont empoigné comme un sac de fiente pour me jeter à l'arrière de leur bagnole. Celle de Parini a démarré en premier, direction Sora, Henry a

1. Ce gars est à moi, tête de nœud...

suivi, et Joe m'a maintenu la tête sous la banquette avec le calibre sur la tempe.

Pendant que mon front frottait contre le cuir du siège, ils n'ont pas arrêté de parler dans un argot new-yorkais incompréhensible, j'ai essayé d'entendre un mot, une indication sur le sort qu'on me réservait. L'un a dit qu'il avait envie de mortadelle. Il s'est étonné qu'on trouvait de la pizza aussi en Italie, mais moins bonne que chez lui. L'autre a répondu que les bagnoles qu'on louait à Rome étaient de vraies carrioles. Mais je ne suis pas sûr d'avoir bien tout compris.

*

— T'as réfléchi, Polsinelli ?

Le visage à quelques centimètres de la vase, j'ai hurlé un oui, tout de suite. La rive du Liri est parfaitement déserte. Henry et Joe, qui me retenaient par les cheveux à la surface du fleuve, m'ont ramené vers le bord.

— Vingt-cinq pour cent ?

— C'est d'accord...

— C'est d'accord ? Alors, où tu les as mis ? a demandé Parini, tout en dégustant un énorme morceau de pizza ruisselante.

— Qu'est-ce que vous voulez dire ?

Quand il a claqué dans ses doigts, j'ai eu droit au petit rafraîchissement que je pensais bien avoir évité.

L'eau brouillée m'est rentrée par le nez et m'a glacé les yeux. J'ai tenu, quelques secondes, immobile, et j'ai secoué la tête comme un forcené pour qu'ils abrègent la torture, ça a duré un siècle, j'ai même voulu plonger entièrement sans pouvoir me délivrer de cette main crispée sur ma nuque.

— Tout ce que je vois, c'est que t'as essayé de nous fausser compagnie, c'est pas vrai, peut-être ? Où tu les as mis ? a demandé Parini, pendant que je regonflais mes poumons.

— Je n'ai... pas... l'argent sur moi...

Parini jette sa croûte de pizza à l'eau et s'essuie les doigts avec le mouchoir qu'on vient de lui tendre.

— Écoute, Polsinelli. Je suis né ici, mais j'ai pas l'intention d'y finir. Mais toi, si tu y tiens, on peut t'arranger ça. Moi, je vais pas m'éterniser chez ces ploucs. Rien que là où on a dormi hier, mes gars avaient l'impression de coucher dans une étable. Alors, basta, tu piges ?

— J'ai pas le fric... attendez les prochaines vendanges...

Il a claqué des doigts. J'ai gueulé à mort, ils m'ont plongé jusqu'à la ceinture, ma bouche s'est remplie d'eau et là, ma gorge a explosé.

Mon corps a cessé de lutter, net.

Temps mort.

On m'a hissé sur la rive.

Une gifle m'a ranimé.

— Maintenant c'est cinquante-cinquante, Polsinelli. Metà per uno, capish ? Fifty-fifty, O.K. ?

— ... Oui...

— T'as une dette, Polsinelli. Demain matin je veux te revoir avec ce que t'a rapporté la moitié de la vente des 30 000 litres. Compris ?

Non, je n'ai pas tout compris. Les portières ont claqué, au loin. De hautes herbes humides et boueuses me recouvraient le visage. Mon souffle a fini par s'apaiser, doucement. J'ai fermé les yeux. Les vêtements trempés m'ont glacé les os mais je n'ai pas eu la force de les enlever. Une voiture est passée à toute allure, sans me voir. J'ai eu envie de me traîner au bord de la route pour en arrêter une. Et rentrer chez Bianca. Sans savoir si elle voulait encore de moi. Mais, là aussi j'ai renoncé, un regain de conscience m'a interdit de demander de l'aide à un gars qui ne demanderait pas mieux que de me faire passer sous les roues. Et de recommencer une fois ou deux, pour être sûr.

Tu te venges, Sant'Angelo...

C'est la seule explication. Tu m'en veux à ce point-là ?

Demande-moi ce que tu veux. Fais-moi expier. Mais sois clément.

Fais quelque chose.

Juste un signe.

En rampant, j'ai trouvé une pierre plate et sèche, où j'ai posé la tête.

*

Nuit.

Une portière qui claque. J'ai cru qu'ils revenaient.

Deux hommes tout en noir se sont penchés vers moi pour me tirer du fossé, l'un sous les aisselles et l'autre par les jambes. Et m'ont engouffré à l'arrière de la Mercedes. C'est quand on m'a posé une couverture sur les épaules que j'ai reconnu les deux émissaires du Vatican.

Juste à côté de moi, j'ai enfin pu voir le visage de cet homme qui hier accompagnait l'évêque sans pourtant sortir de la voiture.

Un visage maigre, des petites lunettes ovales, des cheveux coupés en brosse, des lèvres épaisses où on lit un sourire calme. Il porte un costume noir avec une petite croix au revers. Patiemment, il a attendu que je retrouve mes esprits, sans bouger, sans rien dire. Je me suis emmitouflé dans la couverture en me recroquevillant le plus possible.

— Vous traversez de pénibles épreuves...

— Vous parlez français... ?

— Je parle quatre langues, mais je n'utilise pas la vôtre aussi souvent que je le voudrais.

— Vous vous débrouillez plutôt bien.

Une voix sereine qui apaise tout ce qui se passe autour. Un regard totalement relâché, des yeux fixes qui ne cillent jamais. Aucune comparaison avec tous ces hystériques dont on ne voit que les dents et qui crachent leurs mots. Il pose le bout de ses doigts sur mon avant-bras.

— N'attrapez pas froid. En été, c'est redoutable.

— Vous me raccompagnez ?

— Bien sûr.

Il fait signe à ses hommes de monter et de démarrer. Une vitre nous sépare d'eux. Je n'ai pas eu besoin de leur donner l'adresse.

— Qui peut prétendre voir clair dans les desseins du Seigneur ? Vous êtes le propriétaire de cette vigne, monsieur Polsinelli ?

— Oui. Et vous ?

— Mon nom ne vous dirait pas grand-chose. Disons que je suis un homme de finances, il en faut n'est-ce pas ? C'est même une rude tâche que de gérer le patrimoine de l'Église.

— ... ?

— Je ne vais pas rentrer dans le détail, mais pour simplifier on pourrait dire que je suis en quelque sorte, le banquier... Oui, disons-le, le banquier du Vatican.

Les caves du Vatican, les trésors du Vatican et toutes les histoires qu'on raconte à ce sujet. Je me suis mis à trembler sans plus savoir s'il s'agissait du froid. J'ai réussi à freiner une tempête de curiosité qui m'aurait fait poser deux mille questions plus indélicates les unes que les autres.

— Demain aura lieu cette messe. Vous vous doutez bien qu'une telle cérémonie servira d'« officialisation » — le mot est correct ? — du culte de Sant'Angelo par notre Église. Vous rendez-vous compte de ce que ça suppose ?

Que le miracle est homologué. La vigne devient un authentique lieu saint. Reconnu et honoré par la plus haute autorité.

Je ne voulais pas faire remonter les choses aussi loin. Dario non plus. Je comprends mieux l'acharnement des deux enquêteurs.

— Des milliers de pèlerins vont venir se recueillir aux pieds du saint. Il faudra construire une nouvelle chapelle, organiser des offices, et cætera... Demain sera un grand jour. Qu'est-ce que vous en pensez ?

Le plus grand mal. Je n'avais rien prévu de tout cela. Rien. Ni le raz de marée des commerciaux, ni le débarquement des Américains, ni la convoitise de la ville, ni le doigt de Dieu qui pointe son sacrement. Je voulais juste un petit coup d'éclat, un petit miracle aux alouettes, et basta, je rentrais chez moi avec une prébende. Voilà.

Il a croisé les bras, avec toujours cet étrange sourire aux lèvres. À la réflexion je me demande si c'est vraiment un sourire.

— Mais imaginez un instant qu'au lieu de cette bénédiction on annonce aux fidèles que toute cette entreprise diabolique n'a servi qu'à leur extirper le denier du culte. Que des impies ont violé la mémoire d'un saint pour engraisser les marchands du Temple.

— Qu'est-ce que vous voulez dire... Je ne...

— Que la chapelle a brûlé à l'essence, que la statue a été

ignifugée, que la bâtisse a été soigneusement « préparée » pour s'ouvrir ainsi, et que Marcello Di Palma est un formidable acteur. Vous niez ?

À quoi bon. Depuis le début j'ai senti que ces gars-là n'étaient pas du genre à crier hosanna devant un tas de braises mortes. Dario a essayé de jouer au plus fin avec les ministres du Très-Haut. Voilà. Et comme un con, j'ai suivi. Comment ai-je pu me croire assez malin pour rivaliser avec eux ?

Hein, Antonio ? T'as l'air de quoi, maintenant. Fallait bien que ça finisse un jour. À côté d'eux, Parini et ses trois petites frappes sont des guignols.

— Qu'est-ce que vous comptez faire ? je demande.

— Crier publiquement le sacrilège. Vous remettre aux autorités, et notre mère l'Église veillera à ce que vous ne sortiez pas de la geôle avant trente ans. Elle en a le pouvoir. Imaginez la déception de nos fidèles et de tous ceux que vous avez trompés. Le peuple de Sora et de toute la région. Et je ne parle que de la justice des hommes. La moins terrible. Vous avez commis le péché suprême.

La voiture est déjà entrée en ville.

— À moins que vous et moi nous trouvions un *modus vivendi.* La solution la plus heureuse pour nous tous. Le principal est d'épargner à nos fidèles un aussi cruel aveu, je vous l'ai dit, qui peut prétendre voir clair dans les desseins du Seigneur ? Peut-être vous a-t-il délégué, vous, pour rendre hommage à notre bon Sant'Angelo, trop tôt oublié, je vous l'accorde...

Silence. Je me mords la lèvre pour éviter de dire une connerie.

— Et avec tout l'argent que pourrait rapporter la récolte de ce vin, nous saurions quoi faire. Nos projets sont multiples. Bâtir un hôpital, créer un lieu saint, des écoles. Nous n'avons pas encore décidé. Il nous faut tant d'argent pour toutes les œuvres qui nous restent à accomplir. Ce vin pourrait être une aubaine pour tous les malheureux. Je vais sans doute vous l'apprendre, mais nous avons été surpris par la somme des demandes de paroisses qui voudraient utiliser le vin de Sant'Angelo pour célébrer les offices. C'est là que nous est venue l'idée d'en faire le vin de messe officiel à travers toute l'Italie...

— Vous plaisantez... ?

— Est-ce que j'en ai l'air, monsieur Polsinelli ? Mais, après tout, rien de ceci ne vous regarde. Ma proposition est simple : vous lâchez tout, les actes de propriété, les réserves, et tous vos calculs dérisoires. Nous savons mieux que tous les petits gestionnaires que vous fréquentez comment procéder. Autrement dit : faites-nous un don...

— Un don ?

— Disons qu'aux yeux de tous c'en sera un. En contrepartie nous versons annuellement 500 000 de vos francs sur un compte anonyme que vous ouvrirez dans la banque de votre choix.

La voiture s'arrête devant chez Bianca. Les derniers clients du bar sont hypnotisés par mon arrivée en Mercedes. Le conducteur sort pour m'ouvrir la porte. Le patron du bar croit à une hallucination.

— J'ai entendu dire que vous aviez des problèmes avec la ville. Et peut-être avec d'autres, encore...

— Vous êtes bien renseigné.

— Les voies du Seigneur sont impénétrables, n'est-il pas... Réfléchissez à cette proposition. Mais avez-vous le loisir de refuser ?

Non. Bien sûr que non. Il le sait aussi bien que moi.

— Et sachez que si vous acceptez notre marché, vous bénéficiez totalement de notre protection. Je ne pense pas que qui que ce soit oserait la mettre à l'épreuve.

Avant de repartir, il a ajouté :

— Pour ça, ne vous faites pas de souci. Je passe vous prendre vers onze heures ? Et nous irons ensemble à la cérémonie, n'est-ce pas ?

Il a relevé sa vitre et leur voiture s'est évanouie en silence.

Autour de moi, des visages mauvais, étonnés, silencieux.

J'aurais pu me faire lyncher dans la plus grande impunité.

Mais personne n'a osé m'approcher à moins de dix mètres.

J'ai senti comme un champ magnétique tout autour de moi.

Bianca a tout vu de sa fenêtre. Elle a disparu, un moment.

Et j'ai entendu la porte de sa maison s'ouvrir.

*

— On a oublié le verrou, je te dis.

— La serrure et le verrou, à double tour, j'ai déjà vérifié, Antonio. Essaie plutôt de dormir, le jour va se lever.

— Pour quoi faire, dormir ? T'as du Tranxène ? Il est quelle heure ?... Ou du Valium, oui, ça c'est bien... Ou du Temesta, juste un ou deux. S'il te plaît.

— J'ai rien de tout ça... Je peux te faire une tisane...

— Une tisane ! Tu te fous de qui ? Ils sont pourris ces volets... Ils servent à rien, je te dis... T'as de l'alcool ? De la grappa, un truc... Je sais pas...

— Du vin ?

— Du vin... Je veux plus entendre parler de ce putain de vin... J'ai envie de... J'ai envie de... Comment on dit « gerber » dans ta langue ? « Gerber », vous gerbez jamais, vous, les ritals ? Je suis sûr que le verrou n'est pas fermé, des fois on est sûr d'avoir fait un truc, on en est persuadé, à tel point qu'on l'oublie, il est quelle heure... ?

*

— Réveille-toi, Antonio. Ça va être l'heure de la messe.

... Les vignes... Il faut que je rejoigne les vignes...

— Bianca... ? Il est quelle heure... ?

— Presque onze heures. Tu t'es endormi il y a deux heures à peine.

Oui... Je me souviens. Le soleil était déjà haut. Mes paupières ne s'ouvrent plus... Il faut que je rejoigne les vignes... Le banquier a raison. Sans sa protection je suis foutu. Il va tout reprendre en main. Et je pourrai rentrer à Paris...

— Une voiture m'attend en bas ?

— Oui. Une grosse.

— Une Mercedes ?

— Non. Une Cadillac.

— ... ?

— Et la deuxième cherche à se garer...

Je me rue sur Bianca et la secoue de toutes mes forces, elle hurle.

— Tu veux me faire crever ici ou quoi !

— Tu deviens fou, Antonio !

Elle éclate en sanglots et m'envoie une gifle en pleine gueule.

Je jette un coup d'œil dehors à travers les rideaux. Ils sont là. Ils m'attendent. La Mercedes n'arrive pas.

— Aide-moi, Bianca...

Elle essuie ses larmes avec un coin de tablier. Lentement, elle reprend son souffle et réfléchit un instant.

— Tu veux vraiment sortir ?

— Oui...

— Dans le patio... Il y a la vespa de mon père. Elle marche encore, je la prête souvent.

— Et alors ?

— Je sors la première pour les retenir une seconde, et tu files. Et ensuite, j'ai plus qu'à prier pour toi, Antonio...

*

J'enfourche la mobylette, elle sort, j'attends un instant et fonce dans la rue sans me retourner, une voiture m'évite de peu, je fais hurler le moteur.

J'avale la Via Nazionale en trois coups d'accélérateur, je ne peux plus regarder en arrière, on gueule sur mon passage, le soleil m'aveugle.

Ne pas regarder en arrière...

La route se resserre, je suis déjà à la limite de la ville.

Je sors de l'asphalte pour m'engager dans le chemin de pierraille.

Quelques bêtes à cent mètres de moi, le berger lève les bras pour me prévenir, je ralentis une seconde et regarde derrière moi. Les Cadillac me talonnent, je contourne le bétail, trop vite, et je dérape dans le fossé en hurlant.

Projeté contre un arbre.

Je suis sonné mais parviens à me relever, cassé en deux, une cheville me fait hurler de douleur, le berger fonce vers moi en gueulant, le bâton brandi en l'air. Je m'enfonce dans les bois, deux coups de feu résonnent, je cours n'importe où, des branches me giflent, je trébuche dans des buissons. La brûlure au pied m'arrache des cris rauques que j'essaie de réprimer pour éviter qu'ils me repèrent.

Ces salauds vont m'avoir...

La forêt est immense, si je m'y perds, les autres s'y perdront peut-être aussi... Je ne sais pas comment rejoindre les vignes... Il faudrait que je m'arrête un instant pour me repérer dans cette jungle...

Impossible. Pas le temps.

Ces salauds ne m'auront pas.

*

J'ai couru longtemps, la cheville brûlante, sans pourtant sentir la douleur. À bout de souffle, je me suis écroulé à terre.

Tout est redevenu silencieux.

Et j'ai attendu. En soufflant comme un bœuf écorché.

Lentement j'ai relevé la tête. Et puis, au loin, entre les frondaisons, j'ai vu cette fenêtre.

Une phrase m'est revenue en mémoire.

Tu vois les lumières, là-bas, derrière les arbres ? C'est là que j'habite. Je voulais juste, te dire ça... Si t'as besoin de t'abriter...

C'est la maison de Mangini. Sans savoir encore pourquoi, j'ai poussé un soupir.

*

Des larmes me sont montées aux yeux quand il a ouvert la porte. Nous sommes restés un instant, l'un devant l'autre, sans savoir quoi dire.

— Signor Polsinelli... ?

Il m'a fait entrer dans une grande pièce presque nue avec une gigantesque table en chêne de plus de trois mètres de long. Je m'assois et me masse la cheville, ivre de fatigue. Mangini prend un air dégagé, comme s'il n'avait pas senti que j'étais mort de peur.

— Ça fait dix fois que je l'invite depuis son arrivée, mais je ne pensais pas qu'il viendrait juste aujourd'hui... Quand tout le monde s'agite autour de ses terrains.

— Dites, Signor Mangini, je peux me reposer un instant chez vous... ? On cherche après moi, ce serait trop long à vous expliquer...

Il se dirige vers un placard et sort sa carabine, qu'il charge et pose sur la table.

— Personne ne pourra vous retrouver, ici. À moins qu'il ait dit à quelqu'un qu'il allait chez ce vieux brigand de Mangini... ?

— Non, personne ne le sait.

Entre ses murs, sa présence et son fusil. Je me suis senti tout de suite en sécurité.

— Dites... Vous n'êtes pas si vieux que ça, Signor Mangini.

— Qu'il me donne un âge.

— Soixante.

— Merci. J'en aurai soixante-treize le mois prochain.

Sa troisième personne de politesse est revenue, comme un automatisme.

— Qu'est-ce qu'il pense de ma maison ?

Elle est superbe. Une petite villa à deux étages, en plein cœur de la forêt. Le refuge rêvé pour un ermite qui ne fait pas son âge.

— J'ai construit ça tout seul, en 53. Parfaitement seul. Pas un seul homme dans le village n'est venu m'aider.

Il a dit ça sur un ton de rancune et de fierté mêlées, une petite vacherie revancharde à laquelle je ne m'attendais pas.

— Parce que tout le monde me hait dans ce village, on ne lui a pas dit ?

Je ne comprends pas pourquoi il dit ça mais, vu ce que les gens de Sora m'ont fait subir, je suis tout prêt à le croire.

— Tout le monde a l'air de bien vous respecter, Signor Mangini.

— C'est pas du respect, c'est du silence !

Je ne cherche pas à en savoir plus. Tout ce que je veux, c'est m'attarder le plus longtemps possible dans cette maison qui sent bon la pierre sèche et le bois ciré.

Justement, à mesure que nous parlons, une odeur me saisit par surprise, je la sens graduellement monter, j'en cherche l'origine partout dans la pièce. Mangini n'y prête aucune attention, comme si son nez en était saturé depuis des lustres. Le mien frémit plusieurs fois, l'accoutumance à l'odeur s'installe petit à petit, et je la perds déjà. Un parfum bizarre, hybride, végétal, chaud et fade à la fois, sans couleur. Elle ne fait appel à rien que je connaisse déjà, mais suggère un mélange de choses qui, prises indépendamment, ont toujours fait partie de ma vie.

— Allez, il doit se reposer un peu, il peut enlever son gilet, Signor Polsinelli. Il doit avoir faim avec tout ce qui se passe, non ? J'allais justement me mettre à table. Il sent ce qui arrive de bon, là derrière... ?

De la bouffe ? Une odeur de graillon ? J'aurais pu tout imaginer sauf ça, de la vapeur de foin séché, le remugle d'un herbier jamais ouvert, des émanations de braises et de cendres, tout sauf quelque chose qui cuit en vue d'être goûté. C'est bien le contraire de chez Bianca, où le moindre fumet me donne envie d'une orgie romaine. Pourtant je ne me sens pas vraiment rebuté par ce qui mijote. Curieux, tout au plus.

En deux mouvements il a dressé le couvert. Quand il a sorti une troisième assiette, je me suis levé lentement.

— Vous attendiez quelqu'un ?

— Oui. Un parent. Qu'il se rassoie.

— Écoutez, je n'ai pas très faim, je n'étais pas prévu et je ne veux pas vous déranger...

Mangini sort une bouteille et remplit deux verres de vin.

— C'est mon neveu, le fils de ma sœur. Il passe me voir de temps en temps. Depuis la mort de sa mère, on s'est rapprochés, lui et moi. Et s'il n'était pas là, je crois bien que je ne parlerais à personne de toute l'année. Mais si vous n'avez pas envie de rester, dès que mon neveu arrive, il vous raccompagnera à Sora, ça va bien comme ça... ?

— Non, pas à Sora, sur les vignes. Je dois aller sur mes vignes.

— Pour la messe ? Comme il voudra ! Alors ? Vous restez ?

Bien sûr que oui. Je ne peux pas faire autrement. Et je n'en ai plus envie. Je jette un coup d'œil vers la carabine. Il le remarque.

— N'ayez plus peur de rien, personne ne vous retrouvera ici. Asseyez-vous dans le salon, le temps que le neveu arrive et que je mette l'eau à bouillir.

La cheville me fait moins mal, ce n'est ni une fracture ni même une entorse. Rien que pour changer d'ambiance, je quitte la salle à manger, passe devant la cuisine d'où nous vient cette odeur indescriptible, et pénètre dans une grande pièce où un vieux fauteuil écaillé trône devant un gros coffre en bois qui doit servir de repose-pied. Exactement ce qu'il me fallait. Il n'y a absolument rien d'autre autour. Un vide glacé. Pas de télé, pas de photos de famille sous cadre, pas de magazines. Juste un fauteuil et un coffre. Un dépouillement étudié. Un climat étrange.

Quelles heures peut-on passer dans une telle pièce ? Qu'est-ce qu'on y cherche ? Du repos, de l'oubli ?

Ou bien le contraire. On y rassemble ses pensées profondes, le fruit de ses méditations, ses souvenirs. Il faut avoir déjà tout dans la tête.

— Il a trouvé de quoi patienter, Signor Polsinelli... ? crie-t-il du fin fond de la cuisine.

Trouvé quoi ? Il n'y a rien à trouver ici, on peut tout juste perdre ce qu'on avait déjà en entrant. Cette pièce doit servir à attendre que les choses remontent d'elles-mêmes. Il suffit d'attendre. Et doucement, elles refoulent. Elles émergent.

Le coffre est juste à mes pieds. Tentant.

Je regarde vers la cuisine, pose une main sur le crochet. Sans faire le moindre bruit, je soulève le couvercle.

Il m'a fallu l'ouvrir entièrement pour y discerner le contour des deux seuls objets qu'il contenait. J'ai d'abord cillé puis plissé les yeux.

Pour tenter d'y croire...

Au fond de cet abîme en bois, j'ai vu cette grosse épaisseur de tissu noir et plié, avec un col impeccablement lisse et rigide. À côté, un revolver qui ressemble à un luger. Le revolver aurait dû me foutre la trouille. Mais c'est plutôt la chemise qui m'a causé un choc. La chemise noire dont le col est brodé d'une initiale rouge. Le M.

Je sens le cœur me battre, jusqu'aux tempes.

Ils étaient toujours bien propres ces salauds-là, mais vers la fin, ils étaient plus très fiers, les fascistes. Je sais pas pourquoi, mais le Compare et moi, on avait la trouille des camps de concentration. Y avait pas vraiment de raison, mais on avait peur quand même d'être envoyés à la mort. C'était comme ça, c'est pour ça qu'on essayait de pas les rencontrer. Mais ça arrivait, des fois, et ils se foutaient de nous, ils nous traitaient de lâches. J'ai pas osé élever la voix, et ça prouve qu'ils avaient sûrement raison. Mais j'avais envie de leur dire que mon seul honneur, dans l'histoire qui nous a menés jusque-là, c'était d'avoir jamais rencontré un seul type qu'a voulu me faire la peau, d'avoir jamais rencontré un seul type à qui j'ai voulu faire la peau, que j'avais jamais vu la première ligne de ma vie, que pendant leur connerie de Campagne de Grèce j'ai attendu que ça se passe tout seul. Pendant quatre longues années. Et c'était pas encore fini.

— C'est presque prêt, Signor Polsinelli... !

Un ancien fasciste...

Mangini faisait partie des troupes de Mussolini. Un de ces forcenés que mon père a toujours retrouvés sur sa route, jusqu'au bout. Je ne savais pas qu'il en existait encore, des vrais, comme on les voit dans les films, noirs et propres, des compagnons de la mort aveuglés par un Duce impeccable et lisse. Le M de Mussolini, sur la chemise, était un grade réservé aux officiers. Un privilège. Mon hôte n'était pas n'importe qui.

— J'espère qu'il a faim... !

Faim... ? Un authentique fasciste m'invite à dîner, il me recueille, me protège. Et s'inquiète de ma faim. J'ai refermé le coffre.

Ses grands gestes m'invitent à passer à table. Son port de tête, sa violence, sa rigidité naturelle, son ermitage, tous ces détails se mêlent, s'expliquent, et je ne peux m'empêcher, même à tort, de les draper dans une chemise noire.

— C'est presque prêt, asseyez-vous, mon imbécile de neveu a tout juste une minute pour arriver pendant que les pâtes sont encore chaudes. Vous allez goûter à ma spécialité ! Ammazza !

Je ne sais plus quoi faire, partir, lui cracher à la gueule, lui hurler tout ce que mon père pourrait hurler. S'il n'a pas brûlé sa chemise et jeté son calibre au feu c'est par nostalgie. Chacun sa guerre. Chacun ses souvenirs. Chacun ses trophées.

Je pensais m'être fait un ami.

Mais malgré tout le dégoût qu'il m'inspire, il faudrait que je sois cinglé pour l'insulter et quitter les lieux quand des types veulent me plomber, au-dehors. Je suis coincé. Et forcé de choisir le moindre mal.

— Je les fais bouillir à peine, c'est comme ça qu'il faut les manger. Vous savez pourquoi les Italiens mangent les pâtes al dente ? Parce que c'est un plat de pauvre, et dans les temps difficiles ils les mangeaient presque crues pour qu'elles continuent de gonfler dans l'estomac, ça tient au ventre bien plus longtemps.

— Vous sentez cette odeur fétide ? je demande.

— Quelle odeur... ?

— Cette odeur de cuisine.

— Ma sauce ?

— C'est une sauce à l'huile de ricin ?

Les bras croisés il me regarde, un peu hébété, puis il retrouve son sourire en coin.

— On ne cuisine pas à l'huile de ricin.

— Oui, j'oubliais, c'est même le contraire, avec l'huile de ricin on purge.

Silence. Je ne m'assois toujours pas. Il retourne dans sa cuisine sans relever mon allusion à la purge. Je regrette déjà, ça m'a presque échappé. Comme si je voulais à toute force qu'il me vire de chez lui. Sa voix parvient jusqu'à moi dans un bruit de friture.

— Il est jeune, Signor Polsinelli... Mais je l'admire quand même. Il parle comme un gosse de chez nous, il ressemble à un gosse de chez nous, et il est aussi débrouillard qu'un gosse de chez nous. À croire que tous les gosses de chez nous naissent maintenant à Vitry-sur-Seine.

Je reste un moment debout sans savoir prendre de décision, sans savoir quoi dire.

— À table !

Tout s'embrouille. Lui, son âge, son passé, son histoire et toutes les choses que je n'ai pas envie de connaître. Il revient de la cuisine en portant comme un calice un gros saladier d'où s'échappe cette odeur étrange, puis pose le plat sous mon nez et immédiatement je réprime un haut-le-cœur et porte une main à ma bouche.

— Elles sont parfaites... Parfaites ! Si ça ne lui plaît pas, je peux vite préparer autre chose, mais il aurait tort.

Son enthousiasme semble de plus en plus sincère. Il sourit et me tape sur l'épaule. Je sens qu'il a envie de me faire partager sa faim.

Je ravale un instant mon dégoût pour regarder dans l'assiette qu'il me sert. Un magma blanchâtre sans sauce, pas même une goutte d'huile, des petits filaments verts, épars, des feuilles bouillies, et une sorte d'émulsion jaune qui n'égaye rien. Aucune esthétique, sûrement aucun goût. Seule l'odeur fade a pris un regain de chaleur et de violence.

Il s'attable avec bonheur, me sourit avec la plus grande gentillesse. Un silence se fait.

Je retire lentement la main de ma bouche. Ferme les yeux. Et c'est seulement maintenant que l'essentiel m'apparaît.

Je réprime un nouveau hoquet, je transpire, je n'arriverai pas à maîtriser mon estomac plus longtemps.

— Qu'est-ce qui se passe, Antonio... ? Il n'aime pas les rigatonis... ?

En y regardant à nouveau je retrouve tout, les grains de maïs, les pissenlits, le parfum âpre de la menthe...

Cette odeur obsédante me monte à la tête.

Comment tu as pu bouffer ça, Dario... ?

Je me suis penché de côté, un hoquet plus fort que les autres m'a ouvert la bouche et j'ai vomi un filet de bile qui m'a brûlé l'intérieur.

Mangini se lève, un peu défait, et fait un geste des mains pour montrer son désarroi.

Tu comprends mieux, maintenant, Antoine... ? Tu te sentais à l'abri, dans cette maison ? Et tu ferais tout pour retourner dehors, hein ? Seulement toi, tu as peut-être encore une chance de t'en sortir... Parce que Mangini ne se doute pas encore que tu as compris... Compris qu'il est bel et bien l'assassin de Dario...

— J'ai déjà eu plus de succès, Antonio Polsinelli... vous allez me faire offense.

— Pardonnez-moi, ça va passer...

— Je suis désolé, c'est une recette à laquelle je tiens. Je pourrais accommoder toutes les sauces d'Italie, même les plus étonnantes, mais je n'aime pas la cuisine qu'on trouve dans le premier restaurant venu. En cuisine, il faut oser !

— Excusez-moi, Signor Mangini... J'ai un malaise... Des bouffées de chaleur... Je vais faire quelques pas dehors, ça ira mieux...

Dès que je me lève, il pose la main sur son fusil, j'ai compris, il a compris, je plaque mon dos contre la porte sans quitter des yeux le vieux fou, je cherche la poignée, la porte s'ouvre d'elle-même...

J'ai poussé un cri quand on m'a empoigné les cheveux, parderrière.

Un autre quand on m'a cassé les reins. Et ma gueule s'est écrasée contre un meuble. J'ai toussé en me serrant les côtes, j'ai voulu me redresser mais, avec un coup de pied en pleine figure, on m'a obligé à rester à terre.

Je ne sais pas combien de temps a duré ce moment, mais je l'ai fait tarder le plus longtemps possible pour ne pas recevoir d'autres coups.

Mangini s'est penché sur moi et je me suis recroquevillé un peu plus.

— Il se relève pour que je lui présente mon neveu, qu'il connaît déjà.

Porteglia se penche en se massant le poing, comme s'il se préparait à recogner. La première fois j'étais fin saoul. La seconde, j'étais de dos. Ça veut sans doute dire qu'il ne faut pas craindre une pareille petite ordure.

— Solo il nipote capisce lo zio, me dit Mangini.

« Seul le neveu peut comprendre l'oncle. » Ça sonne comme un dicton, il faut s'y attarder un peu pour en saisir le sens, quand il y en a un, et pour l'instant, je ne le vois pas. « L'oncle et le neveu » on dirait une farce à l'italienne. Un presque père et un faux fils. Le lien du sang sans le respect des rôles. La connivence sans le devoir. Le jeu avant toute gravité. Il suffit de voir comment ils ont procédé, en se relayant autour de moi, comme les deux larrons d'une fable dont je serais la pauvre victime. Oui, une fable. Sans morale apparente.

— Qu'il fasse honneur à ma spécialité. Qu'il se force un peu !

Pour appuyer son invitation, il me montre le revolver qu'il a sorti de son coffre et le charge ostensiblement. Comme si le fusil ne suffisait plus. Porteglia m'empoigne, me relève, me pousse sur une chaise. Ils croient sans doute que je vais manger avec un canon sur la tempe. Surtout ce plat de mort. Bouffer ça, c'est se préparer à passer de l'autre côté. Le neveu s'assoit à ma gauche et l'oncle me met une fourchette dans la main, comme à un gosse puis se penche à mon oreille pour faire ce que ferait une mère pour obliger son môme à manger.

— Qu'est-ce qui lui arrive... ? Hein... ? C'est Attilio qui vous coupe la faim ? Ou bien c'est à cause de la chemise qu'il a vue dans mon coffre ? Il n'en avait jamais vu avant ? Et il pense qu'il serait tombé dessus si je n'avais pas voulu la montrer ? Il a peur du noir ?

J'ai cherché un bon moment quoi répondre, et seule l'insulte m'est venue à la bouche. Et en français. L'insulte, c'est peut-être l'instinct d'une langue.

— Fasciste de merde.

— À croire que je parle le français, j'ai tout compris... Mais j'ai l'habitude, avec les gens du pays. Et ils se trompent, eux aussi. Je n'étais pas un vrai fasciste. En tout cas pas longtemps. Si j'ai gardé la chemise, c'est pas comme relique. C'est plutôt comme le suaire d'un fantôme que je garde bien enfermé dans le coffre.

— Fasciste de merde.

Porteglia m'a balancé une claque dans la nuque. À ce moment-là je lui ai sauté à la gueule pour lui planter ma fourchette dans l'œil. Comme ça. Au cri qu'il a poussé j'ai bien cru avoir réussi, quand en fait je n'ai arraché que sa joue.

Bien sûr il m'a à nouveau roué de coups, à terre, jusqu'à me faire péter une arcade avec le bout de sa chaussure. Il a voulu m'aveugler, et a failli y parvenir quand l'oncle l'a écarté.

— Dario n'a pas fait tant de manières, me dit l'oncle.

Le neveu se rassoit, une main sur la moitié du visage. La blessure lui a redonné une vigueur incroyable. Je me relève en gardant une main sur l'œil.

— Au contraire ! Il avait bien aimé la cuisine de tonton, hein tonton ? Je me souviens d'avoir trouvé un gevrey-chambertin de 76 dans une boutique près du Palais-Royal, pour accompagner les rigatonis. Une petite merveille, hein tonton ?

Pas de réponse.

— C'est dans ce quartier que j'ai appris l'œnologie, et j'ai toujours mon petit studio, rue de la Banque, c'est là qu'on a invité Dario. J'adore Paris.

— C'était la première fois que j'y allais, et j'y remettrai jamais les pieds, fait Mangini en gardant une main sur son arme. J'avais même oublié comment on tirait avec ce truc... Pensez, la guerre, c'était y a cinquante ans... Et même là, je m'en étais pas servi beaucoup, j'étais pas un bon soldat...

J'ai fermé les yeux.

— Mais ce petit malin de Dario, c'est vraiment tout ce qu'il méritait, tiens. Six mois plus tôt il était venu m'acheter le terrain, et j'avais bien ri sur le coup... C'est après, quand je l'ai vu traîner autour de la chapelle au lieu de la détruire et poser des questions partout sur Sant'Angelo, que là, j'ai commencé à comprendre ce qu'il avait en tête. Je me souviens même d'un jour où je lui ai dit, comme le stupide que j'étais, que s'il réussissait à faire du bon vin ce serait un vrai miracle, et ça l'a fait rire !

Porteglia pique une pâte sur sa fourchette et me la met sous le nez. Je n'ouvre pas la bouche, il me frotte les lèvres avec, Mangini braque son pistolet vers moi.

— Au début je l'ai pris pour un fou, mais après... Qu'il se mette à ma place, Signor Polsinelli, j'y suis presque né, dans ce terrain, et j'ai jamais rien vu... Et il a fallu que ce soit un jeune imbécile de petit Parisien qui ait cette idée du diable... J'en ai plus dormi les nuits.

Je mâche sans respirer, ça n'a pas de goût, pas même celui du sel, je ferme les yeux très fort. Et recrache tout sur la table.

— Alors je l'ai prévenu que j'avais tout compris, et que son plan me plaisait bien, et qu'il ne se ferait pas sans moi. Je lui ai laissé le temps de réfléchir et je suis venu à Paris pour une seule soirée, le temps qu'on dîne tous les trois et qu'on discute, il m'a proposé dix pour cent des recettes, une misère, pas de quoi me faire un café... Et je l'ai tué, parce que normalement, après sa mort, y avait plus que sa mère, et sa mère je lui aurais racheté tout le terrain, pas compliqué, et Sant'Angelo, je le faisais revenir moi-même...

Je n'ouvre toujours pas les yeux et m'efforce de ne plus rien entendre. Seul compte le supplice de la fourchette.

À partir de l'hiver 44, on s'est mis à avaler n'importe quoi. Je me souviens même d'une forêt où on a réussi à tenir plusieurs jours en mangeant que des groseilles. Une autre fois j'avais trouvé un rassemblement de tortues, par dizaines, va savoir pourquoi, mais rien ne m'étonnait plus dans ce pays. Fallait tout accepter. J'avais pris le coup avec la pioche pour casser la carapace. Il fallait quatorze tortues pour avoir à peu près 200 grammes de viande. Le meilleur, c'était les œufs, le Compare nous faisait un ragoût plutôt bon, avec. Il était capable de nous fabriquer des gamelles de saloperies trouvées partout autour de nous et ce qu'on arrivait à voler chez les fermiers au risque de notre vie. Avec ces croûtes, ces pissenlits, ces bouts de choses, il arrivait à nous faire manger, fallait pas demander quoi, mais l'important c'était qu'il y arrive, si bien qu'à un moment, le groupe de cinq qu'on était, on a fini par penser qu'il était le plus fameux cuisinier du monde. On a jamais vomi une seule fois, tu penses... Bon, c'est vrai que le plus souvent on pensait à autre chose au moment de faire passer au bout, d'accord, mais c'était quand même un magicien. Pour ça, il en avait, du talent, c'était la seule manière qu'il avait de me faire plaisir, et de me rembourser toutes les vies que je lui ai sauvées, à celui-là.

— Et le notaire m'a annoncé l'arrivée d'un nouveau patron, et là je me suis mordu les doigts jusqu'au sang. On peut comprendre ça, non ? Presque le même que Dario, mais avec quelque chose en moins, ou en plus, je ne sais pas. Et c'est simple, je me suis dit que tout n'était pas perdu et que je pouvais encore lui racheter les terrains avant qu'il comprenne... Même l'argent, même les coups de bâton, rien à faire, le nouveau Parisien était encore plus coriace que le premier.

... Noël 44, je peux pas t'assurer qu'on croyait encore beaucoup en Dieu. On avait tous quelqu'un dans la tête. Une fiancée, un enfant, et à tous ces gens on aurait aimé leur dire qu'on les avait défendus ou protégés. Mon cul, oui... Quatre ans plus tard, on savait encore moins ce qu'on foutait là, à Noël. Et vraiment plus rien à bouffer, cette fois. On y croyait plus, en Dieu, ou alors on croyait qu'à lui, parce que ce vingt-cinq décembre-là, tu me crois si tu veux, on a vécu comme on pourrait dire : un miracle. Oui, un miracle, j'ai pas d'autre mot. On avait entendu qu'une garnison fasciste venait de s'installer à sept kilomètres de notre trou, avec du ravitaillement. On s'est demandé lequel d'entre nous irait, y en a deux qu'étaient cassants de froid, le petit Roberto il avait la trouille, et on peut pas

dire que le Compare lui donnait des leçons de courage, mais de toute façon ce serait moi parce que je pouvais plus tenir là, j'en avais envie... Le Compare a essayé de me retenir, il avait peur d'y passer, loin de moi, et je lui ai promis de revenir. Robertino m'a donné ses chaussures et je suis parti. Et je suis revenu. Et je peux même pas te raconter comment ça s'est passé, parce que je m'en souviens pas beaucoup, j'ai discuté avec eux, j'ai fait semblant de parler, de les écouter, de leur demander des nouvelles d'Italie, mais tout ça j'en avais rien à foutre, tout ce que je voyais c'était la réserve de vivres. J'ai mangé, ils se sont foutus de ma gueule, un gradé m'a dit qu'il m'accueillait dans son détachement, j'avais qu'à mettre l'uniforme si je voulais avoir une chance de regagner le pays. J'ai joué les idiots, j'ai dit que ça pouvait attendre la fin de la nuit, ils sont tous allés se coucher, et je leur ai volé huit kilos de pâtes. Huit... Ça te dit quelque chose... Huit... J'ai mis tout ça dans une cantine, j'ai cru mourir de fatigue, mais je sais pas pourquoi, à l'idée que je devais m'éloigner d'eux, ça m'a poussé des forces partout, et je suis retourné vers les autres qui m'attendaient encore. On s'est tous mis à chialer quand j'ai montré le trésor. Jaune comme l'or... Je peux pas te dire aujourd'hui comment c'était, mais... J'avais volé des pâtes sans savoir vraiment lesquelles, c'était la nuit noire... Et au petit matin j'ai compris qu'on avait devant nous, pour les jours à venir, huit kilos de rigatonis...

Une gifle de Porteglia me fait revenir parmi eux. Ils ont fini leur assiette. Mangini se cure les dents, détendu, presque affalé dans sa chaise. Porteglia se ressert du vin et le déguste avec des glapissements de satisfaction.

— Quel beau miracle il nous a fait, le Signor Polsinelli... C'était une bonne idée, le jour du *Gonfalone*... Mais s'il y a quelque chose que je ne m'explique pas, c'est Marcello...

Ils se figent tous les deux en même temps, échangent un regard, puis s'approchent de moi.

— Vous allez nous le dire, hein... ? fait le neveu.

— Mais oui, il va nous le dire, ce qui s'est passé avec ce salopard d'aveugle. Je le connais depuis toujours, cet ivrogne. Je l'ai toujours vu en train de ramper et tendre la main, alors c'est pas moi qu'on va prendre pour un con avec cette histoire de miracle...

... Un miracle, à Noël, après tout, autant ce jour-là... La pasta, quand on l'a pas mangée depuis des mois et des mois, et même plus, c'est mieux qu'un miracle. Le Compare nous avait promis de ne pas les gâcher, ces pâtes, et que pour un jour de fête il ferait le mieux possible, alors il a récolté ce qu'il y avait de meilleur. Et il nous a inventé une recette sur place. Du maïs volé dans une grange, de la menthe, et des pissenlits. Le vrai bonheur, c'était d'avoir du rouge, de la tomate, mais ça, même Dieu il aurait pas pu nous en trouver là où on était, alors le Compare nous a inventé les rigatonis à l'albanaise... On a coupé le reste de bois pour faire un grand feu pour la marmite, on s'est installés autour, comme si on était au cinéma, et petit à petit l'odeur de la sauce nous est montée à la tête, et j'ai jamais senti un parfum aussi extraordinaire de toute ma vie, mon estomac s'est ouvert comme une crevasse, et je me suis dit que les huit kilos pouvaient y passer...

Porteglia, cette fois, m'envoie un coup de poing dans le nez, ça craque en dedans, et ça se met à pisser doucement.

L'histoire de l'aveugle les a énervés. C'est le seul détail qui ne tourne pas rond dans la combine, et Mangini et son neveu ne me tueront pas avant de savoir. Du sang coule sur mes lèvres, et je ne sais pas... Je ne sais pas...

Mes yeux se gonflent tout à coup de larmes.

Après le festin, on est restés là une heure, sans rien dire, le ventre en l'air, à attendre que tout le corps vive son bonheur tout seul sans être dérangé. Tu penses bien qu'après la faim, on pensait tous à la même chose... Le vin... Le vin... Le rouge... Mais ça, même Dieu il aurait pas pu nous en trouver là où on était... Et demander deux miracles le même jour... Robertino, qu'avait des bons souvenirs de caté, il nous racontait la multiplication du pain et du vin, on lui demandait de répéter le moment du vin, l'un de nous a juré que s'il rentrait au pays, il deviendrait viticulteur et qu'il vendrait rien à personne, mais il est pas rentré. Les huit kilos de rigatonis reculaient un peu l'échéance, on les a fait durer, durer, et le Compare avait pris l'habitude de sa sauce, on pouvait pas lui demander d'innover... Malgré tout on attendait la mort. On y pensait comme tous les soldats. Sauf que nous on était même plus soldats... J'te le dis, j'ai déjà payé, fils, pour toi et ton frère, et pour les fils que vous aurez, et il faut que jamais vous vous retrouviez dans un merdier pareil...

Mangini n'en peut plus. Mon silence n'a fait qu'enflammer sa hargne. Pourquoi me laisserait-il en vie ?

— T'en profiteras pas, de cet argent, Antonio... Ça me ferait trop de honte. Trop de mal. Et puis, comment je pourrais te laisser sortir d'ici, hein ? Maintenant que tu sais que j'ai tué l'autre petit crétin.

J'ai bien essayé de parler.

De négocier.

De me débattre.

Mais je ne peux même plus ouvrir la bouche.

Je vais faire la même fin que toi, Dario.

Normalement je devrais avoir peur.

Mais ça ne vient pas.

Je ne sais pas pourquoi.

— Dommage... J'aurais bien aimé comprendre ce dernier tour du Dario... Comment il a rendu la vue à cet aveugle de merde... Parce que c'était une idée de Dario, hein ? Vous vous ressemblez vraiment, tous les deux...

Mangini m'empoigne le menton entre le pouce et l'index, il serre fort et tourne mon visage pour pouvoir le scruter d'encore plus près.

Sa voix s'est faite plus douce. Dans ses yeux, j'ai vu un petit éclat de tendresse, furtif.

— Toi... Antonio... T'es un peu comme Dario... Mais y a quelqu'un d'autre à qui tu ressembles encore plus... Bien plus... C'est pas étonnant, tiens...

En février, Robertino est mort sur le chemin de Tirana, et le Compare et moi, on s'est retrouvés tous les deux, comme toujours depuis le début. C'était même un mystère, on aurait dit qu'on était immortels tant qu'on restait ensemble, et en danger de mort si un s'éloignait un peu trop. On a marché en pensant au bateau. Et puis, une nuit, on a vu un campement, des bruits, du feu, et le Compare, à bout de forces, a voulu y aller tout de suite, et je l'ai empêché, c'est vrai, on savait pas ce qu'on allait trouver, des Allemands, des résistants albanais, des fascistes, des amis ou des ennemis, il fallait plutôt attendre le matin. Et je me suis endormi en lui disant :

« fais-moi confiance, imbécile, ça t'a pas porté malheur jusqu'à maintenant »... Tu me crois si je te dis qu'on m'a réveillé le matin avec un coup de botte... ? Des fascistes, j'avais gagné le gros lot, et j'ai pensé que le Compare et moi on était encore plus dans la merde que la veille, et je lève les veux et je vois ce con-là, debout, tout propre, tout noir. Au début j'ai pas bien compris, j'étais pas bien réveillé, je me souviens, je l'ai regardé en lui disant : « hé ho... t'es dingue ou quoi ? Faut qu'on rentre, on n'a pas que ça à foutre ». Je sais pas ce qu'il est allé leur raconter mais l'un d'eux a sorti un pistolet et m'a demandé de les suivre, j'ai couru comme un fou et j'ai reçu cette balle dans le haut de la jambe. Une douleur qui me lance encore aujourd'hui. Ils ont dû croire que j'étais mort, et personne n'est venu vérifier... Même pas lui...

Je n'ai pas peur. Mangini me presse toujours le visage dans sa paume. Il saisit son arme et pointe le canon sur ma tempe.

— Pourquoi tu t'es mêlé de tout ça, Polsinelli ? Quand j'ai entendu le nom que tu portais, j'ai fait un saut dans le temps... Loin en arrière... De Polsinelli, j'en ai jamais connu qu'un...

Il me regarde encore plus intensément, je ne le supporte pas, je ferme à nouveau les yeux.

— C'est le diable qui l'avait fait exprès, de m'imposer ce coup du sort... Presque cinquante ans plus tard... Alors j'ai ri, en t'attendant.

Sa main s'est mise à trembler, mes paupières se sont contractées.

Après la détonation je me suis écroulé à terre, j'ai hurlé, et j'ai vu.

La vitre brisée.

Porteglia prostré à terre, et Mangini, debout, immobile, les deux mains soutenant son flanc droit.

Au-dehors, une silhouette, derrière la vitre.

Je n'ai rien.

Porteglia hurle, la porte s'ouvre. Je suis vivant. Mangini titube un instant puis se penche sur la table et y pose le front. Je n'ai jamais pensé que j'allais mourir.

On entre. Mangini relève la tête. Je suis bien. Tout va bien.

Mon père. Au seuil.

Il est là.

Porteglia rampe vers moi et me supplie.

Je n'ai jamais eu peur.

J'ai reconnu son pas claudicant, il avance vers Mangini, recharge son fusil et plaque le canon sur sa nuque.

Et je pensais au Compare en me disant, mais qu'est-ce qui lui a pris ? On s'est toujours débrouillés sans personne, sans l'armée, sans chef, sans arme, sans bouffe, avec juste l'envie de rentrer qui nous tenait au ventre, et tant qu'on était deux on évitait le pire, et on préférait être à poil plutôt que mettre une chemise, noire, rouge, ou kaki. Et j'ai eu de la peine pour lui, tiens... Passer aussi près de toutes ces conneries et tomber dedans quand on sent qu'on arrive au bout... Ça, je savais pas comment il allait vivre avec, rentré au pays. J'avais que de la pitié pour ce gars...

Il n'a pas cherché mon regard. Il ne s'est occupé que de Mangini, vautré sur la table. Ils se sont dit des choses, avec les yeux, des choses qui ne me concernaient pas, et ça a pris du temps.

Deux vieillards.

Loin.

Il y a quarante-cinq ans de cela.

Ils en avaient, des choses à se dire, dans les regards.

L'un l'autre.

— On rentre ?

Ça aurait pu ressembler à une question, mais c'était bel et bien une proposition que j'aurais eu du mal à refuser. Encore une. Mais la dernière.

Dans le train, on n'a pas échangé beaucoup de paroles, le vieux avait envie de la boucler. Il a gardé le regard rivé sur la fenêtre pendant des heures et des heures, jusqu'à ce qu'il fasse noir, aux alentours de Pise. J'ai cherché la Tour penchée des yeux mais il m'a dit que c'était peine perdue. J'ai tout fait pour l'obliger à prendre l'avion. Une heure de voyage, vu son âge, ça me semblait une bonne idée. Pas à lui.

Il a tenu à rester trois jours à Sora avant notre départ, pour être sûr de ne plus entendre parler de cette histoire toute sa vie durant. Quand nous sommes partis de chez Mangini, Porteglia a prévenu les secours, et nous les avons croisés sur notre route. La messe venait d'être dite. Sant'Angelo était devenu un saint officiel, et son vin un nectar sacré. Les gens du Vatican m'attendaient au tournant. J'ai accepté leurs conditions, dans le moindre détail, et à partir de ce moment-là, mon père et moi, on s'est laissés guider par eux. Les Cadillac ont brutalement disparu de la circulation. Plus personne ne les a vus traîner dans Sora. Et ça m'a presque inquiété.

Mangini s'en est tiré, on l'a su dans le village dès le lendemain matin. On ne sait pas ce qu'il a dit pour expliquer la balle qu'il avait dans les côtes. Un accident, peut-être. S'il y était resté, tous les gens de la ville se seraient fait une raison. Le vieux Cesare aurait pu viser le cœur du Compare, j'en suis sûr. À croire qu'il voulait juste lui écourter un peu la vie. Ou bien a-t-il évité de l'achever devant moi. Y a-t-il une autre hypothèse ? A-t-il trouvé absurde de tirer sur un homme quand, quatre longues années durant, il s'est débrouillé pour ne jamais avoir à le faire.

Moi-même je serais incapable de dire quel arrangement tacite ils ont passé, les deux vieux. Jamais je ne saurai lequel des deux avait le plus envie de voir l'autre mort.

Mon père peut quand même se vanter d'avoir des vrais copains, au moins deux. L'un étant un pote de cure à qui il donne rendez-vous tous les ans, et qui cette année s'est contenté de lui envoyer des cartes postales vierges de Perros-Guirec, que mon père lui renvoyait dûment remplies, et que nous recevions dûment oblitérées au tampon de la ville. L'autre étant un certain Mimino, copain d'enfance de Sora qui l'a hébergé chez lui en lui donnant les renseignements dont il avait besoin, sans poser la moindre question. Il se préparait à un tête-à-tête avec Mangini quand j'ai déboulé au village, et il a reculé l'entrevue en attendant de savoir ce que je foutais là. Il est rarement sorti durant cette période, et uniquement la nuit, notamment celle où Marcello m'a fait des révélations. Je n'ai pas eu besoin de lui demander qui avait assommé Porteglia et m'avait traîné jusque dans la chapelle peu après. Résistant, le vieux. Sans doute retrouve-t-on quelques ressources endormies quand il s'agit de mettre à l'abri la marmaille. Pas étonnant qu'une carne pareille ait survécu à tant de nuisances historiques.

La seule question vraiment importante, j'étais sûr qu'il n'y répondrait pas. Car elle en soulevait mille autres, et encore une fois j'ai pensé que ça ne me concernait pas. Je me suis fait les réponses tout seul, et je devrai m'en contenter à jamais. Avec pour seule liberté celle d'imaginer et embellir ce qui s'est réellement passé dans sa tête.

J'ai mieux compris pourquoi le vieux ne voulait plus entendre parler des rigatonis pour le reste de ses jours. Le soir de l'enterrement de Dario, quand j'ai évoqué les ingrédients de cette recette « à l'albanaise », il a tout de suite compris qui l'avait cuisinée. Pareil pour le terrain que Dario venait d'acquérir, mon père a toujours su qui en était le propriétaire. Il n'a eu qu'à mêler les deux informations pour avoir une certitude. Et il est parti d'un coup, sans nous mettre au courant.

Peut-être parce que, quarante-cinq ans plus tard, savoir Mangini vivant et encore capable de tuer un gosse, ça a rallumé une petite braise presque éteinte sous un gros tas de cendres. Peut-être a-t-il pensé que ce gosse, ça aurait pu être moi. Peut-être que ses motivations étaient bien plus égoïstes que ça. Ça le faisait peut-être jubiler, de partir régler des comptes avec son passé. Peut-être a-t-il pensé qu'il n'avait plus rien à perdre. Et qu'il a senti là qu'il s'offrait son dernier voyage en solo. Sa dernière fugue de septuagénaire. Peut-être qu'il s'offrait bien plus encore. Une fin paisible. Un soulagement suprême. L'ultime épisode de cette guerre à la con. Comprendre enfin pourquoi son compagnon de misère avait bifurqué au dernier moment. Se faire rembourser une vieille dette avant de passer la main.

Pourquoi n'est-il pas entré en contact avec moi quand il a su que j'étais au village ? Peut-être a-t-il pensé que nos histoires n'avaient pas à se mêler. Dario était mon pote et Mangini le sien. Ou peut-être savait-il déjà que les deux histoires allaient pourtant se croiser. Peut-être s'est-il dit qu'un fils doit faire tout seul sa révolution, qu'il a des choses personnelles à défendre, des engagements à respecter, un chemin à parcourir. Ou la mémoire d'un ami à ne surtout pas trahir.

Et en dernière limite, peut-être a-t-il pensé que malgré tout, un vieux comme lui savait à quel moment il fallait reprendre le contrôle, et empêcher un môme de se brûler quand il joue avec des allumettes.

Peut-être que c'est sûr.

J'ai voulu l'inviter au wagon-restaurant. Il a sorti son sandwich. Nous avons parlé d'argent. Il m'a demandé ce que je comptais faire de ce paquet de lires.

— L'argent... ? Je sais pas... Si t'as une idée..., j'ai fait.

— C'est ton denier, c'est toi qui l'as gagné comme tu voulais. Tu crois que c'est propre ?

Après un instant, il a ajouté :

— T'as envie d'être riche, toi ?

— Bah... je sais pas.
— Moi si.

Après un long moment de silence où nous nous sommes laissés aller au bercement du train, j'ai fini par lui demander :

— De quoi t'as envie ?

— D'un nouveau dentier, mieux fait, qui tient bien dans la bouche. Deux cures par an. Un chien. Et puis... Et puis c'est tout.

*

Il est rentré seul à Vitry, comme s'il revenait de Bretagne, et je suis rentré à Paris.

Paris, oui... J'aurais dû jouir de ce moment. Après tous ces départs, un retour. Reprendre son souffle après l'escapade. Revenir. J'ai puisé une dernière fois dans le seul conte de fées qui m'ait émerveillé durant toute mon enfance. À mesure que je m'enfonçais dans la terre de ce pays, tout est remonté lentement, malgré moi. Car tout était déjà en moi, enfoui. Quelque chose entre la tragédie grecque et la comédie à l'italienne. On ne sait plus très bien dans quel genre on est, dans un drame dont on se retient de rire, dans une farce bouffonne qui sent une drôle d'odeur. Ni une complainte, ni une leçon, ni une morale. Juste une ode à la déroute, un poème chantant la toute-puissance de l'absurdité face au bon sens, une vision par-delà le bonheur et le malheur.

Le retour... ? J'ai trouvé un couple d'Albanais sur ma route, on était à trente kilomètres de Tirana, ils m'ont soigné la jambe comme ils pouvaient, je boitais et j'en ai boité toute ma vie, mais je marchais quand même, ils m'ont donné de l'argent pour aller jusqu'au port. Et là tu me crois si tu veux, il y avait qu'un départ par mois pour l'Italie, et avec la chance que j'ai toujours eue, je venais de le louper à deux heures près. J'ai dormi sur les docks et j'ai retrouvé des loqueteux qui s'étaient démerdés, comme moi, ça a duré un mois entier. On m'a débarqué à Naples, il y avait tous ces Américains. J'ai eu honte de rentrer en clochard infesté de poux et presque nu. J'ai croisé un Napolitain qui vendait du faux parfum aux Américains, le bouchon sentait bon mais il remplissait les flacons avec de la pisse. J'ai fait semblant d'en acheter trois, ça a fait de la publicité, et il m'a embauché pour refaire le coup à chaque fois. Avec ces sous je me suis lavé et habillé, j'ai acheté le billet de train pour la maison. Au bout de quatre ans. J'étais propre et je sentais bon. Ça lui a fait plaisir, à ma fiancée...

Bianca m'a manqué dès les premières secondes où j'ai ouvert la porte du studio. Et je sens que ça va durer. Sa coquetterie candide va me manquer. Son regard sur les choses va me manquer. Sa gaieté, ses savates, ses blouses de bonne femme, son rouge à ongles, ses contes et légendes, son rouge à lèvres, ses rêves cathodiques, son rouge aux joues, sa tendresse, sa sauce tomate et son humour d'un autre monde. Je souhaite qu'un gars du coin découvre tous ces trésors, un jour, sans les lui voler. Nous nous sommes fait le serment de désormais fêter nos anniversaires le même jour. Une promesse facile à tenir. C'est le seul bon moyen qu'on ait trouvé pour vieillir ensemble.

Pour oublier ce retour j'ai voulu m'étourdir de plaisirs coûteux, me faire des cadeaux inutiles et me vautrer dans un excès de luxe. J'ai cherché des idées. Une heure plus tard je me suis retrouvé au bout de la rue, chez Omar, pour déguster un excellent couscous, histoire de me dépayser.

Le lendemain je suis allé visiter les parents, et le vieux et moi avons joué la comédie des retrouvailles avec beaucoup de conviction. Ma mère semblait touchée par la grâce quand je lui ai raconté qu'un miracle avait eu lieu au village. Quand j'ai sorti une bouteille de notre vin elle s'est signée avec et en a bu jusqu'à ce que la tête lui tourne. Mon père n'y a pas touché. Les autres sont arrivés, Giovanni, l'aîné, puis Clara, Anna et Yolande, mes trois frangines. J'ai signé des chèques à tout le monde, histoire de me défaire du fric au plus vite. La mère Trengoni est passée nous voir. Nous avons parlé des vignes, du miracle, elle n'a pas bien compris, un peu maladroitement j'ai sorti des liasses de billets, elle s'est méfiée. J'ai laissé mes parents se charger de lui expliquer, de lui faire accepter la somme, et l'encourager à vivre dans un endroit décent. À Sora, peut-être.

Juste en face, la maison d'Osvaldo avait poussé de terre comme un champignon. Une urgence. Une force. Un désir de voir le toit couvrir la terre. En un mois seulement. Tout seul. Fier et calme, il m'a fait un salut de la main à travers la fenêtre.

Malgré tout, j'ai senti mon père un peu grave, il n'a pas voulu se lever de table durant tout l'après-midi, lui qui ne supporte pas d'être enfermé plus d'une heure. Ma mère et la mère de Dario, fascinées, suspendues à mes lèvres, voulaient de plus en plus de détails sur le miracle et sur la guérison de Marcello. Vers la fin, elles ont pratiquement envisagé le pèlerinage. J'ai profité d'un moment où nous étions seuls avec le vieux.

— Qu'est-ce qui va pas ?

— C'est ma jambe.

Pas étonnant. Cette année il s'est privé de cure, et c'est la seule chose qui lui fasse oublier le dernier souvenir de guerre dont il n'arrive pas à se débarrasser.

— T'as mal ?

Il a levé les bras au ciel, et a dit :

— Non. Et ça m'inquiète.

La mère est revenue, radieuse, et elle a dit :

— Cette cure, ça lui fait vraiment du bien, à ton père.

J'ai de moins en moins compris ce qui se passait. Le vieux s'est levé.

Et pour la première fois de ma vie je l'ai vu marcher sans boiter, aller et venir, et passer d'une jambe à l'autre comme Fred Astaire.

— Un vrai miracle, cette cure, il a dit.

*

En entrant dans la cour de mon immeuble, je me suis amusé à faire des projets avec la somme qui me reste. J'ai pensé à des vacances illimitées. Quand j'ai allumé la minuterie de mon palier, j'ai pensé à un voyage interminable ponctué de grands hôtels. Dans l'ascenseur, j'ai imaginé une foule de petites choses invraisemblables. C'est seulement quand j'ai tourné la clé de ma porte que j'ai entendu les pas sourds et rapides venant de la cage d'escalier.

Un visage inconnu. D'instinct j'ai su qu'il me cherchait.

Il s'est approché tout près. Le plus possible. Sûrement trop.

Quelque chose s'est passé dans ma tête. Un carrefour entre la surprise qui vient déjà de passer et la peur qui déboule à toute allure. J'ai cru pouvoir prononcer un mot, parlementer, tendre mes paumes nues, et avouer ma fatigue, me livrer à son bon sens et souffler un bon coup avant que tout ça ne s'emballe.

Mais sa main s'est agitée trop vite dans la poche de son imperméable. La mienne a trituré la serrure, la porte a refusé de s'ouvrir.

J'ai fait un geste lent vers lui. Comme pour lui demander d'attendre.

Attendre de comprendre, avant de basculer. Juste un petit instant, un éclat, une bribe de vérité. J'ai eu envie de lui dire qu'on avait tout le temps. Le temps de me dire d'où il venait et qui l'envoyait vers moi. Par simple curiosité.

Lequel veut encore ma peau… ?

Là, j'ai compris là que ça n'en finirait jamais. Que tout était allé trop loin pour se terminer au seuil de ma porte. Qu'après ce festin de hargne, de vengeance et de folie, il y en a encore pour dresser à nouveau la table.

Il a paru surpris, un instant, puis, d'un geste lent il a sorti son revolver muni d'un silencieux.

On remet ça ? On s'en paye une dernière tranche ? Tant pis. J'ai eu envie de le prévenir. Oui, le prévenir, lui dire que foutu pour foutu, j'étais prêt à demander du rab.

Il a armé son percuteur, et j'ai roulé à terre. Je me suis rué vers la cage d'escalier, une balle a sifflé vers mon oreille, j'ai monté les marches en rampant, il m'a suivi, une porte s'est ouverte, au loin, il a tourné la tête.

Tout ça pendant la seconde où il a hésité.

J'ai crié encore, le temps de me jeter sur lui. Nous avons roulé à terre. La minuterie s'est éteinte. J'ai reçu un coup de crosse au sommet du crâne, je n'ai rien senti, je vais le dévorer tel quel, pour ne pas qu'il se reprenne je l'ai poussé dans l'escalier, il a dévalé les marches, je me suis écrasé sur lui, le revolver a tiré en l'air, à portée de ma bouche, j'ai pris son poignet entre mes dents et j'ai mordu le plus fort possible en fermant les yeux, il a hurlé de douleur en lâchant son arme. Mais ça ne m'a pas suffi.

Sans desserrer les dents j'ai saisi le revolver et l'ai jeté loin derrière. Quand j'ai senti ma langue humide de sang, j'ai ouvert la bouche. Il s'est relevé, malhabile, pour courir à l'étage en dessous, dans le noir. Je n'ai pas supporté qu'il m'échappe. Je l'ai rattrapé en plongeant d'un étage.

Je l'ai farci, découpé en lamelles, j'ai haché le tout, je l'ai lardé de part en part, jusqu'à ce qu'il dégorge et rende son jus.

— Pitié ! Je vous en supplie ! Pitié...

Un mot qui a sonné étrangement à mes oreilles. Quand il a vu que je me relevais, tout son corps s'est relâché, comme mort. Son ventre se gonflait convulsivement, et j'ai attendu qu'il retrouve la parole.

— Arrêtez tout... Je vais crever... On m'avait pas dit...

— Dit quoi ?

— Que je devais m'occuper d'un dingue... Vous aviez pas l'air, comme ça, dans la rue... On se méfie pas, on se dit qu'un gigolo c'est tout dans le sourire et dans les bonnes manières... Tu parles...

Je me suis assis dans les escaliers, cloué de surprise. Je n'ai pas bien compris ce qu'il vient de dire. Quelque chose m'échappe... J'ai essayé de rassembler dans ma mémoire toutes les branches de cette meute de voraces qui ont tous voulu leur part du gâteau.

— Parini ? j'ai dit.

— Hein ?

— Mangini ?

— Connais pas.

— Et Sora, tu connais ?

— C'est qui, cette gonzesse ?

— T'as déjà essayé de me plomber une fois, dans les salons d'en face.

— Comme un con je vous ai raté, alors ce soir, j'ai essayé à bout portant, et c'est moi qui ai failli crever... Dites, on pourrait pas rentrer chez vous, vous auriez pas un peu de désinfectant et une bonne bande de gaze ?

— On te paye en lires ou en dollars ? Réponds, espèce d'ordure !

— Hé... arrêtez de me faire marcher, on me paye en francs, et ça va passer en frais d'hôpitaux...

— Qui t'a payé ?

— J'en sais rien, on connaît jamais la tête des gens pour qui on bosse... J'ai été contacté pour flinguer un petit rital qui fréquente une boîte vers George-V et qui fricote avec une bonne femme de la haute. Je l'ai suivie, elle est venue vous prendre à la boîte et vous êtes allés passer un moment dans un appartement, rue Victor-Hugo. Vous êtes rentré chez vous, c'est là que j'ai repéré cette terrasse. Ça s'annonçait pas trop mal, alors je me suis dit : « Pourquoi pas tout de suite ? » À chaud...

— Et après ?

— Après vous avez disparu. Et j'ai attendu votre retour. Parce que le contrat tient toujours. Enfin, je veux dire... Il tenait, toujours...

La minuterie de la cage d'escalier n'arrête plus de s'éteindre. Au-dehors, sur le palier, rien. Pas un bruit. Ni même un regard curieux. J'aurais pu déchiqueter ce gars et laisser sa carcasse près du vide-ordures sans que personne ne s'en émeuve.

J'avais chassé tout ça de ma mémoire. C'est à cause de ce silencieux que j'ai quitté la France. Je pensais bien en avoir fini. Il faut que je sorte d'ici. Fuir encore. Je range le revolver dans ma ceinture. Pourquoi l'ai-je aidé à écrire cette lettre ?

— T'as une voiture ?

— Heu... Oui... Un cabriolet 504 bleu, ça ira... ?

Nous sortons. Sa voiture est garée deux rues plus loin.

— Pour ce qui est du contrat, en ce qui me concerne, je décroche et je rembourse. On va où ?

— Toi tu vas nulle part.

J'ai tendu la paume. Il y a déposé ses clés. Sans me demander où il avait une chance de la retrouver.

Je démarre et m'engage rue de Rivoli.

Le Up ouvre à peine, on me fait entrer, on me reconnaît, le patron me sourit.

— Tou as réfléchi, ragazzo ? Tou cherches dou travail ?

— Je veux voir Mme Raphaëlle. Tout de suite.

— Calma. Calma, ragazzo. Pour qui tou té prends ?

Je le saisis par la cravate et l'entraîne dans le recoin où j'ai passé un sale quart d'heure, mais les choses ont évolué depuis. Je sors mon arme et lui plante le silencieux dans la gorge. Ses sbires s'agitent, il leur demande de ne pas bouger, et saisit le téléphone.

— Vous appelez où ?

— Chez elle.

— Dans son studio ?

— Non, chez son mari. On a oun code.

Elle répond, il dit un simple mot et raccroche.

— Elle arrive, dit-il. Ma fais attenzione, ragazzo... Elle a des ennouis, en cé moment.

— Elle va d'abord s'occuper des miens.

— Tou peux l'attendre déhors, no... ? Ça fé mauvais effet sour les clients.

Un quart d'heure plus tard elle est entrée. On nous a arrangé un coin à l'écart, une table excentrée de la scène. La dame n'a pas eu le temps de se préparer. Peu de maquillage. Pas de parfum. Juste quelques bijoux. Je ne lui ai pas laissé le temps de jouer l'affolement.

— Qui a essayé de me tuer ?

— Qu'est-ce que vous dites ?

Je lui ai donné des détails. Elle n'a pas essayé de feindre la surprise. Ses yeux trahissaient un soupçon de détresse et une lourde fatigue. Elle a tiré des petites bouffées nerveuses de sa cigarette, a demandé un verre. La voix du crooner est parvenue jusqu'à nous, elle a dressé l'oreille.

— Ça n'arrivera plus, je vous le jure, Antoine.

J'ai senti qu'elle m'échappait doucement. Comme si elle oubliait ma présence pour celle du chanteur.

— Je ne savais pas qu'il m'aimait encore à ce point, vous savez ?

— Mais qui, bordel ???

Elle s'est tue, absente. Au plus mauvais moment. En moins de deux minutes elle s'est déjà évaporée. Malgré toute l'absurdité de la situation, j'ai rapidement compris que je ne pourrais pas rivaliser avec la complainte déchirante du jeune rital. Il décochait ses *Ti amo Ti amo Ti amo* avec fièvre et ardeur.

— Mon mari.

Chaque expression de son visage, chaque crispation de ses mains, chaque battement de cils trahissaient le manque de Dario.

— Il m'a fait suivre durant des mois. Quand nous nous sommes rencontrés, vous et moi, je ne le savais pas encore, je vous le jure.

On lui a servi un autre verre. À l'endroit où nous étions, il était impossible de voir le chanteur, et pourtant elle a essayé cent fois.

— Il y a des années de cela, il m'a dit que si je le trompais, il ferait tuer mon amant. Il a eu peur de me perdre, vous savez...

Je suis resté hébété un bon moment, sans comprendre, sans réaliser vraiment ce qu'elle venait de dire. Puis je l'ai attrapée par le bras et l'ai secouée fort pour qu'elle m'accorde un peu plus d'attention.

— Et qu'est-ce que j'ai à voir là-dedans, moi ?

— Presque rien... mon mari a su que j'avais une liaison, et au début, il n'a pas cherché à m'en empêcher. Il n'aurait pas pu, d'ailleurs. Quand Dario est mort, je lui ai juré que je ne le tromperais plus jamais. Mais il n'a pas cessé de me faire suivre, nous nous sommes rencontrés, ici, vous et moi, et il a tout de suite imaginé que je trahissais ma promesse. Mettez-vous à sa place... Me savoir une fois de plus dans les bras d'un...

— Dans les bras d'un quoi ? D'un rital ? D'un Dario ?

— Pourquoi pas...

Oui, pourquoi pas, après tout. Je ne me serais sans doute pas fourvoyé dans les rêves d'un autre que lui. Alors pourquoi pas dans ses draps.

— C'est ridicule... J'ai failli crever à cause de...

— Vous ne risquez plus rien. Je vais tout lui expliquer, tout lui avouer. Tout de suite. Je suis désolée, Antoine.

On a entendu des applaudissements. Elle a tourné la tête pour tenter à nouveau d'apercevoir le chanteur, et j'en ai profité pour m'esquiver. Je suis sûr qu'elle ne s'est rendu compte de rien.

Dehors, le calme m'est revenu. Je me suis demandé s'il ne valait mieux pas laisser passer la nuit avant de rentrer au studio.

Sur le trottoir d'en face, j'ai vu le portier du George V près de la porte à tambour. Ça m'a rappelé l'époque où mon frère était ramoneur, quand il s'était occupé de toutes les cheminées de ce prestigieux endroit. Il nous avait tout raconté, les suites, les loufiats, les stars, le luxe, tout. Comme dans un rêve.

C'était le moment de vérifier si tout ça était bien exact.

*

Le lendemain, au petit déjeuner, j'ai lié connaissance avec un vieux monsieur qui s'ennuyait en attendant que sa femme descende de leur chambre. Il avait envie de causer et m'a invité à sa table. Il a vu que j'ai très vite renoncé au café rien qu'en jetant un œil sur la tasse.

— Vous êtes sans doute d'origine italienne, non ?

— Si.

— Alors vous savez cuisiner les nouilles.

Un raccourci aussi inattendu m'a fait sourire.

— Les nouilles, non. Uniquement les pâtes.

— Les pâtes, si vous préférez... Vous savez les accommoder ?

— Certaines, oui. Mais les pâtes sont bien plus qu'un aliment en mal de sauce.

— C'est-à-dire ?

— Elles forment un univers en soi, à l'état brut, dont même le plus fin gourmet ne soupçonne pas toutes les métamorphoses. Un curieux amalgame de neutralité et de sophistication. Toute une géométrie de courbes et de droites, de plein et de vide qui varient à l'infini. C'est le royaume suprême de la forme. C'est de la forme que naîtra le goût. Comment expliquer sinon qu'on puisse dédaigner un mélange de farine et d'eau quand il prend tel aspect, ou l'adorer quand il en prend un autre. C'est là qu'on s'aperçoit que l'arrondi a un goût, le long et le court ont un goût, le lisse et les stries aussi. Il y a forcément quelque chose de passionnel là-dedans.

— De passionnel ?

— Bien sûr. C'est parce que la vie elle-même est si diverse et si compliquée qu'il y a autant de formes de pâtes. Chacune d'elles renvoie à un concept. Chacune va raconter une histoire. Manger un plat de spaghettis, c'est comme imaginer le désarroi d'un être plongé dans un labyrinthe, dans une entropie inextricable de sens, dans un sac de nœuds. Il lui faudra de la patience et un peu de dextérité pour en venir à bout. Regardez comment est fait un plat de lasagnes, vous n'y verrez que la couche apparente, le gratin qu'on veut bien vous montrer. Mais notre individu veut voir les strates inférieures, parce qu'il est sûr qu'on lui cache des choses profondément enfouies. Pour s'apercevoir peut-être qu'il n'y a rien de plus qu'en surface. Mais d'abord il va chercher, se perdre, et traverser un long tunnel obscur sans savoir s'il y a quelque chose au bout. Il n'y a là rien de plus creux, de plus vide, et de plus mystérieux que dans un simple macaroni. En revanche, le ravioli, lui, renferme quelque chose, on ne sait jamais vraiment quoi, c'est une énigme dans un coffre qu'on n'ouvre jamais, une boîte qui va intriguer notre sujet par ce qu'elle recèle. Vous savez, on prétend qu'à l'origine ces raviolis étaient destinés aux navigateurs. On enveloppait des restes de viandes et des bas morceaux hachés dans une fine couche de pâte, en espérant que les marins ne chercheraient pas à savoir ce qu'ils mangeaient.

— Vraiment ? Et le tortellini, ça peut rappeler quoi ? L'anneau, la bague ?

— Pourquoi pas le cercle, tout simplement. L'histoire sans fin. La boucle. Partir. Pour retourner forcément là d'où l'on vient.

La maldonne des sleepings 13
Les morsures de l'aube 189
Trois carrés rouges sur fond noir 373
La commedia des ratés 535

DU MÊME AUTEUR

Aux Éditions Gallimard

En Folio Policier

ROMANS NOIRS, Folio Policier, Série XL, n° 887, incluant en un seul volume *La maldonne des sleepings, Les morsures de l'aube, Trois carrés rouges sur fond noir, La commedia des ratés.*

Dans la Série Noire

LA COMMEDIA DES RATÉS, 1991, Folio Policier n° 12.

TROIS CARRÉS ROUGES SUR FOND NOIR, 1990, Folio Policier n° 49.

LA MALDONNE DES SLEEPINGS, 1989, Folio Policier n° 3.

Dans la collection Blanche

ROMANESQUE, 2016, Folio n° 6427.

NOS GLOIRES SECRÈTES, 2013, Folio n° 5845. (*L'aboyeur,* précédé de *L'origine des fonds,* Folio 2 € n° 6085.)

HOMO ERECTUS, 2011, Folio n° 5475.

MALAVITA ENCORE, 2008, Folio n° 4965.

MALAVITA, 2004, Folio n° 4283.

QUELQU'UN D'AUTRE, 2002, Grand Prix RTL-LIRE 2002, Folio n° 3874.

TOUT À L'EGO, 1999, Folio n° 3469.

SAGA, 1997, Grand Prix des lectrices de *Elle* 1998, Folio n° 3179.

Dans la collection Écoutez lire

LA COMMEDIA DES RATÉS, lu par Robinson Stévenin et 9 comédiens, 2007.

Dans la collection Le manteau d'Arlequin

SAGA, 2009.

LE CONTRAT, 2001.

Dans la collection Futuropolis-Gallimard

LA BOÎTE NOIRE, 2000, illustrations de Jacques Ferrandez, Folio n° 3619 *La boîte noire et autres nouvelles,* avec des textes extraits de *Tout à l'ego.*

Aux Éditions Rivages

LA MACHINE À BROYER LES PETITES FILLES, 1993, Rivages/Noir n° 169.

LES MORSURES DE L'AUBE, 1992, Rivages/Noir n° 143.

Aux Éditions Dargaud

LE GUIDE MONDIAL DES RECORDS, 2017, illustrations de Nicolas Barral.

LES COBAYES, 2014, illustrations de Nicolas Barral.

DES SALOPES ET DES ANGES, 2011, illustrations de Florence Cestac.

CAVALIER SEUL (LES NOUVELLES AVENTURES DE LUCKY LUKE, tome 5), 2012, avec Daniel Pennac, illustrations d'Achdé.

LUCKY LUKE CONTRE PINKERTON (LES NOUVELLES AVENTURES DE LUCKY LUKE, tome 4), 2010, avec Daniel Pennac, illustrations d'Achdé.

L'AMOUR CASH, 2008, illustrations de Philippe Bertrand.

DIEU N'A PAS RÉPONSE À TOUT (MAIS IL SAIT À QUI S'ADRESSER), tome 2, 2008, illustrations de Nicolas Barral.

DIEU N'A PAS RÉPONSE À TOUT (MAIS IL SAIT À QUI S'ADRESSER), tome 1, 2007, illustrations de Nicolas Barral.

CŒUR TAM-TAM, 2003, illustrations d'Olivier Bertion.

Aux Éditions Casterman

LES AMOURS INSOLENTES, Casterman, 2010, illustrations de Loustal.

L'OUTREMANGEUR, Casterman, 2003, illustrations de Jacques Ferrandez.

Aux Éditions Estuaire

LE SERRURIER VOLANT, Éditions Estuaire, 2006, illustrations de Jacques Tardi, Folio n° 4748.

Composition Nord Compo
Impression Novoprint
à Barcelone, le 24 mai 2019
Dépôt légal : mai 2019

ISBN 978-2-07-285133-9. / Imprimé en Espagne.

353678